中國古典文學論集

第二版

邵毅平 著

上海古籍出版社

图书在版编目(CIP)数据

中国古典文学论集 / 邵毅平著. —2版. —上海：上海古籍出版社,2019.4
ISBN 978-7-5325-9128-2

Ⅰ.①中… Ⅱ.①邵… Ⅲ.①中国文学-古典文学研究-文集 Ⅳ.①I206.2-53

中国版本图书馆CIP数据核字(2019)第034727号

中国古典文学论集（第二版）
邵毅平 著
上海古籍出版社出版发行
（上海瑞金二路272号 邮政编码200020）
（1）网址：www.guji.com.cn
（2）E-mail：guji1@guji.com.cn
（3）易文网网址：www.ewen.co
常熟人民印刷厂印刷
开本890×1240 1/32 印张22 插页5 字数514,000
2013年10月第1版 2019年4月第2版
2019年4月第2版第1次印刷
印数：1—1,100
ISBN 978-7-5325-9128-2

I·3359 定价：98.00元
如有质量问题，请与承印公司联系

目　录

初集

蒋天枢先生《楚辞论文集》研究方法之特色…………… 3

汉代文学史序说……………………………………………… 15

道德意识对汉代文学的影响及其他
　　——以女色的表现为中心…………………………… 41

贾谊及其政论文……………………………………………… 59

汉明帝诏书与班固…………………………………………… 76

论蔡邕及其史学与文学……………………………………… 85

宋元话本小说的鉴别与考证问题…………………………… 157

高明与《琵琶记》…………………………………………… 167

文学畸人唐寅传……………………………………………… 185

从《列朝诗集小传》看晚明精神的若干表现……………… 216

晚明传记文学的个性化倾向
　　——以钱谦益的《初学集》和《列朝诗集小传》
　　　　为中心…………………………………………… 235

评《四库全书总目》的晚明文风观………………………… 265

初集后记……………………………………………………… 283

二集

论先秦历史散文的文学史意义……………………………… 289

关于先秦历史散文的评论的历史变迁
　　——以《左传》、《国语》和《战国策》为中心 ……… 297
《尚书》的今古文问题 …………………………………… 314
"《春秋》笔法"辨释 ……………………………………… 325
《左传》的作者与时代
　　——从《左氏春秋》到《春秋左氏经传集解》……… 338
《国语》的作者与时代 …………………………………… 363
《战国策》的作者与时代 ………………………………… 380
先秦秦汉文献中所见的商业与商人 …………………… 389
《阳羡书生》：古典文学的现代性 ……………………… 421
风景的变迁
　　——4 至 19 世纪中国古文中的自然 ……………… 444
《震川先生集》编刊始末 ………………………………… 489
陈济生与《天启崇祯两朝遗诗》………………………… 514
《豆棚闲话》：中国古典小说中的框架结构 …………… 552
《坎特伯雷故事集》中铜马故事的东方来源 ………… 591
论古典目录学的"小说"概念的非文体性质
　　——兼论古今两种"小说"概念的本质区别 ……… 630

附论

跟蒋天枢先生读书 ……………………………………… 657
章培恒先生学术因缘述略 ……………………………… 668

合集后记 …………………………………………………… 693
重版后记 …………………………………………………… 698

附录：邵毅平著译目录 ………………………………… 700

初 集

蒋天枢先生《楚辞论文集》 研究方法之特色

《楚辞论文集》，复旦大学中文系教授、恩师蒋天枢先生所著，1982年陕西人民出版社出版。本书共收论文六篇，其中《楚辞新注导论》和《楚辞新注导论二》，曾分别发表于《中华文史论丛》1962年第2辑与1979年第2辑，《后汉书王逸传考释》曾发表于1981年《中国历史文献研究集刊》第2辑，其余《汉人论述屈原事迹中的一些问题》、《屈原年表初稿》、《论楚辞章句》等三篇论文，则在收入《楚辞论文集》前均未曾发表过。1950年代后期，先生在讲授楚辞专业课时，将研究心得撰成《楚辞新注》，用《楚辞释文》本篇第，选录《离骚》、《九辩》、《九歌》、《天问》、《九章》、《卜居》、《渔父》、《招魂》、《招隐士》等篇。1960年，复就屈赋有关问题撰成《楚辞新注导论》。论文发表后，谭优学有《楚辞新注导论质疑》一文提出不同看法，先生遂于1964年撰成《楚辞新注导论二》，其副题为"并和《质疑》作者商榷"。先生往昔曾与老友刘盼遂先生约，撰《后汉书王逸传考释》，不谓文成时刘盼遂先生已被迫害死。嗣又撰论文集中其他几篇论文。故《楚辞论文集》虽出版于1982年，而其中论文实皆撰于1960年代前中期。当时先生虽课务繁忙，尚幸国家安定，身体康强，故短短数年间，多有创获。先生其时尚拟修订《楚辞新注》，不幸"文革"起，先生又遭大病，百事俱废。本书《弁语》云："继则饥驱役于人，韶华虚掷，老而无成,綮! 谁咎哉?"痛"文革"中之受役于人也。倘无十年浩劫,则先生《楚辞新注》之修订本,将早已完成问世;而《楚辞论文集》之外,或更有新篇。及"文革"结束,先生已年逾古稀,以病体衰年,重理旧业。其间以整理与编辑《陈寅恪先生文集》,撰著《陈寅恪先生编年事辑》,历时两年左右,致《楚辞新注》之董理迄未竣事。1982年,先生将旧文辑为《楚辞论文集》,先行付刊。此为《楚辞论文集》之撰著经过。

《楚辞论文集》所收六篇论文,显示先生楚辞研究之实绩,从中具见先生治学之谨严,学养之深厚,识见之过人,方法之精密。先生《楚辞论文集》研究方法之特色,以余所见,约有四端:一曰脱落枝叶,正本寻源;二曰求解"今典",诠释"兴托";三曰屈文互证,以诗补史;四曰阐微发覆,以史证诗。以下试逐一简述之(引文后括号中除注明者外,均为《楚辞论文集》页码)。

一、脱落枝叶,正本寻源

先生本书《弁语》云:"默念生平,壮岁颇知向学,有志于史。当其时,自谓能脱落枝叶,有'独上高楼,望尽天涯路'之闳愿。"余曾以"脱落枝叶"叩先生,先生答以"摒除名利之见"。然窃以为先生研究楚辞之方法,亦具"脱落枝叶"之特点。两千年来,楚辞研究著作浩如烟海,一般治楚辞之学者,类皆旁征博引,评判众说;分析取舍,间出己见。先生则以"公婆争辩是非"(本书《弁语》)一语,将历史上环绕屈原诸问题之争论置诸不论,直接据先秦两汉人之记载探讨屈原生平与屈赋意义,此即余所谓"脱落枝叶,正本寻源"之含义。先生认为:"作者时世,与作品写出之时期,为注释者解说作品最为重要之依据,亦作'篇义'者所不容忽视之问题。苟时代有紊,时间有出入,将见作者'徒托空言',既丧失其表现生活之实际意义,复湮没作者生动深刻之思想感情。此论述古代传注之书者,所当留意深思,不容凭借偶然想象,肆意以为之说也。"(第125页)此可谓先生研究楚辞之总原则,亦即《孟子》"知人论世"之意。然欲探讨"作者时世,与作品写出之时期",则除屈赋本身外,舍先秦两汉人之记载别无他途。盖以其最接近作者之时,且各有所据之故。先生认为,"汉人论述屈原作品,大抵以当时所传屈原事迹为依据"(第125页)。而当时所传屈原事迹,则"虽大体从同,亦间有歧异"(第125页)。因此,"析其所由异,究其所以同,参之各方面片断文句,印证以屈原本人所言,其间异同参差所由然,或者犹可推见其端倪"(第125页)。先生于是应用此"析异究同"之法,对汉代司马迁、刘向、班固、王充、王逸、应劭等人之记载爬剔梳理,提出汉人述屈原事所存在与屈原身世关系极大之五个问题,逐一加以解决。汉代所传屈原事迹之乱丝既经理清,先生乃进而讨论汉人对屈原作品之论述,清理其源流脉络。先生认为,《屈原赋》成书以后之流传,盖有两大系统。一为"世相教传"之民间流传系统;二为上层社会间流传之系统。后者如"淮南王安之《离骚经章句》,马迁之口说《天问》,刘向、扬雄之援引传记以解《天问》,班固、贾逵各作《离骚经章句》"(第217—218页)等皆是。而"王逸之学,本出民间流传系统,而又得'左右采获'于各家之书,以为《楚辞章句》"(第218页)。刘安《离骚经章句》等书既不传,现存楚辞注释著作,"要莫尚于《楚辞章句》"(第213页)。而"《章句》之可尚,由其不托空言,说有所本"(第218页)。先生又认为,除《离骚叙》外,《楚辞章句》其他各叙盖非王逸所作,作者时代当更早于王逸,故其价值极高。所以先生在阐发屈赋意义时,极重视《楚辞章句》之价值,而于后人之疏释一般不予置辩。《楚辞论文集》六篇论文中,《汉人论述屈原事迹中的一些问题》专门清理汉人关于屈原事迹之记载;《后汉书王逸传考释》《论楚辞章句》专门研究王逸之生平及其作《楚辞章句》之由来;《楚辞新注》之修订本,"以宗叔师而又诤之"(《楚辞章句校笺叙》),故亦已易名为《楚辞章句校笺》。凡此均可见先生楚辞研究"脱落枝叶,正本寻源",重视最原始材料之特色。

二、求解"今典",诠释"兴托"

以"古典"与"今典"互相发明,尤注重"今典"之阐发,此为陈寅恪先生治学方法之一大特色,其言见《读哀江南赋》。先生在楚辞研究中,因注意此方法之运用,遂使幽隐深邃之屈赋,获其确定明白之意义。譬如,《天问》在屈文中,以"奇特难解"著称(第34页)。其所以如此,"屈原、宋玉文除一般用事外,时用典言事,而以《天问》为最"(第41页)。而"世多注意其所提问题之多,欲于所提问题中为寻求答案,而其不可解也如故"(第34页)。自王逸、王夫之、孙诒让、俞樾直至王国维,虽研究续有进展,但皆偏重"古典"之阐发,致未能融贯全篇,得其确解。先生则另启新途:"余今更以陈寅恪先生《读哀江南赋》'古典今典'之义求之,于作者意旨所在,转觉有可通之道。虽篇中难解之处仍甚多,而作者意旨脉络,渐有端倪可寻。"(第35页)先生遂以此"古典今典"之义求解《天问》"该秉季德,厥父是臧"等千古疑难之句,使其隐义豁然显露。又如,屈原曾遭诬陷,此人所共知;但"其毁谤屈原者果何语与何事"(第38页)?《天问》有"荆勋作师,夫何长先?悟过改更,我又何言"之语,先生认为:"四句当有极关重要之'今典'存于其间。"(第39页)遂以此四语为线索,以

"古典今典"为方法,提出一崭新假说:"疑屈原在免职前,有人劝原以兵谏阻和秦事。屈原考虑顷襄之为人,与其条件之不具,谢绝而不之从,事或稍露。其后倒原者乃诬原欲以所握兵力夺取顷襄之位,从而制造类似'公将不利于孺子'之流言欤?"(第41页)此类创获,篇中不胜枚举。

先生不仅以"古典今典"之义求解用典最多之《天问》,而且以此精神求解兴托深隐之《离骚》。先生云:"《天问》者,融合'古典今典'以达情之文;而《离骚》者,创千古之奇葩奥采,兴托以言事之文也。"(第41页)"兴托"虽不同于"用典",但一藉"古典"以言今事,为"以事托事",一托草木和神话以喻现实,为"托事于物",或托事于神话,其内涵有一致处。故先生发展"古典今典"之义,以诠释兴托所含之实事。"兴托"以所托事物不同,又可分为"兴"与"托"。先生剖析"兴"之特点云:"'兴'在文学中为较高之抒写技能,作者将欲言之事寓托于通常所见之物中,既欲令所托之意明,又不令所托之事显,如何使情事物态交融为一,而表现又适如其分,实为最难掌握之艺术。"(第19—20页)先生又剖析"托"之特点云:"'兴者,托事于物',所谓物之义,不外于草木鸟兽虫鱼,而神话本身则'事'也,不属于'物'之范畴。如谓屈原以神话言事,即无异于'以事托事'。综合屈原全部涉及昆仑之文观之,所言者又确为言事。尝反复推求其故,此殆屈原在文学上一重要发展。'托事于物'之兴,至屈原文中所表之空阔意境,已远非《诗经》中有局限者所可比。且'兴'体在东周后诗中已较稀。屈原不但继承之,抑且光大之,其使用神话,又扩大'托事于物'之意旨于'物'以外之境界,所用者,'兴'之特点,所托者,已出于'物'之范畴。因而,既不能不以'兴'观之,又不可遽以'兴'名之。以其脱离'托事于物'之定义而别成一体也。'托事于事',唯'用典'之风足以当之。屈原之使用神话,盖介于'兴'与

'用典'之间。然其藉以抒难言之意、难达之情、难述之事者,与'兴'固无不同也。"(第24—25页)盖"兴"偏重于草木,"托"偏重于神话,而其精神则一致无二也。屈文之所以绚采斑斓,即以其能熟练运用兴托技巧,达到出神入化地步:"屈原承用古诗'兴'之体制,用以抒难言之意,难显之情,难托之事,几于无物不可托事,无事不可托物。其所托事类之繁赜,物态之纷纭,于以构成屈文'绚采'之主要成分。"(第20页)然后人徒知屈文之"绚采",而忘其绚采之内涵,以"香草美人"视"香草美人",以"昆仑阆风"视"昆仑阆风",于是屈文之本意难解:"然'兴'为古代文学中不易理解之文体,屈文之辞采易见,其所兴托之意义则未易明。倘于此仅叹羡于藻采芬芳,将导致郢书而燕说,说固可以言之成理,于作者意旨则无当也。"(第20页)先生则认为:"兴之'托事于物',所托之物与其兴托之事,其间必有共通特点,则'以事托事'之神话,与所托者必有其共通因缘。"(第25页)因此在研究屈赋时,"推求其兴托之意,阐明其所寄托之'境界'"(第20页)。本此精神,求解"屈文中使用最多,说最纷歧之草木"(第20页)及"昆仑阆风"之神话(第24页),诠释其草木、神话外衣下所含之命意,遂使历来认为"羌无故实"之草木、神话,显示屈原之真实情感与具体之历史内容。

先生阐明"兴托"特点,以之诠释屈赋,不仅为楚辞研究启一新途,抑且更具有理论意义。一般认为,中国先秦时期叙事诗不发达,无《奥德修纪》、《伊利亚特》之类伟大史诗;而抒情诗则较发达,以屈赋为其高峰。然倘依先生之说,则屈赋非如世人所见仅为抒情之文,而实具有叙事性质,但又非西方概念之叙事诗,而是"抒情和叙事交织着的","通过乐人代言来表达自己的一切"(第106页)的特异文体。此乃中国古典文学所特有之现象,比较文学史家及文学分类学家或尚未注意及此。先生之阐发,或能引起世人之兴趣欤？

三、屈文互证，以诗补史

同一诗人之各篇作品间，皆有其内在之联系，倘能于错综繁杂之中，把握其内在联系，相互发明，"从全部作品来研究局部"，则必能获得对诗人本意之理解，并进而补充、纠正史传之阙误。先生认为："《屈原传》和《新序·节士篇》所叙述屈原在怀王时代较可信的部分事迹，都是屈原早一时期的生活经过，而现存屈原文中所反映的一些后期情况，则并未涉及。因此，要比较深入和全面地理解屈原生平，就不应仅仅依据《屈原传》和《新序·节士篇》的记载。"（第60页）先生指出："屈原在迁陈后之被放，与顷襄之改计和秦，不特屈原生平大事，尤楚国兴亡所系。凡此时楚政局变化，《离骚》中皆有隐约陈述，可以补史事之缺略，亦可藉以探索片段史迹之意义。"（第16页）因此，先生遂使用"于历史零残断阙处，屈文笔触涉及处，互相参证，以屈文来证明屈文"（第60页）之方法，探求屈原之后期活动、屈赋之写作年代及屈赋之实际意义。如先生以《哀郢》、《卜居》与《离骚》互相参证，推定《离骚》作于顷襄王三十年前后（第6—10页）；以《卜居》与《离骚》互相参证，索解《离骚》托言灵氛巫咸之语之意义（第13—14页）；以《抽思》与《离骚》互相参证，诠释《离骚》中"行媒"之意义（第14—15页）；以《九辩》、《渔夫》与《离骚》互相参证，推论屈原之放逐出于自请（第15—17页）；以《抽思》、《九辩》、《涉江》互相参证，确定屈原放逐之时间、地域和行程（第17—19页）；以《九歌》、《九章》各篇互相参证，探求屈原"南行之前与涉江以后"之经历（第28—33页）；以《怀沙》、《惜往日》、《渔父》互相参证，考定屈原沉江之时间与原因（第48—53页）。先生又以屈文证宋文,以《抽思》、《河伯》、《悲回风》与《九辩》互相参证,阐发《九辩》中最隐晦之点"悲秋"之含义(第 68—69 页)。先生不仅以此方法补充往史之阙文,亦以此方法纠正往史之歧误。先生云:"就上论屈原放逐经过观之,屈原被放三年后乃有远行之意,远行计划落实后乃有《离骚》之作。殆作骚后未几旋即南行。马迁《报任安书》所言'屈原放逐,乃赋《离骚》',实为最可信据之传说。但孤子轶闻,其故未易明,不若传《屈赋》者所言,如刘安《离骚传》等所阐述者之详审,易为世所征信,故《屈原传》叙述作骚时代与《报任安书》所言大不同也。"(第 16 页)旧史料中众说纷纭之症结,遇先生遂迎刃而解。先生曾指出:"自来言《屈赋》者,囿于屈原生平事迹大都在怀王时代的旧说,一方面把屈原作品尽可能说成与怀王有关;一方面将屈原在世之年尽量往上缩短(如清王白田等),古今来对屈原的研究虽起过不少变化,这一牢固观念却一直存在着。"(第 72—73 页)此观念之存在,盖与屈原后期事迹史阙记载有关。先生"以屈文证明屈文",就屈原后期情况,"对马迁、刘向之说,进行若干补充和纠正"(第 60 页),从而得以打破千百年来之"牢固观念"。谭优学《质疑》认为先生论述屈原生平,与"自来研究《楚辞》者皆不同"(第 59 页),以此贬先生,不知此正先生超越许多楚辞研究者之处。

四、阐微发覆,以史证诗

"以史证诗"亦为陈寅恪先生治学方法之一大特色,《元白诗笺证稿》即其范例。先生亦注重此方法之运用,提出"从和作者时代接近的著作中来研究作者身世",阐发屈赋隐义之原则。如关于屈原之沉江,"世多推论屈原卒年,鲜言其所以死之故"(第 48 页)。司马迁"以'被谗放逐'为其沉江之故",班固"以'莫我知'为原自杀之故"(第48页)。先生否定马、班之说,认为:"考屈原致死之因,《怀沙》中实自言之,《怀沙》正文末以'限之以大故'句作结,为全篇主要意旨所在。"(第48页)先生取《史记·楚世家》"考烈王元年,纳州于秦以平"之记载,论证"限之以大故"之意旨,"犹言己以道阻之重大事变,限阻而不得北归也"(第49页)。盖"州"即州陵县,在今湖北省监利县东。"其地跨有长江东曲扼隘,控制洞庭湖入江处,殆为顷襄所收复江旁十五邑之最南端,而为当日楚与南国交通咽喉。"(第50页)屈原"于夏初循湘水北行,殆欲归陈亲与顷襄晤商,不谓行至洞庭湖南,突闻此意外恶耗"(第50页),致屈原北归不能。"秦何以于此时突然攻占楚州,殆屈原在江南之行动已为秦诇知"(第50页),"或更有捕捉屈原意"(第51页),此盖即屈原沉江之直接原因。而"屈原之死因,与其卒年实有不可分割之关系"(第48页)。楚"纳州于秦以平"之"大故"既发生于考烈王元年,则屈原之沉江"当不能早于顷襄三十六年,或晚于考烈王元年,尤以考烈王元年之可能为大"(第51页)。"屈原殆多方寻求无复脱身北反之望,终乃于考烈王元年自沉汨罗江以死"(第51页)。先生以往史释证"限之以大故"之隐义,遂求得屈原沉江之原因及时间,破此千古之谜。先生进而推论:"《怀沙》、《思美人》、《惜往日》、《橘颂》、《悲回风》、《天问》、《卜居》、《渔父》等篇皆作于此约一年之时期内,《招魂》则少早于以上各篇。"(第51页)于是各篇之作年得以确定,而其中所蕴含之悲愤之情乃可理解。先生又以《荀子·成相》、《韩非子·奸劫弑臣》、《国策·楚策四》、《韩诗外传》四等有关史料互相参证,认为"荀卿稔知楚国内部政情及屈原行事,特以有所噤忌,不敢公言屈原名"(第142页),"《成相》以'世之殃,愚闇!愚闇!堕贤良'为全篇主要精神所在,疑《佹诗》及《成相》皆有感于屈原事而作"(第143页),此即所谓荀卿"为歌赋以遗春申君,春申君恨"(刘向《荀卿书叙录》)一事之所由来。先生由此推论,"《离骚》中所痛斥之政敌"(第56页),"疑其人盖即《史记》列传所载春申君黄歇"(第57页)。"颇意春申君为屈原官三闾大夫时所培育王族之一,其人'巧宦'之流,迁陈后遂露其'驰骛追逐'之本来面目。《史记》叙春申事,言其以和秦发迹,其事可能即迁陈后政策上最大转变,而春申君即此和秦事件中有力人物,因亦变为倒屈原者。"(第57—58页)"考烈王元年,春申君实为令尹。"(第56页)"其赞助考烈王'纳州于秦以平',无异楚人自置屈原死地"(第58页),"实一用心至为毒辣之举"(第56页),故屈原实死于春申君借刀杀人之计。先生此说,发荀卿、屈原、春申君关系千年之覆,为先生楚辞研究之重大创获,实有不容忽视之意义。唯有依先生之说,《天问》篇末"吾告堵敖以不长,何试上自予,忠名弥彰"三句所含之"沉痛意旨"与"深隐之幽恨"(第56—57页),方能被确切解释与明白理解。

先生《楚辞论文集》研究方法之特色,非以上四端所能概括;而上述四端之精神,则极为一致:即先生并非孤立研究有关屈原、屈赋诸问题,而是将屈原作品置于当时动荡复杂、变化多端之历史环境中去观察,从内在联系之角度去分析,从而对屈原之事迹、功业、才华作出完整、清晰之勾勒,对屈赋之意义得到融会贯通、深刻全面之理解。先生在诸如《离骚》写作年代、《离骚》中神话兴托之意义、《哀郢》之内容、《天问》之作期与体制、屈原放逐事件之始末、屈原后期之生活经历、屈原沉江之原因、屈原与宋玉之关系、《九辩》之主旨、屈赋之早期流传、屈原与春申君之关系、楚辞在汉代流传之源流、汉代所传屈原事迹之异同是非、《楚辞章句》之体例与价值、王逸之生平等一系列千百年来众说纷纭的重大问题上,均取得重要突破,其立说之新,创获之巨,在楚辞研究史上为不多见。或许，先生某些立说，如屈原曾被人劝以兵谏顷襄；屈原放逐出于自请，意在联络江南民众以图收复失地；屈原沉江之原因；楚放弃长江流域，断屈原归路；屈原与春申君之关系等等，初看之下，会令人有"突然"之感，但略加思索，便会觉得先生之说乃是融贯《怀沙》、《惜往日》、《悲回风》等篇意绪而下断语的。长期以来，人们仅以"大文学家"视屈原，以"浪漫杰作"视屈赋，几忘却屈原大政治家之身份，亦忘却屈赋与现实政治之关系。先生《楚辞论文集》给人之最深印象，即为恢复屈原之本来面目，使其以大政治家之身份出现，并强调屈赋与屈原政治活动之密切关系（文学与政治密切相关之传统，在中国古典文学中特别强大，屈赋并不在此传统之外）。先生笔下之屈原，实比世人心目中之屈原更为可信；先生诠释之屈赋，亦实比一般学者所诠释者更易理解。先生指出："屈原者，抱不世之雄才伟略，怀千古之奇冤孤愤，抒撼天抑地之哀怨，挺光彻霄汉之奥采，其情郁屈，其辞幽隐。刘彦和之论骚，犹流连于摛藻。世或以披发泽畔之癫汉目之，谬悠无实之空文拟之，无乃推尊而流于诬欤？"（第53页）相信先生《楚辞论文集》之问世，将会改变屈原在世人心目中"披发泽畔"之"癫汉"形象，改变屈赋在世人心目中"谬悠无实"之"空文"概念。

然而先生之治楚辞，不仅限于释疑解惑，阐微发覆，其核心尤在探求屈原之真精神，屈赋之真价值，并进而探求中华民族文化精粹之所在；在先生自己，则亦期达至人生之更高境界。本书《弁语》所云治楚辞之"衷曲"，盖即是耶？先生早年服膺屈原，"喜读《楚辞》，爱之不能释，尝试作《拟屈原橘颂》"（《楚辞章句校笺叙》）；而在中年，经"殚精劳思"之后，终于澄清环绕屈原之迷雾，"众里寻他千百度，蓦回头，那人正在灯火阑珊处"（本书《弁语》），其欣喜之情何如！其感慨又何如！自《拟橘颂》至《楚辞论文集》,既可见先生为学之轨迹,更可见先生精神之轨迹。世人或仅以"楚辞专家"目先生,幸其不忽视先生之精神面貌。

先生《楚辞章句校笺》之修订工作,目前已近尾声。余以受业于先生,幸得获先睹之快。衷心希望先生此书继《楚辞论文集》之后早日问世,使世人得见先生楚辞研究之全貌。

(附记:先生《楚辞章句校笺》后由上海古籍出版社出版,然书名已被易为《楚辞校释》,叙言中提及部分亦相应改变,使先生当初改书名之意不显;又,此书出版于1989年,而先生已前逝于1988年,未及亲见此书出版。是皆为憾事。)

汉代文学史序说

从前206年刘邦即位至220年东汉献帝去位的四百余年间的文学,是汉代文学。汉代文学在中国文学史上有着重要的地位,其重要性主要表现在以下几个方面。

一

在中国文学史上,汉代是文学的价值最早开始受到重视的时代。中国文学史从汉代开始,才脱离了文学史史前状态,而正式地揭开了帷幕。

先秦时期对于文学的价值还很少认识,也不像汉代以后那样,把文学看作是人类精神生活的一个必不可少的组成部分,人们更感兴趣的毋宁说是哲学、历史、政治等等的价值。

其具体表现是,首先,在先秦时期,除了各地的民间诗人在不自觉地创作民间歌谣和楚国的屈原等人在创作楚辞作品以外,并没有出现全国性的普遍的文学活动,也没有形成专门或业余从事文学活动的文人阶层,而只有哲学家、政治家、军事家、史学家、外交家等等。后代之所以把先秦诸子散文和历史散文作为文学作品来看待,是因为后人从这些作品中发现了文学意义,而不是因为这些作品原本就是为文学目的而写作的。所以,除了不自觉的民间创作和局部地区的自觉的文人创作以外,先秦时期还不是一个文学的时代,而是一个哲学的、历史的、政治的时代。尽管流传到现在的先秦典籍有几十种，但其中绝大部分都是关于哲学、历史和政治的著作，都是用抽象的思辨方式来阐述人类的生活法则的，尤其是政治的和伦理的法则的。它们都是以传达思想、表述政见、记载历史和探讨谋略等等为目标的，而不是以文学感染力为目标的。像《诗经》和楚辞这样的以文学感染力为目标的真正的文学作品，在先秦典籍中只占极少数，只是例外的存在，并没有普遍性。

其次，即使像《诗经》这样的文学作品，在先秦时期与其说是被作为文学作品来看待的，毋宁说是被作为表达政治见解或伦理内容的工具来看待的。孔子的态度就是如此。他在先秦诸子中是最重视《诗经》的人，也是最强调语言要有文采的人，因而也是最接近于认识文学的价值的人。但是，他之所以重视《诗经》，从他关于《诗经》所说的一系列话来看，也大都是为了功利目的或教化目的，而不是为了文学目的。而且，孔子对待《诗经》的态度，也是先秦时期儒家学派的一般态度（至于其他学派，则基本不重视《诗经》）。《诗经》的地位在春秋以后越来越高，以至后来被人们奉为经典，但是，《诗经》地位的日益提高，却不是因为人们越来越重视它的文学价值，而是因为人们越来越重视它的人伦教化作用。所以，《诗经》的地位越是提高，它的文学价值就越是被抹杀。这一事实是具有讽刺性的。其结果就是，一方面《诗经》被奉为经典，成为儒生诵读研究的对象，另一方面在整个战国时期，却没有出现任何值得一提的继承《诗经》风格的诗歌作品。这一现象，恰好说明了在先秦时期文学的价值尚未受到重视这一事实。

再次，像楚辞这样的文学作品，是用富有文采的文学语言写成的抒情诗，这说明南方楚国的诗人在战国列国中已率先认识了文学的价值。而且，后来的汉代文学也首先是在南方楚地成长起来的，由此亦可见其重要意义。不过问题是，楚辞在战国时期仅仅是局部地区的产物，在楚辞之外并没有全国性的文学活动（甚至也没有全国性的文学样式），楚辞本身也只是一种地方性的文学创作，而没有成为当时整个社会的普遍风尚。另外，像《离骚》这样的楚辞作品，尽管写得优美动人，具有很高的文学价值，但与其说屈原是为了获得这种优美动人的文学效果而写作的，毋宁说是为了表达自己的见解，抒发自己的苦闷而写作的。因此，就屈原的主观意图来说，他的写作是为了政治目的，而不是为了文学目的；尽管就楚辞的客观意义来说，既具有强烈的政治色彩，又富有卓越的文学价值。这一事实，也说明战国时期的人们尚没有自觉地认识文学的价值。

最后，先秦时期的绝大部分典籍都难以确定作者。尤其是《诗经》中的诗歌，更大都是无名氏之作。楚辞虽然能够知道作者，但长期以来也一直存在着疑问和纷争。这种现象，也可以认为是说明先秦时期尚不重视文学的价值的一个证据。因为在一个重视文学的价值的时代里，人们都不会不乐于在文学作品上署上自己的名字。在后代文学中，往往只有一些民间创作是找不到作者的，但这也同样是因为民间创作在中国文学史上一向不太受重视的缘故，正好可以用来作为说明先秦时期类似现象的旁证。

但是，从汉代开始，情况却发生了根本性的变化，文学的价值开始受到了重视。人们已经开始把文学看作是像哲学、历史、政治等等一样的人类精神生活必不可少的组成部分，在对其他精神生活领域继续保持兴趣的同时，对文学开始产生了浓厚的兴趣。

其具体表现是，首先，出现了以文学感染力本身为目标的文学样式，那就是辞赋。辞赋这种文学样式的本质，就是通过对于美丽的文字、整齐的句式和严谨的结构的精心安排,来表现社会和自然的种种奇特事物和绚丽现象。因而,它在内容上具有娱乐性和审美性,在形式上具有音乐美和建筑美。也就是说,辞赋就其本质而言,是一种完全以文学感染力为目标的文学样式。当然,在儒家思想与汉代文学发生关系以后,辞赋也被要求具有"讽谏"的功利或教化作用。但那正如扬雄所指出的,其结果只不过是"劝百讽一",即安了一个"讽谏"的尾巴而已,其实质仍是纯粹娱乐性和审美性的。像辞赋这种文学样式,是先秦时期从来没有过的,可以说是中国文学史上第一种纯文学样式。它完全以文学的价值本身为目的,而不是以传达思想或表述见解为目的。

其次,以辞赋这种文学样式的产生和流行为标志,汉代的人们对于语言的态度有了根本性的变化。在先秦时期,人们尽管对语言的修辞性已有所认识,但这种修辞性语言仅仅被看作是使思想传达更为有效的手段。孔子所说的"言之无文,行而不远"(《左传·襄公二十五年》),便典型地表明了这种态度。但是在汉代,语言的修辞性已不单被看作是使思想传达更为有效的手段,而且其本身也已经成为目的了。也就是说,在汉代人看来,语言已不单是传达思想与感情的工具,而且也是组成音乐美或建筑美的更为重要的工具。这样,在汉代便出现了此前所没有的纯粹以审美快感为目的的语言,其具体形式包括辞赋与美文。在这种修辞性语言上,汉代文人花费了极多的精力和心血。如张衡写《二京赋》,就曾花了十年时间。如没有对于这种修辞性语言的重视,便不会出现这样的现象。这种修辞性语言以及这种对于修辞性语言的态度的出现,标志着文学的价值在汉代已经受到了人们的重视。

再次,是文学活动在汉代已成为整个社会上层的普遍风气。

当时,先是在南方各诸侯国(如吴王、梁孝王、淮南王等诸侯国)的宫廷中,后是在中央天子(如汉武帝、汉宣帝等皇帝)的宫廷中,陆续或并列形成了文学活动的中心,并向其他地方扩展,形成了一个全国性的文学活动的网络。不仅文人作赋,而且大臣也作赋;不仅诸侯作赋,而且天子也作赋(《汉书·艺文志》著录汉武帝辞赋两篇)。可见文学活动至少在社会上层中已经普及。文学作品的数量也达到了一个惊人的数字。光是西汉中后期的辞赋,就多达一千余篇。班固的《两都赋序》,这样描绘了西汉文学活动的盛况:"故言语侍从之臣,若司马相如、虞丘寿王、东方朔、枚皋、王褒、刘向之属,朝夕论思,日月献纳;而公卿大臣,御史大夫倪宽、太常孔臧、太中大夫董仲舒、宗正刘德、太子太傅萧望之等,时时间作……故孝成之世,论而录之,盖奏御者千有余篇。"(《文选》卷一)这种整个社会上层都普遍从事文学活动的现象,是先秦时期根本看不到的,而在汉代以后则成为常态。这也说明了汉代人对于文学的价值的重视。

第四,汉代还出现了中国文学史上最初的专门从事文学活动的文人阶层,他们或凭文学才能得到官职,或纯粹以文学活动为业谋生。像这样的文人阶层,也是先秦时期根本看不到的。他们的出现,正是文学价值受到重视,文学活动成为专门的产物(关于文人阶层,我们将在下节中作更详细的论述)。

第五,和先秦时期的绝大部分典籍,尤其是文学作品难以确定作者的情况不同,汉代的典籍,包括汉代的文学作品,除了乐府民歌和古诗之外,绝大多数已能确定作者。如《七发》为枚乘所作,《史记》为司马迁所著,《翠鸟诗》为蔡邕所吟等等。这一现象,也说明文学的价值在汉代已经受到重视,文人们已乐于在自己的作品上署上自己的名字。至于古乐府与古诗之所以还不能确定作者,正是因为它们在汉代或是民间创作,或是新兴样式,所以还没有受到足够的重视。而这一情况,也在魏晋以后开始得到了改变。魏晋以后,乐府诗和五言诗等,也大都能够确定作者了。这也正说明,魏晋以后比汉代要更为重视文学的价值,尤其是抒情诗的价值。汉代以后的文学作品大抵都能够确定作者,汉代已开其先河。

由以上各点可以看出,从汉代开始,文学的价值已经受到人们的重视。这是汉代文学相对于先秦文学的重大进步。当然,汉代人对于文学的价值的重视,本身也有个发展的过程;而且从整个中国文学史来看,汉代人对于文学的价值的重视,也仅仅是刚刚在起步;对于文学的价值的更高的重视,是进入魏晋以后才出现的。[1]

二

在中国文学史上,汉代又是孕育了中国最早的文人阶层的时代。

在先秦时期,并不存在后世那种专门从事文学活动的文人,甚至也不存在后世那种同时身兼其他身份从事文学活动的文人。这从如上所说的先秦时期的典籍,尤其是文学作品,大都不能确定作者这一点也能看出来。如《诗经》里的诗歌,大都是无名氏的创作;少数有作者名的诗歌,又大抵靠不住。又如诸子散文和历史散文著作,也大都是某家某派的集体作品,而非个人之作,所以也大抵难以确定作者是谁。连作品的作者都难以知道,

---

[1] 本节中的主要观点,乃受惠于吉川幸次郎《一つの中国文学史》、《诗经と楚辞》、《司马相如について》等文的影响,诸文收入《中国诗史》(高桥和巳编,东京,筑摩书房,1967年;中文版,章培恒等译,合肥,安徽文艺出版社,1986年)。

那自然是不会存在一个文人阶层的。只有楚辞的情况也许是个例外。在战国时期楚国的宫廷里，出现了一批像屈原、宋玉、唐勒、景差这样的从事楚辞创作的文人（尽管他们的存在与否还是有争议的）。他们事实上也确实是汉代文人的先驱。班固的《汉书·艺文志》，就把他们置于"诗赋略"中的汉代文人之首，表明了汉代文人对于自己与他们的渊源关系的承认。但是，虽说屈原等人写出了一批文采斑斓的抒情诗歌，但是他们并不是专门以此作为自己的事业的。毋宁说，他们的正式事业只是政治，而写作则是他们失意时抒发牢骚和表达政见的行为。所以他们并不是真正的文人，而只能说是文人的滥觞。先秦时期之所以没有出现文人阶层，是和先秦时期还没有重视文学的价值息息相关的。

但是，到了汉代，情况就完全不同了，开始出现了专门从事文学活动的文人阶层。他们或凭借文学才能得到官职，或纯粹以此作为事业。这一现象，是先秦时期所未曾有过的，而在此后的中国文学史上则成了常态。

汉代文人阶层的出现，是有一个发展的过程的。汉王朝刚刚建立的时候，中央集权与分封制度并存，战国时期的余风还残留在人们的意识中。那些诸侯王们像战国时期的诸侯一样，在自己的宫廷中招罗士人。而那些从战国时期生活过来的纵横游说之士，也正好在各个诸侯的宫廷中找到了自己的饭碗，并以自己的一技一能为诸侯王服务。但是，和战国时期的诸侯国相比，西汉前期的诸侯国的地位已经完全不同。它们不仅不能像战国时期的诸侯国那样采取富国强兵之策，而且其本身也被中央朝廷视为危险的存在物（在这方面，贾谊和晁错的意见是有代表性的）。因此，游于西汉前期诸侯王国中的士人的任务，也就与游于战国时期诸侯王国中的士人的任务完全不同了。后者的任务,主要是从事军事外交等等活动,为君主谋求霸权,也即充当"帮忙"的角色;而前者的任务,却只能是陪着诸侯王玩玩,做一些漂亮的文章让他们开心,也即是充当"帮闲"的角色。西汉前期游说之士性质的这一变化,对于汉代文人阶层的产生来说是至关重要的。正因为这时已不再需要游说之士从事外交军事活动,而只需要他们从事文学活动,所以游说之士在西汉前期便开始渐渐蜕变为宫廷文人了。司马相如慕战国时期蔺相如之功业为人而取名相如,但蔺相如是战国时期的风云人物,而司马相如则只是汉代的宫廷文人。这一对比,是颇具象征意义的。当然,西汉前期还只是宫廷文人的孕育期,因为西汉前期的宫廷文人还不是纯以文学活动取悦君主的,而是同时也从事其他活动的。如枚乘是汉代宫廷文人的雏形,他的《七发》等辞赋,表明他已是一个比较专门地从事文学活动的宫廷文人;但是,他的《谏吴王书》,却表明他的身上仍有游说之士的成分,所以他仍只能说是一个过渡性人物。

到了西汉中期,真正的宫廷文人开始出现。他们的特征,就是仅凭文学才能就能得到饭碗,或仅凭文学才能就能得到官职。前者可以说是专事文学活动的文人,后者可以说是兼顾文学活动的文人,但他们在仅凭借文学才能就能受到赏识这一点上是一致的。前一种宫廷文人,可以东方朔、枚皋为代表;后一种宫廷文人,可以严助、吾丘寿王为代表;司马相如则介乎二者之间。我们知道,在西汉前期的中央宫廷中,仅有文学才能的人是没有地位或得不到赏识的。如司马相如在汉景帝时曾为武官,但是其文学才能却得不到发挥,因而后来当梁孝王带着枚乘等人到长安来时,他就跟着他们跑到梁国去了。但是,在西汉中期的中央宫廷中,却招罗了大批具有文学才能的人。他们或兼任其他官职,或不兼任其他官职(这要看他们有无政治才能),但在根本上，他们都是凭文学才能立足于宫廷的。同样以司马相如为例。梁孝王死了以后，他回到成都老家，和卓文君一起卖酒。后来之所以能进入中央宫廷，是因为汉武帝读了他的《子虚赋》后大为赏识，恨不能与作者同时，经过同乡狗监杨得意的介绍，他这才得以进入宫廷的。像这样的情况，在西汉前期乃至先秦时期都是无法想象的。与司马相如有类似遭遇的，还有汉武帝即位伊始便征往京师，结果却不幸死在路上的枚乘，还有枚乘的儿子枚皋及东方朔等人，他们都是以文学才能受到汉武帝赏识的。就像这样，在汉武帝的提倡下面（其实汉武帝本人对于辞赋的嗜好也是当时社会上文学风尚作用的结果，因为历史记载他是从少年时代做太子时起就喜欢上辞赋的），以文学才能得到赏识或重用，以文学活动为主要事业的宫廷文人就正式出现了。这种宫廷文人，用班固《两都赋序》的话来说，就是"言语侍从之臣"，也就是以语言文学侍从君主之臣。这种宫廷文人，是中国文学史上第一次出现的文人。尽管从西汉后期到东汉后期，汉代文人的身份一直在变化，从宫廷文人渐渐蜕变为普通文人，但从西汉中期开始，中国文学史上出现了文人阶层，这一点却是毋庸置疑的。

汉代中期出现的这种宫廷文人的职掌，就是用其文学才能制作辞赋以取悦君主。他们经常追随在君主左右，如君主对什么事物或事件发生兴趣，就让他们以这些事物或事件为材料，制作辞赋或其他体裁的美文。这正如《汉书·严助传》所说的："有奇异，辄使为文，及作赋颂数十篇。"据《汉书·枚皋传》记载，汉武帝得皇子，枚皋就与东方朔作《皇太子生赋》；卫皇后立，枚皋奏赋以戒终；"从行至甘泉、雍、河东，东巡狩，封泰山，塞决河宣房，游观三辅离宫馆，临山泽，弋猎射驭狗马蹴鞠刻镂，上有所感，辄使赋之。"他在这样的情况下作成的辞赋，"可读者"已多达一百二十篇,"尤嫚戏不可读者"还有几十篇。汉宣帝时王褒的情况也是如此。据《汉书·王褒传》说:"其后,太子(后之元帝)体不安,苦忽忽善忘,不乐。(宣帝)诏使褒等皆之太子宫,虞侍太子,朝夕诵读奇文及所自造作。疾平复,乃归。太子喜褒所为《甘泉》及《洞箫颂》,令后宫贵人左右皆诵读之。"枚皋和王褒的这种文学活动的情况,也是当时宫廷文人的一般情况。传说是司马相如所作的《长门赋》,据说就是代失宠于汉武帝的陈皇后倾诉哀怨之作。如果事实果真如此的话,那么麇集于武帝宫廷的其他辞赋家们当然也应该起同样的作用。在先秦时期,还没有出现过这种专事文学活动的文人,这应该说是中国文学史上的一个进步。

但是,正因为汉代文学,尤其是辞赋,在其产生之初,主要是为了取悦君主的,所以,也就决定了汉代的宫廷文人在得到自己的地位的同时,其地位不可能很高,也不可能独立。对于这一点,当时的宫廷文人自己也深感痛苦。如枚皋"不通经术,诙笑类俳倡","为赋乃俳,见视如倡,自悔类倡也"(《汉书·枚皋传》);东方朔"应偕似优"(《汉书·东方朔传》);扬雄认为,当时的辞赋家"颇似俳优淳于髡、优孟之徒"(《汉书·扬雄传》);都不约而同地提到了这一点。当时的君主对辞赋家也持同样看法。如汉宣帝说:"'不有博弈者乎?为之犹贤乎已。'辞赋大者与古诗同义,小者辩丽可喜。辟如女工有绮縠,音乐有郑卫,今世俗犹皆以此虞说耳目,辞赋比之,尚有仁义风谕,鸟兽草木多闻之观,贤于倡优博弈远矣!"(《汉书·王褒传》)宣帝虽然引了《论语》中的话来说明辞赋之有用,但对他来说辞赋至多是远胜博弈、绮縠、郑卫、倡优而已,这当然远不能和三国时魏文帝曹丕所说的"文章,经国之大业,不朽之盛事"(《典论·论文》)的态度相比。但是,我们应该看到,汉代宫廷文人的"见视如倡",虽说正是文学的价值在汉代还没有像魏晋以后那样受到更高重视的表现,但比起文人根本还没出现,所以连倡优的地位都没有的先秦时期来,说明汉代文人毕竟已经有了类于倡优甚至胜于倡优的地位了,这也正是文学的价值在汉代已经开始受到重视的反映。我们可以看到,即使像司马迁这样的历史学家,在当时的地位也并不比枚皋等人更高。如他在《报任少卿书》中自诉:"文史星历,近乎卜祝之间,固主上所戏弄,倡优畜之,流俗之所轻也。假令仆伏法受诛,若九牛亡一毛,与蝼蚁何异!"(《汉书·司马迁传》)和文学的价值不同,史学的价值在先秦时期就已被重视,而到了汉代自然就更受重视,这从司马迁受辱不死发愤著书以求不朽的行为也可看出来,但是,历史学家在汉代的地位也不过如此。所以这更反映出宫廷文人的"见视如倡",乃是文人形成史上自然要出现的一环,所以应该历史地去看待。

不过,宫廷文人仅是汉代文人的最初阶段。汉代文人的概念,不能完全用宫廷文人来涵盖。事实上,从西汉后期开始,汉代文人的身份就开始出现了缓慢的变化。整个汉代文人的发展,大致上可以分成三个阶段:自西汉前期至中期是第一个阶段,这是宫廷文人的孕育和形成期;自西汉后期至东汉前期是第二个阶段,这是宫廷文人与宫廷学者合流的时期;自东汉中期至后期是第三个阶段,这是宫廷文人兼宫廷学者向普通文人转变的时期(普通文人也可兼为平民或官僚或学者)。第二阶段的文人的最大特点,是文人的学者化倾向。在东汉前期,出现了以东观、兰台为活动中心的宫廷文人兼宫廷学者群体。这一阶段的文人的地位,已明显比前一阶段的文人要高。因为到了东汉前期,文人们已不再抱怨自己"见视如倡"了。而且,班固的《两都赋序》也已把辞赋创作提高到了"润色鸿业"的地位,尽管这只是出于儒家文学观念及歌功颂德需要的说法,但毕竟说明在当时人的心目中,辞赋已不再是和博弈、绮縠、郑卫、倡优相去无几的东西。而且上述这种说法,离曹丕所说的"经国之大业,不朽之盛事"也已距离不远了。不过,这一阶段的文人,仍然保持了对宫廷的强烈依附性。到了第三阶段,即东汉中后期,以平民文人为主体的文人阶层开始出现。他们已大都不再为君主的宫廷创作,而是为自己创作;辞赋的内容也不再只是为了取悦君主,而是更多地抒发了自己的感情。在东汉后期,还出现了文人之间的诗文唱酬之风,更说明文学活动已开始逐渐从君主的宫廷、贵族的沙龙中摆脱了出来。东汉中后期的文人,可以说已经具备了后来中国文人的雏形。这也说明文学的价值到了东汉中后期已更受重视。

汉代文人的成长,与汉代文学的发展是同步的。正由于当时出现了重视文学的价值、重视修辞性语言的社会风尚,所以才会产生专门从事文学活动的文人阶层;也正由于出现了专门从事文学活动的文人阶层,所以才推动了汉代文学从文体到内容到技巧的全面发展。汉代文人作为中国文学史上最初的文人,他们的出现是具有十分重要的意义的。

三

在中国文学史上,汉代文学又是在文学样式、文学内容和文学技巧等各个方面都表现出巨大进步并取得重要成就的文学。

在文学样式方面,汉代文学在继承和发展先秦文学各种文学样式的基础上,孕育和形成了一系列新的文学样式,它们成了后来的中国文学,尤其是中世文学(魏晋南北朝文学)的几种主要的文学样式。先秦时期的文学样式,主要有过《诗经》式的四言诗型、楚辞式的楚歌诗型、诸子散文和历史散文等等。四言诗主要流行于春秋时期,在战国时期已经式微;楚辞仅流行于战国时期的南方楚国,不是全国性的文学样式;诸子散文、历史散文流行于先秦,但还很难说是纯粹的文学样式。如果仅就比较纯粹的文学样式而言,四言诗与楚歌在汉代以后都没有获得普遍的流传(偶尔为之的情况当然还是有的)。在南北朝时,刘勰的《文心雕龙》总结并论述了当时流行的各种文体,昭明太子的《文选》选录了各种文体的代表作品,其中的文体,大都不见于先秦时期。所以,仅就文学样式而言,先秦文学并没有为后来的中国文学奠定基础,为后来的中国文学奠定基础的是汉代文学。近人刘师培说:"文章各体,至东汉而大备。"[1]这是完全正确的。而且,不仅散文各体大备于汉代,辞赋、五言诗、七言诗、叙事文学、传记文学等中国文学的各种主要样式,也大都是完成于或至少是孕育于汉代的。因此,汉代可以说是中国文学的主要样式,或至少是中国中世文学的主要样式的奠基期。在韵文方面,汉代的辞赋,是在四言诗型、楚辞诗型和战国诸子百家文等各种先秦文学样式的基础上发展起来的一种新文体。它孕育于西汉前期,成熟于西汉中期。自此以后直到清末,尽管它的形式经常发生变化,如有大赋、小赋、骈赋、文赋、律赋等等的不同,但它作为一种独立的文体却始终是存在的。在辞赋的推动下,汉代还出现了各种四言韵文样式,如颂、连珠、赞、箴、铭、碑铭、吊文、哀辞、诔等等,以及其他各种散文样式,如七、答难、设问、诙谐文等等。这些文体大都在此后的中国文学史上盛行不衰。尤其值得注意的是,在散文方面,由于汉代文人将在辞赋中磨练成熟的修辞技巧转用于散文,所以推进了散文的修辞化,到东汉后期,已经出现了骈偶工整的接近骈文的美文样式。骈文在中国中世文

---

[1] 刘师培《中国中古文学史》,北京,人民文学出版社,1959年,第23页。

学史上曾风靡一时,虽说后来受到唐宋古文运动的打击,但直到清代还有人续作,这种重要的文学样式,可以说就是在汉代成长起来的。在诗歌方面,汉代文学对于文学样式的最大贡献,是发展成熟了五言诗型,并孕育培养了七言诗型。现在我们很难想象,如果没有这两种诗型,后来的中国文学,尤其是中国中世文学,会形成怎样的局面!五言诗的发展成熟与七言诗的孕育培养,可以说是汉代文学对于中国文学样式所作的最大贡献。在叙事文学和传记文学方面,由于司马迁的《史记》的出现,汉代文学也达到了一个极高的水平,对于后来小说与传记这两种文学样式的发展,带来了不可磨灭的影响。总而言之,汉代文学在先秦文学的基础上,孕育和发展了中国文学的各种主要样式,为后来的中国文学,尤其是中国中世文学的发展,在文学样式方面奠定了基础。

在文学内容方面,汉代文学开拓了社会人生与自然环境的各种题材,展示了一个琳琅满目的世界。当然,先秦文学所表现的内容就已经很丰富了,无论是日常生活还是幻想世界,是战争还是和平,是自然还是人生,是爱情还是不幸,都已受到了相当丰富的表现。但是,到了汉代,随着文学价值的确定,文人阶层的形成,文学样式的创新,文学所表现的内容也就更为丰富多彩了。在人生方面,伟大的叙事文学和传记文学作品《史记》,塑造了各种各样的人物,刻画了各种各样的性格,表现了各种各样的命运,讲述了各种各样的故事,全面地表现了人类生活的各个侧面、各种可能和各种场景,以及各种悲剧因素和隐形力量;而抒情小赋、乐府民歌、五言古诗等等,则细腻地歌唱了人们在生活中和恋爱时的种种微妙复杂的心理活动,歌唱了人们对于生命与死亡、个人与社会、幸福与痛苦等等的看法,歌唱了人们的各种愿望和理想,挫折与幻灭。在自然方面,汉代文学中的辞赋这一样式,扩大了在先秦文学中即已经出现的自然描写的范围和规模,对雄伟的宫殿、壮丽的山川、繁华的都市、广阔的苑囿等这些先秦文学未曾表现过的东西作了细致而详尽的刻画描写;而在东汉中后期的抒情小赋中,则更是出现了带有人的心理投影的饱含意绪的自然描写,直接为魏晋南北朝时期自然描写的蔚成风气,以及中国传统的情景交融的自然描写方法的形成开辟了道路。作为从表现具体的自然物向表现山水自然过渡的一个环节,汉代文学对整个自然界所作的虽嫌堆砌然而却是繁富的表现是值得重视的。汉代文学所表现的内容的丰富多彩,李泽厚的《美的历程》说得很全面:"汉代艺术的特点却恰恰是……通过神话跟历史、现实和神、人与兽同台演出的丰满的形象画面,极有气魄地展示了一个五彩缤纷、琳琅满目的世界……与历史故事在时间上的回顾相对应,是世俗生活在空间上的展开,那更是一幅幅极为繁多具体的现实图景……从幻想的神话中仙人们的世界,到现实人间的贵族们的享乐观赏的世界,到社会下层的奴隶们艰苦劳动的世界,从天上到地下,从历史到现实,各种对象、各种事物、各种场景、各种生活,都被汉代艺术所注意、所描绘、所欣赏……这不正是一个马驰牛走、鸟飞鱼跃、狮奔虎啸、凤舞龙潜、人神杂陈、百物交错,一个极为丰富、饱满、充满着非凡活力和旺盛生命而异常热闹的世界么……文学没有画面限制,可以描述更大更多的东西。壮丽山川、巍峨宫殿、辽阔土地、万千生民,都可置于笔下,汉赋正是这样……它们所力图展示的,不仍然是这样一个繁荣富强、充满活力、自信和对现实具有浓厚兴趣、关注和爱好的世界图景么? 尽管呆板堆砌,但它在描述领域、范围、对象的广度上,却确乎为后代文艺所再未达到。它表明中华民族进入发达的文明社会后,对世界的直接征服和胜利。这种胜利使文学和艺术也不断要求全面地肯定、歌颂和玩味自己存在的自然环境、山岳江川、宫殿房屋、百土百物以至各种动物对象。所有这些对象都作为人的生活的直接或间接的对象化存在于艺术中。人这时不是在其自身的精神世界中,而完全溶化在外在生活和环境世界中,在这种琳琅满目的对象化的世界中。"① 汉代文学的表现范围的扩大,给后来中国文学的发展提供了无穷多的启示和可能性。

在文学技巧方面,汉代文学也取得了长足的进步。先秦文学的表现技巧就已经是很卓越的了。《诗经》的赋、比、兴的表现方法,楚辞的象征用典的表现方法,都是中国诗歌史上影响深远的表现方法。在散文方面,先秦时期的历史散文和诸子散文,或以叙事见长,或以比喻擅场,也对后代散文产生过不同程度的影响。到了汉代,则不仅继承了先秦文学的表现技巧,且更有所创新。在辞赋方面,既有继承楚辞传统的以抒情见长的表现方法,也有汉代新创的以铺陈见长的表现方法。由于辞赋的篇幅比较长大,形式比较自由,所以能够更加具体细腻地描写自然环境和社会生活。如王褒《洞箫赋》对于乐器的描写,傅毅《舞赋》对于舞蹈的形容,都极为精细入微,是先秦文学中所难以看到的。在散文方面,汉代散文的表现技巧与先秦散文相比也有了巨大的发展。其具体表现是:汉代散文更富于修辞性和形式美,已开了后来的骈文的先河;与先秦散文主要限于记言、叙事和说理相比,汉代散文已开始注重刻画和描写;与先秦时期不少散文作品结构还不太完整,还不能独立成篇相比,汉代散文不仅论说文章的结构已经很完整了,而且史传散文也因纪传之体而能自成篇章,这说明汉代散文家已经开始注意布局谋篇了;此外,与先秦

---

① 李泽厚《美的历程》,北京,中国社会科学出版社,1989 年,第 69—77 页。

散文中还有不少特异语法和特异词汇相比，汉代散文都是用更为稳定的词汇和语法来写作的，显示了散文语言的成熟。总之，汉代散文的表现技巧比先秦散文更为进步。在叙事文学和传记文学方面，《史记》在叙述故事、构思情节、设计场景、表现对话、刻画性格、塑造人物等各个方面，都显示出高度的表现技巧，不仅影响了后来的史传文学，也影响了中国的传统小说。在诗歌方面，汉代诗歌在叙事、言志、抒情、状物等各个方面，也都表现出卓越的技巧。乐府民歌的自由形式和五七言诗歌的严整结构，都直接影响并决定了后来中国诗歌表现技巧的基本特点。总而言之，汉代文学的表现技巧与先秦文学相比已有了长足的进步，并对后来的中国文学产生了不小的影响。

四

在中国文学史上，汉代文学又是最早和儒家思想发生密切关系的文学。

尽管先秦文学中的一些作品，如《诗经》等，后来都被作为儒家经典而受到重视，但是在其产生之初，却与儒家思想没有什么关系。儒家思想对它们的影响，仅仅表现在后来对于它们的整理和诠释上。与之不同，汉代文学产生后不久，就因儒家思想的成为统治思想，而与之发生了密切的关系。

儒家思想在汉代成为统治思想，是有一个孕育过程的。在西汉前期，思想界的气氛还很活跃，各派思想都有立足之地，这在枚乘《七发》的最后一段中表现得很清楚："将为太子奏方术之士有资略者，若庄周、魏牟、杨朱、墨翟、便蜎、詹何之伦，使之论天下之释微，理万物之是非，孔、老览观，孟子持筹而算之，万不失一。此亦天下要言妙道也……"（《文选》卷三四)吴客向楚太子推荐的"要言妙道",自是包括各派思想在内的。而在西汉前期的各派思想中,黄老思想又最为流行。不过,即使在西汉前期,儒学的优势也已经在渐渐地孕育着了。西汉前期一批为朝廷出谋划策的政论家,如陆贾、贾谊、晁错等人,都大抵以"仁义"之类儒家思想作为立国之本。到了西汉中期,儒家思想成为统治思想的过程最终完成。此后直到20世纪初为止,除了一些例外的历史时期,儒家思想一直是中国社会的统治思想。

西汉中期儒家思想的成为统治思想,对汉代文学的发展产生了极为巨大的影响。其影响就像一把双刃剑一样,既有有利的一面,又有不利的一面。从有利的一面来看,在中国古代各派思想中,道家思想具有自然主义的倾向,墨家思想具有"非乐"的倾向,法家思想则具有主张专制统治抑制个人自由的倾向,即在一定程度上,它们都具有否定文化和忽视文学的倾向;而儒家思想却与之不同,它具有明显的文化至上主义色彩。在先秦的思想家中,孔子是唯一重视《诗经》的文学价值的人,也是唯一重视保存和传播《诗经》等古典著作的人。他的"言之无文,行而不远"的说法,虽然重点是放在"行"上的,但毕竟已看到了"文"对于"行"的重要性。也就是说,虽然孔子是以功利目的和实用态度来对待修辞性语言的,但他毕竟已经把修辞性语言作为人类文化之一部分加以承认乃至支持。孔子对于"文"即修辞性语言的态度,也是儒家思想对于"文"的一般态度。因此,当儒家思想成为统治思想以后,它就必然会提高"文"即修辞性语言的地位,并因而提高文学的地位和文人的地位。西汉中期所发生的情况正是如此。我们可以看到,在黄老思想流行的西汉前期,在皇帝的宫廷里文学并没有受到重视。于是司马相如不得不跑到南方诸侯国中去,因为在那里文学虽说也没有受到儒家思想的支持,却有着传统的楚文化楚文学的肥沃土壤。到了西汉中期，由于儒家思想已经成了统治思想，所以当时的君主和文人都把文学看作是儒学实践的一部分而开始重视起来。如汉武帝在朝廷里设立乐府机构以搜集民间歌谣，虽然其真正原因也许只是出于汉武帝个人对于民间歌谣的喜爱，而且实际上在制定或施行政策时也从未参考过这些民间歌谣，但是其表面所持的目的和理由，却是为了像儒家所主张的那样设采诗之官，以根据采集来的民谣了解人民对于政治的反映和评价。又如汉宣帝关于辞赋所说的："辞赋大者与古诗同义，小者辩丽可喜……辞赋比之（毅平按：指音乐、女红类娱乐性东西），尚有仁义风谕，鸟兽草木多闻之观，贤于倡优博弈远矣！"（《汉书·王褒传》）司马迁关于司马相如赋所说的："相如虽多虚辞滥说，然其要归引之节俭，此与诗之风谏何异？"（《史记·司马相如列传》）也反映了汉代君臣都将辞赋创作视为儒学实践之一部分的态度。又如自西汉中期开始，汉代历代君主都以贤良对策方式取士，在中国历史上第一次凭文章写得出色（当然也凭文章写得"正确"）来任用官吏，这也同样表明了将文章写作视作儒学实践之一部分的态度。而这种方式，在以前的中国历史上是未曾有过的。正如扬雄的《解嘲》所感叹的："乡使上世之士处乎今，策非甲科，行非孝廉，举非方正，独可抗疏，时道是非，高得待诏，下触闻罢，又安得青紫？"（《汉书·扬雄传》）又如汉代文人（如司马相如等人）大都具备儒家思想的修养，而汉代儒家学者或政治家（如贾谊等人）也大都擅长文学，也说明了儒家思想与文学创作是密不可分的。凡此种种，均说明从汉代，至迟从西汉中期开始，像民间歌谣、辞赋、文章等文学样式，都已因被视作儒学实践的一部分而受到了重视和支持。因而可以说，儒家思想在汉代的成为统治思想，的确是使文学在汉代社会中取得地位的基本前提。这是儒家思想对于汉代文学的发展有利的一面。①

但是,从另一个方面来看,儒家思想在汉代的成为统治思想,对于汉代文学的发展也有不利的一面。这是因为儒家思想尽管重视文学的价值,但它基本上是以功利目的或实用态度来对待文学的。孔子尽管是先秦思想家中唯一重视《诗经》文学价值的人,但他更为关心的乃是《诗经》的伦理作用和实际功用;尽管他也强调"言"要有"文",但他毕竟是为了"行"之更"远"。因此,儒家思想的重视文学,根本上只是重视文学的功利和教化作用,而不是其审美和娱乐作用。在儒家的文学观念看来,后者仅是手段,前者才是目的。这种文学观念用后世的话来概括,就是"文以载道"。当儒家思想在西汉中期成为统治思想以后,它的这种文学观念就开始发挥作用。它要把文学纳入自己的轨道,要文学为教化和功利目的服务。因而,儒家思想的成为统治思想,在提高文学地位的同时,又束缚了文学的发展。这种文学观念具体表现在辞赋创作方面,就是要求辞赋具有讽谏和教化作用,而贬低或否定辞赋的审美和娱乐作用。如上述司马迁评司马相如赋的那段话,就批评了相如赋的"虚辞滥说",肯定了它的"引之节俭"。上述汉宣帝论辞赋价值的话,就认为"辩丽可喜"只是辞赋之"小者",而"与古诗同义"的"仁义风谕"才是辞赋之"大者"。班固《两都赋序》则认为:"赋者,古诗之流也……或以抒下情而通讽谕,或以宣上德而尽忠孝,雍容揄扬,著于后嗣,抑亦雅颂之亚也。"(《文选》卷一)他们都是从正面肯定辞赋的人,但都是从儒家文学观念出发的。又如扬雄认为,司马相如赋是"靡丽之赋,劝百风一"(《史记·司马相如列传》),又认为:"赋者,将以风也,必推类而言,极丽靡之辞,闳侈巨衍,竞于使人不

---

① 以上参见吉川幸次郎《司马相如について》之第九部分。

能加也,既乃归之于正,然览者已过矣。往时武帝好神仙,相如上《大人赋》,欲以风,帝反缥缥有陵云之志。由是言之,赋劝而不止,明矣……非法度所存,贤人君子诗赋之正也。"(《汉书·扬雄传》)王充认为,辞赋"文丽而务巨,言眇而趋深,然而不能处定是非,辩然否之实。虽文如锦绣,深如河汉,民不觉知是非之分,无益于弥为崇实之化"(《论衡·定贤篇》)。他们都是从反面否定辞赋的,但也都是从儒家文学观念出发的(后世对于辞赋的批评意见还可以听到很多,如裴子野、朱熹等等,其根据不出于此)。所以,无论是肯定辞赋还是否定辞赋,他们的根本主张都没有什么不同,即都要求辞赋具有讽谏和教化作用,而否定辞赋的审美和娱乐作用。因而从这个角度说,儒家思想又是具有反文学的倾向的,有不利于文学发展的一面。

当儒家思想在西汉中期成为统治思想以后,它对于文学发展的这种有利和不利的双重作用,就开始充分显示了出来,汉代文学从此陷入了进退维谷的两难处境:它因被视作儒学实践的一部分而受到重视,又因同样原因而受到阻碍;它只有得到儒家思想的支持才能获得发展,但是为了得到这种支持,它又必须压抑自己的文学特质。在这样的进退维谷的两难处境中,汉代文学步履维艰地发展着,并形成了一些此前所没有的特色。如辞赋的"劝百讽一"或"曲终奏雅",就是其表现之一。辞赋的本质就是铺陈,就是夸张,但是为了得到儒家思想的支持,它就必须声称自己的本质是讽谏,是教化,铺陈和夸张只是手段。汉代文学的这种"劝百讽一"或"曲终奏雅"的特色,当初扬雄从儒家文学观点出发,认为它是虚伪的;今天我们从现代的文学观点出发,也可以得出同样的结论,尽管我们和扬雄的立足点不同。汉代文学与儒家思想的这种错综复杂的关系,已经显示了后来中国文学与儒家思想错综复杂关系的全部内容。可以说,从汉代文学开始，中国文学就是在儒家思想的尊重和约束的河床中不断向前流动的。

五

在中国文学史上，汉代文学又是最早在中央集权的统一国家中产生的文学，因而在各个方面都呈现出与先秦文学不同的特色，并开了后来的中国文学的先河。

其具体表现之一，是汉代出现了以京师为中心的全国统一的文学网络。和先秦时期诸侯分封的政治局面相联系的，是地方性的多元化的文化圈的并存。楚国有楚国的文化，齐鲁有齐鲁的文化，秦国有秦国的文化，等等。其在春秋时期的典型表现，就是《诗经》中有十五国风的区别；在战国时期的典型表现，就是有南方的楚辞文学与北方的散文文学的区别。这些地方性的多元化的文化圈，既各自独立，又互有影响，既有共同之处，又有独特之处，它们之间的关系是并列的，平行的。在这样的情况下产生的文学，无论是文学样式，抑是文学内容，抑是文学风格，显然都会呈现出多元化的地方性的色彩。但是，和汉代中央集权的统一国家相联系的，却是以京师为中心的全国统一的文学网络。也就是说，文学风尚的传播，以京师（尤其是宫廷）为中心向地方扩散，同时地方也向中央反馈。东汉童谣所说的："城中好高髻，四方高一尺；城中好广眉，四方且半额；城中好大袖，四方全匹帛。"（《后汉书·马援传》附《马廖传》）如象征性地理解为文学风尚方面的意义，则可以说正是很形象地反映了汉代文学在中央集权的统一国家中的传播情景。在这样的情况下产生的文学，无论是文学样式，抑是文学内容，抑是文学风格，显然都会呈现出一元化的全国性的色彩。当然，西汉前期文学的情况还不完全是如此，因为西汉前期还是中央集权的专制制度与诸侯分封的封建制度并存的时期，所以西汉前期的文学状况还保存了先秦时期的若干特色。但是，这种情况到西汉中期以后就完全改变了，并且再也没有重现过，所以西汉前期可以看作是一个过渡期。这种由京师向地方扩散、地方向京师反馈的一元化的全国性的文学网络，除了若干分裂时期之外，可以说是汉代以后中国文学的主要传播方式，而汉代文学已开其先河。

其具体表现之二，是汉代出现了全国性的文学样式。先秦时期的文学样式，由于是在各自独立而又互有联系的各个文化圈中产生的，所以大都是地方性的文学样式。各地的文学样式之间，往往存在着相当大的差别。如北方以《诗经》为代表的四言诗型，与南方以楚辞为代表的楚歌诗型之间，就形成了鲜明的对比。但是，到了汉代，这种地方性的文学样式却不复存在，代之而起的是全国性的文学样式。以辞赋为例，如果说西汉前期辞赋还带有较多南方楚辞色彩的话，那么西汉中期以后的辞赋就完全是吸收了先秦时期南北文学样式之长（如《诗经》的四言句式，楚辞的铺陈手法，诸子的论辩艺术）的全国性的文学样式了。再以诗歌为例，如果说在汉代相当流行的楚歌和不绝如缕的四言诗分别带有南北地方色彩的话，那么西汉时即已萌芽成长、东汉时已成为主流的五言诗，就完全是全国性的文学样式了。这两种文学样式，都是在从中央到地方、从地方到中央的反复传播过程中形成的。像汉代的辞赋和五言诗这样的全国性的文学样式，在先秦时期是完全不可能出现的；同样，像先秦时期北方的四言诗和南方的楚歌这样的地方性的文学样式，在汉代也大都是很难再出现的。汉代以后的中国文学的主要样式，大都是全国性的，而非地方性的，而汉代文学已开其先河。

　　其具体表现之三，是汉代文学还糅合了先秦南北文学的不同内容和风格，形成了新的综合性的内容与风格。先秦时期的文学，由于是在各个彼此独立而又互有影响的文化圈中产生的，所以它们具有不同的内容和风格。如北方以《诗经》为代表的重视日常生活、喜用日常语言的文学，就不同于南方以楚辞为代表的重视幻想世界、喜用奇特语言的文学；北方文学以历史经验为主要内容的理性精神，也不同于南方文学以神话想象为主要内容的浪漫精神；北方以《论语》为代表的重视社会伦理的平实简洁的诸子散文，也不同于南方以《庄子》为代表的重视个人自由的恣肆汪洋的诸子散文。但是，到了汉代，这种多元化的文学内容与艺术风格就不复存在了，代之而起的是综合性的文学内容与艺术风格。在汉代文学中，先秦时期北方的理性精神与南方的浪漫精神，楚地的神话传说与北国的历史故事，儒家宣扬的道德节操与道家宣扬的荒忽之谈，《诗经》的日常世界与楚辞的空想世界……都已被有机地融合到了一起，交织成一幅幅斑驳烂漫的画面。这种综合性的文学内容和艺术风格，也是先秦文学中所未曾出现过的，已开了后来中国文学大都具有综合性的内容和风格这一特点的先河。

　　具体表现之四，是汉代文学表现了巨大的时空意识。先秦文学就其单篇作品或个人作品而言，篇幅都不太大。如《诗经》里的诗歌，篇幅都很短小；诸子散文著作，大都是集体的作品；历史散文作品，也不成于一人一时；《离骚》虽然可以说是长篇诗歌，但其内容只是表现屈原个人的感情和见解。汉代中央集权的统一国家的形成，使过去由于分封制度而局限于一地的文人们大开眼界。他们的眼光不再局限于一时一地，而是纵横驰骋于广阔的空间和悠远的时间中。像司马迁的那种全国范围的漫游，在汉代是颇具象征意义的，它不可能出现于诸侯割据的先秦时期，而只能出现于天下一统以后的汉代。广阔的漫游带来了宏观的眼光，宏观的眼光产生了巨大的时空意识，巨大的时空意识孕育了规模庞大的包罗万象的文学作品。如司马相如的《子虚赋》《上林赋》这样的汉代大赋，司马迁的《史记》这样的历史巨著，就都是这种巨大的时空意识的产物。当我们随着辞赋家们上下左右、东西南北地观览世界时，尽管我们也难免会产生疲倦烦闷之感，但我们不能不被其中所表现的广阔的空间画面和所蕴含的巨大的空间意识所打动；当我们随着司马迁在当时人心目中的全世界的上下几千年的历史中漫游，并观察上至帝王下至平民的社会各阶层人物的喜怒哀乐时，我们也不能不被其中所表现的广阔的历史场景和深邃的时间意识所震撼。"究天人之际，通古今之变，成一家之言。"（《汉书·司马迁传》）这几句话中所体现的巨大的时空意识，不仅是司马迁个人所独有的，也可以说是整个汉代文学所共有的。这种巨大的时空意识，是此前的先秦文学中所未曾有过的，可以说正是汉代文学所独有的魅力之一，它无疑和中央集权的统一国家的出现密切相关。

六

以上，我们从对于文学的价值的认识，文人阶层的形成，文学样式、文学内容和文学技巧的进步，文学与儒家思想的发生关系，文学与中央集权的封建体制的发生关系等各个方面，论述了汉代文学在中国文学史上的重要性，以及因之而形成的它的重要地位。当然，汉代文学在中国文学史上的重要性，并不仅仅表现在以上这几个方面，而是此外还可以发现不少，只不过我们认为以上这几个方面可以说是其中最重要的方面，所以在此作了重点论述。正是从以上这几个重要的方面出发,我们要重新展开对于汉代文学史的叙述。我们相信,在我们的笔下所展示的汉代文学史的面貌,因之也将不同于以往学者的笔下所展示的。这也正是我们重述汉代文学史的目的之所在。

道德意识对汉代文学的
影响及其他
——以女色的表现为中心

与前面的先秦文学和后面的魏晋南北朝文学不同,汉代文学乃是一种深受儒学影响的文学。在先秦时期,儒学不过是诸子百家中的一种,尽管对文学不可能没有影响,但其影响并不比其他思想流派更大;在魏晋南北朝时期,儒学受到了来自其他思想流派的严重挑战,其对文学的影响日趋式微;而在汉代,由于儒学被确立为统治思想,因而它对文学的影响开始变得非常强大,以致使汉代文学呈现出了不同于先秦文学和魏晋南北朝文学的特色。抓住儒学影响来考察汉代文学,乃是准确理解汉代文学的途径之一。本文即拟选取汉代文学中的女色表现这一侧面,来考察汉代文学所受儒学影响的痕迹。

一

在先秦文学中,已经出现了关于女色的表现。值得注意的是,先秦文学是将女色作为一种值得肯定和赞美的东西,而不是作为应该贬低和否定的东西来加以表现的。

在中国最早的文学作品《诗经》里,已经出现了许多有关女性外貌的美丽形容。如形容美丽的女子则称"淑女"、"淑姬"、"硕女"、"静女"、"姝者"、"美人";形容其仪态之美则称"窈窕"、

"如玉"、"其姝"、"展如"、"其娈"、"洵美且都"、"婉如清扬";形容其身材之美则称"硕大且卷"、"硕大且俨"、"硕人其颀"、"硕人敖敖";形容其面貌之美则称"颜如舜英"、"颜如舜华",等等(见《周南·关雎》、《邶风·静女》、《鄘风·桑中》、《郑风·有女同车》、《郑风·野有蔓草》、《齐风·东方之日》、《陈风·东门之池》、《陈风·泽陂》、《卫风·硕人》等)。尤其是《卫风·硕人》中的描写更为具体:"手如柔荑,肤如凝脂,领如蝤蛴,齿如瓠犀,螓首蛾眉,巧笑倩兮,美目盼兮。"可说是中国文学史上关于女性美的最早的经典性表现之一。但总的说来,《诗经》中的这些描写,都对女性美采取了客观态度,而没有渗入以之为男性欲望对象的主观意识。

真正的女色表现,亦即是作为男性欲望对象的女性魅力的文学表现,是到楚辞中才开始出现的。如《招魂》中是这样表现女色之丽的:

> 姱容修态,絙洞房些。蛾眉曼睩,目腾光些。靡颜腻理,遗视矊些。

> 美人既醉,朱颜酡些。娭光眇视,目曾波些。被文服纤,丽而不奇些。长发曼鬋,艳陆离些。

其中描写了美女的婀娜的体态,娇嫩的肌肤,撩人的眼波,可爱的醉态,光艳的发式,美丽的服饰等等。作者为什么要表现这种女色?对这种女色持什么态度?这看一下此赋的写作宗旨便可明白。据王逸《招魂》章句说,此赋为宋玉所作:"宋玉怜哀屈原忠而斥弃,忧愁山泽,魂魄放佚,厥命将落,故作《招魂》,欲以复其精神,延其年寿,外陈四方之恶,内崇楚国之美。"《招魂》是否果为宋玉所作,所招是否果为屈原之魂,这我们可暂且不去管它,但关于此赋的写作宗旨,这里还是说得很清楚的,那就是作者要用种种人间乐事("楚国之美")来打动被招者的魂魄,使它回到其人体内,而"复其精神,延其年寿"。在作者所枚举的种种人间乐事中,自然也包括了女色。在作者看来,女色乃是人间乐事之一,它能诱使人的魂魄归来。可见在诗人的心目中,女色乃是一种于人有益使人动心的东西,而不是一种于人有害应该排斥的东西。

对于女色的同样态度,也见于《大招》中。其中对于女色的表现比《招魂》更甚,用了整整五段文字来反复盛称女色之丽:

朱唇皓齿,嫭以姱只。比德好闲,习以都只。丰肉微骨,调以娱只。魂乎归徕,安以舒只。

嫭目宜笑,蛾眉曼只。容则秀雅,稚朱颜只。魂乎归徕,静以安只。

姱修滂浩,丽以佳只。曾颊倚耳,曲眉规只。滂心绰态,姣丽施只。小腰秀颈,若鲜卑只。魂乎归徕,恩怨移只。

易中利心,以动作只。粉白黛黑,施芳泽只。长袂拂面,善留客只。魂乎归徕,以娱昔只。

青色直眉,美目媔只。靥辅奇牙,宜笑嘕只。丰肉微骨,体便娟只。魂乎归徕,恣所便只。

作者表现了美女的身材体态之美,眉眼口角之美,表情风韵之美,春心荡漾之美,诗人通过一遍又一遍的美丽描写,发出了一声又一声"魂乎归徕"的呼唤。那几声"魂乎归徕"的呼唤的意思,据王逸《大招》章句说,乃是"美女鲜好可以安意舒缓忧思","美好之女可以静居安精神","美女可以忘忧去怨思","可以终夜自娱乐","所选美女五人,仪貌各异,恣魂所安,以侍栖宿",等等,也就是说,都是盛称美女的魅力,来引诱离去的魂魄的。这种表现，和此赋的写作宗旨是一致的，因为据王逸《大招》章句说，此赋和《招魂》一样，也是要以种种人间乐事来打动魂魄，使之复归故体的。在作者看来，女色足以使人忘掉忧愁烦恼，使人得到精神解脱。在这种表现背后起作用的，同样是一种肯定和赞美女色的态度。

和《诗经》中有关女性美的朴素表现相比，楚辞中的女色表现无疑是更具官能刺激性的。在这种写法的背后，当然矗立着男性社会的阴影，女色成了男性享乐的对象。然而，《诗经》何尝不是男性社会的产物，为什么在《诗经》中就不存在这样的描写呢？这一方面固然与二者的写作宗旨不同有关，即后者是要用女色来激起男子的欲望，使其魂魄复归故体，而前者并无这种目的；但另一方面也和《诗经》和楚辞因风土差异而形成的不同精神品质有关，即前者主张压抑个人欲望的集体意识，后者则较重视伸展个人自由的个体意识。① 由此可见，至少是到了楚辞时代，在先秦文学中，已经出现了一种有关作为男性欲望对象的女性魅力的文学表现，亦即是女色的表现。而在表现这种女色时，楚辞的诗人们显示出了赞美和肯定的倾向（传说是宋玉所作的《登徒子好色赋》、《风赋》、《高唐赋》和《神女赋》中，也有关于女色的美丽表现，但因其作者和时代还有疑问，故在此不置入讨论的范围）。

不仅对于女色是如此，对于其他种种人间乐事，楚辞其实也表现出了同样的赞美和肯定的态度。仍以《招魂》和《大招》为例，其中所陈"楚国之美"中，除了女色之美外，便还包括了宫室之美、陈设之美、庭园之美、食物之美、音乐之美、舞蹈之美、游戏之乐和饮酒之乐等种种人间乐事。在诗人看来，这种种人间乐

---

① 参见章培恒《从〈诗经〉、〈楚辞〉看我国南北文学的差别》，载《中国文化》创刊号，1989年。

事都是使人动心的，足以使魂魄归来的。由此可见，不管是《招魂》还是《大招》，它们都有着肯定人间乐事的倾向，尽管程度也许有所不同。这正是它们肯定和赞美女色的前提和基础。

二

如果光从统计数字和表现技巧来看，则也许可以说汉代文学中的女色表现是远远超过先秦文学的。就统计数字来说，楚辞中有关女色表现的作品并不是很多（尽管爱情表现并不算少）；就表现技巧来说，则楚辞的表现虽说颇具官能刺激性，但主要限于女性身体的具体描写，还没有比较超越的表现方式。相比之下，汉代文学在这两方面都有了长足的进步。就统计数字来说，女色表现不仅出现在许多辞赋类作品中，如枚乘的《七发》，司马相如的《子虚赋》《上林赋》，扬雄的《甘泉赋》，傅毅的《舞赋》《七激》，崔骃的《七依》，崔琦的《七蠲》，张衡的《七辩》、《南都赋》《舞赋》《定情赋》，王逸的《机妇赋》，蔡邕的《协和婚赋》《检逸赋》《青衣赋》等，也出现在许多诗歌类作品中，如李延年的《佳人歌》、张衡的《同声歌》、辛延年的《羽林郎》、无名氏的《陌上桑》、古诗中的若干作品等。就表现技巧来说，则汉代文学中的女色表现，虽说还继承着先秦文学的传统，仍有大量关于女性身体的具体描写，但也出现了许多比较超越的表现方式，如像《佳人歌》《陌上桑》那样的对于女色的非正面与非直接的表现，如像《舞赋》那样的竭力铺陈女性的舞姿之美的表现，如像《定情赋》那样的将女色表现与精神交流结合在一起的表现等等，都是汉代文学超越先秦文学的地方。因而可以说，若仅就统计数字和表现技巧而言，比起先秦文学来，汉代文学中的女色表现可以说是有了很大进步的。

不过，如果就对女色的态度来看，则比起先秦文学来，汉代文学就要严厉得多了。尽管例外的情况也不是没有，但是先秦文学中那种赞美和肯定女色的倾向，在汉代文学中却为贬低和否定女色的倾向所取代了。之所以会出现这种变化，是和儒学在汉代被确立为统治思想分不开的。基于儒学原则的道德意识，认为仁义道德是至高无上的东西，而包括女色在内的种种人间乐事，则会妨碍仁义道德的实现，因而即使不必加以禁止，也应加以防范。这种道德意识尽管在汉代还没像宋明以后那样发展为"存天理、灭人欲"的严酷的禁欲主义，但也已经是相当严厉的了。受这种道德意识的影响，汉代文学当然会对女色表现出贬低和否定的倾向。与此同时，基于儒学原则的文学观念，也认为文学必须为政治内容服务，必须具有道德教化作用，也就是所谓的要能够进行"美""刺"。在这样的文学观念指导下，女色表现便往往被用来作为进行"美""刺"的工具，其本身已不再成为文学表现的目的。如果说道德意识的影响往往使女色受到直接的贬低和否定的话，那么文学观念的影响则往往使女色受到间接的贬低和否定。当然其中道德意识的影响是根本性的，因为当时的文学观念说到底也是为道德意识服务的。

早在西汉前期的枚乘的《七发》中，对女色的贬低和否定态度便已初露端倪。在此赋的一开头，枚乘便说："皓齿娥眉，名曰伐性之斧。"又说："越女侍前，齐姬奉后，往来游宴，纵恣于曲房隐间之中，此甘餐毒药，戏猛兽之爪牙也。"明显地表现出了否定女色的倾向。在正文中，枚乘是这样表现女色之丽的：

> 于是乃发激楚之结风，扬郑卫之皓乐。使先施、徵舒、阳文、段干、吴娃、闾娵、傅予之徒，杂裾垂髾，目窕心与，揄流波，杂杜若，蒙清尘，被兰泽，嬿服而御。（《文选》卷三四）

先施等人，都是当时传说中的美人。像这样的美人穿着私服，参与了春日的宴饮，其对男子的诱惑力是显而易见的。可是楚太子的回答却是"仆病未能也"，拒绝了这样的诱惑。这看起来是楚太子的态度，其实也是作者本人的态度。作者正是要通过楚太子的拒绝女色，来表现其贬低和否定女色的态度。这一段描写，可以说是作者在此赋开头所表现的贬低和否定女色观点的一个具体实证。《七发》在写法上，与《招魂》、《大招》有不少相似之处，其中最重要的相似之处，是二者都是以铺陈种种人间乐事来打动对象的。不过在写作宗旨上，《七发》与《招魂》等却有着巨大的不同，即它是以否定人间乐事为主旨的。这已经象征性地反映了汉代文学与先秦文学的差异。不过值得注意的是，枚乘用以贬低和否定女色的思想武器，还不是儒学思想，而是包括儒学思想在内的先秦各派思想学说，也就是所谓的"天下要言妙道"。楚太子正是听吴客谈到"天下要言妙道"时，才"涊然汗出，霍然病已"的。这种情况，是和西汉前期思想界多种思想并存的局面分不开的。

如果说在《七发》中对于女色的贬低与否定还是用"天下要言妙道"，即先秦各派思想学说的名义来进行的，那么到了儒学思想开始成为统治思想的西汉中期司马相如的《上林赋》中，这种贬低与否定便开始以儒学思想的名义来进行了。在《上林赋》中，司马相如是这样表现女色之丽的：

若夫青琴宓妃之徒，绝殊离俗，妖冶娴都。靓妆刻饰，便嬛绰约。柔桡嫚嫚，妩媚孅弱。曳独茧之褕袘，眇阎易以恤削。便姗嫳屑，与俗殊服。芬芳沤郁，酷烈淑郁。皓齿粲烂，宜笑的皪。长眉连娟，微睇绵藐。色授魂与，心愉于侧。

（《文选》卷八）

这段描写显然是承《七发》那段描写而来，并更加以铺陈的。它从美女的体态风貌，写到其妆饰服装，写到其气息表情，写到其秋波流转，就表现本身来看，无疑比《七发》更为条理分明，也更为优美动人。不过像枚乘一样，司马相如也并不是要通过这种描写来赞美和肯定女色，而是要为最后的道德说教提供贬低和否定的对立面。此赋在铺陈了一系列人间乐事，其中包括女色后，导向了曲终奏雅的道德说教："于是酒中乐酣，天子芒然而思，似若有亡，曰：'嗟乎，此大奢侈！朕以览听余闲，无事弃日，顺天道以杀伐，时休息于此，然后叶靡丽，遂往而不返，非所以为继嗣创业垂统也。'于是乎乃解酒罢猎。"而后是一系列的仁政措施和道德举动，"游于六艺之囿，驰骛乎仁义之涂"，"修容乎《礼》园，翱翔乎《书》圃"。很明显，在作者看来，包括女色在内的人间乐事，是不利于仁政和道德的实现的，因而是必须加以贬低和否定的。在这里，贬低与否定女色的态度与《七发》并无不同，但其出发点却完全转到了基于儒学原则的道德意识方面来了。

到了西汉后期，随着儒学思想的深入人心，在信奉儒学学说的文人们的作品中，对于女色的贬低和否定态度变得更为严厉了。那种曲终奏雅式的道德说教，往往渗入女色表现本身之中，与女色表现密切结合在一起。比如在扬雄的《甘泉赋》中，可以看到如下的表现：

> 想西王母欣然而上寿兮，屏玉女而却宓妃。玉女亡所眺其清眸兮，宓妃曾不得施其蛾眉。方揽道德之精刚兮，眸神明与之为资。（《文选》卷七）

此赋是一篇颇富神话色彩的作品，关于女色的表现也是如此。其中的美女不是人间的女子，而是天上的女神。不过即使在那里，道德意识仍然在发挥着影响。照李善注的说法，此段的意思是:"言既臻西极,故想王母而上寿,乃悟好色之败德,故屏除玉女,而及宓妃,亦以此微谏也。"也就是说,在作者看来,"好色"乃是一种"败德"的东西,因而必须用道德意识来拒斥女色,并以此来劝谏君主。由此可见,作者对于女色是完全持贬低和否定态度的。而其用于贬低和否定女色的理论根据,也正是基于儒学原则的道德意识。

这种倾向,从西汉一直延续到了东汉。在东汉的一些模仿《七发》的作品,如傅毅的《七激》,崔琦的《七蠲》,张衡的《七辩》等中,也大都有关于女色的表现,且大都持与枚乘相似的态度。但跟《上林赋》一样,在这些作品中,作为女色等人间乐事的对立面受到肯定的,已不是先秦的各派思想学说,而是基于儒学原则的道德意识或政治主张。这一点与《七发》是不一样的。作者们对女色的贬低和否定,大都不是直接进行的,而是通过在劝说对象时女色的无效与道德的有效的对比来展开的。这种手法又与《七发》是一样的。我们先来看看东汉前期傅毅的《七激》。其中的被劝说者是一个"托病幽处,游心于玄妙,清思乎黄老"的名叫徒华公子的道家信徒,而劝说者则是一个认为"君子当世而光迹,因时以舒志,必将铭勒功勋,悬著隆高"的名叫玄通子的儒家信徒。玄通子也是用诸如妙音、佳肴、骏马、狩猎、游观、女色等种种人间乐事来打动徒华公子的,其中是这样表现女色之丽的:

>　　日移怠倦,然后宴息。列觞酌醴,妖靡侍侧。被华文,曳绫縠。珥随珠,佩琚玉。红颜呈素,蛾眉不画。唇不施朱,发不加泽。升龙舟,浮华池。纡帷瞖而永望,镜形影于玄流。偏滔滔以南北,似汉女之神游。笑比目之双跃,乐偏禽之匹嬉。(《全后汉文》卷四三)

与此前的作品相比,此赋的表现又有了新的发展,最主要的是强调了美女的不加修饰之美。不过尽管这样,恐怕仍不能打动徒华公子。虽说从现存此赋残文已难看出徒华公子的回答,但可以猜想他是——否定种种人间乐事,其中也包括女色的。否则,徒华公子既被玄通子说服,下面的文章也就无法写了。最后玄通子凭以说服徒华公子的,乃是对于当今社会的歌功颂德,因为这个社会是符合儒学的政治理想的:"汉之盛世,存乎永平。太和协畅,万机穆清。于是群俊学士,云集辟雍。含咏圣术,文质发矇。达羲农之妙旨,照虞夏之典坟。遵孔氏之宪则,投颜闵之高迹。推义穷类,靡不博观。光润嘉美,世宗其言。"徒华公子在迷途知返后也说:"至乎,主得圣道,天基允臧。明哲用思,君子所常。自知沉溺,久蔽不悟。请诵斯语,仰子法度。"在这样的合于儒学思想的理想政治面前,包括女色在内的种种人间乐事自然只有抱头鼠窜的分了。这就是作者对待女色的态度。

东汉中期的张衡的《七辩》也是如此。其中的被劝说者,是一个"祖述列仙,背世绝俗,唯颂道篇,形虚年衰,志犹不迁"的名叫无为先生的道家之徒,而劝说者则是七个辩士(这与此前同类作品的写法稍有不同)。七个辩士轮番陈述了宫室之丽、滋味之美、音乐之丽、女色之丽、舆服之丽、神仙之丽。其中是这样表现女色之丽的:

> 西施之徒,姿容修嫮。弱颜回植,妍夸闲暇。形似削成,腰如束素。蝤蛴之领,阿那宜顾。淑性窈窕,秀色美艳。鬓发玄髻,光可以鉴。靥辅巧笑,清眸流眄。皓齿朱唇,的皪粲练。于是红华曼理,遗芳酷烈。侍夕先生,用兹宴瘗。假明兰灯,指图观列。蝉绵宜愧,夭绍纤折。此女色之丽也。(《全后汉文》卷五五)

其中前所未有地表现了房中场面,使女色表现在官能刺激方面又进了一步(可联系张衡《同声歌》中的类似描写来看)。但尽管女色如此之丽,且又精于房中之术,却仍然不足以使无为先生动心;而其他种种人间乐事,自然就更不用提了。最后一个辩士用以说服无为先生的,也仍然是合于儒学思想的理想政治的充分实现:"在我圣皇,躬劳至思。参天两地,匪怠厥司。率由旧章,遵彼前谋。正邪理谬,靡有所疑。旁窥八索,仰镜三坟。讲礼习乐,仪则彬彬。是以英人底材,不赏而劝。学而不厌,教而不倦。于是二八之侍,列乎帝庭。撰事施教,地平天成。然后建明堂而班辟雍,和邦国而悦远人。化明如日,下应如神。汉虽旧邦,其政惟新。"在作者看来,女色之类人间乐事,自然是比不上这种理想政治吸引人的。当然,也许有人会说,在上述二赋中,作者们的同情明的也许是在儒家信徒那一边,暗的其实是在道家信徒那一边的。这也不无可能,因为他们的作品中之所以频繁出现道家信徒的形象,正说明当时道家学说的重新抬头,以及作者本人心中的幢幢鬼影。不过即使如此,也并不改变作者们贬低乃至否定女色的态度这一事实。顺便提一下,在同时崔琦的《七蠲》中,关于女色的表现也是很优美动人的:"红颜溢坐,美目盈堂。姿喻春华,操越秋霜。从容微眄,流曜吐芳。巧笑在侧,顾盼倾城。"(《全后汉文》卷四五)此赋现仅存断片,已无从窥其全貌;但其罗列包括女色在内的种种人间乐事加以劝说,而又被一一拒绝,最终导出道德结论的结构,我想应该是与其他同类作品并无二致的,因为其篇名本身便说明了这一点。

在东汉中后期的辞赋中,还出现了不同于《七发》、《上林赋》等大赋系统的,以女色和对女色的态度本身为表现对象的作品,那就是张衡的《定情赋》和蔡邕的《检逸赋》。这两篇赋现在都仅存断片,但从它们的断片也可推想它们应该是很艳丽的。《定情赋》是这样表现女色之丽的:

> 夫何妖女之淑丽,光华艳而秀容。断当时而呈美,冠朋匹而无双。(《全后汉文》卷五三)

《检逸赋》中关于女色的表现则显然承袭了《定情赋》的写法:

> 夫何姝妖之媛女,颜炜烨而含荣。普天壤其无俪,旷千载而特生。(《全后汉文》卷六九)

它们都在强调此女是无可比拟的同时,指出此女的类型是"妖"的,亦即是富于官能刺激性的。这说明了作者们在女色方面的趣味。从后来出现的继承这类辞赋传统的陶渊明的《闲情赋》来推测,这两篇赋中应该是充满了关于赞美和渴望美女的描写的。"情"而需要"定","逸"而需要"检",正说明了"情"的热烈,"逸"的活泼。这无疑是汉代文学中的新东西,也是先秦文学中所没有的表现。不过,"情"而需要"定","逸"而需要"检",其实却也同样反映了作者在面对女色时的道德意识,流露了他们把女色看作是应受贬低和否定之物的倾向性。由此可见,即使在汉代一些出现了新的因素的作品中,也还是摆脱不了道德意识的潜在影响。至于《陌上桑》、《羽林郎》这样的作品,虽然对女主人公的形体美作了渲染,并未加以否定,但这两位女主人公在道德上都是很完美的。所以,这其实意味着只有与道德相结合的女色才是值得肯定的。在这里同样显示出了道德意识的影响。

道德这种东西,一旦形成以后,便必然会一方面转化为人们内心的戒律,一方面形成为社会外部的规范。上面所说的大都是前一方面的例子,下面再来看一下后一方面的例子。在东汉后期思想较为开放的蔡邕的作品中,有一篇《青衣赋》,表现了下层女子的美丽,也可以说是传统的女色表现的新变种。其中是这样表现女色之丽的:

> 盼倩淑丽,皓齿蛾眉。玄发光润,领如蝤蛴。修长冉

冉,硕人其颀。绮绣丹裳,蹑蹈丝扉。盘珊蹴躞,坐起昂低。和畅善笑,动扬朱唇。都冶武媚,卓铄多姿。(《全后汉文》卷六九)

就表现本身来看,并没有什么特色和新意,也看不出其所表现的一定是下层女子。不过值得注意的是,作者在此赋中罕见地没有贬低和否定女色,没有让道德意识的影响渗入其中。这当然与此赋的游戏性质有关,但也未始不和汉末社会在思想意识方面的新动向有关。正因为这样,它受到了来自道德意识方面的攻击,那就是张超的《诮青衣赋》。尽管其赋也具有游戏性,但其中的道德说教还是非常严厉的。它先对《青衣赋》作者的"好色"态度提出了指责:"彼何人斯,悦此艳姿。丽辞美誉,雅句斐斐。文则可嘉,志卑意微。风兮风兮,何德之衰!"(《全后汉文》卷八四)然后历数历史上由"孽妾淫妻"引起的动乱,强调了婚姻必须遵守礼节的伦理原则,并劝告《青衣赋》的作者不要破坏这些原则。其中对女色的贬低和否定态度,在汉代文学中可以说是最为严厉的。由此可见,在汉代文学中,女色表现不仅受到了来自作者内心的道德戒律的约束,而且也往往受到了来自社会外部的道德规范的检查。贬低和否定女色的态度,在一定程度上,已成为汉代的一种社会风气。

如上所述,无论是直接的还是间接的,是明确的还是委婉的,是严厉的还是温和的,汉代文学对于女色表现出一种贬低和否定的倾向,这与先秦文学对于女色的赞美和肯定的倾向形成了鲜明的对照。而出现这种倾向的原因,则上文已经讲过,主要是基于儒学原则的道德意识的影响,其次还有基于儒学原则的文学观念的制约。

不仅对于女色是如此,对于其他种种人间乐事,汉代文学其实也表现出了同样的贬低与否定的倾向。比如在《七发》、《七激》、《七蠋》、《七辩》等作品中，大都是先罗列种种人间乐事，然后又一一加以否定的；又如在《上林赋》、《甘泉赋》等作品中，尽管表现的只是人间乐事中的若干方面，但也都是最后曲终奏雅式地以道德教训加以否定的。的确，在善于铺陈种种人间乐事方面，汉代文学也许比先秦文学更为出色；但在对待人间乐事的态度方面，汉代文学却与先秦文学截然相反。这种贬低和否定人间乐事的倾向，正是贬低和否定女色的倾向的前提和基础。

不过，在讨论道德意识对于汉代文学的影响时，有一点是必须留意的，那就是汉代文学虽说深受道德意识的影响，但它毕竟还不是一种完全道德化了的文学，如宋明以后的某些作品那样。这一点其实汉代人自己就早已指出了。如信奉儒家文学观念的扬雄的那段指责辞赋的著名发言，便指出了这一事实。扬雄认为：" 赋者，将以风也，必推类而言，极丽靡之辞，闳侈巨衍，竞于使人不能加也，既乃归之于正，然览者已过矣。往时武帝好神仙，相如上《大人赋》，欲以风，帝反缥缥有陵云之志。由是言之，赋劝而不止，明矣。"（《汉书·扬雄传》）扬雄对汉赋的意见，可以用"劝百讽一"四个字来概括。我们上文所说的，都是汉代文学"讽一"的地方，但其实汉代文学"劝百"的倾向也是很明显的。在相当程度上，汉代文学是"劝百"与"讽一"的矛盾结合，这也正是它不同于后来儒学思想控制更紧的完全道德化了的文学的地方。反映在女色表现方面，便是一面对女色持贬低和否定态度，一面又竭力对女色作渲染铺陈。在这种地方，正反映了作者一方面受到道德意识的影响，一方面又自发地受到女色吸引的矛盾心理。因此，说起来，在女色表现方面，不仅"讽一"是汉代文学的特色，连"劝百"也可以说是汉代文学的特色。而正是在"劝百"方面，汉代文学成了连接先秦文学与魏晋南北朝文学的桥梁。如果说魏晋南北朝文学不是凭空出现的，那么正是因为汉代文学具有"劝百"的特点的缘故。

三

在女色表现方面，汉代文学中当然也有若干未曾受到道德意识影响的作品，比如西汉中期李延年的《佳人歌》："北方有佳人，绝世而独立。一顾倾人城，再顾倾人国。宁不知倾城与倾国，佳人难再得！"(《汉书·外戚·孝武李夫人传》)其中就很难看出道德意识的影响。又如东汉前中期傅毅和张衡的《舞赋》，其中也都仅表现了舞蹈女子的舞姿之美，而基本上没有用道德意识去作评论。又如东汉后期蔡邕的《青衣赋》，更是罕见地赞美和肯定了女色之丽，以致受到了来自道德意识的攻击。不过，这些作品在汉代文学中都是非主流的存在，并不足以改变汉代文学贬低和否定女色的总体倾向。

不过，进入魏晋南北朝以后，情况就发生了根本的变化。随着儒学地位的下降与个体意识的相对抬头，基于儒学原则的道德意识对文学的影响开始衰弱。在女色表现方面，表现为表现女色的作品大量出现，道德意识的影响日渐消失。当然，即使是魏晋南北朝时期，道德意识对女色表现的影响也并未完全消失，但它毕竟已转化为非主流的存在。随之出现的，是魏晋南北朝文学重新恢复并进一步发展了先秦文学赞美和肯定女色的传统。

在建安时期曹植的诗歌中，有不少表现女色的作品，如模拟《陌上桑》的《美女篇》、《杂诗》之四和《闺情》之二等，其中看不到对于女色的贬低和否定态度，相反地洋溢着对于女色的欣赏和温情。如《闺情》之二云：

有美一人，被服纤罗。妖姿艳丽，蓊若春华。红颜韡

眸,云髻嵯峨。弹琴抚节,为我弦歌。清浊齐均,既亮且和。取乐今日,遑恤其他。(《曹子建集》卷五)

作者对美女的描写,显而易见受到了汉赋的影响,没有什么特别的新意;不过值得注意的,乃是他对这个为他弹琴唱歌的美女的赞美态度。他所想到的只是"取乐今日",而不再顾及其他什么。这不是颇有点唯美主义色彩,并有点缺乏道德意识吗?在他的《杂诗》之四中,也表现了对于女色的肯定:

南国有佳人,容华若桃李。朝游江北岸,日夕宿湘沚。时俗薄朱颜,谁为发皓齿?俛仰岁将暮,荣耀难久恃。(《文选》卷二九)

诗中的佳人长得很美,但她并不认为这是一种过错,相反地,她对"薄朱颜"的时俗非常不满,希望有人值得她为之献上美色,并担心在等待之中自己的美色会逐渐消失。这难道不也是对女色的热烈歌颂吗?尽管此诗也许寓托了作者自己的心志,但其表现本身却是以赞美和肯定女色的态度为前提的。

西晋文学中的女色表现,也呈现出了赞美和肯定女色的倾向。比如在傅玄的诗歌中,便有很多表现女色的作品。其中如《有女篇》,盛称了美女的艳丽:

有女怀芬芳,媞媞步东厢。蛾眉分翠羽,明目发清扬。丹唇翳皓齿,秀色若珪璋。巧笑露权靥,众媚不可详。令仪希世出,无乃古毛嫱。(《玉台新咏》卷二)

然后还写了美女的打扮和歌声之美,以及媒人的络绎不绝,凡夫俗子的痴心妄想。全诗洋溢着对于美女的赞美和爱情,却并没有用道德意识来否定她。在陆机的诗歌中,有一首《日出东南隅行》,全诗长达四十句,竭力铺陈了女子的美丽:

扶桑升朝晖,照此高台端。高台多妖丽,浚房出清颜。淑貌耀皎日,惠心清且闲。美目扬玉泽,蛾眉象翠翰。鲜肤一何润,秀色若可餐。窈窕多容仪,婉媚巧笑言。(《文选》卷二八)

以下是关于暮春时节美女们在水边游玩歌舞场面的描写。全诗不仅洋洋洒洒,而且表现也新意迭出。而在这首长诗的最后,诗人竟然发出了"冶容不足咏,春游良可叹"的感叹,也就是叹息自己的笔力不足以充分表现这些女子的美丽。在这种描写和感叹中,可以体会到诗人那对女色的近乎唯美主义的赞美与肯定,其中自然也是丝毫没有什么道德说教的。

到了南朝时期,女色表现更是花样翻新,层出不穷,其表现的态度也更为热烈多情,明朗健康。诸如《子夜歌》、《子夜四时歌》这样的民间歌谣就不用提了,即使在文人诗歌中,也大量出现了以"美女"为题的作品。这些作品,大都只是唯美主义地赞美美女的艳色,而没有什么道德主义的教训。在民间歌谣方面,我们仅举《子夜歌》中的两首为例:

落日出前门,瞻瞩见子度。冶容多姿鬓,芳香已盈路。

芳是香所为,冶容不敢当。天不夺人愿,故使侬见郎。
(《乐府诗集》卷四四)

前者是男子的歌,后者是女子的歌。一个赞美女子的容貌,一个羞于承受男子的赞美。可见他们的相爱相悦乃是以欣赏异性魅力为基础的,其中正反映了对于女色的明朗肯定态度。在文人诗歌中,我们仅举梁简文帝的《美女篇》为例:

佳丽尽关情,风流最有名。约黄能效月,裁金巧作星。粉光胜玉靓,衫薄拟蝉轻。密态随羞脸,娇歌逐软声。朱颜半已醉,微笑隐香屏。(《玉台新咏》卷七)

诗人描写了美女的化妆、服饰、表情、歌声、醉颜和媚态,而且是以一种赞美的态度来描写的。在诗的开头,诗人公然宣称"佳丽尽关情",也就是说,他认为女色是使人动心的。从全诗来看,诗人认为这种对女色的动心是正常现象,根本没有加以否定的意思。

总而言之,在魏晋南北朝文学中,已经不容易看到出于道德意识的对女色的贬低和否定,有的只是对于女色的赞美和肯定。当然,这并不仅是对先秦文学的一个简单复归,而是在继承前代文学的基础上的一个新的发展。在这个过程中,它扬弃了汉代文学在女色表现方面的道德意识,而汲取了其表现技巧方面的长处。而这也就从一个侧面显示出了汉代文学乃是从先秦文学通向魏晋南北朝文学的不可缺少的桥梁。

贾谊及其政论文

宣室求贤访逐臣,贾生才调更无伦。可怜夜半虚前席,不问苍生问鬼神。

这是唐代诗人李商隐的著名绝句《贾生》(《李义山诗集》卷六),其中所歌咏的主人公,便是西汉初期著名政治家和散文家贾谊(前200—前168)。在漫长的中国文学史上,曾出现过许多兼为政治家或军事家或哲学家的文学家,他们的功业因其文学而播于人口,他们的文学因其功业而愈受重视。贾谊便是这样的文学家。他的功业,影响汉初政治甚巨;他的文章,也深受历代文人喜爱。而在散文的各种体裁中,贾谊是最早从事政治与文学相结合的政论文写作的先驱之一。这种散文文体,又予后来的散文发展以深远影响。贾谊的政论文不仅具有较高的政治价值,也具有较高的文学价值,这端赖于他作为政治家与散文家的双重身份。上引李商隐绝句中所说的"贾生才调",即兼有政治与文学两方面的含义。

一

贾谊,西汉洛阳人,生于汉高祖七年(前200)。他所处的时代与他所受的教育,注定了他将成为一个为大一统王朝服务的政治家,而不是一个游说于诸侯之门的纵横家。他年仅十八岁,便以能诵《诗》、《书》,善写文章而闻名郡中。《诗》、《书》是儒家的经典,曾是秦始皇"焚书"的对象。其中的儒家学说,对贾谊产生了深刻的影响。文章是贾谊后来表达政见的工具,也是使他在中国文学史上留名的东西,而他在少年时代便已经很擅长了。当时的河南守吴公,对他非常赏识,因而罗致门下。吴公是李斯的同乡兼学生,对于李斯的学说非常熟悉。李斯是荀况的学生,后成为法家代表人物,曾协助秦始皇统一中国。李斯的思想和谋略,当也通过吴公而对贾谊发生深刻的影响吧?贾谊二十一岁时,从荀况的学生张苍受《左传》。这使他一方面得以更加熟悉儒家的政治学说,另一方面也得以考察前代的治乱兴亡。这对于他历史意识和历史眼光的形成也有重要关系。值得注意的是,无论是李斯还是荀况,都是通晓"帝王之术"的人,贾谊之所以没有像汉代前期许多文人那样游于诸侯之门,乃是因为他的政治抱负要大得多。就这样,他在历史文化名城洛阳磨练着自己的才能,砥砺着自己的学问,等待着实现政治抱负的机会。

命运没有辜负贾谊的才能和努力。就在他二十一岁那一年,也就是汉高后八年(前180),汉朝宫廷里发生了一件无论是对汉王朝还是对贾谊都有重要影响的事件,那就是危害刘氏政权的诸吕外戚集团的灭亡与文帝的登基。翌年,汉文帝召吴公入朝,吴公向他推荐了贾谊,汉文帝便召贾谊为博士。这是贾谊登上汉初政治舞台之始,此时他年仅二十二岁。在博士当中,贾谊的年纪是最轻的,但才能却是最高的。每当诏令下来,那些老臣们还来不及作出反应,贾谊便已经对答如流了。贾谊的才能受到了汉文帝的重视,一年之内便升任太中大夫。太中大夫是一个无实事而备顾问的职位,相当于皇帝的高级顾问。汉初陆贾就曾担任过此职,为汉高祖出谋划策,立下了汗马功劳。汉文帝让贾谊担任如此重要的职务,表明他对这个比自己还要年轻的学者与才子的倚重。

贾谊年纪轻轻便接近了最高权力中心，这不能不使他踌躇满志。他渴望像历史上那些著名辅相那样，协助汉文帝完成不朽的伟业，自己也藉此在历史上留下光辉的名声。于是，他开始接二连三地向汉文帝上书，对各种政治问题直率地提出自己深思熟虑的看法。

在经历了秦汉之交暴风骤雨般的动荡之后，汉初统治者都以无为而治的黄老思想为自己的治政指南，一切以简易为原则，还顾不上种种繁文缛节。因此，从汉王朝建立至贾谊时，已经过了二十多年，统治日趋稳固，经济日趋繁荣，社会日趋安定，而与封建大一统国家相称的文化制度却尚未建立。于是，贾谊就雄心勃勃地提出了一整套方案，想要促使汉文帝完成这一任务。《史记》谊本传说："贾谊以为汉兴至孝文二十余年，天下和洽，而固当改正朔，易服色，法制度，定官名，兴礼乐，乃悉草具其事仪法，色尚黄，数用五，为官名，悉更秦之法。"所谓正朔、服色、官名、礼乐等等，在中国历史上都曾被视作是非常重要的国家大事。不过，汉文帝的想法却和贾谊不同，他还是继承了父辈的传统，一切以简易为原则，对于贾谊的提案，他"谦让未遑"，觉得自己还不具备这种资格，所以没有采纳。这对想要在建立文化制度方面大显身手的贾谊来说，自然是一个大的失望。后来，汉武帝采取了一系列文化制度方面的措施，其先声则实自贾谊发之。当然，在其他国家大事方面，贾谊还是颇受文帝倚重的。"诸律令所更定，及列侯悉就国，其说皆自贾生发之。"(《史记》谊本传)

除了提议建立文化制度之外，贾谊还继承陆贾、贾山以来的传统，总结秦王朝覆灭的教训，为巩固汉王朝献计献策。为此，他写了著名的《过秦》三篇，成了史论的开创者。中国是一个史学传统非常发达的国家，而在各派学说中，儒家又是最重视史学传统的。儒家的五部经典中，有两部是有关历史的著作，那就是

《尚书》和《春秋》。如上所述，贾谊年轻时就熟读《诗》、《书》，《书》就是《尚书》。后来，他又跟张苍学习《左传》。而据清代姚振宗《汉书艺文志拾补》著录，贾谊又曾作《春秋左氏传训故》。由此可见，贾谊所接受的教育和所从事的学问，相当一部分是和历史有关的。这对于他的历史意识的形成和强化，具有不可忽视的影响。与此同时，贾谊所处的时代，也是一个急剧变化的时代。其中最大的一个变化，是历史正由诸侯割据向中央集权发展。但是在贾谊时代，中央集权的统一国家还是一个新生事物，还没有一个成功的先例。秦王朝在实现统一方面初次取得了成功，但在维持统一方面却陷于失败。所以，对新生的汉王朝来说，总结秦王朝的经验教训，意义至为重大。像贾谊这样一个具有史学素养和历史意识的政治家，当然不会忽视这一重大问题。所以他从政伊始，首先便写了《过秦》三篇，也就不足为奇了。他在《过秦》三篇中，首先回顾了秦国的历史，然后叙述了秦王朝的建立，最后叙述了秦王朝的灭亡。贾谊尖锐地提出了这样一个问题：为何六国比秦强大，却被秦国兼并？为何陈胜、吴广起义军力量远不及六国，却把秦王朝推翻了？贾谊的回答是由于"（秦王朝）仁义不施，而攻守之势异也"这个原因。亦即他认为，秦王朝的统一是顺应历史潮流的，所以能够兼并六国；但是，秦王朝建立以后，却不懂得"攻"和"守"是应该采取不同政策的，还是以原来那一套治理国家，所以管不好国家。贾谊的潜台词是：现在汉王朝的建立，也是顺应历史潮流的；但是，如果要免蹈秦王朝的覆辙，就一定要施行"仁政"。这使我们想起了汉初陆贾的话，他曾责问不喜诗书的汉高祖，是否居马上得天下之后，还想"以马上治之"（《史记·陆贾列传》）？贾谊的意见和陆贾是一样的，《过秦》三篇的主要观点，也和陆贾《新论》的主旨接近。由此可见，回顾秦王朝兴衰的历史教训，探讨汉王朝统治的大计方针,是汉初政治家们普遍关心的问题。后来,司马迁作《史记·陈涉世家》,以《过秦》上篇为赞语,作《史记·秦始皇本纪》,以《过秦》下篇为赞语,并说"善哉乎,贾生推言之也",表明了他对于贾谊观点的完全赞同。这也说明贾谊的观点在汉初是具有代表性和普遍性的。至于后来东汉明帝以《过秦》中"藉使子婴有庸主之材,仅得中佐,山东虽乱,秦之地可全而有,宗庙之祀未当绝也"的观点责备贾谊与司马迁,那是汉王朝统治稳固以后的现成大话,只能说明统治者的虚伪矫饰,丝毫无助于理解政权建立伊始政治家们的苦心。

在经济方面,贾谊也提出了自己的主张。他认为"蓄积"是安定天下、巩固统治的必要条件,而当时却几乎没有什么蓄积,生产的人少而消费的人多,一旦碰到战争或灾害,便会酿成大乱。他说:"民非足也,而可治之者,自古及今,未之尝闻。"(《新书·无蓄》)认为只有让人民吃饱了才能维持统治。这是《管子·牧民》"仓廪实则知礼节,衣食足则知荣辱"思想的一个发展。据《汉书·食货志上》说:"于是上感谊言,始开籍田,躬耕以劝百姓。"后来,晁错也继承贾谊的思想,上疏劝文帝"贵粟",文帝因而采取了一系列措施。"至武帝之初七十年间,国家亡事,非遇水旱,则民人给家足,都鄙廪庾尽满,而府库余财。京师之钱累百巨万,贯朽而不可校。太仓之粟陈陈相因,充溢露积于外,腐败不可食……"这就是在中国历史上享有盛名的"文景之治",它的形成,不能不说也有贾谊的一份贡献。

贾谊的上述这些看法,在当时是属于最深刻、最有远见的,后来大都为文帝及景帝乃至武帝所采纳。一个二十多岁的年轻人,便能够提出如此成熟的政治见解,这不能不使人感到惊异。汉文帝开始考虑让贾谊出任公卿之职,只不过是贾谊入朝以后二三年间的事。在二十二三岁时,贾谊就令人羡慕地步入了人生的巅峰时期。

　　但是,沉重的打击猝然落到贾谊头上,等待他的并不是什么公卿之职,而是一道长沙王太傅的调令。长沙国远在偏僻而潮湿的南方,远离最高权力中心。到那里去任职,意味着贾谊被赶出了中央决策机构,结束了辉煌而短暂的政治生命。其中的原因,司马迁认为是由于当时朝中老臣周勃、灌婴、张相如、冯敬等人对贾谊的谗害,他们向汉文帝告状说:"洛阳之人,年少初学,专欲擅权,纷乱诸事。"于是汉文帝开始疏远贾谊(《史记》谊本传)。新老政治家之间的矛盾,自是政治史上的常态。贾谊作为一个新进政治家,对于老臣们的态度也许过于傲慢。看他的上书经常感叹"国无人",便可清楚地感觉到这一点。苏轼《贾谊论》说他不善于处理与老臣的关系,是很有见地的。所以,司马迁的说法是可信的。此外,汉初政治,一切尚简,只求安定,不欲纷更。贾谊的诸种建议,虽有远见,一时却难以推行,因为推行了容易引起惊扰。所以,诸大臣所说的"纷乱诸事",也未必不是事实,至少说明贾谊的想法与汉初的潮流不甚相合。这也自然容易引起贾谊与诸大臣的矛盾。而且,在改正朔诸问题上,贾谊似乎还得罪了自己的老师张苍。《史记·张丞相列传》说:"张苍文学律历,为汉名相,而绌贾生、公孙臣等言正朔服色事而不遵,明用秦之《颛顼历》,何哉?"可见贾谊的主张与乃师相违,这也属于"纷乱诸事"之一例吧? 不过,据西汉后期人刘向说,其背后似乎还另有原因。《风俗通义·正失篇》"孝文帝"条引刘向说云:"及太中大夫贾谊,亦数谏止游猎,是时,谊与邓通俱侍中同位,谊又恶通为人,数廷讥之,由是疏远,迁为长沙太傅。既之官,内不自得,及渡湘水,投吊书曰'阘茸尊显,佞谀得意',以哀屈原离谗邪之咎,亦因自伤为邓通等所愬也。"邓通是汉文帝最宠幸的佞臣,据《史记·佞幸列传》记载,汉文帝曾赐邓通蜀严道的铜山，允许他自己铸钱，可见其得宠于汉文帝之一斑。以贾谊的清高孤傲，看不起邓通之为人，自属当然；因此被邓通谗害，也是情理中事。不过，问题恐怕还不如此简单。贾谊也是文帝亲自赏识简拔的人，老臣和佞臣谗害的外因，只有通过文帝不满的内因才能起作用。那么，贾谊会在什么地方得罪文帝本人呢？我想，贾谊贬为长沙王太傅几年以后，文帝在宣室召见贾谊时所说的下述几句话，也许透露了其中的消息："吾久不见贾生，自以为过之，今不及也。"（《史记》谊本传）从这几句话可以看出，汉文帝原先一直自觉才能不如贾谊，在贾谊贬在外面的这几年里，他认为自己已有所长进，可能已经超过贾谊了，但是见面一谈，才知道并不是那么回事。文帝疏远贬谪贾谊的潜在原因，恐怕就应该从这里面去寻找。文帝即位时年仅二十四岁，贾谊二十一岁。文帝和贾谊的关系，虽说是君臣关系，但也是两个年轻人的关系。在有才华的年轻人之间容易产生的相互竞争和妒忌之感，在文帝和贾谊之间也是有可能发生的吧？在各种才能方面，贾谊显然高出文帝许多。而且，从贾谊的上书来看，他对文帝也不是那么谦卑恭顺的，这对年轻的君主当然也是一种刺激。这样，文帝一面深爱贾谊的才能，一面又深嫉贾谊的才能。他唯一比贾谊优越的地方，便是他是君主，有权力摆布贾谊。他疏远和贬谪贾谊，可以说正是这种潜在心理的一个表现。当宣室召见时，若文帝觉得自己的才能已经超过了贾谊，则也许贾谊的命运便会有所不同吧？当然，这仅是推测。苏轼《贾谊论》说贾谊不善于处理与文帝的关系，从某种意义上说也是有道理的。可以认为，在与老臣、佞臣及君主的关系方面，贾谊都没有处理好。这是导致他政治蹉跎的根本原因。

贾谊抱着满腔不平前往长沙国。他听说长沙卑湿，就感到自己一定会有性命之虞。再加上突然遭到贬谪，心情自然就更不好受。渡过湘水的时候,他想起了一百多年前自沉于汨罗的屈原,感到自己的命运与屈原颇为相似,油然生出深沉的共鸣与同情,于是作了一篇辞赋凭吊屈原,这就是在汉赋史上有名的《吊屈原赋》[①]。贾谊为长沙王太傅的第三年,有一天一只服鸟飞入了贾谊的屋子,在当时人的心目中,"野鸟入处兮,主人将去",这事是很不吉利的,因此,贾谊就作了一篇《服鸟赋》[②]来自我宽解。赋中假设自己与服鸟的问答,隐然已开问答体辞赋的先河;又假史事以抒情,下开西汉后期以后辞赋的用事之风。这些在西汉前期的辞赋中都是值得注意的。

到了南方以后,贾谊既像屈原那样感到无比的忧伤,也像屈原一样念念不忘国家大事。在贾谊生活的时代,除诸侯王问题外,另一个对汉王朝关系重大的问题是匈奴的威胁。汉高祖七年(前200),也就是贾谊出生的那年,汉高祖在平城被匈奴围困七日,差点丧命。此后,尽管汉初的历代君主都对匈奴采取屈辱的和亲政策,匈奴还是不断地侵扰,使汉王朝不得安宁。汉文帝时代,匈奴之势愈炽。汉文帝前元三年(前177),匈奴入北地,居河南地,掠上郡。明年,匈奴攻破月氏,西域近三十国尽附之,这使匈奴如虎添翼。又明年,汉文帝复遣宗室女为公主,入匈奴和亲。匈奴的不断侵扰与汉室的不断屈辱,使年轻的贾谊异常愤怒和痛苦。他向汉文帝提出许多谋划策略,并说自己愿任属国之官,保证半年之内让匈奴降服。尽管贾谊的具体计策没有

[①] 《史记》、《汉书》贾谊传载此赋皆无题,唯曰"为赋以吊屈原",故后人题目如此。《文选》又题"吊屈原文";《文心雕龙·哀吊篇》以之为"吊"体"首出之作",并与赋强作分别。实则贾谊此作主旨虽为"吊",文体则"赋"也。

[②] 《史记》、《汉书》贾谊传载此赋亦皆无题,唯曰"乃为赋自广",后人遂题曰"服赋"、"服鸟赋"、"鹏鸟赋"等。

被采纳,后来班固也说贾谊的计策"固以疏矣"(《汉书》谊本传),也就是说并不周密可行,但是,贾谊却是力主抗击匈奴的晁错等人的前驱,也发了武帝时代大举反攻匈奴的先声。而贾谊对于匈奴威胁的忧患态度,也成了后代爱国志士的榜样。

经济问题也仍然牵动着贾谊的心。汉文帝前元五年(前175),除盗铸钱令,使民得自铸钱。贾谊在长沙王太傅任上上书指出,人民铸钱,肯定要牟利,那么就会触犯刑律,所以让人民自己铸钱,就是设了陷阱让人民跳。贾谊认为,国家应该统一掌管铜的开采,由朝廷控制货币,这样,经济就会有起色,人民就不会触犯刑律。此外,贾谊上此书还有别的背景。当时天下最流行的钱是所谓吴、邓钱。当时,吴王濞以诸侯王即豫章铜山铸钱,富埒天子,这是"吴钱";文帝所宠幸的佞臣邓通也即蜀严道铜山铸钱,财过王者,这是"邓钱"。贾谊的意见,其实也是针对这些人而发的。但汉文帝却不听贾谊的意见。后来,吴王濞果然凭借雄厚的经济实力起兵谋反。可以说,贾谊所关心的货币问题,确实是关系到国家经济命脉的重要问题。贾谊的见解,也同样是富于远见的。

做了几年长沙王太傅以后,贾谊受到了文帝的召见。召见时,文帝所询问的却不是关于"苍生"之事,而是关于"鬼神"之事。文帝兴致勃勃,谈到深夜,不觉得朝贾谊越移越近,这就是著名的"前席"故事的由来。汉文帝询问的话题,反映了他关心的不是人民,而是鬼神,即使表现出倾听的态度,也是辜负了贾谊无伦的才调。换个角度说,贾谊大谈鬼神而不谈苍生,也未必没有投文帝所好,以此歆动文帝,以求东山再起之意。李商隐《贾生》一诗的批评意义是很深刻的。可是,这次召见的结果,并没有使贾谊回到朝廷中来,而是转为梁怀王太傅。梁怀王是汉文帝非常宠爱的幼子,而且非常喜欢读书,所以,文帝让贾谊辅傅他，仍然是看重贾谊的才能而自己又不能容忍的一种表现。

在梁怀王太傅任上，贾谊仍经常上书文帝，提出对国家大事的看法。这时他最关心的，是诸侯王问题。这既是一个政治问题，又是一个历史问题。从历史发展的角度来看，贾谊生活的时代，是中国历史上的一个巨大的转折期。经历了春秋战国几百年的纷争以后，中国历史的车轮开始向着中央集权的方向滚动。最先起来顺应历史潮流，完成历史使命的是秦始皇。他在李斯等人的支持下，在全国范围内实行郡县制，即不再分封世袭诸侯，而是由中央朝廷直接委任地方官吏。但是由于秦始皇压迫人民太甚，所以秦王朝在转眼之间便被推翻了。继秦王朝而起的汉王朝的创立者刘邦认为，秦王朝灭亡的原因之一，是实行郡县制太彻底，以致乱起时没有诸侯的藩卫，所以又部分地分封了若干诸侯王。汉高祖的这种做法，可以说是在一定程度上对秦王朝政制的反动与向战国的回归，并且，也是一种政治方面的权宜之计，以便更好地维持新生的刘姓政权，后来也确实收到了实际效果。因而用更广阔的历史眼光来看，则毋宁说这也是一种历史的必然。趋向中央集权的历史车轮，似乎注定要先徘徊一阵，才能最终驶入新的轨道。从秦始皇扫平六国到汉武帝彻底解决诸侯王问题的一百几十年间，可以说是历史车轮在前进轨道上的徘徊期。贾谊则正生活在这个徘徊期行将结束的时候。历史呼唤着结束这个徘徊期的人物的出现，贾谊则以其敏锐的洞察力与高度的历史感，成了这样的人物中的一个先驱。他第一个清醒地认识到，到了汉文帝时期，诸侯王已构成了对汉王朝的严重威胁，成了决定汉王朝的中央集权统治能否继续存在下去的根本问题。所以，在梁怀王太傅任上，他一再上书文帝，指出种种危险的迹象，提出解决问题的办法。他的根本设想，是"众建诸侯而少其力"（《新书·藩强》），即在诸侯王领地内再分封他们的子孙，使诸侯王国越分割越小，不能形成对汉王朝的威胁。在具体方针上，他建议封汉文帝子武为梁王，北界泰山，西至高阳，有大县四十余，以为汉室屏障。又建议不要封因谋反而被诛的淮南厉王的四个儿子为王，以免他们将来起兵复仇。这些建议，有的为文帝所采纳，后来收到了很好的效果，如吴楚七国之乱时，正是依靠梁国的屏障，才遏制了七国的势头；有的没有被文帝所采纳，终于酿成了祸害，如文帝还是封淮南厉王四子为王，其中二王最终在武帝时起兵叛乱。后来，武帝在元朔二年（前127）用主父偃推恩策，令诸侯得推恩分子弟为侯，以削弱其势力，最终解决了诸侯问题。这正是贾谊"众建诸侯而少其力"的政治思想的实践。由此可见，贾谊具有非常卓越的政治远见，他在促使历史车轮顺利进入新的轨道方面作出了自己的贡献。

贾谊任梁怀王太傅的第五年，即汉文帝前元十一年（前169），梁怀王从马上摔下来死了。贾谊痛感自己没有尽到太傅的职责，所以经常哭泣。过了一年多，于汉文帝前元十二年（前168），他也在忧伤中去世，时年三十三岁。汉初政坛和文坛上的一颗明星，便这样过早地陨落了。但是，贾谊关于各种政治问题的见解，却还久久地影响着汉初历史。汉武帝即位后不久，便举贾谊之孙二人为郡守，说明了武帝对于贾谊的尊敬。

纵观贾谊的一生，在许多方面都与屈原非常相似。比如，屈原不像战国时一般士人那样周游列国，游说君主，以谋求自己的高官厚禄，而是一心渴望振兴楚国，完成统一中国的伟业；贾谊也不像汉初一般士人那样周游于诸侯王门下，以口辩文采博得功名利禄，而是一心帮助文帝巩固中央集权的汉王朝统治。屈原始则见亲于怀王，几乎是言听计从，终则因佞臣的谮言和怀王的变心，而远放南方，憔悴终老；贾谊也曾受到文帝的赏识，最终却因大臣的谗害与文帝的疏远，而远谪长沙，忧伤以卒。屈原既具有杰出的政治才能,又具有绚烂的文学才能,且具有沉重的忧患意识;贾谊也是这样。而且,更使两人具有某种特殊因缘的是,贾谊曾在湘水边上为文凭吊屈原,尽管是"湘水无情吊岂知"(刘长卿《长沙过贾谊宅》),却反映了贾谊对屈原的"心有灵犀一点通"(李商隐《无题》)。盖正是基于这些理由,司马迁的《史记》才将贾谊与屈原合传的吧?

二

贾谊从二十二岁任太中大夫起至三十三岁去世止约十来年间所写的文章(其中很多是上书),据宋代的《崇文总目》说,原有七十二篇,后来,西汉末学者刘向父子整理国家藏书时,删定为五十八篇,①这就是见于《汉书·艺文志》的"《贾谊》五十八篇","《贾谊》"当即是刘向为这批文章所拟的名称。到了《隋书·经籍志》,又作"《贾子》"。到了《新唐书·艺文志》,又作"《新书》",后来以称《新书》者为多。东汉初历史学家班固作《汉书》的《贾谊传》及《食货志》时,于五十八篇中,"掇其切于世事者著于传"及志,这就是著名的《治安策》(又名《陈政事疏》)、《论定制度兴礼乐疏》、《论积贮疏》、《谏铸钱疏》、《上都输疏》、《谏立淮南诸子疏》、《请封建子弟疏》等七篇奏疏的由来。此外,《史记·陈涉世家》以《过秦》上篇为赞(《汉书·陈胜项籍传》因之),《秦始皇本

---

① 贾谊书原有七十二篇,刘向删定为五十八篇之说,以此《崇文总目》为最早,然必有所本,非宋人自创。姚振宗《隋书经籍志考证》子部儒家类贾谊《贾子》条下小字注云:"此说必本于《别录》。"(姚后又辑此篇目说入《七略别录佚文》)姚说甚是。《别录》在北宋编《崇文总目》时已佚,《崇文总目》此说当本唐《群书四录》或《古今书录》中所引《别录》旧说。

纪》以《过秦》下篇为赞。这些收入《史记》、《汉书》的文章，都是贾谊最脍炙人口的作品。由于《史记》、《汉书》在中国古代的崇高地位，所以一般读书人对贾谊这些文章的节略本比对五十八篇原文更为熟悉，以致竟有人认为五十八篇反是根据这些奏疏割裂拼凑而成的。

《新书》五十八篇，根据内容，可以分为两大部分：从《过秦》上到《铸钱》等三十二篇是第一部分，这些都是关于"事势"的政论文，也是贾谊文章中的精华。贾谊的政治才能和文学才能，便是通过这些政论文显示出来的；贾谊在中国历史上和中国文学史上的地位，也是靠这些政论文奠定基础的。从《傅职》到《立后义》等二十六篇是第二部分，这些都是关于"杂事"的议论文，其中较多地反映了贾谊的思想，也值得重视，但政治与文学价值都不如他的政论文。政论文的内容大致可以分为四类：第一类是关于历史问题的，有《过秦》三篇；第二类是关于诸侯问题的，有《宗首》、《藩伤》、《藩强》、《大都》、《等齐》、《益壤》、《权重》、《五美》、《制不定》、《壹通》、《属远》、《亲疏危乱》、《淮难》等十三篇；第三类是关于匈奴问题的，有《解县》、《威不信》、《匈奴》、《势卑》等四篇；第四类是关于经济问题的，有《无蓄》、《铜布》、《忧民》、《铸钱》等四篇。这是贾谊政论文的主要内容。纵观贾谊的政论文，其内容涉及汉代前期的各种重大问题，显示了贾谊作为一个政治家对于国家前途的忧虑，对于潜伏危机的敏感。贾谊的见解，不仅对于汉初的历史，而且对于中国的历史，都曾发生过很大的影响。

贾谊的政论文具有与先秦以及汉初许多文章不同的新特点。先秦时期的散文，以诸子散文和历史散文为主，其内容主要是思想阐述、历史记载和外交辞令。在贾谊的时代，主要的散文家如陆贾、枚乘、邹阳等人的作品，也大都继承了先秦散文的传统,或阐述思想,或劝谏主上,仍保留着战国纵横家的气息。贾谊则与他们不同。由于他的国家观念强烈,又由于他曾经处于权力的中心,他的文章中出现了以整个国家大事为主的新内容,从而形成了不同于纵横家言的政论文新文体。这种变化,是由历史的变化所造成的。先秦时期,列国纷争,造就了大量的纵横家、外交家、说客、辩士;而汉王朝前期不彻底的中央集权统治,一方面造就了与先秦时期相似的人物,另一方面也造就了与以往不同的为中央集权服务的具有强烈国家观念的人物。贾谊便是这后一种人物中的一个。所以,贾谊的文章,便也与先秦或汉初其他作家的文章具有不同的特点。随着中央集权制度的稳固,贾谊式的政论文日见其盛,以至成为中国文学史上散文的主要体式之一。后来,晁错、桓宽、董仲舒、刘向、谷永、王符、仲长统等人,都擅长政论文的写作,使政论文的繁盛成了西汉散文乃至中国散文的一大特色,而贾谊则是他们的先导。

贾谊的政论文具有卓越的识见,这和文学价值的实现有密切关系。政论文和抒情作品、叙事作品有所不同,它主要不是靠抒情的优美和叙事的生动,而是靠识见的卓越来打动读者的。如果缺乏识见,那么就会成为无病呻吟或迂阔陈腐之作。在这一方面,贾谊的政论文的确堪称优秀之作。其中所讨论的问题,都是重大的现实问题和历史问题;其中所提出的看法,大都具有深刻的洞察力和非凡的预见性。正因为这样,他的意见才受到了文帝、景帝、武帝等汉代君主的重视,受到了晁错、司马迁、刘向等政治家、史学家的称赞。刘向曾说:"贾谊言三代与秦治乱之意,其论甚美,通达国体,虽古之伊(尹)管(仲),未能远过也。"班固也说:"追观孝文玄默躬行以移风俗,谊之所陈略施行矣。"(均见《汉书》谊本传)可见贾谊政论文的识见之卓越。

贾谊的政论文具有强烈的感情色彩,这是使贾谊的政论文兼具文学价值的重要因素。贾谊政论文的这种感情色彩，来源于他的个人气质和时代环境。就前者而言，从贾谊的为文行事来看，他都是一个感情强烈的人。他过湘水吊屈原，作《吊屈原赋》，借屈原以自伤；在长沙王太傅任上，他以《服鸟赋》来自我宽慰；他的死，也是悲伤哭泣的结果。再说秦汉之际动荡不安的社会环境，也容易诱发人们的感伤气质和悲观意识。当时，产生了像韩非、李斯、荆轲、项羽等数不清的悲剧人物；甚至连成功的英雄刘邦，也在《大风歌》《鸿鹄歌》中唱出了自己的悲哀。因此，这是一个产生悲剧事件、悲剧气质与悲剧人物的时代。贾谊生活在这样一个时代，又经受了命运的挫折，接受了楚辞的熏陶，当然会加剧其固有的感伤气质。而这一切，当然也会在他的政论文中表现出来。如《数宁》以"臣窃惟事势，可为痛哭者一，可为流涕者二，可为长太息者六"开头，这在此前的战国文章中是很少见的，在此后的奏疏中也不多见。这种感情强烈的语句，自然有打动君主的技巧方面的考虑，但也确实表达了贾谊的真情实感。可以认为，这种强烈的感情色彩，给贾谊的政论文平添了打动人心的力量，使它成为后世忧国伤时的文学家们学习的榜样。

贾谊对于政论文的修辞也非常重视。散文要从实用的领域进入文学的领域，端有赖于修辞意识的发达，修辞手段的完善。对于文章修辞的重视，可以说自先秦时期即已开始。到了汉代，已逐步地向着美文的方向发展。贾谊的政论文，可以说是联结先秦两汉文章的桥梁，其中既能看到先秦文章的恣肆豪放，也能看到汉代文章的雍容整齐。贾谊政论文在修辞方面的第一个特点，是善用对比，以造成文章的波澜。如《过秦》上篇欲写秦国之强，便先竭力铺写六国怎样纠集力量，搜罗人才，然后又写秦国怎样不费吹灰之力，便使六国之师望风而逃；欲写陈胜起义的容易,便先竭力铺写秦王朝的强大,然后说区区匹夫揭竿而起,就使得秦王朝土崩瓦解,为天下笑。通过这样的对比,文章就显得跌宕起伏。贾谊政论文在修辞方面的第二个特点,是善用排比,以造成文章的气势。如《过秦》上篇说秦孝公"有席卷天下、包举宇内、囊括四海之意,并吞八荒之心","席卷"、"包举"、"囊括"、"并吞"以及"天下"、"宇内"、"四海"、"八荒",都是近义词,之所以要排比并举,是为了造成文章的气势。又如同文说秦始皇"振长策而御宇内,吞二周而亡诸侯,履至尊而制六合,执敲朴以鞭笞天下","陈涉瓮牖绳枢之子,甿隶之人,而迁徙之徒也",《过秦》下篇说"缮津关、据险塞、修甲兵而守之","秦人阻险不守,关梁不阖,长戟不刺,强弩不射",等等,都是这样的例子。贾谊政论文在修辞方面的第三个特点,是善用对偶,以造成文章的整齐。如《过秦》上篇的"据殽函之固,拥雍州之地","蒙故业,因遗策;南取汉中,西举巴蜀;东割膏腴之地,北收要害之郡","明知而忠信,宽厚而爱人","宰割天下,分裂山河","胡人不敢南下而牧马,士不敢弯弓而报怨","废先王之道,燔百家之言","践华为城,因河为池;据亿丈之城,临不测之谿","蹑足行伍之间,俛仰阡陌之中;率罢散之卒,将数百之众","斩木为兵,揭竿为旗,天下云会响应,赢粮而景从"等等,皆是其例。贾谊政论文在修辞方面的第四个特点,是善用夸张,以增添文章的生趣。仍以《过秦》上篇为例,其说秦孝公取西河之易则云"拱手",说六国合纵之强则曰"尝以什倍之地,百万之师,仰关而攻秦",说秦国威势之盛则云"秦人开关延敌,九国之师逡巡而不敢进",说此役胜败差异之大则云"秦无亡矢遗镞之费,而天下诸侯已困矣",说秦国军事上的胜利之大则曰"追亡逐北,伏尸百万,流血漂橹",说陈涉起义之弱则云"率罢散之卒,将数百之众","斩木为兵,揭竿为旗",等等。这些夸张,给贾谊的政论文增添了生动之趣,同时也不妨看作是战国散文的遗风绪响。当然,贾谊的政论文在修辞方面的特色并不限于这些,以上所举,只能见其一斑而已。①

综上所述,贾谊的政论文在中国文学史上的地位,主要是由其题材的新颖、识见的卓越、感情的强烈、修辞的高超而决定的。但是,必须指出的是,贾谊的政论文还不是后来那种认识到文学本身的价值而写作的作品。也就是说,他还不是有意识地把政论文作为文学作品来写作的。贾谊作为一个散文家的地位,也并不是从一开始起就具有的。在西汉时期,像今天这样的"文学"概念还没有产生,把政论奏疏看作是"散文"作品的概念也还没有出现。在《汉书·艺文志》里,贾谊的政论文是著录于"诸子略"的,也就是说,按照当时的分类概念,贾谊的政论文是被看作"子书"的。当时最为接近后来的"文学"概念的作品是诗和赋,也就是著录于《汉书·艺文志》"诗赋略"中的那些作品。所以,当时贾谊在所谓"文学"方面的表现,毋宁说是在辞赋上的。当时人对于作为文学家的贾谊的称赞,也都是从辞赋角度提出的。魏晋南北朝时期,骈文盛行,贾谊的政论文地位并不很高。到了唐宋古文运动以后,"古文"的地位和价值受到了推崇,而后来明代的复古主义文学运动,清代的桐城古文派,以及今天关于散文的文学概念等等,都加强了这一认识。人们对贾谊政论文价值的认识,也由此而更注意其文学方面;而贾谊作为先是"古文"、后是"散文"大家的地位,也由此得以确定。同时,由于承认了其文章的文学价值,所以他也就作为一个兼具政治家身份的文学家,而受到了后代文人的推崇。

---

① 《过秦》文字各本颇有不同,此以《史记·秦始皇本纪》所附者为主,而参以《史记·陈涉世家》、《汉书·陈胜项籍传》所附者及《新书》各种版本。本文中所引贾谊其他各文亦如此。

汉明帝诏书与班固

东汉明帝在位的十八年间(58—75),是中国历史上歌功颂德之风最盛的时期之一。当时的文坛上,出现了大量歌功颂德之作,"颂"体文学空前发达,辞赋的主旨由"讽谕"转为"歌颂",文学批评也用是否歌功颂德作标准。在史学方面,前代史《汉书》"饰主阙而抑忠臣"(傅玄《傅子》,《全晋文》卷四九),当代史《汉记》的东汉初部分"曲笔阿时"、"谀言媚主"(刘知幾《史通·内篇·曲笔》),都不同程度地背离了《史记》"不虚美,不隐恶"的直笔传统。这种情况一直延续到章帝时期,包括像王充《论衡》这样敢于批评孔孟的著作,都深受歌功颂德之风的影响,因而出现了一组颂汉之文。那么,为什么明帝时期歌功颂德之风会特别盛行呢?章太炎《全上古三代秦汉三国六朝文校评》①论述班固《典引》的写作缘起时曾说:

> 孟坚《典引》,盖不得已而作。前述缘起以诏贬迁褒相如为本,已作《汉书》,与迁同符,微文刺讥,亦云不少。知为人主所忌,故复效相如作符命以求亲媚。虽淫辞献谄,要以避祸,与子云《美新》,殊途而同归矣。

章太炎敏锐地指出,班固的《典引》乃是"避祸"之作,与明帝的政治压力有关。其实初不限于《典引》,当时的歌功颂德之风本身,

---

① 载王仲荦主编《历史论丛》第 1 辑,济南,齐鲁书社,1980 年。

乃是明帝的政治压力的产物。章太炎所说的"贬迁褒相如"之"诏",即汉明帝于永平十七年召见班固等人时颁布的诏书,便是明帝对文人施加政治压力的一个典型表现,曾对当时歌功颂德之风的盛行发生过很大影响。本文便欲以此诏书对班固的文学与史学活动的影响为例,来看一下当时盛行的歌功颂德之风与君主的政治压力的关系。

一

永平十七年(74),明帝把班固、贾逵、傅毅、杜矩、展隆、郗萌等人召到云龙门,派小黄门拿着《秦始皇本纪》问他们,司马迁下的赞语中是否有错误。班固回答,司马迁赞语中引贾谊《过秦》中"向使子婴有庸主之才,仅得中佐,秦之社稷,未宜绝也"之语有错误。明帝特地把班固召进去问道:"本闻此论非耶?将见问意开寤耶?"班固回答,原来就知道的。于是,明帝下诏书道:

> 司马迁著书,成一家之言,扬名后世。至以身陷刑之故,反微文刺讥,贬损当世,非谊士也。司马相如洿行无节,但有浮华之辞,不周于用。至于疾病而遗忠,主上求取其书,竟得颂述功德,言封禅事,忠臣效也。至是贤迁远矣。(《文选》卷四八)

明帝的这道诏书,把是否歌功颂德作为品评文人优劣的标准。明帝自己也承认,司马迁的成就远过于司马相如,但是,因为司马迁"以身陷刑之故,反微文刺讥,贬损当世",没有歌功颂德,所以不是"谊士";而司马相如则因为在临死前作了《封禅文》,"颂述功德",所以被明帝称作"忠臣",并且得出了司马相如"贤迁远矣"的结论。与此同时,明帝也以是否歌功颂德作为衡量文学和史学作品优劣的标准。因为《史记》没有像后来的王充那样,"极论汉德非常,实然乃在百代之上"(《论衡·须颂篇》),却说出了"秦之社稷,未宜绝也"之类的话,所以不是一部好书;而司马相如《封禅文》则"颂述功德,言封禅事",所以是一篇好文章。像这种以是否歌功颂德来衡量人物和作品优劣的做法,在以往是未曾有过的。

贬司马迁褒司马相如,骂《史记》捧《封禅文》,还要采用诏书这一严重的形式,这充分说明明帝的真正意图,是要向班固等当代文人施加政治压力,使他们对汉王朝、尤其是明帝自己歌功颂德。王充的《论衡·佚文篇》载有明帝公开鼓励百官作歌功颂德之文一事:"永平中,神雀群集,孝明诏上《神爵颂》,百官颂上。"贾逵因为在明帝问起"神雀"群集的原因时,说了一通歌颂明帝武功的话,便被拜为郎,让他应对左右(《后汉书·贾逵传》)。明帝东巡泰山,到荥阳,有一只乌鸦在乘舆上盘旋飞鸣,虎贲王吉射中了它,作辞道:"乌乌哑哑,引弓射,洞左腋。陛下寿万岁,臣为二千石。"明帝便大为高兴,赐钱二百万,命令在亭壁上都画上乌鸦(《初学记》卷三十引《风俗通义》中《明帝起居注》文)。参合这些具体例子来看,我们便不难理解明帝称赞司马相如作《封禅文》的用心,无非是希望班固等人向司马相如学习,多作《封禅文》之类歌功颂德文章罢了。

又,《后汉书》固本传说班固作《汉书》,"自永平中始受诏,潜精积思二十余年,至建初中乃成"。陈汉章《缀学堂初稿》卷二《马班作史年岁考》考证班固始作《汉书》之年为永平元年(58),作成之年为建初七年(82),首尾二纪。倘依固本传及陈氏的考证,则永平十七年正是班固耽酣《汉书》之际。明帝或于所见,或于所闻,或于所料中,知班固所撰《汉书》中有"微文刺讥,贬损当世"之事,故有永平十七年召见及下诏之事欤?则明帝诏书之又一意图,如章太炎所指出的,是要警告正在撰述《汉书》的班固,不要走司马迁的老路,而要用历史著作来歌颂汉王朝。

而且,据固本传说,班固曾"与前睢阳令陈宗、长陵令尹敏、司隶从事孟异共成《世祖本纪》……固又撰功臣、平林、新市、公孙述事,作列传、载记二十八篇,奏之"。班固所作的二十八篇列传、载记及参加撰作的《世祖本纪》所叙述的历史时期,正是与秦汉之际历史有相似之处的"新"汉之际历史。因此,明帝要求对秦汉之际历史作出不同于前代史学权威司马迁的新评价,要求彻底否定秦王朝继续存在的可能性,彻底肯定汉兴是"天命"之所归,恐怕也是想让班固及其他史学家在撰写"新"汉之交的历史时,作出有利于东汉王朝的创建者光武帝刘秀的评价吧?

二

由此可见,汉明帝永平十七年诏书,以"贬迁褒相如"为话头,对班固等人施加政治压力,要求他们对自己及两汉君主歌功颂德。那么,作为这道诏书的直接和主要对象之一的班固,又是怎样对待这道诏书的呢?

首先,为了避祸,班固作了一篇歌颂汉德的《典引》。

《典引》就文体而言,与司马相如的《封禅文》、扬雄的《剧秦美新》是类似的,其主要作用,就是歌颂本朝及本朝君主。在《典引序》中班固说:

> 伏惟相如《封禅》,靡而不典;杨雄《美新》,典而亡实。然皆游扬后世,垂为旧式。臣固才朽,不及前人。盖咏云门者难为音,观隋和者难为珍。不胜区区,窃作《典引》一篇,虽不足雍容明盛万分之一,犹启发愤满,觉悟童蒙;光扬大汉,轶声前代。然后退入沟壑,死而不朽。(《文选》卷四八)

在这里，班固指出了《典引》与《封禅文》、《剧秦美新》的渊源关系，表示了要"光扬大汉，轶声前代"的愿望。这当然是对明帝诏书称赞司马相如《封禅文》的直接响应。而且，值得注意的是，"典引"的意思，据《后汉书》固本传李贤注说，"典谓《尧典》，引犹续也。汉承尧后，故述汉德以续《尧典》"，是强调汉兴有"天命"的必然性的意思，与贾谊、司马迁"向使子婴有庸主之才，仅得中佐，秦之社稷，未宜绝也"的观点正是截然对立的。这又是对明帝批评贾谊、司马迁一事的直接响应。歌颂汉德与否定秦王朝，正是相辅相成的两个侧面。而其写作动机，则正如章太炎所指出的，乃是要以之避祸而已，原是不得已之作。

其次，班固在《汉书·叙传》中强调史学的歌功颂德作用，强调用断代史体的《汉书》来突出"绍尧运"的大汉的地位，也很明显地是受了明帝诏书的影响。《汉书·叙传》云：

> 固以为唐虞三代，《诗》《书》所及，世有典籍。故虽尧舜之盛。必有典谟之篇，然后扬名于后世，冠德于百王。故曰："巍巍乎其有成功，焕乎其有文章也！"

班固认为，史学的主要任务，就是要使当代君主"扬名于后世，冠德于百王"。这是深合明帝诏书旨意的说法，与司马迁"微文刺讥，贬损当世"的态度截然不同，也与司马迁"究天人之际，通古今之变，成一家之言"（《汉书·司马迁传》）的抱负完全无缘。本着这种对史学功用的基本看法，班固一方面根据自己的理解把《史记》的主要目的说成是歌功颂德，另一方面对《史记》由于通史体例的限制没能很好地完成这个任务表示不满。他说：

> 汉绍尧运，以建帝业，至于六世，史臣乃追述功德，私作本纪，编于百王之末，厕于秦项之列。太初以后，阙而不录。

司马迁瞩目于当时人眼界中的整个人类的全部历史，根本没有特别称颂汉代的意思，班固"追述功德"的说法，只能说是有意无意地歪曲了司马迁的史学思想。司马迁基于他那宏大的通史眼光，把汉王朝"编于百王之末，厕于秦项之列"，这本是极为自然的事情，并无所谓褒贬寓于其中。后来，《史记》的续作者们，自冯商等人至班固的父亲班彪，都继承了司马迁的观点，仅续作《史记》的太初以后部分（班彪的续书就叫《史记后传》）。可班固却认为这样一来，使得汉王朝仅成了历史长链中的小小一环，显不出它的光荣与伟大了。而要提高汉王朝在历史上的地位，就只有把《史记》中的汉史部分独立出来，把它改造成为断代史这一途。班固的这一改革，无疑推动了历史编纂学的发展；但他在《叙传》中对断代史功用的这种解释，却反映了当时君主对史学歌功颂德作用的要求，也反映了班固努力适应这种要求的心理。也许，班固在一开始作《汉书》时，并不认为断代史具有歌功颂德的作用，可是当明帝诏书对他施加了政治压力以后，他就不得不违心地这么说了。这里面同样有"避祸"的意思。

第三，班固遵从明帝旨意，作《秦纪论》，对秦末汉初历史重新作了不同于贾谊、司马迁的评价，全盘否定秦王朝，全盘肯定汉王朝。后人又把《秦纪论》附在《史记·秦始皇本纪》之后，更扩大了它的影响。其中说：

> 贾谊、司马迁曰："向使婴有庸主之才，仅得中佐，山东虽乱，秦之地可全而有，宗庙之祀未当绝也。"秦之积衰，天下土崩瓦解，虽有周旦之材，无所复陈其巧，而以责一日之孤，误哉！俗传秦始皇起罪恶，胡亥极，得其理矣。复责小子，云"秦地可全"，所谓不通时变者也。纪季以酅，《春秋》不名。吾读《秦纪》，至于子婴车裂赵高，未尝不健其决，怜其志。婴死生之义备矣。

贾谊《过秦》的看法，实事求是，不带偏见，所以深得司马迁的首肯，径引之作为《秦始皇本纪》的赞语。但贾谊、司马迁的观点，与东汉初期图谶之风笼罩下的看法大相径庭，因此受到了明帝的指责。班固顺从明帝的旨意，批评贾谊、司马迁为"不通时变者"，与他在《汉书·司马迁传赞》中称赞《史记》为"实录"的说法自相矛盾。盖《秦纪论》也是不得已之作。值得注意的是，自明帝诏书事件以后，大骂秦王朝遂成为文坛上的时髦风气，我们读王充《论衡》的颂汉诸篇，便会对此有深切的体会。

三

明帝诏书的真正意图，是对班固等当代文人施加政治压力，要求他们对自己及两汉历代君主歌功颂德。但是，它所直接攻击的对象，却是司马迁及其《史记》。对此，班固采取了阳奉阴违的态度，因为他毕竟是一个继承司马迁史学传统的正直的史学家。由于班固表面上附和明帝的看法，实际上却基本不予理睬，使司马迁和《史记》的尊严得到了维护。

不错，当明帝问及《秦始皇本纪》中司马迁赞语之"非"时，班固很"乖"地领会了明帝的意图，作出了颇合上意的回答。对明帝诏书对司马迁的攻击，班固也诚惶诚恐地说："昭明好恶，不遗微细。缘事断谊，动有规矩。虽仲尼之因史见意，亦无以加。"（《典引序》）表示完全同意。但是，在最能反映和代表班固对司马迁看法的《汉书·司马迁传赞》及《汉书·叙传》里，班固仍然对司马迁表示了极大的敬意，作出了相当肯定的评价。

首先，班固非常同情司马迁的不幸遭遇。据《后汉书·班彪传》记载，班彪在批评了《史记》议论的"浅而不笃"后说："此其大敝伤道，所以遇极刑之咎也。"班固与乃翁不同。他在《司马迁传赞》中重复了班彪对《史记》议论的批评,却删掉了"此其大敝伤道"二语,改成了"此其所蔽也"。而且,在最后部分,他还满怀感慨地说:

> 乌乎!以迁之博物洽闻,而不能以知自全,既陷极刑,幽而发愤,书亦信矣。迹其所以自伤悼,《小雅》巷伯之伦。夫唯《大雅》"既明且哲,能保其身",难矣哉!

在《叙传》里,他又说:

> 乌呼史迁,薰胥以刑!幽而发愤,乃思乃精。错综群言,古今是经。勒成一家,大略孔明。

巷伯"遇谗而作诗"(颜师古注语),班固把司马迁称作"巷伯之伦",当然是说司马迁祸非其罪。又所谓"薰胥以刑",倘依颜师古注之说:"言无罪之人,遇于乱政,横相牵率,遍得罪也。""言史迁因坐李陵,横得罪也。"则其矛头不正是暗暗指向了武帝吗?《后汉书》固本传李贤注认为,"班固讥迁被刑",盖未明了班固的心情。而且,在叙述司马迁被祸之后发愤著书的情况时班固说,"幽而发愤,乃思乃精……","书亦信矣",一点都没有提到"微文刺讥,贬损当世"之事。这一切,都和明帝诏书的观点截然不同。而"夫唯《大雅》'既明且哲,能保其身',难矣哉"数语,又在感慨司马迁的不幸遭遇之余,隐隐约约地流露了班固自己对前途和命运的忧虑不安。

其次,在司马迁与司马相如的轩轾上,班固置司马迁于司马相如之上。明帝诏书根据是否歌功颂德这一标准,把司马相如置于司马迁之上;班固虽曾在《典引序》里表示过赞同,但在《汉书·公孙弘传赞》里,却仍然实事求是地置司马迁于司马相如之上,说"文章则司马迁、相如"。此外,在《汉书》中,直接称赞司马迁的地方也非常之多。

第三，班固肯定了《史记》的直笔传统，从而否定了明帝对《史记》"微文刺讥，贬损当世"的评价。班彪称赞《史记》"善述序事理，辩而不华，质而不野，文质相称，盖良史之才也"（《后汉书·班彪传》），只是肯定了司马迁的"史才"；班固则更注重称赞司马迁的"史德"，他在《司马迁传赞》中引了班彪的上述那段话之后说："其文直，其事核，不虚美，不隐恶，故谓之实录。"肯定了《史记》"不虚美，不隐恶"的直笔传统，也就是否定了明帝诏书对《史记》的"微文刺讥，贬损当世"的评价。当后代君主拾起明帝牙慧攻击《史记》时，班固对《史记》直笔传统的肯定，便成为正直的人们进行回击的有力武器，这充分证明了班固这一肯定的重要意义（关于这一点，可参看《后汉书·蔡邕传》、《三国志·魏书·王肃传》、《新唐书·郑覃传》、钱大昕《潜研堂文集》卷二四《史记志疑序》等文献）。

四

综上所述，面对明帝诏书的政治压力，班固不得不违心地作了歌功颂德之文，但并没有完全放弃自己的立场，在一些原则问题上还暗中抵制，没有丧失自己的人格。因为采取的方式比较策略巧妙，才瞒过了明帝（也许还包括后来的章帝）。不过尽管这样，君主的政治压力，也仍对他的文学和史学活动造成了直接间接的影响，在他的文学和史学作品中留下了深深浅浅的痕迹。比如在《汉书》中，随处可见他对于汉王朝和皇帝们的刻意维护；而通过对于《史记》篇目的分合或文字的改动，他也与司马迁在思想上拉开了相当的距离。从汉明帝诏书对班固的文学和史学活动的影响，也可窥见当时盛行的歌功颂德之风与君主的政治压力之间的关系之一斑。

论蔡邕及其史学与文学

蔡邕（133—192），为东汉末叶之大学者、大文学家、大艺术家，集经学、史学、文学、音乐、绘画、书法诸长于一身，实为中国历史上一可注意之人物。论其经学，则深研今文经学，旁通古文经学，著作有《月令章句》（已佚，辑者有王谟、臧庸、马国翰、王仁俊、陆尧春、曹元忠、蔡云、叶德辉、陶濬宣、黄奭诸家）等；所书《熹平石经》，沾溉来学，影响深远，皮鹿门称之为"一代大典"（《经学历史》四《经学极盛时代》）。论其史学，则与修国史，著《灵帝纪》、《十意》及四十二列传。论其文学，则长于碑文，兼善辞赋，时人比之屈原。论其艺术，则于音乐、绘画、书法各门，无所不通，无所不精，"焦尾琴"、"飞白书"，至今佳话流传。① 凡人

---

① 有关蔡邕之音乐故事，流传极多，可参看《后汉书》邕本传及李贤注引张骘《文士传》、《太平御览》卷六四四引《语林》、卷五七七引《后汉书》、卷一八八又卷一九四引《续汉书》、《世说新语·轻诋篇》及刘孝标注引伏滔《长笛赋叙》、《北堂书钞》卷一一一引《蔡邕别传》、《乐府诗集》卷五九《蔡氏五弄》引《琴历》、《琴集》、《琴书》等。是可见邕在音乐方面之才能。又，《南齐书》卷二六《王敬则传》云："（敬则世子）仲雄善弹琴，当时新绝。江左有蔡邕焦尾琴，在主衣库，上敕五日一给仲雄。"是则焦尾琴齐时似尚存。又，钱谦益《列朝诗集小传》之王逢年小传云："尽斥其田产，市古器物。得古琴曰'焦尾'，谓真蔡中郎故物也。晚年持过王敬美，曰：'老病无聊，愿以此赎城南数顷，为饘粥计。'敬美唯唯受之。数日，出，谓曰：'焦尾果神物也！昨宵风清月白，焚香抚操，二玄鹤从空下，飞鸣盘舞，挟之而上，少选，不知所之矣。其可奈何？'舜华（王逢年字）俯首曰：'固宜有是。'所知惎之，曰：'焦尾无（转下页）

有一于此，即足以自立于世，蔡邕则兼之。而蔡邕又非仅以学问文章技艺鸣于世者，其气节风范即在当时便已耸动天下。此蔡邕之名所以垂诸久远也。

然蔡邕又为中国历史上一颇有争议之人物。訾其史学，则说他"学优而才短……撰《后汉书》，未见长于范、陈"（章实斋《丙辰劄记》）；议其文学，则说他"滥作碑颂"、"利其润笔"（顾亭林《日知录》卷十三"两汉风俗"条、卷十九"作文润笔"条）；而于其晚年出仕董卓一节，则非议尤多。平心论之，蔡邕固非完人，然亦非全如前贤之所言者。本文拟探讨蔡邕之史学与文学成就，而先述其立身行事之大要。

一、蔡邕之生平

欲了解蔡邕之学术，则必先了解蔡邕所处之时代，以及蔡邕一生之际遇。盖一人之学术思想与成就，恒与其环境及际遇有关。邕所生活之东汉后期，社会各种矛盾冲突异常激烈，东汉王朝面临土崩瓦解之势。黄巾起义，于中平元年（184）爆发。统治阶级内部，自和帝（89—105 在位）以后，宦官集团势力日盛，与

（接上页）恙乎？'曰：'去矣！'"是为有关焦尾琴之后日谭矣。《太平御览》卷七五〇引孙畅之《述画》云："汉灵帝诏蔡邕图赤泉侯杨喜五世将相形像于省中，又诏邕为赞，仍令自书之。邕文、书、画于时独擅，可谓备三美矣。"张彦远《历代名画记》卷四"后汉"条云："（蔡邕）有《讲学图》、《小列女图》传于代。"是可见邕在绘画方面之才能。张怀瓘《书断》卷上载蔡邕创制"飞白书"之神奇故事，卷中且将蔡邕列入"神品"，并称赞道："伯喈八分飞白入神，大篆小篆隶书入妙。"其八分书及所书石经，历来被誉为两汉书法艺术之最高境界。《全唐诗》卷二二三载杜甫《送顾八分文学适洪吉州》诗云："中郎石经后，八分盖憔悴。"乃其中之代表性意见之一。是可见邕在书法方面之才能。

外戚集团冲突频仍,彼此地位时有升降。延熹二年(159),桓帝联合阉宦诛灭梁氏,外戚集团受到致命打击,从此一蹶不振,遂依附于士大夫集团。士大夫集团势力上升,与宦官集团屡作较量,而又频频惨败,遂至发生"党锢之祸"。最终阉宦虽除,董卓乘虚而入,天下混战,生灵涂炭。蔡邕处于这一动荡之时代,其立身行事之基本立场,其与清流士大夫之关系,其与宦官集团之关系,以及其与董卓之关系等等如何?凡此均为评价蔡邕一生成败之关键,亦为讨论蔡邕学术之前提。以下试一一分别言之。

1. 蔡邕之家世

蔡邕,陈留圉人。十四世祖蔡寅,高帝时以军功封肥如侯。传至孙蔡奴,以无后除国。元康四年(前62),诏寅曾孙肥如大夫福复家。其后蔡氏一族史籍即不见记载(参见《史记》卷十八《高祖功臣侯者年表》、《汉书》卷十六《高惠高后文功臣表》、《蔡中郎集》卷九《让高阳侯印绶符策表》)。六世祖蔡勋,字君严,好黄老,哀帝时以孝廉为长安邰长,平帝时为郿令,王莽初,与鲍宣、卓茂等同不仕新室,名重当时。光武即位,求其子孙,赐谷以旌显之(见《后汉书》邕本传及李贤注引谢承《后汉书》、又引《蔡携碑》,《后汉书》卷二五《卓茂传》)。祖父蔡携,字叔业,顺帝时以司空高第迁新蔡长(邕本传李贤注引《蔡携碑》)。父棱,字伯直,有清白行。卒,谥"贞定公"(见邕本传)。① 邕本

---

① 王先谦《后汉书集解》引周寿昌说云:"'贞定'出于私谥,'公'字疑衍。"毅平按:《北堂书钞》卷一一七引张璠《汉纪》云:"父棱,亦有清白行,谥贞定。"亦无"公"字。然"贞定公"之谥自可通。《后汉书》卷四三《朱穆传》云:"及穆卒,蔡邕复与门人共述其体行,谥为'文忠先生'。""文忠"与"先生"连称。邕集卷一《朱公叔谥议》云:"汉益州刺史南阳朱公叔卒,门人陈季珪等议所谥,云,宜曰'忠文子'。""忠文"(转下页)

传李贤注引《蔡携碑》云:"长子棱,字伯直,处俗孤党,不协于时,垂翼华发,人爵不升。年五十三卒。"王先谦《后汉书集解》引惠栋说云:"据邕碑,则是棱未尝仕也。《书断》云:'棱,徐州刺史。'未知何据?"《初学记》卷十八、《太平御览》卷四百九引蔡邕《贞定直父碑》云:"其接友也,审辨真伪,明于知人,度终始而后交,情不疏而貌亲。"由此可知邕父之为人。可见其父族为典型之士大夫家族。

邕母袁氏,陈国扶乐人(陈国与陈留郡虽分属兖、豫二州,实相毗邻,圉与扶乐相距极近),为袁滂之妹,袁涣之姑。张华《博物志》卷六《人名考》云:"蔡伯喈母,袁公熙妹,曜卿姑也。"①公熙,袁滂字,曜卿,袁涣字。② 袁滂为汉三公,亦一时名宦。《后汉书》卷七二《董卓传》李贤注引袁宏《汉纪》云:"滂字公熙。纯素寡欲,终不言人短。当权宠之盛,或以同异致祸,滂独中立于朝,故爱憎不及焉。"又,滂颇能奖掖名士,在光和元年(178)二月至光和二年(179)三月为司徒期间(见《后汉书》卷八《灵帝纪》),亲识拔赵壹于计吏数百人中,延置上座,与羊陟共称荐之,赵壹因此名动京师(见《后汉书》卷八十下《文苑下·赵壹传》)。③ 袁

(接上页)与"子"连称。又,邕以为称朱穆为"忠文子"尚不够尊敬,当称"忠文公"或"忠文父"(《朱公叔谥议》)。凡此均可见东汉自有此谥法,"贞定公"之谥不误。

① 毅平按:原无"熙"字,据文意补。
② 《后汉书》卷八《灵帝纪》李贤注云:"滂字公喜。"喜、熙音近,即同一人。或说邕母为袁涣姑女。王先谦《后汉书集解》卷六十下《蔡邕传》集解引惠栋说云:"《先贤行状》:伯喈母,袁曜卿之姑女。"误。《三国志》卷十一《魏书·袁涣传》云:"袁涣字曜卿,陈郡扶乐人也。父滂,为汉司徒。"则袁涣乃滂子,当呼邕母为姑。《博物志》得之,《先贤行状》"女"字或衍。
③ 《后汉书》"袁滂"本作"袁逢"。王先谦《后汉书集解》引洪颐煊说云:"《灵帝纪》光和元年二月光禄勋袁滂为司徒……二年三月,司徒袁滂免……元年受计者,非袁逢也。"其说甚是。元年受计者,应是袁滂。

涣历仕刘备、袁术、吕布、曹操,显于魏(参见《三国志》卷十一《魏书·袁涣传》及裴注引荀绰《九州记》)。今《蔡中郎外集》卷二《与袁公书》云:"朝夕游谈,从学宴饮,酌麦醴,燔干鱼,欣欣焉乐在其中矣。"此"袁公",盖即邕母舅袁滂。可见其母族亦为典型之士大夫家族。

邕早丧父母,从叔父蔡质居。质字子文。《太平御览》卷四三二引蔡邕书云:"邕薄祜,早丧二亲。年逾三十,鬓发二色,叔父亲之,犹若幼童,居则对座,食则比豆。"邕本传云:"与叔父、从弟同居,三世不分财,乡党高其义。"质曾为卫尉、尚书,邕即以叔父荫为郎中(见邕《戍边上章》)。邕传有从弟蔡谷,或即质子。光和元年(178),邕、质同被祸,下洛阳狱,邕减死一等徙朔方。邕《戍边上章》云:"父子家属,徙充边方,完全躯命,喘息相随。"则质亦从徙朔方可知。①

邕似尚有姑、姊。颜之推《颜氏家训·风操篇》云:"蔡邕书集,呼其姑、姊为家姑、家姊。"卢文弨注曰:"今《蔡集》未见有此语。"今本《蔡中郎集》为宋欧静所辑而后人续加增补者,黄门所举之篇盖早已亡佚。然黄门所见如此,则邕似实有姑、姊者。据《蔡携碑》,邕父棱卒时已五十三岁,而邕"早丧二亲",则当邕生时,棱恐已届不惑,得子似不应若是之迟,由此亦可间接证明邕上当有兄或姊。

关于蔡邕之家世,有甚可注意者。蔡氏家族,据邕自言,似为"小族"。《蔡中郎集》卷九《让高阳侯印绶符策表》云:"臣得微劳,被受爵邑,光宠荣华,耀熠祖祢,非臣小族陋宗、器量褊狭所

---

① 《晋书》卷八一《蔡豹传》云:"蔡豹字士宣,陈留圉城人。高祖质,汉卫尉,左中郎将邕之叔父也。祖睦,魏尚书。父宏,阴平太守。"是可知蔡质之后并显于魏晋。

能堪胜。"邕所谓"小族陋宗",盖相对于汝南袁氏、弘农杨氏等世家大族而言,在乡里则仍为著姓。《后汉书》卷六七《党锢·夏馥传》云:"夏馥字子治,陈留圉人也……同县高氏、蔡氏并皆富殖,郡人畏而事之,唯馥比门不与交通,由是为豪姓所仇。"① 邕之祖先,自六世祖蔡勋以后,或举孝廉,或举司空高第,此皆东京士大夫通常之入仕途径。邕所谓"宰府孝廉,士之高选"(邕本传载邕光和元年对诏问语)者,即言东京士人对地方察举与公府征辟之重视。勋以不仕新莽,受光武褒扬;父棱有清白行,"处俗孤党,不协于时",并以人品见称。邕母系陈国袁氏,亦为大姓,在东汉时仕宦通显。② 由此可见邕之父族与母族均为东汉典型之士大夫家族。

　　此家世情况,影响蔡邕之思想至为深远,邕生长于如斯家族,则其立身行事之基本立场可知。邕本传云:"邕性笃孝。母常滞病三年,邕自非寒暑节变,未尝解襟带,不寝寐者七旬。母卒,庐于冢侧,动静以礼。有菟驯扰其室傍,又木生连理。远近奇之,多往观焉。""孝"为当日士大夫之基本信条,蔡邕自幼即以恪守之著名。《蔡中郎外集》卷一《祖德颂》云:"昔我烈祖,暨于予考,世载孝友,重以明德,率礼莫违。是以灵祇降之休瑞,兔扰驯以昭其仁,木连理以象其义。斯乃祖祢之遗灵,盛德之所贶也,岂我童蒙孤稚所克任哉!"将己之孝行归因于家族之影响,由

---

① 邕本传云:"与叔父、从弟同居,三世不分财。"既云"三世不分财",则本三世有财可知。张华《博物志》卷六《人名考》云:"蔡邕有书万卷。"万卷书非饶于财者不能致。是皆蔡氏富殖之明证。
② 郦道元《水经注》卷二三阴沟水"东南至沛为濄水"条注云:"濄水径大扶城西,城之东北,悉诸袁旧墓。碑宇倾低,羊虎碎折,惟司徒滂、蜀郡太守腾、博平令光,碑字所存惟此,自余殆不可寻。"大扶城即东汉扶乐。可见陈国袁氏在东汉时仕宦甚为通显。

此亦可见其思想之来源。①

就蔡氏家族之社会关系言之，似更能说明问题。太山梁父羊陟为蔡氏姻家。羊陟为当时著名之清流党人，与郭林宗、范滂等人同列名"八顾"中（见《后汉书》卷六七《党锢·羊陟传》）。邕本传载邕被收时上表自陈云："臣被召，问以大鸿胪刘郃前为济阴太守，臣属吏张宛长休百日。郃为司隶，又托河内郡吏李奇为州书佐，及营护故河南尹羊陟、侍御史胡母班，郃不为用，致怨之状。臣征营怖悸，肝胆涂地，不知死命所在。窃自寻案，实属宛、奇，不及陟、班。凡休假小吏，非结恨之本；与陟姻家，岂敢申助私党。"蔡邕与羊陟关系密切，敌党假以为诬陷之口实，要非无故。又，太山平阳羊续，与蔡邕为儿女亲家。邕一女适羊续子羊衜，生晋景献羊皇后徽瑜与晋大将羊祜（见《晋书》卷三一《后妃·景献羊皇后传》、卷三四《羊祜传》）。② 羊氏为太山望族，其先七世二千石卿校。羊续坐党事禁锢十余年（见《后汉书》卷三一《羊续传》）。后来蔡邕远迹吴会，往来所依之太山羊氏，可能

---

① 《太平御览》卷八二五引蔡邕书云："家祖居常言，客有三当死，夜半蚕时至人室者也。今者一行而犯其两。"是蔡邕虽少孤，而犹得亲炙其祖父之教训，接受其先人之影响。

② 《后汉书》卷三一《羊续传》仅载羊续另一子羊秘，不载羊衜。据《晋书》卷三四《羊祜传》，羊衜仕汉为上党太守，余无考。《三国志》中羊衜凡九见，然《三国志》中之羊衜乃吴人，且生于建安后期，而羊续则早卒于中平六年（189），是《三国志》中羊衜非羊续子、蔡邕婿。又，赵翼《陔余丛考》卷四一"蔡邕女甥多贵显"条云："蔡邕无子。其女文姬初适卫仲道，后归董祀，生女为司马师之妻。又，《羊祜传》：'母陈留蔡氏，汉中郎将邕之女也。'则邕又有一女嫁羊衜（即祜父），既生祜，而祜同产姊乃景献皇后也。"瓯北之说有三误："司马师之妻"即景献羊皇后，瓯北误以为二人，其误一；"司马师之妻"（景献羊皇后）为嫁羊衜之蔡邕又一女之女，瓯北以为文姬女，其误二；又，蔡邕有子（说详本书第 92 页注②），而瓯北以为无子，其误三。（王鸣盛《十七史商榷》卷三七"邕无子"条亦言邕无子，其误与瓯北同。）

即为羊续。① 婚姻常反映政治倾向,趋炎附势之徒则附阉宦,邕师胡广以联姻宦官为人所讥,而蔡氏则联姻清流党人,一清一浊,流品自明。

蔡邕似至少有一子二女。一女适羊衟,生晋景献羊皇后与羊祜;一女即文姬,先适卫仲道,自胡赎归后,更适董祀,以才情著称于世;子不知其名,孙袭,为晋关内侯。② 现附蔡氏世系表于后,以见蔡邕家世之大概。

---

① 检《后汉书》,太山郡羊氏仅羊陟、羊续二族。知非羊陟者,以羊陟卒于禁锢时期,党禁解于中平元年(184),蔡邕则中平六年(189)方结束亡命生涯。故邕所依之羊氏,较有可能为羊续。蔡邕之依羊续,恐与两人为儿女亲家有关。又,阎若璩《潜丘劄记》卷三《释地余论》"羊流店"条云:"羊流店,晋羊叔子故里……复往寻其居遗址,隐然若城郭,绵亘八里许。因叹叔子以上九世,皆二千石卿校,可为东汉第一世家。当时聚族而处,居以积久,日加辟远。又蔡邕亡命江海,远迹吴会,往来依太山羊氏,以此地为渊薮,孰敢问之!"可与邕本传参看。

② 张宗泰《质疑删存》卷中"蔡邕非无嗣考"条云:"邕实有子。《羊祜传》:'祜讨吴贼有功,将进爵土,乞以赠舅子蔡袭。'……惜袭之父史无其名耳。"梁章钜《浪迹三谈》卷三"中郎有后"条云:"《晋书·羊祜传》:'祜,蔡邕外孙。讨吴有功,将进爵,乞以赐舅子蔡袭,诏封袭为关内侯。'则中郎未尝无嗣。而《蔡克别传》亦云:'克祖睦,蔡邕孙也。'克再传为司徒谟,则中郎后裔,且蕃盛于典午之代,何得云无嗣哉!"李慈铭《越缦堂日记》同治甲戌(1874)九月二十日所说亦同。一般人以为蔡邕无子,乃受曹操痛蔡邕无嗣、赎文姬归汉事影响而形成之错觉耳。然睦实质孙,于邕为从子,《蔡克别传》所言不实,梁章钜误信之(李慈铭同误,见其同上日记)。袭始为邕孙也。又,严可均据蔡邕被收时上表"臣年四十七,前无立男"云云,认为其后来亡命江海,往来依羊氏时,尝续娶,集中《翠鸟诗》可证,故晚而有嗣,唯曹操未周知,故有痛邕无嗣、赎文姬归汉之举,见其校辑《蔡中郎集》十九卷末附《叙录》。毅平按:该《叙录》(1842)为《铁桥漫稿》卷六《重编蔡中郎集叙》(1830)之改写稿,后面多出论《十意》不存而存、蔡邕续娶等事,今人新编《严可均集》失收。此据傅增湘《藏园群书经眼录》卷十二集部一"严可均校辑《蔡中郎集》十九卷旧写本"条。

1. 蔡寅(肥如敬侯)→2. 蔡成(肥如庄侯)→
3. 蔡奴(肥如侯,无后,除国)
3. 蔡×→4. 蔡福(肥如大夫,袭肥如侯)→
9. 蔡勋(长安邰长,郿令)→12. 蔡携(新蔡长)→
13. 蔡棱→14. 蔡×(邕姊)
   14. 蔡邕→15. 蔡×(邕子)→16. 蔡袭(晋关内侯)
   15. 蔡×(邕女,适羊衜,生晋景献羊皇后徽瑜和羊祜)
   15. 蔡琰(邕女,先适卫仲道,再适匈奴人,后适董祀)
13. 蔡质(卫尉)→14. 蔡谷(?)→15. 蔡睦(魏尚书)→
   16. 蔡宏(晋阴平太守)→17. 蔡豹(晋徐州刺史)
   16. 蔡德(晋乐平太守)→17. 蔡克→18. 蔡谟(晋司徒)→19. 蔡邵、蔡系
13. 蔡×(邕姑)

2. 蔡邕与清流士大夫之关系

蔡邕之家世及其立身行事之基本立场既已阐明,进而论其与清流士大夫之关系。

蔡邕少时之友人有王匡。《三国志》卷一《魏书·武帝纪》裴注引《谢承书》云:"匡少与蔡邕善。"又有王匡妹夫胡母班。胡母班与蔡邕之关系,观刘郃告邕营护胡母班之语可知。胡母班为清流党人,名列"八厨"中。"厨者,言能以财救人者也。"(《后汉书》卷六七《党锢传》)。王匡亦轻财好施,《三国志》卷一《魏书·武帝纪》裴注引《英雄记》云:"匡字公节,泰山人。轻财好施,以任侠闻。"又与宦官为敌,《资治通鉴》卷五九《汉纪》五一灵帝中

平六年(189)载:"(何)进府掾王匡,骑都尉鲍信,皆泰山人,进使还乡里募兵……皆以诛宦官为言。"蔡邕后来于亡命生涯中,甚有可能得此二人之资助。又,处士圈典,盖蔡邕乡人。《蔡中郎集》卷二《处士圈叔则铭》云:"临殁顾命曰:'知我者其蔡邕。'乃为铭,载书休美。俾来世昆裔,有讽诵于先生之德。"圈典事无考,依碑文所述,盖为不应州郡礼诏及博士征举之名士。其引蔡邕为同调,固可见邕之为人。周勰为汉季名士,勰卒时,邕年二十七,为作《汝南周巨胜碑》(见《蔡中郎集》卷二),于其品行极为推重。朱穆一生与宦官斗争,延熹六年(163)卒,蔡邕为定私谥曰"忠文先生"(见《后汉书》卷四三《朱穆传》)。① 蔡邕素敬仰朱穆之道德文章,《朱穆传》李贤注引《袁山松书》云:"穆著论甚美,蔡邕尝至其家自写之。"申屠蟠为姜肱之从游弟子(此事《后汉书》蟠本传不载,见邕集卷二《彭城姜伯淮碑》),邕同郡人,亦为汉末名士。蔡邕深重之,及被州辟,乃辞让之(见《后汉书》卷五三《申屠蟠传》)。桓彬少与蔡邕齐名,光和元年(178)卒于家,蔡邕等人共论序其志,以为其有过人者四,乃共树碑而颂焉(见《后汉书》卷三七《桓彬传》)。蔡邕深敬重边让,以为让宜处高任,特荐之于何进(见《后汉书》卷八十下《文苑下·边让传》、邕集卷八《荐边文礼书》)。② 孔融为汉末大名士,蔡邕与融素善,故蔡邕

---

① 今《后汉书》卷四三《朱穆传》作"文忠先生",误。邕集卷一《朱公叔谥议》云:"汉益州刺史南阳朱公叔卒,门人陈季珪等议所谥,云,宜曰'忠文子'。"又,《谥议》之行文,先议"忠",次议"文",最后议"子",则当作"忠文先生"明矣。严可均《全后汉文》卷二八朱穆小传亦作"文忠先生",盖沿《后汉书》之误。又,徐师曾《文体明辩》卷五七《谥议》云:"至于名臣处士,法不得谥,则门生故吏相与作议而加私谥焉。其事起于东汉,而文不多见,独《蔡邕集》有之。"可知加私谥乃东汉之时代风尚。

② 李贺《李长吉歌诗》卷一《南园十三首》其十有"边让今朝忆(转下页)

卒后，融深为怀念，有"虽无老成人，且有典刑"之佚话（见《后汉书》卷七十《孔融传》、《三国志》卷十二《魏书·崔琰传》裴注引张璠《汉纪》）。蔡邕于交好诸名士中，最推崇郭林宗，至谓"吾为碑铭多矣，皆有惭德，唯郭有道无愧色耳。"（见《后汉书》卷六八《郭太传》）①林宗长邕五岁，与邕关系密切。两人一为名士领袖，一为文坛祭酒。且两人于人伦品藻，亦常意见一致。林宗之卒，据《后汉书》太本传，会葬之士千余人，同志者乃共刻石立碑，蔡邕为其文。则蔡邕之人格文章，在当时名士中已极有影响可知。②此外，蔡邕与郭香、杨赐、杨彪、袁逢、崔寔、桥玄、卢植、马日䃅、王畅、胡广、陈寔、韩说等汉末士大夫之知名人物均有较密切之关系（可参看《后汉书》各人本传，邕集有关各碑，以及阮元《揅经室三集》卷三《汉延熹华岳庙碑跋》等文）。

　　蔡邕虽为东汉后期士大夫集团中之一员，但他亦有高于一般清流名士之处，那就是他虽乐与清流名士往来，却与其他人士亦保持一定关系，表现出较为宽阔之胸怀。比如曹操，因出身于阉宦家庭，故颇受一般名士轻视。③然在当时之士大夫中，亦有赏识操者，如桥玄即是一例（见《后汉书》卷五一《桥玄传》、《三国

　　（接上页）蔡邕，无心裁曲卧春风"之语，王琦注云："长吉盖以边让自喻，而私忆当有如蔡邕之人敬而荐之者。奈未有其人，虽呕心苦思作乐府诸曲，亦有何人赏识？是以无心裁作，而卧于春风之中……吴正子谓是感忆韩公、皇甫之相知，假边、蔡以为喻。"是蔡邕之能识贤荐贤，即在后世亦被传为美谈。

① 清侯康有《读蔡邕郭林宗碑文书后》一文，载金锡龄编《学海堂二集》卷十七，于蔡邕碑中之语，考证详尽，明其言皆有据，语无虚妄。
② 《世说新语·品藻篇》云："汝南陈仲举、颍川李元礼，二人共论其功德，不能定先后。蔡伯喈评之曰：'陈仲举强于犯上，李元礼严于摄下。犯上难，摄下易。'仲举遂在'三君'之下，元礼居'八俊'之上。"可见在汉末魏晋间人之心目中，蔡邕本人亦为一名士，故有此品藻人物之言论流传。
③ 《后汉书》卷六八《许劭传》云："曹操微时，常卑辞厚礼，求为（转下页）

志》卷一《魏书·武帝纪》)。①故曹操祭桥玄文,有"操以幼年,逮升堂室,特以顽质,见纳君子"(《后汉书》玄本传)之语。蔡邕建宁三年至五年(170—172)初在桥玄府中,时在三十八至四十岁间。操少邕二十二岁,则蔡邕在桥玄府时,正操所谓"见纳"桥玄之"幼年"。曹操是时虽幼,可能即于桥玄处结识蔡邕,两人遂成为忘年之交(《三国志》卷一《魏书·武帝纪》正系桥玄识操事于操二十举孝廉为郎事之前,可为旁证)。《后汉书》卷八四《列女·蔡琰传》云:"曹操素与邕善。"《太平御览》卷八百六引曹丕《蔡伯喈女赋序》云:"家公与蔡伯喈有管鲍之好。"盖谓蔡邕能识曹操于微时。后曹操果不负蔡邕知己之意,自匈奴中以金璧赎文姬归汉。②范晔《朱穆传论》曰:"朱穆见比周伤义,偏党毁俗,志抑朋游之私,遂著《绝交》之论。蔡邕以为穆贞而孤,又作《正交》而广其致焉。"可见蔡邕立身处世之态度,自与一般清流士大夫有别。观其交游之广,胸怀之宽,忠于友朋,奖掖后进,则信其能在生活中贯彻《正交》之旨。

3. 蔡邕与宦官之冲突

在汉末士大夫集团与宦官集团之斗争中,蔡邕作为士大夫

(接上页)已目。劭鄙其人而不肯对。操乃伺隙胁劭,劭不得已,曰:'君清平之奸贼,乱世之英雄。'操大悦而去。"《三国志》卷一《魏书·武帝纪》裴注引孙盛《异同杂语》称许子将曰:"子治世之能臣,乱世之奸雄。"所评虽正相反,但均可见当日士大夫对曹操之观感。

① 袁宏道《与段青园宪副》(钱伯城《袁宏道集笺校》卷五五《未编稿》之三,上海,上海古籍出版社,1981年)云:"曹公曰:'车过三步,肠痛勿怪。'又曰:'越陌度阡,枉用相存。'大都皆为桥公等发也。故交之关情如此!"曹操与桥玄之交谊,为后世歆羡如此。

② 此事在当日或甚轰动,建安文人且发之于歌咏,今所存者有曹丕和丁廙之作,皆题曰《蔡伯喈女赋》,他人之作或已佚。此事据郭沫若说在建安十二年(207)。

集团之一员，其政治立场必与宦官处于对立地位。自延熹二年（159）至中平六年（189）三十年间，蔡邕与宦官集团发生三次冲突。与宦官集团作斗争，可谓其一生不变之政治立场。

兹于叙述邕与宦官集团之冲突前，先略述其对外戚集团之态度。蔡邕早年作《释诲》，即藉华颠胡老之口，斥奔走于外戚之门者。故纵观蔡邕之一生，似从无结好外戚之举。然蔡邕对外戚之态度，与其对宦官之态度，乃稍有不同，因外戚对士大夫并不完全排斥。如大将军何进辅政，征用名士（《后汉书》卷七十《郑太传》），大名士陈寔卒，何进遣使吊祭（《后汉书》卷六二《陈寔传》），等等。且外戚尚能表彰儒学（见《后汉书》卷七九《儒林传》载永初元年梁太后诏）。故士大夫对外戚亦不完全排斥。以朱穆之鲠直，而不嫌用于梁冀。尤至梁冀诛后，士大夫与外戚渐取联合之势，而蔡邕对外戚之态度亦更为缓和。如与何进书荐边让，于何进谋诛宦官事表示赞赏（见邕集卷九《荐太尉董卓表》）。凡此，均可见其对外戚之态度与对宦官之态度有所不同。

蔡邕与宦官集团之第一次冲突，发生在延熹二年（159），其时蔡邕年仅二十七岁。《蔡中郎集》外传《述行赋序》云："延熹二年秋，霖雨逾月。是时梁冀新诛，而徐璜、左悺等五侯擅贵于其处。又起显阳苑于城西，人徒冻饿，不得其命者甚众。白马令李云以直言死。鸿胪陈君以救云抵罪。璜以余能鼓琴，白朝廷，敕陈留太守督促发遣。余到偃师，病不前，得归。心愤此事，遂托所过，述而成赋。"显阳苑起于延熹二年秋七月，梁冀被诛于八月丁丑，邕被征盖在九月，其时显阳苑尚在修造中。季秋天气寒冷，故邕有"人徒冻饿"之语。显阳苑之造，盖与宦官有关。因洛阳苑囿游观之处，均以宦官为丞主管之（见《续汉书·百官志三》"钩盾令"条）。五侯之白桓帝发遣蔡邕，实欲中桓帝好乐之心。《续汉书·五行志六》刘昭注补引阮籍《乐论》云："桓帝闻琴，凄怆伤心，倚扆而悲,慷慨长息曰:'善乎哉!为琴若此,一而足矣!'"可见桓帝以好乐著名。观蔡邕本传及赋序,可知蔡邕心愤此事,实不欲以宦官得进,生病或仅为藉口。此为蔡邕与宦官集团之第一次冲突。

光和元年(178),灾异数见,人相惊扰。七月十三日,蔡邕与光禄大夫杨赐、谏议大夫马日磾、议郎张华、太史令单飏召对金商门,引入崇德殿。灵帝使中常侍曹节、王甫就问灾异及消改变故所宜施行,蔡邕奋起抨击宦官及与宦官狼狈为奸之臣程璜、张颢、姓璋、赵玹、盖升等人,①邕本传载其对语。蔡邕劾此数人,可谓奋不顾身,故被劾者皆侧目思报。邕本传云:"初,邕与司徒刘郃素不相平,叔父卫尉质又与将作大匠阳球有隙。球即中常侍程璜女夫也。璜遂使人飞章言邕、质数以私事请托于郃,郃不听,邕含隐切,志欲相中。于是诏下尚书,召邕诘状。"刘郃兄刘儵于灵帝有定策迎立之功,刘郃因此受灵帝重用(见《后汉书》卷八《灵帝纪》、卷六九《窦武传》、《续汉书·五行志》)。程璜假手刘郃以中邕,用心不可谓不深险。"于是下邕、质于洛阳狱,劾以仇怨奉公,议害大臣,大不敬,弃市。"故邕于被收时上表申辩其无仇怨刘郃之事,且指明此事之要害在"讥刺公卿,内及宠臣"。赖吕强、卢植之请,有诏减死一等,髡钳徙朔方。② 此为蔡邕与

---

① 张颢与宦官相姻私,曾为羊陟所劾,见《后汉书》卷六七《羊陟传》。盖升则于灵帝有旧恩,为南阳太守时,臧数亿以上,桥玄奏免升禁锢,没入财赂,灵帝不从,反擢升为侍中,见《后汉书》卷五一《桥玄传》及邕集卷一《故太尉桥玄庙碑》。姓璋、赵玹事无考。又,刘克庄《后村大全集》卷一七九《诗话续集》云:"邕立朝持论,可谓有所补益。然诏问之时,两常侍在都座之侧,乃不敢指言,汉寺人亦太横矣!"盖蔡邕尚不敢当场直接指斥曹节、王甫两人。
② 东汉常以宦官监典校书之业,而所任则必为有学问之宦官。如以发明造纸术闻名之宦官蔡伦,即曾受命监典东观校书之事。《后汉书》卷七八《宦者·蔡伦传》云:"(元初)四年,帝以经传之文多不正定,乃选通儒谒者刘珍及博士良史谒东观,各雠校家法,令伦监典其事。"(转下页)

宦官集团之第二次冲突。

　　邕至朔方后，生活极为艰苦。《续汉书·律历志下》刘昭注补引其《戍边上章》云："邕为郡县促遣，遍于吏手，不得顷息。含辞抱悲，无由上达。既到徙所，乘塞守烽，职在候望，忧怖焦灼。"光和二年(179)四月丁酉大赦，灵帝嘉邕才高，宥之还本郡。自徙及归，凡九阅月。但又得罪五原太守王智(智为中常侍王甫之弟)，且是时程璜、阳球、刘郃俱尚在朝，故邕不敢还本郡，乃亡命江海，远迹吴会，积十年余。① 邕外集卷一有《九惟文》，今仅存第八段，蔡邕亡命生活之艰苦，于此可见其一斑："八惟困乏，忧心殷殷。天之生我，星宿值贫。六极之厄，独遭斯勤。居处浮瀿，无以自存。冬日栗栗，上下同云。无衣无褐，何以自温。六月徂暑，

（接上页）若此为东汉之通例，则邕校书东观、正定五经文字、立熹平石经时，亦必有宦官监典其事，而其人则极可能为吕强。盖吕强亦为有学问之宦官，且正定五经文字正出于其之奏请。如此猜测不误，则当蔡邕与其共事时，必建立一定之关系。蔡邕后来之得其助力，或即种因于彼时亦未可知。

① 蔡邕亡命江海之年数，邕本传曰十二年，《三国志》卷六《魏书·董卓传》裴注引张璠《汉纪》曰十年。毅平案，后说是。邕于光和二年(179)四月自朔方遇赦还，旋即亡命江海；其应董卓之征，在中平六年(189)八月末，合计十年零数月。范晔书之说，或据邕《让尚书乞在闲冗表》之"流离藏窜，十有二年"语而来。然邕表中所说之"十有二年"，乃自光和元年(178)七月远徙朔方算起，而且乃举其成数。晔或误解邕表。又，邕亡命期间，不尽在吴会。如光和五年(182)，邕作《京兆樊惠渠颂》，渠在阳陵，时樊陵为京兆尹，则其时邕或在长安一带。中平元年(184)，又有上书何进之举。然十年余中，邕主要在吴会，则似无疑问。后来许多有关蔡邕之传说，大抵以其此段生活为背景。又，王象之《舆地纪胜》卷十七"蔡伯喈读书台"条注云："按《建康志》载，境有蔡伯喈读书台。吴顾雍传云：'邕亡命江海，远迹吴会。'《抱朴子》云：'伯喈到江东，得《论衡》。'则伯喈读书于此，理或有之。王荆公诗云：'暮寻蔡墩西，独觉秋尚早。'公所称'蔡墩'，恐即蔡读书台也。"盖即邕亡命吴会时遗迹之一也。

炎赫来臻。无绤无绤,何以蔽身。无食不饱,永离欢欣。"①此为蔡邕与宦官集团之第三次冲突,其结果则为十年余之亡命生涯。

4. 蔡邕与董卓之关系

裴松之注《三国志》,力辩蔡邕不应有"叹董"之事,以谢承《后汉书》为妄记(见《三国志》卷六《魏书·董卓传》裴注)。范晔作《后汉书》,以蔡邕与马融同传,卷末赞云:"籍梁怀董,名浇身毁",对邕已有微辞,然亦仅云"怀董",且在《蔡邕传论》中为邕辩解(即于其以邕与融同传,后人亦有不满之辞,以为邕之品行远过于融,见洪亮吉《晓读书斋四录》卷上)。刘勰《文心雕龙·程器篇》论文人之疵,举司马相如、扬雄、冯衍、杜笃、班固、马融、孔融、祢衡、王粲、陈琳、丁仪、路粹、潘岳、陆机、傅玄、孙楚诸人,而不及蔡邕。至颜之推《颜氏家训·文章篇》,亦论文人之疵,则又加入屈原、宋玉、东方朔、王褒、李陵、刘歆、傅毅、赵壹、蔡邕、吴质、曹植、刘桢、繁钦……诸人;不唯加入了蔡邕,抑且云"蔡伯喈同恶受诛",明确提出了"同恶"之说。自黄门"同恶"之说出,而蔡邕之人格受到怀疑,后人遂毁誉纷纷,对蔡邕之出仕董卓均加指责。南宋叶适,讥蔡邕不知事机之际,谓"邕之取死,自其宜也"(《习学记言序目》卷二六《后汉书》三"蔡邕"条)。晚明张溥,谓邕"周历三台,鼓琴赞事,杜钦、谷永之消,终不能为中郎解也"(《汉魏六朝百三家集》卷十八《汉蔡邕集题词》)。清初顾炎武《日知录》卷十三"两汉风俗"条云:"东京之末,节义衰而文章盛,自蔡邕始。其仕董卓,无守;卓死惊叹,无识……嗟乎,士君子处

---

① 蔡邕远徙朔方,固亦备极艰辛,然以秋被遣,以明年四月遇赦还,经冬而未历夏,与"六月徂暑"不合,故知此文之作,当在其亡命吴会时,而非在远徙朔方时。

衰季之朝，常以负一世之名，而转移天下之风气者，视伯喈之为人，其戒之哉！"王夫之《读通鉴论》卷八"灵帝"十七云："宦官之怨愤积，而快志于一朝；髡钳之危辱深，而图安于晚岁。非惧祸也，诚以卓能矫宦官之恶，而庶几于知己也。于是而其气馁矣，以身殉卓，贻玷千古。气一馁而即于死亡，复谁与恤其当年之壮志哉！"顾、王之论殆皆有所为而发，盖当明清易代之际，士大夫如钱牧斋等变节者多，亭林、船山特藉邕以发其感慨耳。然于邕之非难亦由此转剧，如李慈铭《越缦堂日记》咸丰庚申（1860）闰三月初五日云："邕尝议以和安顺桓四帝无功德，宜去其庙号，董卓从而奏行，此真小人无忌惮之尤……是其谄媚奸臣，削弱王室，无君之心，莫此为甚。汉法擅议宗庙者弃市，惜王子师不能以此正言诛之耳！"后世对蔡邕晚年之遭遇持同情态度者亦有其人，如洪迈（见《容斋五笔》卷六"奸雄嫉胜己者"条），然为数甚少。蔡邕与董卓之关系，有不可不辨者，今申明如下。

董卓当道，诛杀宦官，昭雪党人，擢用贤士，"力返桓灵宦竖之政，窃誉以动天下"（王夫之《读通鉴论》卷八"灵帝"十七）。《资治通鉴》卷五九《汉纪》五一灵帝中平六年（189）九月乙酉（十二日）董卓自为太尉、更封郿侯之前，"诏除公卿以下子弟为郎，以补宦官之职，侍于殿上"。又是月，"董卓率诸公上书，追理陈蕃、窦武及诸党人，悉复其爵位，遣使吊祠，擢用其子孙"。又是年，"初，尚书武威周毖，城门校尉汝南伍琼，说董卓矫桓灵之政，擢用天下名士以收众望，卓从之，命毖、琼与尚书郑泰、长史何颙等沙汰秽恶，显拔幽滞。于是征处士荀爽、陈纪、韩融、申屠蟠……爽等皆畏卓之暴，无敢不至……卓又以尚书韩馥为冀州牧，侍中刘岱为兖州刺史，陈留孔伷为豫州刺史，东平张邈为陈留太守，颍川张咨为南阳太守。卓所亲爱，并不处显职，但将校而已"。凡此种种作为，俱能暂时笼络士大夫之心，故士大夫与其有合作之一面。船山所论蔡邕积愤宦官、快志一朝之心理，实为当日一般士大夫所共有。然而董卓又为豪强势力之代表，与士大夫之利益并不一致。即在其得势之前，士大夫对其已有警惕（见《后汉书》卷五六《种劭传》、卷七四上《袁绍传》、卷七十《郑太传》）。士大夫只欲藉其力量消灭宦官，而实不欲其参与政权。董卓当道以后，宦官与士大夫之矛盾平息，而士大夫与董卓之矛盾上升。故士大夫与董卓又有斗争之一面。其发展之趋势，则由合作向斗争转化，而以迁都长安一事为分界线。在此之后，一方面，董卓渐有篡汉之心，士大夫不能容忍；另一方面，"卓既迁都长安，天下饥乱，士大夫多不得其命"（《后汉书》卷七十《郑太传》）。故士大夫与董卓决裂，最终有王允、吕布诛卓之举。《后汉书》卷六六《王允传》云："允见卓祸毒方深，篡逆已兆，密与司隶校尉黄琬、尚书郑公业等谋共诛之。"谋诛董卓者，此外尚有太仆鲁旭、荀爽、何颙、荀攸（见《后汉书》卷二五《鲁恭传》、卷六二《荀爽传》、卷六七《党锢·何颙传》、卷七十《郑太传》），可见诛卓乃当日士大夫之共同要求。是为士大夫与董卓关系之变化始末，亦为蔡邕与董卓关系之历史背景。

董卓当道初期，听取周毖、伍琼之建议，"擢用天下名士以收众望"，所征辟之名士，多为当日受阉竖迫害之党人，且往往胁之以武力。《后汉书》卷七三《刘虞传》云："及董卓秉政，遣使者授虞大司马，进封襄贲侯。初平元年，复征代袁隗为太傅。道路隔塞，王命竟不得达。"卷三五《郑玄传》云："董卓迁都长安，公卿举玄为赵相，道断不至。"卷三六《张玄传》云："及董卓秉政，闻之，辟以为掾，举侍御史，不就。卓临之以兵，不得已，强起。至轮氏，道病终。"卷五三《申屠蟠传》云："董卓废立，蟠及爽、融、纪等复俱公车征（李贤注引《续汉志》曰：征爽为司空，融为尚书，纪为侍中），唯蟠不到。众人咸劝之，蟠笑而不应。"卷六二《荀爽传》云:"献帝即位,董卓辅政,复征之。爽欲遁命,吏持之急,不得去。因复就拜平原相。行至宛陵,复追为光禄勋。视事三日,进拜司空。爽自被征命及登台司,九十五日。"此为超迁最迅速之例。卷六二《陈纪传》云:"董卓入洛阳,乃使就家拜五官中郎将。不得已,到京师。迁侍中,出为平原相。"蔡邕亦在此类人中,邕本传云:"中平六年,灵帝崩,董卓为司空,闻邕名高,辟之。称疾不就。卓大怒,詈曰:'我力能族人,蔡邕遂偃蹇者,不旋踵矣!'又切敕州郡举邕诣府。邕不得已,到,署祭酒,甚见敬重。"①是邕之受辟情形,与郑玄、张玄、申屠蟠、荀爽、陈纪诸人无异。后人既不以受辟之事责荀爽等人,则亦不得以此独责邕。蔡邕之见敬重于董卓,与黄琬、陈纪诸人无异。② 董卓欲以此收士大夫之心,亦为重气节之时代风气使然。要之,邕之受辟,就卓而言,乃其"擢用天下名士以收众望"总策略之一部分,就邕而言,则与当时士大夫对董卓之态度并无不合之处。而蔡邕此时之心理,则确有如王夫之所说者。③

---

① 此记蔡邕受征辟在"董卓为司空"时,司马彪书同范书,然《三国志》卷六《魏书·董卓传》裴注引张璠《汉纪》则云在"卓为太尉"时,其说不同。据《卢植传》,卓以议废立事欲诛植,时邕见亲于卓,往请之。其事必在议废立事后不久,则邕之见辟,当在议废立事之前。《后汉书》卷九《献帝纪》载:中平六年(189)四月少帝即位,九月甲戌朔献帝即位,改元永汉。据《后汉书》卷七二《董卓传》,议废立事在献帝即位之前日。卓为司空在是年八月辛未(二十八日),为太尉则在献帝即位后之九月乙酉(十二日),当议废立事之前后卓正为司空,故邕当辟于卓为司空时,司马彪、范晔说是。而邕之受辟时间,据此亦可推知当在中平六年八月末左右。《资治通鉴》正系邕受辟事于卓为司空及议废立事之间,是温公亦采范书之说。
② 《后汉书》卷六一《黄琬传》云:"卓议迁都长安,琬与司徒杨彪同谏……琬竟坐免。卓犹敬其名德旧族,不敢害。"卷六二《陈纪传》云:"时欲徙都长安……卓意甚忤,而敬纪名行,无所复言。"
③ 邕集卷九《让尚书乞在闲冗表》云:"臣流离藏窜,十有二年。(转下页)

蔡邕入朝以后，与董卓之关系确较融洽。《后汉书》卷六四《卢植传》云："及卓至，果凌虐朝廷，乃大会百官于朝堂，议欲废立。群僚无敢言，植独抗议不同。卓怒，罢会，将诛植，语在《卓传》。植素善蔡邕，邕前徙朔方，植独上书请之。邕时见亲于卓，故往请植事……卓乃止，但免植官而已。"是蔡邕于始入朝，即甚得董卓信任，故于三月之中周历三台（然此亦有荀爽之前例）。① 而尚书一职，尤关机密之事，赏赐优厚（见《蔡中郎集》卷九《巴郡太守谢版》）。为尚书之同月，又迁巴郡太守。上表辞免，留为侍中。翌年，初平元年（190）二月十七日丁亥，迁都长安。三月五日乙巳，至长安。邕拜左中郎将。② 且以护驾之功，复封高阳

（接上页）陛下应期中兴，龙飞践祚，奸臣蝥孽，一时殄尽；憎疾臣者，随流埋没。"表现此心理极为明显。

① 邕之周历三台，史传或曰三日，或曰三月。案，邕集卷九《巴郡太守谢版》云："纳言任重，非臣所得久忝。今月丁丑一章，自闻乞闲冗抱关执籥。""纳言"指尚书，"丁丑一章"指《让尚书乞在闲冗表》。中平六年（189）八月以后之丁丑日，为九月四日、十一月五日，闰十二月六日（据陈垣《二十史朔闰表》）。闰十二月六日距邕之被辟已有五月，与三日、三月之说无关，可不考虑。《让尚书乞在闲冗表》中有"太尉郿侯卓"之语，据《献帝纪》，卓为太尉在中平六年九月乙酉（十二日），则《让尚书乞在闲冗表》不能上于九月丁丑（四日），因其时卓尚未为太尉。由此知《让尚书乞在闲冗表》只能上于十一月丁丑（五日）。唯十一月一日卓已为相国，而《让尚书乞在闲冗表》仍称太尉，邕盖袭用旧称。自八月底邕被辟至十一月初迁尚书，二月有余，则三月之说较为可信。又可知邕迁巴郡太守、为侍中亦当在十一月。邕三月之中周历三台，在当日甚受人注目。宋张表臣《珊瑚钩诗话》卷二（参《古今乐录》）云："乐部中有促拍催酒，谓之《三台》。唐士云，蔡邕自持书御史累迁尚书，不数日间，遍历三台。乐工以邕洞晓音律，故制曲以悦之。"

② 邕本传置拜左中郎将事于迁都长安前，误。邕集卷九《让高阳侯印绶符策表》云："车驾西还，执鞭跨马，及看轮毂，升舆下轸，扶接圣躬。既至旧京，出备郎将。"是邕为左中郎将在既至长安之后。《三国志》卷六《魏书·董卓传》裴注引张璠《汉纪》同蔡表。

乡侯。① 然邕所以见亲董卓之故,在卓重邕才学,而非邕有所党附。邕本传云:"卓重邕才学,厚相遇待。每集宴,辄令邕鼓琴赞事,邕亦每存匡益。"(参《三国志》卷六《魏书·董卓传》裴注引张璠《汉纪》)。

蔡邕每为人所询訾者,为其曾作《荐太尉董卓表》。然蔡邕作此表实出于不得已。刘克庄《后村大全集》卷一七九《诗话续集》云:"董卓上书辞疾,乞就国土。群臣表卓上解国家播迁之厄,下救兆民涂炭之祸……此表邕笔也,然其罪薄于子云。"清杨以增海源阁本《蔡中郎集》于此表末附高均儒校语云:"此篇首句称臣某等,末句称邕等,可见此表非中郎一人专上。联名共荐,不知几何人。卓赫赫之声,自多阿附。其时中郎文名甚盛,遂不能不为众秉笔。"其说甚是。《资治通鉴》卷五九《汉纪》五一灵帝中平六年(189)九月乙酉载"董卓自为太尉",《后汉书》卷九《献帝纪》云:"(中平六年)十一月癸酉,董卓自为相国。"是时董卓为所欲为,不特蔡邕,即三公黄琬、杨彪、刘虞等亦无如之何,其欲群臣上一荐表,乃翻掌之易。邕为今文学大家,精于《公羊》,表首以历史上中兴帝王为说,先明君臣大义,其中恐不无深意。次述卓之"功绩",举诛阉、保驾、废立三事,诛阉,保驾,固不能谓非卓之力。故此表虽被迫之作,然亦能不失分寸。此表当上于中平六年十月七日至十一月一日间,②是时董卓尚未施暴洛阳,迁

---

① 此时蔡邕贵显臻于顶点,《三国志》卷二一《魏书·王粲传》云:"献帝西迁……时邕才学显著,贵重朝廷,常车骑填巷,宾客盈座。"可见其状之一斑。
② 《荐太尉董卓表》云:"今月七日,卓又上书,辞疾让位,乞就国土。"卓九月十二日为太尉,同时或稍后为郿侯,故"今月七日"不得为九月七日。十一月一日卓已自为相国,故"今月七日"亦不得为十一月七日。则"今月七日"当为十月七日。由此亦可知此表当作于十月七日后,十一月一日前。

都长安,而有"追理党人"、"擢用贤士"之举,而朝中士大夫亦尚对董卓取合作态度。此表可视作此种暂时合作之产物,而不能以之坐实邕为卓党。

董卓重邕之才学,厚相遇待;邕则心存匡益,多有谏争。邕本传云:"董卓宾客部曲议欲尊卓比太公,称尚父。卓谋之于邕,邕曰:'太公辅周,受命剪商,故特为其号。今明公威德,诚为巍巍,然比之尚父,愚意以为未可。宜须关东平定,车驾还反旧京,然后议之。'卓从其言。"蔡邕"关东平定"之语,亦如郑公业之阻卓用兵关东,非真欲其平定关东。"车驾还反旧京"之语,则表明蔡邕对迁都长安之不满态度。邕本传又云:"(初平)二年六月,地震。卓以问邕。邕对曰:'地动者,阴盛侵阳,臣下逾制之所致也。前春郊天,公奉引车驾,乘金华青盖,爪画两辕,远近以为非宜。'卓于是改乘皂盖车。"卓欲为尚父,僭拟皇太子车服,邕两挫之。观此二事,可知邕忠于汉室,屡抑董卓之野心。范晔《蔡邕传论》所谓"匡导既申,狂僭屡革"者,盖即指此等事而言。李慈铭谓邕"谄媚奸臣,削弱王室",有"无君之心",非平情之论。昔人责邕深者,皆在其背汉附卓一事。今观其行事,则邕岂为背汉者!明徐子器《蔡中郎集跋》云:"中郎岂忍于负汉者耶? 观所上诸疏议及答问灾异八事状,指摘时政缺失,旁引曲证,无所回顾,剀切至矣,视屈子冕异也……矧于时炎运中否,谗谮盈庭,中郎以一孤忠,立于群党之间,非徒言不见录,且从而被收矣。沦落不偶,遂为卓所引用,虽其执义不坚,诚有可訾,未必无深意存焉。乃志不克遂,身竟以陨,名亦随之,岂不悲乎!"明王乾章《蔡中郎集序》云:"古人之所为,要不可以浅衷测识也……羌胡枭獍,中郎岂不知之? 其应召也,固将托为心膂,砭其膏肓,正论排之,微词讽之,从容以开导之,反复以规谕之,芟雒社之荒芜,嘘炎光于既烬,乃其心也。彼昏不知,卒罹燃脐之惨,邕亦骈首就戮。哀哉！……不然，邕尝取朱穆以贞孤，谓有羔羊之节，赞杨秉之清俭，雅重纯白之操，岂依卓以苟富贵者欤？"皆可谓得邕之深心。（蔡邕有《典引注》，其向汉之心，由此亦可见一斑。）

董卓迁都长安以后，士大夫渐不能堪，蔡邕此时亦有东奔之心。邕本传云："然卓多自很用，邕恨其言少从，谓从弟谷曰：'董公性刚而遂非，终难济也。吾欲东奔兖州。若道远难达，且遁逃山东以待之，何如？'谷曰：'君状异恒人，每行，观者盈集。以此自匿，不亦难乎？'邕乃止。"邕之"言"，自为匡益之言。举此一事，知邕于卓之本性，已渐有清楚之认识，故欲遁逃山东，东奔兖州。而以相貌异人，无法隐居，只能放弃此打算。① 此事虽不果行，而邕不愿同流合污之心，已昭昭可见。

蔡邕与董卓之关系既如上述，可见邕非卓党，亦非助桀为虐者。其余可以"党卓"罪邕者，似只有所谓"卓死叹息"一事。邕本传（参《三国志》卷六《魏书·董卓传》裴注引《谢承书》）云："及卓被诛，邕在司徒王允坐，殊不意言之而叹，有动于色。允勃然叱之曰：'董卓国之大贼，几倾汉室。君为王臣，所宜同忿；而怀其私遇，以忘大节。今天诛有罪，而反相伤痛，岂不共为逆哉！'即收付廷尉治罪。"裴松之欲为蔡邕辩诬，《三国志》卷六《魏书·董卓传》裴注云："臣松之以为：蔡邕虽为卓所亲任，情必不党，宁不知卓之奸凶，为天下所毒，闻其死亡，理无叹惜。纵复令然，不应反言于王允之座。斯殆谢承之妄记也。"松之以为邕虽为卓所亲任，但情必不党，此为不移之论。如见敬于卓即为卓党，则陈纪诸人皆曾见敬于卓，王允尤为卓所倚重，岂不皆为卓党？然

---

① 《后汉书》卷六四《卢植传》云："植以老病求归。惧不免祸，乃诡道从轘辕出。卓果使人追之，到怀，不及。遂隐于上谷，不交人事。"如邕效法卢植，正恐会被追及；即使不及，因邕相貌异人，恐亦无法隐居。故以卢植之遭遇观之，邕之不出奔，亦为不得已。

邕叹息之事，则似实有之，其原因如以范晔"意气之感"释之，庶几近之。范晔《蔡邕传论》云："意气之感，士所不能忘也。流极之运，有生所共深悲也。当伯喈抱钳扭，徙幽裔，仰日月而不见照烛，临风尘而不得经过，其意岂及语平日幸全人哉！及解刑衣，窜瓯越，潜舟江壑，不知其远，捷步深林，尚苦不密，但愿北首旧丘，归骸先垄，又可得乎？董卓一旦入朝，辟书先下，分明枉结，信宿三迁。匡导既申，狂僭屡革；资《同人》之先号，得北叟之后福。属其庆者，夫岂无怀？"此言最为得情，观蔡邕于初平中所上各表可知，王夫之《读通鉴论》论蔡邕之死一节亦即此意。蔡邕于身世之浮沉，不能无感于心，此其所以闻卓死而叹息，所谓"属其庆者，夫岂无怀"是也，固不必讳言邕有叹董一事。

然而"怀其私遇"，即为"共为逆哉"？"矜情变容"，便当"罚同逆党"？王允既"内省不疚"，何又虑"蒙其讪议"？（邕本传载王允语云："昔武帝不杀司马迁，使作谤书，流于后世。方今国祚中衰，神器不固，不可令佞臣执笔在幼主左右，既无益圣德，复使吾党蒙其讪议。"）且是时士大夫无不以邕为冤，故"士大夫多矜救之"（邕本传），"名士多为之言"（《三国志》卷六《魏书·董卓传》裴注引张璠《汉纪》），"公卿惜邕才，咸共谏允"（同上引《谢承书》）。太尉马日䃅谓邕"忠孝素著，而所坐无名，诛之无乃失人望"（邕本传），明言"所坐无名"，则时人以邕为无罪见戮可知。即董卓之部曲，亦不以邕为卓党。《后汉书》卷六六《王允传》云："时百姓讹言，当悉诛凉州人，遂转相恐动。其在关中者，皆拥兵自守，更相谓曰：'丁彦思、蔡伯喈但以董公亲厚，并尚从坐。今既不赦我曹，而欲解兵，今日解兵，明日当复为鱼肉矣！'"当时天下之舆论如此，王允何以一意孤行，竟杀蔡邕？其中盖别有故。

《太平广记》卷一六四"蔡邕"条引《殷芸小说》揭出王允杀邕之

前因，殊可注意："初，司徒王允数与邕会议，允词常屈，由是衔邕。及允诛董卓，并收邕。众人争之，不能得。太尉马日䃂谓允曰：'伯喈忠直，素有孝行。且旷世逸才，多识汉事，当定十志。今子杀之，海内失望矣！'允曰：'无蔡邕独当无十志何损？'遂杀之。"①由此可知，蔡邕被王允所害，实以私憾故；蔡邕"叹董"之事，仅为王允报私仇之借口而已。

蔡邕中平六年(189)八月底被辟，三月之间，周历三台，超迁之速，虽有陈纪等之前例，在士大夫中仍为引人注目者。"入宫见妒，入朝见嫉"，为封建时代宦海常态。《蔡中郎集》卷九《让尚书乞在闲冗表》云："加以新来入朝，不更郎署，摄省文书，其犹面墙。陛下统继大业，委政冢宰。太傅陡以旧典入录机密事；尚书令日䃂，先辈旧齿，德更上公；仆射允，故司隶校尉河南尹某，尚书张熹，已历九列；侍中鲁旭，牧守宣藩，剖符数郡。唯臣官位微贱，特单轻，匹此六臣，臣当自知。况于论

---

① 此条与《后汉书》邕本传大半相同，唯邕本传不载王允与邕有隙事，盖当日史家欲为王允讳耳。观裴松之注《三国志》语，可洞达当日士大夫之此一心理。又，汉魏六朝间"别传"较为流行，如《后汉书》李贤注中，即曾引到《董卓别传》、《华佗别传》、《钟离意别传》、《张衡别传》和《蔡邕别传》等。盖"别传"可补正史之阙，其史料价值不容忽视。又，关于《殷芸小说》之史料价值，余嘉锡《殷芸小说辑证·序言》(收入《余嘉锡论学杂著》，北京，中华书局，1963 年)云："考芸所纂集，皆取之故书雅记，每条必注书名，体例谨严，与六朝人他书随手钞撮不著出处者不同。援据之博，盖不在刘孝标《世说注》以下，实六朝人所著小说中之较繁富者。"又，关于上述史书中史料之鉴别与采掇，《资治通鉴》之做法可供借鉴。司马光《进资治通鉴表》说，自己"遍阅旧史，旁采小说"，可见大史家取材不避小说。张煦侯《通鉴学》(修订本，合肥，安徽人民出版社，1981 年)第三章"通鉴之史料及其鉴别"六"传记"节云："盖有一书而仅采其一事者，如《李靖行状》题魏徵撰，《考异》以为年代不接，必后人为之而托徵名者。又叙靖事极怪诞无取，惟称靖素与李渊有隙一事，可为据耳。"

者,将谓臣何足以任?夙夜寤叹,寐息屏营,无颜以居,无心以宁。明时阶级,人所劝慕。乞在他署,抱关执籥,以守刻漏,则臣之心厌抱释。"蔡邕深知己之超迁将招人之忌,故举六臣之资历,言己之单微,豫作退身地步。光和元年(178)蔡质之被祸,即因其"连见拔擢"而招人之忌。① 故邕《让尚书乞在闲冗表》恐招忌之情溢于言表,不可以寻常公牍文字视之。② 观王允数邕罪"怀其私遇"一语,则允于卓之厚待邕积愤久矣! 蔡邕"况于论者,将谓臣何足以任"之语,盖有所为、有所谓而发。蔡邕与王允相识甚早。③ 自蔡邕为尚书后,即与王允共事。后来迁都关中,两人俱与其事,共事之日甚久。《后汉书》卷六六《王允传》云:"时董卓尚留洛阳,朝政大小,悉委之于允。允矫情屈意,每相承附。卓亦推心,不生乖疑。"盖邕与王允关系,于共事时期恶化,其意见分歧,渐不相平。加以蔡邕才学,高出王允远甚,故"允词常屈"。以王允刚棱自是之性格,必不能容忍邕之胜己。王允害邕之悲剧,或即种因于此。允数邕罪之语,貌似义正辞严,实则掩盖其私心。"谤

---

① 邕本传载邕被收时上表云:"臣季父质,连见拔擢,位在上列。臣被蒙恩渥,数见访逮。言事者因此欲陷臣父子,破臣门户,非复发纠奸伏,补益国家者也……臣之愚冗,职当咎患。但前者所对,质不及闻。而衰老白首,横见引逮,随臣摧没,并入坑埳,诚冤诚痛。"
② 邕集卷九《巴郡太守谢版》云:"求退得进,后上先迁,为众所怪,不合事宜。"《让高阳侯印绶符策表》云:"既至旧京,出备郎将,中外所疑,对越省闼,群臣之中,特见襃异……臣事轻葭莩,功薄蝉翼,恐史官录书臣等在功臣之列,陷恩泽之科,垂名后叶,作戒末嗣,非本朝之德政,御臣之长策。"均表现同样心理。合三表观之,邕每一升迁,辄作危语,则其当日受嫉之情形可以想见。
③ 邕集卷四《胡公碑》云:"维汉二十有一世,建宁五年春三月既生魄八日壬戌,太傅安乐乡侯胡公薨。越若来四月辛卯,葬我君文恭侯。于是掾太原王允、雁门毕整、属扶风鲁宙、颍川敦历等佥谓,公之德也……"是王允曾为胡广府掾,广卒,王允等掾属为广立碑,倩广弟子邕为文。则蔡邕与王允至迟于建宁年间即已相识。

书"一语,正可窥见其害邕之动机。松之所谓"虑其谤已而枉戮善人",实为诛心之论。① 后人竟以蔡邕为卓之同党,或惜其"同恶受诛",或讥其文人无行,而不知邕之死固别有因。

蔡邕被害后,士夫平民,并所痛心,齐加悼念。《太平广记》卷一六四"蔡邕"条引《邕别传》云:"东国崇敬邕,不言名,咸称蔡君。兖州陈留,并图画蔡邕形像,而颂之曰:'文同三闾,孝齐参骞。'"邕本传云:"兖州陈留间皆画像而颂焉","搢绅诸儒莫不流涕"。② 凡此,俱可见当日之公论民心,恐为王允始料所不及。后世之史家学人,亦有非难王允暴行,而同情蔡邕之遭遇者。如

---

① 《三国志》卷六《魏书·董卓传》裴注云:"史迁纪传,博有奇功于世,而云王允谓孝武应早杀迁,此非识者之言。但迁为不隐孝武之失,直书其事耳,何谤之有乎? 王允之忠正,可谓内省不疚者矣。既无惧于谤,且欲杀邕,当论邕应死与不,岂可虑其谤己而枉戮善人哉! 此皆诬罔不通之甚者。"观松之本意,盖以为蔡邕、王允皆善人,欲为贤者讳,故直斥史传为枉书。然谤书之说,其来有自,参见班固《典引序》、卫宏《汉官旧仪》,史传实非枉书。范晔《蔡邕传论》云:"执政乃追怨子长谤书流后,放此为戮,未或闻之典刑。"亦相信王允实有是说,且对之持非难态度。然后人竟有赞同王允"谤书"之说者。清昭梿《啸亭续录》卷三"王鸿绪"条云:"王尚书鸿绪之左袒廉王,余已详载矣。近读其《明史稿》,于永乐篡逆及姚广孝、茹瑺诸传,每多恕辞,而于惠帝则指摘无完肤状。盖其心有所阴蓄,不觉流露于书。故古人不使奸人著史以此。王司徒之言,未可厚非也。"虽旦对王鸿绪而发,然于邕冤枉多矣。

② 温庭筠《温飞卿诗集》卷五《蔡中郎坟》诗云:"古坟零落野花春,闻说中郎有后身。今日爱才非昔日,莫抛心力作词人。"明曾益撰题注引《吴地志》云:"坟在毗陵尚宜乡互村。"似邕坟在南方。然王先谦《后汉书集解》引惠栋说云:"魏收云:'邕冢在陈留小黄县。'乐史云:'在开封县东北四十五里,邕死狱中,葬于此。'"引柳从臣说云:"《河南通志》:'邕墓在今尉氏县东北二十五里。'"似邕坟又在北方。然此歧说之存在,正反映民心对蔡邕之纪念。又,嘉靖《尉氏县志》卷四云:"蔡相公庙在县西四十里燕子陂,其断碑上截犹存,云:'蔡邕赴洛,其徒阮瑀等钱之于此,缱绻不能别者累日。邕既殁,复相与追慕之,立庙焉。'"则蔡邕遗迹,除墓外还有庙。

清龚炜《巢林笔谈》卷二"蔡伯喈卓然有品"条云："蔡伯喈，旷世逸才不具论，即论其品，亦卓然有以自立。其始，不就卓辟；虑祸勉应，多所讽谏；后卒不悛，欲奔兖州：邕之不阿卓明矣。卓既暴尸，殊不意言之而叹，亦叹其不克终耳。王允因此死之，殊失士大夫心。"虽于蔡邕"叹董"一事曲加回护，然于蔡邕之同情可谓深矣，于王允之责难亦可谓允矣。姚之骃《后汉书补逸》卷十二《谢承后汉书》第四《蔡邕传》按语亦云："王子师之诛邕，为惧其讪毁，何其隘也！邕所作《汉纪》及十志因乱散亡，惜哉！"责难王允，惋惜蔡邕，态度立场一如龚炜。人心自有公论，蔡邕又复何恨！

二、蔡邕之史学

蔡邕文学"精雅"（刘彦和《文心雕龙·才略篇》语），经学深奥（《后汉书》卷八《灵帝纪》引灵帝光和元年诏语），史学复卓异有过人处。当其遭谗流徙朔方之日，骈首就戮铁质之时，汲汲唯以汉史未成为念。阮元《畴人传》卷四《蔡邕传论》曰："邕以才高被谤，远徙五原，犹欲寝伏仪下，撰为篇章，以续前志，呜呼，其志亦足悲矣！"邕本传云："及卓被诛……即收付廷尉治罪。邕陈辞谢，乞黥首刖足，继成汉史。"惜终不能遂其初愿。马日磾称其"旷世逸才，多识汉事，当续成后史，为一代大典"。郑康成闻其死讯，慨然叹曰："汉世之事，谁与正之！"（俱见邕本传）则蔡邕之史学，固曾见重于当世之博学君子。《三国志》卷六五《吴书·华覈传》载，华覈迁东观令，领右国史，覈上疏辞让，孙皓答诏有"飞翰骋藻，光赞时事，以越杨、班、张、蔡之畴"之语，以蔡邕与扬、班、张并列。后汉人东观与修国史者众矣，而独举班固与蔡邕，又可见后人对蔡邕史学之推重。

1. 史学师承

邕之史学，或有家学渊源。邕早丧父母，从叔父蔡质居。蔡质有《汉官典职仪式选用》二卷（或称《汉官》、《汉官仪》、《汉官仪》、《汉官典职》、《汉官典职仪》等，皆后人省文也），《隋书·经籍志》史部职官类等著录。陈振孙《直斋书录解题》卷六史部职官类蔡质《汉官典仪》提要云："汉卫尉蔡质撰。杂记官制及上书谒见礼式。《隋志》有《汉官典职仪式》二卷，今存一卷。李埴亦补一卷，其续者皆出于史中采拾。"《魏书》卷十四《元子思传》载子思上奏语，曾引及"蔡氏《汉官》"。清孙星衍录成一卷，名从《隋志》，收入《平津馆丛书》。是质为通于史学者。蔡邕家居时期，必常与质切磋学问，学习汉官制度。邕之多识汉事，及有志于修史，恐与质不无关系，亦为家学渊源所致。然于此史无明文，故只能暂付阙如。

除家学渊源外，蔡邕之史学，以得之其师胡广者为多。胡广为东汉之大学者，其治学范围极广。《后汉书》卷四四《胡广传》李贤注引《谢承书》云："广有雅才，学究五经，古今术蓺，皆毕览之。"而于史学尤为专精。蔡邕为胡广弟子，邕本传云："少博学，师事太傅胡广。"《续汉书·律历志下》刘昭注补引蔡邕《戍边上章》云："臣自在布衣，常以为《汉书》十志，下尽王莽，而世祖以来，唯有纪传，无续志者。臣所师事故太傅胡广，知臣颇识其门户，略以所有旧事与臣，虽未备悉，粗见首尾，积累思惟，二十余年。不在其位，非外吏庶人所得擅述。天诱其衷，得备著作郎，建言十志皆当撰录。"邕为著作郎在熹平元年（172），时邕四十岁。上推二十余年，则邕初受业于胡广时方十余岁，正合本传少师事胡广之语。又广卒于建宁五年（172）春三月壬戌（八日），广卒前两月，邕尚有问国家礼制于广之事。《续汉书·礼仪志上》

刘昭注补引《谢承书》云:"建宁五年正月,车驾上原陵,蔡邕为司徒掾,从公行,到陵,见其仪……邕见太傅胡广曰:'国家礼有烦而不可省者,不知先帝用心周密之至于此也。'广曰:'然。子宜载之,以示学者。'邕退而记焉。"是邕之师事胡广,垂二十余年。蔡邕所受于胡广者,盖不止一端,下试分别言之。

甲、汉礼仪制度之学。胡广著有《汉制度》、《汉官解诂》等书。清顾櫰三《补后汉书艺文志》史部仪注类著录胡广《汉制度》与《汉旧仪》,于《汉旧仪》下引《南齐书·礼志上》曰:"及至东京,太尉胡广撰《旧仪》,左中郎蔡邕造《独断》,应劭、蔡质咸缀识时事,而司马彪之书不取。"姚振宗《后汉艺文志》史部仪制类于胡广《汉制度》下云:"《南齐书·百官志序》曰:'胡广《旧仪》,事惟简撮。'又《礼志序》曰:'太尉胡广撰《旧仪》,缀识时事。'"盖即目《旧仪》为《汉制度》。侯康《补后汉书艺文志》同姚志。孙星衍《汉制度》辑本题识云:"按《汉制度》之名,不见于《隋书·经籍志》……今群书所引,附于(胡广)《(汉官)解诂》之后。"钱大昭《补续汉书艺文志》史部典章类、侯康《补后汉书艺文志》史部职官类、顾櫰三《补后汉书艺文志》史部仪注类、姚振宗《后汉艺文志》史部职官类①,均著录胡广《汉官解诂》一书。孙星衍《平津馆丛书》有辑本一卷。蔡邕汉礼仪制度之学,盖亦出于胡广。《续汉书·礼仪志上》刘昭注补引《谢沈书》云:"太傅胡广博综旧仪,立汉制度,蔡邕依以为志。谯周后改定以为《礼仪志》。"是蔡

---

① 姚振宗辨正云:"《隋书·经籍志》:'《汉官解诂》三篇,汉新汲令王隆撰,胡广注。'《唐经籍志》:'《汉官解故事》三卷(失注名氏)。'《艺文志》:'王隆《汉官解诂》三卷,胡广注。'按:《隋志》云胡广注者,即谓其《解诂》也。当易'注'字为'解诂',则明显矣。自《隋志》此条后,后人多以为广注《汉官解诂》。《御览》引文称'王隆《汉官解诂》',又称'胡广注《解诂》',实不然也。"

邕《十意》中《礼志》之作，即依据胡广《汉制度》（或称《汉旧仪》）一书。《续汉书·祭祀志下》刘昭注补引蔡邕《表志》云："宗庙迭毁议奏，国家大体，班固录《汉书》，乃置《韦贤传》末。臣以问胡广，广以为实宜在《郊祀志》，去中鬼神仙道之语，取《贤传》宗庙事置其中，既合孝明旨，又使祀事以类相从。"是蔡邕曾从胡广商讨《郊祀志》体例。《续汉书·礼仪志中》刘昭注补引蔡邕语曰："群臣朝见之仪，视不晚朝十月朔之故，以问胡广。广曰：'旧仪：公卿以下，每月常朝。先帝以其频，故省，唯六月、十月朔朝。后复以六月朔盛暑，省之。'"①是蔡邕又曾问胡广朝会之事。而蔡邕所作《十意》中有《朝会意》，则邕《朝会意》之作，亦出自胡广。又上文引《车驾上原陵记》，载蔡邕与胡广商讨墓祭意义，及《戍边上章》载胡广以所有旧事与邕等事，均为邕学出于胡广之显证。由此可见胡广史学对蔡邕之影响。故不明胡广之史学，即无由明蔡邕之史学。取蔡邕《独断》与胡广《汉制度》（散见于《后汉书》注及《续汉书志》中者，或孙星衍所辑附于《汉官解诂》之后者）对读，即可见邕说往往稍加详，显示其相承之迹。《独断》中尚有数处直接引证师说，如"通天冠"、"法冠"、"武冠"诸条是也。

乙、《汉书》之学。侯康《补后汉书艺文志》史部正史类著录胡广《汉书音义》一书。侯氏曰："《汉书》注屡引胡公（即广也），似皆出广所著《汉官解诂》。惟《史记·贾谊传》索隐两引胡广，《司马相如传》索隐九引胡广，则显为《汉书注》矣。"顾櫰三《补后汉书艺文志》、姚振宗《后汉艺文志》史部正史类均著录胡广《汉书解诂》。姚氏云："四库馆书录解题辑本附识曰：考史注所引别有《汉书解诂》之名，盖即胡广所作。"又引汪师韩《文选理学权

---

① 《续汉书·礼仪志中》说十月朔朝之故云："其每朔，唯十月旦从故事者，高祖定秦之月，元年岁首也。"可与胡广之说相发明。

舆》云："《选》注所引群书,有胡广《汉书音义》。"顾志、姚志又著录蔡邕《汉书音义》。姚志引汪师韩《文选理学权舆》曰："《选》注所引群书,有蔡邕《汉书音义》。"① 是胡广、蔡邕师弟二人曾同致力于《汉书》之研究,蔡邕《汉书》之学或亦受自胡广。② 胡广、蔡邕之治《汉书》之学,盖与东汉国史之修直接有关。盖班固《汉书》以断代为史,记西汉一代之兴亡成败,可供东汉国史之修作借鉴,故欲参与东汉国史之修者,必先从事《汉书》之学。蔡邕之治《汉书》,盖亦出于同样动机。尤其是《汉书》中之志,更为蔡邕作《十意》之范本。

丙、《周官》、《左传》之学。《周官》、《左传》虽为古文经,但

---

① 姚振宗考证云："按《史记索隐序》曰：'班氏之书,共所钻仰。其训诂盖亦多门,蔡谟集解之时,已有二十四家之说。'今考颜氏《序例》所载诸家,如张揖、郭璞,止解一卷两篇者亦列之。蔡谟之前,只二十二家,是其尚有所佚。邕师胡广,此两家或各有解诂。而其书或早亡散,或编入本集,故颜氏不著于录欤？又按,汉末应劭作《汉书集解音义》,见于本传。夫曰'集解',则非旧注一家及同时服虔一家之说可知。"

② 史书之有师弟授受,盖与其难读有关(参《后汉书》卷八四《列女·班昭传》载马融伏阁受读《汉书》事)。故《汉书》亦竟如五经,有专门受业者。《史通·外篇·古今正史》云："始自汉末,迄乎陈世,为其注解者凡二十五家。至于专门受业,遂与五经相亚。"程千帆《史通笺记》(北京,中华书局,1980年)云："《晋书·孝友传》云：刘殷'有七子,五子各授一经,一子授《太史公》,一子授《汉书》。一门之内,七业俱兴。'亦可为子玄之言作证。"又《隋书》卷七五《儒林·包恺传》云："又从王仲通受《史记》、《汉书》,尤称精究……于时《汉书》学者,以萧(该)、包(恺)二人为宗匠,聚徒教授,著录者数千人。"李密即曾师事包恺,《隋书》卷七十《李密传》云："师事国子助教包恺,受《史记》、《汉书》,励精忘倦,恺门徒皆出其下。"又《新唐书》卷一一六《王綝传》云："方庆起家越王府参军,受司马迁、班固二史于记室任希古。希古他迁,就卒其业。"可见此传统至隋唐仍绵延不绝。蔡邕从胡广受《汉书》,当亦因此。后来蔡邕四世孙蔡谟有《汉书集解音义》,颜师古本之以注《汉书》,疑蔡邕以后,《汉书》遂为蔡氏家学。

与史学之关系较为密切,故附论之。王先谦《后汉书集解》卷六十下《蔡邕传》集解引惠栋说引《蔡邕别传》云:"邕与李则游学,时在弱冠,始共读《左氏传》,性通敏兼人,举一反三。"邕之游学京师,从胡广受业,其《左传》之学,当出自胡广。① 蔡邕《述行赋》中多用《左传》事,可见邕熟于《左传》。顾櫰三《补后汉书艺文志》经部礼类著录有胡广《周官解诂》一书。邕《周官》之学,当亦出自胡广。邕治《月令章句》,取验于《周官》、《左传》。虽其时尚无"六经皆史"之观念,但学者如欲治古史,或考镜典章制度之源流,则必研究《左传》、《周官》,以及《礼记》中《月令》诸篇。盖王莽篡汉,多用《周官》立制度;光武中兴,因袭不少,如明堂、辟雍、太学之制度等等。故学者即欲专治国史,以及当代之典章制度,亦须研究经学,尤其是《左传》、《周官》之学及礼学。邕《独断》言冠制云:"汉兴,至孝明帝永平二年,诏有司采《尚书·皋陶篇》及《周官》、《礼记》,定而制焉。"可见经学与史学关系相通之一例。蔡邕之从胡广治《周官》、《左传》,盖亦与其有志于史学有关。盖蔡邕本为特出之今文经学家,其所书《熹平石经》,《易》取京氏,《书》取欧阳,《诗》取鲁,《仪礼》取大戴,《春秋》取公羊,《论语》取《鲁论》,皆为今文,而复注其他各家异同于正文之下(见马衡《凡将斋金石丛稿》②卷六《从实验上窥见汉石经之一斑》)。

---

① 《礼记·曲礼上》云:"二十曰弱冠。"据邕《戍边上章》,邕弱冠时已师事胡广。考《后汉书》卷七《桓帝纪》,胡广建和元年(147)冬十月为司空,元嘉元年(151)罢,为太常,永兴元年(153)冬十月,以太常为太尉。邕生于阳嘉二年(133),是邕二十岁前后广均在京师,故推邕此时游学京师,从广受《左传》。又,顾櫰三《补后汉书艺文志》经学师承上"治《左氏春秋》"条下云:"……《魏志》:'路粹少受学于陈留蔡邕。'郝经《续后汉书》:'阮瑀少受学于蔡邕。'又顾雍从蔡邕学琴书。"是蔡邕后又以《左传》授弟子。
② 北京,中华书局,1977年。

清顾广圻《蔡氏月令序》云:"中郎于今文家之学,可谓集其大成。作为文章,关通经义。"(《顾千里集》①卷十二)近人刘师培《琴操补释自序》云:"蔡氏于经治今文,尤精《鲁诗》,其所诠引,多今文诗说。"(《左盦集》卷五)此皆特标蔡邕今文学之造诣。然蔡邕又兼通古文经学。洪业《礼记引得序》②云:"蔡邕长于文史,不以经学名家。至其所为《明堂论》,征引及《周官》及'《礼记》古大明堂之礼',则非笃守今礼者也。"其从胡广受《左传》、《周官》之学,正可见其对古文经学之兴趣。而此一兴趣,乃与其有志治史有关。

以蔡邕之天资,得胡广之传授,邕于史学上能有较大成就,实基于此。③

2. 史学著述

由上文所引蔡邕《戍边上章》,可知邕自少即有志于史学,又得胡广之传授,功力日深。尤其自蔡邕入东观校书之后,修史之条件完备,始能实现其夙愿。邕入东观,在熹平元年(172)三月胡广卒后。至光和元年(178)七月,因得罪宦官远徙朔方,前后在东观约六年有奇。邕《戍边上章》云:"臣邕被受陛下尤异大恩。初,由宰府备数典城,以叔父故卫尉质时为尚书,召拜郎中,受诏诣东观著作,遂与群儒并拜议郎。沐浴恩泽,承答圣问,前

---

① 王欣夫辑,北京,中华书局,2007年。
② 收入《洪业论学集》,北京,中华书局,1981年。
③ 胡广熹平元年(172)薨。熹平六年(177),灵帝思感旧德,乃图画广及黄琼于省内,诏蔡邕为颂(《后汉书》卷四四《胡广传》李贤注引《谢承书》载其颂)。关于此颂,后人议论不一。或讥为老、韩同传,或指为应制之作。其实,其中不免蔡邕缅怀先师之情,后人徒以气节品格论人,岂知邕之衷曲哉!

后六年。"此六年为蔡邕致力于史学著述之时期。与蔡邕同时在东观正定六经文字,补续东汉国史者,此外尚有张驯、韩说、马日䃅、卢植、杨彪等人(参见《后汉书》邕本传、卷七九《儒林传》、卷八二《韩说传》、卷六四《卢植传》等传)。

东汉国史之修,始明帝,迄献帝,近二百年间,未尝中断。明帝时,有陈宗、班固、尹敏、孟异、刘复、马严、杜抚、贾逵诸人,在兰台及仁寿闼,作《世祖本纪》,并撰功臣、新市、平林、公孙述事,作列传、载记二十八篇。其名或曰《汉史》,或曰《建武注记》。此为《汉记》之初创(参见《后汉书》卷十四《北海靖王兴传》、卷二四《马严传》、卷四十《班固传》等传)。安帝时,诏刘珍、李尤杂作纪、表、名臣、节士、儒林、外戚诸传,起建武,迄永初。邓太后又诏刘珍与刘騊駼、刘毅、王逸诸人作建武以来名臣传。其著述之地已移至东观,始名《汉记》,后人以《东观汉记》称之。此为《汉记》之定名及第一次续修(参见《后汉书》卷八十上《文苑上·李尤传》、《刘珍传》等传)。[1] 刘珍、李尤卒后,伏无忌、黄景、刘騊等作《诸王王子功臣恩泽侯表》、《南单于传》、《西羌传》、《地理志》。桓帝元嘉元年(151),边韶、崔寔、朱穆、曹寿杂作孝穆崇二皇及顺烈皇后传,又增补《外戚传》、《儒林传》。崔寔、曹寿又与延笃杂作《百官表》、顺帝功臣孙程、郭镇及郑众、蔡伦等传。此为《汉记》之第二次续修(参见《后汉书》卷二六《伏湛传》、卷六四《延笃传》等传)。

蔡邕入东观之前,《汉记》之修撰情况大致如上。蔡邕与马

---

[1] 此外,许慎亦曾在东观。蒋天枢师《后汉书王逸传考释》(收入《楚辞论文集》,西安,陕西人民出版社,1982年)云:"李尤有《东观赋》、《东观铭》,当亦在东观甚久。许慎高年硕学,以太尉南阁祭酒膺选。许冲《上说文解字表》称,'慎前以诏书,校书东观。'是叔重自校书开始即入东观。而《儒林传·许慎传》不载其事,亦不言慎曾官太尉南阁祭酒。"是许慎亦有可能参与东汉国史之修欤?

日碑、杨彪、卢植等人在东观之撰作,实为《汉记》之第三次续修。邕本传载其撰有《灵帝纪》一篇,不知为邕在东观时所作,抑为初平元年(190)灵帝崩后所作?邕本传又云,"补诸列传四十二篇",当为续修桓帝以下之人物传。①《灵帝纪》与四十二列传今皆不存。蔡邕入东观之前,《东观汉记》修成者主要有纪、传和表,志则除《地理志》外均缺。正史四体,作志最难。②张衡曾有意为之而不果。刘昭《后汉书注补志序》云:"至乎永平,执简东观,纪传虽显,书志未闻。推检旧记,先有《地理》。张衡欲存炳发,未有成功。《灵宪》精远,《天文》已焕。"《后汉书》卷五九《张衡传》云:"永初中,谒者仆射刘珍、校书郎刘騊駼等著作东观,撰集《汉记》,因定汉家礼仪,上言请衡参论其事,会并卒。而衡常叹息,欲终成之。及为侍中,上疏请得专事东观,收捡遗文,毕力补缀……书数上,竟不听。及后之著述,多不详典,时人追恨之。"张衡修史之愿未申,赍恨而卒。三十年后,蔡邕继承其志,续修《十意》。蔡邕修史之功,实以《十意》为最巨。刘昭《后汉书注补志序》云:"自蔡邕大弘鸣条,寔多绍宣。协妙元卓,《律历》以详;承洽伯始,《礼仪》克举;郊庙社稷,《祭祀》该明;轮辔冠章,《车服》赡列。于是应、谯缵其业,董巴袭其轨。"是概述蔡邕《十意》之作,以及对后世史家之影响。《十意》因李、郭之乱,多湮没不存,今只能约略言之。

甲、《律历志》。《续汉书·律历志下》刘昭注补引蔡邕《戍边上章》云:"天诱其衷,得备著作郎,建言十志皆当撰录。遂与

---

① 蔡邕以后,杨彪于列传又续有增补。《四库全书总目》卷五十史部别史类《东观汉记》提要云:"今考列传之文,间纪及献帝时事,盖杨彪所补也。"
② 张之洞《輶轩语》"读史宜读表志"条云:"作史以作志为最难,读史以读志为最要。三代典章制度,皆在其中。若止看列传数篇,于史学无当。"

议郎张华等分受之,其难者皆以付臣。先治《律历》,以筹算为本,天文为验。请太史旧注,考校连年。往往颇有差舛,当有增损,乃可施行,为无穷法。道至深微,不敢独议。郎中刘洪,密于用筹,故臣表上洪,与共参思图牒。"《续汉书·律历志中》刘昭注补引《袁山松书》云:"洪善筹,当世无偶,作《七曜术》。及在东观,与蔡邕共述《律历记》,考验天官。及造《乾象术》,十余年,考验日月,与象相应,皆传于世。"可见邕入东观后首治者为《律历志》,且推刘洪赞助己事。其事至光和元年(178)中仍在进行。《续汉书·律历志论》云:"光和元年中,议郎蔡邕、郎中刘洪补续《律历志》。邕能著文,清浊钟律;洪能为筹,述叙三光。"蔡邕精于音律,明于历数(参见邕本传、《蔡中郎外集》卷二《历数议》、《月令章句》、阮元《畴人传》卷四《蔡邕传》);刘洪之天文历算成就,实可媲美落下闳、贾逵、张衡等人(参见《续汉书·律历志》刘昭注补引何承天说,又引《博物记》,又引袁山松《后汉书》,以及《中国大百科全书·天文学》[①]"刘洪"条)。两人配合作《律历志》,真可谓珠联璧合,相得益彰。《宋书·律历志》称蔡邕从朔方上书云:"《前汉志》但载十二律,不及六十。"《文选》卷五六陆倕《新刻漏铭》李善注引蔡邕《律历志》云:"凡历所革,以变律吕,相生至六十也。"是可见蔡邕对《汉书·律历志》之意见,以及自己相应之改进也。今《律历志》不可见,虽可惋惜,然其志殆未全亡。《续汉书·律历志论》曰:"光和元年中,议郎蔡邕、郎中刘洪补续《律历志》……今考论其业,义指博通,术数略举,是以集录为上下篇,放续《前志》,以备一家。"刘昭《后汉书注补志序》云:"司马《续书》总为八志。《律历》之篇,仍乎洪、邕所构。"《晋书·律历志上》云:"蔡邕又记建武已后言律吕者,至司马绍统采而续

---

① 北京,中国大百科全书出版社,1980年。

之。"《律历志中》云:"及光和中,乃命刘洪、蔡邕共修《律历》①,其后司马彪因之,以继班史。"是邕、洪所撰之《律历志》,已被采入司马彪《续汉书·律历志》中。②

乙、《天文志》。蔡邕在东观又作《天文志》。《续汉书·天文志上》刘昭注补引《谢沈书》云:"蔡邕撰建武已后星验著明,以续前志。谯周接续其下者。"今邕之《天文志》已不存。唐史臣则以为在司马彪《续汉书·天文志》中。《晋书·天文志序》云:"及班固叙汉史,马续述《天文》,而蔡邕、谯周各有撰录。司马彪采之,以继前志。"蔡邕于《天文志》中,欲增入浑天之说,以汲取落下闳、张衡研究天象之最新成果。《续汉书·天文志》刘昭注补引蔡邕《表志》云:"言天体者有三家:一曰周髀,二曰宣夜,三曰浑天。宣夜之学,绝无师法。周髀数术具存,考验天状,多所违失,故史官不用。唯浑天者近得其情,今史官所用候台铜仪,则其法也。立八尺圆体之度,而具天地之象,以正黄道,以察发敛,以行日月,以步五纬,精微深妙,万世不易之道也。官有其器而无本书,《前志》亦阙而不论。臣求其旧文,连年不得。在东观,以治律未竟,未及成书,案略求索。窃不自量,卒欲寝伏仪下,思惟精意,案度成数,扶以文意,润以道术,著成篇章。罪恶无状,投畀有北,灰灭雨绝,世路无由。宜博问群臣,下及岩穴,知浑天之意者,使述其义,以裨《天文志》。撰建武以来星变彗孛占验著

---

① 以上各说均云至光和中(178—184),蔡邕、刘洪始修《律历志》,然实则蔡邕自熹平中(172—178)已开始修撰,刘洪则为光和元年(178)中始加入者,故各说均不甚准确。

② 上文所引《宋书·律历志》、《文选》卷五六陆倕《新刻漏铭》李善注所引蔡邕《律历志》各一条,为今所仅见之原文。严可均《全后汉文》卷七十蔡邕文引此两条后云:"刘昭《注补志序》云:'《律历》之篇,仍乎洪、邕所构。'则《续律历志》即邕书也。洪谓刘洪。今不具录。"是严可均亦认同此说。

明者续其后。"是蔡邕于入东观后,以忙于治律历,未及将浑天之说整理成文。既远徙朔方,则恳请灵帝另觅专家述浑天之意,以载入《天文志》,补前志之所阙。《宋书·志序》云:"(班氏)《天文》虽为该举,而不言天形,致使三天之说,纷然莫辨。是故蔡邕于朔方上书,谓宜载述者也。"而蔡邕之说终未见采,司马彪《续汉书·天文志》亦终于不载浑天之说。其后梁沈约撰《宋书·天文志》,唐史臣撰《晋书·天文志》,采浑天之说冠于志首,即仍用蔡邕遗意。《续汉书·天文志》刘昭注补以张衡《灵宪》及上引蔡邕《表志》等文,附于《续汉书·天文志序》后,盖以补《续汉书·天文志》之阙,并稍慰蔡邕未遂之志耶?

丙、《祭祀志》。《续汉书·祭祀志上》刘昭注补引《谢沈书》曰:"蔡邕引中兴以来所修者为《祭祀意》。"刘昭曰:"此志即邕之意也。"是邕作存于司马彪《续汉书·祭祀志》中。《续汉书·祭祀志下》刘昭注补引蔡邕《表志》云:"孝明立世祖庙,以明再受命、祖有功之义。后嗣遵俭,不复改立,皆藏主其中。圣明所制,一王之法也。自执事之吏,下至学士,莫能知其所以两庙之意。诚宜具录本事。建武乙未、元和丙寅(毅平按:元和有丙戌,无丙寅;丙寅在永平,不在元和。不知误在何字)诏书,下宗庙仪及斋令,宜入《郊祀志》,永为典式。"此为蔡邕定《祭祀志》体例之语。《续汉书·祭祀志下》云:"光武皇帝崩,明帝即位,以光武帝拨乱中兴,更为起庙,尊号曰世祖庙。"以下复载明帝以后各帝崩后不起寝庙,藏主于世祖庙更衣之事。又载建武十九年(43)五官中郎将张纯、太仆朱浮、大司徒戴等宗庙议,初平中(190—193)董卓、蔡邕等宗庙议。凡此,均与邕所述《祭祀志》体例相符。由此可见司马彪《续汉书·祭祀志》所本确为蔡邕之《祭祀志》,而更将蔡邕之议亦一并采入。

丁、《车服志》、《朝会志》。《史通·外篇·古今正史》云:

"熹平中,光禄大夫马日䃅、议郎蔡邕、杨彪、卢植著作东观,接续纪传之可成者,而邕别作《朝会》、《车服》二志。"是蔡邕在东观时,又曾作《朝会》、《车服》二志。此二志为前史所无而蔡邕新创者。蔡邕批评前史无《舆服志》,而导致名物上之混乱。《续汉书·舆服志上》刘昭注补引蔡邕《表志》云:"以文义不著之故,俗人多失其名。"又《太平御览》卷七七三引蔡邕《车服志》云:"俗人失其名,故名冕为平天冠,五时副车曰五帝,銮旗曰鸡翘,金根曰三盖,其制非一。"故蔡邕认为应有《车服志》,以记载自天子诸侯王至士庶舆服之品秩。《续汉书·舆服志下》刘昭注补引蔡邕《表志》云:"永平初,诏书下车服制度,中宫皇太子亲服重缯厚练,浣已复御,率下以俭化起机。诸侯王以下至于士庶,嫁娶被服,各有秩品,当传万世,扬光圣德。臣以为宜集旧事仪注本奏,以成志也。"蔡邕于入东观修史之前,即已留心舆服制度,其史料性笔记《独断》中,便有不少这方面之记载,取与蔡邕上述发言参看,可明蔡邕史学发展之脉络。《车服志》之设,使后人藉此得见当时之舆服制度,实为有功史学之举。邕之《车服志》,今已不存。刘昭《后汉书注补志序》云:"司马彪《续书》总为八志……《车服》之本,即依董、蔡所立。"《南齐书·舆服志序》云:"蔡邕创立此志,马彪勒成汉典。"是尚包含于《续汉书·舆服志》中。① 至《朝会志》,《南齐书》卷五二《文学·檀超传》载王俭议云:"《朝会志》前史不书,蔡邕称先师胡广说《汉旧仪》,此乃伯喈一家之意,曲碎小仪,无烦录。宜立《食货》,省《朝会》。"据王俭所云,蔡邕《朝会志》中有举胡广《汉旧仪》处,明《朝会志》乃为受胡广影

---

① 严可均《全后汉文》卷七十蔡邕文按云:"刘昭《注补志序》云:'《车服》之本,即依董、蔡所立。'则《续舆服志》即董巴及邕志也。今概不录。"是严可均亦认同此说。

响之作。《朝会志》之作虽受到后世史家之批评，但在当时则蔡邕固别有用意。《檀超传》又云："建元二年，初置史官，以超与骠骑记室江淹掌史职。上表立条例……立十志……《朝会》、《舆服》依蔡邕、司马彪。"则二志至齐时尚存，且为当时史家所依。然《南齐书·礼志上》又云："汉末，蔡邕立汉《朝会志》，竟不就。"是又似未成者。疑不能明。

戊、《礼志》。《续汉书·礼仪志上》刘昭注补引《谢沈书》云："太傅胡广博综旧仪，立汉制度，蔡邕依以为志，谯周后改定以为《礼仪志》。"是蔡邕有《礼志》之作。其中有关于明堂之制及其发展历史之记载。《太平御览》卷五三三引蔡邕《礼乐志》云："汉承秦灭学，庶事草创，明堂辟雍，阙而未举。武帝封禅，始立明堂于太山，犹不于京师。元始中，王莽辅政，庶绩复古，乃起明堂辟雍。"《续汉书·礼仪志上》刘昭注补引蔡邕《礼乐志》（《前书礼乐志》）云："显宗宗祀光武皇帝于明堂，养三老五更于辟雍，威仪既盛矣，德化未流洽者，以其礼乐未具，群下无所诵说，而庠序尚未设之故也。孔子曰：'譬如为山，未成一篑，止，吾止也。'"蔡邕对明堂之制颇有研究，有《明堂月令论》、《月令问答》等专论，故亦反映于其史志之修撰中。蔡邕《礼志》是否保存于司马彪《续汉书·礼仪志》中，今不可考。胡广、蔡邕皆精熟于汉代礼仪制度，而其志不可见，实为憾事。①

己、《乐志》。《续汉书·礼仪志中》刘昭注补引蔡邕《礼乐志》一条云："汉乐四品……皆当撰录，以成《乐志》。"是蔡邕曾撰《乐志》，而今不存。此条乃仅存者，为后世研究汉代乐府音乐及

---

① 《礼志》原文，现仅存两条，即上文所引者，见严可均《全后汉文》。两处所引均云"礼乐志"，盖依后世习惯，合《礼志》与《乐志》而言。然从其引文来看，似应为《礼志》中之文。

文学者所重视。以邕之精于音律而又熟悉汉代典章制度,其所作《乐志》亦必有可观。

蔡邕之《十意》,今可知者仅上述七志。邕《十意》之撰述,虽于入东观前即有所准备,但主要致力于入东观后。然蔡邕在东观六年余,《十意》尚未及完成,即突遭宦官之祸,髡钳远徙朔方,《十意》之作因此搁浅。邕《戍边上章》云:"寻绎适有头角,会臣被罪,逐放边野。臣窃自痛,一为不善,使史籍所阙,胡广所校,二十年之思,中道废绝,不得究竟。"然蔡邕不愿罢休,在朔方之艰苦环境中,凭记忆写下《十意》之大纲,以及写作《十意》之计划(然已十不得一),并申请重回东观。同上文云:"科条诸志,臣欲删定者一,所当接续者四,《前志》所无,臣欲著者五,及经典群书所宜捃摭,本奏诏书所当依据,分别首目,并书章左。臣初被考,妻子迸窜,亡失文书,无所案请。加以惶怖愁恐,思念荒散,十分不得识一,所识者又恐谬误。触冒死罪,披沥愚情,愿下东观,推求诸奏,参以玺书,以补缀遗阙,昭明国体。"及邕自朔方赦还后,至初平年中,于《十意》续有修订。① 而《十意》各志究竟完成于何时,又究竟完成到何等程度,今已不可知。余嘉锡《四库提要辨证》②卷五史部三《东观汉记》条云:"邕所奏上十志之章,刘昭《律历志》注载其全篇,不遗一字(在本志末)。邕虽有'分别首目,并书章左'之言,实未录其篇目。而章怀注《邕传》节录其文,末忽多出有《律历志》第一、《礼志》第二、《乐志》第三、《郊祀志》第四、《天文志》第五、《车服志》第六,二十九字,王先谦以为乃章

---

① 《太平广记》卷一六四"蔡邕"条引《殷芸小说》云:"太尉马日䃅谓允曰:'伯喈……多识汉事,当定十志。今子杀之,海内失望矣!'允曰:'无蔡邕独当无十志何损?'遂杀之。"邕本传云"汉史",不言"十志"。然二书所载并不凿枘,参合观之,可证邕初平年中确曾续修十志。

② 北京,中华书局,1980年。

怀就当时所有者言之，非邕书辞，是也（见《集解》卷六十下校补）。知幾与章怀同时，不应所见本有异。然则邕所作纪志，并未全亡，当时虽为王允所恶，未见录以继后史，而隋唐之际，则其残篇已编入《汉记》矣。（今聚珍本有《灵帝纪》及《律历志》、《礼志》、《乐志》、《郊祀志》、《车服志》，独《天文志》全阙耳。）"可见《十意》之残编，至隋唐时尚存，且被编入《东观汉记》。不唯如此，蔡邕之《十意》，一部为司马彪《续汉书志》所吸收，至今为史家所乐用。刘勰《文心雕龙·史传篇》云："至于后汉纪传，发源东观。袁、张所制，偏驳不伦；薛、谢之作，疏谬少信；若司马彪之详实，华峤之准当，则其冠也。"历诋各家之作，而独誉司马彪、华峤二家。金毓黻《〈文心雕龙·史传篇〉疏证》①云："刘勰盛称司马彪、华峤二氏之书，初非偶然。彪书八志具在，如《郡国》、《百官》二志，可与班书争烈，为有目所共见。《天文》、《律历》、《五行》诸志之功力，亦足以继武班书。所缺者，唯《食货》、《艺文》二志耳。"而司马八志中，《天文》、《律历》、《舆服》、《祭祀》各志，均已包含蔡邕之作，由此可知蔡邕之有功于史学。后人或称司马氏而忘蔡邕，则亦与数典忘祖何异！

　　蔡邕之史学著述，除《灵帝纪》、四十二列传、《十意》之外，尚有《汉书音义》、《独断》二种。《汉书音义》今不存。《独断》为一部有关典章制度之史料性笔记。姚振宗《后汉艺文志》史部仪制类蔡邕《独断》条云："《独断》今所传者，似中郎修史时随笔劄记之文，亦多见于《续汉》八志中。其原书恐不若是，颇似后人辑录者。唐以前编入本集，故隋唐志皆不著。其别本单行，始见于《日本书目》、《崇文总目》。"卢文弨《校刊序目》云："《独断》蔡中郎所著，见《后汉书》本传。唐人多引用之，而传者绝少。宋《崇

---

① 载《中华文史论丛》1979 年第 1 辑。

文书目》云：二卷，采前古及汉以来典章制度品式称谓，考证辨释，凡数百事。"《独断》盖作于建宁五年（172）之前，书中叙历代帝系末云："从高祖乙未至今壬子岁四百一十年。""壬子岁"为灵帝建宁五年（《独断》灵帝世系末行小注有二十二年之事，又有献帝之谥，盖为后人所窜乱，说见《四库全书总目》卷一一八子部杂家类《独断》提要），邕于是年三月以后入东观修国史，可见此书为邕入东观前从胡广治史学之著作，直接为后来《十意》之修作准备，故其内容极杂，而史料价值则颇高。陈振孙《直斋书录解题》卷六史部礼注类《独断》提要云："（《独断》）记汉世制度礼文车服及诸帝世次，而兼及前代礼乐。"《四库全书简明目录》卷十三子部杂家类《独断》提要云："《独断》二卷，汉蔡邕撰。皆考论旧制，综述遗文，与《白虎通义》、《风俗通义》俱为讲汉学者之资粮。然《风俗通义》多说杂事，不及二书之字字皆为典据也。"《四库全书总目》之《独断》提要云："全书条理统贯，虽小有参错，固不害其宏旨，究考证家之渊薮也。"以其内容较杂，故后人之著录，归类亦颇不一致。或在经部，如晁公武《郡斋读书志》经部经解类，《文献通考·经籍考》经部仪注类；或在史部，如《崇文总目》史部仪注类，陈振孙《直斋书录解题》史部礼注类，《宋史·艺文志》史部故事类；或在子部，如《四库全书简明目录》、《四库全书总目》子部杂家类。

　　蔡邕有志于续修汉史，故当见收时，"乞黥首刖足，继成汉史"（邕本传语），而其志竟不获酬。后人于此每深致叹息。宋叶适《习学记言序目》卷二六《后汉书》三"总论"条云："胡广、蔡邕父子（毅平按：原文如此）竟不能成书，故一代典章终以放失。"明张溥《汉魏六朝百三家集》卷十八《汉蔡邕集题词》云："汉史未成，愿就黥刖，子长腐刑之志也。设竟其志，即不如子长，岂出孟坚下哉！"王乾章《蔡中郎集序》云："矧邕旷世逸才，学无不贯。

使其不死,必将抽金匮石室之藏,品题轩轾,勒成一代之典,与子长、孟坚争驰,不知孰为先后耳!司徒允虑其汕谤,竟置之刑,灭典覆纪,难乎免于世矣!"徐子器《蔡中郎集跋》云:"顾其博识遐览,涯涘无际,昌言抗论,光焰逼人,非天才俊拔,胆气英毅,亦孰能之,足与屈、贾并称无疑也。使王允诸人能为国惜才,不忍玉石俱焚,俾得撰成《汉记》,与司马氏齐驱并驾,不至湮没无闻,胡其幸也;乃竟乖所请,不为表白,又胡其不幸也!"今其书虽未成,所成者虽未传,然其残存者固已多被后之修史者所采纳,①其修史事业亦为后世史家所继承,②故其史学著述虽亡而实未亡也!宋王应麟讥蔡邕"若继成汉史,岂有南董之笔"(《困学纪闻》卷十三),③清章学诚讥蔡邕"学优而才短……撰《后汉

---

① 蔡邕之史学著述,不仅《十意》多为司马彪《续汉书志》所吸收,即其《灵帝纪》与四十二列传,亦以收入《东观汉记》,而为后世各家《后汉书》所采掇。如吴张温曾以《东观汉记》为底本,著成《三史略》。姚振宗《隋书经籍志考证》史部杂史类张温《三史略》条按云:"三史者,《史记》、《汉书》、《东观汉记》也。蜀孟光尤锐精于三史。魏晋之时,三史之学盛行于世。"范晔撰《后汉书》,亦以《东观汉记》为底本。陈振孙《直斋书录解题》卷四史部正史类《后汉书》提要云:"至蔚宗,乃删取众书,为一家之作。"其中包括《东观汉记》。王先谦《后汉书集解·述略》云:"范氏原以《东观记》为本书,又广集学徒,穷览旧籍,删烦补略,取资实宏。然进退众家,以成一家之言,笔削所关,谈何容易。"是邕之《灵帝纪》及四十二列传,或亦以某种方式及程度,隐含于今日通行之范晔《后汉书》中欤?
② 刘昭《后汉书注补志序》云:"自蔡邕大弘鸣条,寔多绍宣……于是应、谯缵其业,董巴袭其轨。"司马彪诸人又承其后。由此可见后汉史志撰修事业之前仆后继也。而魏晋六朝间各家《后汉书》之雨后春笋,亦可视为继承东汉史家(包括蔡邕)之未竟遗志也,又。蔡邕得意弟子王粲有《汉末英雄记》(姚振宗《隋书经籍志考证》史部杂史类王粲《汉末英雄记》条疑此书原名《英雄交争记》,且非王粲一人所撰),或亦为蔡邕史学著述影响之产物欤?
③ 王应麟此语,盖因蔡邕所为之胡广、黄琼颂而发,其全文云:(转下页)

书》,未见长于范、陈"(《丙辰劄记》),揆之蔡邕当日之撰述实际,衡之前后史家之公论共识,则岂足言平心之论,难免为无根之谈。

三、蔡邕之文学

蔡邕为东汉末大文学家,其文学成就,为后人重视。其文风格典雅,对偶工整,对魏晋文学影响颇大。《文心雕龙·丽辞篇》云:"至于诗人偶章,大夫联辞,奇偶适变,不劳经营。自扬马张蔡,崇盛丽辞,如宋画吴冶,刻形镂法。丽句与深采并流,偶意共逸韵俱发。至魏晋群才,析句弥密,联字合趣,剖毫析厘。"刘勰语反映汉魏文风之嬗变,甚为精到。唯扬、班等之"崇盛丽辞",主要表现于辞赋;至蔡邕,则除辞赋外,并表现于散文。故邕文以"典雅"著称。① 关于蔡邕作品,邕本传云:"所著诗、赋、碑、诔、铭、赞、连珠、箴、吊、论议、《独断》、《劝学》、《释诲》、《叙乐》、

(接上页)"其颂胡广、黄琼,几于老、韩同传,若继成汉史,岂有南董之笔。"翁注云:"琼非广所能几及,邕作颂而无所轩轾,故王氏讥之。"然于此学者已有所解释,李慈铭《越缦堂日记》咸丰庚申(1860)闰三月初五日云:"顾亭林(毅平按:应是王应麟,李误)论蔡邕之颂胡广、黄琼,几于老、韩同传,即使幸成汉书,必为秽史。然此颂乃系熹平六年,灵帝思感二人,图画于省内,诏邕为之颂,是其应制之作,非由于己,不得为讥。"然李慈铭于蔡邕作此颂时之心情,似尚未达一间,可参见本书第118页注③。

① 蔡邕《桓彬论》以为桓彬有过人者四,其二云:"学优文丽,至通也。""文丽"二字,表明蔡邕对文章风格之要求,且合于邕自己之创作实践。此语为蔡邕文论之仅见者,特表出之。又,蔡邕师事胡广,不唯在史学上,抑且在文学上,亦曾受胡广之影响。《文心雕龙·章奏篇》云:"胡广章奏,天下第一,并当时之杰笔也。观伯始谒陵之章,足见其典文之美焉。""典文之美"正与蔡邕文风相符,或对蔡邕亦有所影响。

《女训》、《篆埶》、祝文、章表、书记,凡百四篇,传于世。"①宋欧静辑《蔡中郎集》,收邕文仅六十余篇。其后华坚、徐子器、张溥、杨以增等所刻各种版本,续有增补。以下分碑文、辞赋、其他文体三方面,略述蔡邕之文学,而其与鸿都门学之关系则附焉。

1. 碑文

蔡邕集中,碑文几占其半。刘勰《文心雕龙·诔碑篇》云:"夫属碑之体,资乎史才。其序则传,其文则铭。标序盛德,必见清风之华;昭纪鸿懿,必见峻伟之烈。此碑之制也。"可见碑文既资史才,又须文采。蔡邕正为"文史彬彬"者(《文心雕龙·才略篇》语),故其碑文创作达到汉魏间最高水平。② 邕同时代人以及后人,皆甚重邕之碑文。《后汉书》卷八十下《文苑下·祢衡传》(参《初学记》卷十七引《谢承书》)云:"祖长子射为章陵太守,尤善于衡。尝与衡俱游,共读蔡邕所作碑文。射爱其辞,还,恨不缮写。衡曰:'吾虽一览,犹能识之。唯其中石缺二字为不明耳。'因书出之。射驰使写碑还校,如衡所书。莫不叹伏。"挚虞《文章流别论》云:"蔡邕为杨公作碑,其文典正,末世之美者也。"(《全晋文》卷七七)刘勰《文心雕龙·诔碑篇》云:"自后汉以来,

---

① 蔡邕又有《典引注》一卷和《艰誓》。《文章缘起》云:"汉蔡邕作《艰誓》。"姚振宗《后汉艺文志》集部总集类"蔡邕《典引篇注》一卷"条云:"李善《文选注》:'蔡邕曰:典引者,篇名也。典者,常也,法也;引者,伸也,长也。《尚书》疏,尧之常法谓之《尧典》,汉绍其绪,伸而长之也。'《隋书·经籍志》:'梁有班固《典引》一卷,蔡邕注,亡。'按:蔡氏注《典引》,今见《文选》第四十八卷中。《隋志》云亡者,但据《七录》单行本言之。"
② 谢无量《中国大文学史》(上海,中华书局,1927年)第三编"中古文学史"第七章"二班与史学派"第二节"蔡邕"云:"蔡邕集中,始多碑文。"以二班、蔡邕、荀悦等四人为史学派,盖以彼等皆有史才及著述;而于蔡邕,则尤致意于其碑文,盖认为碑文固须史才之文学也。

碑碣云起。才锋所断,莫高蔡邕……其叙事也该而要,其缀采也雅而泽。清词转而不穷,巧义出而卓立。察其为才,自然而至矣。"刘勰此论,尤可代表六朝学者对蔡邕碑文之主要看法。"梁昭明太子《文选》,登采绝严"(明张溥《汉魏六朝百三家集》卷二《汉司马相如集题词》),共取五碑,以蔡邕为首,且一人独占二碑。六朝文风源于东汉,故六朝文人于蔡邕推崇备至。于时乐蔼与沈约书甚至说:"郭有道汉末之匹夫,非蔡伯喈不足以偶三绝。"(《南齐书》卷二二《豫章文献王传》)①唐代前期,蔡邕之碑文仍有影响。张说"为文精壮,长于碑志"(晁公武《郡斋读书志》卷十七集部别集类上《张说集》提要),对蔡邕之碑文甚为推重。《张燕公集》卷九《李工部挽歌三首》之二云:"会葬知元伯,看碑识蔡邕。"卷二一《唐赠丹州刺史先府君碑》云:"缅存前哲之所以闻无声于四海,视不见于百代者,匪铭颂与?桓麟、蔡邕,其则不远。"然自唐宋古文运动以后,蔡邕碑文创作之地位为韩愈取代,人们于蔡邕之碑板文字毁誉并起。刘克庄于蔡邕碑文尚有褒有贬,《后村大全集》卷一七九《诗话续集》云:"邕集十卷,大半为人作碑板。如桥玄、杨秉、杨赐,皆名臣。如朱公叔、陈仲弓、郭林宗、范史云、姜肱,皆名士。至于刘表、胡广之碑,岂得无愧词乎?

---

① 对蔡邕之碑文,六朝人间或亦有批评,但仅限于枝节问题。如颜之推《颜氏家训·文章篇》云:"凡代人为文,皆作彼语,理宜然矣。至于哀伤凶祸之辞,不可辄代。蔡邕为胡金盈作母灵表颂曰:'悲母氏之不永,然委我而夙丧。'(卢文弨曰:胡金盈,胡广之女。)又为胡颢作其父铭曰:'葬我考议郎君。'(卢文弨曰:胡颢,广之孙。议郎,名宁。今蔡集无此篇,与下《袁三公颂》同逸。)《袁三公颂》曰:'猗欤我祖,出自有妫。'……而并载乎邕之集,此例甚众。古人之所行,今世以为讳……蔡邕《杨秉碑》云:'统大麓之重。'……今为此言,则朝廷之罪人也。(赵曦明注:案今蔡集所载秉碑一篇,无此语。)"然此与其说是对于蔡邕碑文之批评,毋宁说是揭出时代空气之转变而已。

又有袁满来、胡根二铭。满来，太尉之孙，司徒之子，年十五死；根，陈留太守之子，七岁死。二铭甚美，几于谀墓矣。"又论《朱公叔谥议》云："邕此议佳甚，韩柳欧曾不能加。"至王应麟、顾炎武，则并邕全部碑文均有微辞。王应麟《困学纪闻》卷十三云："蔡邕文今存九十篇，而铭墓居其半。曰碑，曰铭，曰神诰，曰哀赞，其实一也。自云为《郭有道碑》独无愧辞，则其他可知矣。"顾亭林《日知录》卷十九"作文润笔"条云："蔡伯喈集中，为时贵碑诔之作甚多，如胡广、陈实各三碑，桥玄、杨赐、胡硕各二碑。至于袁满来年十五，胡根年七岁，皆为之作碑。自非利其润笔，不至为此。史传以其名重，隐而不言耳。文人受赇，岂独韩退之谀墓金哉！"卷十三"两汉风俗"条云："观其集中，滥作碑颂，则平日之为人可知矣！"王、顾二人，皆议邕碑文之内容，章学诚则兼议其史才，《丙辰劄记》云："蔡中郎学优而才短，今观遗集碑版文字，不见所长……撰《后汉书》，未见长于范、陈。"可见唐宋以后之学者，对于蔡邕之碑板文字，所论均较为严苛。① 近世章太炎《全上古三代秦汉三国六朝文校评》②曾屡屡称誉邕之碑文。今人钱钟书《管锥编》第三册③全后汉文卷七六"蔡邕作碑志"条，于枚举王应麟、章学诚二说后云："一议其史德，一议其史才；观蔡遗文，识卑词芜，二人之论，尚为恕也。"褒之与贬，相去千里。可见评价古人洵非易事。

尝试言之，论古人作品，应从当时历史环境去考察，更应顾

---

① 自然，唐宋以后重视邕碑文者亦不乏其人，如高均儒跋海源阁本《蔡中郎集》云："均儒幼读《文选》郭林宗、陈仲弓二碑，即笃嗜中郎之文。少长获见集本，所载碑铭诸作，几过集之半。窃谓先秦西京，碑传实罕，是允为唐宋作者之宗。"然其主流则以非邕碑文者为多。
② 载王仲荦主编《历史论丛》第1辑，济南，齐鲁书社，1980年。
③ 北京，中华书局，1979年。

及作品体裁之特点。蔡邕一生多作碑文,实乃时代风气使然。西汉仅有树表题名于墓之习俗,尚无碑碣。① 至东汉以后,碑碣始兴。欧阳修《集古录》卷四"宋文帝神道碑"条云:"至后汉以后,始有碑文。欲求前汉时碑碣,卒不可得。是则冢墓碑自后汉以来始有也。"清刘宝楠《汉石例叙》云:"夫刻石之兴,肇自皇古。梁甫、弇山,载籍盖阙;琅玡、碣石,巡幸偶经。降至东都,斯风乃炽。公卿贵人,下及一行之士,门生故吏,载笔贞珉。"朱剑心《金石学》②第三编"说石"第三章"碑版源流"云:"综计两汉碑版,自道元以来,见于诸家著录,或存或亡,或残泐,约计三百余品……其未详年代不计外;属于后汉者:建武二品,永平五品,建初一品,元和一品,章和一品,永元三品,安帝时及元初三品,永宁一品,永建四品,永和一品,汉安二品,永嘉一品,建和七品,和平七品,元嘉八品,永兴二品,永寿九品,延熹二十五品,永康一品,建宁三十品,熹平十五品,光和二十二品,中平九品,初平二品,建安四品,共百六十六品(毅平按:原作"百六十品",据统计补"六"字。又,其中桓灵两朝即占百三十五品)。观此可知后汉之初,立碑之风犹未盛行;至桓灵以后始极其盛也。"③东汉人重碑

---

① 《汉书》卷四四《淮南衡山济北王传》云:"事觉,长安尉奇等往捕开章,长匿不予,与故中尉蒥忌谋,杀以闭口,为棺椁衣衾,葬之肥陵。谩吏曰:'不知安在。'又阳聚土,树表其上曰:'开章死,葬此下。'"陈直《汉书新证·淮南衡山济北王传》云:"《陶斋藏砖记》卷上,十页,有'永元四年二月廿八日,无任庐江六安,完城旦严仲死在此下',十一页,有'永元五年二月七日,无任江夏安陆,鬼薪张仲死此中'二晓葬砖(晓葬砖除见于《陶斋藏砖记》,及《弘农砖录》外,连同其他拓本,余所见约有四百余方,兹特仅举两例),与本传文所载'开章死,葬此下'体例相同。晓葬砖为东汉时物,知在西汉时,已有树表题名之风气。"
② 北京,文物出版社,1981年。
③ 《四库全书总目》卷一九六集部诗文评类王行《墓铭举例》提要云:"墓志之兴,或云宋颜延之,或云晋王戎,或云魏缪袭,或云汉(转下页)

碣,《后汉书》中亦多有记载。《后汉书》卷五二《崔寔传》云:"初,寔父卒,剽卖田宅,起冢茔,立碑颂。葬讫,资产竭尽,因穷困。"又云:"建宁中病卒,家徒四壁立,无以殡敛。光禄勋杨赐、太仆袁逢、少府段颎为备棺椁葬具,大鸿胪袁隗树碑颂德。"卷六二《韩韶传》云:"以病卒官。同郡李膺、陈寔、杜密、荀淑等为立碑颂焉。"卷六四《赵岐传》云:"年三十余,有重疾,卧蓐七年。自虑奄忽,乃为遗令敕兄子曰:'大丈夫生世,遁无箕山之操,仕无伊吕之勋,天不我与,复何言哉! 可立一员石于吾墓前,刻之曰:汉有逸人,姓赵名嘉。有志无时,命也奈何!'其后疾瘳。"①凡斯所言,皆可见东京重死后立碑之社会风气。蔡邕生当桓灵之际,恰值此风极盛之时,而文名书名又甚高,且交游又相当广泛,则其文集中多碑文之作,乃极为自然之事。其《郭有道林宗碑》中有云:"凡我四方同好之人,永怀哀悼,靡所置念,乃相与惟先生之德,以谋不朽之事。佥以为先民既殁,而德音犹存者,亦赖之于见述也。今其如何,而阙斯礼? 于是建碑表墓,昭铭景行,俾芳烈奋于百世,令问显于无穷。"可见蔡邕作碑文之时代氛围,以及蔡邕对此时代氛围之认同。

昔人每据邕"吾为碑铭多矣,皆有惭德,唯郭有道无愧色耳"语(《后汉书》卷六八《郭太传》),以诋邕之碑文多谀墓之词。碑文之制,不同于史传,隐恶扬善,至今犹然。故凡碑文,皆有饰

(接上页)杜子夏,其源不可详考。"盖亦未曾详考耳。

① "员石"即碣也。《后汉书》卷二三《窦宪传》李贤注云:"方者谓之碑,员者谓之碣。"王兆芳《文章释》"碣"条云:"碣者与楬通,特立之石,借为表楬也。石,方曰碑,圆曰碣。赵岐曰:'可立一圆石于墓前。'洪适曰:'似阙非阙,似碑非碑。'隋唐之制,五品以上立碑,七品以上立碣。主于表扬功德,与碑相通。"邕集卷一《王子乔碑》云:"相国东莱王章,字伯义……乃会长史边乾,访及士隶,遂树元石,纪遗烈。"其中之"元石",亦谓碣也。

词。蔡邕之碑文,亦并不例外。然邕之碑文,大半尚有分寸。章太炎《全上古三代秦汉三国六朝文校评》云:"伯喈自言《郭有道碑》无愧辞,然如陈寔、范冉、姜肱之伦,刻石致颂,亦无惭焉。其为诸公作颂,容有饰美,如杨秉、杨赐,抑亦可称。要之,伯喈终非苟作。"是为平情之论。抑且不止于此。蔡邕碑文之内容,多表彰士大夫之气节,及其与外戚宦官之斗争,取与《后汉书》有关部分对读,可窥见汉末政治斗争之消息,亦可明了蔡邕之政治立场。徐子器《蔡中郎集跋》云:"他如撰《郭有道》、《陈太丘》诸碑,则向慕所在,亦可概见。"如《汝南周巨胜碑》,表彰周勰之气节,抨击汉末之暴政;《故太尉桥公庙碑》,表彰桥玄不畏外戚权贵之态度;《朱公叔谥议》,表彰其与宦官之斗争。此外,汉季士大夫所重视之道德规范,如忠孝、贞廉、清俭、让财、不就征辟等,邕均于碑文中加以表彰,如《彭城姜伯淮碑》、《贞节先生陈留范史云碑》、《处士圈叔则铭》、《太尉杨公碑》、《琅玡王傅蔡君碑》等。① 谭丕模《中国文学史纲》上册②云:"蔡邕是东汉末年最有文名的作家,著有《蔡中郎集》,其中多碑铭,很少反映社会现实,也就没有甚么价值了。"其说不确。

蔡邕碑文,无论就史才抑就文采而言均有可观。其碑文体例谨严,刘宝楠作《汉石例》,多引蔡邕碑文为例。叙事清晰,多有可补史传之阙,正史传之误者。如桥玄,本传叙宦叙事均不

---

① 蔡邕碑文对士大夫之影响,可以邓艾为例。《三国志》卷二八《魏书·邓艾传》云:"年十二,随母至颍川,读故太丘长陈寔碑文,言'文为世范,行为士则',艾遂自名范,字士则。后宗族有与同者,故改焉。"邓艾所见碑即邕《陈太丘碑》(今此八字作"文为德表,范为世则",盖传写讹变,说见罗以智《蔡中郎集举正》)。由此例可见邕碑文对当日及后世士大夫之影响。

② 北京,人民文学出版社,1958年。

详,邕所作桥玄碑可补之。胡广之子孙,《后汉书》语焉不详,邕所作胡硕二碑、胡根一碑可补之。圈典、蔡郎事迹,均不见于《后汉书》,邕所作圈典、蔡郎碑可补之。桥玄碑述玄挥鞭定西域事,为其本传所不载,与《西域传》互有详略。《朱公叔鼎铭》举公叔所历郎中、尚书、侍郎、丰令、宛陵令、博士、议郎诸官,为本传所未详。至于邕碑可正史传之误者则更多,不烦赘引。凡此,均可参看罗以智《蔡中郎集举正》。东汉文学受经学影响颇深,《文心雕龙·时序篇》云:"中兴之后,群才稍改前辙,华实所附,斟酌经辞。盖历政讲聚,故渐靡儒风者也。"故蔡邕之碑文风格典雅古奥,出入诗书,吐纳典谟,为汉魏六朝碑文之典范。刘勰所谓"其缀采也雅而泽"之"雅",即指此特点而言。《文心雕龙·诔碑篇》云:"观杨赐之碑,骨鲠训典;陈郭二文,词无择言;周胡众碑,莫非清允。"章太炎《全上古三代秦汉三国六朝文校评》云:"周勰碑文独动荡,事不增饰,视陈郭二碑为胜。"皆为对蔡邕碑文特点之的评。又,蔡邕碑文多骈句,在骈文发展史上有重要意义,此为今人所共知,故不赘述。章实斋"不见所长"之说,洵非慧眼通论。

魏晋以后,初唐之前,碑文之体,大抵遥承东汉,此即刘宝楠《汉石例叙》所谓"其书爵里姓名为传体,其书生卒年月为状体,魏晋以降,迄于唐初,谨守其法"者是也。故其时人多奉蔡邕碑文为圭臬。《文心雕龙·诔碑篇》云:"孔融所创,有摹伯喈。张陈两文,辨给足采,亦其亚也。"是孔融曾受蔡邕之影响。北周滕王宇文逌《庾开府集序》有"碑有伯喈之情"之语,是庾信曾受蔡邕之影响。《文心雕龙·诔碑篇》又云:"及孙绰为文,志在于碑;温王郄庾,辞多枝杂;《桓彝》一篇,最为辨裁矣。"以上诸人,其实也大抵曾受蔡邕之影响。沙孟海《艺术家的蔡邕》[①]云:"蔡邕的

[①] 载《国立中山大学语言历史学研究所周刊》第10集第112期,1930年1月。

金石文学,影响到当时或后代的,除却刘勰所举的孔融、孙绰二人外,大有其人(王俭、沈约、庾信、徐勉乃其最著名者)。"然自唐宋古文运动以后,文体传统发生巨大变化,韩愈诸人成为新宗师,蔡邕碑文之影响也因此衰落。沙孟海同上文又云,韩愈所倡导的古文运动,几乎全军覆没了蔡邕的文体,"有了这个关系,所以,我们看到唐宋以后的碑版文字,差不多都是八家的文章,其次是蹩脚的骈文,再没有蔡邕的气息了"。《四库全书总目》卷一九六集部诗文评类王行《墓铭举例》提要亦云:"由齐梁以至隋唐,诸家文集,传者颇多。然词皆骈偶,不为典要。惟韩愈始以史法作之。后之文士,率祖其体。"虽然韩愈本人即曾受过蔡邕之影响,其《平阳路公神道碑铭》、《独孤府君墓志铭》、《扶风郡夫人墓志铭》等碑中语可以为证,其《平淮西碑》之学《尚书》调亦由蔡邕导夫先路;又虽然在清代中叶以后,以李兆洛、王闿运一班人为代表,重又重视蔡邕风格之碑文(均参见沙孟海同上文),但那毕竟已是其衰落后之遗风绪响,难比其全盛时之声势气派矣。

然而东汉以后,碑文成为独立文体,自东汉至清代二千年间,碑文之作绵延不绝。刘勰作《文心雕龙》,立诔碑以为专篇。北宋以还,金石学兴,碑文之史料价值更为人们重视。由是言之,蔡邕对碑文发展之贡献实不容忽视,蔡邕碑文在文学史上之地位亦不容否定。

2. 辞赋

蔡邕为汉赋作家之殿军,然后人于其辞赋不甚重视。《文心雕龙·诠赋篇》枚举辞赋十家英杰,而其中并无蔡邕之名;《文选》也全未取其辞赋。然自汉赋过渡至魏晋南北朝辞赋,蔡邕有承前启后、继往开来之作用,故其辞赋同样值得注意。

蔡邕一生所作之辞赋虽多,然今大都已残佚不全,故以下只能择要论之。

《述行赋》堪称蔡邕辞赋之代表作。此赋虽非格式独创,然亦自有其特色,并不与前贤同类之作雷同。蒋天枢师《汉赋之双轨》①云:"《述行》尚系《遂初》、《显志》之风范,而用事少,涂饰轻。"又,《述行赋》中揭露黑暗现实,同情民生疾苦之内容,为往昔同类形式之赋所无。如班彪《北征赋》中仅有一句"哀生民之多故",其余多为个人不幸之感叹,或秦朝暴虐之追溯。班昭《东征赋》尚不及《北征赋》,其中唯有故乡之思,以及立身做人之教训。即如后来潘岳之《西征赋》,大半为史论,后半长安一节,有黍离麦秀之悲,然美化当世,无批判精神。故前后同类赋中,实以邕作为较佳。鲁迅《题未定草》云,须看此赋,始能明白蔡邕"并非单单的老学究,也是有血性的人,明白那时的情形,明白他确有取死之道"。《文选》不录《述行赋》,盖与昭明太子之偏见有关。然《述行赋》虽富于批判现实之精神,却又具有文质彬彬之艺术性。刘熙载《艺概·赋概》云:"后汉赵元叔《穷鸟赋》及《刺世嫉邪赋》,读之知为抗脏之士。惟径直露骨,未能如屈贾之味余文外耳。"蔡邕《述行赋》则无此弱点,故越赵元叔二赋而过之。又,蔡邕此赋批判现实之精神,以及其文质彬彬之风格,对魏晋文学亦有相当之影响。日人伊藤正文《王粲七哀诗考》②云:"关于王粲在《七哀诗》其一中正面揭露当时的残酷现实这一点,我认为跟可以称为王粲老师的蔡邕的文学创作,特别是蔡邕在延熹二年(159)二十七岁时所作的《述行赋》具有密切关系。这篇《述行赋》贯穿着严正的批判现实的精神,其纪实的态度固不待

---

① 收入《论学杂著》,郑州,中州古籍出版社,1985年。
② 章培恒译,载《中华文史论丛》1982年第2辑。

言,就是在表达方法方面,王粲的《七哀诗》其一也有着与它相通之处的吧!"其说有理。

《释诲》规仿东方朔《答客难》等,写作时间当略后于《述行赋》。邕本传载其写作缘起云:"闲居玩古,不交当世。感东方朔《客难》及扬雄、班固、崔骃之徒设疑以自通,乃斟酌群言,韪其是而矫其非,作《释诲》以戒厉云尔。"答问(《文选》曰"设论")一体,虽陈陈相因,然多反映作者之不同心志,以及其背后之不同社会背景,正如《文心雕龙·杂文篇》所云:"原夫兹文之设,乃发愤以表志。身挫凭乎道胜,时屯寄于情泰。莫不渊岳其心,麟凤其采。此立体之大要也。"故比较其异同因革,实可收知人论世之效。如东方朔之《答客难》,感叹天下大一统后士人取功名无门,羡慕战国策士能于谈说间立取相印,此与武帝削弱并消灭诸侯王,禁止朝廷之士与其交通之现实有关。至班固,《汉书》卷一百上《叙传上》云:"或讥以无功,又感东方朔、扬雄自谕以不遭苏、张、范、蔡之时,曾不折之以正道,明君子之所守,故聊复应焉。"故其《答宾戏》强调王命,此与当时经历豪强混战,人心盼望统一之现实有关。其他如扬雄《解嘲》、崔骃《达旨》、张衡《应间》诸作,莫不如此。蔡邕之《释诲》,反映东汉后期之社会现实,表现蔡邕自身之心理感情,均有不同于既往之作之特点。"阘谦盈之效,迷损益之数。骋骛骀于修路,慕骐骥而增驱。卑俯乎外戚之门,乞助乎近贵之誉。荣显未副,从而颠踣。下获熏胥之辜,高受灭家之诛。"此反映东汉后期外戚宦官擅权,无耻者奔走其门之社会现实。"夫九河盈溢,非一堤所防;带甲百万,非一勇所抗⋯⋯群车方奔乎险路,安能与之齐轨?思危难而自豫,故在贱而不耻。"此抒发士大夫生逢末世,无可奈何之悲凉情感。凡此均与蔡邕所处之时世有关。由《述行赋》与《释诲》,可明了邕之际遇对其文学之影响。《文心雕龙·杂文篇》云:"蔡邕《释诲》,

体奥而文炳……虽迭相祖述,然属篇之高者也。"对《释诲》之评价乃高于他文。又徐子器《蔡中郎集跋》亦云:"至《述行》、《释诲》二赋,即陶靖节之《闲情》亦似不及。"评价亦相当之高。

邕《协和婚赋》以抒情之笔触,述婚姻之事,状夫妇之情,为前人赋中所未有。钱钟书《管锥编》第三册全后汉文卷六九"蔡邕《协和婚赋》"条云:"按此赋残缺。首节行媒举礼,尚成片断;继写新妇艳丽,犹余十二句;下只存'长枕横施,大被竟床,莞蒻和软,茵褥调良',又'粉黛弛落,发乱钗脱'六句。想全文必自门而堂,自堂而室,自交拜而好合,循序描摹。'长枕'以下,则相当于古希腊以来《婚夜曲》(epithalamion)一体所咏;虽仅剩'粉黛'八字,然衬映上文,望而知为语意狎亵。《淮南子·说林训》所谓:'视书,上有"酒"者,下必有"肉",上有"年"者,下必有"月",以类而取之。'前此篇什见存者,刻划男女,所未涉笔也;如宋玉《讽赋》只云:'以其翡翠之钗挂臣冠缨',司马相如《美人赋》亦只云:'玉钗挂臣冠。'白行简《天地阴阳交欢大乐赋》:'求吉士,问良媒,六礼行止,百两爱来,青春之夜,红炜之下'云云,即'协和婚'之义,至'钗坠髻乱',更与'发乱钗脱'无异。然则谓蔡氏为淫媟文字始作俑者,无不可也。'钗脱'景象,尤成后世绮艳诗词常套,兼以形容睡美人。"就其所写题材之创新言,就其对后世艳情文学之影响言,《协和婚赋》在辞赋发展史上自有其重要意义,今人固不必如昭明之责渊明《闲情赋》为"白璧微瑕"(萧统《陶渊明集序》),① 而以此责邕《协和婚赋》。又,由"良辰既至,婚礼已举"以下一节,可窥见东汉之婚礼场面,于了解东汉之社会风俗

---

① 昭明太子重性轻情,故《文选》置情类赋于赋末,且云:"性者,本质也;情者,外染也,色之别名,事于最末,故居于癸。"其责陶渊明《闲情赋》为"白璧微瑕",盖亦出于同样原因。

亦似不无裨益。

邕言情之赋尚有《青衣赋》。蒋天枢师《汉赋之双轨》云："《青衣》赋，取材新颖，通篇用四言句，隽而未雅，有风趣而情调不深。"《青衣赋》首用比兴，次述"青衣"之美，赋末数句尤有意味："明月昭昭，当我户扉。条风狎躏，吹予床帷。河上消摇，徙倚庭阶。南瞻井柳，仰察斗机。非彼牛女，隔于河维。思尔念尔，怒焉且饥。"《古诗十九首》之十九云："明月何皎皎，照我罗床帏。忧愁不能寐，揽衣起徘徊。"乐府古辞《伤歌行》云："昭昭素月明，晖光烛我床。忧人不能寐，耿耿夜何长。微风吹闺闼，罗帷自飘扬。揽衣曳长带，屣履下高堂。东西安所之，徘徊以彷徨。"《青衣赋》之表现与彼等有异曲同工之妙，于此可见辞赋与古诗及乐府相互影响之痕迹。又，《青衣赋》继承汉代辞赋表现女色之传统，[①]而罕见地未曾贬低与否定女色，未曾让道德意识之影响渗入其中，此为《青衣赋》最突出之特点。此既与汉末社会在道德意识方面之新变动，亦与蔡邕自身之思想较为开放有关。职此之故，《青衣赋》颇受保守文人之攻击，如同时张超即有《诮青衣赋》，于半游戏半认真之态度中，对《青衣赋》作者之"好色"大加指责："彼何人斯，悦此艳姿。丽辞美誉，雅句斐斐。文则可嘉，志卑意微。风兮风兮，何德之衰！"又历数历史上由"孽

---

① 先秦文学中，已有表现女色之传统，如楚辞中之《招魂》、《大招》，即为其典型代表。汉赋承此传统，而又变本加厉。如枚乘《七发》，司马相如《子虚赋》、《上林赋》，扬雄《甘泉赋》，傅毅《舞赋》、《七激》，崔骃《七依》，崔琦《七蠲》，张衡《七辩》、《南都赋》、《舞赋》、《定情赋》，王逸《机妇赋》，蔡邕《协和婚赋》、《青衣赋》、《检逸赋》等，其中皆有表现女色之内容。然其对于女色之态度，则除蔡邕等之个别作品外，大抵为消极与否定者。关于汉代文学表现女色之特点，以及蔡邕此类作品之革新意义，可参见本书所收拙文《道德意识对汉代文学的影响及其他——以女色的表现为中心》。

妾淫妻"引起之动乱,强调婚姻必须遵守礼节之伦理原则,并劝告《青衣赋》作者不要破坏这些原则。故由《青衣赋》与《诮青衣赋》,可见汉末思想意识之冲突,以及蔡邕之开明态度。

《检逸赋》亦为邕之言情赋,但今已亡佚不存,只余若干残句。陶渊明《闲情赋序》云:"初,张衡作《定情赋》,蔡邕作《静情赋》,检逸辞而宗澹泊。始则荡以思虑,而终归闲正。将以抑流宕之邪心,谅有助于讽谏。"《静情赋》盖为《检逸赋》之原名或别名。今所见之《检逸赋》虽已非全篇,然由渊明之序,尚可推想其结构。盖此类赋之格式与一般汉大赋亦有相似处:始则铺陈,而终则奏雅。其所铺陈之主要内容,则与《协和婚赋》及《青衣赋》相仿佛,盖亦为女色之丽。今其残句云:"夫何姝妖之媛女,颜炜烨而含荣。普天壤其无俪,旷千载而特生。"此盖承自张衡《定情赋》之"夫何妖女之淑丽,光华艳而秀容。断当时而呈美,冠朋匹而无双",亦大胆表现富于感官刺激性之"妖"女之美,并以大量篇幅来铺陈这一点,其倾向与《协和婚赋》及《青衣赋》相似,对女色之丽亦持赞赏与肯定态度。盖"逸"之需"检",正如"情"之需"定"需"闲",正表明"逸"之生动活泼,从而反映作者之非道德性倾向。然而此赋最终亦不免"奏雅",而以"检"来约束生动活泼之"逸",盖又表明作者开放态度之局限,以及其最终不免受道德意识影响之宿命。此赋上承张衡《定情赋》,下启陶潜《闲情赋》,如存全篇,必甚可观。

东汉中叶张衡以后,言情赋中神话美人渐为世俗美人所代,政治寄托之意亦渐为男女自然之情所替。蔡邕上述各言情赋,继承张衡《定情赋》以来之传统,推其澜而扬其波,于题材上有所扩大,于意境上有所创新,于意识上更为开放,下启魏晋文学之新生机,于文学史上自有其重要意义。且蔡邕为一忠孝著闻之士大夫,严肃渊博之学者,循循善诱之师长,而观其上述言情各赋，可窥见其性格之另一面，即通脱率性，不拘拘于为循规蹈矩之文。此固与其不虚情矫饰之生活态度相一致，亦与当时文学要求摆脱儒学束缚之发展趋势相契合。

蔡邕为汉末大音乐家，于乐器中最善琴，故其作品中与琴相关之作亦较多，赋则有《瞽师赋》、《琴赋》、《弹琴赋》等。以邕之音乐才能，赋音乐应有可观，惜今所存皆残篇，不足以窥其全豹。取此类赋与邕所作《琴操》参观，可见邕之精通音乐，又可见音乐对邕赋之影响。

统观邕之赋作，除以上所述之各项外，尚有若干特点堪可注意。其一为邕赋大抵具有"典雅"之风格。《文心雕龙·体性篇》云："典雅者，熔式经诰，方轨儒门者也。"盖"典雅"风格之形成，与经学、史学对文学之影响有关。此种影响始于西汉后期，入东汉后则转滋转盛。《文心雕龙·时序篇》云："爰自汉室，迄至成哀，虽世渐百龄，辞人九变，而大抵所归，祖述《楚辞》，灵均余影，于是乎在……然中兴之后，群才稍改前辙。华实所附，斟酌经辞。盖历政讲聚，故渐靡儒风者也。"《事类篇》云："夫经典沉深，载籍浩瀚，实群言之奥区，而才思之神皋也。杨班以下，莫不取资。任力耕耨，纵意渔猎。操刀能割，必列膏腴。是以将瞻才力，务在博见。"又云："至于崔班张蔡，遂捃摭经史。华实布濩，因书立功，皆后人之范式也。"《才略篇》云："自卿渊已前，多役才而不课学；雄向已后，颇引书以助文。此取与之大际，其分不可乱者也。"此东汉赋风乃至文风所以不同于西汉也。蔡邕为汉末之著名经学家与史学家，其辞赋创作亦同样体现东汉赋风之一般特点。

其二为邕赋骈偶成分渐多。李调元《赋话》卷一云："杨马之赋，语皆单行。班张则间有俪句，如'周以龙兴，秦以虎视'，'声与风游，泽从云翔'等语是也。下逮魏晋，不失厥初。鲍照、江淹,权舆已肇。永明、天监之际,吴均、沈约诸人,音节谐和,属对密切,而古意渐远。庾子山沿其习,开隋唐之先躅。古变为律,子山实开其先。"说明辞赋由古变律之过程甚为详析,然于蔡邕之作用却似有所忽略。吉林大学《中国文学史稿(先秦至隋部分)》①云:"他(蔡邕)的赋作以咏物为题材的占主要部分,风格愈趋整饬,奠定下骈俪短篇的基础……从张衡、赵壹到蔡邕,在骚体赋的基础上使赋的形式逐渐骈偶化,开启了魏晋六朝骈体文的道路,甚至影响五七言律诗的成长。"其所论较为贴切。

其三为邕赋之篇幅大都较为短小。东汉中叶张衡以后,宫殿大赋渐为抒情小赋所取代。文人之兴趣,由描写帝王生活,刻画宫殿苑囿,转向描写日常生活,抒发个人感情。更由于东汉中期以后政治黑暗,故辞赋中渐多揭露现实之作。王延寿之《鲁灵光殿赋》,可称为汉大赋之最后杰作。据云蔡邕亦曾赋鲁灵光殿,《后汉书》卷八十上《文苑上·王逸传》云:"后蔡邕亦造此赋,未成,及见延寿所为,甚奇之,遂辍翰而已。"南宋施元之、顾禧《注东坡先生诗》卷十五《次韵子由送赵㞳归觐钱塘遂赴永嘉》诗注引谢承《后汉书》云:"时蔡邕亦有此作,十年不成。见延寿赋,遂隐而不出。"②由《王逸传》及《谢承书》观之,蔡邕当日虽亦曾尝试宫殿大赋之创作,然终归于失败。此颇可象征汉大赋之命运,亦可象征邕在赋风转变中之作用。今观蔡邕集中,除《述行

---

① 长春,吉林人民出版社,1961年。
② 南宋人似已见不到谢承《后汉书》(《新唐志》后未见著录,应亡于唐宋之间),施、顾《注东坡先生诗》所引此条,或采自《文选》五臣注《鲁灵光殿赋》题下张铣注。但张铣注称此条引自"范晔《后汉书》",却又不见于今本范晔《后汉书》,疑是张铣误记,或传写致讹,真实出处,或当是某《后汉书》。施、顾《注东坡先生诗》称此条引自"谢承《后汉书》",或是施、顾当时所见五臣注本如此,或是施、顾又有其他来源,或是施、顾有所误记,错上加错,疑不能明。其后周天游《八家后汉书(转下页)

赋》较长外,余多为咏物抒情之小赋,而无描写京都宫观之宏篇。蒋天枢师《汉赋之双轨》云:"(伯喈)写实之作,篇幅趣于短小,赋小事物之作尤众(类《九章》中之《橘颂》,而非抒志感怀。三国两晋间此类短赋最多)。"盖邕上承张衡而下启魏晋,正处于辞赋由长变短发展过程之中轴。后世文论,每并举"张蔡",缘两人多作华丽清新之小赋,言其相似,故曰"张蔡"。如曹丕《典论·论文》称誉王粲、徐干诸人"长于辞赋","如粲之《初征》、《登楼》、《槐赋》、《征思》,干之《玄猿》、《漏卮》、《团扇》、《橘赋》,虽张蔡不过也"。王粲、徐干所作皆小赋,故曹丕拟之于"张蔡"。①

由以上各点观之,则蔡邕作为汉赋作家之殿军,一方面因袭汉赋之旧传统,一方面探索辞赋之新出路,显示出新旧文学交替时期文人之特征,担负着承前启后、继往开来之重任。其对汉赋旧传统之因袭,对辞赋新出路之探索,大抵成败相参,然均给后人以无限启示。蒋天枢师《汉赋之双轨》论蔡邕辞赋创作之意义云:"桓灵之后,一般文人似于甲乙二者均欲另觅新途,而前贤所启光明,已黫闇遮蔽,遂至'擿埴索途',然而其变化之端见矣。伯喈为东京文人重镇,作赋亦夥,惜多已佚亡。就其残存者观

(接上页)辑注》据汪文台《七家后汉书》,收入谢承《后汉书》此条,云辑自王十朋《集注分类东坡先生诗》(但未标明引文所在卷数)。然《集注分类东坡先生诗》此条似袭自《注东坡先生诗》,盖《注东坡先生诗》是南宋初施、顾等人实际撰写的,时代在先,《集注分类东坡先生诗》是宋末建阳书坊抄撮旧注而成,托名王十朋,时代在后。汪文台、周天游据后者辑出,实不甚妥当。

① 此外如《文选》卷十七陆机《文赋》李善注引臧荣绪《晋书》云:"(机)誉流京华,声溢四表。被征为太子洗马,与弟云俱入洛。司徒张华素重其名,如旧相识。以文呈华,天才绮练,当时独绝。新声妙句,係踪张蔡。"亦以"张蔡"并称。《文心雕龙·才略篇》则更将二人对举:"张衡通赡,蔡邕精雅,文史彬彬,隔世相望。是则竹柏异心而同贞,金玉殊质而皆宝也。"颇可代表汉魏六朝人之看法也。

之,写实之作,篇幅趣于短小,赋小事物之作尤众(类《九章》中之《橘颂》,而非抒志感怀。三国两晋间此类短赋最多)。言情之赋,渐脱去迟重之致,卸铅华之饰,曜盼倩之姿。此种新生机,良莠杂陈,对汉代后影响至大。又有通体恢复四言句者,则冥行之迷途也……赋至蔡邕,犹殆百草皆芜,偶间黄花,而众卉含葩,胥有待于阳春煦和矣。"以此评价蔡邕在赋史上之地位,比较确切。

3. 其他文体

除碑文和辞赋外,蔡邕尚有其他各体文数十篇,有韵文有散文,凡颂、铭、赞、箴、连珠、祝、文、论、书各体,且存诗四首。此各种文体,大都盛行于西汉中期以后,尤其是东汉时期。故东京文人大抵兼擅众体,与西京文人之专为辞赋者不同。蔡邕当日亦以兼擅各种文体称。

《蔡中郎外集》卷二有《铭论》一篇,论述春秋以来铭文之发展变迁,可称铭体文之小史,开挚虞、刘勰以下文体研究之风气。《文心雕龙·铭箴篇》述铭之发展史,或与邕之《铭论》有关。所谓铭,一般为刻于器物上之劝戒性文字,广其义,则刻于盘、于鼎、于山者皆得称铭(见《唐文粹》卷八五李翱《答开元寺僧书》)。汉以后,移之于碑,与碑文结合,遂成为碑文之一部分,故碑亦往往称铭(见刘宝楠《汉石例》卷一"称铭例")。铭前或冠以序文,往往序长于铭,或竟至有序无铭。邕之铭文,可分器铭与碑铭两类。前者有《樽铭》、《盘铭》、《警枕铭》、《东鼎铭》、《中鼎铭》、《西鼎铭》、《黄钺铭》等,后者则不胜枚举。蔡邕长于作铭文。如《朱公叔鼎铭》,虽以纯作散体,全类碑文,而被刘勰称为"溺所长也"(《文心雕龙·铭箴篇》),然章太炎《全上古三代秦汉三国六朝文校评》却甚为推崇:"《朱公叔鼎铭》,无愧辞,言亦质素,卓然大雅之辞。"铭文一般以四言为主,而蔡邕有用六言者,如《太傅安乐侯胡公夫人灵表》云:"悲母氏之不永兮,怀殷恤以摧伤。"有四言中忽接入长短句者,如《议郎胡公夫人哀赞》云:"愍予小子,凤罹凶艰……疾大渐以危亟兮,精微微而浸衰。"又如《童幼胡根碑铭》之铭云:"于惟仲原,应气淑灵……惜繁华之方晔兮,望严霜而凋零。"皆于平板中现出变化。故刘勰于汉魏诸铭家中,最推崇蔡邕,称"蔡邕铭思,独冠古今"(《文心雕龙·铭箴篇》)。

《蔡中郎外集》卷一有《广连珠》一文之残片。《艺文类聚》卷五七引傅玄《连珠叙》云:"所谓连珠者,兴于汉章帝之世,班固、贾逵、傅毅三子受诏作之。而蔡邕、张华之徒又广焉。"盖指邕之《广连珠》于连珠体有所发展而言。《文心雕龙·杂文篇》云:"自连珠以下,拟者间出。杜笃、贾逵之曹,刘珍、潘勖之辈,欲穿明珠,多贯鱼目。"盖连珠重于巧喻,故为之颇不易。傅玄《连珠叙》又云:"其文体,辞丽而言约,不指说事情,必假喻以达其旨,而令贤者微悟,合于古诗劝兴之义。欲使历历如贯珠,易睹而可悦,故谓之连珠也。"而蔡邕之作,即能合于此要求。钱钟书《管锥编》第三册全后汉文卷六九"蔡邕《琴赋》"条云:"邕《连珠》:'参丝之绞以弦琴,缓张则挠,急张则绝'(卷七十四),立譬颇佳,赋中见存语无其意。《淮南子·缪称训》:'治国譬若张瑟,大弦绁则小弦绝矣。故急辔数策者,非千里之御也',又《泰族训》'故张瑟者,小弦急而大弦缓';皆不如邕喻之圆该也。"由此可见邕之精于连珠,又可见其音乐对其文学之影响。且自邕今仅存之《广连珠》残片观之,邕实以此体作为讽谏之工具:"臣闻目眴耳鸣,近夫小戒也;狐鸣犬嗥,家人小妖也;犹忌慎动作,封镇书符,以防其祸。是故天地示异,灾变横起,则人主恒恐惧而修政。"取此与邕光和元年(178)金商门之对,以及《续汉书·五行志》有关桓灵部分参观,可明了蔡邕之文学创作盖时时与现实政治相关。或职此之故,傅玄《连珠叙》又云:"蔡邕似论,言质而辞碎,然旨笃矣。"

最后谈邕诗。蔡邕之诗,为昔人所未注意。《饮马长城窟行》之作者旧有二说。《文选》收此诗于"乐府·古辞"下,李善注云:"言古诗,不知作者姓名。"又引《水经注》云:"余至长城,其下往往有泉窟,可饮马。古诗《饮马长城窟行》,信不虚也。"徐陵《玉台新咏》卷一载此诗,题蔡邕作。唐释皎然《诗式》从徐说,宋郭茂倩《乐府诗集》从萧说,宋严羽《沧浪诗话》持二说。《饮马长城窟行》为古曲名,蔡邕《琴赋》有"饮马长城"之语,疑即此《饮马长城窟行》,可见邕熟于《饮马长城窟行》之古曲。从音乐上言,邕有作《饮马长城窟行》诗之可能。《饮马长城窟行》之主旨,《文选》李善注云:"言征戍之客,至于长城而饮其马,妇思之,故为《长城窟行》。"五臣注云:"长城秦所筑,以备胡者。其下有泉窟,可以饮马,征人路出于此而伤悲矣。言天下征役,军戎未止,妇人思夫,故作是行。"此与蔡邕之际遇正相符合。邕光和元年(178)九月流徙朔方,光和二年(179)四月还归。在朔方,其乘障守烽,过着极为艰苦之戍卒生涯。则邕在朔方时,拂琴弹《饮马长城窟》之旧曲,挥泪赋《青青河畔草》之新诗,托荆妻之思夫,状思乡之幽情,亦非不可能。陈直《史记新证·外戚世家》引《小校经阁金文》卷十五《妻赠夫远戍镜铭》云:"愿君强饭多勉之,卬天太息长相思。"则诗末"上有加餐食,下有长相忆"二句,非仅为诗人想象之辞,亦是实录。从身世上言,蔡邕有作《饮马长城窟行》诗之可能。① 东京文人作乐府诗者甚众,如张衡作《同声歌》,

---

① 清陈沆《诗比兴笺》卷一《乐府古辞笺》以为此诗之主旨是:"殆放臣去国之感,托诸弃妇者乎?君门万里,梦寐恍惚,忠爱之至。"即从此说,亦与邕之际遇不相凿枘。然其又以为,此诗之风格与邕他诗不类:"蔡邕所传《琴歌》、《樊惠渠歌》、《翠鸟诗》,词并质直,视此诗之高妙古宕,殊不相类。"然此或因诗型不同所致,且一人之诗自可兼备众格也。

辛延年作《羽林郎》，宋子侯作《董娇饶》，盖亦一时风气之所趋。即使是古诗，亦多有文人模仿乐府诗歌而作者，其中若干乃入乐之歌辞。如《青青陵上柏》、《迢迢牵牛星》、《兰若生春阳》、《上山采蘼芜》等，唐宋人或引为"古乐府"，表明它们曾经入乐。从时代上言，邕有作《饮马长城窟行》诗之可能。《文选》卷二七《怨歌行》李善注云："《歌录》曰：'《怨歌行》，古辞。'然言古者有此曲，而班婕妤拟之。"《饮马长城窟行》古曲与邕诗之关系，或亦可作如是解。从惯例上言，邕有作《饮马长城窟行》诗之可能。总之，蔡邕完全有可能、有条件作此诗。

他如《翠鸟诗》，以象征手法写诗人之遭遇，亦颇有特色。其中云："回顾生碧色，动摇扬缥青。幸脱虞人机，得亲君子庭。"所谓"幸脱虞人机"，极有可能指光和二年(179)邕自朔方赦归后远迹吴会事。而"得亲君子庭"之"君子"，或指太山羊氏，或指吴会之友人。此诗盖为感激朋友对己之庇护而作。"回顾生碧色，动摇扬缥青"二句，写翠鸟脱险后轻松闲暇之神态，颇为传神。此诗后人多不注意。骆宾王《和道士闺情诗启》历论汉魏诸家之诗，评邕此诗为"意尽行间"(《骆丞集》卷三)，评价并不美妙；然王夫之曾选之入《古诗评选》(卷四)，并给予善评曰："风度典刑，固非虎贲所得似。"

《答卜元嗣诗》、《答元式诗》均为四言诗，就诗本身而言皆平平。然可注意者，在其中透露出文学新风气之消息。《答卜元嗣诗》云："斌斌硕人，贻我以文。辱此休辞，非余所希。敢不酬答，赋诵以归。"《答元式诗》云："伊余有行，爰戾兹邦。先进博学，同类率从。济济群彦，如云如龙。君子博文，贻我德音。辞之辑矣，穆如清风。"文人唱酬风气，建安以后渐盛，而东汉末蔡邕已启其端。《后汉书》卷八十下《文苑下·高彪传》有"时京兆第五永为督军御史,使督幽州。百官大会,祖饯于长乐观。① 议郎蔡邕等皆赋诗,彪乃独作箴"之语(参《初学记》卷二一引谢承《后汉书》),②取此记载与邕诗参观,可见汉末诗文唱酬风气已相当之盛(据《高彪传》,邕有赠第五永诗,今不传。以此推之,则邕不传之诗此外尚有不少)。由此亦可看出蔡邕在文学史上承前启后、继往开来之桥梁作用。

凡以上所论碑文、辞赋、杂体文与诗等各方面,构成蔡邕文学之整体,从中可窥见邕之人品与才华,并明其所以跻身东汉大文学家行列之故。

4. 蔡邕与鸿都门学

鸿都门学之正式设立,在光和元年(178)二月。《后汉书》卷八《灵帝纪》光和元年二月条云:"始置鸿都门学生。"李贤注云:"鸿都,门名也,于内置学。时其中诸生,皆敕州郡三公举召能为尺牍辞赋及工书鸟篆者相课试,至千人焉。"邕本传云:"光和元年,遂置鸿都门学。画孔子及七十二弟子像。其诸生皆敕州郡三公举用辟召。或出为刺史、太守,入为尚书、侍中,乃有封侯赐

---

① "长乐观",《初学记》卷二一引谢承《后汉书》作"平乐馆",是。汪文台辑谢承《后汉书》卷五《文苑·高彪传》"平"下注云:"范《书》作'长',误。"孙志祖《谢氏后汉书补佚》云:"作平乐馆是。"《后汉书》卷八十上《文苑上·杜笃传》载杜笃《论都赋》"觇平乐,仪建章"语李贤注云:"平乐,观名,建章,宫名,并在城西。""馆"、"观"可通。又,汉末有声望之官吏出就外职,其同僚常有祖饯之事。如《后汉书》卷八十下《文苑下·高彪传》云:"后迁外黄令,帝敕同僚临送,祖于上东门。诏东观画彪像以劝学者。"

② 此处"赋诗"之"赋"与"作箴"之"作"互文,亦谓作也。与《左传·隐公三年》"卫人所为赋《硕人》也",《闵公二年》"许穆夫人赋《载驰》"、"郑人为之赋《清人》",《文公六年》"国人哀之,为之赋《黄鸟》"之"赋"义同,而非"诵"义。

爵者。士君子皆耻与为列焉。"然在光和元年二月之前，灵帝即已召纳诸生之能为文赋者，待制鸿都门下。邕本传云："初，帝好学，自造《皇羲篇》五十章。因引诸生能为文赋者。本颇以经学相召，后诸为尺牍及工书鸟篆者，皆加引召，遂至数十人。侍中祭酒乐松、贾护，多引无行趣埶之徒，并待制鸿都门下，熹陈方俗间里小事。帝甚悦之，待以不次之位。"①鸿都门学持续之时间，史无明文，然《续汉书·五行志二》云："中平二年二月己酉，南宫云台灾……而灵帝曾不克己复礼，虐侈滋甚……内嬖鸿都，并受封爵。京都为之语曰：'今兹诸侯岁也。'天戒若曰：放贤赏淫，何以旧典为？"则七年之后鸿都门学尚存，可知鸿都门学持续时间甚久。

鸿都门学之设立，遭到当时士大夫之强烈反对。蔡邕在熹平六年(177)七月(即鸿都门学设立之前七阅月)，即于《陈政事七事疏》中加以反对，光和元年(178)七月召对金商门时复言之。灵帝之师杨赐，亦于光和元年七月召对金商门时谏之(见《后汉书》卷五四《杨赐传》)。蔡邕政敌阳球，亦曾奏罢鸿都门学(见《后汉书》卷七七《酷吏·阳球传》)。

杨赐、阳球姑不论，蔡邕本人即为文学家、艺术家，于辞赋、绘画、书法均极擅长，何以要如此反对鸿都门学，且在奏疏中斥辞赋、绘画、书法等为无用之小技？王夫之已发生此疑问而有所解释，《读通鉴论》卷八"灵帝"五云："灵帝好文学之士，能为文赋者，待制鸿都门下，乐松等以显。而蔡邕露章谓其'游意篇章，聊代博弈'，甚贱之也……夫蔡邕者，亦尝从事矣，而斥之为优俳，

---

① 侯康《补后汉书艺文志》经部小学类"蔡邕《圣皇篇》一卷"条引《书断》上云："汉灵帝熹平年诏蔡邕作《圣皇篇》。篇成，谒鸿都门上。"则立鸿都门学以前，鸿都门似即已与文艺有关。

将无过乎？要而论之……以之取士于始进，导幼学以浮华，内遗德行，外略经术，则以导天下之淫而有余。故邕可自为也，而不乐松等之辄为之，且以戒灵帝之以拔人材于不次也。"然此尚为皮相之论也。盖汉传统取士制度，以经明行修为其标准，以州县察举公府征辟为其途径，士大夫由此进入政权。① 鸿都门学诸生，虽敕州郡三公举召，然全不由通常之途径，亦不依传统之标准，却可不次超迁，长此以往，则势将危及士大夫之生存基盘，故士大夫自然竭力反对之。观杨赐疏中"而令搢绅之徒委伏畎亩，口诵尧舜之言，身蹈绝俗之行，弃捐沟壑，不见逮及，冠履倒易，陵谷代处"之语，可明了士大夫此一心理。蔡邕为士大夫集团之一员，忠于士大夫阶层之价值观念，故自不会以自己擅长文艺，而容恕以文艺破坏传统之举也。

抑且不限于此。《阳球传》载阳球奏疏之语有云："松、览等皆出于微蔑，斗筲小人，依凭世戚，附托权豪，俛眉承睫，徼进明时。""皆出微蔑"，则鸿都门学生大都非士大夫集团中人可知；"依凭世戚，附托权豪"，则鸿都门学生往往依附外戚、宦官集团可知。故鸿都门学之争，实非仅为文学见解或文学经学之争，而与当时统治阶级之内部斗争有关，尤与士大夫和宦官集团之斗争有关。盖宦官集团藉鸿都门学以压制士大夫集团，而士大夫集团则藉反对鸿都门学以反对宦官集团。② 以蔡邕立身行事之

---

① 皮锡瑞《经学历史》一《经学开辟时代》云："(汉)公卿大夫士吏，无不通一艺以上。"又同书四《经学极盛时代》云："后汉取士，必经明行修。盖非专重其文，而必深考其行。"
② 陈寅恪《书世说新语文学类钟会撰四本论始毕条后》(收入《金明馆丛稿初编》，上海，上海古籍出版社，1980年)云："然则当东汉之季，其士大夫宗经义，而阉宦则尚文辞。士大夫贵仁孝，而阉宦则重智术。盖渊源已异，其衍变所致，自大不相同也。"鸿都门学之争即为（转下页）

基本立场言之，其反对鸿都门学固亦不足为奇。亦正职此之故，蔡邕与政敌阳球会持一致立场也。

超越党派利益之争来看，鸿都门学生中多不学无术之徒，亦实不足以言文学或艺术。邕本传载邕疏语云："诸生竞利，作者鼎沸。其高者颇引经训风喻之言，下则连偶俗语，有类俳优；或窃成文，虚冒名氏。臣每受诏于盛化门，差次录第。其未及者，亦复随辈皆见拜擢。""今并以小文超取选举，开请托之门，违明王之典。众心不厌，莫之敢言。"阳球疏语亦云："或献赋一篇，或鸟篆盈简，而位升郎中，形图丹青。亦有笔不点牍，辞不辩心，假手请字，妖伪百品。莫不被蒙殊恩，蝉蜕滓浊。是以有识掩口，天下嗟叹。"由此可见轰动一时、持续甚久之鸿都门学为世诟病之原因。故《文心雕龙·时序篇》云："降及灵帝，时好辞制。造《羲皇》之书，开鸿都之赋。而乐松之徒，招集浅陋。故杨赐号为驩兜，蔡邕比之俳优。其余风遗文，盖蔑如也。"鸿都文学家今可知其名者，仅乐松、贾护、任芝、郗俭、梁鹄、江览等六人而已，且即此六人亦一无实绩可观。张彦远《历代名画记》卷一"叙画之兴废"条云："（灵帝）创立鸿都学，

（接上页）其实例之一。又，范文澜《中国通史简编》修订本第二编（北京，人民出版社，1964年）第三章第二节云："五经石碑一立，宦官得到清静了。不过，太学生既然诵习经书作为议论的根据，想公然说出拥护宦官的议论来是困难的，因此宦官在太学以外，要另立一个太学。一七八年，汉灵帝立鸿都门学。这个皇帝亲自创办的太学里，讲究辞赋、小说、绘画、书法，意在用文学艺术来对抗太学的腐朽经学。又为鸿都文学家乐松、江览等三十二人画像题赞辞来对抗人们标榜的三十二大名士。学生考试及格，就给大官做，不及格也得个较小的官做。还有一些学生，汉灵帝命令三公州郡荐举或征召来代替荐举孝廉。"说明鸿都门学之争之政治背景甚为明晰。观阳球奏疏中"今太学、东观足以宣明圣化，愿罢鸿都之选，以消天下之谤"之语，亦以太学、东观压鸿都门学，则更可明了鸿都门学之争之政治意义也。

以集奇艺,天下之艺云集。"仅为后人想象夸张之辞,非可信为当日之实录也。

不唯多不学无术之徒,抑且鸿都文学家之人品亦大都不堪。《后汉书》卷五四《杨赐传》云:"帝欲造毕圭、灵琨苑,①赐复上疏谏……书奏,帝欲止,以问侍中任芝、中常侍乐松。松等曰:'昔文王之囿百里,人以为小;齐宣五里,人以为大。今与百姓共之,无害于政也。'帝悦,遂令筑苑。"此为鸿都文学家在中朝之"业绩"。《后汉书》卷七五《刘焉传》云:"益州刺史郗俭在政烦扰,谣言远闻。"又卷五八《盖勋传》云:"时武威太守倚恃权执,恣行贪横,从事武都苏正和案致其罪。凉州刺史梁鹄畏惧贵戚,欲杀正和以免其负。"一在政烦扰,谣言远闻;一畏惧贵戚,欲杀正直。是皆鸿都文学家仕州郡之"业绩"。由此可见,蔡邕"既加之恩,难复收改,但守奉禄,于义已弘,不可复使理人及仕州郡"语之有远见,"士君子皆耻与为列"语之其来有自。

综上所述,可见鸿都门学之设立实无甚积极意义,蔡邕等人对其之非难亦非全然无据。今人每表彰鸿都门学在文学史上之进步作用,②实与鸿都门学之实际情况有距离。且蔡邕本人虽反对鸿都门学,却十分重视文学后进之培养。其女文姬自不待言,他如邑人路粹、阮瑀,俱曾受学于蔡邕(见《三国志》卷二一《魏书·王粲传》及裴注引《典略》,又《后汉书》卷七十《孔融传》李贤注引《典略》、《太平御览》卷三八五引《文士传》等)。山阳王粲则深为蔡邕所赏识(见《三国志》粲本传及《博物志》卷六《人名考》)。邕复与曹操、孔融友善(见《后汉书》卷七十《孔融传》及

---

① 《后汉书》卷八《灵帝纪》光和三年(180)载:"是岁,作罼圭、灵昆苑。"李贤注云:"罼圭苑有二,东罼圭苑周一千五百步,中有鱼梁台,西罼圭苑周三千三百步,并在洛阳宣平门外也。"
② 如上引范文澜《中国通史简编》之说等。

《三国志》卷十二《魏书·崔琰传》裴注引张璠《汉纪》)。各人其后均为建安文学之重镇。不唯如此,蔡邕文学中批判现实之精神,亦直接间接影响建安文学甚巨。日人伊藤正文《王粲七哀诗考》云:"蔡邕的纪实的态度,固然跟他是历史家有关,但可以认为,这种态度不仅影响到王粲,而且也影响到他的弟子阮瑀和女儿蔡琰。阮瑀的《驾出北郭门行》(《乐府诗集》卷六十一)、蔡琰的《悲愤诗》(不是《后汉书·董祀妻传》所载的骚体《悲愤诗》,而是五言体的一首),都显示出这一点。包括王粲的《七哀诗》其一在内,它们都是从纪实的态度出发来描写残酷的现实的,即使在建安诗歌中,它们也共同成为反映现实的代表作。这三首诗都以被抛弃的子女和孤儿作为题材来使用,可以说是奇妙的暗合吧!"由此可见,蔡邕在建安文学形成过程中曾起重要作用。今人每重视鸿都门学对建安文学之影响,而忽视蔡邕,实可谓循末而忘本。

(附记:这原是我的硕士学位论文,完成并通过于1982年春,导师是故蒋天枢教授。1995年正式发表时曾略作修订,并改题为《论蔡邕之生平及其史学与文学》。现恢复原题。)

宋元话本小说的鉴别与考证问题

进入20世纪以后，学者们对于宋元话本小说的兴趣一直在不断增长。由于宋元话本小说没有宋元版本流传下来，而只是部分保存在明代的版本之中，因此学者们所面临的首要问题，便是宋元话本小说的鉴别与考证问题。鲁迅、郑振铎、孙楷第、赵景深、谭正璧、徐士年、胡士莹、许政扬、马幼垣、马泰来、乐蘅军等学者，都曾对这个问题下过功夫。他们的意见有一些很接近，有一些又相当不同。到了1987年8月，中州古籍出版社出版了欧阳健、萧相恺编订的《宋元小说话本集》上下二册，共收他们认为的宋元话本小说六十七篇。尽管对于他们的鉴别与考证肯定还会有学者提出不同意见，但是从总体上来说，可以认为这是一个总结性的成果，算是给这几十年来的鉴别与考证工作暂时画上了一个句号。

所以，现在也许已到了一个恰当的时机，来对这几十年来的鉴别和考证工作作一番回顾和反思。我们所谓的"回顾和反思"的意思，并不是想要对于具体篇目的鉴别与考证再发表什么意见，而是想要对于鉴别和考证的方法本身作一些思考。

一

宋元话本小说的鉴别和考证，其最大的困难，来自于版本依据的薄弱。因为据认为收有宋元话本小说的集子，如《六十家小说》(1541—1551，其残本现以《清平山堂话本》名义流行)、《熊龙峰刊四种小说》(1573—1620)和《三言》(1621—1627)等，都是明代中后期的版本，距宋亡已有三百来年，距元亡也已有二百来年。虽然从今天看来，历史上的二三百年，似乎只是短短的一瞬，但是在历史上的当时，却仍是一段漫长的时期，其间什么事情都有可能发生。可以想象，在这段漫长的时期里，作为宋元说话残迹的宋元话本小说，肯定会以形形色色的手抄本的形式（当然也不排斥刊本的可能性）流传，在其流传过程中会产生多少变异，那真是天才知道的事情。每一个抄写者或刊刻者，都既是流传保存者，又有可能是改动者。有人也许很忠于范本，有人也许会略以己意修改，有人也许会大动干戈。这样的形形色色的手抄本或版本流传到了明代中后期，其中一部分落入了好事文人之手，被他们刊刻了出来，同时也许（其实是一定）又被作了加工，然后形成了现在我们所能见到的版本。可以想象，要从这样的版本去认识宋元话本小说的原貌，去鉴别和考证宋元话本小说，那将会是多么的困难。

　　这种在流传过程中版本发生变异的情形，并不仅为宋元话本小说所独有。比如人们一直认为元杂剧比较幸运，在明代出现了臧懋循的《元曲选》，明明确确地把元代作品编在一起，而不是和后代作品混在一起。但是把《元曲选》和元刻本的元杂剧对比一下吧，其中有多少大大小小的变异啊！对于臧懋循改动的功过我们暂且不去说它，但这件事至少说明，当时的文人对于过去的作品的态度是相当的自由随意的。一般来说，在过去戏曲的地位还要高于小说，所以当时人对于宋元话本小说的态度也是可以想象的。这也不是中国所独有的现象。莎士比亚剧本的版本之复杂，也一直是一个令莎学家们深感头疼的问题。

　　这种版本上的变异问题，由于收有宋元话本小说的版本太少，不容易作出比较，所以人们往往不太重视。其实即就现存的版本来说，也足以给我们以很多启示了。从《六十家小说》到《三言》，其间相距不过七八十年，但比较二者的版本，已可发现很多异同。有的后者只对前者作了文字上的修订（这方面的例子太多，恕不一一列举）；有的则增删了若干情节（如《警世通言》卷三三《乔彦杰一妾破家》之于《错认尸》，又如兼善堂本《警世通言》卷六《俞仲举题诗遇上皇》的入话之于《风月瑞仙亭》）；有的则干脆作了改写（如《喻世明言》卷十二《众名姬春风吊柳七》之于《柳耆卿诗酒玩江楼记》，卷三十《明悟禅师赶五戒》之于《五戒禅师私红莲记》）。那么，在《六十家小说》、《三言》与其他可能存在过的版本之间，又会有多少不同，这也是不难想象的（如《拍案惊奇》卷三三《张员外义抚螟蛉子　包龙图智赚合同文》之改写《合同文字记》）。1979 年，在西安市文物管理委员会发现了一纸《新编红白蜘蛛小说》的残页。不管这纸残页是否如有的学者所考证的是元代版本，但把它和同题材的《醒世恒言》卷三一《郑节使立功神臂弓》作一对照，便可发现二者从情节到文字是如此的不同，足以说明随着版本的不同，同一话本小说将会具有多少异貌。至于《京本通俗小说》，正因其文字大同于《三言》，所以反而使有的学者怀疑，认为它乃是抄自《三言》的伪书。即使我们同时也可看到许多版本上大同小异的例子，但如上所述的版本上的明显差异，将始终是实际存在并有可能存在得更多的。

　　鉴于以上所说的原因，即使明代版本中保存有宋元话本小说，其具体情形也应是千差万别的。大致说来，会有这样几种可能性：一是大致保持本来面目的，只有文字上有些出入；二是虽大致保持本来面目，但在局部地方有增删的；三是基本情节虽来自宋元，但已被重新改写过了。这三种情形，涉及保存在明代版本中的宋元话本小说中宋元要素与明代因素各占的比例问题。

只要主要成分还是宋元的，则我们可视之为宋元话本小说，但同时也不能忘记其中有明代成分；如果主要成分已是明代的了，则即使故事发生在宋元，素材来自于宋元，甚至原本也来自于宋元，则是否还能称为宋元话本小说，便仍将是有疑问的。因此，我们现在所谓的"宋元话本小说"，严格说来应称为"明代版本中的宋元话本小说"。

二

对于以上种种版本上的问题，学者们虽然大都心中有数，但在实际从事鉴别和考证时，却又大抵过于忽视其严重性了。他们的思路大致是"非此即彼"的：如果按照他们的方法，在某作品里发现了"宋元因素"，他们就认为那是宋元话本小说；或者反过来，在某作品里发现了"非宋元因素"，他们又认为那不是宋元话本小说。他们都很少注意到如上所说的"比例"问题，也就是"你中有我"、"我中有你"的问题，而只关注于"是"或"不是"的问题。可是，考证"明代版本中的宋元话本小说"，并不仅是一个"是"或"不是"的问题，而且也是一个"多少程度上是或不是"的问题。这不像其他很多问题的考证，只可能有"是"或者"不是"的答案。

正是由于对于版本问题的严重性重视不够，以及如上所述的"非此即彼"的思路，所以在鉴别和考证宋元话本小说时，学者们往往过于相信自己所用方法的有效性，而很少同时对它们的局限性持审慎的保留态度。我们下面就来看一下，学者们所常用的各种方法，在缺乏版本依据的情况下，所可能具有的局限性。

一、关于"著录"问题。随着元刊本《醉翁谈录》的影印问世,由于其卷首《舌耕叙引》中罗列了话本小说名目一百余种,所以引起了学者们据此考证宋代话本小说的热情。如谭正璧的《宋人小说话本名目内容考》①,便是这方面的一篇有代表性的论文,他考出了很多名目的故事内容和流传情况。但是,在这个目录所著录的话本小说名目与后来的明代版本之间,他却简单地画上了一个等号,认为二者完全是一回事。举个例子,比如他在此文中说:"《红蜘蛛》当即《宝文堂书目》的《红白蜘蛛记》,亦即《醒世恒言》卷三十一的《郑节使立功神臂弓》。"②(孙楷第看法相同)也许它们的本事都是一样的,而且也有渊源继承关系,但是要说它们就是同一篇东西,这就不免过于忽视时代差异和版本问题了。《新编红白蜘蛛小说》残页的发现,给了我们一个有力的证据,证明在过去的著录与后来的版本之间简单地画等号的做法,将会是多么的危险和靠不住。因为即使是同一题材的作品,也会有各种不同的版本,它们之间的差异往往很大。又如《醉翁谈录》著录有《金光洞》一目,谭正璧、胡士莹都认为,此即《拍案惊奇》卷二八《金光洞主谈旧迹　玉虚尊者悟前身》。③但是在后者的入话中,明明出现了"为何我朝万历年间"之语,说明这是明万历以后人所作,所以欧阳健、萧相恺指出:"故是篇即或与宋人话本《金光洞》为同一故事,也当经过凌濛初较大的加工。"④这样一来,则二者只是素材与成品的关系,当然不能说它们就是一回事。凌濛初可以这么做,其他小说家当然也可以这么做。所以即使前代著录与明代版本名目相符,也不能就此断

---

① 收入《话本与古剧》(重订本),上海,上海古籍出版社,1985年,第13—42页。
② 谭正璧《话本与古剧》(重订本),第15页。
③ 谭正璧《话本与古剧》(重订本),第37页。
④ 《宋元小说话本集》该篇附记。

定二者就是同一篇作品。简而言之,过去的著录,可以证明当时流行过这样一些说话或话本,也可以证明后来的同题材作品可能渊源自它们,但是却并不能证明后来的同题材作品就是它们。可惜很多学者在鉴别和考证时,都忽视了二者间的时代差异,以及因而产生的版本问题,把这一方法作了过分的运用。

二、关于"口气"问题。很多学者在鉴别和考证宋元话本小说时,都使用了所谓"口气"的方法。比如如果某话本小说中出现了"东京"、"西京"、"行在"、"临安"等宋代的地名或称呼,或者在称呼宋代年号时不加朝代,或者在加朝代时称"大宋",那么学者们就会认为这是"宋人口气",从而认为这是宋代话本小说;如果某话本小说中出现了"宋朝"甚或"故宋",以及明代才有的地名(如杭州武林门),学者们就会认为这不是"宋人口气",从而认为这不是宋代话本小说。姑且不论这样的推论本身有若干不合理之处,比如在叙述发生于宋朝的故事时,后人为什么不能用"行在"、"临安"这样的地名及"大宋"这样的称呼呢(正如现在有些国人之喜称"大英"、"大和"、"大韩"之类)?而从根本上来说,没有版本依据的"口气"考证,本身其实总是有相当局限性的。因为,甲、"宋元口气"的存在,即使果然来自于宋元,而不是后代人的模拟,也同样不能保证该话本小说未曾经过后人的改写。一篇经过后人改写的作品,留下若干前代的痕迹,这种可能性当然也是存在的。在这样的情况下,根据若干"宋元口气",便断定一篇作品"是"宋元话本小说,而忽略其可能有的明代成分,这也是相当有问题的。乙、同样,"后人口气"的存在,也许也仅是在宋元话本小说的流传过程中,由后代流传者之手留下的痕迹。如果据此就断定该作品"不是"宋元话本小说,则也许会失去一次发现宋元话本小说的机会。以上两种情况,都说明在缺乏版本依据的情况下,运用"口气"来鉴别和考证的局限性。

举几个例子。如在《京本通俗小说》的《拗相公》里,有"我宋以来"、"后人论我宋元气"数语,显示了"宋人口气";而在《警世通言》卷四《拗相公饮恨半山堂》里,这些地方却作"故宋时","后人论宋朝元气",又显示了"后人口气"。又如在《错斩崔宁》里,有"我朝元丰年间"、"却说高宗时"数语,亦显示了"宋人口气";而在《醒世恒言》卷三三《十五贯戏言成巧祸》里,这些地方却作"却说故宋朝中","却说南宋时",又显示了"后人口气"。对此,有的学者认为是《三言》的作者作了改动,有的学者则认为是《京本通俗小说》编者的作伪。但不管结论如何,这一对比至少说明了两点:如果《京本通俗小说》不伪,则说明明人自有在明代版本中将"宋人口气"改为"后人口气"的习惯;如果《京本通俗小说》实伪,则说明后人也自可模拟"宋人口气"。无论是哪一种情况,都说明在缺乏版本依据的情况下,过于依赖"口气"来鉴别和考证宋元话本小说,将会是相当危险和靠不住的。

又有时,即使在同一篇话本小说里,"口气"也会自相矛盾。比如《错认尸》开头有"大宋仁宗皇帝明道元年"之语,照一般看法应是"宋人口气";下文又有"这浙江路宁海军,即今杭州是也"之语,又似应是"元人口气";文中又提到杭州的"武林门",这是明初设置的,因而又应是"明人口气"。这些不同"口气"的存在,正像是树木的年轮,向我们显示着话本小说在流传过程中的变异。又如《喻世明言》卷三九《汪信之一死救全家》,其中也有"大宋"、"那时南宋"之类的矛盾"口气"(此外如《京本通俗小说》的《拗相公》,其中既有"我宋以来"、"后人论我宋元气"之语,又有"终宋世不得太平"之语,有人认为这是自相矛盾的;但"终宋世不得太平"乃是小说中人物的预言之词,因此其实并不矛盾)。这都是有力的证据,说明在鉴别和考证时,不能过分依赖"口气"。过分依赖"口气",也许会因为若干"宋元口气",而认定该话本小说为完全的宋元作品,而忽略了后人可能有的改动;也会因为若干"后人口气",而与本可能是宋元作品的话本小说失之交臂。

三、关于"题注"问题。在《三言》有些作品的题下,有一些题注,指明它们是"宋人小说"或"宋本"。如《警世通言》卷八《崔待诏生死冤家》,题下注云:"宋人小说题作《碾玉观音》";卷十四《一窟鬼癫道人除怪》,题下注云:"宋人小说旧名《西山一窟鬼》";卷十九《崔衙内白鹞招妖》,题下注云:"古本作《定山三怪》,又云《新罗白鹞》";《醒世恒言》卷三三《十五贯戏言成巧祸》,题下注云:"宋本作《错斩崔宁》";等等。这些话本小说,连带其旧名,又都出现在《京本通俗小说》里,而且文字差异甚小。因此有人认为,它们是真正的宋代话本小说。如果《京本通俗小说》果是元代刊本,则以上看法自然不成问题(问题只是它们或可能写定于元代);然而现在《京本通俗小说》的版本尚成问题,因此以上看法就仍有讨论的余地。现在比较可靠的只是《三言》,因而它们也仍然只能被看作是明代版本。在明代版本里出现这样的题注,它们到底是什么意思呢?题注本身,依读法的不同,而可以有不同的解释。如果像有的学者那样,在"宋人小说"或"宋本"下断一断,则"宋人小说"或"宋本"便成了判定语,判定它们就是宋代话本小说;但是如果将"宋人小说"或"宋本"与下文连读,则这类题注的意思又会迥然不同,仅仅是说明"宋人小说"或"宋本"原来的标题是什么,以及原本存在着"宋人小说"或"宋本",而并没有涉及该话本小说是一仍"宋人小说"或"宋本"之旧,抑是曾经过了编者的重新加工。想来既然名称可以改变,则内容自然也是可以改变的。证据之一,是这些话本小说里的"口气",都已经不是"宋人口气"了。如"却说故宋朝中","却说南宋时"(《十五贯戏言成巧祸》),"故宋时","后人论宋朝元气"(《拗相公饮恨半山堂》)等,都是如此。既然"口气"可以改变,则其他内容自然亦可以改变。因此在《京本通俗小说》版本不明的情况下,《三言》中的这些题注只是说明,这些承自"宋人小说"或"宋本"的话本小说,在编刊时可能一仍其旧;但是却不能说明,它们一定一仍其旧,因为也有可能编刊者曾作过改动。要根本解决这个问题,还是得有版本依据,否则总在疑似之间,让人不敢完全放心。因此之故,不假思索地认定这些有题注的作品一定是完全的宋人话本小说,那也是相当有问题的。

四、关于"风俗习惯"和"名物制度"问题。一如"口气"一样,许多学者也常利用"风俗习惯"和"名物制度"来鉴别和考证宋元话本小说,如胡士莹的《话本小说概论》就常使用这种方法。且不说风俗习惯和名物制度的沿革是多么复杂,并不那么清楚分明地依时代来划清界限;也不说风俗习惯和名物制度的考证又是多么困难,再仔细的考证也难免会挂一漏万;光从版本上来说,既然"口气"和情节等等都可随时代而改变,则风俗习惯和名物制度也自不会例外,它们可能经由流传者之手,可能经由出版者之手,而变得错综复杂。因此,一如"口气"一样,宋元的风俗习惯和名物制度的存在,也并不妨碍作品的其他部分可能已经过后人的改变;后代的风俗习惯和名物制度的存在,也并不妨碍该作品原先确是宋元话本小说,而只是由后人羼入了若干因素而已。在运用这种方法时,同样不能忘了其基本的局限性。

诸如此类的问题还有很多,在此不能一一枚举。我们的基本看法是,在缺乏版本依据的情况下,所有以上这些鉴别和考证的方法,都是有其基本的局限性的,都只能有保留地运用。如果过分依赖它们,就会出现很多问题。

三

　　总而言之,尽管宋元话本小说的鉴别和考证工作迄今为止已经取得了很大的成绩,但是我们还是不容过早乐观。因为只要我们还没有得到真正的宋元版本的依据,则迄今为止所有的鉴别和考证的成果都只能看作是假设性的,而不能认为已经成了定论。正如有关《金瓶梅》作者的考证(严格地说应该是有关《金瓶梅》作者兰陵笑笑生的考证),只要不出现直接的铁证,则各种观点都始终只能是假说一样。尤其是在连"宋元话本小说"的专集都已出版了的今天,我们就更是有必要不忘记这一事实。

　　不过,我们说了以上这些令人扫兴的话,却并不是要否认鉴别和考证宋元话本小说的工作的意义,也不是要否认各种鉴别和考证方法的价值;我们只是想指出各种鉴别和考证方法的局限性,以及那种"非此即彼"的思路的片面性,以利于今后更好地展开鉴别和考证的工作。我们设想,对于宋元话本小说的鉴别和考证来说,比起判断"是"或"不是"来,今后更应在判断"在什么程度上是或不是"上下功夫。

高明与《琵琶记》

从北宋末叶开始,中国南方的浙东一带,便开始出现了"戏文"这样一种戏曲样式。经过直到元末的二百多年的发展,它已形成了与元杂剧双峰并峙的局面,并产生出了一批名著。而其中最负盛名的杰作之一,便是高明的《琵琶记》(又称《蔡伯喈》、《忠孝蔡伯喈琵琶记》、《蔡伯喈琵琶记》、《蔡中郎忠孝传》等)。它被誉为"冠绝诸剧"(王世贞《艺苑卮言》语),它的作者高明也被誉为"词曲之祖"(嘉靖《瑞安县志》引永乐旧志)。到了近代,《琵琶记》不仅仍然受到研究者们的重视,而且还被译成了各种文字,将影响扩大到了国外。在法国,早在 1841 年,就有拔残(Antoine Bazin)的法文译本"Le Pi-Pa-Ki ou L'Histoire du Luth"(Paris, Imprimé par autorisation du roi à l'Imprimerie Royale, 1841)。在日本,则有宫原民平、西村时彦和盐谷温等人的三种日文译本(前者收入近代社编《古典剧大系》第十六卷《支那篇》,东京,近代社,1926 年;后者收入《国译汉文大成》,大正间刊;中者曾在《朝日新闻》上连载)。无论在中国文学史还是在世界文学史上,《琵琶记》都是一颗闪烁着熠熠光芒的明珠。

《琵琶记》的作者高明,初字晦叔,后字则诚,号菜根道人。斋名柔克,时人又称他为柔翁,浙江温州瑞安涨西乡崇儒里阁巷村柏树桥高宅腕人。元时温州路,唐初为东嘉州,又改永嘉郡,故高明又自署永嘉、东嘉。高明出身于一个市民文人的家庭。父亲□,字功甫,早卒。祖父天锡,号南轩,伯父彦,字俊甫,号梅庄,都是能够做诗的市民文人。在与高家联姻的陈氏的家集《清颖一源集》(全称《瑞安阁巷陈氏清颖一源集》)后,附有"崇儒高氏家编",载高天锡、高彦所作诗若干首,其中都表现了隐居田园的市民诗人的情怀。如高天锡的《书怀》诗云:"年过半百耻为儒,万事随流可暂娱。蹈海已怜身世拙,移山堪笑子孙愚。自惊江梦催还笔,谁管齐门独好竽。愁我忽如天地窄,蹇驴无复问长途。"又如高彦的《晓起》诗云:"富贵浮云休问天,学农生计老归田。寒披岸草霜粘杖,晓击河流冰碍船。江鸟忽飞孤树日,野人初饭数家烟。世间名利空牢落,岂似山僧得晏眠。"从这父子两人的这两首诗来看,高家盖是当地一个有一定经济实力与文化修养的普通市民家庭。高明便出生在这样一个家庭里。他后来能诗,他的弟弟高旸也能诗,过着"师友一门兄弟乐,文章独步子孙贤"(陈与时《送高则诚赴举兼简梅庄兄》,载《清颖一源集》)的生活,这大概和他的家庭渊源不无关系。而像这样的家庭,在当时的中国南方是很普遍的,比如高明的外家陈氏,便也是这样的家庭。

关于高明的生年,历来有不同的说法,或说生于元大德五年(1301),或说生于大德九年(1305),或说生于大德十一年(1307)。总之,他生于14世纪的最初几年间,是毫无疑问的。高明天性聪明,又生长在颇有文化修养的市民家庭里,自幼受到了良好的教育,从小在乡里一带已小有名气。传说他六岁时,有一次父亲会客,他偷拿桌上的东西吃。客人开玩笑地对他父亲说:"听说令郎很会做对子,不知是否可以试他一试?"于是客人出了一个上联:"小儿不识道理,上桌偷食。"高明毫不相让,反唇相讥地对出了下联:"村人有甚文章,中场出对。"反应之快,应对之捷,令客人惊讶不已(见清褚人获《坚瓠己集》卷一"高明善对"条)。这个传说出于清人记载,其可靠性颇可怀疑;但是,人们之所以把这样的传说归之于高明,正说明他具有这样的条件。可以想见，他小时候一定是经常跟着擅长作诗的祖父和伯父练习对对子、作诗文的。

高明的老师，是元代著名儒者黄溍。元末明初的一些著名文人，如戴良、宋濂、陈基和王祎等人，都曾是黄溍的学生。高明具体跟老师学些什么，现在已无从知晓，总之是儒家经典吧。关于他们师生，有一则传说颇有意思。在东阳县南桃岩之后，有一个亭子，当地人叫它古峰回亭或山背亭，后人又称它"三杯亭"。这是什么缘故呢？原来，据说高明师从黄溍时，黄溍从没看到过他读书，以为他是一个不用功的学生。后来，高明辞别老师而归，黄溍偶登高明所居之楼，看到墙上写着许多字，乃是《琵琶记》的草稿，文辞渊博，意义精工，不觉大为惊讶，心想差点错识了学生，于是奋力追赶，在此亭追上了高明，设酒款待，三杯而别，所以此亭又称"三杯亭"（见隆庆《东阳县志》）。这则传说也很难说是可靠的，因为《琵琶记》一般认为作于高明中年以后，不在他师从黄溍时。但是，像高明这样一个聪明博学的学生，连老师也会喜欢异常，那倒是完全可以理解的。

高明从小受到良好的家庭教育，又师从过像黄溍这样的著名儒者，这对他的学问才华无疑具有相当大的促进作用。而且，他又成长在元代统治已经稳固并恢复了科举制度的和平年代，所以他自然不愿像祖、父辈那样以遗民隐士自居，而是要去追求功名利禄和飞黄腾达。这对每一个渴望有所建树而又颇具才能的年轻人来说，都是可以理解的事吧。还在青年时代，高明便已经以学问渊博、文思敏捷出名，"自为举子，已为学者所归"（赵汸《东山存稿》卷二《送高则诚归永嘉序》）。但是，他却不以此为满足，他感叹道："人不专一经取第，虽博奚为！"（嘉靖《瑞安县志》引永乐旧志）这是出身于市民家庭的青年人的必然要求，而元代统治者恢复科举的政策又恰好为他提供了机会。于是他开始发奋攻读《春秋》，因为这是科举考试所必考的经典之一。凭他的聪明勤奋，他不久就把《春秋》读得滚瓜烂熟，并能"识圣人大义"（同上）。他还以《春秋》授徒，如季应祈，"受《春秋》于高则诚"（嘉靖《瑞安县志》）。

对于高明的这种积极求取功名的态度，前辈们的心情是复杂的。一方面，他们忠于自己对亡宋的感情，以隐居田园而自豪；另一方面，他们又缅怀科举的荣耀，对年轻人不无羡慕。如后来高明曾对他的朋友赵汸说："前辈谓士子抱腹笥，起乡里，达朝廷，取爵位，如拾地芥，其荣至矣，孰知为忧患之始乎！"（赵汸《送高则诚归永嘉序》），这是前一种心情的表现；而高明夫人的叔父、祖母之内侄陈与时，曾在给他的诗中写道："人生当作月中仙，九万风高鹗在天。师友一门兄弟乐，文章独步子孙贤。我怀老退居江左，尔爱飞腾近日边。此去鳌头应早得，翁翁种德已多年。"（《送高则诚赴举兼简梅庄兄》）这是后一种心情的表现。对年少气盛的高明来说，后者这样的鼓励的话容易听得进，而要理解前者那种泼冷水的话，则还得待阅历增长以后才行。

也许高明的科举之路并不平坦，因而直到元至正四年（1344），他始乡试中式；至正五年（1345），他才考取了进士，这时他已年近（届/过）不惑了。对于谋取功名利禄来说，这个年龄已不算美妙。科举及第后，他被授予一个处州路录事的正八品小官。在处州路录事任上，他待了大约三年（1345—1348）。在这三年中，他做了不少好事，得到了当地百姓的爱戴。如当时的监军马僧的家奴很是贪残，高明在家奴与百姓间委曲调护，使百姓少受了许多损害。由于他那出色的才干，上司徐兴对他很是敬重，当高明任满时，他不让高明走，亲自率领弟子，把高明请到学校中去，请他授业。后来，当时的江浙行省中书听到了高明的名声，就请他到杭州任行省丞相掾史。高明临走时，百姓为之立去思碑,撰写碑文的正是元末明初的大文学家刘基。刘基的老家青田县离高明的老家瑞安州很近,因此两人大概早就有来往了,后来他们也一直保持了友谊。

在江浙行省丞相掾史任上,高明也大约待了三年(1348—1351)。在这三年中,他进一步施展了办事才干,赢得了长官与同僚的交口称赞。儒生称其才华,法吏推其练达。其他掾史请假,就让高明代管。若意有所不可,就上政事堂慷慨求去。杨维祯的《送沙可学序》说:"某年,某官来总行省事,求从事掾之贤能者。首得一人焉,曰沙可学氏;又得一人焉,曰高则诚氏;又得一人焉,曰葛元哲氏。三人者用而浙称治。"(《东维子文集》卷五)可见高明在吏治方面的名声。高明的上司之一苏天爵,是元代的一个著名诗人,至正七年(1347),任江浙行省参知政事。他以文学作兴其人,很器重高明及另一个僚属葛元哲。高明和葛元哲也乐从他游,还为他编次了文集《滋溪文稿》三十卷。高明赴此任之翌年,即至正九年(1349)十月,苏天爵被召为大都路都总管。他入都时,高明依依不舍,写了《送苏伯修参政之京兆尹任三首》诗(顾德辉《玉山草堂雅集》卷八)送他。和这样的长官、同僚在一起,可以想见,高明是颇优游于他所喜爱的文学的。

可是,正当高明在苏天爵的麾下与同僚沉湎诗文之际,一场风暴却正在南方酝酿。至正八年(1348)十一月,台州民方国珍起事反元。起初规模不大,元顺帝命令江浙行省参知政事朵儿只班征讨,结果大败被执。元王朝无奈,只得授方国珍以定海尉之职,以示慰抚。至正十年(1350)十二月,方国珍再次起事,攻打温州。明年(1351)正月,元顺帝命令江浙行省左丞孛罗帖木儿率诸郡兵力征讨。孛罗帖木儿认为高明是温州人,了解海滨的情形,因此带他同往。出发南下的时候,已是早春二月,刘基写了《从军诗五首送高则诚南征》为高明送行,其中充满了所谓的"豪迈"之气,如第二首云:"江乡积阴气,二月春风寒。壮士缦胡缨,伐鼓开洪澜。长风翼万轴,撇若横海翰。马衔伏辕门,翊卫森牙官。仗钺指天狼,怒发冲危冠。"(《覆瓿集》卷三)对这两个充满书生意气的朋友来说,征讨方国珍似乎给他们提供了建功立业的机会。是年六月,孛罗帖木儿兵败被执。七月,元顺帝又派大司农达识帖睦迩等前往招抚,高明转入达识帖睦迩幕下。一开始两人关系还算不错,但后来就经常意见分歧,高明因此老是请假不理文书。

至正十二年(1352),高明以任期已满,又回到江浙行省。这时,离他考取进士已有七年了,所以他想回老家看看,于是向江浙行省告了假。高明此次的告归,恐怕与他的"南征"生涯不无关系。由于他在幕府中与长官意见不合,所以他一定感到不甚得意,功名之心第一次受到了打击。这就迫使他反思自己的生活道路,并改变自己的生活态度。临行前,他的一些朋友聚在一起送他,好友赵汸还写了一篇文章给他,那就是《送高则诚归永嘉序》。在这篇序里赵汸谈到,朋友们都宽慰高明说:"儒者虽临事不见用,卒能究其所守,以自旌别。"可见高明的与长官闹别扭还是很厉害的。至此,他才想起了年少气盛时听不进的长辈的话:"余昔卑其言,于今乃信。"他又表示:"虽然,余方解吏事归,得与乡人子弟讲论诗书礼义,以时游赤城、雁荡诸山,俯涧泉而仰云木,犹不失故吾也。"他认为做官以后,自己失却了"故吾",经历此番挫折,他终于幡然醒悟,要解官回乡,以恢复"故吾"。在这里,我们看到了高明的自我意识的觉醒,也看到了后来反映在《琵琶记》里的辞官思想的初次闪现。

在这前后的诗文里,高明经常流露出对于仕宦生活的厌倦之意。如在给昆山著名文人、文学沙龙主持者顾德辉(字仲瑛)所写的《碧梧翠竹堂后记》中说:"为我语仲瑛:君碧梧翠竹之乐,不易得也。第安之,他日毋或泪于禄仕,而若予之不能久留也。"(顾德辉《玉山名胜集》卷下)反映了对顾氏生活的羡慕,对自己生活的不满。在给曾师从黄溍的同门友屠性(字彦德)的《寄屠彦德并简倪元镇二首》其一中说:"岁晚仲宣犹在旅,年来伯玉自知非。"(赵谏《东瓯诗续集》)表示了对于仕宦生活的厌倦之意;而在其二中说:"何似云林倪处士,焚香清坐澹忘忧。"表示了对于无锡名士倪瓒(字云林)的闲适生活的羡慕。在桐庐名士徐舫(字方舟)出游四方时,高明写了一首《送徐方舟之岳阳》诗送他,其中说:"丈夫壮游有如此,人生清事能几何!"(蔡璞、赵谏《东瓯诗集》)表达了对于适志云游生活的向往。在《题一青轩》中说:"莫说市朝事,功名欲逼人。"(《清颍一源集》)表示了对于市朝功名之事的厌烦心理。在《赋幽慵斋》中说:"安得嵇中散,尊酒相与娱。"(赵谏《东瓯诗续集》)表示了想要与嵇康这样的隐士为伍的心愿。在《同月彦明省郎》中说:"黄尘冉冉貂裘老,殊愧南邻桑苎翁。"(同上)对于自己的仕宦生活表示惭愧。在《题萧翼赚兰亭图》中说:"人生万事空浮沤,走舸复壁皆堪羞。不如煮茗卧禅榻,笑看门外长江流。"(同上)表示了对于功名利禄的厌弃心情。除了《碧梧翠竹堂后记》作于至正九年(1349)外,以上这些诗的确切写作时间都已无法确定,但从高明思想的发展脉络来看,恐怕大都作于他征方国珍回任前后吧?他赠诗的这些朋友,都是当时不做官的市民文人。高明与他们的接近以及对他们生活的羡慕,说明他已经改变了自己热衷功名的初衷,而开始追求"故吾"了。

不过,高明此次告归,要么没有走成,要么很快就回来了,总之,到至正十二年(1352)秋时,他又转任绍兴路判官了。在绍兴,他与正被羁押于此的刘基有过诗文往来。但此时,二人都已不像当初出征讨伐方国珍时那么意气昂扬了,而都不约而同地对于时世产生了失望的情绪。高明曾写了《雨中》诗赠给刘基,此诗现已不存,但刘基的《次韵高则诚雨中三首》却保存了下来。从中我们可以看到刘基的心境是很晦暗的,由此推测,高明诗的情调也一定是很低沉的。刘基诗其一云:"短棹孤篷访昔游,冷风凄雨不胜愁。江湖满地蛟螭浪,粳稻连天鼠雀秋。莫怪贾生偏善哭,从来杞国最多忧。绝怜窗外如珪月,只为离人照白头。"(《覆瓿集》卷四)其情其景,与《从军诗五首送高则诚南征》形成了鲜明的对照。此后不久,高明又调任浙东阃幕四明都事,改任庆元路推官,转任江南行台掾。这是至正十三至十七年(1353—1357)左右的事。

约在至正十九年(1359)左右,高明又改任福建等处行省都事。这是高明的最后一任官职,全称是"承事郎福建等处行中书省左右司都事"(据《元史·顺帝本纪》,至正十六年春正月壬午,改福建宣慰使司都元帅府为福建行中书省)。"承事郎"不过正七品,"行省都事"更只有从七品,他踏上仕途时所任"将仕郎"、"路录事"为正八品。高明蹉跎仕途十余年,所得升迁不过一二品。这对年轻时想要有所作为的高明来说,也委实是太可怜了。而且,高明一生所任各职,都是"录事"、"都事"、"判官"、"推官"、"掾史"之类专治文书的跑腿动笔之职,而当时的这种职务也实在不需要多少学问才华,正如他的乡人朋友所说的:"朝廷以科目取士久矣,时方承平,自军国要务至百司庶事,举无不集,士亦得以浮沉簿书文墨间。稍有牵制,辄效俗吏,便文自解。由是贤否混淆,有志者无以自见,宜乎君之悠然遐想于去就间欤。"(赵汸《送高则诚归永嘉序》)可见当时有才能的人是不能发挥所长的,只能与膏粱刀笔之辈和光同尘,这自然也使高明感到甚为无谓。所以,尽管高明在任职时一般都能得到好评,但这实在不足以慰其平生之抱负。仕宦生活最终给他带来的,只是深深的失望和挫折之感。这时,正好有一个契机使他下了决心:他赴任途中路过庆元时，盘踞那里的方国珍因为早闻其名，所以竭力相留，高明力辞不从。方国珍又以礼聘请他教授自己的子弟，高明亦不听。方国珍也就没有强留他（在庆元，他曾为方国珍写过一篇《余姚州筑城志》，其中并没有诬陷不实之词）。于是，他索性什么官都不做了。高明辞官的时间是很有意思的。当时，朱元璋已攻克南京，开始兵入浙西，高明的朋友刘基、同学宋濂等江浙文人，都已陆续投入朱元璋幕下，后来都成了明朝的开国功臣，而高明则选择了另一条道路。这无疑是他心中早就孕育着的人生观的一个具体表现。

高明辞官以后，避居四明栎社（今宁波鄞县南乡），客寓于沈氏楼，不再过问时事，而像前辈市民文人一样，专以词曲自娱。高明是一个多才多艺的文人，赵汸称赞他"学博而深，文高而赡"（《送高则诚归永嘉序》），顾德辉称赞他"长才硕学，为时名流"（《玉山草堂雅集》卷八）。他的诗虽仅存五十八首（其文集已失传），词虽仅存《鹧鸪天·题顾氏景筠堂》一阕，文仅存《乌宝传》等十五篇，但看来都写得不错。明胡应麟曾说："高则诚在胜国词人中，似能以诗文见者，徒以传奇故，并没之。"又曾说："涵虚子记元词手百八十余，中能旁及诗文者，贯云石、高则诚二三子耳。"（《少室山房笔丛》正集卷二五《庄岳委谈下》）可见他的诗文亦有一定名声。在明代的一些散曲选本中，收有若干题名高明的散曲，虽然不一定可靠，但无疑他也擅长散曲写作。他又善书法。现存墨迹有《唐康居国贤首祖师墨迹跋》（《瑞安文徵》卷四）。明汪砢玉《珊瑚网书录》卷十二"元名公翰墨卷"条中，录有高明书。又清李遇孙《括苍金石志》卷十一云："浯溪灵应庙碑，将仕郎处州录事高明篆额，永嘉王舜臣镌。"又阮元《两浙金石志》卷十七云："元长兴州重修学宫碑，长兴州重修学宫记……赐同进士出身将仕郎前处州路录事永嘉高明书。"其《题青山白云图诗跋》云："此余往日在越中录寄倪君仲权之诗,今十余年矣,意其不投之苦海,则亦当供酱蒙矣,仲权乃装潢为卷帙,列之于诸名胜间。"(清顾嗣立《元诗选》三集庚集)凡此,均可见他在书法方面之造诣。在高明的遗诗中,保存有不少题画诗,如《题画》(蔡璜、赵谏《东瓯诗集》等)、《题兰》、《题画龙》、《题画虎》、《桶底图歌》、《昭君出塞图》、《题萧翼赚兰亭图》(以上赵谏《东瓯诗续集》等)、《题青山白云图》、《开元人物图》、《题柯敬仲竹石》(以上顾嗣立《元诗选》三集庚集等)、《题赵子昂达摩画幅》(都穆《铁网珊瑚》卷七)等,可见他即使自己不一定作画,但至少是极为喜欢观画的。这些多方面的文化修养,对于他的写作《琵琶记》,自然是十分有利的。

高明的写作《琵琶记》,一般认为是在他辞官避居四明栎社以后,即至正十九年(1359)以后。当时他已五十多岁了,思想已渐臻成熟,技能也愈趋老练。高明能够成为"冠绝诸剧"的《琵琶记》的作者,并不是偶然的。他的家乡温州一带,自唐朝以来便是文化繁荣、经济发达之地,宋代又成为通商口岸,因此,市民阶层的力量比较壮大,遂成为南戏的发源地,正如《南词叙录》所说的:"永嘉杂剧兴,则又即村坊小曲而为之,本无宫调,亦罕节奏,徒取其畸农市女顺口可歌而已,谚所谓'随心令'者,即其技欤?"所以戏文开始时又称"永嘉杂剧"或"温州杂剧"。而且戏文的早期剧目虽作者大都不可考,但就其可考者如《赵贞女蔡二郎》、《王魁》、《东嘉韫玉传奇》、《张协状元》、《祝杰》等而言,亦大都出于温州人之手。高明生长在戏文的发源地,耳濡目染,自然容易发生对于戏文的爱好。而且,在高明生活的元代后期,戏文迎来了它的繁荣时期。如据明徐于室辑、清纽少雅订《汇纂元谱南曲九宫正始》征引元天历、至正间(1328—1368)所刻《九宫》、《十三调》两谱,元人戏文多至一百三十余种;又如据《南词叙录》说:

"顺帝朝(1333—1368),忽又亲南而疏北,作者猬兴。"这一切,又为高明的戏文创作提供了良好的条件。

在发源于温州的戏文当中,其最早的剧目之一,是《赵贞女蔡二郎》。《南词叙录》说:"南戏始于宋光宗朝(1190—1194),永嘉人所作《赵贞女》、《王魁》二种实首之。"祝允明《猥谈》说:"南戏出于宣和(1119—1125)之后,南渡之际,谓之温州杂剧。予见旧牒,其时有赵闳夫榜禁,颇述名目,如《赵贞女蔡二郎》等,亦不甚多。"《赵贞女蔡二郎》今已不存,其内容据《南词叙录》说:"即旧伯喈弃亲背妇,为暴雷震死。里俗妄作也。实为戏文之首。"不仅在当时的戏文中,而且在其他文学样式中,也都曾搬演过这个故事。如元陶宗仪《南村辍耕录》卷二五"院本名目"条"冲撞引首"类中列有《蔡伯喈》,是金院本中有之。又如陆游庆元元年(1195)作于山阴的《小舟游近村舍舟步归》诗云:"斜阳古柳赵家庄,负鼓盲翁正作场。死后是非谁管得,满村听说蔡中郎。"(《剑南诗稿》卷三三)可见盲词中亦有之。总之,此故事自南宋初即已流行南北,戏文、院本、盲词中均有之。但此故事与蔡邕身世完全无关。其来源据王世贞《艺苑卮言》说,乃始于唐人传奇。《说郛》载唐人传奇云:牛僧孺之子繁,与蔡生同举进士,欲以女弟适之,蔡已有妻赵氏,力辞不得。后牛氏与赵处,能卑顺自将。传奇中"蔡生"或称"蔡二郎",而"二"又可作"仲","蔡仲郎"与蔡邕的别称"蔡中郎"(蔡邕曾官"左中郎将")音协,故事也就渐渐移到了蔡邕身上。谢肇淛《五杂组》卷十五《事部三》揄扬《琵琶记》的虚构性道:"戏文如《西厢》、《蒙正》、《苏秦》之属,犹有所本,至于《琵琶》,则绝无影响,只有蔡中郎一人,而其余事情人物无非假借者,此其所以为独创之笔也。"(其实"蔡中郎"也是出于"假借"的。)总之,到南宋前期陆游时,故事已演变如此,故陆游有"死后是非谁管得"的感慨。而到了元代,《赵贞女蔡二郎》剧已甚流行。如在岳伯川《岳孔目借铁拐李还魂》杂剧第二折"煞尾"之曲词中,有"仿学那赵贞女罗裙包土坟台上佃"之语(此据元刊本,明刊本略有不同)。此外,乔梦符《李太白匹配金钱记》、武汉臣《散家财天赐老生儿》、无名氏《施仁义刘弘嫁婢》、无名氏《海门张仲村乐堂》等元杂剧中,也都曾提到过与此相似的话题。所以,到高明改编此剧时,此剧至少已流行了近二百年了。

与《赵贞女蔡二郎》相比,《琵琶记》的最大改动,乃是摆脱了以赵五娘为主线的结构,而是采用了以蔡伯喈为主线的结构,并将蔡伯喈的"三不孝"改为"三不从",使他从一个不忠不孝、富贵易妻的薄情郎,变成了全忠全孝、贵不易妻的仁义夫君,又回到了唐人传奇蔡氏"力辞不得,后牛氏与赵处,能卑顺自将"的团圆结局上去了。高明为何要对《琵琶记》的结构和主题作如此重大的改变呢?传统的说法或认为是"惜伯喈之被谤,乃作《琵琶记》雪之"(《南词叙录》等),"因感刘后村(应是陆游)'死后是非谁管得,满村争唱蔡中郎'之句,乃作《琵琶记》传于世"(嘉靖《宁波府志》等),而蒋一葵《尧山堂外纪》等,甚而还记载了高明夜梦蔡伯喈请他树懿行的轶事。或认为是讥友刺人(如明田艺衡《留青日札》等认为是刺友人王四,清梁绍壬《两般秋雨盦随笔》等认为是讥宋人蔡卞,明王世贞《艺苑卮言》等认为是讥唐人蔡生,明钮琇《觚剩》等认为是喻唐人邓敞)。但这些说法都不免于牵强附会,所以不能作为信史来看待。

《琵琶记》属于所谓的"婚变戏"系统,亦即主要是描写婚姻变故的。这类戏文在宋元时甚为流行,如《张协状元》、《王魁负桂英》、《张琼莲》、《崔君瑞》、《陈叔文》、《李勉》以及《琵琶记》的前身《赵贞女蔡二郎》等,都是所谓的婚变戏。婚变戏的频繁出现,与当时的婚姻制度有关。因为在当时的社会中,丈夫可以背叛妻子,而妻子却无独立地位,所以文人们往往为现实生活中的这种事件所吸引,而创作这类戏曲。当时婚变戏的类型大致上有两种,一种是写男子负心而最终不得好报的,如《赵贞女蔡二郎》即其例,另一种是写男子忠贞不贰的,如《荆钗记》即其例。以《琵琶记》为代表,婚变戏发展出了第三种类型,即男主人公出于外力压制而无奈婚变的类型。这种类型的出现,是戏曲内容方面的一个重大进步。因为与简单地谴责男主人公的负心或称赞男主人公的忠贞相比,它更多地表现了人性的复杂层面与生活的多般样相,从而极大地丰富了戏曲表现人生和人性的幅度和能力。因而在这一点上,高明的《琵琶记》无疑具有开创意义。我们猜想,也正是出于这种艺术家的创造意识,高明才改变了原戏的结构和主题。

由于采用了新的表现类型,所以《琵琶记》中进退维谷的蔡伯喈的形象,就比原来的《赵贞女蔡二郎》中的蔡二郎形象塑造得更为复杂丰满,突破了概念化单一化的人物模式。比如,他一方面思念贤妻赵五娘,另一方面也并不讨厌新婚的牛小姐;而他与牛小姐新婚宴尔之际,又正是对赵五娘苦思不解之时。《琵琶记》中有关他矛盾心理的描写,充满了浓厚的人情味和亲切的真实感。不过,作者似乎无意于把蔡伯喈的婚姻困境维持到底,无意于表现多角婚姻关系所带来的种种麻烦,而是让他在一夫二妻的团圆式结局中解脱了出来,给作品添上了一个光明而浅薄的尾巴(如上所述,这一结局乃是对唐人传奇的回归),这无疑损害了《琵琶记》的悲剧性。但是,如果考虑到中国传统社会乃是一个至少在上层阶级中实行一夫多妻制度的社会,那么也许我们不应过多地责备作者。不过,即使同样是表现一夫多妻制度,《琵琶记》也与后来晚明的《金瓶梅》显示了截然不同的倾向性,这也正是元末文学不同于晚明文学的地方之一。而以一夫多妻结局来解决三角或多角关系的麻烦,似乎也是中国近世文学的基本模式之一,如后来的《玉娇梨》、《儿女英雄传》等均是如此。在这方面,它们似乎也受到了《琵琶记》的影响。而这种解决办法在文学中的频繁出现,除了过去一夫多妻制度的社会背景的投影以外,似乎同时也是作者传统的男性心理的反映。除了在婚姻方面以外,蔡伯喈在政治方面也是一个陷于进退维谷困境的人;更为确切地说,政治困境乃是他婚姻困境的直接原因。这种政治方面进退维谷的困难处境,不仅是高明本人早年仕宦体验的写照,也是元末东南文人普遍的矛盾心理的反映。

如果说蔡伯喈的形象反映了元末东南文人的矛盾心理的话,那么赵五娘的形象就可以说更多地体现了中国传统道德对于妇女的要求。赵五娘在非常困难的情况下,对丈夫尽忠,对公婆尽孝,以牺牲自己来尽对别人的责任,做到了常人难以做到的事,因而成为传统道德意识中理想的已婚妇女的形象。这样的形象,在中国传统的戏曲小说中,可以举出很多;即使在戏文中,也可以举出不少。与对于蔡伯喈的分歧评价不同,自古迄今对于赵五娘几乎都是一致肯定的。如王世贞说,《拜月亭》虽然不错,但不会像《琵琶记》那样让人掉泪(《艺苑卮言》),恐怕正是赵五娘的戏使他这么说的吧?又如近人冒广生说:"吾家当全盛时,颇蓄声伎,歌者紫云、杨枝有盛名于时,虽大喜大寿,演《琵琶记》不芟《食糠》、《卖发》诸出也。"(《柔克斋诗辑跋》)《食糠》、《卖发》都是赵五娘的戏,内容最为悲切,而冒家做喜事寿事时也照演不误,说明了他们对赵五娘戏的喜爱。在现代,赵五娘也同样受到了肯定,如陈毅曾说:"《琵琶记》赵五娘剪发、描容、挂画诸节,其悲苦动人之处,迄今恍惚犹在心目。平生新旧剧寓目不多,真使我领略悲剧至味者,乃川班之赵五娘也。"①尽管不少现

---

① 见《陈毅同志与苏北的文化工作》,载《人民文学》1978年第1期。

代学者都认为"孝"有封建性和非封建性的两类,而赵五娘的"孝"是属于非封建性的,但现代的评价却与过去的评价显示了惊人的一致,这充分说明赵五娘这一形象的确是深深扎根于中国传统文化之中的。不过,如果我们换一个角度,即不是从丈夫公婆的角度,而是从赵五娘本人的角度来看问题的话,我们也许会对赵五娘的这种牺牲精神提出异议。这种形象,也许毕竟只反映了男子的要求,而没有反映妇女本身的要求吧?在女性日益摆脱作为男性的附庸地位而走向独立的今天,我们有必要重新审视传统文学中的妇女形象及其中所透露的道德意识,对赵五娘当然也不能例外。

如果说赵五娘是传统道德意识中理想的已婚妇女的形象的话,那么处于三角婚姻关系另一头的牛小姐,就可以说是传统道德意识中理想的未婚女子的形象。牛府院子评价牛小姐是"贤德小娘子",有"半点难勾引的芳心"。"爱此清幽,整白日何曾离绣阁;笑人游冶,傍青春那肯出香闺。开遍海棠花,也不问夜来多少;飞残杨柳絮,并不道春去如何。要知他半点真心,惟有穿琐窗皓月;能使他一双娇眼,除非翻翠帐轻风。决非慕司马的文君,肯学选伯鸾的德耀?"其形象,与晚明《牡丹亭》中杜丽娘的形象恰好形成了鲜明的对照,这显示了《牡丹亭》对于《琵琶记》的巨大进步。不过,牛小姐的丫头却是一个敢于大胆肯定男女之情、坦率表露性爱意识的女子,似乎在一定程度上影响了后来汤显祖对于杜丽娘形象的塑造。在这一点上,《琵琶记》中的有关描写又可以看作是《牡丹亭》的先驱。

由于《琵琶记》反映了近世社会的复杂样相和市民阶层的思想感情,以及对于传统道德观念的思考,并塑造出了像赵五娘这样的深深扎根于中国传统文化的妇女形象,所以自问世以后就获得了广泛的流传和影响。据说朱元璋微时很喜欢这个戏文

(田艺蘅《留青日札》),他即位后,"时有以《琵琶记》进呈者,高皇笑曰:'《五经》、《四书》,布帛菽粟也,家家皆有;高明《琵琶记》,如山珍海错,贵富家不可无。'既而曰:'惜哉,以宫锦而制鞋也!'由是日令优人进演。寻患其不可入弦索,命教坊奉銮史忠计之。色长刘杲者,遂撰腔以献,南曲北调,可于筝琶被之"(《南词叙录》)。可见朱元璋不仅喜欢《琵琶记》,经常观看其演出,还让乐工改编为北曲。到了明代中后期,《琵琶记》更是大为流行,不仅出现了许多版本(大约有二十余种之多),而且还常常受到改写。尽管这些改写本反映的只是明人的趣味,而不一定符合高明的本意,也不一定比元本更好,但这种现象却确实反映了明人对于此剧的喜爱之甚。不仅翻刻、改写,还有注释、插图,并且还出现了"李卓吾"、"汤海若"、"陈眉公"、"魏仲雪"等人(或托名这些人)的评点本。直到现代,《琵琶记》不仅被翻印出版,而且还一直盛演不衰,受到广大观众的喜爱,其流传之广,影响之大,超出了很多其他名剧。

高明的作品,除戏文《琵琶记》外,还有《柔克斋集》二十卷。但是,与《琵琶记》的命运不同,《柔克斋集》在高明身后不久就散佚了。据生活于16世纪上半叶的陈家后人陈挺《吊高则诚》诗自注说:"先生所著《柔克斋集》遗板亡失。予塘叔祖尝于其家得二十余片以归,甚喜。既而视之,册叶多不相续,始知无用。后因兵火并失之。"(《清颖一源集》卷二)可见其集在明代中叶即已散佚。近人冒广生从《清颖一源集》,钱谦益《列朝诗集》,顾嗣立《元诗选》,曾唯《东瓯诗存》,蔡璞、赵谏《东瓯诗集》,朱彝尊《明诗综》,赵谏《东瓯诗续集》,释佛彦《仙岩寺志》等家集、总集和志书中,辑出高明诗四十九首和词一首,题为《柔克斋诗辑》,收入《永嘉诗人祠堂丛刻》。此外,侯百朋、胡雪冈、张宪文等人又陆续发现了若干首高明佚诗,如《瑞安诗徵》卷九载《春草轩诗》二首，都穆《铁网珊瑚》卷七载《题赵子昂达摩画幅》诗一首，黄宗羲《四明山志》卷六载《石田山房诗》二首，林大同《鉴止水斋谈屑》载《题唐康居国贤首祖师墨迹》诗一首，等等，故现存高明诗总共有四十七篇五十八首。[1] 其文据侯百朋、胡雪冈、张宪文等人辑录，共有《大成乐赋》、《余姚州筑城志》、《乌宝传》、《碧梧翠竹堂后记》、《孝义井记》、《华孝子故址记》、《西幽庄记》、《题晨起诗卷》、《唐康居国贤首祖师墨迹跋》、《东坡杨梅帖跋》、《余姚龙泉寺碑跋》、《跋姚江吴氏三叶墓志文》、《题青山白云图跋》、《天香室铭》、《与见心禅师札》等十五篇。[2] 此外，在明代的一些散曲选本中，还收有题名高明的散曲小令四首、套数一支。他的全部作品尽止于此。又，据说他还作有戏文《闵子骞单衣记》（《南词叙录·宋元旧篇》），但有些学者认为不是他的作品。

明朝建立的前一年（1367），方国珍投降朱元璋。明年（1368），朱元璋即位，曾召高明到南京修《元史》（高明的同学宋濂、王祎，朋友赵汸等都是《元史》纂修者），但被高明拒绝了。他称病回乡，卒于宁海，归葬家乡。

高明死后，其友陆德旸作了一首诗纪念他，其中说："乱离遭世变，出处叹才难。坠地文将丧，忧天寝不安。名题前进士，爵署旧郎官。一代儒林传，真堪入史刊。"（田艺蘅《留青日札》等）对他的一生作了很好的总结。一个半世纪以后，明代中叶的正德、嘉靖年间，高明外家陈氏的后人陈挺重访高明故居，看到的却只是秋雨淅沥中的一派荒芜景象。他不禁感慨万千，写下了下面这首《吊高则诚》诗："柔翁道望重吾乡，遗构无存故址荒。

---

[1] 侯百朋《琵琶记资料汇编》，北京，书目文献出版社，1989年；胡雪冈、张宪文辑校《高则诚集》，杭州，浙江古籍出版社，1992年，2013年。

[2] 侯百朋《琵琶记资料汇编》，胡雪冈、张宪文辑校《高则诚集》。

滴雨疏花秋淅淅,宿鸥寒树月苍苍。清明墓道人非昔,癸丑兰亭帖已亡。安得同盟二三子,为公立碣表书庄?"(《清颖一源集》卷二)可见高明身后还是比较凄凉的。这也许也是许多杰出文人的一般命运。不过,既然《琵琶记》这座"非人工的纪念碑"已使高明获得了不朽的名声,那么相形之下,故居的荒废和文集的散佚又算得了什么呢?

文学畸人唐寅传

元末明初时期,苏州地区曾一度是江南市民文学的中心,活跃着以杨维祯、高启为首的一大批市民文人,在中国近世市民文学史上写下了光辉的一页。但是,14世纪下半叶明王朝建立以后,由于苏州地区曾是张士诚的根据地,所以明统治者对之实行了高压政策,课以全国最高的税率,徙富裕之民充实京师地区,又以各种藉口处死了高启、杨基、徐贲、张羽等许多杰出的市民文人,不仅破坏了苏州地区的繁荣,也压下了市民文人的歌声。差不多经过近百年的复苏,苏州地区才逐渐恢复旧观,到了成化、弘治年间,重又开始繁荣。苏州人王锜(1433—1499)在《寓圃杂记》卷五"吴中近年之盛"条中,记载了他所亲眼目睹的苏州的变迁:"吴中素号繁华。自张氏之据,天兵所临,虽不被屠戮,人民迁徙实三都、戍远方者相继,至营籍亦隶教坊,邑里潇然,生计鲜薄,过者增感。正统、天顺间,余尝入城,咸谓稍复其旧,然犹未盛也。迨成化间,余恒三四年一入,则见其迥若异境。以至于今(毅平按:指弘治间),愈益繁盛。闾檐辐辏,万瓦甃鳞。城隅濠股,亭馆布列,略无隙地。舆马从盖,壶觞罍盒,交驰于通衢。水巷中,光彩耀目,游山之舫,载妓之舟,鱼贯于绿波朱阁之间,丝竹讴舞,与市声相杂。凡上供锦绮、文具、花果、珍羞、奇异之物,岁有所增。若刻丝累漆之属,自浙宋以来,其艺久废,今皆精妙。人性益巧而物产益多。"经济的恢复与控制的放松,给市民们带来了创作的闲暇与表达的自由,于是,在成化、弘治年间,苏州地区再度响起了已沉寂了近百年之久的市民文人的歌声，其中最活跃的歌手之一便是唐寅。

成化六年二月四日（1470年3月6日），唐寅生于苏州吴县阊门内皋桥南吴趋里一个市民家庭。因为是寅年所生，属虎，所以名"寅"，字"伯虎"。后来，又因"虎"而更字"子畏"。中年以后，因"归好佛氏"，故自号"六如"。唐寅的祖上没有什么名气，都是默默无闻的普通市民。从唐寅的曾祖父到唐寅的父亲，三代都是单传，所以宗族很小。唐寅有一个妹妹，一个弟弟，弟弟唐申比唐寅小六岁，妹妹大概也小三四岁。所以，到了唐寅这一代，唐家算是壮大了一些。

唐家所在的阊门一带，是当时苏州最繁华的地区之一，后来，唐寅曾有一首诗对此作过描绘："世间乐土是吴中，中有阊门更擅雄。翠袖三千楼上下，黄金百万水西东。五更市买何曾绝，四远方言总不同。若使画师描作画，画师应道画难工。"（《阊门即事》）唐寅的父亲唐广德，便在这繁华之地开着一家店肆，以此养活一家老小。唐寅因为是长子，所以小时候也曾帮着父亲干一些杂活。他后来回忆道："昔仆穿土击革，缠鸡握雉，身杂舆隶屠贩之中。"（《答文徵明书》）"计仆少年，居身屠酤，鼓刀涤血。"（《与文徵明书》）在这样的生活环境中长大的唐寅，对于苏州繁华的都市生活当然会抱有亲切的感情，他后来曾一再加以歌咏，如："银烛金钗楼上下，燕樯蜀柁水西东。万方珍货街充集，四牡皇华日会同。"（《姑苏杂咏》四首之一）"小巷十家三酒店，豪门五日一尝新。市河到处堪摇橹，街巷通宵不绝人。"（之二）"江南人尽似神仙，四季看花过一年。赶早市都清早起，游山船直到山边。贫逢节令皆沽酒，富买时鲜不论钱。"（之三）"繁华自古说金阊，略说繁华话便长……北去虎丘南马涧，笙歌日日载舟航。"（之四）这些有关近世都市生活场景的描写，给中国古典诗歌注入了清新的市民气息。唐寅出生于市民家庭而又生长于市民社会,这对他后来的生活态度、人生哲学乃至审美情趣都不会不产生相当重要的影响。

唐寅相貌英俊,天资聪明,是唐家的白眉。明代的科举制度,给普通市民提供了进入政权的机会。唐寅的祖上从没有出过读书人,现在,唐寅的父亲把希望寄托在儿子身上,指望到唐寅这一代能够发家,因此,他花钱请了举业师来教唐寅举业。但是,唐寅心里却并不喜欢举业,他之所以勉为其难,只是因为不想违背父亲的意愿。这一点却使唐寅父亲很是失望,他曾对别人说:"此儿必成名,殆难成家乎!"(《怀星堂集》卷十七《唐子畏墓志并铭》,以下简称"祝《志》")后来果然"不幸"而言中。由于全家指望唐寅读书做官,所以唐寅得以"不问生产"(《与文徵明书》),一意读书。他后来描绘自己的读书生活道:"闭门读书,与世若隔。一声清磬,半盏寒灯,便作阇黎境界,此外更无所求也。"(《答周秋山》)广泛的阅读,既给他带来了无穷的乐趣,也使他得以在精神上超越市民社会的凡庸。

对于自己天才的自负,对于精神生活的沉湎,使唐寅成了一个清高的少年。他就像后来在自己的"项脊轩"中盱衡天下的少年归有光一样,似乎也不怎么把天下放在眼里。祝允明说他"幼读书,不识门外街陌,其中屹屹,有一日千里气,不或友一人"(祝《志》),又说"少日同怀天下奇"(《怀星堂集》卷七《再挽子畏》),正是少年唐寅的写照。正在成长着的身体和心智,大抵会使少年人产生一种强有力的感觉,这种感觉使他们显得朝气蓬勃而又有点不可一世。当比唐寅年长十岁的祝允明听说了少年唐寅的才气而来造访时,唐寅正处在这样一个年龄,这就难怪祝允明要屡次碰壁了。祝允明出身名门,其时正因提倡古文辞而名声大振,这样一个青年才子主动屈尊前来造访,唐寅却不予理睬,由此也可想见唐寅的傲气了。后来,也许是为祝允明的诚意所感动,或者是为祝允明的名声所吸引,唐寅终于也伸出了自己的手。有一天,他忽然送了两首诗给祝允明,表露了自己高傲的心迹,"乘时之志铮然"(祝《志》)。祝允明作为一个青春时代的过来人,理解少年唐寅的心情,在答诗中劝唐寅还是"少加宏舒"为好:"万物转高转细,未闻华峰可建都聚;惟天极峻且无外,故为万物宗。"(祝《志》)唐寅敏感自傲,祝允明脱略大度,两人的性格相辅相成,从此开始了持续终身的友谊。

少年唐寅还有一个好朋友和一个好老师,那便是邻居文徵明和他的父亲文林。成化二十一年(1485),文徵明随任博平知县的父亲回到苏州,从此开始了和唐寅的友谊,那年两人都是十六岁。尽管唐寅"跌放不检约",文徵明"端懿自持"(《送文温州序》),性格各不相同,但两人年岁相仿,才情相似,"皆欲以功名命世"(《与文徵明书》),所以很是相投。文林很喜欢唐寅,请客吃饭时,常不忘了把唐寅叫上;唐寅倘有过失,也毫不客气地督训。他对唐寅非常赏识,"先太仆爱寅之俊雅,谓必有成"(《又与文徵仲书》),"赞拔誉扬,略不置口,先后于邦间耆老,于有司,无不极至"(《送文温州序》)。文林的赏识,对于唐寅有很大的影响。一方面,文林是最早赏识唐寅的人之一,唐寅"行实放旷,人未之奇也,独故太守文公林奇之"(袁袠《唐伯虎集序》,以下简称"袁《序》"),这给了唐寅以自信心;另一方面,文林使他坚定了谋取功名的信念,正如他后来写到的:"其异于鼓刀负贩之人若芥发耳,不先有所引擢,后有所推戴辅翊,其何能自致于青云之上!"(《送文温州序》)可以说,在唐寅的人生道路上,文林充当了一个导师的角色。翌年(1486),文徵明随父亲赴滁州南京太仆寺丞任,两个少年人暂时分手。直到弘治元年(1488),文徵明自滁州返里,为长洲县学生,唐寅才再度与他在一起。

成化二十年(1484),唐寅十五岁,入县学,为生员。两年后(1486),转入府学,为附学生。明代的府州县学,是举人进士的养成所,学子们在这里受到科举课程的训练,然后去应乡试和会试。不过,唐寅根本不把科举课程放在眼里,相反,倒是喜欢那被时人视为"无用"的古文辞。当时,应付科举考试的八股文被称为"时文",与此相对,古代文学作品便被称作"古文辞"。为了谋取功名,一般读书人多钻研时文,而忽视古文辞,认为古文辞不但没有用处,而且对举业还有妨碍。如吴宽曾谈到:"乡校间,士人以举子业为事。或为古文词,众辄非笑之,曰:'是妨其业矣。'"(《家藏集》卷四三《容庵集序》)文徵明曾谈到:"若有所得,亦时时窃为古文词。一时曹耦莫不非笑之,以为狂。其不以为狂者,则以为矫,为迂。惟一二知己怜之,谓:'以子之才,为程文无难者,盍精于是,俟他日得隽,为古文非晚?'"(《文徵明集》①卷二五《上守谿先生书》)"诸邑学生以经义相高……徵明虽同为邑学生,而雅事博综,不专治经义,喜为古文辞,习绘事。众咸非笑之,谓非所宜为。"(《文徵明集》卷二七《顾春潜先生传》)但是,真正有志气有才气的文人,虽说为了出路也不得不钻研时文,但在内心深处却看不起它,认为只有古文辞才是真正的学问。学习古文辞之成为一种全社会性的风气固然是16世纪的事,但其萍末之风却起于15世纪下半叶的成化、弘治年间,王锜《寓圃杂记》卷五"苏学之盛"条即曾提到苏州"近来尤尚古文,非他郡可及"的情况。此风之提倡者便是祝允明,他"于古载籍靡所不该洽,自其为博士弟子,则已力攻古文词,深湛棘奥,吴中文体为之一变"(文震孟《姑苏名贤小纪》卷上《祝京兆先生》)。御史司马垔视学南京,"橄郡学有博学能为古文辞者,免课书,更殊礼遇,

---

① 周道振辑校《文徵明集》,上海,上海古籍出版社,1987年。

郡以允明当"(阎秀卿《吴郡二科志》,以下简称"阎《志》")。可见祝允明当时在古文辞方面的名声。祝允明不仅自己力攻古文辞,而且还吸引了不少志同道合者。最早的有都穆,"同时有都君玄敬者,与君并以古文名吴中,其年相若,声名亦略相下上。而祝君尤古邃奇奥,为时所重"(《文徵明集》卷二三《题希哲手稿》)。其时约为成化十九、二十年(1483、1484),都穆二十五六岁,祝允明二十四五岁。过了几年,弘治元年(1488),文徵明还吴,也加入了古文辞文学圈。据他自己说:"窃念某自蚤岁即有志于是,侍先君宦游四方,既无师承,终鲜丽泽。怅怅数年,靡所成就。年十九还吴,得同志者数人,相与赋诗缀文。于时年盛气锐,不自量度,俨然欲追古人及之。"(《文徵明集》卷二五《上守谿先生书》)在此前后,唐寅也被祝允明引入了古文辞文学圈。据文徵明说:"又后数年,某与唐君伯虎亦追逐其间,文酒倡酬,不间时日。于时年少气锐,俨然皆以古人自期。"(《文徵明集》卷二三《题希哲手稿》)又说:"弘治初,余为诸生,与都君玄敬、祝君希哲、唐君子畏倡为古文辞,争悬金购书,探奇摘异,穷日力不休,俨然皆自以为有得。"(《文徵明集》补辑卷十九《大川遗稿序》)此外,加入者尚有杨循吉、钱同爱、徐祯卿等人。"吾友钱君孔周……所与游皆一时高朗亢爽之士,而唐君伯虎、徐君昌国其最善者。视余拘检龌龊,若所不屑,而意独亲。时余三人,与君皆在庠序,故会晤为数。时日不见,辄奔走相觅。见辄文酒宴笑,评骘古今,或书所为文,相讨质以为乐。"(《文徵明集》卷三三《钱孔周墓志铭》)"(徐祯卿)与吴趋唐寅相友善,寅独器许,荐于石田沈周、南濠杨循吉,由是知名。"(阎《志》)到了弘治八、九年间(1495、1496),包括祝允明、文徵明、唐寅、徐祯卿等四人在内的所谓"吴中四才子"开始成名,其时祝允明三十六七岁,唐寅、文徵明二十六七岁,徐祯卿十七八岁。唐寅文名渐起,便有不少人来请诗求文。作于弘治四年(1491)唐寅二十二岁时的《刘秀才墓志》前有弁言数语云:"子畏原不知文,志铭尤非所长,而不乏求之者。想白雪无权,黄金有命也耶!一笑一笑!"(袁宏道评《唐伯虎汇集》卷四)说明当时唐寅的文章已有了一定的名声。

唐寅在府学里不仅是一个"不务正业"的学生,而且还是一个"无法无天"的士子。说来也巧,唐寅的同学中,有一个叫张灵的,也是市民出身的少年才子,人极聪明,文思便敏,好交朋友,喜欢喝酒,善画人物,又喜古文辞,受到祝允明的赏识,罗致门下。唐寅与他气味相投,很快便形同莫逆。两人经常一起饮酒游玩,做出许多荒唐行径。传说唐寅曾与张灵一丝不挂地站在府学的泮池中以手激水相斗,说是进行水战(黄鲁曾《吴中故实记》)。又传说唐寅曾和张灵、祝允明等于雨雪天打扮成叫花子,敲着鼓唱《莲花落》,讨来钱便买了酒到野寺中痛饮,还得意地说:"这种快乐可惜无法让李白知道。"(蒋一葵《尧山堂外纪》)又传说有一次张灵在豆棚下举杯自饮,有人去看他,他自顾喝酒,不加理睬。那人怒气冲冲地来到唐寅那儿,诉说张灵如何无礼,唐寅却笑笑说:"你这是在讥讽我呵!"(曹臣《舌华录》)凡此种种,不一而足,尽管不一定实有其事,却反映了少年唐寅在人们心目中的"荒唐"形象。

不过,"荒唐"也许只是唐寅性格外露的一面,就其内潜的一面而言,唐寅其实是一个感情极为细腻敏锐的人。他有一首据阁《志》说作于诸生时的《怅怅诗》,表露了他少年时代的内心世界:

> 怅怅莫怪少时年,百丈游丝易惹牵。何岁逢春不惆怅,何处逢情不可怜。杜曲梨花杯上雪,灞陵芳草梦中烟。前程两袖黄金泪,公案三生白骨禅。老后思量应不悔,衲衣持钵院门前。

这首诗所呈现给我们看的,是一颗多情少年的敏感心灵,它为每一个春天惆怅,为每一次恋情忧伤,它感到烦恼,却不知为了什么,它渴望幸福,却不知如何寻觅。这是从唐寅内心深处流出的青春的自白,其中没有任何的虚伪和矫饰。它反映了少年唐寅的内心世界的一个重要方面,也预示了唐寅将来要走的人生道路的大致趋向。

令人"怅怅"的青春时代刚刚过去,死亡的阴影便开始笼罩唐寅的心灵。弘治六年(1493),唐寅二十四岁,他的父亲、母亲、妹妹、妻子和儿子相继病殁(可能是感染了时疫)。亲人的去世,使唐寅直接意识到了死亡的切近与无情。在此之前,唐寅也曾为人写过碑,送过葬,但那都是一些在感情上不甚相干的人;而现在,去世的却是自己的亲人,他们的音容笑貌还会时时浮现在唐寅的眼前,令唐寅惊讶生活中怎么竟然没有了这样一些相处惯了的人们。死亡的切近与无情,使唐寅萌发了生命短暂、及时行乐的悲观思想。据袁《序》说为唐寅早年所作的乐府之一《短歌行》云:

> 尊酒前陈,欲举不能。感念畴昔,气结心冤。日月悠悠,我生告遒。民言无欺,秉烛夜游……来日苦少,去日苦多。民生安乐,焉知其他!

生命短暂、及时行乐的想法,是从《诗经》以来反复出现于中国古典诗歌中的传统主题,但对每一个相信它的人来说,却仍必须通过自身的体验来重新加以认识。中年以后,唐寅进一步思考生命问题,"生命短暂,及时行乐"遂发展为他人生观的主要方面。"落魄迂疏不事家,郎君性气属豪华。高楼大叫秋觞月,深幄微酣夜拥花。"(《文徵明集》卷七《简子畏》)"曲栏风露夜醒然,彩月西流万树烟。人语渐微孤笛起,玉郎何处拥婵娟?"(《文徵明集》卷十四《月夜登南楼有怀唐子畏》)文徵明此二诗都作于弘治七年(1494),反映了唐寅此时生活状态之点滴。

在另一方面,死亡的切近与无情,也使唐寅产生了求取功名、一展抱负的进取愿望。在大约同时所作的《白发》诗里他咏道:

> 清朝揽明镜,玄首有华丝。怆然百感兴,雨泣忽成悲。忧思固逾度,荣卫岂及衰。夭寿不疑天,功名须壮时。凉风中夜发,皓月经天驰。君子重言行,努力以自私。

看到头上夹杂的几茎白发便如此感伤,恐怕和亲人的去世所带来的死亡意识有直接关系。面对人类所永远不能超越的死亡,唐寅感到了深沉的恐惧与忧伤。在这首诗里,他表示自己将努力乘壮时求取功名。这是他生活态度的另一个侧面。徐祯卿说他:"衔杯对友,引镜自窥,辄悲以华盛时荣名不立,俟河之清,人寿几何,恐世卒莫知,没齿无闻,怅然有抑郁之心。"(《新倩籍》)也指出了他当时的同样心情。及时行乐与追求功名,这是对待死亡威胁的两种不同的人生态度,唐寅此时都有所考虑,这反映了青年唐寅的人生观的内在矛盾。

父母妻子去世后的几年,唐寅还是像原先那样过日子,整日和朋友们一起饮酒赋诗,高谈阔论。唐寅才气横溢,眼空一世。徐祯卿说他:"尝负凌轶之志,庶几贤豪之踪,俯仰顾眄,莫能触怀。"(《新倩籍》)阎秀卿说他:"为人放浪不羁,志甚奇,沾沾自喜。"(阎《志》)描写都颇为传神。他毫不懂得"谦虚"二字,曾在后来给文徵明的信中自比孔子,并自称"诗与画寅得与徵仲争衡"(《又与文徵仲书》)。这种坦率,是常人所做不到的。唐寅每因此而得罪那些心胸狭窄、嫉妒心强的朋友,埋下后来不幸的种子。但是,真正能够理解他的朋友,却非常喜欢他的这种坦率性格。况且,唐寅尽管眼空一世,为人却光明磊落,慷慨大方,忠于友谊,乐于助人,颇有古侠士之风。正如他自己所说的:"鸣琴在室,坐客常满,而亦能慷慨然诺,周人之急,尝自谓布衣之侠。私甚厚鲁连先生与朱家二人,为其言足以抗世,而惠足以庇人。"(《与文徵明书》)所以深受朋友们的爱戴和欢迎。如徐祯卿说他:"素伉于意气,怪世交鄙甚,要盟同比,死生相护,毋遗旧恩,故长者多介其谊概云。"(《新倩籍》)祝允明说他:"临事果决,多全大节,即少不合,不问。故知者诚爱宝之,若异玉珍贝。王文恪公最慎予可,知之最深重。不知者亦莫不歆其才望。而媢疾者先后有之。子畏粪土财货,或饮其惠,讳且矫,乐其灾,更下之石,亦其得祸之由也。"(祝《志》)他既"粪土财货",而又"不问生产",他那本来还算不错的家底便成问题了。他自己说,父母妻子去世后的几年,"跌宕无羁,不问生产,何有何无,付之谈笑……芜秽日积,门户衰废,柴车索带,遂及蓝缕"(《与文徵明书》)。徐祯卿也说他:"家赀微羡,而厌乎优汰,不能自裁,日以单瘠,踽然处困。"(《新倩籍》)这种经济方面的压力,对于促使他听从祝允明的劝告走功名之路,肯定是不无影响的。

弘治十年(1497),唐寅二十八岁。明年是乡试之年。五年前已经中举的祝允明赶来劝他,对他说:你如果想满足令尊的遗愿,你就应该暂且研习举业;如果你一定要凭自己的意愿行事,那你就索性脱离府学。像你现在这样在府学中挂个名字,却一点不研习举业,是不行的,你得有个定夺!唐寅回答:好吧,明年就要乡试了,我就花一年时间研习举业。倘考不取,就再也不考了!——这话与其说是表现了唐寅的澹泊,毋宁说是表现了他的自信。于是,整整一年里面,唐寅把自己关在家里,按照科举的要求,研习《毛诗》与《四书》,也不找时辈讲习——他对自己的天资具有充分的信心。他的功名之心开始膨胀,在一首题为《夜读》的诗里他写道:

夜来欹枕细思量，独卧残灯漏转长。深虑鬓毛随世白，不知腰带几时黄。人言死后还三跳，我要生前做一场。名不显时心不朽，再挑灯火看文章。

这一年左右时间，大概是唐寅一生中唯一一段研习"正业"的时间。他的心是热的，他的血是热的，他的头是热的。祝允明说他"中来出世也曾期"（《怀星堂集》卷七《再挽子畏》），现在是到了"出世"之时了。

但是，平地起风波，唐寅这些年来在府学里的所作所为，却激恼了一个人，此人便是生员们的顶头上司提学御史方志。方志为人刻板，不喜古文辞。弘治十年，"擢监察御史，董学南畿，严立法程，先德行而后文艺，革浮靡，抑奔竞，士出门下者，咸厉风检"（康熙《鄞县志》卷十四）。唐寅重古文而轻时文，富才气而少"德行"，当然会受到这位道学先生的侧目。明代惯例，乡试之前，先由提学御史对府县学生员进行一次名曰"科考"的资格考试，合格者方能参加乡试。由于方志讨厌唐寅，所以科考时给了唐寅一个不合格。幸好，当时的苏州知府曹凤，由于文林对唐寅的赞拔誉扬，而对唐寅颇有好感，便在乡试前几个月的"录遗"中，大力保荐唐寅，使唐寅终于得以参加乡试（同样遭遇的张灵就没那么幸运了）。文徵明也在方志面前努力周旋，试图缓解他对唐寅的火气。

弘治十一年（1498），唐寅二十九岁，以第一名乡试中式。唐寅虽说看不起举业，但虚荣却使他对这种世俗的荣誉不能无动于衷。在他的印章当中，有一方叫"南京解元"，即使在他后来身败名裂时，也念念不忘打在画上；又有一方叫"江南第一风流才子"（阎《志》），"才子"而又自封"第一"，也颇使人觉得和这次乡试第一有关；至于在他后来的诗中，则更是常常提起"领解皇都第一名"这个话柄。凡此均可见他的不能脱俗。他此时的喜悦、

自得与幻想,在《领解后谢主司》一诗中表露得最为彻底:

> 壮心未肯逐樵渔,泰运咸思备扫除。剑责百金方折阅,玉遭三黜忽沽诸。红绫敢望明年饼,黄绢深惭此日书。三策举场非古赋,上天何以得吹嘘?

唐寅一方面惊喜于这次乡试的成功,一方面又幻想着明年会试的顺利,回顾素心,展望前程,不觉踌躇满志,志得意满。①

乡试的成功,也使唐寅声誉鹊起。如果说此前唐寅的名声还仅限于苏州地区的话,那么,现在它就已经传遍了江南,甚至更传到了北方。当时的名公巨卿,都纷纷为唐寅延誉。"幸藉朋

---

① 唐寅初次乡试便高中解元,在朋友圈里一定震动很大。同样参加这次乡试,文徵明、钱同爱、徐祯卿、蔡羽等均告不售。尤其是文徵明,在唐寅等人科考不过关时,还曾在方志面前努力斡旋(《又与文徵仲书》:"徵仲与寅同在场屋,遭乡御史之谤,徵仲周旋其间,寅得领解。"),结果自己却再度名落孙山。大约文徵明此时心理颇不平衡,所以乃父远道书寛慰之:"时温州在任,还书诫公曰:'子畏之才宜发解,然其人轻浮,恐终无成;吾儿他日远到,非所及也。'"(文嘉《先君行略》)文林关于唐寅之言在翌年便得到了证实,而关于儿子的预言也在后来得到了验证,其看人眼光之老辣不能不让人佩服。唐寅当日若是知道文林竟有此语,还会说"先太仆爱寅之俊雅,谓必有成"(《又与文徵仲书》)吗? 另外,乡试本来就与会试一样,是"千军万马过独木桥",中式的概率非常的低。"略以吾苏一郡八州县言之,(诸生)大约千有五百人。合三年所贡,不及二十;乡试所举,不及三十。以千五百人之众,历三年之久,合科贡两途,而所拔才五十人……故有食廪三十年不得充贡,增附二十年不得升补者……顾使白首青衿,羁穷潦倒,退无营业,进靡阶梯,老死牖下,志业两负,岂不诚可痛念哉!"(《文徵明集》卷二五《三学上陆冢宰书》)即以唐寅朋辈言之,祝允明"五应乡荐,裁忝一名"(《祝氏集略》卷十三《上巡按陈公辞召修广省通志状》),前后折腾十二年(后来会试更是"七试礼部,竟不见录");文徵明九试不售,加上一次未应试,前后折腾二十七年;钱同爱六试不售,前后折腾十五年;蔡羽十四试不售,前后折腾三十九年……唐寅竟然一举高中,其间反差何其强烈!

友之资,乡曲之誉,公卿吹嘘,援枯就生,起骨加肉,猥以微名,冒东南文士之上。方斯时也,荐绅交游,举手相庆,将谓仆滥文笔之纵横,执谈论之户辙,歧舌而赞,并口而称。"(《与文徵明书》)如吏部侍郎吴宽,读了唐寅的文章,"颇为延誉公卿间"(袁《序》)。吏部尚书倪岳见之,"亟称才子,以故翰苑先辈争相引援"(顾璘《国宝新编》)。而其中对唐寅前途最有影响的人物,一个是洗马梁储,一个是詹事程敏政。梁储是这次南京乡试的考试官,程敏政是明年会试的主考官。乡试结束以后,有一次梁储和程敏政一起喝酒,梁储向程敏政推荐唐寅,说唐寅才气甚高,这次乡试给了他个解元,还不足以尽其所长,请程敏政明年加以奖掖。程敏政一口答应,说自己早已知道唐寅是江南奇士(阎《志》)。梁储的这番好意,使唐寅感激万分;而程敏政的答应,更在唐寅面前展示了一个光明的前景。这是他一生中最为辉煌的时刻,也是他功名之心最为膨胀的时刻。

翌年,为弘治十二年(1499),唐寅三十岁。古人说,"三十而立",唐寅将立什么呢? 由于梁储的推荐及唐寅的名声,是年会试主考官程敏政、李东阳以及其他礼部官员,都已议论着要让唐寅成为会元,为本科增光。更大的荣耀在京师等着唐寅,唐寅踌躇满志地北上了。同行的有江阴举人徐经,乃是后来赫赫有名的大旅行家徐霞客的高祖。[①] 徐经拥田万亩,富甲江南。上京路上,他慕唐寅的名声,对唐寅很是殷勤。到了京师以后,两人来往更是密切。临近考试的时候,徐经仗着有钱,收买了程敏政的家人,得到了考试题目,请唐寅代他起草。唐寅虽说也

[①] 徐经(1473—1507),字直夫,一字衡甫,江阴县学增广生,中弘治乙卯(1495)科乡试第四十一名。曾刻乡前辈孙作《沧螺集》,都穆为校订。肆力于古诗文,有《贲感集》,文徵明为撰序。

怀疑这些题目来路不明,但一则科举时代做模拟卷子本是常事,二则碍于徐经的面子,三则自己根本不把会试放在眼里,所以就替徐经做了。唐寅志得意满而又不谙世故,有一次在朋友面前聊天时将此事漏了出来,却不料已被一人记在心上,引出了一场大祸。此人不是别人,正是唐寅的好友之一都穆。平心而论,都穆不是坏人。他为人聪明,读书用功。有一则传说说,都穆的里人夜里娶妇,雨水把蜡烛浇灭了,到处借不到火,有人提议,"南濠都少卿家有读书灯",敲门一看,果然都穆还在用功(王鸿绪《明史稿》)。但是,嫉妒却像一条毒蛇,能够钻入哪怕是优秀人物的心里。都穆年长唐寅十一岁,最早与祝允明一起倡导古文辞,那时唐寅还只是个十来岁的毛头小子。后来,唐寅却蒸蒸日上,名气日盛,而且还有点看不起他,都穆心里未免不是滋味。去年,唐寅一举摘下解元桂冠,今年,又传说要给他一个会元。功名中人,心热如火,怎么能够心平气静呢?面上还是友好,心里未免嘀咕。正好唐寅透露徐经买到什么考题、自己代为捉刀之事,都穆便有意将此事透露给给事中华昶,唐寅当时却还蒙在鼓里。"墙高基下,遂为祸的。侧目在旁,而仆不知。从容晏笑,已在虎口!"(《与文徵明书》)到了二场过后,华昶的揭发书已经送到皇帝面前。皇帝一看,勃然大怒,马上命令程敏政停止阅卷,又令锦衣卫把唐寅、徐经等人抓了起来。在锦衣卫狱中,唐寅皮肉受苦,斯文扫地。"身贯三木,卒吏如虎。举头抢地,涕泗横集……兹所经由,惨毒万状。眉目改观,愧色满面。衣焦不可伸,履缺不可纳。"(《与文徵明书》)调查的结果,徐经承认实有此事,唐寅也不再申辩。因为梁储奉使安南时,唐寅曾持帛一端,请程敏政为文送他,有考生勾结考官的嫌疑,所以坐实了罪名,永远剥夺了考试资格——在科举时代,这就意味着一个人永无出头之日了！① 此事传出，举国震动。爱才者感到深深的惋惜，嫉妒者感到隐隐的快意。"海内遂以寅为不齿之士，握拳张胆，若赴仇敌，知与不知，毕指而唾，辱亦甚矣！"(《与文徵明书》)② 唐寅从得意的高峰，一下子跌入失意的深渊，回思来京路上的踌躇满志，真有恍如隔世之感。当道者怜悯唐寅，让他到浙江去做一个小吏，算是"给出路"。有人劝唐寅还是去就职为好，以后也算有个出身。唐寅表示"士也可杀，不能再辱"(《与文徵明书》)，断然予以拒绝。

是年秋，唐寅出狱，回到苏州。但是，家乡也没有安慰与温暖在等待着他。正如在生活中曾经千百次地发生过的那样，那些曾经是捧唐寅捧得最凶的人，现在骂他也是骂得最厉害。

---

① 严从简《殊域周咨录》卷五《安南》："(伦)文叙，弘治己未(1499)状元也。是岁主试学士李东阳、程敏政发策，以刘静修《退斋记》为问，人罕知者。江阴徐经与南畿解元唐寅举答无遗，矜夸喜跃，舆议沸腾。礼科给事中华昶劾之。敏政自言凤搆试目，疑为家人窃卖。凡知策问者俱黜落。揭晓后，同考官给事中林廷玉复疏敏政可疑六事。诏狱廷鞫经，称尝以双绮馈敏政，出入门下，凤搆试目盖从家人得之，故与寅陈说。狱成，敏政夺职，经、寅俱为民，昶与廷玉皆内谪，而文叙首擢焉。"《献徵录》卷三五《礼部右侍郎兼翰林院学士程敏政传》："(弘治)十二年(1499)春，奉命主考会试。言官以任私劾之，逮系数举子狱，久不决。屡上章责躬求退，弗遂，乃自请廷辩。执法诸大臣白其事以闻，诏许致仕。时六月，方盛暑，出狱四日，以癰毒不治而卒。"是祝允明亦赴京会试而不第，应在京亲历科场案全过程，但我们不清楚他当时的反应。都穆前科领乡荐，是科会试及第。

② 只有文徵明例外："比至京师，朋友有相忌名盛者，排而陷之，人不敢出一气指其非，徵仲笑而斥之。"(《又与文徵明书》)这里的"朋友"指都穆。但文徵明与都穆关系极好，自少年时起从都穆学诗："余十六七时喜为诗，余友都君玄敬实授之法……余每一篇成，辄就君是正，而君未尝不为余尽也。"(《文徵明集》补辑卷十九《南濠居士诗话序》)即使经历了科场案风波，唐寅已经与都穆绝交，世皆鄙薄都穆之为人，但文徵明与都穆关系依旧，且保持终身。

更使唐寅感到难堪的是家人的态度。唐寅曾经是一个全家都寄予希望的人，一个全家都为之自豪的人，但是，现在唐寅却永无出头之日了，从而也使家人永无出头之日。以唐寅的敏感和悲伤，碰上家人的势利与不恭，家庭生活难免不发生危机。"僮奴居案，夫妻反目。旧有狞狗，当户而噬。"（《与文徵明书》）最后，唐寅赶走了继室，成了一个"孤家寡人"。本来已经衰落的家境，也因此而更形不堪，连生计都发生了困难。"反顾室中，甋甌破缺，衣履之外，靡有长物。西风鸣枯，萧然羁客。嗟嗟咄咄，计无所出。将春掇桑椹，秋有橡实。余者不遑，则寄口浮屠，日愿一餐，盖不谋其夕也。"（《与文徵明书》）唐寅曾经是那么的得意，怎么也梦想不到现在会落到这般田地。

但是，和唐寅内心的痛苦相比，世人的冷眼也就实在算不得什么了。他曾悲哀地对别人说："枯木朽株，树功名于时者，遭也。吾不能自持，使所建立，置之可怜，是无枯朽之遭，而传世之休乌有矣。譬诸梧枝旅霜，苟延奚为！"（阎《志》）他将经历过这番打击的自己，比作经过霜打的梧枝，认为已经没有必要苟活下去了。此时他内心的绝望，一定像黑夜一般深沉。尤使他触景生情的，是苏州的亭台楼阁，那儿随处都曾留下过他青春的足迹，现在却早已物是情非、不堪回首了。

拥鼻行吟水上楼，不堪重数少年游。四更中酒半床病，三月伤春满镜愁。白面书生期马革，黄金说客剩貂裘。近来检校行藏处，飞叶僧家细雨舟。（阎《志》）

当年的风华与今日的落魄，形成了强烈的对比和反差。那些青云之志，天下之怀，转瞬之间便成为泡影。还有什么比这更为可哀的呢？唐寅常常独自徘徊，长久伫立，内心忍受着悲哀的冲击和痛苦的煎熬。

面对命运的打击,人不会永远屈服。在最初的绝望过去以后,唐寅开始思考自己的出路前途。《左传》有云,做人的价值标准有三条:"立德"、"立功"、"立言"。唐寅本来就不是一个循规蹈矩的人,又经历过此番身败名裂,"立德"当然是永远谈不上了,正如他自己所说的:"寅遭青蝇之口,而蒙白璧之玷,为世所弃。虽有颜冉之行,终无以取信于人。"(袁《序》)至于"立功",虽说他少年时"一意望古豪杰,殊不屑事场屋"(祝《志》),崇拜鲁连、朱家,以"布衣之侠"自命,但所做的不过是"慷慨然诺,周人之急"而已(《与文徵明书》),并不能真的划策建勋,驰骋疆场。这一点,他自己也是明白的:"筋骨柔脆,不能挽强执锐,揽荆吴之士,剑客大侠,独当一队,为国家出死命,使功劳可以纪录。"(《与文徵明书》)所以"立功"也是无望的。最后,只有"立言"之路了。"立言"却理应是唐寅的长项,因为唐寅并非如世人所想象的只是一个风流潇洒的才子,而且其实也是一个诗书满腹的学者。在他的家中,有很多藏书。文徵明《饮子畏小楼》诗云:"君家在皋桥,喧闠井市区。何以掩市声,充楼古今书。"(《文徵明集》卷一)说明唐寅的藏书是很多的。这些藏书包括经史子集各个方面,大部分都曾经唐寅仔细校读过。如张大复《梅花草堂笔谈》卷四"高杏东先生"条说:"得杜氏《通典》一部,唐子畏所校也。子畏每夜尽一卷,用朱黄识其旁。"可见唐寅读书生活之一例。唐寅读书的面相当广,祝允明说他:"其学务穷研造化,玄蕴象数,寻究律历,求扬马玄虚、邵氏声音之理而赞订之,旁及风鸟、五遁、太乙,出入天人之间,将为一家学。"(祝《志》)徐祯卿说他"喜玩古书,多所博通,不为章句"(《新倩籍》),阎秀卿说他"博习多识"(阎《志》)。而此时他觉得自己的情形又颇似受宫刑大辱后的司马迁,所以打算走"立言"之路。他写下了一封类似司马迁《报任少卿书》的《与文徵明书》,表达了自己想要像司马迁

那样发愤著书、立言垂世的愿望:

> 窃窥古人:墨翟拘囚,乃有《薄丧》;孙子失足,爰著《兵法》;马迁腐戮,《史记》百篇;贾生流放,文词卓落。不自揆测,愿丽其后,以合孔氏不以人废言之志。亦将櫽括旧闻,总疏百氏,叙述十经,翱翔蕴奥,以成一家之言,传之好事,托之高山。没身而后,有甘鲍鱼之腥而忘其臭者,传诵其言,探察其心,必将为之抚缶命酒,击节而歌呜呜也!嗟哉吾卿,男子阖棺事始定,视吾舌存否也!仆素佚侠,不能及德;欲振谋策,操低昂,功且废矣;若不托笔札以自见,将何成哉!

与"苟延奚为"的绝望心情相比,"托笔札以自见"的想法中,已透露出生的意志。这是唐寅从命运的打击中恢复过来的第一步表现。

但是,对墨翟、孙子、司马迁、贾谊等人而言能够成为现实的"发愤著书"、"立言垂世",对唐寅来说却似乎注定只能成为昙花一现的空想。其中的原因比较复杂。首先,就其天性而言,唐寅终究更像一个才子,而不像一个学者。他可以在治学立言上表现自己的聪明才智,却无法藉此安身立命。其次,唐寅少年时代的努力读书,虽不知所用,却怀着希望,因而是一种积极进取、充满乐趣的行为;然而失意后的发愤读书,虽已知所用,却怀着绝望,因而乃是一种消极退缩、充满悲凉的行为。在这样的心情下治学,其结果也是很难乐观的。再次,在一个功利社会中,当"三立"中的"立言"不是作为前"二立"的补充,而是作为前"二立"的替代时,往往只是成了失意者谋求心理平衡的藉口。唐寅此时的"立言垂世"的愿望,正有着这种酸葡萄的成分,所以只能冲动一时,而不能坚持长久。最后,与"立德"、"立功"一样,"立言"本质上也是一种积极进取的功利性行为。唐寅身上原来就潜伏着的人生观的非功利性倾向,后来发展为其人生观的主流,最终否定了功利性行为,从而也就使"立言垂世"的愿望失去了动力。我想,这一切合在一起,使唐寅最终不是成为一个有名的学者,而是成了一个非功利的唯艺术的文人。

在后来的一段时间中,唐寅遨游了中国南部的名山大川,这对他抚平心灵的创伤不无好处。弘治十四年(1501)秋,唐寅三十二岁,他将弟弟唐申一家委托给文徵明照顾以后,只身踏上了旅途。"放浪形迹,翩翩远游,扁舟独迈,祝融、匡庐、天台、武夷,观海于东,南浮洞庭、彭蠡。"(祝《志》)在大自然的怀抱中,唐寅忘怀了心灵的忧伤,解脱了精神的苦闷。面对气象万千的自然景色,他深深感到功名的虚妄。功名之路,是这样一条道路:"始为诸生,欣羡一举,不啻起渊谷中,飞腾霄汉间也。既推上矣,羡登甲第,汲汲不减诸生时。既成名矣,骎骎希冀显荣,一命以上,寸计尺积,岁无宁日,日无宁时。即位列公卿,犹思恩逮上世,赏延后裔。盖终其身未尝忘进取,何能定静安舒?"(张瀚《松窗梦语》卷四《士人纪》)这是一条没有安宁的道路,这是一条不能休息的道路。由于命运的播弄,唐寅突然被抛出了这条道路之外,这给了他一个冷静思考的机会。和大自然在一起,他的血液,他的头脑,他的心灵都不再发热。"塞翁得失浑无累,胸次幽然觉静虚。"(《齐云岩纵目》)他感到,没有必要为失去功名而痛苦不已,人生应该"慷慨"。他说:"大丈夫虽不成名,要当慷慨,何乃效楚囚!"(阎《志》)这说明他已从命运的打击中恢复了过来。翌年春旅行归来,唐寅的心情平复了许多。

由于生活的剧变,唐寅开始久久地思索生命的意义。这是每一个具有自我意识的人都必须经历的痛苦的思想历程。生命属于我们只有一次,在它开始之前我们不存在,在它结束以后我们也不存在。所谓生命,便是在这虚无的两极之间的身不由己的旅行。生命是如此的短暂而又偶然,如此的珍贵而又美好,每想到这一点,唐寅的心里便会涌起阵阵痛苦;而唐寅这时候的诗歌,便屡屡歌唱了这种痛苦。"人年七十古稀,我年七十为奇。前十年幼小,后十年衰老。中间止有五十年,一半又在夜里过了。算来止有二十五年在世,受尽多少奔波烦恼。"(《七十词》)"人生七十古来有,处世谁能得长久。光阴真是过隙驹,绿鬓看看成皓首。"(《闲中歌》)"人生七十古来少,前除幼年后除老。中间光景不多时,又有炎霜与烦恼……春夏秋冬撚指间,钟送黄昏鸡报晓。请君细点眼前人,一年一度埋芳草。草里高低多少坟,一年一半无人扫。"(《一世歌》)"枝上花开能几日,世上人生能几何。昨朝花胜今朝好,今朝花落成秋草。花前人是去年身,去年人比今年老。今日花开又一枝,明日来看知是谁。明年今日花开否,今日明年谁得知。天时不测多风雨,人事难量多龃龉。"(《花下酌酒歌》)对于这短暂而又偶然、珍贵而又美好的生命,我们该怎样利用呢?用来求取荣华富贵吗?然而,死亡将带走它们,不留任何痕迹,只落得生前一场空忙。"君不见,东家暴富十头牛;又不见,西家暴贵万户侯。雄声赫势掀九州,有如洪涛汹涌世界欲动天将浮。忽然一日风打舟,断篷绝缆无少留。桑田变海海为洲,昔时声势空喧啾。"(《世情歌》)"岂不见,挽长弓,挥短镝,挽长戈,操短戟,投鞭绝流,麾兵赤壁,志小鸿沟,眼高绝域;又不见,楼上楼,屋上屋,置黄金,藏白玉,紫标身,红腐粟,锦帐五十里,胡椒八百斛。贵为万户侯,富食千钟禄。英雄富贵安在哉,北邙山下俱尘埃!"(《慨歌行》)"朝里官多做不尽,世上钱多赚不了。官大钱多心转忧,落得自家头白早。"(《一世歌》)富贵荣华既然毫无意义,那么,什么又是有意义的呢?那便是"及时行乐",充分享受生命中的每一刻美好时光,如良辰、美景、赏心、乐事,只有这样,才算不虚度此生:"过了中秋月不明,过了清明花不好。花前月下得高歌,急须满把金尊倒。"(《一世歌》)"好花难种不长开,少年易老不重来。人生不向花前醉,花笑人生也是呆。"(《花下酌酒歌》)"一年细算良辰少,况又难逢美景何。美景良辰倘遭遇,又有赏心并乐事。不烧高烛对芳尊,也是虚生在人世。古人有言亦达哉,劝人秉烛夜游来。春宵一刻千金价,我道千金买不回。"(《一年歌》)"为乐须当少壮日,老去萧萧空奈何。朱颜零落不复再,白头爱酒心徒在。昨日今朝一梦间,春花秋月宁相待。"(《进酒歌》)通过对于生命意义的思考,唐寅树立起了一种以"及时行乐"为核心的非功利的人生观。这种人生观,乃是唐寅早年便有的人生观的非功利性倾向的发展,也是唐寅被迫离开功名之路所带来的结果。这种人生观,在中国历史人物身上屡见不鲜,却很少有人表达得像唐寅这样清楚,践履得像唐寅这样彻底。

唐寅这种以"及时行乐"为核心的非功利的人生观,在指导他的实际生活时所发生的影响之一,是促使他进一步抛弃了"发愤著书"、"立言垂世"的想法,采取了"自适"、"适志"的生活态度。他说:"人生贵适志,何用刿心镂骨以空言自苦乎!"(袁《序》)他在这种生活态度的指导下,为自己的余生选择了靠自己的诗文书画才能谋生的艺术家生活方式,正如他自己所说的:"予弃经生业,乃托之丹青自娱。"(《六如居士画谱自序》)这种生活方式,对他来说具有多重意义。首先,他能够靠它糊口,以取得经济上的独立。其次,经济上的独立能够带来人格上的独立,正如他自豪地宣称的那样:

不炼金丹不坐禅,不为商贾不耕田。闲来就写(写幅)青山卖,不使人间造业钱。(蒋一葵《尧山堂外纪》、顾元庆《夷白斋诗话》)

第三,更为重要的是,艺术能够使他得到创造的乐趣和满足,从而使他的生命显得美好充实,使他的自我得到完善提高。唐寅所选择的这种生活方式,已经非常接近近代艺术家的生活方式,所以也可以说,唐寅是近代艺术家的一个先驱。唐寅凭借自己的杰出才能,在这条人生之路上赢得了空前的成功:"四方慕之,无贵贱富贫,日请门征索文辞诗画。"(祝《志》)"晚年寡出,常坐临街一小楼,惟乞画者携酒造之,则酣畅竟日。"(蒋一葵《尧山堂外纪》)市民社会不仅造就了像唐寅这样的市民艺术家,也造就了一大批能够懂得欣赏唐寅艺术的市民。而唐寅在艺术方面的成功,也有助于消除他在功名方面的失败所造成的心理阴影。

唐寅这种以"及时行乐"为核心的非功利的人生观,在指导他的实际生活时所发生的另一个影响,是鼓励他自觉地采取豪宕不羁、风流放诞的生活态度。唐寅天性豪侠,又嗜声色,现在既已被抛出功名道路之外,又认识到生命的短暂和偶然,便使他产生了一种想要摆脱传统道德的约束,过更符合自己天性的生活的要求。他在《默坐自省歌》中说:"头插花枝手把杯,听罢歌童看舞女。食色性也古人言,今人乃以之为耻。"大胆地肯定了人的本能欲望的合理性,否定了"存天理、灭人欲"的理学思想。他中年以后的生活,可以说便是他上述要求的一个自觉实践。他在许多诗歌中,描写了自己的这种生活态度。如《漫兴》之二云:

> 此生甘分老吴闾,万卷图书一草堂。龙虎榜中题姓氏,笙歌队里卖文章。跏趺说法蒲团软,鞋袜寻芳杏酪香。只此便为吾事了,孔明何必起南阳!

他把与妓女的周旋等等看作是自己的生涯,而认为没有必要再去寻求什么功名。又如《感怀》诗云:

> 不炼金丹不坐禅,饥来吃饭倦来眠。生涯画笔兼诗笔,踪迹花边与柳边。镜里形骸春共老,灯前夫妇月同圆。万场快乐千场醉,世上闲人地上仙。

他认为以卖诗鬻画为生,与妓女为伍,人春共老,夫妇团圆,都是人间最快乐的事,他的理想,就是做一个无忧无虑的"闲人"。又如《春日写怀》诗云:

> 新春踪迹转飘蓬,多在莺花野寺中。昨日醉连今日醉,试灯风接落灯风。苦拈险韵邀僧和,暖簇薰笼与妓烘。寄问社中诸契友,心情可与我相同?

也吟咏了类似的内容。今唐寅集中,还保存有不少与妓女有关的诗,如《代妓者和人见寄》、《玉芝为王丽人作》、《寄妓》、《哭妓徐素》,等等,可见他当日与青楼关系之密切。

弘治十六年(1503),唐寅三十四岁。大约从是年起,他开始在桃花坞兴建桃花庵别业。桃花坞在阊门内,北街北,南距唐寅旧居不远,当时是苏州的名胜之一。唐寅《姑苏八咏》组诗之四是吟咏桃花坞的,从中可以想见桃花坞当日的景象:"花开烂熳满村坞,风烟酷似桃源古。千林映日莺乱啼,万树围春燕双舞……"江南三月里的桃花是异常美丽的,一株两株尚不觉其奇,倘是千树万树,则如云如霞,欲烧欲燃,使人怦然心动,留连忘返。唐寅选择桃花坞建造自己的别业,充满着浪漫气息与唯美色彩。以唐寅的经济能力,他其实是无力建造这样一处别业的,但是,他有许多朋友可以求助(如徐祯卿有《唐生将卜筑桃花之坞谋家无赀贶书见让寄此解嘲》诗,见《迪功集》卷三),所以几年之内,桃花庵终于还是建造起来了。它成了唐寅后半生二十年的寄躯之地,也成了唐寅与朋友们的聚会之所。袁袠说:"(唐寅)筑室桃花坞中,读书灌园,家无儋石,而客尝满座。风流文采,照映江左。"(袁《序》)"唐子畏居桃花庵,轩前庭半亩,多种牡丹。花开时,邀文徵仲、祝枝山赋诗浮白其下,弥朝浃夕,有时大叫痛哭。至花落,遣小伻一一细拾,盛以锦囊,葬于药栏东畔,作《落花诗》送之,寅和沈石田韵三十首。"(《六如居士外集》卷二《诗话》)①祝允明说:"治圃舍北桃花坞,日般饮其中,客来便共饮,去不问,醉便颓寝。"(祝《志》)从这些记载,我们可以想见唐寅当日在桃花庵中与朋友们赏花饮酒的景况。今存唐寅及其师友集中,尚保存不少以桃花庵为题材的诗歌,如唐寅有《社中诸友携酒园中送春》、《桃花坞被禊》、《桃花庵与祝允明黄云沈周同赋五首》、《桃花庵与希哲诸子同赋三首》,文徵明有《九日子畏北园小集》、《题唐子畏桃花庵图》,王鏊有《过子畏别业》,王宠有《唐丈伯虎桃花庵作》,袁袠有《桃花园》等诗。唐寅非常喜欢自己的这处别业,弘治十八年(1505),特地为它写了一首脍炙人口的《桃花庵歌》:

>   桃花坞里桃花庵,桃花庵里桃花仙。桃花仙人种桃树,又摘桃花换酒钱。酒醒只在花前坐,酒醉还来花下眠。半醒半醉日复日,花落花开年复年。但愿老死花酒间,不愿鞠躬车马前……

在这首诗中,唐寅透露了自己建造桃花庵别业的动机,乃是和他那以"及时行乐"为核心的非功利的人生观息息相关的。在《把酒对月歌》中,他更加有力地表达了建造桃花庵与自己人生观的联系:

>   ……我也不登天子船,我也不上长安眠。姑苏城外一茅屋,万树桃花月满天。

---

① 沈周《落花》诗作于弘治十七年(1504),文徵明、徐祯卿等吴中名士皆有和诗,唐寅所和可能在翌年桃花庵落成后。

唐寅用作为非功利人生观之象征的万树桃花与满天月光,否定了作为功利人生观之象征的"长安"与"天子船"。在这个意义上也可以说,桃花庵本身便是唐寅非功利的人生观的一个象征,是他那背时傲俗的生活态度的一个见证。

正当唐寅在桃花庵中与朋友们一起过着饮酒赏花、吟诗作画的悠闲生涯时,一场政治风波却差点把他卷了进去。当时,封于江西南昌的宁王朱宸濠图谋不轨,为了扩大势力,便礼贤下士,网罗人材。唐寅的名声远近皆知,又曾因科场案而身败名裂,所以当然成了朱宸濠的罗致对象。正德七年(1512),朱宸濠派人专程到苏州聘请唐寅,同时还聘请文徵明等人。文徵明拒绝了,唐寅却接受了。正德九年(1514)冬,唐寅四十五岁,前往南昌。唐寅到南昌后,朱宸濠待以殊遇。但是过了没多久,唐寅便觉察出苗头不对。他是一个明白利害关系的聪明人,深知牵扯进这种事情有多么危险。况且,李白的前车之鉴他也不会不知道。但他又清楚,自己既然已经成了一个知情人,朱宸濠便不会轻易放他走。于是,他开始装疯卖傻。朱宸濠派人送吃用的东西,他就一丝不挂地坐着,大发酒疯,谩骂使者。朱宸濠果然给他的这种行为蒙住了,生气地对手下人说:"谁说唐寅有本事?不过是一个疯子罢了! 快让他滚蛋!"(蒋一葵《尧山堂外纪》等)就这样,大约过了不到半年,正德十年(1515)春,唐寅逃脱虎口,平安地回到了故乡。后来,朱宸濠于正德十四年(1519)六月起兵谋反,七月即被镇压,前后仅四十三日。据说,在清除朱宸濠余党时,唐寅也在其列。上面的人想救他,却苦于找不到藉口。后来,发现了一首他题在南昌寓所壁上的诗,诗中诉说自己如何思念家乡,便以此为证据,证明唐寅当时并没有入伙,他这才保住了性命(《风流逸响》)。这或许只是小说家言,但当时的情形对唐寅确是很不利的。唐寅没有再次受辱,这是他的大幸。而在见微知著方面，他明显不如文徵明。①

回到苏州以后，唐寅重又过他那花酒诗画生涯。他豪宕不羁、风流放诞的生活方式至老不变。如他有一首《丁丑十一月望夕夜宿广福寺前作》诗，作于正德十二年（1517）他四十八岁时，写了自己的一次艳遇：

> 曲港疏篱野寺边，蓝桥重叙旧姻缘。一宵折尽平生福，醉抱仙花月下眠。（汪砢玉《珊瑚网书录》卷十六）

在广福寺附近，唐寅有过一次"醉抱仙花月下眠"的艳遇。唐寅不仅把它形之于诗歌，而且还说这是"一宵折尽平生福"，可见他对自己这种生活方式的坚定不移。

唐寅这种豪宕不羁、风流放诞的生活方式，使他成为人们构造传说故事的对象，而喧传于他身后的晚明时期。有关唐寅的传说故事中，流传最广、影响最大的，是"三笑"故事。据孟森《心史丛刊》三集考证，"三笑"故事盖是这样形成的：在祝允明《题秋香便面》诗，梅禹金《青泥莲花记》、《无声诗》中，都曾提到成化间妓女秋香，但此秋香既非"华府婢女"，亦与唐寅无关。王行甫《耳谈》（董恂《宫闱联名谱》引）记载吴人陈玄超在虎丘邂逅一宦家婢女，后设计娶之事，为"三笑"故事的原型，但其主角既不是唐寅，宦家婢女也不叫秋香。又姚旅《露书》载华之任在虎丘遇上海宦家婢秋香事，情节全同《耳谈》，仅易陈玄超为华之任，名

---

① 在约作于刚回苏州时的《又与文徵仲书》（其中提到"寅与文先生徵仲交三十年"，两人订交于十六岁时，至正德十年正好三十年）中，唐寅宣称在"学行"方面愿以文徵明为师，且"非词伏也，盖心伏也"。推测其原因，盖在朱宸濠之事上自叹弗如，故有此心伏师事之说欤？此文后来深得袁宏道欣赏，曾谓"真心实话，谁谓子畏狂徒者哉"（袁宏道评《唐伯虎汇集》卷三）——然由"狂徒"之语也可看出，直到晚明，唐寅在一般人心目中形象仍不佳也。

婢女为秋香。后来，项元汴(1525—1590)《蕉窗杂录》以唐寅代陈玄超，以秋香名宦家婢女，遂构成"三笑"故事(然其故事中秋香尚仅"一笑")。而尹守衡(万历壬午举人，1582)《明史窃》又以此事入传，何大成编唐寅集时(1607)又收入外编。袁宏道曾评《唐伯虎汇集》此条曰："此事尽可谱入传奇。"明代已有"三笑"弹词，冯梦龙《警世通言》有《唐解元一笑姻缘》小说，现代还有《三笑》评弹、《三笑》电影，流传可谓广泛。据杨静庵《唐寅年谱》考证，"三笑"故事中的华学士(或称华太师)，名察，字子潜，号鸿山，无锡人，其任侍读学士，已是唐寅卒后三十余年的事了；又"三笑"故事中华学士有大呆、二憨二子，而华察之子叔阳乃是隆庆二年二甲一名进士。凡此均可见"三笑"故事纯属虚构。不过，"三笑"故事的产生，却说明了唐寅豪宕不羁、风流放诞的生活态度对市民文学的影响，也说明了唐寅在一般市民心目中的形象。此外，有关唐寅的传说故事还有许多，但大都无可征信。

唐寅已垂垂老矣，却还是一无所有。生活还是那般清苦，人生还是那般无谓。求诗求画的人还是很多，但也难免有入不敷出的时候。碰到这种时候，他只能再向朋友求援。作于正德十三年(1518)他四十九岁时的《风雨浃旬厨烟不继涤砚吮笔萧条若僧因题绝句八首奉寄孙思和》诗，反映了他晚年生涯的艰辛：

十朝风雨苦昏迷，八口妻孥并告饥。信是老天真戏我，无人来买扇头诗。(之一)

书画诗文总不工，偶然生计寓其中。肯嫌斗粟囊钱少，也济先生一日穷。(之二)

青衫白发老痴顽，笔砚生涯苦食艰。湖上水田人不要，谁来买我画中山？(之六)

荒村风雨杂鸣鸡，燎釜朝厨愧老妻。谋写一枝新竹卖，

市中笋价贱如泥。(之七)

但即使在这样的情况下,唐寅还是热爱自己的艺术,喜欢自己的生活,因为其中有着艺术创作的乐趣,有着人格独立的快乐:

抱膝腾腾一卷书,衣无重褚食无鱼。旁人笑我谋生拙,拙在谋生乐有余。(之三)

领解皇都第一名,猖披归卧旧茅衡。立锥莫笑无余地,万里江山笔下生!(之五)

在这样的生活中,唐寅迎来了自己的五十岁生日。他的《五十言怀》诗,似乎对自己的生活做了总结:

笑舞狂歌五十年,花中行乐月中眠。漫劳海内传名字,谁论腰间缺酒钱。诗赋自惭称作者,众人多道我神仙。些须做得功夫处,莫损心头一寸天。

唐寅的名声已经传遍了海内,人们称他为"神仙"。这不仅是因为他在诗文书画方面有着杰出的才能,也是因为他那"花中行乐月中眠"的生活,是人们虽向往却又不能或不敢去做的吧?从最后两句中,我们也可以看出,即使像唐寅这样豪宕不羁、风流放诞的才子,也还是具有一种强烈的道德感的。这种道德感约束着他,使他在伸展自己的个性的同时,又不至于成为一个走极端的人,与社会的根本原则发生正面冲突。这就是中国的传统文化对唐寅这样的文人的影响。鲁迅评论陀思妥耶夫斯基的作品说:"他把小说中的男男女女,放在万难忍受的境遇里,来试炼它们,不但剥去了表面的洁白,拷问出藏在底下的罪恶,而且还要拷问出藏在那罪恶之下的真正的洁白来。"(《且介亭杂文二集·陀思妥夫斯基的事》)唐寅的人格也是这样。在他的生活与作品中,我们体会到的是一种反传统的、否定道德的倾向,但是在这种倾向的下面,我们又隐隐感到存在着某种从未逾越过的界限——"心头一寸天"。后人也指出过同样的事实:唐寅"虽任适诞放,而一毫无所苟"(蒋一葵《尧山堂外纪》)。我们看唐寅的字,也能感受到这一点。

不仅在其豪宕不羁、风流放诞的生活态度后面,唐寅仍保持着"心头一寸天"的道德感,即使其后半生始终坚持的非功利的人生观,也并不是那么醇乎醇之的。唐寅在理智上的确已将世间功名看得非常淡薄,但是如果说他在潜意识里也已经彻底排除了功名之念,那也将是对唐寅的一个误解。功名之念,至少留在他潜意识中的痕迹,将是永远也消除不了的。它也许可以被压抑,却会在某些场合冒出来。正德十三年(1518)中秋前夜,唐寅梦见自己在朝廷上"草制",醒来仿佛还记得其中的一联:"天开泰运,咸集璃管之文章;民复古风,大振金陵之王气。"草制朝廷,这是明代每一个读书人都梦寐以求的前程,对唐寅来说,尤其是一个眼看就可以到手却又不幸失去的前程。从唐寅的这个梦也可以看出,他心目中的功名之念,有如灰烬中的火星一样,尚在不时地闪烁。但是这种闪烁,与其说反映了希冀的渺茫,毋宁说表现了绝望的深沉,反而加剧了唐寅的悲剧色彩。在另一夜的梦中,唐寅又梦见了二十多年前的那场科场案:

> 二十年余别帝乡,夜来忽梦下科场。鸡虫得失心犹悸,笔砚飘零业已荒。自分已无三品料,若为空惹一番忙。钟声敲破邯郸景,依旧残灯照半床。(《梦》)

他那自认为久已忘却而实则只是被压抑的回忆,毫不留情地在梦中溜了出来,再度使他心惊肉跳,可见当年那场科场案对他的刺激之深,也可见他对此"得失"并未能真正忘怀。尤其具有象征意义的是,噩梦醒来,迎接唐寅的不是早晨的阳光,而是摇曳的残灯——这似乎象征着无论在梦里还是在现实中,生活对他来说都只能是一场悲剧。除了晚年的这两个梦以外,从唐寅后期的有些诗中,我们也能体会到他潜意识里对失去功名的耿耿于怀。如他有一首绝句写道:"五陵鞍马少年时,三策经纶圣主前。零落而今转萧索,月明胥口一江烟。"表现了对于"三策经纶圣主前"的得意日子的缅怀,与"领解皇都第一名"乃是同一种情绪的反映。又如他四十岁时为寿王鏊六十寿辰而作的《寿王少傅》诗云:"绿蓑烟雨江南客,白发文章阁下臣。同在太平天子世,一双空手掌丝纶。"将作为布衣的自己与作为名臣的王鏊进行对比,看似傲慢不恭,实则包含辛酸。言下之意,两人的差别只在于运气的不同,否则的话,王鏊的地位也是自己肯定能够有的(王鏊当初连中两元,唐寅差一点也连中两元,所以唐寅要将自己与王鏊相比)。这同样表现了他对于失去了的光荣和可能有的功名的耿耿于怀。世俗的价值观念,并不如我们所想象的那么容易彻底摆脱,唐寅也不能例外。上述这些梦或诗大都作于其晚年或后期,虽不足以动摇唐寅基本的人生态度,却也显示了唐寅人格与思想的复杂性。

不久以后的嘉靖二年十二月二日(1524年1月7日),唐寅走完了他那沉重而又艰涩的人生道路,终年五十四岁,离他常常计算的"人生七十"还差了十六年。据说他临终时写下了这么一首"绝笔诗":

> 生在阳间有散场,死归地府也何妨。阳间地府俱相似,只当漂流在异乡。

当唐寅将要漂流到"那从来不曾有一个旅人回来过的神秘之国"(莎士比亚《哈姆雷特》)去的时候,他是怎样回顾自己的一生的呢?他曾经差一点自致于青云之上,却又重重地落回到市民社会中来;他想"为一家学",却"未及成章而殁"(祝《志》)——其实这只是委婉的说法,唐寅后来根本就没有致力于"为一家学";他画了许多画,"奇趣时发,或寄于画,下笔辄追唐宋名匠",似乎可以满足了,却"既复为人请乞,烦杂不休,遂亦不及精谛"(祝《志》),也不无遗憾;他作了许多风趣独特的诗歌,却又"于应世文字诗歌不甚措意,谓后世知不在是,见我一斑已矣"(祝《志》),也并不满足。祝允明说:"气化英灵,大略数百岁一发钟于人,子畏得之,一旦已矣,此其痛宜如何置!"(祝《志》)钱谦益引此语后说:"知伯虎者其唯希哲乎!"(《列朝诗集小传》唐寅小传)这样看起来,他本人或者他的朋友以及后人,都认为他的一生是个失败,他原本可以有更高的成就(我们看孙星衍的《重修桃花庵碑记》,所说的便是这个意思)。

但是,事实果真如此吗? 如果唐寅没有牵入科场案,而是顺顺当当地中了会元,做到三公六卿;如果他发愤著书,成为明代有名的学者;如果他更为认真地作诗作画,使他的诗画达到更高的水平……那么,他的一生难道会比他实际所过的更有意义吗?我看未必。唐寅一生的主要意义,在于他敢于坦率地追求生命的欢乐,在于他敢于坦率地承认"人欲"的合理,在于他敢于坦率地伸展自己的个性,在于他敢于坦率地表达自己的思想,总而言之,在于他敢于坦率地追求一种更为自由、更为真诚的生活。他已经达到了封建时代只有极少数文人才能达到的精神高度。至于他的功名是否大,著作是否多,诗画是否工,那都是次要的问题。唐寅的一生,就世俗的标准而言是失败的,至少是不完全成功的;但是按照如上所说的更高的标准而言,他其实是空前成功的。正因为这样,所以他比许多世俗所谓"成功"的历史人物,更长久地被人们牢记着、缅怀着、热爱着。

从《列朝诗集小传》
看晚明精神的若干表现

明代自嘉靖以还,随着社会经济的发展,随着市民阶层的壮大,社会的各个方面都发生了很大的变化。在经济思想方面,"传统的崇本抑末思想和抑商政策受到了冲击","代之而起的是农商并重的思想","出现了一股用商品货币关系去考察一切事物的新思潮";在消费观念方面,抑制消费的"传统的节俭观念也受到了崇奢黜俭思想的挑战";[①]在生活风尚方面,传统的"拘谨、守成、俭约"和"受礼制严格约束"的生活风尚,在城市中为奢侈豪华、越礼逾制、纵情声色的生活风尚所取代。[②] 晚明经济思想、消费观念、生活风尚的这些变化,动摇了传统的伦理道德观念,孕育了以李贽为代表的肯定人欲、尊重个性的新思潮。作为这种新思潮在文学方面的体现,则有汤显祖的戏曲、三袁的诗文、冯梦龙和凌濛初的小说。[③] 所有这些,都反映了晚明社会生活与意识形态的急剧变化。在这样一个背景之下,我们来看钱谦益的《列朝诗集小传》(他的族孙钱陆灿把他在明亡后数年间

---

① 吴申元《试论明代中后期经济思想的演变》,载《复旦学报》1984 年第 1 期。
② 刘志琴《晚明城市风尚初探》,载《中国文化研究集刊》第 1 辑,上海,复旦大学出版社,1984 年。
③ 章培恒《试论凌濛初的"两拍"》,载《文艺论丛》第 17 辑,上海,上海文艺出版社,1983 年。

编纂的《列朝诗集》的传记部分辑为《列朝诗集小传》,故本文径称后名,简称《小传》。以下凡引文不注出处者,均引自此书该人小传),便会发现它同样体现了晚明文学的新思潮,具有鲜明的晚明特征。《小传》记录并肯定了晚明人豪宕不羁的个性、放诞风流的行为、对生活情趣的追求、对山水自然的热爱,多方面地表现了晚明人不同于前代的精神风貌。钱谦益的思想容或与袁、汤、冯、凌有所不同,他的《小传》在体现晚明精神的典型与深刻上也无法与《牡丹亭》、《三言二拍》相比,但就其主要特征而言,钱氏还是属于晚明文学新思潮的阵营的,《小传》也是一部与《牡丹亭》、《三言二拍》属于同一范畴的作品。可以说,《小传》是晚明文学新思潮在传记文学领域中的代表。本文的意图,在于以《小传》为窗口,窥看一下晚明精神的若干表现。

一、豪宕不羁

《小传》记录了晚明人豪宕不羁的性格,反映了晚明人对个性自由的追求。这是《小传》所体现的晚明精神的第一个表现。

传统的儒家伦理观念的核心,是所谓的"三纲五常"。撇开其中的皇权、父权、夫权思想不说,就人与人的关系而言,它规定一个人不是臣民的君主,就是君主的臣民;不是父亲的儿子,就是儿子的父亲;不是妻子的丈夫,就是丈夫的妻子;而唯独不是他(她)自己。在这种伦理观念的约束之下,所有与众不同的性格和行为,都被当作有害于群体的东西受到排斥;与此同时,温良恭俭让、不偏不倚的中庸之道等等,就成了国民性格的标准。晚明时期,伦理观念随着社会经济的发展有了相应的变化,人们开始在臣民、父亲、丈夫等等社会身份之外,要求自己作为个人的存在。如李贽罢官以后,置当时认为对宗族和妻子应尽的义务于不顾,落发出了家,他说:"余唯以不肯受人管束之故,然后落发,又岂容易哉!"(《焚书》卷四《豫约》)袁宏道离吴县知县任后,弃妻子于南京,与朋友一起遍游越中山水;袁中道"视妻子如鹿豕之相聚,视乡里小儿如牛马之尾行,而不可与一日居也"。万历以后,像这种视妻室如羁绊的情况是很普遍的。回想嘉靖时归有光那些缠绵哀怨的思妻恋子之文,不免使人有恍如隔世之感。

传统伦理观念的约束既已松动,具有鲜明个性的人物便大量涌现了。在晚明时期,作为传统性格的对立面而出现的,是"豪宕不羁"的性格。《小传》所载万历以后人物的性格,或多或少都具有"豪宕不羁"的特征。譬如,杜大成自号为"山狂生";曹子念"为人倜傥,重然诺,有河朔侠士之风";梁辰鱼"好轻侠";陈以忠"以豪侠闻于时";顾养谦"倜傥任侠","万历中,海内缙绅称倜傥雄骏者,以益卿为首";朱邦宪"性慷慨,通轻侠";田艺蘅"性放旷不羁,好酒任侠";汪钺"豪宕自命";王瑞"气岸豪举";李奎"跌宕自豪";王寅"少年俶傥自负";宋登春"性嗜酒慕侠,能挽强驰骑","里中呼为狂生";王逢年"慢世敌嵇康";王舜华"倨隐傲世";孙友篪"不顾俗诮,飘然自怡";顾斗英"磊落不羁";林世璧"高才傲世";郑琰"豪于布衣,任侠";何璧"魁岸类河朔壮士,跅弛放迹,使酒纵博";崔子忠"孤峭绝俗";赵南星"负意气,重然诺,有燕赵节侠悲歌慷慨之风","通轻侠,纵诗酒,居然才人侠士、文章意气之俦也";李至清"少负轶才,跅弛自放";袁中道"通轻侠,游于酒人,以豪杰自命";王思任"通脱自放,不事名检";沈璜"重气任侠";顾大武"权奇俶傥,以古豪杰自命";吴兆"为人率真自放";范应期"豪举跌宕";刘黄裳"任侠"、"豪宕","走马击剑,洒洒悲歌,以古豪杰竖立自负";傅光宅"负意气";徐桂"恃才自放";王一鸣"负才自放,不为吏道所拘";王士骐"倜傥轩豁";张民表"兀傲自放,世莫测其深浅";潘之恒"以倜傥奇伟自负";

陈衎自撰墓志铭云"生肮脏负俗";王惟俭"为人疏通轩豁";阮自华"为人跌宕疏放";康彦登"为人慷慨负气,一言不合,辄拂袖去";杜光宇"负才跅弛,病狂易而死";等等。不仅仅是男子,而且连青楼女子,也往往具有这种豪侠气质。如金陵妓赵燕如"性豪宕任侠,数致千金数散之……沈勾章为作传曰:'赵不但平康美人,使其具须眉,当不在剧孟、朱家下也。'"所谓"倜傥"、"轻侠"、"豪侠"、"任侠"、"慷慨"、"放旷"、"豪宕"、"跌宕"、"慢世"、"傲世"、"磊落"、"孤峭"、"跅弛"、"重气"、"权奇"、"豪举"、"疏放"等等,虽然字面意思有所不同,但它们所表现的精神却是一致的,即对个性自由的追求,尤其是对"豪宕不羁"性格的追求。这种追求,在万历以前不是没有(参见赵翼《廿二史劄记》卷三四"明中叶才士傲诞之习"条),却不如万历以后普遍。

晚明人豪宕不羁的性格,其表现是多种多样的。首先,晚明人多轻财结客者。如黄世康"意气豪举,囊中装与贫交共之";陈凤"性好结客";康从理"好客任侠";潘之恒"好结客";吴拭"轻财结客";张民表"其任侠好客,则老而弥甚";来复"为人重气好客,泛交道广,有声荐绅间";朱正初"家富好客,沈嘉则、王伯毂诸人皆客其家"。有些人竟因此而破家,亦在所不惜。如张民表"好施予,喜结客,家遂中落";邢侗"先世席资巨万,美田宅,甲沸水上。子愿筑来禽馆,在古犁丘上……四方宾客造门,户屦恒满。减产奉客,酒鎗簪珥时时在质库中";顾斗英"穷服馔,娱声色,选伎征歌,座客常满,日费万钱,不吝……竟以此倾父赀,郁郁贫病以死";徐于"身又为贵公子,不问家人生产,食贫如寒素。花晨月夕,诗坛酒社,宾朋谈宴,声伎禽集。典衣鬻珥,供张治具,惟恐繁华富人或得而先之也"。晚明人之所以如此轻财结客,除了追求生活享受之外,恐怕还和追求个性自由有关。因为他们通过轻财结客这一行为,表现了对战国秦汉时代豪侠气质的向往。

如顾大猷"折节置驿,延请四方宾客,一时声称藉甚,以为四公子复出也";又"南阳朱邸好辞赋,延招四方宾客,起高明楼,拟于雁池、兔园",礼聘潘一桂等。从这些记载不难看出,晚明人的轻财结客,往往是想博得一个战国四公子或汉初诸侯王式的豪侠名声,所以竞相比赛,唯恐落于人后。这说明晚明人的轻财结客,确和他们豪宕不羁的性格有关。

其次,晚明人多有"使酒骂坐"的坏脾气。如叶之芳"好使酒骂坐";张元凯"悒悒不得志,游于酒人以自放。酒间谈说天下事,慷慨风发。意有所不可,使酒骂坐,坐客皆亡去,意自如也";郑琰"新安富人吴生延居幸舍,以上客礼之,翰卿醉辄唾骂主人,呼为钱房";钱希言"稍不当意,矢口嫚骂,甚或形之笔牍,多所诋諆,人争苦而避之。以是游道益困,卒以穷死";林春秀"性嗜酒耽诗……醉后,酒狂不可禁";周楷"为人负气嫚骂,所如不合";李至清"江上富人与超无有连,超无醉后唾骂富人若圈牢中养物,多藏阿堵,为大盗积耳";赵南星"酒后耳热,戟手唾骂……在戍所,赋诗饮酒,唾骂笑傲,一如其平时"。人们在平时受着社会的约束,道德的压抑,只有在梦中酒后才能解除压抑,流露心曲。晚明人的好使酒骂坐,正是他们力图摆脱压抑、伸展个性的反映。同时,也未必没有藉酒避祸之意,因为人们一向认为,喝醉了酒是可以不必为自己的言行负责的。

再次,晚明人往往"好大言",即喜欢说大话,而不顾别人的嗤笑。他们或以边才自负,好大言谈兵。如陆之裘"大同之变,著论嗤柄国者,以为授手可定,颇为里中儿所嗤,弗恤也","好为散词,有云'本是个英雄汉,差排做穷秀才',其感慨托寄如此";徐颖"好谈兵,以徐鸿客、姚荣靖自许";陈衎"老于场屋,好谈边事利害及将相大略,穷老意气不少衰止";何璧"谙晓辽事,谈夷汉情形如指掌,如有用我,黑山白水可克日而定也。璧求用甚亟,酒间奋臂抵掌,人皆目笑之,殊不自得";唐时升"酒酣耳热,往往捋须大言曰:'当世有用我者,决胜千里之外,吾其为李文饶乎!'";顾大武"酒间奋袂叉手,谭霸王大略,每大言曰:'世有用我,其为姚元之乎!'"顾养谦"以边才自负";林章"为人经奇矞兀,抗志经济,谓天下事数着可了,而功名富贵可以唾戾"。或以文章自喜,好高自标置。如茅维"尝以所作杂剧属余序,已而语人曰:'虞山轻我!近舍汤临川而远引关汉卿、马东篱,是不欲以我代临川也!'其矞兀如此";王惟俭"一日时贤毕集,征《汉书》某事,具悉本末。指其腹,轩渠笑曰:'名下宁有虚士乎!'……意不可一世,沾沾自喜";王逢年"益自负,作《五敌诗》,谓慢世敌嵇康,缀文敌马迁,赋诗敌阮籍,述骚敌屈宋,书法敌二王。著书一编,曰《天禄阁外史》,妄男子辑东汉文,误入之,益自喜,以为当吾世得追配古人也";林光宇"作《鸿门宴》乐府,每自诧不减谢皋羽、杨廉夫也";莫叔明"癖好为诗,苦思险诣,务出于人所不经道。高自标置,每谓人:'近日出语太易,人得无以岑嘉州目我乎?'群少年皆目笑之"。晚明人的"好大言",其实也是豪宕不羁性格的一种表现,因为这表明他们的自我意识非常强烈,而强烈的自我意识本身即是个性觉醒的标志。

然而,在一个传统道德深入人心,习惯势力根深蒂固的社会里,一部分个性觉醒了或半觉醒了的人们的"豪宕不羁"性格,必然会使他们不见容于社会。他们常因行为异众、藐视旁人、睚眦嫚骂、负气忤俗等而受到乡里的驱逐或长吏的迫害,不得不远离故土,云游他乡。如吕时臣"避仇远游,历齐梁燕赵间十年,客食诸王门下";郭昭"性孤峭,处丛林不能说众。事解,仍冠巾游吴越闽楚间";沈春泽"儿时骄稚","不得志于里闬","负气肮脏,多所睚眦";顾圣少"少无乡曲之誉,陷于缧绁,佯狂去乡里";李至清"遇里中儿辄嫚骂,或向人作驴鸣,曰:'聊以代应对耳!'里人噪而逐之";何允泓"其遇人,意有不可,目直上视,不交一言。里人忌而恶之,闻履屦声,皆摇手避去。常引镜自笑:'安得渠一夕死,令满城人开口笑耶!'";其从子大成"负气忤俗,不容于闾里,避仇出游黔楚间";魏冲"藐视里中儿,以为粪土狗马,惟不得践而踏之";吴梦旸"禀性强直,乡里有不平事,奋袂剖陈,不避权贵。苕上人畏而远之";冒愈昌"负气伉直,为怨家所中,浪迹避地,遍游吴楚间";王惟俭"口多微词,评骘艺文,排击道学,机锋侧出,人不能堪,亦坐是为仕路侧目";尹伸"所至与长吏忤,以孤峭见摈"。其中严重的竟至于破家亡身。如范汭"岳岳不为人下,数困长吏,尽破其家";居节"家故隶织局,织监孙隆闻其名,召见,不肯往。孙怒,坐以逋帑拘系,破家";嵇元夫"放迹不羁,为乡曲所中,坐法下狱";林章"肮脏忤俗,动与祸会"。冯梦龙《醒世恒言》中有一篇《卢太学诗酒傲王侯》,述卢柟以使酒骂坐得罪县令事,便是这方面的生动写照,可作参考。

对于晚明人豪宕不羁的性格,钱谦益是持肯定态度的。如沈野是个酒鬼,曹学佺这样形容他:"半夜号咷常索酒,一生氄毲自圈诗。"钱谦益却赞叹道:"亦可想其风致也。"又如李至清是一个不为乡里所容的怪人,但他来找钱谦益,钱谦益却对他很好。后来李至清"恃才横死",钱谦益惋惜道:"要为临川通人所共叹息。"所谓"通人",就是那种能够容忍和理解不羁之士的人,也就是像钱谦益这样的人。这一点,从他评茅元仪的一段话中也可以看得很清楚:"止生自负经奇,恃气凌人,语多夸大。能知之者,惟高阳与余;而止生目中亦无余子。世所推名流正人,深衷厚貌,修饰边幅,眼光如豆,宁足与论天下士哉!"所谓"名流正人",正是与"通人"对立的那种人。钱谦益认为,与"目光如豆"的名流正人是无法评论有独特个性的天下奇士的。而且,"恃气凌人,语多夸大",这在世俗看来实在是一种要不得的性格,而钱氏却引以为知音;"深衷厚貌,修饰边幅",这是传统道德所肯定的"绅士风度",而钱氏却大加抨击。由此可见,钱谦益评价人物的标准与传统的标准是不完全相同的。传统的人物评价标准是所谓的"三立",即立德、立功、立言。但在《小传》中,却有许多人物不是由于"三立",而是由于个性的鲜明、行为的怪诞而受到注意的。这反映了晚明人价值观念的变化,是一个值得注意的现象。

二、放诞风流

《小传》记录了晚明人放诞风流的行为,反映了晚明人道德观念的变化。这是《小传》所体现的晚明精神的第二个表现。

如果说"豪宕不羁"较多地与晚明人对个性的追求有关的话,则可以说"放诞风流"更多地与晚明人对欲望的肯定有关,虽说它同样也表现出一种蔑视传统的个性。晚明人"放诞风流"行为的思想基础是对道学的否定。如李蓘为人非常风流,这和他"持论多訾毁道学,讥评气节"不无关系。此外,晚明人是自觉地追求风流气质的。如范景文"每以江左风流自命";朱承绿"以文采风流厚自标置";钦叔阳"以风情意气自负"。他们还以古人的放诞风流行为为自己的榜样。如张献翼、张孝资"相与点检故籍,刺取古人越礼任诞之事,排日分类,仿而行之"。可以说,放诞风流是他们人生观的一个重要方面。这在王伯稠赠梁辰鱼的一首诗里反映得十分明显:"达人贵愉生,焉顾一世讥。伯龙慕伯舆,狗情良似痴。彩毫吐艳曲,烨若春葩开。斗酒清夜歌,白头拥吴姬。家无儋石储,出外年少随。玄晖爱推奖,此道今所稀。"从这首诗也可以看出,他们是把"愉生"作为自己的人生目标的。"狗情"、"吐艳曲"、"拥吴姬"等等风流韵事,都是"愉生"的具体内容,也是他们不顾"一世讥"而无畏追求的东西。由此可见,晚明人的放诞风流并不仅仅是一种"胡作非为"或"道德堕落",而是蕴藏着丰富的思想内容和人生理想的。

晚明人放诞风流的行为,其表现是多种多样的。首先,晚明人的狎妓之风甚为盛行。如王醇"从季父游长安,日醉市楼,挟妓走马";黄世康"久客广陵,遨游青楼,极宴放歌,有杜牧之之风";王叔承"少多狭邪之游,曲宴新声,杂拥柔曼";朱邦宪"呼卢挟妓";李至清"时时醉眠伎馆,义仍作诗讽之,所谓倒城太平桥者,皆临川勾栏地也";王伯稠"稍闲则栖止花宫兰若,或留连狭斜,旬月不知所之";程可中"狭斜饮博,留连匝月,人不知其所之"。此外,晚明人自蓄声伎的风气也很盛。如唐献可"读书任侠,蓄声伎,鉴别古书画器物,家蓄女伎,极园亭歌舞之胜。风流好事,甲于江左";顾大典"妙解音律,自按红牙度曲。今松陵多蓄声伎,其遗风也";于嘉"妙解声乐,蓄妓曰弱云,色艺俱绝。晚而弃去,忽忽不乐,诗句留连,每有杨枝别乐天之叹"。狎妓青楼或自蓄声伎,在今天看来当然都不是好事,但是在晚明时期,这种现象却有其一定的进步意义。它一方面表现了晚明人对于"存天理,灭人欲"的禁欲主义的反抗(这种反抗,在《三言二拍》、《金瓶梅》等中表现得更为明显直接),另一方面也表现了他们对于传统的价值观念的否定。

其次,晚明人常以惊世骇俗的行为来表示对传统观念的挑战。如田艺蘅"时时挟内人遍游诸山。偶日暮,不得巾车,觅得一驴,与内人共跨入城"。在一个妇女们"过着差不多是幽居的生活,只能同别的妇女有所交往……妇女没有女奴隶作伴就不能离家外出;她们在家里实际上受着严格的监视"[1]的社会里,

---

[1] 恩格斯《家庭、私有制和国家的起源》,收入《马克思恩格斯选集》第四卷,北京,人民出版社,1972年,第59页。

田艺蘅竟敢带妻子一起游山,并敢和妻子同骑一驴招摇过市,这不能不说是非常大胆的行为(清代小说《儒林外史》中有"杜少卿夫妇游山"一节,时人每叹为行动大胆,而不知明人固已如此)。又如,臧懋循"与所欢小衣红衣,并马出凤台门";田艺蘅"尝衣绛衣,挟二鬟,游湖上,逢好友,则令小鬟进酒,促膝谈谑";张献翼"或紫衣挟伎,或徒跣行乞,遨游于通邑大都";都以穿红衣来表示对传统观念的蔑视。这不禁使我们想起当年雨果的浪漫主义戏剧《欧那尼》冲破保守势力的重重阻挠在巴黎大戏院上演时,其战友戈蒂耶身着红背心出场助威的佳话。它们的精神实有相似之处。

晚明人的放诞风流行为,常在社会上引起较为强烈的反应。一方面,放诞风流行为必然要受到道学家或"名流正人"的谴责,晚明人因此而被罢官的为数不少。如屠隆在郎署时,与宋小侯相得甚欢,"两家肆筵曲宴,男女杂坐,绝缨灭烛之语,喧传都下,中白简罢官";臧懋循也因穿红衣等事而"中白简罢官"。但另一方面,晚明人的放诞风流行为,却常常受到厌恶道学、喜欢风流的人们(尤其是青年人)的同情和赞赏。如顾大猷"尝游秦中,赋诗吊古,留连武功鄠杜间,访问康王遗伎,召置坐中,青衫白发,歌残曲,道故事,风流慷慨,长安少年至今传之";李袭"左官家居,好纵倡乐。有所狎女优,往来汜雒间,于田微服往从之,与群优杂处。女优登场,持鼓板为按拍。久之,群优相与目笑,漏言与主人翁。主人翁知为李翰林,具衣冠,肆筵席,再拜延请。于田拂衣就坐,欢饮竟日。借主人翁厩马,与女优连骑而去。中州人至今传其事"。又如,万历甲辰(1604)中秋,一百二十个名士、四十余个妓女开大社于南京,"咸相为辑文墨,理弦歌,修容拂拭,以须宴集,若举子之望走锁院焉"。而对这一风流韵事,"白下人至今艳称之"(见朱承㸅小传)。凡此可见,尽管道学家们竭力反对,但放诞风流行为却仍能获得相当的市场。这说明,风流放诞行为在晚明具有广泛的社会基础。

对于晚明人的放诞风流行为,钱谦益是持肯定态度的。这从他将晚明人的种种放诞风流事迹载入《小传》,并用赞赏的笔触加以叙述评论这一点也可以看得很分明。此外,从他对明代"艳情"文学的肯定态度也同样可以看出这一点。如他称赞胡汝嘉"文彩风流,不拘常律,所著小说数种皆奇艳";称赞邬佐卿的《缠头集》"佳句丽情,可歌可咏"。而对那些在编定文集时删去艳诗的行为极致不满:"大率前辈别集,经人撰定,恐破坏道学体面,每削去闲情艳体之作,而存其酬应冗长者,殊可叹也。"(李懋小传)褒贬之间,可以看出钱谦益对艳诗的肯定,对道学的反感。再如,黄佐《漫兴》诗有"倦游却忆少年事,笑拥如花歌落梅"之句,自注"欲尽理还之喻"。此注其《泰泉集》不收,钱谦益在《小传》中特为拈出,极有深意。盖"欲尽理还"四字,颇为传神地画出了不少明代文人少年时放诞风流,中年以后道貌岸然的面目(就连晚明追求个性解放的代表人物袁宏道似也不能免此四字),而钱谦益对此却是颇不以为然的。又如,李祯"效瞿宗吉《剪灯新话》作《余话》一编,借以伸写其胸臆。其殁也,议祭于社,乡人以此短之,乃罢"。钱谦益对此愤慨道:"'白璧微瑕,惟在《闲情》一赋。'其然岂其然乎!"可见他是根本不承认《闲情赋》之类言情之作是诗人品质上的污点的。钱谦益对艳情文学的这些肯定,与他对放诞风流行为的肯定是密切相关的。

三、生活情趣

《小传》记录了晚明人生活情趣的种种表现,反映了晚明人重视个人享受的生活态度。这是《小传》所体现的晚明精神的第三个表现。

所谓"生活情趣",说穿了,无非是一种比较雅致的生活享受而已。它当然要求一定的物质条件,但它不同于一般纯粹的官能满足的地方,在于它还要求一定的精神条件。这个精神条件,就是一种非功利的或部分非功利的人生观,亦即重视个人享受甚于重视功名利禄的人生观。晚明具有这种人生观的人是相当多的。他们认为日常生活就是"道",饮食男女、贪生怕死都是合乎人性之事。所以他们一方面理直气壮地享受那些原先被"高雅"的士大夫所鄙视的世俗生活的乐趣,一方面把"经国之伟业"的文学艺术拉下来,使之成为自我娱乐的工具。

晚明人所讲究的生活情趣是多种多样的。首先,他们美化自己的生活环境,从泉石花木中领略大自然的意蕴。贫寒的则疏泉理石,种花植草。如邵濂"小筑于北城之麓,双松表门,老槐架屋,疏泉理石,居然名士风流";陈员胤"庭中种扁豆,豆花盛开,坐起其中,烹茗焚香,孤吟不辍,即以豆花名其斋";王人鉴"堂供古佛,一灯荧然。庭前双桧,可二百年物。凝尘满席,阶下幽花小草,手自灌刈";顾祖辰"老屋三间,破榻竹几。庭中古树一株,杂花数本";方登"爱冶城林木幽邃,即其麓家焉,自号樵城子";崔子忠"居京师阛阓中,蓬蒿翳然,凝尘满席,莳花养鱼,杳然遗世"。富裕的则更是建造园林,征歌度曲。如李流芳"读书处曰檀园,水木清华,市嚣不至,一树一石,皆长蘅父子手自位置";邹迪光"疏泉架壑,征歌度曲,卜筑惠锡之下,极园亭歌舞之胜";顾大典"家有谐赏园,清音阁,亭池佳胜"。晚明人通过美化自己的生活环境,来追求与自然的和谐一致,并从中得到身心两方面的愉悦。

其次,他们又美化自己的读书环境,从琴书鼎彝中领略书斋生活的情趣。如于鉴之"琴书分列,香茗郁然,文采风流,浮动于研席笔墨之间";李流芳曾对钱谦益说,"精舍轻舟,晴窗净几,看孟阳吟诗作画,此吾生平第一快事";黄姬水"所畜敦彝法帖名画甚富,一室之中,棐几莹洁,笔研精良,焚香晏坐,忻然忘老";王济"所居有长吟阁,宝砚楼,图史鼎彝,夺目充栋";王惟俭"好古书画器物,不惜典衣举息。家藏饕餮周鼎、夔龙夏彝,皆一时名宝";李流芳"琴书萧闲,香茗郁烈,客过之者,恍如身在图画中"。书斋情趣是文人生活情趣的一个重要方面,袁宏道曾将它列为五种"真乐"之一(《锦帆集》卷三《龚惟长先生》)。晚明市民经济和市民文化的发达,为它的普及创造了良好的条件。

再次,晚明人又使传统的诗文书画等文学艺术日渐远离政治,成为一种自娱性的东西。在过去,诗文之类往往不是功名利禄的敲门砖,就是政治见解的传声筒,总之,与政治的关系非常密切;然而在许多晚明人那里,吟诗作文却仅仅是为了自我娱乐,而没有其他什么功利性的目的。袁中道称自己"修词则以经国垂世让人",这在晚明是一种很普遍的看法。如周晖"几格不虚,巾箱恒满,吟咏自适,不求人知";方登"画仿史痴翁,书摹云麾,间为小诗以自适";顾祖辰"间作小诗及画,不以示人,自娱而已"。此外,书画图书当然更是晚明人的"自娱"之物。崔子忠"一妻二女,皆能点染设色,相与摩娑指示,共相娱悦";娄坚"书法妙天下,风日晴美,笔墨精良,方欣然染翰,不受促迫";顾元庆"独以图书自娱"。晚明人对待文学艺术的这种态度,与历来的态度有着相当大的差别。

除此之外,晚明人还多方面地发展自己的才能,使自己成为一个多才多艺的人。一方面,传统的比较高雅的才能,如诗词书画等,在每个人身上都得到了较为全面的发展,身兼诗歌、绘画、书法、音乐数种才能的人日渐增多;另一方面,一些从前为士大夫所不屑一顾的通俗娱乐,也受到越来越多的重视,给晚明人的日常生活增添了欢乐。如袁宏道、田艺蘅、汪道昆、屠本畯等人都写过《觞政》之类专论饮酒行令的书；文翔凤、潘之恒、冯梦龙、汪道昆等人都写过《牌经》之类专论抹牌博戏的书；田艺蘅、屠本畯等人都写过《煮泉小品》之类专论饮茶品水的书；屠隆、屠本畯、袁宏道等人都写过《瓶史》之类专论养花插花的书；王思任甚至还"仿《大明律》制《弈律》"，把代表生活情趣的棋经与代表功名利禄的律书作了讽刺性的对比。可以说，在晚明人的心目中，《弈律》之类专论通俗娱乐的书，要比《大明律》之类正经书重要有趣得多。

生活环境的美化与个人才能的发展，使晚明人的社交生活更为活跃，交谈本身成为一件乐事。如杜大成"扫除一室，焚香酌醴，以待四方之士"；曹学佺"家有石仓园，水木佳胜，宾友翕集，声伎杂进，享诗酒谈宴之乐，近世所罕有也"；王惟俭"客至，焚香瀹茗，商略经史，赏玩古物，竟日献酬，无一凡俗语"；郭天中"诸姬中有朱玉耶，工山水，师董北苑；李柅那，工水仙，直逼赵子固。疏窗棐几，菜羹疏食，谈谐既畅，出二姬清歌以娱客。或邀高人程孟阳辈，流览点染，指授笔法"；吴孺子"所居焚香扫地，名僧韵士，乐为谈对。客去，闭门藉虎皮，危坐移日。人问之，曰：'我寻味好客话言，折除对俗夫时耳。'"胡宗仁"喜谭论"。诙谐幽默的谈吐因此非常流行。如王思任"性好谑浪，恒与狎客纵酒，谈笑大噱。遇达官大吏，疏放绝倒，不能自禁"；尹嘉宾"谐噱欢畅，谈笑绝倒"；胡潜"善诙谐，年八十余，耳聋目眵，犹多微词，口吃吃笑不休"；韩上桂"纵谈大噱"；王嗣经"多笑言"。晚明笑话书的大量产生，恐即与此不无关系。频繁的社交与幽默的谈吐，是晚明人生活优裕与精力有余的表现，也是他们生活情趣的一个重要方面。

钱谦益自己颇讲究生活情趣，因而对晚明人这方面的种种表现也颇为赞赏。如对于晚明山人陈继儒的诗,钱谦益认为应该"取其便娟轻俊,聊可装点山林,附庸风雅",而不应该像"一二儒者"那样,"必欲以经史渊源之学,引绳切墨,指摘其空疏,而纠正其踳驳"。钱谦益在这里是以非功利的、娱乐性的态度来评价陈继儒的诗的。又如他风趣地说王思任的《弈律》"吾以为必传"。来复"性通慧,诗文书画之外,琴棋剑器百工伎艺,无不通晓,惟未习女红刺绣。至吴门,学之旬日,吴中女红皆叹赏焉"。钱谦益非常遗憾地表示:"吴越间多秀才,未有其比……恨未见阳伯也。"凡此具可见他对晚明人讲究生活情趣的肯定态度。

四、山水自然

《小传》记录了晚明人的游山玩水活动,反映了晚明人试图在山水自然中寻求精神解脱的愿望。这是《小传》所体现的晚明精神的第四个表现。

与西方相比,中国人很早便表现出了对于自然美的感受与兴趣。自然景色在《诗经》、楚辞中还仅仅是陪衬,但在汉大赋中已经成了主要的描写对象之一。司马迁遍历名山大川,这固然是因了写作《史记》的需要,同时也未尝不是基于审美的需要,与汉大赋的精神是一致的。六朝人对山水自然的兴趣更为浓厚,留下了许多歌颂自然美的优秀诗文。隋唐宋元时期,人们对山水自然的兴趣仍未消失,不过其程度不如六朝之甚。到了晚明时期,山水热再度兴起。与南朝相比,徜徉山水者的主体已不再是贵族,而是平民;游览的地域也不再局限于江南,而是扩展到了全国。

晚明山水热兴起的根本原因,在于晚明人希望通过寄情山水来求得精神的解脱。袁宏道把解吴县知县任后遨游越中山水时所写的诗文取名为《解脱集》，便寓含有这种意思。晚明人的寄情山水，没有前人登山临水时的迁客骚人之悲，也没有"先天下之忧而忧，后天下之乐而乐"(范仲淹《岳阳楼记》)的情怀，更没有"身在江湖，心存巍阙"，"处山林而忧庙堂"(《庄子·让王》)的抱负，而是要从山水自然中寻找美感，寻求解脱。他们的感受较少政治意义，较富个人色彩。如吴孺子"游江湖间，癖好山水，遇一水一石有奇致，坐对累日不肯去。性最巧，所规制，必精绝。搜抉珍怪，陵断谿绝壑，以必致为快"，其中就看不出任何政治意义，而只是洋溢着晚明人对山水自然的那么一种纯审美的、纯个人的痴情。这就是晚明山水热在本质上不同于前代的地方。

晚明的山水热不是突然出现的，嘉靖时期已露其端倪。如陆采"东登泰岱，赋游仙三章；南逾岭峤，游武夷诸山"；徐献忠"乐吴兴山水，遂徙居焉。时掉小舫，扣舷吟弄，以天随、玄真自况"；李时行"遍游吴越齐鲁诸名山"；皇甫汸"行游湖山之间"；徐缙"挟筴游建业，遍览形胜"；任瀚"时从幽人文士徜徉山水间"；盛时泰"卜筑于大城山中，又爱方山祈泽之胜，咸有结构。仗策跨驴，欣然独往，家人莫能迹也"；田汝成"盘桓湖山，穷探浙西诸名胜"。不过，在嘉靖时期，游山玩水尚未形成普遍的社会风气。

到了晚明时期，徜徉山水者的人数急剧增加，游山玩水成为一种普遍的社会风气。晚明人往往癖耽山水，醉心烟霞；或破产远游，或老死其间。如姜龙"纵志名山，英怀远托"；曹学佺"具胜情，爱名山水"；李流芳"性好佳山水，中岁于西湖尤数"；潘一桂"卜居京口，览江山之胜"；吴兆"为人率真自放，好穷山林花鸟之致"；顾元庆"好历名山，尽逍遥之乐"；秦镐"奚囊布袍，历览名胜"；程可中"裹粮襆被，遍游南北名山水"；廖孔说"漉囊策蹇，日游谿山间……爱祈泽龙泉之盛，卒死其间"；袁景休"芒鞋竹笠，遍游吴越山川"；王醇"遍游吴越佳山水"；汤儒"洞庭玄墓之山，清斋独宿；尧峰四飞之顶，累月弥旬"；王寅"尽破其产，辞家远游"；皇族朱多炡"尝轻装出游，变姓名为来相如，远览山水，踪迹遍吴楚之间"；其子谋㙔"效其父，变姓名为来鲲，字子鱼，出游三湘吴越间"。有些人虽然做了官，但还是念念不忘山水之乐。如张慎言"为诸生时，裹粮襆被，遍游吴越名胜。虽牵丝入仕，神明寄托，恒在山水间"；黄辉"所至游览山水，寻访禅衲，虽居华要，有道人云水之致"；阮自华"遨游山水间，称风流太守"；屠隆"令青浦，延接吴越间名士沈嘉则、冯开之之流，泛舟置酒，青帘白舫，纵浪泖浦间，以仙令自许"；袁宏道在吴县知县任上时，亦曾遍游吴中山水。凡此具可见晚明时期山水热之盛。

晚明时期不仅热爱山水的人数异常之多，而且游览地域亦异常之广阔。如王寅"南历海隅，北走沙漠，周游吴楚闽越名山"；陈第"入罗浮，游西樵，吊宋故宫于厓山，穷苍梧、桂林诸胜"；胡潜"游迹甚广，北抵燕，南游闽，西入秦蜀"；倪钜"时时依人远游，足迹几遍天下"；梁辰鱼"傥荡好游，足迹遍吴楚间，欲北走边塞，南极滇云，尽览天下名胜，不果而卒"；袁中道"泛舟西陵，走马塞上，穷览燕赵齐鲁吴越之地，足迹几半天下"；徐弘祖则更是走遍全国，行程万里，写下了《徐霞客游记》这一不朽名著。晚明人游览范围的扩大，充分说明了他们对山水自然的兴趣之浓厚。

晚明人的游览活动，不仅使他们的精神得到了解脱，而且使他们的创作获得了灵感。如江仲鱼"武夷诸峰，各置笔砚书帙，随意所适"；朱谋䛼"出游金陵吴越，诗篇日富"；姜龙"岩情谷趣，聊寓声诗"；袁中道"足迹几半天下，而诗文亦因以日进"；陶望龄"陟天目，穷五泄，诗记为时所传"。他们每游一地，往往都有诗集。如袁宏道"遍游吴会山水，作《锦帆》、《解脱》集"；王叔承"纵游吴越名山水，作前后《吴越游》；已，赴益卿于闽，作《荔子编》；

还,过贞甫于楚,作《楚游编》;益卿开府渔阳,又要之塞上,作《岳游编》;而归";潘一桂"东游泰山,谒孔林,作《东游诗》";张于垒"遍游吴越三楚,所至皆有诗";朱多炡"以《倦游》名其诗"。晚明人对山水自然的热爱,遂因此获得了文学的表现,形成了晚明文学的一大特色。

晚明人的游览活动,还促进了他们社交生活的发达(当然,晚明人社交生活的发达,对他们的游览活动也同样是有促进作用的)。如宋珏"游金陵,走吴越,遍交其贤士大夫";李至清"年十二,负笈游四方,友其名人魁士";金銮"好游任侠,结交四方豪士,往来淮扬两浙,所至辄倒屣迎之";秦镐对钱谦益说,"吾游不独好山水,以求友也。吾于天中友王损仲、张林宗、阮太冲,今访子于吴,访袁小修于楚,访曹能始于闽";尹伸"崇祯甲戌,买舟下瞿塘,抵金陵,游吴中、浙西,与余辈饮酒赋诗,留连不忍去。将别,执酒言曰:'生平山水友朋之乐,尽此行矣! 余生暮齿,誓欲买舟南下,更寻吴越之游。所食此言者,有如江水!'"从这些例子可以看出,晚明人是将游览山水与广交朋友结合起来进行的。晚明人不像前人那样一味标榜"尚友古人",而是更重视与当代人物的交往,尤其是那些声气相投的人物,更是在所必交的。为了求友,他们往往不远千里,到处寻访。这样,晚明的社交生活就和晚明的山水热发生了必然的联系,互相起着促进作用。

晚明山水热的高潮,是徐霞客的游览活动。徐霞客之出现在晚明时期,绝不是偶然的。可以说,没有晚明的山水热,也就不会有徐霞客。但是,徐霞客较之晚明其他旅行家更为高超的地方,就在于他同时还代表了晚明的科学精神。《徐霞客游记》可以说是晚明山水热与晚明科学精神相结合的产物,所以它成了一部伟大的著作。而大多数喜爱山水的晚明人,却缺乏徐霞客的那种科学精神,这样,晚明山水热就只能停留在个人兴趣、审美观照和精神寄托上,而未能获得更为广泛的意义。这也许可以说是晚明山水热的局限性之所在吧?

结　语

　　上述四个方面,都与晚明时期个人的发展有关。尊重个性,肯定欲望,追求享受,热爱自然,都是个人在一定程度上摆脱传统道德观念束缚的标志。矫枉必然过正,对环境的反抗往往导致怪诞,对禁欲的否定常常引向纵欲,晚明时的有些情况未尝不可作如是观。然而,"一叶落而知秋",从晚明人的种种荒诞行径和怪僻言论中,我们不难看出他们精神的发展与个性的闪光,看出旧道德的没落和新观念的萌芽。这是一个激情荡漾的时代,这是一个追求生趣的时代。它势会遭到一代又一代保守者的诅咒,也必将受到一代又一代前进者的缅怀——当然,有一天诅咒与缅怀一起消失,那就更好!

　　瑞士历史学家布克哈特在谈到文艺复兴时期意大利传记对个性的重视时说:"这种对于个性的敏锐的观察力,只能为那些从这个民族的半觉醒的生活中冒出来,并且自己已具有个性的人们所有。"[①]钱谦益作为一个晚明的传记文学作家,也是当得起布克哈特的这个评价的。《列朝诗集小传》作为明代人,尤其是晚明文人的精神生活的缩影,有着重要的历史价值,必将受到人们越来越多的关注。

---

① 　布克哈特《意大利文艺复兴时期的文化》,何新译,北京,商务印书馆,1979 年,第 325 页。

晚明传记文学的个性化倾向

——以钱谦益的《初学集》和
《列朝诗集小传》为中心

中国的传记发达得比较早,同样是以善于刻画历史人物性格著称的古典传记名著,司马迁的《史记》比普鲁塔克的《希腊罗马名人传》要早二百来年。而且,在西方,历史编纂的基本形式是纪事体,传记体较为次要;而在中国,自《史记》以后,以传记为主的纪传体一直是历史编纂的基本形式,后来则更成为正统形式。所以,看起来中国的传记传统要比西方更为强大。但是,正如西方"直至中世纪末,许多被认为是传记的作品,真正说来不过是当代的历史,对于传记文学中的所谓个性没有任何认识"[①]的情况一样,《史记》以后的中国纪传体正史及其他传记著作,也往往缺乏对于人物个性的刻画,而只是注重人物的生平与活动。这种情况愈往后愈严重,以致一篇人物传记,往往仅成了一张履历表,一幅升官图,一份道德评语。因此,尽管中国的传记传统看起来好像很强大,但要在《史记》等少数几部名著之外,拿出一批优秀的吸引人的传记来,还是比较困难的。这正如袁中道《李温陵传》所说的:"然二家之书(《史记》、《汉书》)若揭日月,而唐宋之史读不终篇,而已兀然作欠伸状。"(《珂雪斋集》卷十七)这

---

① 布克哈特《意大利文艺复兴时期的文化》,何新译,北京,商务印书馆,1979年,第325页。

种情况的出现,一方面和社会的漠视个性有关,另一方面也和传记作者的传记观念有关。在一个漠视个性的社会里,在一个因此而对传记中个性描写的重要性没有任何认识的传记作者的笔下,自然是难以产生个性化的传记作品的。在西方,传记的个性化首先出现在文艺复兴时期的意大利:"对历史人物按照他的内部的和外部的特征加以准确的描写,意大利人在这方面也是一切欧洲民族中最先表现出有一切卓越的才能和爱好的一个民族。"[①]在中国的晚明时期,也开始出现了传记的个性化倾向。文艺复兴时期的意大利之所以会首先出现个性化的传记,是因为当时的意大利民族已经进入了"半觉醒的生活",而其传记作者也是一些"从这个民族的半觉醒的生活中冒出来,并且自己已具有个性的人们",他们因而拥有了"对于个性的敏锐的观察力"。[②] 那么,晚明时期又为什么会开始出现传记的个性化倾向呢?这种传记的个性化倾向的具体表现又是怎样的呢?本文便欲以钱谦益的《初学集》和《列朝诗集小传》为例,来回答这些问题。(之所以暂不取其《有学集》,是因为其中所收均为钱谦益入清后的作品;而《列朝诗集》尽管亦编于入清后不久,但其中所载均为明人,且据此书序说,其素材的准备在天启年间即已开始。)

一

在探讨钱谦益的《初学集》和《列朝诗集小传》的个性化倾向之前,有必要先来概观一下他之前的及他同时的明代传记的一般情况,以便了解他的传记所赖以出现的传统与背景。不过,由

---

① 布克哈特《意大利文艺复兴时期的文化》,何新译,第 324 页。
② 布克哈特《意大利文艺复兴时期的文化》,何新译,第 325 页。

于明代传记的数量过于庞大，因而在这里，我们只能选取其中的若干代表作家来加以论述。

在元末明初诸大家的传记中，出现了一种此前的传记中少见的新因素，那就是普通市民或市民文人经常成为传记的对象，并受到作者的正面描写。比如在高启的不多几篇传记作品中，便有好几篇是以普通市民为传主的。如《凫藻集》卷四所载《南宫生传》中的南宫生，是一个侠士，《杏林叟传》中的杏林叟，是一个医生，《墨翁传》中的墨翁，是一个制墨手工艺者，他们都是吴中或江南地区实有其人的普通市民。在这些传记中，他们都受到了肯定的表现。又如在宋濂的那些著名的传记作品中，其传主也或是隐居不仕的市民文人（包括他自己），如《白牛生传》、《吾衍传》（均《徐刻八编》卷六）、《王冕传》（《芝园后集》卷十），或是性情刚烈的风尘女子，如《记李歌》（《翰苑前集》卷十），或是急人之难的旅店主人，如《李疑传》（《朝京稿》卷四），亦即大都是普通市民或市民文人，而且作者也是用饱含感情的笔触来描写他们的。不仅高启和宋濂是如此，元末明初其他文人的传记作品也往往具有类似的倾向。由此看来，在元末明初的传记作者们的眼中，普通市民或市民文人已经具有了进入传记的资格。这种传记意识的出现，自然是和当时发达的市民文化的氛围分不开的。正因为这些传记作者们生活在市民社会中，本身又是或曾是市民文人，所以在他们的传记作品中，才会出现众多的普通市民或市民文人的形象。

普通市民或市民文人的成为传记对象，必然也会使传记的写法产生相应的变化。由于这些普通市民或市民文人没有什么显赫的事迹或惊人的言论可以记载，因而他们的市井生活或日常琐事便自然会更多地引起传记作者们的注意。比如高启的《南宫生传》所写的，只是一个普通市民一生的若干事迹和想法变化;《杏林叟传》所写的,只是一个乡村医生的一种癖好和一种想法;《墨翁传》所写的,只是一个不合时宜的制墨者喜制古墨的故事。宋濂的《白牛生传》、《吾衍传》、《王冕传》所写的,只是一些隐居不仕的市民文人的生活琐事;《记李歌》所写的,只是一个不甘沦落风尘的青楼女子的几件小事;《李疑传》所写的,只是一个旅店主人怎样急人之难的故事。这些全不是什么可以惊天动地或足以名垂青史的事,但在高启与宋濂的笔下却被写得津津有味。与此同时,更为重要也极为自然的是,这种对于普通市民或市民文人的市井生活或日常琐事的描写,常常会引导传记作者更多地去注意去表现传主的个性特征。比如宋濂的上述传记作品,就往往是很注意通过日常琐事来刻画人物性格的。如《吾衍传》是这样描写传主的生活与个性的:"居生花坊一小楼,客至,僅輶止之,通姓名,使其登乃登。廉访使徐琰一日来见,衍从楼上呼曰:'此楼何敢当贵人登耶? 愿明日谒谢使节。'琰素重衍,笑而去。生徒从衍游者常数十百人,衍坐童子地上,使冠者分番下授之。时出小清凉伞,教之低昂作舞势。或对宾游谈大噱,解发濡酒中为戏,群童皆肃容莫敢动。衍左目眇,又跛右足,一俯一仰,妩媚可观,宛有晋宋间风致。畜两铁如意,日持弄之。或倚楼吹洞箫数曲,超然如忘世者。"在这篇传记中,作者写出了传主的外貌、癖好、性格及佚事等等,使一个富有个性的市民文人的形象跃然纸上,栩栩如生。像这样的具有个性化倾向的传记作品的出现,无疑是和普通市民或市民文人的成为传记对象分不开的,是元末明初传记领域中一种值得注意的新现象。

不过,在元末明初时期,像这种具有个性化倾向的传记作品还是比较少见的。即使在宋濂的全部传记作品中,如上所述的具有个性化倾向的传记也仅占有较小的比重。总的说来,即使是描写普通市民或市民文人的传记,传记作者们对于传主事迹的兴趣,也往往要高于对于其性格的兴趣;对于传主性格的抽象性描写,也往往要多于具体性描写。而且,有时也免不了有藉传主事迹以阐述道理的倾向。如高启自述《墨翁传》的写作动机,便是因为"齐人高启闻其言,以足自警也,遂书以为传"。尽管作者所写的是真人真事,但从他想从这种真人真事中抽出道理这一点来看,他还没有完全摆脱韩愈、柳宗元的寓言式传记写法的影响。不过,作为晚明传记文学的个性化倾向的先河,元末明初传记的这种新动向仍是值得充分重视的。

在明代前期,和整个市民文坛的凋落沉寂相对应,进而也和整个市民社会的萎靡不振相对应,在传记方面,也很难看到出色的作品。只是进入明代中期以后,随着市民社会的重趋繁荣,市民文坛的重趋活跃,情况才开始有了改观。在吴中地区的传记作者的笔下,已能看到像祝允明的《记吾乡二老者》(《怀星堂集》卷十六)这样的具有个性化倾向的传记作品。这篇传记的传主之一,乃是一个名叫马嵒的市民文人,作者的视线与笔触,始终围绕其独特的个性而移动:"马嵒字公素,嘉定人,举止迂固。邻夜火,家具一不取,惟顶巾蹑履执大袍,凝立通衢中。行遇深峻,必舍舟车而徒,回曲淹滞而不厌。在舟展佛经,香供跏趺,呗诵振响,人夹隑伫看不顾。或称以痴,击掌大笑。遇鄙客钱房,则以苛礼律之。读书专博,钞积甚富。受妻家膏田,悉以与人。有《白庵集》。"这篇短短的传记,写尽了传主的一生,却只在"举止迂固"四个字上做文章,并以五六件小事来说明之。其选题和写法本身,显示了作者对于人物个性描写的重视,透露了一种重视个性描写的传记意识。除此之外,同一作者的《唐子畏墓志并铭》、《秋月生小传》(均《怀星堂集》卷十七)、《痴云子葬铭》(《怀星堂集》卷十九)等,也比较注意描写人物的个性。不过,在祝允明的全部传记作品中,这样的具有个性化倾向的传记只占很小比例。进而言之,在其同时代人文徵明、唐寅等人的传记作品中,也很少能看到具有个性化倾向的传记作品,尽管他们本人往往都是相当富有个性的市民文人。这说明了其时传记的个性化倾向仍不够强大。

其后,16世纪风靡全国的复古主义文学运动的主将之一李梦阳,在其家传《族谱》(《空同集》卷三八)中,表露了来自边远地区的市民文人的新的传记意识。正如吉川幸次郎在《李梦阳的一个侧面——古文辞的平民性》一文中所说的:"《族谱》的内容,是如实地写出了从来的散文所没有写到过的最具有平民性质的生活……在那里有着比其以前的文学更加如实、细致的叙述。"[①]在这篇传记中,李梦阳以毫无忌讳的笔触,描写了自己的祖先们的生活佚事,刻画了他们的个性特征。比如,他是这么描写其伯父的蛮横无赖的:"军汉公(其叔祖父)在军中,乃私券我产,绐其直酒之人,即持券来收我产。主文公(其伯父)怒不言,第砺利刃,然色常在持券人。持券人觉之,走。主文公乃怃然曰:'哈,此奴走矣!'已复大骂跳,伏地死。券者乃大惧,呼天曰:'天!天!宁主文生,不愿得屋直!'顷之,主文苏,券者乃卒不敢复言直矣。"这里的描写不仅非常富于个性色彩,而且与此前的传记不同的是,其描写对象乃是自己的祖先,而且描写的还是他们的无赖行为! 不言而喻,在这种描写背后起作用的,无疑是一种视真实地表现人物个性胜于"为亲者讳"之类家传原则的传记意识。这种传记意识,较之上文所说的传记作者们的传记意识来,在传记的个性化方面无疑是更为进步的。在同上文中,吉川幸次郎还饶有意思地把李梦阳的这篇传记与其老师李东阳为李

---

① 吉川幸次郎《中国诗史》,章培恒等译,合肥,安徽文艺出版社,1986年,第338页。

梦阳父李正所写的淡而无味的传记,亦即收入《怀麓堂文后稿》卷十六的《大明周府封丘王教授赠承德郎户部主事李君墓表》作了比较,此外,又将李东阳与李梦阳对待家世的不同态度作了比较:"说起来跟李梦阳同样是贫家出身的李东阳,却并不希望语及自己的家世,李梦阳的态度与此恰成对照。"①这两个对比,也充分说明了李梦阳的传记意识的独特性,以及与他人相比的进步性。李梦阳的这篇传记,在中晚明时期似乎发生过很大影响,如张岱在其《家传》序中曾说:"李崆峒之《族谱》,钟伯敬之《家传》,待崆峒、伯敬而传者也。"(《琅嬛文集》卷四)言下之意,二人祖先均为普通市民,均赖二人大手笔而不致无闻,其中赞扬之意显然。钟惺的《家传》末"钟惺曰":"近李梦阳盖有谱传,次先世事及其弟梦章,惺颇采其意。"(《隐秀轩集》卷二二)"谱传"盖即《族谱》,则钟惺《家传》应是受过李梦阳《族谱》影响的。而张岱本人,在《家传》、《附传》、《五异人传》(均《琅嬛文集》卷四)中大写其祖先家人的充满个性的行为,甚而是荒唐可笑的行为,无疑也是深受李梦阳影响的。因而可以说,李梦阳的《族谱》,不仅是明代中期具有个性化倾向的传记名作,而且也对晚明传记的个性化倾向起到了促进作用。不过遗憾的是,由于复古主义文学观的制约,像《族谱》这样的传记作品,不仅在李梦阳本人的全部作品中显得鹤立鸡群,而且在整个复古主义文学运动中也属于空谷足音。

相反地,倒是在反对复古主义文学运动的归有光的作品中,可以看到更多的较为出色的传记。归有光是当时吴中地区的古文名家,因而请他作传记的人相当多。在他的经钱谦益编定的《震川先生集》中,从卷十八至卷二七共十卷,收百十余篇碑传。据钱谦益的归集凡例说:"志墓之文,本朝弘正后,靡滥极矣!先

---

① 吉川幸次郎《中国诗史》,章培恒等译,第338—339页。

生立法简严,一禀于古,移步换形,尺水兴波,直追昌黎,不问其余也。今所汰去者十不得一,他文不尔。"(《震川先生集》卷首)可见归有光当时所作的大部分碑传,都保存在《震川先生集》中了。钱谦益的上述称道,乃是就其碑传的章法而说的;就其内容而言,则方苞《书归震川文集后》的下述说法是中肯的:"震川之文,乡曲应酬者十六七,而又徇请者之意,袭常缀琐,虽欲大远于俗言,其道无由。其发于亲旧及人微而语无忌者,盖多近古之文。至事关天属,其尤善者,不俟修饰而情辞并得,使览者恻然有隐。"(《方望溪全集》卷五)虽说方苞这里是就归有光的所有文章而言的,但其分析也完全适用于归有光的传记作品。盖归有光的传记作品中,大部分是"徇请者之意"之作,只有小部分才是"发于亲旧及人微而语无忌者"的,更小部分才是"事关天属"的。而这最后一部分传记,正是归有光的代表性作品,其中有《先妣事略》(卷二六)、《寒花葬志》、《女二二圹志》、《女如兰圹志》、《亡儿翩孙圹志》(均卷二二)等作品。《思子亭记》、《项脊轩志》(均卷十七)也有传记性成分,但因不属于传记范围,故姑置不论。再扩大到第二类,则可以加上《吴纯甫行状》(卷二五)、《玄朗先生墓碣》(卷二四)等作品。这些传记中的传主,或是归有光的家人,或是其乡亲,都是归有光非常熟悉的人物。在描写这些人物时,归有光开创了一种"琐琐屑屑,均家常之语"(林纾《春觉斋论文·述旨三》)的传记新写法(姚鼐与陈用光书中说的意思也差不多:"归震川能于不要紧之题,说不要紧之语,却自风韵疏深。"见《惜抱轩尺牍》)。运用这种写法,人物便能须眉毕现,栩栩如生。这是归有光超越前代传记作者的地方。不过,归有光传记作品的最大特色,乃是其中洋溢着一种浓重的感伤氛围。归有光对于这种感伤氛围的重视,有时甚至超过了对于个性描写的重视。比如著名的《寒花葬志》,写一个十岁左右的小女孩,只用了两件生活琐事，便使其形象活灵活现，可以说具有很高的个性化水准；但当读者掩卷而思时，在他们心灵上留下更深印象的，却无疑是作者那种对于美之脆弱和生之无常的浓厚感伤，还有那种对于如烟往事和似水流年的深深迷茫。这其实不仅是《寒花葬志》，也是归有光许多传记作品的一般特色。归有光传记作品的这种特色，归根到底，与个性化倾向其实也是并不矛盾的。正是具有这种特色的归有光的传记作品，不仅在明代传记文学史上熠熠生辉，而且如下面将要谈到的，也对钱谦益、张大复这样的晚明传记作者产生了深远的影响，直接间接地促进了晚明传记文学的个性化倾向的发展。

到了晚明时期，传记文学的个性化倾向有了长足的进展，此前仅为个别传记作者所具有的这种倾向，此时开始为更多的传记作者所具有。普通市民或市民文人仍然是传记的主要对象之一，而他们的个性开始受到了更多的关注。在主张"性灵"的公安三袁中，长兄袁宗道的《白苏斋类集》卷十一、卷十二收有碑传十篇，大都是为普通市民而作者，但还缺乏个性化的描写。在袁中道的《珂雪斋集》中，如卷十七《回君传》写其喜欢饮酒的表兄弟的种种佚事，《石浦先生传》写其长兄袁宗道，卷十九《告中郎兄文》写其次兄袁宏道，以及卷十七《梅大中丞传》和《李温陵传》等等，均较为生动。在袁宏道的集子中，尽管仅有《瓶花斋集》卷七、《潇碧堂集》卷十五及未编稿中的共十六七篇碑传，但是在这不多几篇碑传中，已经显示了作者注重个性化描写的倾向。在《醉叟传》(《瓶花斋集》卷七)中，袁宏道这样表明自己的传记意识："余于市肆间，每见异人，恨不得其踪迹。因叹山林岩壑，异人之所窟宅，见于市肆者，十一耳。至于史册所记，稗官所书，又不过市肆之十一。其人既无自见之心，所与游又皆屠沽市贩游僧乞食之辈，贤士大夫知而传之者几何？"这表明他认为应该为

"异人"做传,而《醉叟传》便是其实例。在这种传记意识里所表露的,是对"异"的传记价值的重视。这里面当然有"好奇"的成分,并不能完全等同于对个性的重视。但是,这种传记意识在其深处,其实也是与对个性的重视相通的。也就是说,如果把"好奇"的眼光转向普通市民或市民文人,作者便自然会注意去搜寻他们身上的个性特征。比如他的著名的《徐文长传》(《瓶花斋集》卷七),便是这方面的例子。这篇传记是用关于自己发现徐渭作品的激动人心的叙述开头的,然后着重叙述了徐渭其人与文学的不同寻常之处,最后将徐渭的人生归结为一个"奇"字:"梅客生尝寄余书曰:'文长吾老友,病奇于人,人奇于诗。'余谓文长无之而不奇者也。无之而不奇,斯无之而不奇也。悲夫!"他所说的徐渭的"奇",便显然已不同于"异人"的奇,而更侧重于个性特征。不过由于作者没有见过徐渭,所以其传中的描写仍以抽象性叙述为主,而缺乏具体性描写。而在作者为熟人所作的传记中,这种缺陷就得到了纠正。作者开始用一种具体性描写,来描写传主的"奇"。如在为其叔所写的《少溪袁公墓石铭》(《潇碧堂集》卷十五)中,作者便是用其爱马的佚事来表现其个性特征的:"性癖马,厩中皆良驹,悬高贲不肯售。不致远,但日驰湖莽间,风鬣雾鬣,望若龙种,观其蹴踏啮脊骄嘶鼻语以为快。未鸡鸣,辄起栉沐,衣冠而立庭中,命臧获牵驹出,然松而照之,视其饥饱刍秣而后放。晚则从山头望归尘,掀齿而笑。"传主就这么"四十年如一日",度过了"未尝一刻奔走公私"的一生。这是一个富裕市民的"没用人"的一生。把他的这种癖好写入"盖棺论定"的墓志铭,除了浮现传主的个性特征之外,没有其他任何道德上或功利上的作用。因而在这篇传记的背后,不仅有一种重视个人享受的人生观,而且也有一种重视个性描写的传记观念在起作用。除了这篇墓志铭以外,袁宏道还有一篇《拙效传》

《瓶花斋集》卷七），以幽默生动的笔触，描绘了他家的几个仆人，也是一篇具有个性化倾向的杰作，惜限于篇幅，不能在此引证。

尽管袁宏道的传记作品表现出了个性化倾向，但他主要还不是以传记闻名的。这里，我们再介绍一个主要以传记闻名的晚明文人，那就是归有光的同乡后学张大复。张大复的传记受归有光影响很深，钱谦益《初学集》卷五四《张元长墓志铭》称："君之为古文，曲折倾写，有得于苏长公，而取法于同县归熙甫，非如世之作者，佣耳剽目，苟然而已……《记容城屠者》、《济上老人》及《东征献俘》诸篇，杂之熙甫集中，不能辨也。"同时，他又受当时的通俗文学影响很深，同上文载他曾对钱谦益说："庄生、苏长公而后，书之可读可传者，罗贯中《水浒传》，汤若士《牡丹亭》也。"大概由于这两方面的影响，所以他撰写传记时，力求运用个性化的描写手法，同上文云："撰《昆山人物志》，焚香隐几，如见其人，衣冠笑语，期毕肖而后止。"因而他的《昆山人物志》成了一部传记名著，还在当时就受到了人们的欢迎，同上文云："君未殁，其书已行于世。"人们尽管"未有能知其古文者"，但亦"喜其琐语小言，为之解颐捧腹"，可见是非常生动传神的。自己很少作传记，且所作也不甚出色的汤显祖，对于张大复的传记作品非常欣赏，钱谦益同上文载他曾写信给钱谦益说："读张元长《先世事略》，天下有真文章矣！"其《玉茗堂文》卷三《张氏纪略序》，曾叙述自己阅读张大复所作传记的感受道："属者客乃以昆山张元长所志六世以来行略见示，则有不忍不视，视而不忍不竟者，竟而去之，去之而复在几阁间，悱恻慨叹，一月而神弗怡。"可见其传记的感染力之大。这种感染力的获得，自是和其"期毕肖而后止"的传记写法分不开的。

此外，如钟惺《隐秀轩集》中的《白云先生传》（卷二二），记市民文人陈昂也很是生动，如写林古度兄弟去看他，"每称其一诗，辄反面向壁，流涕悲咽，至于失声。其后每过门，辄袖饼饵食之，辄喜。复出其诗,泣如前"。其《家传》效法李梦阳的《族谱》,也有不少个性化的描写。又如陈继儒《陈眉公集》中的《李公子传》、《范牧之小传》(均卷十三),记风流公子与风尘女子,皆极有才情,神情毕肖。明末清初张岱《琅嬛文集》中的《家传》、《附传》、《五异人传》(均卷四)、《山民弟墓志铭》、《自为墓志铭》(均卷五)之记家人兄弟及自己,《余若水先生传》、《鲁云谷传》、《王谑庵先生传》(均卷四)、《姚长子墓志铭》、《周宛委墓志铭》(均卷五)之记友人同乡,及其小品集《陶庵梦忆》中的《柳敬亭说书》、《朱楚生》(均卷五)、《王月生》、《张东谷好酒》、《范与兰》(均卷八)等人物素描等,均能写出人物的个性。他之所以能写出许多个性化的传记,也正是由于其重视个性描写的传记观念使然,如他在《周宛委墓志铭》中自道传记主张云:"余生平不喜作诔墓文,间有作者,必期酷肖其人,故多不惬人意,屡思改过,愧未能也。"所谓"必期酷肖其人",其实便是要写出传主的个性。总而言之,在晚明时期,尽管也存在着大量的诔墓文字,但个性化的传记却的确是随处可见了,不像以前那样,仅有个别作者的个别作品才具有个性化的倾向。

以上,我们概观了从元末明初至晚明时期传记发展的一般状况。我们看到,随着市民阶层登上历史舞台,市民文人主宰明代文坛,明代传记文学中的个性化倾向由弱到强,至晚明而形成了一股潮流。素有晚明文学殿军之称的钱谦益,正是顺应这股潮流而出现的传记名家,同时又用自己传记写作的实绩,推动了这股潮流的向前发展。

二

钱谦益一生写下了大量的传记作品。仅就编定于明亡前夕的《初学集》而言，从卷四七至卷七六，共计收入了三十卷约一百八十篇左右的碑传，就卷数而言，几占到了全集的三成左右，就篇数而言也相当庞大。至于收录约二千个左右诗人的《列朝诗集》，其传记的数量就更为庞大了。因此，仅就传记作品的数量而言，钱谦益作为传记作者的重要性便已不容忽视。不过，更为值得重视的，当然是其传记作品中所体现出来的个性化倾向，这在评价其传记作品的成就方面有着首要的意义。

钱谦益传记作品的个性化倾向，首先表现在其重视对人物的外部特征的描写方面。对人物的外部特征的描写，其实理应是传记的长技，但是，回顾晚明以前的传记，情况却未必如此。元末明初的宋濂还是比较注意描写人物的外貌的，如《白牛生传》写自己"躯干短小，细目而疏髯"，《刘彬卿传》写刘彬卿"貌奇古，眉毫长寸许，双目深，其瞳闪闪照人"(《翰苑前集》卷九)，《王冕传》写王冕"状貌魁伟，美须髯"，等等。不过，在其他传记作者的笔下，却未必重视对人物外貌的描写。在许多传记中，所注重的只是人物的姓名、字号、籍贯、闾里的记载(当然这种记载也是完全必要的)，却不大注意人物的身材外貌、风度神情的描写。在传统的传记观念看来，无论是对于正经的史传，抑或是对于简单的小传，人物的外部特征的描写都是没有必要的。之所以产生这种现象，盖有多方面的原因，但有一点是可以肯定的，即传记作者并未将人物的外部特征作为其独特性的表现之一加以重视。换言之，即忽视人物外部特征的描写，其实也是传记的非个性化倾向的一种表现。不过，钱谦益的传记作品却不是这样，其中相当注意对人物外部特征的描写，尽管其描写也许是相当简略的。这种对于人物外部特征的描写，有助于表现人物的独特个性，可以说是其传记的个性化倾向的一个重要方面。

钱谦益的传记作品相当重视对人物的身材外貌的描写。如

《初学集》写钱文光"深目多髭"（卷七六《族子纯中秀才墓志铭》），写邵濂"竦身昂首，仪观伟然"（卷五五《邵茂齐墓志铭》），写瞿纯仁"状貌丰伟，如河朔伧父"（卷五五《瞿元初墓志铭》），《列朝诗集小传》写沈璜"长身颓面，状貌类河朔间人"，写高启"身长七尺"，写俞安期"巨目曷鼻，魁颜长身，状貌如河北伧父"，写徐渭"貌修伟白皙"，写文翔凤"白皙长身，秀眉飘髯"，写潘之恒"须髯如戟，甚口"，写黄鲁曾"长身修髯，状貌类河朔大侠"，写刘绘"长身电目，高准修髯"，写王嗣经"身魁梧……面圆而紫色，人戏呼为蟹脐"，写胡宗仁"生而伟壮，美髯"，等等，或红脸膛，或高鼻子，或圆面孔，或大眼睛，或美须髯，或硬胡子，或高身材，各各写出了人物的身材外貌特征。

钱谦益的传记作品不仅重视对人物的身材外貌的描写，而且还重视对人物的神情风度的描写。如《初学集》写顾大韶"头蓬不栉，衣垢不澣，口不择言，交不择人，潦倒折拉，悠悠忽忽"（卷七二《顾仲恭传》），写瞿纯仁"垢衣蓬发，不事濯盥"（卷五五《瞿元初墓志铭》），写何允泓"生平落落穆穆，不饰容止，衣垢不澣，履决不纫"（卷五五《何季穆墓志铭》），写冯复京"形容清古，风止诡越，翘声曳步，轩唇鼓掌，悠悠忽忽如也"（卷五五《冯嗣宗墓志铭》），《列朝诗集小传》写韩上桂"风仪萧散，悠悠忽忽，如山麋野鹿"，写曹臣"角巾布袍，落落有逸气"，写徐渭"音朗然如唳鹤，中夜呼啸，有群鹤应焉"，写文翔凤"风神标格，如世所图画文昌者"，写陈束"垂髫敝衣，肤神玉映"，写归昌世"风神散朗，有林下风气"，写程汉"目斜视，须髯奋张"，等等，或如野鹿，或如仙人，或风神飘逸，或不修边幅，或秀色可餐，或面目狰狞，各各写出了人物独特的风度神情。

当然，钱谦益的传记作品对人物外部特征的描写也有不足之处，那就是其尚未能做到彻底的个性化。所谓彻底的个性化的外部特征描写,应该是每一个人彼此之间都是不同的,而且应该尽量避免使用相近的描写术语,但是钱谦益的传记作品却尚未能做到这一点。在其对人物外部特征的描写中,相近的描写术语和相似的描写类型还是多了一点。比如《列朝诗集小传》写彭年、唐正雅、宋珏、钱明相、魏冲、邓原岳、莫是龙等人的外表,都用了"长身玉立"、"长身耸肩"、"丰姿玉立"、"风姿玉立"这些相近的词语;写文翔凤、王维桢、徐渭等人的外貌,都用了"白皙长身"、"修伟白皙"、"长大白皙"这些相近的词语;写柳应芳、文翔凤、俞允文、胡梅等人的外貌,都用了"美须髯"、"秀眉目"、"美须眉"、"秀眉飘髯"这些相近的词语;总之,都集中在高高的个子、白白的皮肤、长长的须眉这几个方面,有类型化的倾向。即使是上文所举的外部特征描写的例子,也隐约显示出了"河北伧父"与"江南才子"这两大类型。同时,对于人物的风度神情,则多写其不修边幅、悠悠忽忽的特征。虽然我们可以为之辩护说,这是当时的审美风尚与鉴赏趣味使然,但这种对人物外部特征的描写,确实难逃未能彻底个性化的批评。不过,尽管存在着未能彻底个性化的不足,但这种对于人物外部特征的描写的重视,仍然显示了传记个性化倾向的前进轨迹,因而是值得注意并肯定的。

钱谦益传记作品的个性化倾向,其次还表现在其重视对人物内部特征的描写方面。对人物内部特征的描写,比起对人物外部特征的描写来,理应更是传记作品的长技。然而中国历史上的许多传记却并非如此,它们往往大写特写人物的仕宦经历或道德功业,却根本不重视描写人物的个性特征。因此在那些传记中,人物往往功业显赫,道德高尚,却了无生气,宛如木偶。但是,钱谦益的许多传记作品却不是这样。它们也写人物的仕宦经历或道德功业,却也相当重视写人物的性格特征。这种对人物内部特征的描写,较之对人物的外部特征的描写,在传记的个性化方面无疑具有更重要的作用,因而是更值得重视的。

在《初学集》中,可以看到不少传记作品,都是用富有个性特征的细节来表现人物的内部特征的。如写钱文光的好胜刺人:"意气岳岳,见贵人,未尝相下。弈棋争一子,至推枰揎袖不已。口所欲言,视人有讳避之色,故大声出之,其人头面赤肿,弗顾也。"(卷七六《族子纯中秀才墓志铭》)写郑仰田的桀骜不驯:"仰田遇人,无贤愚贵贱,一揖之外,箕踞啸傲,终日不知有人。人遗之钱帛即受,否亦不计。每见人深中多数,厓岸自好者,辄微言刺其隐,人亦不敢怨,惧其尽也。"(卷二五《书郑仰田事》)写邵茂齐的不可一世和社交才能:"稠人众会,冠盖骈列,茂齐眉目轩出其上,若逾丈寻。群言沸羹,嚣声压屋,片语劈分,洞中肌理,四座阒然无人声。宾筵客座,主宾阔疏,瞠目顾视,茂齐献酬群心,谭谑间作,暄然若阳春之入座隅也……谭说古今人才节概,与夫经奇侠烈之事,欲奋臂出其间。遇不平,奋髯张目,或啮齿大骂不少休。"(卷五五《邵茂齐墓志铭》)写何允泓的不可人意:"其遇人,意有不可,目直上视,不交一言。里人忌而恶之,闻履屐声,率摇手避去。尝引镜自笑:'安得渠一昔死,令满城人开口笑耶?'"(卷五五《何季穆墓志铭》)写顾大韶的潦倒自颓:"仲恭老于诸生,头蓬不栉,衣垢不澣,口不择言,交不择人,潦倒折拉,悠悠忽忽。每引镜自诧曰:'顾仲恭乃如许?'"(卷七二《顾仲恭传》)写程元初的不修边幅:"元初家累千金,妻子逸乐,弃而游四方。行不携襆被,卧不僦邸舍,终年不澣衣,经旬不洗沐。挦烂饭裹置衣袖中,以为糇粮,夏月秽臭逆鼻,闻者呕哕,元初咀嚼自如。"(卷二五《徽士录》)写冯复京的嗜酒露乖:"性嗜酒,酒杯书帙,错列几案,歌讴少倦,则酌酒自劳,率以为常……尝之白门,日旰辄登雨花台,纵饮恸哭,哭罢复饮,饮已复哭,人不知何所为也。"(卷五五《冯嗣宗墓志铭》)写乡村医生陈襟宇的和蔼可亲:"其为小儿医,村童里妪,篝灯扣门,未尝以昏夜为解。长身伟衣冠,遇荜门圭窦,伛偻而入。绳床土锉,儿呱呱啼败絮中,便溲狼籍,视颅顖,察乳哺,腥臊垢秽,未尝蹙頞掩鼻也。"(卷五七《陈府君墓志铭》)写陈三吾的滑稽多智:"少孤贫,为诸生,好访求里中耆旧故事,残碑瞥翰,一一橅榻藏弆,以资见闻。宾筵客座,遇故家子弟,辄旰衡抵掌,剧谈其祖宗谱牒,群从姻娅,坊曲邻并,无不愕眙耸听。性滑稽多智,委巷琐碎,与闾里铢两之奸,不出门屏,能周知之。稗官小令,村歌市语,杂出唇吻间,无所差择。轻薄少年为风谣歌曲,讽切时事,或讹传出于君,君亦欣然以为能事,初不曰非我为之也。"(卷五七《陈则舆墓志铭》)都是仅用寥寥数语,便抓住了传主的个性特征,使人物形象跃然纸上。这些只是《初学集》所收传记作品中的部分例子,但从中我们已能看出钱谦益的传记作品描写人物内部特征的方式。这些传记的传主,大都是与钱谦益交好几十年的老诸生。他们一生困于场屋,命运乖蹇,使他们形成了怪僻的个性,并时露荒诞的举止。不过钱谦益却不以为非,反在传记中津津乐道,以之来表现他们的为人,从中不难看出钱谦益重视个性的传记意识所起的作用。

在《列朝诗集小传》中,以富有个性特征的细节来表现人物内部特征的例子尤为多见,也更为生动。如写王伯稠的傲慢:"对客不问姓字,无寒暄语。遇酒炙放箸大嚼,喉吻间时作嗫嚅声,竟坐或不交一言。"写林世璧的癫狂:"尝游鼓山,赋诗云:'眼前沧海小,衣上白云多。'鼓掌狂笑,失足堕崖而死。"写王醇的豪爽:"会麻大将军大阅将士,先民轻裘快马,驰突演武场,引弓破的,矢矢相属。挈双剑飞舞,霎忽如崩雪。大将军降阶执手,欲举以冠一军,先民笑谢:'家本书生,聊用游戏耳!'"写陈仲溱的自喜:"每出其诗示人,以手按纸,手颤口吟。人或诵其诗,口喃喃与相应和。其自喜如此!"写朱长春的荒唐:"大复罢官里居,修真炼形,以为登真度世,可立致也。累几案数十重,梯而登其上,反手跋足,如鸟之学飞,以求翀举,堕地重伤,懂而不死。苕上人争揶揄之。"写梅守箕的痴情:"秀才不第,潦倒自放。与歌姬妮好,伺其登场,彷徨侍立,移日分夜,必尾其后而归。"写张献翼的放诞:"孝资生日,乞生祭于幼于。孝资为尸,幼于率子弟衰麻环哭,上食设奠,孝资坐而飨之。翌日,行卒哭礼,设妓乐。哭罢痛饮,谓之收泪。"写宋登春的不羁:"敝衣苴履,瓶无储粟。所至,逆旅人厌贱之。间为小画长句,倾动市贾。贾人以脱粟鲜衣为赠,辄推以予逆旅人,大笑而去。"写柳应芳的耽诗:"作诗不轻出语,每行街市,低头沉吟,悠悠忽忽,触人肩面,不自觉也。"写葛一龙的迂阔:"及之官,详视缓步,盘辟为礼颂,上官皆目笑之。"写李至清的善骂:"遇里中儿辄嫚骂,或向人作驴鸣,曰:'聊以代应对耳!'里人噪而逐之。"写沈野的嗜酒:"好饮,每夜半大呼索酒。"写田艺蘅的风流:"尝衣绛衣,挟二鬟,游湖上,逢好友,则令小鬟进酒,促膝谈谑。时时挟内人遍游诸山。偶日暮,不得巾车,觅得一驴,与内人共跨入城。"都是仅用一二细节,便抓住了人物的内部特征,把人物写活的。以上这些,只不过是《列朝诗集小传》中的部分例子。此外,如破瓢道人吴孺子、鹅池生宋登春的小传,都写得极为生动有趣。这些传记中所描写的,大都是一些普通的市民文人,他们过着率性任真的生活,留下了许多风趣幽默的佚事。钱谦益便从他们身上着力发掘其个性特征,使他们那自由放任的形象永远活在其小传之中。

其实,钱谦益对人物个性的兴趣,已远远超出了传记本身的范围。即使在序跋等非传记文体中,钱谦益也常会情不自禁地刻画人物的个性特征,使这些序跋写得非常风趣生动。作为加深了解钱谦益传记意识的旁证,我们想在此举几个例子。如《初学集》卷二九《本草单方序》兼写医者缪希雍之为人:"仲淳电目戟髯,如世所图画羽人剑客者。谭古今国事成败,兵家胜负,风发泉涌,大声殷然,欲坏墙屋……仲淳酒后耳热,仰天叫呼,痛饮沾醉乃罢。"卷三二《冯定远诗序》兼写诸生冯定远的个性:"其为人悠悠忽忽,不事家人生产,衣不揜骭,饭不充腹,锐志讲诵。亡失衣冠,颠坠坑岸,似朱公叔。燎麻诵读,昏睡爇发,似刘孝标。阔略眇小,荡佚人间,似其家敬通。里中以为狂生,为嵩愚,闻之愈益自喜。"卷八四《书王损仲诗文后》兼写王惟俭的狂妄:"与人覆射经史,每弋获,摩腹大笑曰:'名下定无虚士。'"卷三二《陈鸿节诗集叙》兼写山人陈遹的轻信:"过桃叶渡,遇曲中诸姬,揄长袂,倪薄装,酒阑促坐,目贻手握,以为果媚已也,命酒极宴,流连宿昔。囊中装尽矣,还寄食于僧院。故人黎博士赠百金,遣游锡山。途中遇何人,自称公安袁小修稚弟,邀与同载,夜发箧,盗其金亡去。"卷八四《题钱叔宝手书续吴都文粹》兼记其子钱允治的佚事:"介独自好,不妄交接,口多雌黄,吴人畏而远之。余每过之,坐谈移日,出看囊钱,市糕饼啖余。老屋三楹,丛书充栋。白昼取一书,必秉烛缘梯上下。一日语余:'吾贫老无子,所藏书将遗不知何人。明日公早来,当尽出以相赠,吾欲阅,更就公借之,何如?'余大喜,凌晨而往,坐语良久,意色闵默,不复言付书事。余知其意,亦不忍开口也。"这些序跋中所体现的描写人物个性的方法,与其传记作品中的几乎没有什么两样。在序跋等非传记文体中,作者也这样表现出了对人物个性的兴趣,这足以说明作者对于人物个性的兴趣是多么的强烈浓厚。

如上所述,不论是《初学集》还是《列朝诗集小传》,都相当重视对人物内在特征的描写,这是其传记作品的个性化倾向的一个重要方面。布克哈特曾说:"在意大利人中间,探索非凡人物的典型特征是一种普遍的趋向。""这类写作可以自由地描写一个人,如果这个人不同一般或是因为这个人很出众就可以写。""这些描写是简短的,但对于典型的东西表现出了一种卓越的观察力。"①布克哈特关于文艺复兴时期意大利传记作品所说的这些话,对于我们理解钱谦益的传记作品也是不无启发意义的。在钱谦益的传记作品中,传主也许没有什么高尚的道德或显赫的功业,却往往因性格的独特,举止的荒唐,脾气的怪诞,出语的骇俗等等,而受到作者的肯定表现。也就是说,在作者看来,人物的个性是比其功业更应受到重视的,没有功业并无关系,只要其性格"不同一般"就行。在这种个性化的传记意识的指导下,其传记作品自然会表现出个性化的倾向。

当然,钱谦益对人物内部特征的描写也还是初步的。这不仅是因为这些描写常常是比较简短的,也是因为这些描写往往也是比较表层的。也就是说,作者还未能深入人物的内心世界,去把握人物的深层心理。不过,我们不能以此来苛求古人,即使像现在这样也已经很不容易了。

与明代其他具有个性化倾向的传记作品相比,钱谦益的传记作品具有自己的独特意义。首先是在钱谦益的传记作品中,个性化的描写是大量出现的,而不仅仅是零星的点缀或偶尔的闪现;其次是钱谦益是自觉地有意识地,而不是不自觉地无意识地,去表现人物的个性的;再次是在表现个性的时候,钱谦益更多地把注意力集中在那些不合时俗、反抗环境的个性类型上面,从而塑造出了一大批反叛者的形象;最后是在表现这些反叛者的个性时,钱谦益又往往出之以赞赏的幽默的

---

① 布克哈特《意大利文艺复兴时期的文化》,何新译,第 325—326 页。

口吻,在明朗轻松的氛围中,完成对于人物个性的刻画。总而言之,在晚明的众多传记作者中,钱谦益凭借自己的独特性,足以自树一帜。

三

以上,我们已经看到了钱谦益的《初学集》和《列朝诗集小传》中的传记是怎样表现出个性化倾向的,下面,我们再来看看为什么在他的传记中会出现个性化倾向;推而广之,也看看为什么在晚明时期会出现传记的个性化倾向。

我们在上文已经说过,明代传记文学中出现了一种新的因素,即普通市民或市民文人越来越多地成为传记的对象,这与传记的个性化倾向不是没有关系的。由于普通市民或市民文人没有什么显赫的功业或惊人的言行可以记载,因而为他们写作传记,也就必然会更注重于描写他们的市井生活与日常琐事,同时也更注重于描写他们的个性特征,这就自然使这些传记作品容易出现个性化的描写倾向。我们看宋濂的《吾衍传》,祝允明的《记吾乡二老者》,李梦阳的《族谱》,归有光的《寒花葬志》等,都以普通市民或市民文人为传主,而都着力表现其个性,便会明白这一点。当然,市民社会本身是在不断发展的,在晚明时期,市民社会可以说进入了全盛时期,以普通市民或市民文人为对象的传记作品,也就更为频繁地涌现了出来。因而在晚明时期的传记作品中,自然也就更容易出现个性化的描写倾向。

随着市民社会的发达,在晚明时期还值得注意的,是在市民阶层中涌现出了大量的有个性人物。有个性人物在每个时期都有,但在晚明时期却尤为多见。这自然是与整个晚明时期的文化背景密切相关的。晚明时期发达繁荣的市民生活,风靡全国的市民思潮，以及传统道德观念的松懈，新的道德观念的萌芽等等，都有利于有个性人物的涌现。关于其具体表现，笔者在《从〈列朝诗集小传〉看晚明精神的若干表现》一文中，曾以《列朝诗集小传》为例作过一些论述。有个性人物的涌现，对于传记的个性化倾向乃是至关重要的，因为只有在一个大量存在有个性人物的社会中，才有可能出现传记的个性化倾向。这就像文艺复兴时期的意大利之所以能够出现个性化的传记，是因为当时的意大利民族已经进入了"半觉醒的生活"，也就是有个性人物开始大量出现之故。晚明时期传记的个性化倾向的出现，正是以有个性人物的出现为其前提与条件的。

当然，光有有个性人物的出现，而没有尊重个性的观念，还是不能够解决问题的。因为在一个漠视个性的社会中，尽管存在着有个性的人物，但传记作者照样可以熟视无睹，或即使注意到了却持否定态度，这样则传记的个性化倾向还是不能出现。然而晚明时期的情况却不是这样。尽管习惯势力还是非常强大，社会一般人对于个性还是不能容忍，但至少在相当一部分的市民中间，尤其是在作为其喉舌的一部分市民文人中间，个性却受到了相当程度的尊重。比如李贽就曾经宣布："夫天生一人，自有一人之用。"（《焚书》卷一《答耿中丞》）强调每个人各有其存在的理由，这当然也应该是包括个性而言的。袁宏道也曾经说："愚不肖之近趣也，以无品也。品愈卑故所求愈下，或为酒肉，或为声伎，率心而行，无所忌惮，自以为绝望于世，故举世非笑之，不顾也。此又一趣也。"（《解脱集》卷三《叙陈正甫会心集》）虽然他这里说的是"趣"的表现，但也流露了肯定每个人的个性之价值的想法。袁中道《柞林纪谭》记李贽称赞何心隐"渠吐一口痰，也是自家的"，吕坤《呻吟语》宣布"我只是我"，同样都强调了个性本身的价值。正是这种尊重个性的观念，才使晚明时期传记作者能够尊重人物的个性,并在传记作品中加以刻画与肯定,这自然有利于传记的个性化倾向的出现。

不过以上所说的,都只是促使晚明传记的个性化倾向出现的一般条件。对于作为《初学集》和《列朝诗集小传》作者的钱谦益来说,他之所以能够写出许多具有个性化倾向的传记,除了上述一般的时代条件之外,无疑还有他自身的若干因素在起作用。正如布克哈特所说的,个性化传记出现的条件,除了其所由产生的民族本身必须已经进入"半觉醒的生活"之外,还有赖于从这种"半觉醒的生活中冒出来,并且自己已具有个性"[①]的传记作者的出现。作为传记作者的钱谦益,的确是符合这后一个条件的。从他本人的许多回忆中,我们知道他从小便是一个富有个性的人。如《初学集》卷五五《李缉夫墓志铭》云:"余少跅弛自喜,好越礼以惊众。缉夫故淳谨,及与余游,则亦蓬跣跳号类余,里闬间相与訾謷之弗顾。"可见他从小便是一个"跅弛自喜"、"越礼惊众"的人,不仅自己"蓬跣跳号",而且还把原本"淳谨"的小朋友也带坏了,以致引起了里闬间的訾謷,却还全然不顾。(而且终其身如此,《归庄集》卷八《祭钱牧斋先生文》云:"先生素不喜道学,故居家多恣意,不满于舆论,而尤取怨于同宗。")又如《初学集》卷五七《陈则舆墓志铭》云:"陈君于余,二十年以长。余少伉浪,不可人意,君折辈行与游。尝语余曰:'里中贵人,遇我多缪为恭敬,时具酒食唊我,我辄掉臂不顾;公等多狎侮人,善嫚骂,我顾喜从公等游。'"可见,作者少时伉浪不羁,侮人嫚骂,却受到了富有个性的陈则舆的称赞,而后来又转而为陈则舆作传,可见他们原本是一类人。不仅是陈则舆,而且其他有个性的人物,也曾肯定钱谦益为他们的同道。如《初学集》卷二五《书

[①] 布克哈特《意大利文艺复兴时期的文化》,何新译,第325页。

郑仰田事》云:"余尝谓仰田:'公非术士,古之异人也!'仰田笑曰:'吾行天下大矣,莫知我为异人,然则公亦异人也!'"可见钱谦益在他们心目中的形象。少年时代的强烈个性,入成年后自然不便再任其流露,尤其是在进入官僚阶层以后。不过,这种强烈的个性其实并不会消失,只是深深地被压抑着而已,一遇机会,仍然还是会流露出来的。如《初学集》卷三二《张孟恭江南草序》云:"余少而肮脏,慕孔文举、刘越石之徒,思与之驰骋上下。今老矣,垂头塌翼,视少年盛气,殆髣髴如昔梦。今年遇张孟恭于吴门,见其沉雄骏发,慨然有子瞻《太息》之思,喜孟恭之能起予也。"这是遇到有个性的人物,而激发起其被压抑着的个性的例子。又如《初学集》卷二八《重辑桑海遗录序》写其读龚开所作文宋瑞、陆君实二传的感受道:"篝灯疾读,若闻叹噫,须髯奋张,发毛尽竖,手自缮写,不敢以属侍史,清泪彻纸,不数行,辄掩卷罢去也。"这是遇到激动人心的人物传记,而激发起其被压抑着的个性的例子。而他之所以喜欢写作个性化的传记,其实也正是他自身被压抑的个性升华的结果。

正因为钱谦益自己是一个富有个性的人物,因而他的人物观便自然具有了崇尚个性、反对中庸的特色。比如他评论方孝孺的行为,便主要不是从道学立场,而是从个性角度来进行的。《初学集》卷二九《重刻方正学文集序》抨击了"中庸"的行为:"自汉以来,士之矜名行,崇谨厚,卖国而鬻君者多矣,靡不以中庸为窟穴。"又肯定了极端的行为:"杀身成仁,舍生取义,赴汤蹈火,惊世绝俗之为,圣贤之所不辞也。"从这个角度出发,他认为方孝孺是真侠,真狂,真中庸。传统的评价多从道学立场出发肯定方孝孺的忠君行为,但钱谦益的评价则似乎更偏重于方孝孺行为的极端性。正因为崇尚个性,反对中庸,所以钱谦益论人喜狂简者,而不喜深衷厚貌者。如在《列朝诗集小传》的茅元仪小传中,他对那些"世所推名流正人,深衷厚貌,修饰边幅,眼光如豆"者,表示了极大的轻蔑,认为这些人"宁足与论天下士哉"!在其文集中,像这种崇尚个性、反对中庸的言论随处可见。

钱谦益所交的朋友,因而多为富有个性之人,也就不足为怪了。如李至清是个"少负轶才,跅弛自放"的人物,但钱谦益却极为赏识他,供养他多年,后来他"恃才横死",钱谦益又深为惋惜(《列朝诗集小传》李至清小传)。又如茅元仪,是个"自负经奇,恃气凌人,语多夸大"的人物,而钱谦益却与他非常要好,说"能知之者,惟高阳与余,而止生目中亦无余子"(《列朝诗集小传》茅元仪小传)。又如缪希雍,是个"电目戟髯,如世所图画羽人剑客者"(《初学集》卷二九《本草单方序》)的民间医生,钱谦益亦与之交好。此外,如他曾为之作传的陈遹、冯定远、王惟俭、钱允治、钱文光、陈三吾、顾大韶、宋珏、程元初、郑仰田、张孟恭、邵潜、陈三恪、瞿纯仁、何允泓、冯复京、陈襟宇等人,或为普通市民,或为穷老诸生,但都因为富有个性,而与钱氏交好一生。

钱谦益不仅与这些富有个性的人物交好,而且还千方百计地通过自己的传记,让他们的事迹永远流传下去。《初学集》卷三二《张孟恭江南草序》曾经感叹富有个性人物的"抑没于后世":"士之负奇,往往不偶于世,而其抑没于后世者,亦多矣,此其可以太息也。"因此,他要保存他们的事迹,使他们不致湮没无闻。其《列朝诗集》的编纂宗旨之一,便是"间有借诗以存其人者,姑不深论其工拙也"(袁养福小传)。《列朝诗集》中所收录的,很多便是这样的人物。如李至清小传云:"录临川赠诗,遂牵连及之,无使其无闻也。"又如陈三恪,据《初学集》卷七一《玉渊生小传》记载,是个"歌乐天清江一曲之什,鼻齁牙豁,声从齿缝中出,呜呜然如发蚴窃,坐客皆目笑,殊自得也"的怪人,他要求钱谦益一定为其作传:"每别,必执手谆谆曰:'公必传我!'"而钱谦益也果然因此而为其作传:"余故为之传,邑里之志耆旧者,或有取焉。"又如嘉定诗人徐允禄、龚方中、唐正雅等人,诗本不传,但因为他们都富有个性,所以钱谦益仍汲汲于为他们立传,说:"诸子诗文皆不传,惜其氏名将泯泯于斯世也,为附著焉。"(《列朝诗集小传》郑胤骥小传)凡此,均可见钱谦益欲使富有个性的人物不致湮没无闻的苦心。他这么做,一方面固然是因为他已经具备了"对于个性的敏锐观察力",认为个性行为乃是值得记载的,同时也是因为他也认识到个性行为的记载,乃有助于加强传记的生动性,显示传记的本质。

除了如上所述的个性方面的因素以外,钱谦益的传记作品中之所以能够出现个性化的倾向,也是与作者有意识地学习中国传记文学史上那些虽说处于非主流地位、却也曾存在过的具有个性化倾向的优秀传记作品分不开的。这些优秀的传记作品,给予钱谦益的传记写作以深刻的影响。这方面较有代表性的例子,在历史上是《史记》和《世说新语》,在当代是归有光的传记作品。先看前者。《史记》和《世说新语》乃是中国传记史上少数几部具有个性化倾向的传记之一,它们分别是中国历史上思想比较活跃、个性比较解放的周末汉初、魏晋六朝的产物,其中栩栩如生地塑造了形形色色的人物形象。这样的作品自然会受到后来重视个性描写的传记作者的欢迎,并影响他们的传记写作。众所周知,归有光便是一个《史记》的爱好者,他的那些生动的传记作品,曾经不同程度地受过《史记》的影响(如姚鼐于"归震川能于不要紧之题,说不要紧之语,却自风韵疏深"后接着说,"此乃是于太史公深有会处",即指出了二者间的联系)。而晚明时期《世说新语》拟作的流行,也说明了《世说新语》在当时的影响之大。在钱谦益的传记作品中,同样可以看到《史记》和《世说新语》影响的痕迹。关于前者,如《初学集》卷七十《工部右侍郎赠尚书程公传》、《顾节母传》、《吕讲经传》，卷七一《万尊师传》、《玉渊生小传》，卷七二《瞿元立传》、《顾仲恭传》，卷七三《紫髯将军传》、《梅长公传》等，都附有非韵语的夹叙夹议的叙述作者作传旨意的赞语，便明显是模仿《史记》的"太史公曰"的。又如卷七二《顾仲恭传》中载其《又后虱赋》和《竹签传》，卷七三《梅长公传》载其所上封事，亦显然是模仿《史记》以文入传的体例的。关于后者，《初学集》卷二九《郑氏清言叙》曾这么说："余少读《世说新语》，辄欣然忘食。已而叹曰：临川王，史家之巧人也。生于迁、固之后，变史法而为之者也……临川得其风气，妙于语言，一代之风流人物，宛宛然荟蕞于琐言碎事微文澹辞之中。其事，晋也，其文，亦晋也。习其读则说，问其传则史。变迁、固之法，以说家为史者，自临川始，故曰史家之巧人也。""而余则谓《世说》，史家之书也。"盖他认为《世说新语》之体例尽管与《史记》完全不同，却也可以看作是一部史传著作。而且，其将"一代之风流人物宛宛然荟蕞于琐言碎事微文澹辞之中"的个性化的传记写法，在传记精神上也是与《史记》一脉相承的。从这里可以看出他对《史记》和《世说新语》传记精神的一致性的认识，以及他对于这两部具有个性化写法的传记名著的喜爱。其《列朝诗集小传》之类著作，盖也运用了将"一代之风流人物宛宛然荟蕞于琐言碎事微文澹辞之中"的个性化的传记写法。大致说来，从其传记作品喜欢描写人物稀奇古怪的外貌和慷慨激烈的性格，可以看出《史记》的影响；从其传记作品喜欢描写人物风神飘逸的举止和隽永清雅的谈吐，可以看出《世说新语》的影响。从传记文学的传统来看，虽说如其族孙钱陆灿《汇刻列朝诗集小传序》所说，"至其所自为文，于班、马未敢雁行，概下拟蔚宗，而极于《三国》、《南北史》、六朝唐宋之作，不名一家，不拘一体"(《列朝诗集小传》卷首)，钱谦益是对前人兼收并蓄的，不过其个性化的精神，则明显是远祧《史记》和《世说新语》的。而且，对于《史记》以后的传记传统，钱谦益其实是甚少许可的。如《初学集》卷二八《重辑桑海遗录序》同意吴莱认为龚开所作传记"类司马迁、班固所为，陈寿以下不及也"的评价，便透露了他对传记史的看法。

在明代传记作者中，钱谦益受归有光的影响最大。众所周知，归有光生前郁郁不得志，死后默默无名声，是钱谦益把他的作品加以编定的。这自然是因为他喜欢归有光的作品。钱谦益《新刊震川先生文集序》自述因归有光的影响而改变学风，并发扬光大归有光文的经过云："余少壮汩没俗学，中年从嘉定二三宿儒游，邮传先生之讲论，幡然易辙，稍知向方，先生实导其前路；启祯之交，海内望祀先生，如五纬在天，茫寒色正，其端亦自余发之。"他还一再说："往余笃好震川先生之文。""余服膺先生之书，不为不专且久。"（《震川先生集》卷首）又其所为归集凡例，称自己"一生师承在兹"，对归有光文极为推崇。正如其族孙钱陆灿《汇刻列朝诗集小传序》所说的："牧斋公之在当时……论文则推震川。"而在归文当中，钱谦益又特别推崇其传记之文。如其所为归集凡例云："志墓之文，本朝弘正后，靡滥极矣！先生立法简严，一禀于古，移步换形，尺水兴波，直追昌黎，不问其余也。今所汰去者十不得一，他文不尔。"（《震川先生集》卷首）《初学集》卷八三《题归太仆文集》引王世贞语"熙甫志墓文绝佳"后云："如熙甫之《李罗村行状》、《赵汝渊墓志》，虽韩、欧复生，何以过此？"均可见其对归有光传记作品的特别推崇。尽管钱谦益所推崇于归有光文和传记作品者也许别有所在（如古文的写得出色），但其中的新的描写方法，无疑也曾使他受到潜移默化的影响。如《初学集》卷七四《亡儿寿耈圹志》记亡儿事，《外庶王母陈氏夫人圹铭》记外祖母事，卷七六《陈府君合葬墓志铭》记丈人丈母事，《峄县知县何府君墓志铭》记族从祖姑夫事，《族兄观伯钱君墓志铭》记族兄事等,都以"琐言碎事微文澹辞"记其家人亲戚,充满着浓厚的人情味与感伤性,也具有一定的个性化倾向,极类于归有光的那些著名传记。所以,可以说钱谦益受归有光影响很深,尽管在个性化倾向方面他比归有光走得更远,但归有光的影响还是不容忽视的。

以上,我们简略地叙述了晚明传记中,尤其是钱谦益的传记作品中,出现个性化倾向的社会历史、个人性格及传记传统等方面的原因。尽管这个叙述还是远不充分的,但似乎也足以使我们看到,晚明时期传记个性化倾向的出现,乃是具有某种必然性的,而不是凭空出现的。

四

如上所述,中国的传记文学发展到了晚明时期,随着市民文化的成熟,出现了个性化的倾向。这种个性化倾向的出现,使晚明的传记文学呈现出相对前代的新的面貌,达到了相对前代的新的水准,钱谦益的《初学集》和《列朝诗集小传》便是这方面的杰出代表。遗憾的是,这种传记文学的个性化倾向进入清代以后就夭折了。在继钱谦益的《列朝诗集》而编的朱彝尊的《明诗综》里,不仅小传数量大为减少,而且个性化描写也已荡然无存,以致被后人讥为"刻板与简略"。[1] 这颇可视为晚明传记文学的个性化倾向入清以后命运的象征,其意义初不限于钱谦益一家传记作品的遭遇本身。比如归有光的那种感伤委宛缠绵悱恻的散文,到了号称其传人的桐城派古文家手里,同样也已蜕变为说

---

[1] 容庚《论列朝诗集与明诗综》,载《岭南学报》第11卷第1期,1950年12月。

理载道的工具了。推而广之,岂独传记文学的个性化倾向的命运是如此,整个晚明文学甚而晚明文化的命运其实也是如此。因而,当后来五四新文学家如周作人、林语堂等人重新肯定晚明小品,其中也包括晚明传记作品时,人们在欣悦其对晚明文学传统的重新肯定的同时,也不免会为历史进程的循环缓慢而感慨不已。

评《四库全书总目》的晚明文风观

　　从16世纪下半叶到17世纪上半叶的晚明时期,目前正日益受到历史学家、文学史家和文化史家的重视。这是因为在漫长的中国历史上,这是一个出现了新的因素的时期。作为晚明文化组成部分的晚明文风,也正以自己的独特风貌日益受到人们的关注。不过,这种关注其实并不始于今天,早在成于清代中期的《四库全书总目》中,清人便已对晚明文风作过全面的评述。遗憾的是,这种评述似尚未引起今人的注意。这无疑与人们一向仅把《四库全书总目》视为一部文献学著作,而忽视其在文学史、批评史和文化史方面的价值的态度有关。本文便欲从《四库全书总目》中,尤其是从比较起来更为人们所忽视的史部和子部提要中,发掘和整理清人对晚明文风的看法。由于价值观念的变迁,提要对晚明文风的否定性评价,在今天看来已很难接受;但作为一种过去的资料,提要的看法不仅仍有其历史价值,而且若能摆脱其偏见,则其中的很多见解,即在今天也仍然具有一定的启示意义。

一

　　提要对于整个明代文化持有一种下降史观,它把明代文化分成三个或两个时期,认为一个时期不如一个时期。按三分法,明代文化被分成弘正以前、正嘉之间和隆万之后这三个时期；按两分法，明代文化被分成正嘉以前和隆万以后这两个时期。三分法的例子，见于王廷相《雅述》提要："盖弘正以前之学者，惟以笃实为宗；至正嘉之间，乃始师心求异。然求异之初，其弊已至于如此，是不待隆万之后，始知其决裂四出矣。"（一二四·子·杂）提要认为"弘正以前"是明代文化的隆盛期，"正嘉之间"是明代文化的转变期，"隆万之后"是明代文化的衰落期，它们的特点分别是"笃实为宗"、"师心求异"、"决裂四出"。在这种三分法中，值得注意的是提要对"正嘉之间"这一转变期的看法："乃始"给人的感觉便有转变之意。关于正嘉之间为明代文化转变期的观点，提要在其他地方也曾述及，如耿定向《先进遗风》提要云："盖明自嘉靖以后，开国敦庞之气日远日漓，士大夫怙权营贿，风尚日偷。"（一四一·子·小说）有时则不称"正嘉之间"，而以"明之中叶"的说法提出同样的观点，如毛凤韶《浦江志略》提要云："盖明之中叶，士大夫已如是之陋矣。"（七三·史·地理）王直《抑庵集》提要云："盖明自中叶以后，文士始好以矫激取名。"（一七〇·集·别集）其中所说的"明之中叶"，盖即指"正嘉之间"，而"已"字"始"字，则同样给人以转变伊始的感觉。两分法的例子，见于王鏊《震泽长语》提要："鏊文词醇正，又生当明之盛时，士大夫犹崇实学，不似隆庆万历以后，聚徒植党，务以心性相标榜，故持论颇有根据。"（一二二·子·杂）"明之盛时"与"隆庆万历以后"相对，也可以理解为"正嘉以上"吧？从中我们可以看到，两分法与三分法的说法略有矛盾。即对"正嘉之间"的明代文化，三分法认为是由"弘正以前"的"笃实"转入"隆万之后"的"决裂"的转变期，因而持有批评态度；两分法则认为它同样是"崇实学"的时期，因而持有肯定态度。不过，若仔细分析一下，则可以看出，三分法和两分法对"正嘉之间"的明代文化的看法，其实并无实质的不同。正因为"正嘉之间"是明代文化的转变期，所以它就必然会既保存着"弘正以前"的旧的特征，也会开始具备"隆万之后"的新的特征。从其不变处着眼，"正嘉之间"的明代文化当然与"隆万之后"不同，因而可以和"弘正以前"划在一处，这是两分法的基础；从其变化处着眼，则"正嘉之间"的明代文化已开"隆万之后"的明代文化的先河，因而可以单独划为一个时期，这是三分法的基础。不过，无论是三分法还是两分法，提要都认为"隆万之后"的明代文化与此前的不同，表现出了独特的风貌。对于这个表现出独特风貌的晚明文化，提要是持完全否定态度的。如上面提到的"决裂四出"、"如是之陋"、"好以矫激取名"、"务以心性相标榜"、"风尚日偷"等等，便是这种态度的表现。又如潘士藻《闇然堂类纂》提要云："(其书)成于万历壬辰，时当明季，正风俗凋弊之时。"（一四三·子·小说）谈修《避暑漫笔》提要云："其书成于万历中，当时世道人心，皆极弊坏。"（一四三·子·小说）也是这种态度的表现。

在这种关于明代文化的下降史观的支配下，提要对"隆万之后"的晚明文风也持有否定态度。在明代文风的分期方面，提要采用的似乎是"正嘉以上"和"隆万以后"的两分法，并认为"正嘉以上"的文风是"淳朴"、"淳实"的，而"隆万以后"的文风则是"佻薄"、"浇漓"的。如钱琦《钱子测语》提要云："正嘉时人，尤淳实无此佻薄体裁。"（一二四·子·杂）又如陶珽《续说郛》提要云："然正嘉以上，淳朴未漓，犹颇存宋元说部遗意；隆万以后，运趋末造，风气日偷。道学侈称卓老，务讲禅宗；山人竞述眉公，矫言幽尚。或清谈诞放，学晋宋而不成；或绮语浮华，沿齐梁而加甚。著书既易，人竞操觚，小品日增，卮言叠煽。求其卓然蝉蜕于流俗者，十不二三。"（一三二·子·杂）虽说二者都仅是就小品立论的，但的确可以认为指的是整个时代的文风。二者都把"正嘉以上"的文风与"隆万以后"的文风作了对比,肯定了"正嘉以上"的文风,而否定了"隆万以后"的文风。这显然是由提要关于明代文化的下降史观决定的。

应该承认,提要关于明代文化和明代文风分期问题的看法还是有一定道理的,因为它指出了明代文化和明代文风可以分为若干时期,而每一时期有每一时期的特点。不过,提要对明代文化和明代文风所持有的下降史观,却是我们完全不能接受的。因为在今天看来,明代文化和明代文风不仅不是下降的,反而应是上升的。"弘正以前"的文化和文风基本上是保守的,因而是需要批判的;"正嘉之间"的文化和文风透露出了新的生机,因而是值得欢迎的;"隆万之后"的文化和文风具有很多崭新的因素,因而是值得肯定的。同样是三分法或两分法,我们对明代文化和文风持的是上升史观,这是因为今天的价值观念已与清人有了不同之故。

二

晚明文风的出现,是以晚明士风为基础的。晚明士风与以前相比,表现出了很多新特点。提要对此亦有所摘发,归纳起来,约有数端。一曰喜矫激。王直《抑庵集》提要云:"盖明自中叶以后,文士始好以矫激取名。"(一七〇·集·别集)二曰爱风流。余怀《板桥杂记》提要云:"明季士气儇薄,以风流相尚,虽兵戈日警,而歌舞弥增。"(一四四·子·小说)三曰尚狂禅。邓伯羔《艺彀》提要云:"然隆庆万历以后,士大夫惟尚狂禅,不复以稽古为事。"(一一九·子·杂)朱谋垔《画史会要》提要云:"盖明之末年,士大夫多喜著书,而竞尚狂禅,以潦草脱略为高尚,不复以精审为事。"(一一三·子·艺术)梁清远《雕丘杂录》提要云:"禅学玄学,明末最盛。"(一二八·子·杂)四曰好高论。冯时可《雨航杂录》提要云:"隆万之间,士大夫好为高论,故语录、说部往往混漾自恣,不轨于正。"(一二二·子·杂)五曰善标榜。释无尽《幽溪别志》提要云:"㻿园称其所至讲席如云,盖明末标榜之风,浸淫乎方以外矣。"(七六·史·地理)提要的摘发当然远不是全面的,但即此亦可见晚明士风之一斑。上述几端,其实贯穿着共同的精神,那就是强调主体意识,要求个性解放。对于晚明时期的这种新的士风,具有正统观念的清人当然是不能接受的。这种晚明士风反映到文章方面,便形成了以"儇薄"、"纤佻"等为主要特征的晚明文风。

"儇薄"、"纤佻",又作"轻佻"、"儇佻"、"纤巧"、"尖巧"、"佻纤"、"纤诡"、"纤仄"、"佻薄"、"轻儇"等等,意思都没有什么大的不同,既是指内容的"不正经",也是指形式的"不庄重"——当然这是用正统眼光来看的。提要中提到的晚明文风的具体表现,大约有这么几种。一是议论求异。如提要批评安世凤的《燕居功课》"识见偏驳"(一二八·子·杂);批评胡震亨的《读书杂记》:"谓嫦娥、纤阿两雌与吴刚共处月中,则调笑及于明神;谓生天、生地乃生盘古,应称三郎,则嘲弄及于古帝。"(一二八·子·杂)批评陈师的《禅寄笔谈》:"谓《春秋》非尽宣尼之笔;谓司马光作《通鉴》私蔽盘结,缪戾乖剌,朱子作《纲目》以正之,尤不敢尽发其私意;谓司马迁以项羽为本纪,见汉世人才风俗之正。"(一二七·子·杂)提要认为这方面尤以李贽为甚,如《疑耀》提要批评李贽《藏书》等云:"贽恃才妄诞,敢以邪说诬民,所作《藏书》,至谓毋以孔夫子之是非是非我;其他著作,无一非狂悖之词。"(一一九·子·杂)晚明文风的这种特点,从积极方面来看,表现了晚明人的思想解放;从消极方面来看,也不免有流于油滑之处。不过其积极意义显然大于消极意义,因为敢于轻薄历来所谓的神明、经典和成说,这便是文风上的一大进步。二是思想求杂。如提要批评焦竑的《焦氏笔乘》:"其讲学解经,尤喜杂引异说,参合附会。如以孔子所云空空及颜子屡空为虚无寂灭之类,皆乖迕正经,有伤圣教。"(一二八·子·杂)批评王肯堂的《郁冈斋笔麈》:"惟生于心学盛行之时,凡所议论,大抵以佛经诂儒理,甚至谓教习庶吉士当令看《楞严经》,是何言欤?"(一二八·子·杂)批评黄时耀的《知非录》:"外篇则竟涉异学矣。盖心学盛行之时,无不讲三教归一者也。"(一三二·子·杂)晚明文风的这种特点,其实正反映了当时思想界敢于离经叛道、无视儒学神圣性的活跃风气,反映了当时的思想潮流对于晚明文风的影响。三是文体求怪。如提要批评姚希孟的《循沧集》:"甚至《游广陵记》于全篇散语之中,忽作俪偶一联云:'洞天深处,别开翡翠之巢;笑语微闻,更掣鸳鸯之锁。'自古以来,有如是之文格乎?"(七八·史·地理)批评胡梦泰的《读史书后》:"文体晦涩,几不可读,殆亦刘凤之流。又有文德翼序,语意亦相类。"(九十·史·史评)晚明文风的这种特点,与晚明文人想要出奇胜人的作文心理有关。他们想要打破一切作文章的法式,以与稀奇古怪的念头相配合。高者乃有助于使文章生动活泼,下者则往往流于晦涩难懂。四是标题求新。如提要批评安世风的《燕居功课》"标题纤巧"(一二八·子·杂);批评王勋的《广月令》:"其标目曰别有天,曰有本如是,曰山外山,曰众香国逸史,皆佻纤尖巧,亦不出明季小品习径也。"(六七·史·时令)批评薛凤翔的《牡丹史》:"记一花木之微,至于规仿史例,为纪、表、书、传、外传、别传、花考、神异、方术、艺文等目,则明人粉饰之习。"(一一六·子·谱录)批评谢杰的《顺天府志》:"所立金门图、京兆图诸名,粉饰求新,尤明季纤佻之习。"(七四·史·地理)批评汪定国的《诸子褒异》:"所标书名,大半今世所未见,率以意为之,尤明季锢习也。"（一三二・子・杂）晚明文风的这种特点，也反映了晚明文人喜欢标新立异的心理特征。当然他们的好更改古书名，也每每受到后人的批评。以上这几个方面，只是提要所揭示的晚明文风的若干表现，但从中也可以看出，晚明文风的确具有新的面貌，与前代文风有很大的不同。正因为晚明士风有"喜矫激"、"爱风流"、"尚狂禅"、"好高论"、"善标榜"等特点，所以在晚明文风中才会出现上述特点吧？对于晚明文风的这些新的特点，提要是全盘否定的，对此我们当然不能同意。

从提要也可看出，以"儇薄"、"纤佻"为主要特征的晚明文风，不是哪一家哪一派的特点，而是当时整个时代整个社会的风尚。公安派、竟陵派的文风是"纤佻"的。如姚希孟《循沧集》提要云："其文体全沿公安、竟陵之习，务以纤佻为工。"（七八・史・地理）文德翼《佣吹录》提要云："间作品题，亦皆儇佻之语，盖又兼涉竟陵之习者也。"（一三八・子・类书）晚明山人的文风是"纤佻"的。如吴应箕《读书止观录》提要云："语意儇佻，颇类明末山人之派。"（一三二・子・杂）陈继儒《岩栖幽事》提要云："词意佻纤，不出明季山人之习。"（一三〇・子・杂）安世凤《燕居功课》提要云："标题纤巧，识见偏驳，尤明代山人结习。"（一二八・子・杂）无名氏《观生手镜》提要云："词气儇薄，皆明末山人之习，必万历以后人作也。"（一三二・子・杂）晚明才子的文风是"纤佻"的。如王晫、张潮《檀几丛书》提要云："多沿明季山人才子之习，务为纤佻之词。"（一三四・子・杂）公安、竟陵、山人、才子等等，几乎涵盖了整个晚明文坛，因而以"纤佻"等为主要特征的文风，可以说是整个晚明时期的普遍风尚，而不是哪一家哪一派的特点。所以，提要有时也就整个晚明文风下以"纤佻"等评语。如闵于忱《枕函小史》提要云："各加评点，总不出明季佻纤之习。"（一三二・子・杂）李日华《礼白岳记》提要云："然终不出万历后纤巧之格。"(六四·史·传记)商维濬《古今评录》提要云:"不出明季纤巧之习。"(一二八·子·杂)沈大洽《蔬斋厓语》提要云:"自作小传,亦当时纤佻之体。"(一二五·子·杂)黄文焕《楚辞听直》提要云:"其词气傲睨恣肆,亦不出明末佻薄之习也。"(一四八·集·楚辞)都指出"纤佻"的文风是整个晚明时期的风尚。提要的这种看法无疑是有道理的。把晚明文风看作是整个社会整个时代的风尚,显然比仅把它看作是某家某派的特点更能说明问题。不过,提要在提到这一点时的贬低态度,却是我们所不能同意的。

从提要来看,以"纤佻"等为特征的晚明文风,在当时曾受到人们的普遍欢迎。如胡梦泰《读史书后》提要云:"明季伪体横行,士大夫以是相高。"(九十·史·史评)说明晚明文风在当时是一种很时髦的东西;何伟然《广快书》提要云:"《快书》百种,最下最传,盖其轻儇佻薄,与当时士习相宜耳。"(一三四·子·杂)说明晚明文风契合了当时的士风;陈继儒《书画史》提要认为,陈继儒的"小品陋习",也只是"一时风尚使然"(一一四·子·艺术),说明晚明文风与其代表人物之间是相互作用的。由此可以看出,晚明文风乃是当时的时代潮流,它受到了广大晚明人的欢迎。至于受到否定,乃是入清以后的事。

晚明文风的流风所及,提要认为直至清代初期。如提要批评清初施男的《筇竹杖》:"其所著诗文,词多险僻,盖犹沿明末公安竟陵之余习也。"(一四三·子·小说)批评清初王晫、张潮的《檀几丛书》:"多沿明季山人才子之习,务为纤佻之词。"(一三四·子·杂)批评王晫的《丹麓杂著》"大抵皆明末山人之派"(一三四·子·杂);批评清初孔贞瑄的《泰山纪胜》"文格亦尚沿竟陵末派"(七八·史·地理);批评清初曹溶的《倦圃莳植记》:"下语颇涉纤仄,尚未脱明季小品积习。"(一一六·子·谱录)批评清初朴静子的《茶花谱》："其文欲以新隽冷峭学屠隆、陈继儒之步,而纤佻弥甚。"(一一六·子·杂)批评清初李曰涤的《竹裕园笔语》等三书："识趣议论,出入于屠隆、袁宏道、陈继儒之间,盖明末风气如是也。"(一三四·子·杂)晚明文化虽由于清兵入关而告中断,但其流风绪响则在清初尚袅袅不绝,晚明文风在清初的影响盖也是其表现之一。

如上所述,从提要来看,晚明时期确实存在着一种以"纤佻"等为主要特征的文风。形成这种文风的社会基础是晚明时期的独特士风。这种文风不是哪家哪派的特点,而是整个社会整个时代的风尚。这种文风受到了晚明人的欢迎,其影响一直及于清初。提要对这种文风是持否定态度的,但从今天来看,这种文风毋宁说是值得肯定的,至少也是值得重视的。这是因为,这种文风与晚明文化密切相关,其中可以看到很多新的因素。

三

晚明文风的影响,遍及于各种体裁的作品,这在提要中也有所反映。在此我们仅举史部和子部中的若干类作品为例,来看一下其影响的具体表现。

晚明的地理类作品,很多都受到了晚明文风的影响,因而出现了风格独特的记述,并出现了一些有名的作品。不过提要对此是持否定态度的,因为清人不喜欢这种风格。如提要批评何乔远的《闽书》："其文辞亦好刊削,字句往往不可句读,盖不能出明人纤佻矫饰之习。"(七四·史·地理)批评刘侗的《帝京景物略》："其文皆幺弦侧调,惟以纤诡相矜。"这是因为刘侗本为楚人,所以"多染竟陵之习"(七七·史·地理)。批评姚希孟的《循沧集》:"其文体全沿公安、竟陵之习,务以纤佻为工。"(七八·史·地理)批评张岱的《西湖梦寻》:"其诗文亦全沿公安、竟陵之派。"(七六·史·地理)提要指出了晚明地理类作品所受晚明文风的影响,并对此提出了批评。不过在今天看来,这毋宁说正是晚明地理类作品的特色。而像《帝京景物略》、《西湖梦寻》这样的作品,现在都已成了代表晚明文风的名著了。

晚明时期史钞类作品很发达,《四库全书总目》著录史钞类作品四十三部(连存目),其中晚明人所作的占一半以上。晚明人之所以喜作史钞类作品,乃是由于对于历史上"新奇有趣"之事深感兴趣。这种对历史上"新奇有趣"之事的兴趣,使晚明的史钞类作品产生了独特的魅力。如提要说周诗雅的《南北史钞》:"摘录南北史新奇纤佻之事,以为谈助。"(六五·史·史钞)杨以任的《读史集》:"摘诸史中事迹之可快可恨及有胆有识者,分为快恨胆识四集。"(六五·史·史钞)赵维寰的《读史快编》"于诸史之中摘录其新异之事"(六五·史·史钞);余文龙的《史臠》的宗旨也"与《读史快编》正同"(六五·史·史钞);俞文龙的《史异编》:"以诸史所载灾祥神怪汇为一编……徒见其好怪而已。"(六五·史·史钞)施端教的《读史汉翘》:"取《史》《汉》中字句新异者,编录成帙。"(六五·史·史钞)凌迪知的《太史华句》:"皆摘《史记》字句,以类编次。司马迁史家巨擘,其文岂可以句摘,句又岂可以华目?"(六五·史·史钞)这不禁使我们想起了钱谦益《列朝诗集小传》记载的张献翼的这样一件事:"与所厚善者张生孝资相与点检故籍,刺取古人越礼任诞之事,排日分类,仿而行之。"(张献翼小传)这盖是史钞风气趋于极端的表现吧?无论是摘取"新奇纤佻"之事,还是"快恨胆识"之事,甚或"越礼任诞"之事,都反映了晚明人士对历史的趣味之所在,也使晚明的史钞类作品具备了不同以往的风格特征。

晚明时期史评类作品也很发达，《四库全书总目》著录史评类作品一百来部（连存目），其中晚明人所作的亦占一半以上。晚明的史评类作品观点务为新奇，敢于发前人之所未发；文字则力求纤佻，不惜为前人之所未为。提要对此是持批评态度的。如提要批评杨以任的《读史集》："每条下略缀评语，词多佻纤。"（六五·史·史钞）批评李维桢的《史通评释》"所评不出明人游谈之习"（八九·史·史评）；批评唐顺之的《两晋解疑》："务欲出奇胜人，而不知适所以自败，前明学者之通病也。"（九十·史·史评）批评卬须子的《尚论篇》："每篇皆有跋语，亦佻纤无可取。"（九十·史·史评）这种史评风格的代表，提要认为一是李贽，如提要说贺详的《史取》："数称李贽，岂非气类相近欤？"（九十·史·史评）一是陈继儒，如提要说宋存标的《史疑》："措语尤多轻佻，卷首题陈继儒选定，则习气所染，由来者渐矣。"（九十·史·史评）一是钟惺，如提要说张毓睿的《三国史瑜》："评语多取钟惺之说，其所宗尚可知也。"（六五·史·史钞）由此可见，一如在晚明文风的其他方面那样，李贽、陈继儒和钟惺也是晚明史评风气的代表。晚明史评类作品的这种特点，不仅表现了晚明人的历史意识，也反映了晚明文风的潜默影响。提要的批评态度，当然只是表现了清人的偏见。

晚明文风在杂家类作品中影响最大。这似乎也是理所当然的，因为杂家类作品大多形式自由，可以充分发挥晚明文风的特点。这些杂家类作品大都有一些独出心裁的议论，如提要批评胡震亨的《读书杂记》："掉弄笔舌，多伤佻薄；愤嫉世俗，每乖忠厚。"提要并认为这乃是因为作者"生于明末，渐染李贽、屠隆之习"之故（一二八·子·杂）；同时也大都有一种新奇佻纤的文体,如提要批评谢肇淛的《文海披沙》"大抵词意轻儇,不出当时小品之习"(一二八·子·杂),批评陈禹谟的《说储》"不出明人掉弄笔墨之习"(一二八·子·杂),批评闵于忱的《枕函小史》"总不出明季佻纤之习"(一三二·子·杂),批评王文禄的《丘陵学山》"不出明人积习"(一三四·子·杂),批评周履靖的《夷门广牍》"皆明季山人之窠臼"(一三四·子·杂),批评张应文的《张氏藏书》"大抵不出明人小品之习气"(一三四·子·杂)。对于晚明杂家类作品所具有的小品习气,提要是深恶痛绝的;而在今天看来,晚明的小品文作为晚明散文的代表,还是值得肯定的。

晚明文风的影响,亦骎骎及于艺术领域。晚明人讲究生活情趣,因此在晚明时期,出现了许多有关栽花植草、识曲赏音、品酒论棋的作品,这些作品也大都受到了晚明文风的影响。对此提要亦是持批评态度的。如提要批评陈继儒的《书画史》:"末附以书画金汤四则,一善趣,一恶魔,一庄严,一落劫,各举十数事以为品骘,尤不脱小品陋习,盖一时风尚使然也。"(一一四·子·艺术)批评邓庆寀的《荔支通谱》"不脱明人小品习气"(一一六·子·谱录);批评王路的《花史左编》:"属辞隶事,多涉佻纤,不出明季小品之习。"(一一六·子·谱录)批评薛凤翔的《牡丹史》:"记一花木之微,至于规仿史例,为纪、表、书、传、外传、别传、花考、神异、方术、艺文等目,则明人粉饰之习。"(一一六·子·谱录)在晚明的艺术类作品中出现晚明文风的影响其实并不值得奇怪,因为晚明文风原本就是与晚明人的生活情趣相通的。

晚明文风的影响,也披及于当时的类书。其表现之一,是当时的类书喜欢收集"新巧字句"。如提要说文德翼的《佣吹录》:"皆采集古人新巧字句,盖沿杨慎《谢华启秀》而广之者。"(一三八·子·类书)明中叶杨慎的《谢华启秀》,已经是一部收集"新巧字句"的类书了,到了晚明,文德翼又适应时代趣味的需要,扩而大之。类书总是时代趣味的反映,《佣吹录》也可以说是晚明趣味的一个典型表现,同时也可以说是晚明文风的一个典型代表。其表现之二,是晚明人对通俗文学的兴趣也反映到类书中来了。这似乎与晚明文风无关,其实却不然。这是因为,正是由于处于晚明文风的笼罩之下,所以晚明人才敢把历来不登大雅之堂的通俗文学列入类书。提要对此也是持批评态度的。如批评王圻的《续文献通考》:"《琵琶记》、《水浒传》乃俱著录,宜为后来论者之所讥。"(一三八·子·类书)批评江旭奇的《朱翼》:"甚至采及《水浒传》,尤庞杂不伦。"(一三八·子·类书)在提要作者的眼睛里,根本就没有通俗文学的地位;但透过他们的批评可以看出,晚明人是非常喜欢通俗文学的。类书之著录通俗文学作品,在今天看来,不但不是它们的缺点,而且还是它们的优点。

　　如上所述,晚明文风的影响面是很宽的,几乎遍及于各种体裁的作品,尤其是史部的地理、史钞、史评,子部的杂家、艺术、类书等类作品,初不限于集部的文集类作品。对于晚明文风在各类作品中的表现,提要是持否定态度的。这种否定态度在今天看来是不能接受的,这是因为晚明文风的广泛影响,使晚明时期的各类作品都出现了新的风貌,显示了相对于以前作品的明显进步。

四

　　晚明文风不可能是从天而降凭空出现的,它必然会有一系列的先驱者。提要对此亦有所认识。它首先看到了晚明文风远绍齐梁文风的特点。如陶珽《续说郛》提要说"隆万以后"的晚明文风是"或绮语浮华,沿齐梁而加甚"(一三二·子·杂),便指出了晚明文风与齐梁文风之间的联系。在这一点上,提要其实是很有眼光的。因为晚明文风和齐梁文风一样,都有追求"绮语浮华"而忽视"文以载道"的倾向。提要认为,晚明文风和宋末文风亦有相似之处。如李廷机《宋贤事汇》提要云:"首有自序,谓宋之世风人材,颇类今日,言论行事,往往有可用者云云。宋明之季,儒者如出一辙,此类亦可以观矣。"(一三二·子·杂)作为晚明文风在宋末的先驱者,提要举出了刘辰翁,认为他的《班马异同评》:"文章多涉僻涩,其点论古书,尤好为纤诡新颖之词,实于数百年前预开明末竟陵之派。"(四六·史·正史)也就是说,提要认为宋末的刘辰翁已预开晚明文风的先河。其实晚明文风与宋末文风的相通性,乃是基于它们作为市民文学之表现的共同性的。如果说宋末为市民文学的孕育期的话,那么晚明便是市民文学的鼎盛期,晚明文风与宋末文风就是在这一脉络上相通的。在被提要认为是"淳厚"的"弘正以前",也有晚明文风的先驱者,那就是祝允明等吴中四子。提要批评祝允明的《祝子罪知》云:"其说好为创解……皆剿袭前人之说,而变本加厉。王弘撰《山志》曰:'祝枝山,狂士也,著《祝子罪知录》,其举刺予夺,言人之所不敢言,刻而戾,僻而肆,盖学禅之蔽。乃知屠隆、李贽之徒,其议论亦有所自,非一日矣。圣人在上,火其书可也。'其说当矣。"(一二四·子·杂)祝允明正是弘正时期渐渐复苏的吴中地区市民文学的代表,他的文风表现出与晚明文风的相似之处自然是毫不足怪的。到了嘉靖时期这一明代文风的转变期,更是出现了不少晚明文风的先驱者,如徐渭即其代表。《路史》提要批评徐渭"诗文已幺弦侧调,不入正声"(一二八·子·杂),所谓"幺弦侧调",正是后来晚明文风的特征之一(提要在评论晚明刘侗的《帝京景物略》时也用了这个词)。提要用一个"已"字,把徐渭和晚明文风联系了起来,说明了其中所具有的承袭关系。众所周知,徐渭文学的表彰者,正是晚明文学的主将袁宏道,这一事实是颇有启示性的。在嘉靖时期,徐渭并不是空谷足音,此外还有一些人士,尽管不如徐渭有名,也开始具备了这种文风。如提要说陈汝锜的《甘露园长书》:"大致失之佻巧,已开屠隆、陈继儒等小品风气。"(一二五·子·杂)批评陈霆的《山堂琐语》:"杂引经传,以己意论断,词意僄薄,已开陈继儒等之派。"(一二七·子·杂)这都说明嘉靖时期是一个孕育着晚明文风的转变期。顺便说一句,祝允明、徐渭都是江浙人,在开启晚明文风方面,江浙无疑是走在全国的前列的。刘辰翁、祝允明、徐渭等人与晚明文风的联系,也表明了宋末及明中叶市民文学与晚明市民文学的一脉相承性。

提要把屠隆、李贽、陈继儒等人看作是晚明文风的代表,指出他们在当时具有很大的影响,并深受人们的推重。如提要认为张大复的《闻雁斋笔谈》"所规摹者屠隆也"(一二八·子·杂);认为彭汝让的《木几冗谈》:"乃劄记清言,僄佻殊甚,盖屠隆一派也。"(一二八·子·杂)认为陈禹谟的《说储》:"中多阐扬佛教,大抵沿屠隆《鸿苞》之派,但不至如隆之放恣耳。"(一二八·子·杂)这些都是提要认为受屠隆影响的例子。提要又认为卢世㴶的《春寒闻记》:"多录前人佳事隽语,然颇推重李贽。"(一二八·子·杂)认为张大复的《闻雁斋笔谈》"所推重者李贽"(一二八·子·杂);认为贺祥的《史取》:"数称李贽,岂非气类相近欤?"(九十·史·史评)认为董其昌的《画禅室随笔》:"一曰禅悦大旨,乃以李贽为宗,明季士大夫所见往往如是。"(一二二·子·杂)认为焦竑的《焦氏笔乘》:"其讲学解经,尤喜杂引异说,参合附会……竑生平喜与李贽游,故耳濡目染,流弊至于如此也。"(一二八·子·杂)认为陈师的《禅寄笔谈》:"持论皆近于李贽,盖与贽友善,习气沾染而不觉也。"(一二七·子·杂)这些都是提要认为受李贽影响的例子。提要又认为夏树芳的《茶董》:"前有陈继儒序,卷首又题继儒补,其气类如是,则其书不足诘矣。"(一一六·子·谱录)认为王象晋的《清寤斋欣赏编》:"皆摭明人说部为之,尤陈继儒诸人之习气也。"(一三二·子·杂)认为赵尔昌的《元壶杂俎》"不过陈继儒之流耳"(一三二·子·杂);认为张复的《爨下语》:"前有天启壬戌陈继儒序,知为继儒一流人矣。"(一二五·子·杂)认为毛元淳的《寻乐编》:"意旨颇为浅近,自称素性读陈眉公书则跃然喜,读李卓吾书则怫然不悦,非有意爱憎,乃气味自有同异,盖所见与继儒相近,故著作亦复似之云。"(一二五·子·杂)这些都是提要认为受陈继儒影响的例子。由此可见,晚明时期屠隆、李贽、陈继儒等人的影响之大,几乎左右了当时文人的识见趣味。对晚明文风的这些代表人物,提要是持完全否定态度的。如张应文《张氏藏书》提要云:"明之末年,国政坏而士风亦坏,掉弄聪明,决裂防检,遂至于如此,屠隆、陈继儒诸人,不得不任其咎也。"(一三四·子·杂)这种训斥,和前人骂何休诸人"清谈误国"的口吻又何其相似!在今天看来,像屠隆、李贽和陈继儒等人,都是晚明文风的杰出代表,代表了新的文学意识,推动了市民文学的潮流,所以不仅不应受到指责,而且还应加以重视和研究。

如上所述,晚明文风有其先驱者,有其代表人物。晚明文风与其先驱者的联系,正是以市民文学的传统为基础的;而在扩大晚明文风的影响方面,其代表人物起着不容忽视的重要作用。抛开提要的偏见,研究晚明文风与其先驱者及代表人物的关系,正是我们今后的课题。

五

综观《四库全书总目》对晚明文风的看法,有若干点是值得注意的。提要认为明代文化和明代文风可以分成若干个时期,而每个时期各有其主要倾向,而不是孤立地看待明代文化和明代文风的各种具体现象,只注意它们之间的嬗替离合;提要认为存在着一种笼罩整个社会整个时代的晚明文风,并以此来统率具体的评论,而不是孤立地看待晚明时期的各种文学流派,只注意它们之间的异同纠葛;提要认为晚明文风的影响遍及于当时几乎所有文体,包括一般认为不属于文学范畴的史部和子部类作品,而不仅仅限于一般认为属于文学范畴的集部类作品;提要认为晚明文风是自宋末以来一直在孕育发展着的某种文学倾向的产物,而不把它看作是从天而降凭空出现的东西……凡此种种,都是可以给我们以启示的。当我们认为明代前期的一百来年(14世纪下半叶至15世纪上半叶)是明代文学的沉寂期,明代中期的一百来年(15世纪下半叶至16世纪上半叶)是明代文学的复苏期,明代后期的七八十年(16世纪下半叶到17世纪上半叶)是明代文学的隆盛期时;当我们认为明代后期存在着一种文化和文学的新潮流时;当我们认为这种新潮流的影响遍及于明代文化与文学的各个方面时;当我们认为在宋末以后的文学中存在着一种不断发展壮大的市民文学传统时……尽管在价值观念和具体概念上存在着种种差异,但我们的看法难道不是和提要有相通之处吗?而当我们孤立地看待明代文化和文风的具体现象时;当我们孤立地看待晚明时期的各种文学流派时;当我们只关注晚明文风在集部类作品中的影响时;当我们看不到晚明文风的历史渊源时……我们不是连提要也不及吗?当然,提要对晚明文风的看法也存在着巨大的失误。比如,它把明代文化和明代文风看成是一个下降的过程,把晚明文风看作是一种应该完全否定的东西,把晚明时期的文人和作品贬得一钱不值等等,这按今天的价值观念都是完全不能接受的。因此,当我们现在来研究晚明文风的时候,我们有必要彻底摆脱提要的偏见,而仅利用其中合理的见解。

初集后记

收入本书的各篇论文,陆续写成于最近的十余年间,并先后发表在中国和韩国的各学术刊物上。它们的体例既踳驳难齐,篇幅亦复长短不一,但大都与中国古典文学有关,所以姑将它们结集为一书,藉以纪念当日学步邯郸(复旦大学正坐落在邯郸路上)之前尘旧迹,亦以缅怀指导过我学业的各位老师的无尽师恩。

各篇论文在收入本书时,均重新作了校订,核对了其中的引文,改正了新发现的阙误。有些论文在发表当时,曾有过不同程度的删改,这次也基本上恢复了原貌。不过各篇论文的主旨,则大致上一仍其旧。

各篇论文的写作与发表情况如下:

1. 蒋天枢先生《楚辞论文集》研究方法之特色

    1984年4月完稿。

    载《复旦学报》1987年第1期,改题为"蒋天枢先生的《楚辞论文集》"。

    (补记:《江汉大学学报》1999年第1期所载署名"高扬"的《论蒋天枢先生楚辞学的历史研究向度》一文,全文抄袭本文。"高扬"为抄袭者之化名,时为武汉某高校教师。)

2. 汉代文学史序说

    1988年3月完稿。

载《人文论丛》(韩国蔚山大学校)第 8 辑,1995 年 6 月。

3. 道德意识对汉代文学的影响及其他
——以女色的表现为中心
1990 年 4 月完稿。
载《上海文论》1991 年第 1 期(总第 25 期),原副题为"以女性美的描写为中心"。
(补记:《青海师范大学学报》1997 年第 4 期所载署名"马亚平"的《汉赋女性描写的思想倾向性》一文,全文抄袭本文第二部分。抄袭者时为成都西南民族学院中文系研究生。)

4. 贾谊及其政论文
1988 年 10 月完稿。
收入《十大散文家》,上海,上海古籍出版社,1990 年 7 月,原题为"贾谊"。

5. 汉明帝诏书与班固
1985 年 1 月完稿。
载《复旦学报》1985 年第 6 期;《中国史研究文摘》第四册(1985 年 7—12 月)(中国社会科学院历史研究所)摘编,郑州,中州古籍出版社,1987 年 4 月。

6. 论蔡邕及其史学与文学
1982 年 4 月完稿(硕士学位论文)。
载《人文论丛》(韩国蔚山大学校)第 9 辑,1995 年 12 月,改题为"论蔡邕之生平及其史学与文学"。

7. 宋元话本小说的鉴别与考证问题
1993 年 7 月完稿。
载《中国学报》(韩国中国学会)第 34 辑,1994 年 7 月。

8. 高明与《琵琶记》

　　1988 年 6 月完稿。

　　收入《十大戏曲家》，上海，上海古籍出版社，1990 年 7 月，原题为"高明"。

9. 文学畸人唐寅传

　　1987 年 2 月完稿。

　　收入《十大文学畸人》，上海，上海古籍出版社，1989 年 8 月，原题为"唐寅"，有删节，本书收入的是全文。（补记：《文史天地》2010 年第 8 期所载署名"顾建平"的《命运多舛的文学畸人唐伯虎》一文，全文抄袭本文。《文史天地》2014 年第 9 期刊登该杂志社《反抄袭启示》，决定撤销该抄袭稿并对该抄袭者表示谴责。）

10. 从《列朝诗集小传》看晚明精神的若干表现

　　1986 年 10 月完稿。

　　载《明代文学研究》第 1 辑，南昌，江西人民出版社，1990 年 4 月。

11. 晚明传记文学的个性化倾向

　　——以钱谦益的《初学集》和《列朝诗集小传》为中心

　　1990 年 8 月完稿。

　　载《人文论丛》（韩国蔚山大学校）第 7 辑，1995 年 2 月。

12. 评《四库全书总目》的晚明文风观

　　1990 年 3 月完稿。

　　载《复旦学报》1990 年第 3 期；收入《四库全书研究文集》（甘肃省图书馆），兰州，敦煌文艺出版社，2005 年 6 月。

本书能够继《论衡研究》之后在韩国出版，仍得感谢蔚山大学校出版部的大力支持。希望以本书的出版为契机，对于中韩之间的学术交流再作一点微不足道的贡献。

邵毅平

1996 年 3 月 8 日识于蔚山大学校

2012 年 4 月 9 日补记于复旦大学

2018 年 7 月 30 日再补于复旦大学

二集

论先秦历史散文的文学史意义

一、先秦历史散文的文学价值

中国是世界上几大古文明的发祥地之一。而跟其他几大古文明不同的是,中国的古文明虽屡经变迁,却几乎没有中断地延续到了现代。跟其他几大古文明的另一不同点是,中国的史学发达甚早,且跟中国的古文明一样,其传统虽迭经发展变化,却也绵延不断地延续到了现代。这两个不同点,应该是互有联系的:古文明的绵延不断为史学传统提供了基础和素材,而史学传统的绵延不断则为古文明提供了载体和保障。

先秦是中国史学的奠基草创期,也是整个中国史学传统的源头,其时间要早于大部分其他古文明。从先秦时期起,中国的历史记载就几乎没有中断过。

先秦的史文化,来源于先秦的巫文化。"最初巫、史是合一的,即巫师不仅主持占卜、沟通人神,而且负责保存官方的文献典籍。以甲骨卜辞为例,它既是巫师占卜的产物,又是巫师收存的'窨藏',其意义相当于后世的国家档案馆。到周代,巫的作用逐渐退化,于是才有了专门掌握文献典籍和记录统治者言论及国家重大事件的史官(《左传》中提到的占卜人,有时称'卜×',有时称'史×',说明直到春秋时期,仍然有巫、史相兼的情况)。《汉书·艺文志》说,古者'君举必书……左史记言,右史记事;事为《春秋》,言为《尚书》'……以后,随着文化下移到社会,官方的资料也有流传出来的,于是出现由'士'编纂的史书……这可视为史官文化之流变。"①先秦的史学传统,大致经历了这样一个由巫文化而来、向士文化而去的发展过程。

在这中间,史官制度仍可以说是一个核心。先秦时期,除了"左史"和"右史"之外,还有许多其他名目的史官。史官制度在先秦产生以后,几千年里虽迭经变化,却始终没有中断,成为中国史学传统绵延不绝的制度上的保证。虽然后来的文人(士)也能著史,但由史官所负责建立的国家档案或地方档案,仍是所有历史著作的史料基础。这一特点在先秦时期即已形成。

与此从巫文化到史文化及士文化的变迁相适应的,是先秦时期出现的几部中国最早的历史著作,也大致上呈现出从"官著"到"私著"的变化过程。从周王室史官所保存的历代文献汇编的《尚书》,到作为各诸侯国官史的百国《春秋》(现存《春秋》为其中之一鲁国的官史),到依据各诸侯国史料档案由"士"编纂的《左传》、《国语》,到记录战国策士言行的《战国策》(及其前身纵横家书),这个变化过程表现得十分明显。这个变化过程,也是先秦时期社会变动、权力下移的政治变化过程的史学呈现。

还有一个变化过程几乎也在同步进行,那就是史统从中央向地方的转移。如果说《尚书》是周王室中央的史书,则《春秋》已是各诸侯国的史书,《左传》和《国语》也是如此,而《战国策》则又具有了战国策士的个人性。这也和春秋、战国时期特定的历史环境有关,同时这也促使了史学从"官"到"私"的转变。

以上三个方面的变化过程,在先秦历史著作的内容和体裁

---

① 章培恒、骆玉明主编《中国文学史》,上海,复旦大学出版社,1996年,第76页。

上,又造成了以下三点变化:"首先,愈是后期的著作,所表现出的官方意识形态特征愈淡薄……其次,古史'记事'与'记言'的区别,在《尚书》和《春秋》之间还是截然分明,而以后就渐渐混淆了。再次,愈是后期和愈是接近民间的著作,其文学成分愈是显著,而相应的,在史学的严格性方面都有所削弱。"①

其中最后一点变化,就是先秦这几部历史著作同时也进入中国文学史视野的一个基本原因。所谓"文学成分",在这里具有两方面的含义:一是指运用文字的技巧,二是指叙述故事的能力。前者与诸子散文一起,开启了中国散文的传统;后者与神话传说和寓言故事一起,开启了中国叙事文学的传统。这二者在先秦历史著作中的逐渐成熟,奠定了中国散文和叙事文学的基础。

无论是运用文字的技巧,还是叙述故事的能力,在先秦的历史著作中,都有一个明显的发展过程。《尚书》的文章十分艰涩难读,这与其时中国散文技巧尚未成熟稳定有关;《春秋》的表达具有严谨精炼的特点,反映了运用文字的技巧的进步,但它几乎没有什么描写的成分,在叙述故事上毫无特色可言;到了《左传》和《国语》,则不仅文章十分流畅生动,而且叙事能力也有了惊人的发展,许多故事都堪称文学史上的经典;而《战国策》文字的流畅明快,人物的生动活泼,故事的引人入胜,辩辞的逻辑严密,则在先秦历史著作中又达到了一个新的境地。很难想象,中国的历史著作停留在《尚书》的阶段,或者沦落到后世枯燥的"官著"

---

① 章培恒、骆玉明主编《中国文学史》,第 105—106 页。其中第二点变化,还引向了《史记》纪传体的诞生,而《国语》为其转捩之关键。于此前人已有所指摘,如元代戴表元云:"此书不专载事,遂称《国语》。先儒奇太史公变编年为杂体有作古之材,以余观之,殆放于《国语》而为之也。"(《剡源文集》卷二三《读国语》)

的水平,中国文学史会对它们发生什么兴趣。

与西方的文学传统不同,中国的文学传统以诗文——诗歌和散文——为主流和"正宗"。而从时间上来说,先秦的历史散文又要早于诸子散文。则作为中国散文史的源头,作为中国最受尊重的文体之一的源头,先秦的历史散文自有理由一直受到重视。其实即使是以史诗和戏剧开场的西方文学传统,也仍然重视希罗多德、修昔底德、色诺芬、李维、凯撒、普鲁塔克、塔西陀、阿里安、阿庇安等早期史家的史学名著在西方散文史上的贡献。

与此同时,中国文学中的叙事文学传统,从一开始起,就采用了散文尤其是历史散文的形式来叙事,而不是像西方的史诗那样,借助诗歌或韵文的形式来叙事(中国的诗歌主要担当抒情言志的功能)。于是,作为中国散文源头的历史著作,自然就比它的西方同行更责无旁贷地担负起了叙述故事的责任。所以,先秦的历史著作,同时也就成了中国叙事文学的源头,起了类似于西方史诗的作用(后来汉代的《史记》等,其实也延续了这个传统)。所以,不应该因名废实地从先秦的"小说家"中去寻找中国叙事文学的源头;同时,也不应该跟着西方人信口开河地说什么"中国缺乏史诗的传统"。其实并不是"中国缺乏史诗的传统",而是中国的叙事文学一开始与散文形式相结合,西方的叙事文学一开始与诗歌形式相结合。而从中西文学史的发展历程和实践来看,毋宁说史诗是一种处于叙事文学与诗歌未分化状态的早期发展阶段的文学样式。要不然,为什么从乔叟的《坎特伯雷故事集》以后,除了诗体小说(如普希金的《叶甫盖尼·奥涅金》)以外,西方近现代小说最终脱离了诗歌的形式,而采用了散文的形式呢? 所以,不是"中国缺乏史诗的传统",而是西方的叙事文学与诗歌分化得迟了一些。可以作为参照系的是,东西方许多书面文学发达较迟的国家或民族,其依赖口头流传的史诗却反而较为发达。①

当然,叙事文学也不能永远依附于历史著作,因为其虚构性与历史著作的求实性不能相容。于是从魏晋南北朝隋唐开始,以志怪和传奇的产生和繁荣为标志,叙事文学终于从历史著作中分化了出去;与此同时,此后的历史著作也不再像先秦两汉的历史著作那样具有"文学成分"了——叙事文学与历史著作各走各的道了。"史统散而小说兴"(绿天馆主人《古今小说叙》),古代小说家们就已经意识到了这一点。也正因此,可以说在先秦的历史著作中,叙事文学与史学尚处于未分化的状态。这既是一个双重的弱点,又正是先秦历史著作的魅力之所在,也是其文学价值之所在。

二、先秦历史散文对后世文学的影响

如上所述,先秦时期的几部历史著作,不仅是中国史学的开端,也是中国散文和叙事文学的源头;同时,与西方的叙事文学源头与诗歌形式结合在一起的"史诗"传统不同,中国的叙事文学源头与历史散文形式结合在一起,这形成了中国古代文化史和学术史上所谓"文史合一"的传统。要谈先秦历史散文对后世文学的影响,就应该同时考虑到以上这几个方面。

---

① 古希腊也有散文体的"传奇",如卡里同的《凯勒阿斯与卡利罗亚的爱情故事》、朗戈斯的《达夫尼斯与赫洛亚》、赫利奥多罗斯的《埃塞俄比亚传奇》等。但传奇在古希腊的地位远不如史诗与戏剧,后来又长期湮灭失传,直到文艺复兴以后才陆续重见天日,此时西方叙事文学已经形成强大传统,传奇的影响却姗姗来迟,故远不如史诗和戏剧的影响之巨大。

首先，先秦的历史散文当然影响了整个中国散文史的走向，成为后世散文家们必须要面对的经典和回顾的乡愁，其整体上的影响力和地位与诸子散文不相上下。《尚书》古奥艰深的文风，《春秋》所谓"微言大义"式的"笔法"，《左传》和《国语》行文的生动流畅，《战国策》文风的恣肆汪洋，无一不长久而深刻地影响着后来的中国散文。后世优秀的散文家们，几乎无不以先秦历史散文为效法的榜样；后世有见识的文论家们，也几乎无不给予先秦历史散文以极高的评价。《尚书》、《春秋》和《左传》等为儒家所肯定的"经典"自不用说，即使是有点霸气的《国语》和有点野气的《战国策》，强调"载道"的文人们在有所微辞的同时，也大都对其文章本身表示了敬意。而在近世风靡一时的复古主义文学运动中，先秦历史散文更和诸子散文一起，作为"文必秦汉"的经典而受到了膜拜。当然，从消极的方面来看，它们也有为保守的文人所利用，阻止新兴散文文体出现的一面，但这种消极影响却不是它们本身的责任。

其次，先秦历史散文也影响了中国叙事文学的发展，成为中国叙事文学借以孕育的母胎，其作用与西方的"史诗"差相仿佛。"人们对故事的兴趣，是产生文学的基本动力之一；故事情节、人物描写，也是小说和戏剧的基本要素。在整个中国文学史上，小说与戏剧的产生相当迟，但与此有关的文学因素，却不可能很迟才出现。只不过它借了历史著作的母胎孕育了很久才分离出来。而《左传》正是第一部包含着丰富的这一类文学因素的历史著作，它直接影响了《战国策》、《史记》的写作风格，形成文史结合的传统。这种传统既为后代小说、戏剧的写作提供了经验，又为之提供了丰富的素材。"[1]显而易见，在很长一段时间里，在小

---

[1] 章培恒、骆玉明主编《中国文学史》，第113页。

说还没有出现的时候，人们正是通过历史著作，来满足自己对于听故事的兴趣的；同时，文人们也正是通过历史著作，来满足自己对于讲故事的热衷的。这一传统从先秦延续到了秦汉，《左传》、《国语》、《战国策》、《史记》，乃至稍后的《汉书》和《三国志》，都是其光辉的坐标。而在这中间，先秦历史散文的影响是决定性的。可以说，没有《左传》、《国语》和《战国策》等，便不会有《史记》、《汉书》和《三国志》等，后来的叙事文学便也不会有如今这样的面貌。

当文人们在历史著作中将叙事技巧磨练成熟以后，他们就不再满足于这个孕育了叙事文学的母胎了，因为叙事文学对于虚构性的要求，已超出了历史著作所能承受的范围。于是在魏晋南北朝，文人们先将叙事技巧运用于鬼神故事，由此而产生了小说史上的最初一批作品——"志怪"；到了唐朝，他们又不满足于只讲鬼神故事，于是又将叙事技巧运用于人物故事，由此而产生了小说史上的第一批杰作——"传奇"；然后又是短篇白话小说和长篇白话小说叠兴。这个过程，正如明代小说家所意识到的，就是"史统散而小说兴"。但是，无论中国的叙事文学怎么发展，它总是带上了它的母胎的烙印，永远离不开它的母胎的影响。在讲故事、写人物等的技巧上，我们看到了小说与历史散文的一脉相承。小说的篇名、书名常以"记"、"传"为题，历史小说则更是以历史著作的"通俗演义"——即用大白话来敷衍——相标榜（如《三国演义》的全称就是《三国志通俗演义》），又有人把《水浒传》的叙事技巧与《史记》相提并论，这都是中国的叙事文学来自历史散文母胎的鲜明胎记。素材的一再被采摘，则更是毋庸赘言。而且，由于中国叙事文学的源头来自于历史散文，所以造成了它的一个鲜明的美学标志：即使是最富虚构性的叙事文学作品，也总是以"真实性"来自我标榜，以史学般的有根有据作为自己的理想。直到今天也还是这样。这与以史诗为源头的西方叙事文学的传统不同。有人说在虚构性和空想力方面，中国的小说不及西方的小说，其差异的根源或许正是在这里。而在中国叙事文学的史学母胎中，先秦的历史散文是其最初的形态。

中国文学中晚起的戏剧，也受到了先秦历史散文的影响。因为在先秦的历史散文中，有剑拔弩张的戏剧性场景，有人物命运的急剧变化，有数不清的有趣故事，而这一切，都是戏剧产生和发展所必需的养料。在中国最初的一批戏剧作品中，便有不少取材于先秦历史散文，其故事在文人中和民间早已脍炙人口。

中国文化史和学术史上的"文史合一"的传统，也是起源于先秦的历史散文的。因为它们本身既是史学作品，又是文学作品。这不仅影响及于中国后来的史学著作与叙事作品，也影响及于中国的整个文化史和学术史。直至不久前为止，中国还有所谓"文史学者"的说法，这种称呼所暗示的，正是这种"文史合一"的学术传统和文化背景。在中国文学的研究领域里，这种"文史合一"的传统长久以来一直深入人心。这也正是来自于中国文学和学术本身的特点，来源于先秦历史散文的长远影响，也是我们宝贵的历史文化遗产之一。

关于先秦历史散文的评论的历史变迁

——以《左传》、《国语》和《战国策》为中心

上、《左传》和《国语》

如果说《尚书》的文章过于古奥,《春秋》的文章过于简洁,作为历史散文的早期阶段,它们还都相对缺乏文学性的话,那么历史散文发展到了《左传》和《国语》,便可以说无论在文字的表达能力上,还是在行文的谋篇布局上,无论在故事的引人入胜上,还是在人物的栩栩如生上,都进入了一个崭新的天地,并取得了永远为后人所缅怀的卓越成就。也许可以说,只是在《左传》和《国语》出现之后,先秦的历史散文才算真正成熟了。

应该从两个方面来看待《左传》和《国语》的文学成就:一个是它们作为"散文"作品,在中国散文史上所具有的意义;一个是它们作为"叙事"作品,在中国叙事文学史上所具有的意义。而这两个方面,又是密不可分地结合在一起的。

中国古代的文学观念,以诗文——诗歌和散文——为文学的正宗,故中国古代关于《左传》和《国语》文学成就的评论,也大都是集中在它们的散文成就方面的。

关于《左传》,正如清代姚鼐《惜抱轩文集》卷三《左传补注序》所说的:"自东汉以来,其书独重,世皆溺其文词。"其文学成

就广受重视。比如唐代的刘知幾,在《史通·外篇·申左》里,高度肯定了《左传》的文学成就,并指出了其文学成就的传承性:

> 寻《左氏》载诸大夫词令,行人应答,其文典而美,其语博而奥,述远古则委曲如存,征近代则循环可覆。必料其功用厚薄,指意深浅,谅非经营草创,出自一时,琢磨润色,独成一手。斯盖当时国史已有成文,丘明但编而次之,配经称传而行也。

他认为《左传》文学成就的取得,也是继承了"国史""成文"的缘故,也就是说,是一代又一代史官努力的结果。如果他的话有道理,我们就可以明白,从《尚书》、《春秋》到《左传》,其中并没有历史散文的"断层",而是在日积月累地发展着的,最后至《左传》而集其大成。《史通·外篇·杂说上》的"《左氏传》"条,又这样称道《左传》的文学魅力:

> 《左氏》之叙事也,述行师则簿领盈视,哫訾沸腾;论备火则区分在目,修饰峻整;言胜捷则收获都尽,记奔败则披靡横前;申盟誓则慷慨有余,称谲诈则欺诬可见;谈恩惠则煦如春日,记严切则凛若秋霜;叙兴邦则滋味无量,陈亡国则凄凉可悯。或腴辞润简牍,或美句入咏歌,跌宕而不群,纵横而自得。若斯才者,殆将功侔造化,思涉鬼神,著述罕闻,古今卓绝。

他的称道正说明了这样一个事实:《左传》对于文字的驾驭驱使,已达到了挥洒自如、得心应手的境地,远非《尚书》和《春秋》所能企及。刘知幾对《左传》的近乎狂热的尊崇态度,也正代表了认识到《左传》文学价值的文人的一般看法。于是人们遂有了"《左氏》之传,史之极也,文采若云月,高深若山海"(《北堂书钞》卷九五引晋代贺循语)之类的崇高评价。

当然，例外也是有的。唐代提倡古文运动的韩愈，在《进学解》中，列举为文取法的各种榜样，评价《左传》是"《左氏》浮夸"（此说或许承自晋代范宁《春秋穀梁传序》的"《左氏》艳而富"）。而究其"浮夸"的具体含义，其实正是刘知幾所说的那些，只不过刘知幾看着比较顺眼，韩愈看着有点不顺眼罢了。韩愈论文强调"载道"，文学思想有保守的一面，其认为"《左氏》浮夸"，恐怕也是出于"道"的考虑，而对《左传》文章提出的评价。其实，在后来时起时伏的古文运动中，包括《左传》在内的先秦散文，历来是被奉为圭臬的，而韩愈对《左传》文章却有如此评价。

在《左传》文章的评论方面，韩愈的观点不过是一家之说，但在那些较富道学气的宋人中间，却也得到了一定程度的共鸣。比如朱熹便说，"如《左传》之文，自有纵横意思"，并以此来否定《左传》为左丘明所作说，因为左丘明"如圣人所称，煞是正直底人"，不会作这种"有纵横意思"的文章（《朱子语类》卷八三"春秋·纲领"）。要知道，作为"纵横家书"的《战国策》，历来难入正统卫道者的法眼；说《左传》"自有纵横意思"，也就是说它有《战国策》习气，自然是批评之意无疑了。这与韩愈的"《左氏》浮夸"说遥相呼应。又如黄震也说，《左传》"浮夸而杂"（《黄氏日抄》卷三一《读春秋左氏传》），加一"杂"字，对韩愈的"《左氏》浮夸"说作了负面引申。姚鼐所谓"宋儒颇知其言之不尽信"（《左传补注序》），朱熹、黄震便可以说是其代表，而韩愈则可以说是其前驱。

相对来说，在过去《国语》的地位不如《左传》，对《国语》文章的评价自然也比不上《左传》。然而，文人们对《国语》大都还是比较喜欢的。比如唐代柳宗元曾著《非国语》（《柳河东集》卷四四至四五），对《国语》中的观点颇致批评之意（《非国语序》说，"其说多诬淫，不概于圣"）；但在《答韦中立论师道书》（《柳河东集》卷三四）中，在枚举文章该取法的榜样时，他却明确说，"参之

《国语》以博其趣"——换言之,也就是说《国语》的文章有一些"异样"的趣味,是可以使学习者的文章增加生动性和可读性的(《非国语序》也说,"其文深闳杰异",《书非国语后》又说,"越之下篇尤奇峻")。这应该说是对《国语》文章略有保留的赞扬,正如后来苏洵父子对《战国策》文章的态度一样。《国语》中有吴越争霸之类的故事,写得像后世的小说一样有声有色,这也是柳宗元所谓"以博其趣"的一个方面吧?

宋元人大都喜欢《国语》的文章。刘恕虽认为《国语》"或言论差殊",却肯定其"文词富美"(《资治通鉴外纪序》)。晁公武说,《国语》"信乎其富艳且浮夸也"(《郡斋读书志》卷三经部春秋类《春秋外传国语》提要),把范宁和韩愈对《左传》的两个评价都搬到《国语》上来了,似乎颇有批评之意,但他接着又说:"柳宗元称《越语》尤奇峻,岂特越哉,自楚以下类如此。"表明他至少特别喜欢《楚语》、《吴语》、《越语》。稍后,陈造称赞《国语》"其文壮,其辞奇"(《江湖长翁集》卷三一《题国语》)。甚至对《左传》文章持批评态度的黄震,也称赞《国语》"其文宏衍精洁"(《黄氏日抄》卷五二《读杂史》二"《国语》"条)。

正因为宋元人大都喜欢《国语》,所以刘恕、司马光、苏轼、宋庠、王继祀、戴仔等都曾对柳宗元的《非国语》致不满,江端礼、刘章、虞槃、曾于乾等都有《非非国语》,戴仔有《非国语辨》,叶真有《是国语》。司马光严词批评柳宗元说:"然《国语》所载皆国家大节,兴亡之本。柳宗元邪佞之人,智识浅短,岂足以窥望古君子藩篱,而妄著一书以非之! 窃惧后之学者惑于宗元之言而简弃此书,故述其所益以张之。"(《温国文正公文集》卷六八《述国语》)王继祀则发为"诛心"之论:"柳氏之文,大抵得之《国语》者多,而子厚反非之,盖欲掩古以自彰也!"戴仔也反驳柳宗元《非国语》说:"观《非国语》之书,而见宗元之寡识也……吾读《国语》

之书,盖知此编之中,一话一言,皆文武之道也。而其辞闳深雅奥,读之味尤隽永。然则不独其书不可訾,其文辞亦未易贬也。"(均朱彝尊《经义考》卷二百九引)

当然,例外也还是有的。像朱熹,连《左传》都看不顺眼,《国语》就更不用提了:"如《国语》,委靡繁絮,真衰世之文耳。是时语言议论如此,宜乎周之不能振起也。"(《朱子语类》卷一三九"论文上")他据此断言,《国语》亦非左丘明所作。不过,黄震的意见却正好相反:"惟事必稽典刑,言必主恭敬,周衰之崇虚邪说一语无之,是足诏万世也。"(《黄氏日抄》卷五二《读杂史》二"《国语》"条)二说针锋相对,参合观之,颇有意味。

明代中叶以后,复古主义文学潮流风靡一时,在"文必秦汉"的主张之下,《国语》作为先秦文章,自然受到了明人的肯定和欢迎。明人大都喜欢《国语》,如朱彝尊《经义考》卷二百九引黄省曾说云:

> 昔左氏罗集国史实书,以传《春秋》,其释丽之余,溢为《外传》,实多先王之明训。自张苍、贾生、马迁以来,千数百年,播诵于艺林不衰。世儒虽以浮夸阔诞者为病,然而文辞高妙精理,非后之操觚者可及。

其"文辞高妙精理"的说法,上承陈造的"其文壮,其辞奇";而"非后之操觚者可及",则透露了时代风气影响的消息。同上又引王维桢说云:

> 范武子谓:"《左氏》艳而富,其失也巫。"夫古之闻人,耻巧言令色者,而肯"巫"邪?柳子厚文章简古有法,深得《左氏》之遗;至为论六十七篇,而命曰《非国语》,病其文胜而不醇乎道。斯持论之过也。

既质疑于范宁对《左氏》"其失也巫"的指摘,又批评了柳宗元《非

国语》的"持论之过",为《国语》辩护可谓不遗余力。同上又引王世贞说云:

> 即寥寥数语,靡不悉张弛之义,畅彼我之怀,极组织之工,鼓陶铸之巧。学者稍稍掇拾其芬艳,犹足以文藻群流,黼黻当代。信文章之巨丽也!

对《国语》文章的评价已经登峰造极,与柳宗元的"博其趣"不可同日而语。同上又引陶望龄说云:

> 《国语》一书,深厚浑朴。《周(语)》、《鲁(语)》尚矣。《周语》辞胜事,《晋语》事胜辞。《齐语》单记桓公霸业,大略与《管子》同。如其妙理玮辞,骤读之而心惊,潜玩之而味永,还须以《越语》压卷。

陶望龄所言,可算是柳宗元"越之下篇尤奇峻"语的一个注脚吧?他之特喜《越语》,称其读之心惊,玩之味永,当以之压卷,大概也是倾倒于其叙事的生动吧?

随着西洋重视戏曲小说的文学观念的传入中国,现代的文学观念转以戏曲小说为文学的正宗,从而使得现代对于《左传》和《国语》的评论也发生了较为明显的变化,即在仍然重视其散文方面成就的同时,也重视其叙事方面的成就。

当然,即在古代,人们在评论《左传》和《国语》时,也并不单纯是就其散文方面而言的,有时自然也会涉及其叙事方面。只不过大抵二者尚处于未分化状态,评论时往往笼而统之一并言及。比如刘知幾对《左传》的评论,陶望龄对《国语》的评论等,便都是这样。又如唐代啖助对《左传》的看法:

> 又广采当时文籍,故兼与子产、晏子及诸国卿佐家传,并卜书、梦书及杂占书、纵横家、小说、讽谏等杂在其中,故

> 叙事虽多，释意殊少，是非交错，混然难证。其大略皆是左氏旧意，故比余传，其功最高。博采诸家，叙事尤备，能令百代之下，颇见本末。(陆淳《春秋集传纂例》卷一《三传得失议第二》引)

便也颇重视其"叙事尤备"、"颇见本末"的特点，并注意到这是对包括"小说"在内的各种素材兼收博采的结果。

不过只是到了现代，人们才特意从叙事文学的角度，对《左传》和《国语》的文学价值作出了不同于古代的诠释和肯定；同时也仍充分肯定了它们在散文方面的价值(所谓"历史散文"的说法，便是传统文学观念影响的一个表征)。梁启超《要籍解题及其读法》的《左传》、《国语》章"读《左传》法之二"条即说：

> 《左传》文章优美，其记事文对于极复杂之事项——如五大战役等，纲领提挈(絜)得极严谨而分明，情节叙述得极委曲而简洁，可谓极技术之能事。其记言文渊懿美茂，而生气勃勃，后此亦殆未有其比。又其文虽时代甚古，然无佶屈聱牙之病，颇易诵习。故专以学文为目的，《左传》亦应在精读之列也。①

所说也许在实质上与古人并无不同，但在其意识里却已有"记事文"和"记言文"的分化(当然又不同于古代所谓"左史记言，右史记事"的"记言"和"记事")，这应该是受西洋文学观念影响的结果。钱玄同的《左氏春秋考证书后》也说：

> 可是他所叙的事实之信确的程度，便成问题了。因为他往往是根据一件真事(有些也许不是真事)而加上许多想

---

① 梁启超《要籍解题及其读法》，北京，清华周刊丛书社，1925年，第120页。

象,描写其曲折琐屑之处,说得"像杀有介事",小说的成分多于历史成分也。①

这可说是韩愈所谓"《左氏》浮夸"说的一个发展,但更接触到了一个较为现代的话题:史学著作中的小说或虚构成分,或者说史学著作中的文学色彩,或者说史学著作与叙事文学的相通性。古人或许也注意到了这类问题,但现代人注意的角度却与其不同。古人或许对此贬的意识较占上风,而现代人则相对来说更为宽容,且正是从这类地方寻找其作为叙事文学的价值。

就像这样,现代关于《左传》和《国语》文学成就的评论,除了重视其散文技巧外,还相当重视其叙述故事、刻画人物、表现性格、展开戏剧性冲突与场景等方面的成就,并将中国叙事文学的真正源头追溯到它们(而不是因名废实地追溯到所谓的"小说家"),从而比古人更深地发掘了它们的文学价值,使它们在中国文学史上的地位遂不亚于它们在中国史学史上的地位。这方面的例子俯拾皆是,除了上面所举者以外,在此再举较为晚近的一例:

> 《左传》虽不是文学著作,但从广义上看,仍应该说是中国第一部大规模的叙事性作品。比较以前任何一种著作,它的叙事能力表现出惊人的发展。许多头绪纷杂、变化多端的历史大事件,都能处理得有条不紊,繁而不乱。其中关于战争的描写,尤其为后人称道……这种叙事能力,无论对后来的历史著作还是文学著作,都是具有极重要意义的……从文学上看,《左传》最值得注意的地方,还在于它记叙历史事件与历史人物时,不完全从史学价值考虑,而是常

---

① 载《古史辨》第五册上编,北平,朴社,1935年,第20页。

常注意到故事的生动有趣,常常以较为细致生动的情节,表现人物的形象。这些都是显著的文学因素。一般说来,史籍记载中,愈是细致生动的情节,其可信程度愈低。因为这一类细节,作为历史材料的价值不大,在发生的当时或稍后,也不大可能被如实地记载下来。尤其所谓"床笫之私"、"密室之谋",更不可能是实录。由此我们可以推想:《左传》作者所依据的材料,虽主要出于史官记录,但也有不少原来就是社会上以各种方式流传着的历史故事,其中已经包含了若干虚拟的成分;在完成这部著作的过程中,作者又根据自己对历史的悬想、揣摩,添加了不少内容。当然,这种虚拟和揣摩,不同于小说、戏剧的虚构,它是完全依附于历史的,是为了更好地表现历史,并表现作者的历史观念。但不能够说,这里就没有追求一种"故事趣味"以满足作者自身和读者的搜奇心理的潜在意识。①

下、《战国策》

先秦的历史散文发展到《战国策》,已是恣肆汪洋而别开生面了。《战国策》辞藻的绚丽多姿,气势的酣畅淋漓,语调的夸张铺排,感情的奔放洋溢,人物刻画的生动活泼,思想意识的开放通达,在在都使它呈现出不同于此前历史散文的新貌,透露出浓烈的大变动时代的新鲜气息。尤其是纵横家曾是一代显学,纵横策士叱咤风云,操纵社会与历史,所以其言行也深入人心,影响波及于一代文化,深深浅浅地印上了其烙印。而此后汉武帝

---

① 章培恒、骆玉明主编《中国文学史》,上海,复旦大学出版社,1996年,第110—111页。

时天下一统于中央,思想独尊于儒术,纵横家们失去了生存地盘,其学说和文章亦备受冷落,这样的状态也延续了近两千年。然而文人们在失去思想自由以后,却仍缅怀战国策士们的风貌,《战国策》又成了他们浇愁的美酒,心头拂不去的乡愁。《战国策》文章的命运,便这样随着时代的波动,在人们的心目中沉浮着,比其他历史散文皆不安定,构成了一道独特的风景。

《战国策》对汉代文学的影响是深广的。汉代的政论散文异军突起,其主旨大抵转向维护中央集权,但是纵横家言辞藻华丽、铺排夸张的文章风格,却依然活跃在贾谊等政论散文家的作品中。在汉大赋的铺陈排比的风格中,也可以看出纵横家言的影子。《史记》记述战国时期的史事人物,将近一半左右取材于《战国策》(前身)的各种本子,其人物刻画的"爱奇"特色,亦显见《战国策》风格的影响。东方朔《答客难》、司马迁《报任安书》、扬雄《解嘲》等文中对战国策士时代的向往,对那个时代随风而逝的悲哀,在在都可以看出《战国策》影响的痕迹。在那个时候,文人们很少直接评论《战国策》,因为他们自己就是浸淫在其中成长的,它是他们的文化血脉的组成部分,还没有变为可以保持距离来冷静审视的历史陈迹。

不过随着天下一统,儒学独尊,非难《战国策》的声音也开始出现,这对后代的影响也是很大的。《汉书·宣元六王传》载,汉成帝时,东平思王刘宇"上疏求诸子及《太史公书》(即《史记》)",大将军王凤建议成帝予以拒绝,理由是:"《太史公书》有战国纵横权谲之谋……皆不宜在诸侯王,不可予。"《史记》的这种特色,便来源于《战国策》的影响。王凤的观点也代表了统治阶级、尤其是皇权对《战国策》的看法。后来三国时蜀国的秦宓,拒绝李权借《战国策》的要求,其理由也是:"战国反覆仪、秦之术,杀人自生,亡人自存,经之所疾……何战国之谲权乎哉!"(见《三国志・蜀书・秦宓传》)便是王凤观点的一个延伸和印证。刘向整理《战国策》花了不少工夫,其心态应该是喜欢《战国策》的,但其作《校战国策书录》,却也不能不依据儒家学说,指出《战国策》的"思想局限":

> 战国之时,君德浅薄,为之谋策者,不得不因势而为资,据时而为□。故其谋,扶急持倾,为一切之权,虽不可以临国教,化兵革,亦救急之势也。皆高才秀士,度时君之所能行,出奇策异智,转危为安,运亡为存,亦可喜,皆可观。

不过他还是肯定了《战国策》的"可喜"、"可观",而不像稍后的班固那般鄙视之。又,他没有评论《战国策》的文章,其态度与司马迁等人是一致的。这是汉代人对《战国策》文章的一般态度。

进入魏晋南北朝,《战国策》的文章才开始受到评论。究其原因,盖是因为时代离战国既远,文人所承袭的文学传统亦离汉代较近而直接,与《战国策》等已有一段距离,故《战国策》已从文人浸淫其中之物,转而为"古典"中之一种,可以较为冷静地去评论看待了。也正是从这时候开始,对《战国策》文章的评论开始出现了两极分化的趋势——这大概也是对《战国策》思想的不同看法在文学上的反映,是《战国策》在中国史学史上尴尬地位的一个文学变种。如西晋陆机的《文赋》,对《战国策》类文章首开批评之端,认为它是"说炜晔而谲诳"——这大概既是指其内容,也是指其文章的吧?而南朝刘勰的《文心雕龙》,则对《战国策》文章首开褒扬之端。其《才略篇》云:"乐毅抱书辨而义,范雎上书密而至,苏秦历说壮而中,李斯自奏丽而动。"其《论说篇》云:"范雎之言事,李斯之止逐客,并烦情入机,动言中务,虽批逆鳞,而功成计合,此上书之善说也。"又曰:"战国争雄,辨士云涌,从横参谋,长短角势。转丸聘其巧辞,飞钳伏其精术。一人之辨,重于九鼎之宝;三寸之舌,强于百万之师。六印磊落以佩,五都隐赈而封。"对《战国策》文章(或其中所载策士言行)褒扬有加,而且还驳斥了陆机对《战国策》的批评。这两种对《战国策》文章的不同看法,一直影响了后代的文人们,奠定了历代《战国策》文章评论的两种基调。不过两相比较,似以陆机《文赋》的看法为主流,而《文心雕龙》的看法则为旁枝。

北宋初的苏洵是一个很有个性的散文家,"其行文杂出于荀卿、孟轲及《战国策》诸家"(茅坤《唐宋八大家文钞·老泉文钞引》),其文论也常有别于主流正统,而显示出个人的独特识见。比如与此前的许多散文大家不同,他突出纵横家说辞的地位,予《战国策》类文章以较高评价。其《嘉祐集》卷九《谏论上》,明目张胆地鼓吹纵横之术,变相地肯定了《战国策》文章的价值:

> 今古论谏,常与讽而少直,其说盖出于仲尼。吾以为讽、直一也,顾用之之术如何耳。伍举进隐语,楚王淫益甚;茅焦解衣危论,秦帝立悟:讽固不可尽与,直亦未易少之。吾故曰:顾用之之术何如耳……然则奚术而可?曰:机智勇辩如古游说之士而已。夫游说之士,以机智勇辩济其诈;吾欲谏者,以机智勇辩济其忠。请备论其效:周衰,游说炽于列国,自是世有其人。吾独怪夫谏而从者百一,说而从者十九;谏而死者皆是,说而死者未尝闻。然而抵触忌讳,说或甚于谏。由是知不必乎讽,而必乎术也。说之术可为谏法者五:理谕之,势禁之,利诱之,激怒之,隐讽之之谓也……五者相倾险诐之论,虽然,施之忠臣,足以成功……吾观昔之臣,言必从,理必济,莫如唐魏郑公,其初实学纵横之说,此所谓得其术者欤?噫!龙逢、比干不获称良臣,无苏秦、张仪之术也;苏秦、张仪不免为游说,无龙逢、比干之

心也。是以龙逢、比干,吾取其心,不取其术;苏秦、张仪,吾取其术,不取其心。

虽然仍有"心"、"术"之轩轾,"诈"、"忠"之褒贬,但其对于策士游说之辞的喜爱宛然可见,而这在当时却也是颇具"异端"色彩的。顾易生论其说之意义云:

> 按战国纵横家早为儒学正统视为异端,他们的著作后世也大都亡佚。《谏论上》中列举古代运用五种"说之术"取得成功的事例凡十七件,主要见于《战国策》及《史记》、《汉书》……苏洵《谏论上》所云,渊源于刘向、陆机等的论说而有自己的发展,如对"五者相倾险诐之论"的大肆弘扬,便是很有创造性的。"谲诳"作为艺术手段,有夸张、虚构的意思。苏洵所归纳的"说之术"中有吸取其意之处。苏氏父子的兼取纵横之学,在唐宋古文运动中属于异军突起。韩愈、柳宗元自述作文本原时均首举儒经而不及纵横。北宋古文家曾巩《战国策序》更明确判定此书所载为"邪说",以为理应放绝,与苏氏取向明显不同……苏氏父子的吸取和发展纵横辩说之术也是有其时代环境与个人主观方面的原因的。宋、辽、夏三方鼎峙和斗争,形势近似战国的七雄纷争;宋朝内部问题丛生,保守与变革派别的议论蜂起,也近似战国时的百家争鸣。苏氏父子是来自西蜀地区的"布衣"(见苏洵《上皇帝书》)之士,希望通过文学辩辞登上文坛与政治舞台,出奇策异智,说动当权者以扶救国家的危难,向皇帝、大臣献策上书,与战国时的游说之士相类似。再从当时古文运动发展情况看,韩、柳、欧、曾之文虽各自成家,却都本源经史、借重儒道。苏氏父子要在文坛上出奇制胜,新人耳目,须另辟蹊径,别开生面。这样,与"经"、"道"异趣

而"可喜""可观"的纵横家说辞艺术,就成为他们作文章、发议论所取径的重要道途之一了……苏洵由于深受《战国策》的影响,论事也常以战国史实为借鉴。明茅坤《唐宋八大家文钞》说:《六国论》"议论由《战国策》纵人之说来,却能与《战国策》相伯仲"。苏氏文章一出来便倾动朝野,此与其参用纵横家说辞艺术有关,而因此也常为后来正统论者所指摘。①

虽然苏洵之见即在当时亦非主流,但宋人看法相近者不在少数。如李格非《书战国策后》认为,《战国策》"其事浅陋不足道,然而人读之,则必乡其说之工而忘其事之陋者,文辞之胜移之而已",战国策士"虽不深祖吾圣人之道,而所著书文辞,骎骎乎上薄六经,而下绝来世"。鲍彪《战国策注序》认为,"其文辩博,有焕而明,有婉而微,有约而深"。叶适《水心别集》卷六《战国策》认为,《战国策》的文章"饰辞成理,有可观听"。吴师道《战国策校注序》指出,刘辰翁"特爱其(《战国策》)文采"。凡此,皆可见苏洵观点的影响或回声。不唯如是,对《战国策》作认真整理,把它从濒于佚失中解救出来的,也是宋人;姚宏、鲍彪校注本的出现,也是在宋代。其上距刘向的整理,延笃、高诱的注解,已有千年之遥;而其同为《战国策》的功臣,则毋庸置疑。凡此,似均可看作是对苏洵观点的响应或印证。

不过,宋人一边喜爱《战国策》的文章,一边也囿于儒学思想的成见,而对《战国策》的内容颇有微辞。其实,在苏洵对《战国策》的褒扬中,便已经隐含了"心"、"术"、"诈"、"忠"之辩。而曾巩则更是将之发挥到了极致,其校皇家书库中的《战国策》,隐然

---

① 顾易生、蒋凡、刘明今《宋金元文学批评史》上册,上海,上海古籍出版社,1996年,第140—142页。

有以之为"反面教材"的意思,其序云:

> 战国之游士则不然,不知道之可信,而乐于说之易合。其设心注意,偷为一切之计而已。故论诈之便而讳其败,言战之善而蔽其患。其相率而为之者,莫不有利焉,而不胜其害也,有得焉,而不胜其失也。卒至苏秦、商鞅、孙膑、吴起、李斯之徒以亡其身,而诸侯及秦用之亦灭其国。其为世之大祸明矣,而俗犹莫之悟也。惟先王之道,因时适变,法不同而考之无疵,用之无敝,故古之圣贤,未有以此而易彼也。

所论虽为《战国策》之思想倾向,但对此后的文人影响极大,也制约了人们对《战国策》文章的欣赏。如李格非便一边感叹《战国策》文章的"文辞之胜",一边又鄙薄其内容的"浅陋不足道"(《书战国策后》)。叶适则一边认为《战国策》"饰辞成理,有可观听"(《水心别集》卷六《战国策》),一边又斥责其"习于儇陋浅妄之夸说,使与道德礼仪相乱,其为学者心术之巨蠹矣,可不畏甚乎",并质问刘向"亦可喜,皆可观"之说"又乌在乎",断言"故有以《战国策》为奇书者,学之大禁也"(《习学记言序目》卷十八《战国策》"刘向序"条、"总论"条)。凡此皆可见曾巩观点的影子或回响。正因为这样,宋代对于《战国策》文章的评论便呈现出了两种面貌,虽然苏洵的观点及实践极有影响力,但评论的所谓主流和正统则还是在曾巩派一边。

从宋代开始的这种对于《战国策》思想与文风的不同评价,也为元明清的许多文人所继承,成为元明清《战国策》评价的一个特色。人们在指责其思想"不正"的同时,又对其文章多致赞词。如张一鲲《刻战国策序》认为:"捭阖短长,谲诳相倾夺之说,即不根诸理道,然纵之以阳,闭之以阴,肌丰而力沉,骨劲而气猛,骤回于只尺不为近,而步逸于八极不为远;晓变其故词不为袭,而甲拆其新意不为骇。古今设文之士,率曰'先秦',秦之先,非六国乎?其文之可读者只是。是文家之郭郛也。"朱鹤龄《战国策钞序》则一边认为"战国之亡以策士",一边又认为《战国策》"其文之雄深峭健",为司马迁《史记》所取裁。陆陇其《战国策去毒跋》认为,《战国策》虽有"毒",但"文章之奇,足以悦人耳目"。张士元《书战国策后》认为,"《左传》文采甚盛,《战国策》变而质健,实乃《史记》权舆","子长《史记》实学《国策》,其格法时相出入"。章学诚《文史通义·诗教上》认为,《战国策》文风"敷张而扬厉,变其本而加恢奇","能委折而入情,微婉而善讽"。吴曾祺《战国策补注叙》认为:"其文章之美,在乙部中,自《左》、《史》外,鲜有能及之者。"对他们来说,《战国策》文章的吸引力,乃是挡不住的诱惑。而其中特别是章学诚等人,不仅在文风上,而且在思想上,对《战国策》亦多有肯定,在清人中较为特异,与宋代的苏洵倒是心灵相通。

进入近现代以后,随着思想的解放,文学观念的变迁,《战国策》不仅总体上受到了更多的肯定,而且其文风也更加受到重视。人们认为其夸张的描写等等,从文学的角度来讲,不仅不是缺点,而且还是其长处(前提自然是不能把它们都当成是信史)。它的文学价值,大约总在《左传》与《史记》之间,而要远远超越于其他历史散文。在这一点上,吴曾祺的观点倒是渐成共识了。晚近的文学史著作里这样评论道:

> 从文学上看,《战国策》的特色表现在以下几个方面:第一是富于文采……《战国策》的语言更为明快流畅,纵恣多变,委曲尽情。无论叙事还是说理,《战国策》都常常使用铺排和夸张的手法,绚丽多姿的辞藻,呈现酣畅淋漓的气势。在这里,语言不仅是作用于理智、说明事实和道理的工

具,也是直接作用于感情以打动人的手段……第二,《战国策》描写人物的性格和活动,更加具体细致,也就更显得生动活泼……第三,《战国策》所记的策士说辞,常常引用生动的寓言故事,这也是以文学手段帮助说理……它对语言艺术的重视,在这方面取得的成就,在文学史上更具有承上启下的作用。秦汉的政论散文、汉代的辞赋,都受到《战国策》辞采华丽、铺排夸张的风格的影响;司马迁的《史记》描绘人物形象,也是在《战国策》的基础上更为向前发展。[①]

因而可以说,与《左传》、《国语》一样,在中国散文和叙事文学的发展史上,《战国策》亦是相当重要的一环。

[①] 章培恒、骆玉明主编《中国文学史》,第117—118页。

《尚书》的今古文问题

引　言

　　《尚书》是中国最古老的历史文献,可以说是中国史学传统的开端。《尚书》原先称为《书》,到了汉代才改称今名,又被儒家学派尊称为《书经》。对于《尚书》的"尚"字,历来有不同的解释,但一般认为即"上古"之意,《尚书》亦即是"上古之书"。

　　中国是一个史学传统发达的国家,从几千年前即开始了绵延不断的历史记载。《尚书》是现存的第一批有关中国古史的史料,其中包含中国上古各朝代的历史档案,也有有关上古历史的追述和传说。它所涉及的时代,上起传说中的唐、虞时代,下迄前7世纪的春秋前期,时间跨度长达一千三百多年。而它实际撰述的时期,从现在可考知的最古史料《盘庚》篇(约作于前14世纪上半叶)起,也有约七百余年的时间跨度。像这样一部古老的历史文献,在世界史学史上也是罕见的。

　　但是,我们今天所能看到的《尚书》,却已远非它诞生时的原貌,甚至也远非中古时人所看到的模样。在《尚书》三千余年的流传史上,由于种种的天灾人祸,《尚书》的面貌曾经发生过几次巨大的变化,正如马雍《尚书史话》所说的:

　　　　《尚书》本身的历史经历了几个最大的变化:自从秦始皇焚书以后,先秦的《尚书》原本被毁,这是第一个大变化;

自从西晋末年永嘉之乱以后,西汉初年所出现的今文《尚书》全部丧失,这是第二个大变化;自从唐朝初年颁布"新定五经"和《五经正义》以后,西汉中期所出现的古文《尚书》又逐渐失传,这是第三个大变化;最后只剩下东晋、南朝之间出现的伪《孔传古文尚书》,然而,这部《尚书》经过姚方兴等人添入了二十八个字,又经过卫包的改写,也失去它的原貌了。①

下面我们就综合学者们的各种研究,简单地介绍一下这几次巨大的变化。②

一、先秦时《尚书》的原貌

中国很早就设立了史官制度,由史官记载国家大事,笔录君臣言行,保管历史档案,整理历代史料,甚至网罗历史传说。他们工作的成果,保存在中央及地方政府里,成为越积越多的史学遗产。随着各王朝的兴衰交替,便有了各王朝的史料汇编,今天可知的便有《虞夏书》、《商书》、《周书》等名目。《尚书》的最初名称《书》,可以说便是这些王朝史书的统称。这些王朝史书当初应该是独立别行的,但是当周王朝本身名存实亡、各诸侯国称雄争霸、史学的重心从王室转移至地方、史学的方法也发生重大变革之际,这些王朝史书便逐渐具有了统一的性质和面貌,区别于当时新兴的以诸侯国为中心的《春秋》、《左传》和《国语》等国别

---

① 马雍《尚书史话》,北京,中华书局,1982年,第59页。
② 《尚书》学史聚讼纷纭,本文主要参考马雍《尚书史话》的观点。有意于进一步了解《尚书》问题的读者,尚可参阅刘起釪的《尚书源流及传本考》(沈阳,辽宁大学出版社,1997年)等著作。

史书。根据现代学者的研究,大约也就是在战国末期左右,这些王朝史书逐渐融合成为一体(虽然它依然将各篇按王朝先后分编,并保留了《虞夏书》、《商书》和《周书》等名目),这就是《尚书》的正式诞生,也是《尚书》的原貌。

《尚书》诞生之初到底有多少篇?后人谁也说不清楚。有说是一百篇的,也有说是几十篇的。惟一可以推想的是,它应该远多于我们今天所见者,也远多于中古时人所见者。它应该是一座名副其实的上古史料宝库,倘能就这样传至后代,中国上古史的面貌必然会与目前所知者有所不同。

春秋战国时期流行的《尚书》(无论是分编本抑是合编本),应是用先秦古文字书写的;也许根据书写国别的不同,还会有各诸侯国的不同文字本。秦朝统一中国以后,采取"书同文"的文字政策,官方文件应统一使用小篆或隶书,官方所藏的《尚书》也应改写为小篆或隶书,但是民间流传的《尚书》却未必皆用小篆或隶书改写,所以其时《尚书》的文字面貌应是五花八门的。这为汉代《尚书》的今古文之争埋下了一个伏笔。

二、秦时《尚书》原本的失传

为统一天下人的思想,秦始皇有"焚书"之举。除了官方藏书以外,民间藏书遭到了毁灭性打击。民间流传的《尚书》也难逃厄运,除了由个别胆大包天之徒偷埋偷藏以外,绝大部分皆毁于一炬,只有官方(博士)所藏的《尚书》才得以幸免于难。但是,在后来的秦末之乱中,秦王朝的官方藏书随着其宫殿一起毁于战火,官方所藏的《尚书》也大都烧失。因此,在这两次文化大劫难之后,原本的《尚书》几乎都消失了。这是中国史学和文化的莫大损失。

三、汉时《尚书》残本一的出现：汉代的今文《尚书》

秦朝中央政府中有一个名叫伏胜的博士，在秦汉之际的大动乱中，曾将一部《尚书》藏在自己住宅的墙缝里，那应是一部用隶书抄写的(也有人有不同看法)完整的《尚书》。但是当他在天下平定后重返故园时，却只找到了其中的二十八篇，其余部分都已不知去向。这是原本《尚书》失传以后，《尚书》残本的第一次出现，而且成了汉代今文《尚书》的祖本，在汉代经学史上影响甚大。我们今天所见的《尚书》中的真本部分，也没有超出这二十八篇的范围。这二十八篇的篇名是：

> 尧典、皋陶谟、禹贡、甘誓、汤誓、盘庚、高宗肜日、西伯戡黎、微子、牧誓、洪范、金縢、大诰、康诰、酒诰、梓材、召诰、洛诰、多士、无逸、君奭、多方、立政、顾命、费誓、吕刑、文侯之命、秦誓

无论这部《尚书》残本原先即是用隶书书写的，还是伏胜在后来传授它时用隶书改写过的，还是他的弟子们用隶书作了记录，总之，由伏胜保存下来并流传开去的这部《尚书》残本，后来一直是以隶书本的形式流传的。而对于汉代人来说，隶书是现代文字——"今文"(相对于古代文字——"古文"而言)，所以这个流传系统的《尚书》，便被称为"今文《尚书》"。

汉初文化复兴，伏胜用此《尚书》残本教授弟子，从学者甚众，影响也渐大。由于一时没有其他《尚书》残本出现，而且也很少有人具备关于《尚书》的专门学问，所以伏胜和他的《尚书》残本便成了天下珍宝，连汉文帝也派晁错去跟伏胜学习，将《尚书》残本抄录后收进皇家书库，使之成为官方承认的惟一《尚书》文本。后

来，汉武帝时"独尊儒术"，将《尚书》尊为儒家经典之一，把《尚书》的传授"立于学官"——作为官方学术门类；宣帝时更是将其三个支派"欧阳家"、"大夏侯家"、"小夏侯家"皆立于学官，成为无数读书人的吃饭手段和晋身之道。今文《尚书》遂迎来了其全盛时代。

四、汉时《尚书》残本二的出现：汉代的古文《尚书》

就在伏胜的今文《尚书》流行开来以后，在汉景帝的时候，又偶有《尚书》的残本出现，主要的大约有这么几次：一次是《泰誓》篇的出现，它被收入了伏胜的今文《尚书》，使之成为二十九篇；一次是景帝子河间献王刘德发现的，是用先秦的古文字书写的，看来是民间的私藏本，不过发现以后就下落不明了，在汉代经学史上未发生什么影响；一次是景帝子鲁共王刘余发现的，也是用先秦的古文字书写的，大概也是民间的私藏本，因为是在孔家老屋的墙壁里发现的，所以他就把它们交还给了孔家，由一个名叫孔安国的学者来整理，这就是著名的汉代古文《尚书》的来历。古文《尚书》后来与今文《尚书》并驾齐驱，在汉代及中古经学史上迭掀波澜；孔安国也作为最初整理、传授它的人而名垂青史，其名永远与古文《尚书》联系在了一起。

孔安国的古文《尚书》一共有四十五篇，其中有二十九篇与伏胜的今文《尚书》相同（只除了字体不同及有些文字的出入），十六篇则为伏胜的今文《尚书》所无。后者是：

舜典、汨作、九共、大禹谟、弃稷、五子之歌、胤征、汤诰、咸有一德、典宝、伊训、肆命、原命、武成、旅獒、同命

显而易见，这后出的《尚书》残本，其价值应远胜于那先出的

《尚书》残本。不过因为时机与运气的关系,这个《尚书》残本却未能获得类似的成功。人们已经接受了伏胜的今文《尚书》的框框,所以对这新出的《尚书》残本,尤其是对其中为今文《尚书》所无的十六篇,并未表现出"发现"的热情。那多出的十六篇被称为"逸书"或"逸篇",被孔安国献给了皇上,入藏于皇家书库,只有极少数宫廷学者得饱眼福,免不了其"束之高阁"的待遇,后来则终难免失传的命运。上古史料中缺失了这十六篇"逸书",汉代人的学术偏见狭窄眼光难辞其咎!

至于那与今文《尚书》相同的二十九篇,则由于社会上流行已久,所以受到了一些学者的重视,其命运也与那十六篇"逸书"迥然不同。它们原先是用先秦古文字书写的,此时由孔安国(或其他学者)改写为隶书。其改写的方法颇为特别,被称为"隶古定"——即用通行的隶书笔法,来模拟先秦古文字的原状,所产生的新字体介乎两者之间,像是一种忠实于原文的"硬译"。虽然这个《尚书》残本已经过了"隶古定",但由于它原先是用先秦古文字书写的,而且其"隶古定"后的文字字体仍多"古意",所以它被称为"古文《尚书》",以与"今文《尚书》"相区别。由于两种《尚书》残本在文字上稍有出入(约有七八百字),所以根据这不同的文本,便出现了不同的解释,从而形成了不同的学派。只是由于今文《尚书》学派出现在前,且已受到了官方的承认,而古文《尚书》学派形成于后,始终未受到官方的正式认可,所以后者在汉代的命运远不如前者。

五、两汉今古文《尚书》之争

汉代以经学取士,通经学的人可以做官,可以在社会上出人头地。但是,只有"立于学官"的经学门类,也就是为官方所认可的经学门类,其培养出来的"人材",资格才受到承认。今文《尚书》在两汉始终立于学官,研习今文《尚书》的人不愁没有饭吃;而古文《尚书》则除个别例外时期外,在两汉始终没有立于学官,研习古文《尚书》没有实际功利可言。所以,受此情况制约并受"利益驱动",两汉今文《尚书》传授香火鼎盛,而古文《尚书》传授则难免寂寞。

不过古文《尚书》家中也有不甘寂寞者,他们曾不断向今文《尚书》学派发起挑战,虽然几乎每次都不免以失败而告终,但也因有力的加盟者愈来愈多,而不断地得到支持和壮大;另一边今文《尚书》学派为维护自己的既得利益,非常敏感于来自对方的挑战与威胁,每次都作出了非常强烈的反应。两学派之间的争论冲突与势力消长,构成了两汉经学史的重要一环。

第一次争论冲突发生于西汉末年。著名学者刘歆为古文学派张目,其《移让太常博士书》(毅平按:此标题实不通,"移"不必入标题,作"让太常博士书"即可,但历来如此,姑且从俗)成为学术史上的名文。不过刘歆势单力薄,又无最高层的支持,所以这场挑战以失败告终。不久王莽夺得政权,因其本人爱好古文学,且又与刘歆交好,所以为古文学派撑腰,把古文经学,包括古文《尚书》,都立于学官,使古文《尚书》学派第一次扬眉吐气。但王莽倒台以后,东汉王朝建立,一切恢复旧观,今文《尚书》学派仍立于学官,而古文《尚书》学派则又被打了下去。风光一度的古文学派不甘重被放逐的命运,在光武帝时又一次与今文学派产生了争论冲突,虽以古文学派的暂时胜利宣告结束,但古文《尚书》仍未受到官方承认。此后一直到东汉王朝灭亡,经学界始终为今文学派所控制,《尚书》学派的情况亦是如此。不过与此同时,由于今文《尚书》学派的功利色彩太浓,古文《尚书》学派则相对来说更富学术气息,所以在东汉的古文《尚书》学派的旗号下,开始聚集起了愈来愈多的有力学者,把古文《尚书》的势力逐步地增强,其中杜林、贾逵、马融、郑玄等著名学者都作出了贡献。特别是由于学贯古今的大学者郑玄的加盟,古文《尚书》终于在学术上取得了胜利,最终在东汉王朝崩溃以后,取代了今文《尚书》学派,成为官方认可的学派。而今文《尚书》学派则虽有蔡邕等大学者为其书写石经,统一文本,但终于回天乏力,一蹶不振。两汉经学史上的今古文《尚书》之争,以今文《尚书》学派的强盛始,而以古文《尚书》学派的胜利终。

六、魏晋以后今古文《尚书》的相继失传

在三国里的魏国,古文《尚书》学派,尤其是由郑玄开创的学派,取得了几乎是独尊的地位;另一支由王肃开创的学派,借助与司马氏联姻的政治优势,也大有后来居上之势。但是郑玄学派也好,王肃学派也好,无非都是古文《尚书》学派,可见其时古文《尚书》学派的势力达到了鼎盛。故魏创"正始石经",用古文《尚书》为标准,取代以前的"熹平石经",成为天下学《尚书》的正式文本。今文《尚书》家寥寥无几,抱残守阙,早已不足以与古文《尚书》家相抗衡了。后来西晋时发生的"永嘉之乱"(311年),是又一次文化上的浩劫,三家今文《尚书》全部失传。与此同时,皇家书库里的古文《尚书》,包括那外面不流行的十六篇"逸书",也毁于这场大动乱。这是《尚书》流传史上的第二次大变化,也是中国经学、史学和文化的大损失。

在整个南北朝时期,流行的都是郑玄学派的古文《尚书》。其间,忽然冒出了一部伪托孔安国所注的"原本"古文《尚书》("伪《孔传古文尚书》"),逐渐取代了郑玄学派的古文《尚书》,到了唐代,更是被钦定为开科取士的标准教科书之一。于是由孔安国所传下的古文《尚书》原本,便和今文《尚书》一样失传了。这是《尚书》流传史上的第三次大变化。不过,要说"失传"也不

完全准确,因为其正文已被全部采入了伪《孔传古文尚书》,以"借尸还魂"的形式保存在伪《孔传古文尚书》里,所以相对于今文《尚书》来说,其损失还不算是太大。

七、东晋南朝时伪《孔传古文尚书》的出现及其在唐朝的最后胜利

在东晋、南朝时期,一边是郑玄学派的古文《尚书》大行其道,一边却又出现了一部来历不明的假托孔安国所传真本的古文《尚书》,并逐渐取代了郑玄学派的古文《尚书》,成为南北朝学者所深信不疑的《尚书》文本。现代学者根据其作伪性质,称其为"伪《孔传古文尚书》"。

伪《孔传古文尚书》是在真孔传古文《尚书》基础上的作伪品。它的作伪工作主要有下述几项。

一是伪造《尚书》正文。一共伪造了二十五篇,它们是:

> 大禹谟、五子之歌、胤征、仲虺之诰、汤诰、伊训、太甲三篇、咸有一德、说命三篇、泰誓三篇、武成、旅獒、微子之命、蔡仲之命、周官、君陈、毕命、君牙、冏命

其中的《大禹谟》、《五子之歌》、《胤征》、《汤诰》、《伊训》、《咸有一德》、《武成》、《旅獒》、《冏命》等篇名,显然取自孔安国古文《尚书》中的"逸书"。作伪者伪造这二十五篇《尚书》正文的方法,是尽量搜罗先秦人引用的《尚书》佚文,将它们分别安插在上述各篇里,并用自己的话将它们连缀起来。除了伪造正文以外,还对原来的古文《尚书》的篇目作了割裂变动,如把《尧典》篇的后半分出来为《舜典》(《舜典》开头二十八字为另一作伪者所添入),把《皋陶谟》篇的后半分出来为《益稷》(《益稷》篇名原作《弃稷》,

为作伪者所改动),用伪造的《泰誓》三篇取代原先的《泰誓》三篇。这样,伪《孔传古文尚书》一共有五十八篇,其中三十三篇是真的(马、郑古文从《顾命》篇中分出《康王之诰》,又把《盘庚》篇一分为三,伪《孔传古文尚书》从之,所以共有三十三篇是真的),二十五篇是伪的。

二是伪造了孔安国的传(除《舜典》篇以外),以及孔传序。

三是将原先统一置于全书后的《书序》分散置于每篇正文之前(包括有序无文的也照样置于相应位置),而其排列顺序则不完全同于以前之《尚书》。

由于作伪者利用了先秦人引用的《尚书》佚文,利用了原古文《尚书》"逸书"的篇名,利用了"五十八篇"这个数字(原古文《尚书》曾析为这个数字,即原四十五篇中,《盘庚》分为三篇,《泰誓》分为三篇,《九共》分为九篇,从《顾命》中分出《康王之诰》,是共为五十八篇),利用了孔安国的名声,利用了"逸书"的失传,当然也利用了学者们的轻信与无知,因此伪《孔传古文尚书》从梁代开始流行于南朝,不久又为北朝的学者们所接受。唐朝建立以后,由于其影响与流行,而被定为科举考试的标准文本,由孔颖达等学者作正义(疏),成为此后影响深远的《五经正义》之一,统治《尚书》流传史上的晚近一千三百余年。其本文则于唐开成二年刻石,成为《尚书》的标准文本。而自西汉中期开始流传的真正的古文《尚书》,则迎来了其失传的命运。这真是"假作真时真亦假",是"真品难敌赝品"的一个典型例子。

八、宋以后学者对伪《孔传古文尚书》的辨伪

自唐朝将伪《孔传古文尚书》收入《五经正义》以后,一千三

百余年间它成了读书人治《尚书》的标准文本,其影响是非常广泛与深远的。但是,从宋朝开始,便不断有学者对它提出怀疑,揭露其作伪事实,如南宋的吴棫、朱熹、蔡沈,元朝的吴澄,明朝的梅鷟,清朝的阎若璩、姚际恒、惠栋、程廷祚、丁晏等人,都对验明伪《孔传古文尚书》"真身"的工作作出了贡献,使其作伪的事实如铁案般确凿不移,已为学术界所普遍接受。

九、现代学者对伪《孔传古文尚书》及《尚书》本身的若干看法

现代学者继承了宋元明清学者对伪《孔传古文尚书》的辨伪成果,也继承了整个《尚书》流传史上的各种研究成果,形成了一些比较实事求是的看法:

利用二十五篇伪古文中的先秦《尚书》佚文,而抛弃其他伪造的成分。

把伪托孔安国之名的《孔传》,看作是中古学者的研究成果,有保留地利用其学术价值。

把百篇《书序》看作是汉代即已存在的史料(而非如传说所言的孔子之作),有保留地利用之,以增进对《尚书》的理解。

把三十三篇(即原二十八篇)"真古文"看作是汉代出现的《尚书》残本,但并不认为它们就是先秦《尚书》的原貌。

考证这三十三篇"真古文"的形成年代,区分其中"当时的"历史记录与"后世的"历史追述,并在此基础上研究上古史。

"《春秋》笔法"辨释

所谓"《春秋》笔法"(也说"春秋笔法"),是指一种"寓褒贬于记事"的写作手法。具体言之,是指作者通过字眼的选择、语句的构设及叙述的取舍,而对写作对象暗寓褒贬之意的写作手法。它的主要特点是回避了明确的褒贬之词,而在"微言"之中流露出"大义"(《汉书·艺文志》),"约其文辞而指博"(《史记·孔子世家》),"以一字为褒贬"(杜预《春秋左氏经传集解序》),"一字之褒,宠逾华衮之赠;片言之贬,辱过市朝之挞"(范宁《春秋穀梁传序》),让人们自己去揣摩、体会作者的倾向性。这种写作手法据说一开始主要用于历史著作《春秋》,后来广泛地用于一切需要含蓄地表达作者倾向性的文史作品,在中国文化史上具有深远的渊源和影响。

说到"《春秋》笔法",就要先谈谈《春秋》这部史书,以及"春秋"这种史书体裁。在中国历史上,很早就建立了史官制度,而且史官还有不同的分工,"左史记言,右史记事"(《汉书·艺文志》)。据说《尚书》便是"记言"的产物,而《春秋》则是"记事"的产物。"春秋"不仅是史书的名称,也是编年体史书体裁的名称。之所以取名"春秋",历来有不同的说法,但不外乎认为,在一年四季当中,春与秋因其天气物候变化较大,而相对来说较显重要(尤其对于农耕社会而言),故"言春以包夏,举秋以兼冬"(刘知幾《史通·内篇·六家》),以季节时令的变化来象征社会人事的变迁,从时间意识引发出历史意识,等等。殷商以前,已有《尚书》中的若干篇章（如《商书》中的《盘庚》），却似尚无《春秋》其名（《汲冢琐语》中所言"《夏殷春秋》"乃后人所加，并非如刘知幾《史通·内篇·六家》所云"其先出于三代"）。"春秋"的成为一种史书体裁，并获得这一名称，似应是进入周王朝以后的事，尤其与中央史统散落于诸侯国之变迁有关，可视作继《尚书》体而起的一种新兴史书体裁。《墨子·明鬼下》中，曾提到"周之《春秋》"、"燕之《春秋》"、"宋之《春秋》"、"齐之《春秋》"等，将"周之《春秋》"与诸侯国之《春秋》相提并论，不唯可见各诸侯国皆有《春秋》，抑且可见各诸侯国已与中央王朝并驾齐驱，各有各的历史记载和史学传承。《隋书·李德林传》载李德林《答魏收书》及刘知幾《史通·内篇·六家》皆引《墨子》语云："吾见百国《春秋》。"（此语今本《墨子》失载，为《墨子》佚文）是可见其时各诸侯国修史之盛况。当然，各国史书也不一定全都起名《春秋》，也有如晋之称《乘》、楚之称《梼杌》的情况，但它们的体裁应是一致的，见《孟子·离娄下》："晋之《乘》、楚之《梼杌》，鲁之《春秋》，一也。"《国语·晋语七》及《楚语上》，都曾提到过教习《春秋》之事。[①]

鲁国也有自己的《春秋》，《孟子·离娄下》、《礼记·坊记》、《左传·昭公二年》等，都提到过"《鲁春秋》"。它应是"百国《春秋》"的一种，后来则成了硕果仅存的一种。因此之故，后来人们

[①] 洪业疑惑道："晋叔向所习之春秋，楚申叔时所举之春秋，其名为《晋春秋》、《楚春秋》欤？抑《晋乘》、《楚梼杌》欤？"（《春秋经传引得序》，收入《洪业论学集》，北京，中华书局，1981年，第230页）历史上，刘知幾则猜测："然则'乘'与'纪年'、'梼杌'，其皆'春秋'之别名者乎？"（《史通·内篇·六家》）叶适却断言："然则晋谓之'乘'，楚谓之'梼杌'，当是战国时妄立名字，上世之史固皆名'春秋'也。"（《习学记言序目》卷十二《国语》"晋语"条）

再提到"《春秋》",便不再如春秋战国时期那样,泛称这种编年体裁的史书,或统称包括"百国《春秋》"在内的各国史书,而是专指这部鲁国史书。后人所谓的"《春秋》笔法",便也只与这部鲁国史书有关。

今天可见的鲁国《春秋》,起自鲁隐公,经桓公、庄公、闵公、僖公、文公、宣公、成公、襄公、昭公、定公,止于哀公,共十二公,自前722年,至前481年,时间跨度为二百四十二年。鲁国的历史本不止于这二百四十二年,为何鲁国的《春秋》却只记载了这二百四十二年的史事呢?或换句话说,为何它不开始得更早而结束得更迟呢?对此人们有过各种推测,其中一种认为,现存《春秋》并非当初鲁国旧史的全貌,而仅为其中的一部分,其余的部分则已经失传。

虽然已经非复鲁国旧史的原貌,但作为"百国《春秋》"中惟一流传下来的史书,也因为成了儒家所推重的经典之一,鲁国《春秋》获得了越来越高的历史地位,在它的上面也开始罩上了神秘的光环。关于《春秋》为孔子所"作"("修")说,便是其表现之一。学者们认为,最初提出孔子"作"("修")《春秋》的,是《左传》的作者。《左传·僖公二十八年》云:

> 是会也,晋侯召王,以诸侯见,且使王狩。仲尼曰:"以臣召君,不可以训,故书曰:'天王狩于河阳。'言非其地也,且明德也。"

"故书曰"的主语被认为是孔子。又《左传·成公十四年》云:

> 君子曰:"《春秋》之称,微而显,志而晦,婉而成章,尽而不污,惩恶而劝善,非圣人,谁能修之?"

"圣人"被认为是指孔子。此后,《公羊传·庄公七年》云:

> 不修《春秋》曰:"雨星不及地尺而复。"君子修之曰:"星霣如雨。"何以书？记异也。

这里的"君子"亦被认为是指孔子,"不修《春秋》"是指鲁国旧史,"君子修之"是指孔子修订《春秋》。《公羊传·昭公十二年》引孔子语云:

> 《春秋》之信史也。其序则齐桓、晋文,其会则主会者为之也,其词则丘有罪焉耳。

声明自己对《春秋》的措辞负有责任,那似乎是"修"过《春秋》的意思了。《公羊传·哀公十四年》云:

> 君子曷为为《春秋》？拨乱世,反诸正,莫近诸《春秋》。

"为《春秋》"的"君子",也被认为是指孔子。至《孟子·滕文公下》,则径直认为孔子"作"、"成"《春秋》:

> 世衰道微,邪说暴行有作。臣弑其君者有之,子弑其父者有之。孔子惧,作《春秋》。《春秋》,天子之事也,是故孔子曰:"知我者其惟《春秋》乎！罪我者其惟《春秋》乎！"……孔子成《春秋》,而乱臣贼子惧。

至汉代,治公羊学的董仲舒,也认为孔子"作"《春秋》,其《春秋繁露·俞序》云:

> 仲尼之作《春秋》也,上探正天端王公之位,万民之所欲,下明得失,起贤才,以待后圣。故引史记,理往事,正是非,见王公。史记十二公之间,皆衰世之事,故门人惑。孔子曰:"吾因其行事,而加乎王心焉。"以为见之空言,不如行事博深切明。

司马迁接受了《孟子》的看法及《公羊》学派的观点(司马迁曾师

从董仲舒),也认为孔子"次"、"作"《春秋》:

> 孔子因史文次《春秋》,纪元年,正时日月,盖其详哉。(《史记·三代世表序》)

> 是以孔子明王道,干七十余君,莫能用,故西观周室,论史记旧闻,兴于鲁而次《春秋》,上记隐,下至哀之获麟,约其辞文,去其烦重,以制义法,王道备,人事浃。(《史记·十二诸侯年表序》)

> 子曰:"弗乎弗乎,君子病没世而名不称焉。吾道不行矣,吾何以自见于后世哉?"乃因史记作《春秋》,上至隐公,下讫哀公十四年,十二公。据鲁,亲周,故殷,运之三代……至于为《春秋》,笔则笔,削则削,子夏之徒不能赞一辞。(《史记·孔子世家》)

此外,《史记》的《儒林列传》、《太史公自序》也提到了同样的事。此后,凡是认为孔子"作"("修")《春秋》的,大都是从以上各家之说衍生而来的。所以后来有一派观点认为,存在着孔子所修的《春秋》和孔子未修前的《春秋》,后者常被称为"《鲁春秋》"。

不过,参合以上各家之说观之,无论是"作"还是"修",其实都不是原始创作的意思,而是增删修订的意思。也就是说,所谓孔子"作"("修")《春秋》,是指孔子依傍鲁国旧史,加以增删修订,[①]由此彰示自己的好恶,贯彻自己的主张。正如《史记·孔子世家》所云:

[①] 明代王守仁认为:"《春秋》虽称孔子作之,其实皆鲁史旧文。所谓'笔'者,笔其旧;所谓'削'者,削其繁。是有减无增。"(《传习录》卷上)倘如此理解"笔削",则所谓"作"、"修",仅抄录点烦而已,连增删修订也谈不上。

约其文辞而指博。故吴、楚之君自称王,而《春秋》贬之曰"子";践土之会实召周天子,而《春秋》讳之曰"天王狩于河阳":推此类以绳当世。贬损之义,后有王者举而开之。《春秋》之义行,则天下乱臣贼子惧焉……弟子受《春秋》,孔子曰:"后世知丘者以《春秋》,而罪丘者亦以《春秋》。"

这也就是所谓孔子开创了"《春秋》笔法"一说的来历,而这也是由孔子"作"("修")《春秋》这一点推衍出来的。

与此同时,还有一种看法认为,现存《春秋》只是鲁国旧史,虽然不一定完整地保存了原貌,但也未经孔子或他人的增删修订(记载孔子师弟言论的《论语》未曾提到过孔子修订《春秋》之事)。唐代刘知幾的《史通·外篇·惑经》,怀疑孔子"作"("修")《春秋》之事;此后,宋代的王安石、郑樵、刘克庄,清代的袁毂芳、石韫玉,现代的钱玄同、顾颉刚、洪业、杨伯峻等,都曾对孔子"作"("修")《春秋》之事提出否定意见,认为《春秋》只是鲁国旧史,孔子未曾对它作过增删修订。①

不过,即便认定现存《春秋》只是鲁国旧史,不一定经过孔子的增删修订,但孔子比较重视《春秋》,以《春秋》为教本教授弟子,从而孔门以《春秋》为儒家经典,对它付予很多的诠释与尊重,则亦是事实。除了《孟子》和《史记》以外,《礼记·经解》、《艺文类聚》卷八十引《庄子》佚文、《庄子·天运》、《韩非子·内储说上》等中,都曾提及孔子治《春秋》或论《春秋》之事。《韩非子·外储说右上》、《春秋繁露·俞序》等中,都曾提及孔门弟子子夏

---

① 如洪业认为:"然而《左氏》传中未尝有孔子作《春秋》抑修《春秋》之明言也……书之者,传谓之君子,谓之圣人,意谓贤智者耳。非指孔子也……未有可执以证孔子之因鲁史修《春秋》或笔或削之义也。"(《春秋经传引得序》,收入《洪业论学集》,第235—236页)

说《春秋》之事。又如上述《左传·僖公二十八年》所引孔子语所说的："以臣召君,不可以训,故书曰:'天王狩于河阳。'"倘不把"故书曰"的主语理解为孔子,而是理解为《春秋》的原始作者,则此节乃是孔子解释《春秋》之文,正说明孔子是如何下功夫精读《春秋》,并以自己的体会教授弟子的。《史记·晋世家》云:"孔子读史记,至文公,曰:'诸侯无召王,王狩河阳者,《春秋》讳之也。'"说《春秋》讳之,而不说己讳之,正可与此参看。

任何史书,都会有自己的义例;读史书的,则应去把握这些义例;教史书的,更会以史书原有的或自己发明的义例教授给弟子。关于《春秋》,情况也是这样。《左氏》、《公羊》、《穀梁》三传,对《春秋》的义例都曾有所发明。如《公羊传·宣公十八年》解释"甲戌,楚子旅卒"经文云:

> 何以不书葬?吴、楚之君不书葬,辟其号也。

这是《公羊传》所发明的一条《春秋》义例。《左传·宣公十八年》孔颖达正义引郑玄说云:

> 楚、越之君僭号称王,不称其丧,谓不书葬也。《公羊传》曰:"吴、楚之君不书葬,辟其号也。"

是郑玄也接受《公羊传》所发明的这条义例。杨伯峻《春秋左传注前言》解释说:

> 我对《春秋》全部经文作过各种统计,以书"葬"而论,除葬周王、鲁君、鲁国夫人、鲁国女公子以外,外国之君书"葬"的,一共八十四次,还不算定公四年《经》的"葬刘文公",因为刘文公是周王室大臣,并非诸侯。当然也有不书葬的,如《左传》成公十年云,"冬,葬晋景公",《春秋经》,即鲁史官便不书。据《左传》的解释是鲁成公亲去送葬,而其他诸侯没

有一人亲自去的,鲁人认为这是奇耻大辱,不但不记载鲁成公去晋国,甚至连晋景公的葬也不写。可见非鲁国诸侯的葬,由于各种原因,鲁国太史不记载的不少。吴、楚、越三国国君自称王,若写他们的葬,一定要出现"葬某某王"诸字,如《左传》襄公二十九年书"葬楚康王"。这便违反《坊记》所说"士无二王"的原则了。《春秋》全经的确没有写过楚、吴、越君之葬,《公羊》加以总结,成为全经义例,还是有道理、有参考价值的。①

又如,《穀梁传·哀公十二年》解释"夏五月甲辰,孟子卒"经文云:

> 孟子者何也?昭公夫人也。其不言夫人何也?讳取同姓也。

《公羊传·哀公十二年》亦云:

> 孟子者何?昭公之夫人也。其称孟子何?讳娶同姓,盖吴女也。

《左传·哀公十二年》亦云:

> 夏五月,昭夫人孟子卒。昭公娶于吴,故不书姓。

杨伯峻《春秋左传注前言》解释说:

> 鲁国国君先和宋国通婚,桓公以后,多和齐国通婚,到昭公才和吴国通婚。可能这是第一次和同姓女子通婚,鲁又是著名的遵守周礼的国家,才羞羞答答地不敢直称"吴姬",改称"吴孟子"。鲁太史写其"卒",连"吴"字都去掉,因

---

① 杨伯峻《春秋左传注》,北京,中华书局,1981年,《前言》第28—29页。

为吴为太伯之后,自然也姓姬,存一"吴"字,还是表明同姓通婚,所以仅写"孟子卒"。①

这是《春秋》三传所发明的一条《春秋》义例。像这样的对于《春秋》义例的发明,应该说是有助于人们理解《春秋》的。解释者通过对于《春秋》义例的发明,也等于揭示了《春秋》记事的倾向性。这可以说是所谓"《春秋》笔法"的一个侧面。

与此同时,后人对于《春秋》义例的发明,也有许多附会的地方。尤其是在《公羊传》、《穀梁传》中,这样的附会之处就更多了。就拿最著名的《春秋》首句"元年春王正月"来说,《公羊传》有一个流传甚广的义例发明:"何言乎'王正月'? 大一统也。"似乎这个"王"字是《春秋》(乃至孔子)的特笔,含有重视天下一统的微言大义。然而宋代叶适《习学记言序目》卷九《春秋》"隐公"条云:

> 古者一正朔,国自为年,其月则天子之月也。三代各有正,《左氏》所谓"周正月",释非夏正也。

元代赵汸《春秋属辞》卷一云:

> 近代或有以书"王"为夫子特笔者,案:殷人钟铭有"唯正月王春吉日"之文,可见时月称"王"乃三代恒辞。

明代陆粲《春秋胡氏传辨疑》卷上亦云:

> 今世所传古器物铭,往往有称"王月"者,如《周仲称父鼎铭》则"王五月",《父己鼎铭》则"王九月",《敔敦铭》则"王十月",是周之时凡月皆称"王",不独正月矣。《商钟铭》曰"惟正月王春吉日",又曰"惟王夹钟春吉月",是三代之时皆

---

① 杨伯峻《春秋左传注》,《前言》第30页。

然，亦不独周矣。以为立法创制裁自圣心者，殆未考于此邪？

杨伯峻《春秋左传注前言》进一步考证，彝器铭文标年月时的"王"字，不仅可能是指周王，也可能是指楚王，或是指其他诸侯，表示其所用历法之来历，而绝非如《公羊传》所云是"大一统"。①所以，根据"王正月"的记载，指出鲁国奉周历唯谨则是，指出作《春秋》者意在"大一统"则非。盖"大一统"云云，为《公羊传》作者以己意发挥《春秋》记载，又不仅仅是发明其义例了。像这种对于《春秋》本意的曲解，当然无助于人们对于《春秋》的理解。而且其所"揭示"的《春秋》记事的倾向性，其实也是解释者自己附会上去的。不过，由于这种附会本身流传甚广，很多时候也为后来者所接受，并产生了相当的影响，所以构成了所谓《春秋》笔法"的又一个侧面，与前一个较为"真实"的侧面一起，制约了人们对于《春秋》的认识和理解。

上文已经说过，许多学者认为，《春秋》乃鲁国旧史，而非孔子所修订者；不过孔子曾以之作教材，教授自己的门生弟子。则《春秋》本身存在的义例，固非孔子所得以制定，但对于《春秋》义例的发明乃至附会，则教授者孔子似亦不免会有所措手。《孟子·离娄下》中所说的：

> 王者之迹熄而《诗》亡，《诗》亡然后《春秋》作……其事则齐桓、晋文，其文则史。孔子曰："其义则丘窃取之矣。"

叶适《习学记言序目》卷十四《孟子》"离娄"条云："旧史自有义，孔子因之，不能废也。"恐怕正是这个意思。比如上文所引《左传·僖公二十八年》条，大概正是孔子发明或附会《春秋》义例的

---

① 杨伯峻《春秋左传注》，《前言》第12—13页。

实例,也是"其义则丘窃取之矣"的注脚。又如《礼记·坊记》引孔子说云:

> 天无二日,土无二王……示民有君臣之别也。《春秋》不称楚、越之王丧……恐民之惑也。

则上文所引《公羊传·宣公十八年》对于"僭王不书葬"义例的发明,其实原本于孔子的说法。《礼记·坊记》引孔子说云:

> 取妻不取同姓,以厚别也……以此坊民,《鲁春秋》犹去夫人之姓,曰"吴",其死,曰"孟子卒"。

则上文所引《春秋》三传《哀公十二年》对于"讳取同姓"义例的发明,其实也原本于孔子的说法(又,孔子只说《春秋》不称,而不说己不称,只说《鲁春秋》曰,而不说己曰,似都表明他只是解释《春秋》,而不是修订《春秋》)。照克罗齐的观点,"一切真历史都是当代史",[①]或者照卡尔的观点,历史"就是现在与过去之间永无休止的对话",[②]则孔子向弟子教授《春秋》,必然会针对自己所处的时世,对《春秋》记事作出自己的解释。这些解释,或者"客观"地发明了《春秋》的义例,或者"主观"地附加上自己的体会。倘从这个角度来理解《孟子》、《史记》的孔子"作"("修")《春秋》,恐怕更恰当一些吧?而从这一事实出发,则人们将所谓的"《春秋》笔法"与孔子相联系,也未必全是空穴来风吧?只不过这里要注意的是,孔子阐发了"《春秋》笔法",而非开创了"《春秋》笔法"。

孔子身后,或如洪业所论,《春秋》之旧史陈篇虽存,孔子新

[①] 克罗齐《历史学的理论和实际》,傅任敢译,北京,商务印书馆,1982年,第2页。
[②] 卡尔《历史是什么?》,陈恒译,北京,商务印书馆,2007年,第115页。

裁《春秋》之"义"(即孔子对于《春秋》的解释),却以口耳授受、未有成书而不传(后来或散在诸家儒书之内):

> 相传《春秋》成书出于孔子笔削,片辞只字皆有微言大义;其说亦甚可疑……孔门设教,当有《春秋》一科……孔门《春秋》之教,有文,有义,文则旧史之陈篇,义则孔子之新裁;文则属辞比事,有时而失之乱,学者习之深,然后可免;义则君人者将持势除患,蚤绝奸萌,虽乱臣贼子闻之而亦惧也。孟子谓孔子作《春秋》、成《春秋》者,其意在此而不在彼欤?古者削简操觚,无后代楮墨之便。师资口授,弟恃强记,故虽旧史之载籍可稽,而《春秋》之新著不传……自来以今《春秋》归诸孔子笔削,求其微言大义于字里行间者,殆未得其实矣。①

而未有成书之原因,除如洪业所言古时无楮墨之便外,殆亦因"七十子之徒口受其传指,为有所刺讥褒讳挹损之文辞不可以书见也"(《史记·十二诸侯年表序》)之故欤?

然而,孔子新裁《春秋》之"义"既未有成书,《论语》又不载孔子对于《春秋》的意见,使后人看不到有关这方面的第一手资料。后人所知孔子对于《春秋》的意见,大都见于后出的《公羊传》与《穀梁传》。但《公羊传》与《穀梁传》所传达的孔子的意见,到底有几分真正是孔子本人的意见?还是作者借孔子名义传达自己的意见?这也是很可怀疑的。正如朱熹所云:"据他(《公羊传》、《穀梁传》)说亦是有那道理,但恐圣人当初无此等意。"(《朱子语类》卷八三"春秋·纲领")因而所谓的"《春秋》笔法",除了有义

---

① 洪业《春秋经传引得序》,收入《洪业论学集》,第225页,第237页,第240页。

例的发明与附会之分别外,还有孔子意见与他人意见之分别。

话再说回来,虽然《公羊传》与《穀梁传》等充斥了附会之说,虽然孔子"作"("修")《春秋》并无真凭实据,虽然孔子的意见到底如何已不得而知,但也许正因为把《春秋》与孔子连在了一起(无论是说他"作"、"修"《春秋》,还是说他阐发了"《春秋》笔法"),所以才提高了《春秋》的地位,才提高了"《春秋》笔法"的地位,从而使《春秋》与"《春秋》笔法"产生了深远的影响。

在这一意义上,可以说"《春秋》笔法"乃是一种文化史上屡见不鲜的"郢书燕说"现象。宋代郑樵就直斥:"以《春秋》为褒贬者,乱《春秋》者也。"(黄震《黄氏日抄》卷七《读春秋》一"褒贬"条引)朱熹也说:"圣人作《春秋》,不过直书其事,美恶人自见。后世言《春秋》者,动引讥美为言,不知他何从见圣人讥美之意?"(《朱子语类》卷一三三"本朝七")"《春秋》传例多不可信,圣人记事,安有许多义例?"(《朱子语类》卷八三"春秋·纲领")元代袁桷也说:"褒贬论《春秋》,解经者失之。"(《清容居士集》卷二八《曹士弘墓志铭》)清初顾炎武也说:"故今人学《春秋》之言皆郢书燕说,而夫子之不能逆料者也。子不云乎:'多闻阙疑,慎言其余。'岂特告子张乎?修《春秋》之法亦不过此。"(《日知录》卷四"春秋阙疑之书"条)便连"《春秋》笔法"本身也予以否定了。

不过即便如此,"《春秋》笔法"对于后来中国文化史的影响,却并不因其本身的真实与否而减弱分毫。由于人们对于孔子本人的尊敬,由于人们对于儒家经典的尊重,同时,由于中国语文本身具有的简约含蓄的特点,由于中国人性格中不事张扬的品性,"《春秋》笔法"似乎可见于中国文化史上许多有倾向性的作品,甚至也广泛地应用于中国社会生活的各种场合和各个层面。以至于可以毫不夸张地说,如果不了解"《春秋》笔法",则将不能读懂许多的中国文献,也将不能理解中国的许多文化和社会现象。

《左传》的作者与时代

——从《左氏春秋》到《春秋左氏经传集解》

一、《左传》的性质

在先秦时期出现的"百国《春秋》"中,为何只有鲁国《春秋》流传了下来？其中的原因也许颇为复杂,但是后出的几种鲁国《春秋》的传授本和解释本,对于它的流传也许功不可没。而其中最重要且自成史传一家的,是与《春秋》齐名的《左传》。

《春秋》的早期传授本,大约至少有五家,它们是左氏本、公羊氏本、穀梁氏本、邹氏本、夹氏本。邹氏本和夹氏本至东汉初已亡,其余三家本则一直流传到了今天。这三家本据说都昉自先秦时期,其中左氏本在先秦时即已写定,用的是先秦时的文字,到汉代被称为"古文经",又称"古经";而公羊氏本和穀梁氏本则早先仅口耳相传,到汉代才用隶书写定,所以又被称为"今文经"。这几家所传授的《春秋》文本,可以说是大同小异。异的地方主要有以下几点：一是公羊氏本和穀梁氏本都记载了孔子的生日,而左氏本则记载了孔子的卒日;二是公羊氏本和穀梁氏本止于鲁哀公十四年(前481),而左氏本则止于鲁哀公十六年(前479)。其他的不同之处还有一些。《春秋》本为鲁国旧史,当初应藏于宫廷书库,后来流传于民间。在流传过程中,不免会产生异同,甚或各有佚失。三种传授本的异同,或即由此产生。

以上三家，除了传授《春秋》文本以外，还曾对《春秋》作了解释。解释文字形成为另一套文本，传统的说法就是"传"。所以，《春秋》有了三种文本，也就有了三种解释本，相应地称为《左传》、《公羊传》、《穀梁传》。与此同时，《春秋》的本文便被称为"经"。早先"经"自"经"，"传"自"传"，所以在班固的《汉书·艺文志》里，列有"《春秋古经》十二篇"，又列有"《左氏传》三十卷"（公羊氏和穀梁氏则"经"、"传"各为十一卷）。①

　　"传"是解释"经"的，但是在对《春秋》的解释方面，《左传》却与《公羊传》和《穀梁传》迥然不同。《公羊传》和《穀梁传》可以说是字面意义上的"解释"，也就是以"阐发"（或"附会"）《春秋》的"微言大义"为主；而《左传》则虽然也有"阐发"（或"附会"）《春

---

① 关于《春秋》与《左传》的关系，其实历史上有各种说法。一是二书互不相干说。如清代刘逢禄认为："曰《左氏春秋》，与《铎氏》、《虞氏》、《吕氏》并列，则非传《春秋》也。故曰《左氏春秋》，旧名也；曰《春秋左氏传》，则刘歆所改也。"（《左氏春秋考证》卷下）近人朱东润承之，认为《左传》从其原名《左氏春秋》来看，最早应是"和《鲁春秋》并行的历史记载"，而并不是对《鲁春秋》的解释（《左传选前言》，收入《中国文学论集》，北京，中华书局，1983年，第189页）。不过洪业不同意此说，认为："司马迁称其书曰《左氏春秋》，非谓其书若《吕氏春秋》之属，与解经全无关系者也。迁称《穀梁传》为《穀梁春秋》，故知不可以《吕氏春秋》例之。"（《春秋经传引得序》，收入《洪业论学集》，北京，中华书局，1981年，第269页）二是二书虽相干，却各自独立说。如晋代王接认为："《左氏》辞义赡富，自是一家书，不主为《经》发。"（《晋书》卷五一《王接传》）宋代黄震也认为："左氏虽依《经》作《传》，实则自为一书，甚至全年不及经文一字者有之，焉在其为释经哉？"（《黄氏日抄》卷三一《读春秋左氏传》）宋代陈傅良于此有不同意见："《左氏》本依《经》为《传》，纵横上下，旁行溢出，无非解剥《经》谊，而非自为书。"（《止斋集》卷三六《答薛子长》其三）三是《左传》为鲁旧史说。如明代邵宝认为："圣人因鲁史而修《春秋》，不以《春秋》而废鲁史，《春秋》行，则鲁史从之矣。然则鲁史安在？今之《左传》是也。何以谓之《传》？《传》以附《经》，'左氏'盖修饰之。"（《简端录》卷九《春秋》）

秋》义例的文字，却主要是以详尽的历史记载来说明、补充乃至纠正《春秋》(故今文经学家攻击《左传》"不传《春秋》")。换言之，《左传》是以详尽的历史记载，来"解释"《春秋》的那些过于简略的历史记载。两者合看，《春秋》宛如历史记载的标题，而《左传》才是历史记载本身。这诚如桓谭所云："左氏《经》之于《传》，犹衣之表里，相持而成。《经》而无《传》，使圣人闭门思之，十年不能知也。"(《太平御览》卷六一〇引桓谭《新论》)又如叶适所云："读《春秋》者，不可以无《左氏》。二百五十五年，明若划一，无讹缺者，舍而他求，焦心苦思，多见其好异也……故征于《左氏》，所以言《春秋》也。"(《习学记言序目》卷九《春秋》)从二者字数的对比，也可想见其差异：《春秋》字数约一万八千(时代较早的统计)，而《左传》字数则是十八万，是《春秋》的整整十倍！所以，从性质上来说，《公羊传》和《穀梁传》都属于经学史或思想史范畴；而《左传》则除了经学史以外，还属于史学史范畴，而且因了其叙事的生动和文字的优美，它还属于文学史范畴。两相比较，《左传》独具史学与文学价值，在史学史和文学史上的地位，为《公羊传》和《穀梁传》所无。所以，虽然在汉代，《公羊传》和《穀梁传》曾一度为"显学"(在汉代它们都被"立于学官"，即为官方承认的学术门类)，但到了魏晋以后，《左传》的地位已远非《公羊传》和《穀梁传》所能企及。

不过，人们对《左传》的作者和产生时代却不甚了了，直到现在也还是众说纷纭，莫衷一是。本文便拟综合前贤的各种论述，对有关问题稍作勾勒和介绍。

二、《左传》的作者一：左丘明所作说

较早提出这种观点的，有司马迁，其在《史记·十二诸侯年

表序》中说：

> 鲁君子左丘明惧弟子人人异端，各安其意，失其真，故因孔子史记(《春秋》)具论其语，成《左氏春秋》。

早于司马迁的严彭祖的《严氏春秋》引西汉本《孔子家语·观周篇》(杜预《春秋左氏经传集解序》孔颖达正义引沈氏说所引)也说：

> 孔子将修《春秋》，与左丘明乘如周，观书于周史，归而修《春秋》之《经》，丘明为之《传》，共为表里。

二说都认为孔子"修"《春秋》，左丘明作《左传》，只不过前说认为经传有先后，后说认为经传约略同时。《论语·公冶长》曾提到左丘明其人：

> 子曰："巧言、令色、足恭，左丘明耻之，丘亦耻之；匿怨而友其人，左丘明耻之，丘亦耻之。"

看来，严彭祖和司马迁所说的左丘明，就是这个《论语》中提到过的左丘明了。他是孔子的同国人，大概也在孔子的朋友之列。生年或在孔子之前，但卒年似应在孔子之后(不然左氏本《春秋》就无法记载哀公十六年"夏四月己丑，孔丘卒"了)。

严彭祖和司马迁的这种观点，是汉魏六朝间的流行看法，也为后来的许多学者所接受，成为一种影响较大的成说。这种成说内部若是有所争议，也大都只是围绕着左丘明与孔子的时代先后、左丘明到底姓"左"还是姓"左丘"甚或姓"丘"等枝节问题来展开的，而对于《左传》为左丘明所作说则大都无甚异议。其中主张左丘明与孔子同时代的，有上述的严彭祖和司马迁；主张左丘明时代后于孔子，甚至认为左丘明是孔子弟子的(这是为了要在当时的环境中抬高《左传》的地位，正如唐宋人为了贬低《左传》而认为左丘明时代早于孔子,所以不可能作《左传》一样),有晋代的杜预(见其《春秋左氏经传集解序》)、荀崧(见《晋书·荀崧传》引其上疏)等。另外,主张左丘明复姓"左丘"的,有清代的朱彝尊(见其《经义考》卷一六九)等;主张左丘明单姓"左"的,有唐代的孔颖达(见其《春秋左氏经传集解序》正义)等;主张左丘明单姓"丘",而"左"为其"左史"官职之称的,有清代的俞正燮(见其《癸巳类稿》卷七《左丘明子孙姓氏论》[①],其说或受宋末家铉翁的启发)等。而总起来说,此说的核心,便是将《左传》视为出于孔门的儒家经典之一来肯定和尊重。

三、《左传》的作者二:非左丘明所作说——无名左氏所作说

《左传》为左丘明所作说,主要产生于《左传》流传的早期,汉代学者持之甚力。但是到了唐宋时期,却有不少学者出来,对此说提出了疑问,并提出了《左传》非左丘明所作说。他们所持的理由各不相同,但怀疑左丘明的著作权则是一致的。而此举背后的动机,则是为了贬低《左传》其书。清代俞正燮《癸巳类稿》卷二《左丘明作左传论》曾归纳其观点云:

> 古人毁《左传》者有矣;谓《左传》非丘明作者,则自唐以后……自唐啖助、赵匡、陆淳以私心测圣,反谓《论语》左丘明如老彭、伯夷之属,为古之闻人;或以文论之,谓《左氏》浮夸;后人因疑《左传》至悼四年,《国语》事远出孔子后,疑丘

[①] "左丘明"原作"左邱明",后者实为清世宗雍正三年(1725)下令避孔丘讳而产生的"怪胎",本书遇此情况,全部回改为"左丘明",而不再一一注明。

明之年……又谓丘明恶巧言,必不作《左传》;又言为《经》作《传》,何得不在弟子之列?

《四库全书总目》卷二六经部春秋类《春秋左传正义》提要,则概述了此说的代表性人物和观点:

> 自刘向、刘歆、桓谭、班固,皆以《春秋传》出左丘明,左丘明受经于孔子。魏晋以来儒者,更无异议。至唐赵匡,始谓左氏非丘明。盖欲攻《传》之不合《经》,必先攻作《传》之人非受《经》于孔子(毅平按:赵匡尝云:"啖氏依旧说,以左氏为丘明,受《经》于仲尼。今观《左氏》解《经》,浅于《公》、《穀》,诬谬实繁。若丘明才实过人,岂宜若此?"见陆淳纂《春秋集传纂例》卷一《赵氏损益义第五》,即此之谓也),与王柏欲攻《毛诗》,先攻《毛诗》不传于子夏,其智一也。宋元诸儒,相继并起。王安石有《春秋解》一卷(毅平按:应为《左氏解》),证左氏非丘明者十一事,陈振孙《书录解题》谓出依托。今未见其书,不知十一事者何据? 其余辨论,惟朱子谓"虞不腊矣"为秦人之语,叶梦得谓"纪事终于智伯,当为六国时人",似为近理。

大概言之,唐代啖助,尚未怀疑左氏即是左丘明,受经于孔子,但已怀疑左丘明作《左传》之说。陆淳《春秋集传纂例》卷一《三传得失议第二》引其说云:

> 三传之义,本皆口传;后之学者,乃著竹帛,而以祖师之目题之。予观《左氏传》,自周、晋、齐、宋、楚、郑等国之事最详……左氏得此数国之史,以授门人,义则口传,未形竹帛;后代学者,乃演而通之,总而合之,编次年月,以为传记。又广采当时文籍,故兼与子产、晏子及诸国卿佐家传,并卜书、梦书及杂占书、纵横家、小说、讽谏等杂在其中,故叙事虽多,释意殊少,是非交错,混然难证。其大略皆是左氏旧意,

故比余传,其功最高。

是其认为,左丘明实口授数国之史,却并未作《左传》;作《左传》者乃其后学,而题以祖师之名。至赵匡则认为,《论语》中的左丘明早于孔子,并非是作《左传》之左氏;把《左传》归入左丘明的名下,乃是司马迁和刘歆的失察谬见。同上书《赵氏损益义第五》引其说云:

> 且夫子自比,皆引往人,故曰:"窃比于我老彭。"又说伯夷等六人,云:"我则异于是。"并非同时人也。丘明者,盖夫子以前贤人,如史佚、迟任之流,见称于当时耳。焚书之后,莫得详知,学者各信胸臆,见《传》及《国语》俱题"左氏",遂引丘明为其人。此事既无明文,唯司马迁云:"丘明丧明,厥有《国语》。"刘歆以为《春秋左氏传》是丘明所为。且迁好奇多谬,故其书多为《淮南》所驳。刘歆则以私意所好,编之《七略》,班固因而不革,后世遂以为真,所谓传虚袭误,往而不返者也……自古岂止有一丘明姓左乎?何乃见题"左氏",悉称丘明?

宋代叶梦得则承赵匡之说,而进一步论证之。且提出《左传》作者左氏,乃鲁之世袭史官之一,为战国周秦之间人,因为《左传》所载史事,后于《春秋》以后甚久。其《春秋考》卷三《统论》云:

> 左氏,鲁之史官,而世其职,或其子孙也。古者以左史书言,右史书动,故因官以命氏。《传》初但记其为"左氏"而已,不言为丘明也……以左氏为丘明,自司马迁失之也。唐赵氏虽疑之,而不能必其说。今考其书,杂见秦孝公以后事甚多。以予观之,殆战国周秦之间人无疑也……汉初诸儒,大抵皆云"《左氏》不传《春秋》",虽力为之主者,亦无所附会,故不得已而托之丘明以为重。

叶梦得从《左传》记载史事的后于《春秋》甚久,官制、语言的古今变迁,预言的应验与否等,论证《左传》不可能为孔子同时代人左丘明所作。程颐、刘敞等人又实先之。《二程外书》卷十一引程子说云:"《左传》非丘明作。'虞不腊矣'并'庶长',皆秦官秦语。"从制度、语言来论证《左传》为战国时人所作。朱熹《晦庵集》卷七四《策问》云:"近世刘侍读敞又以《论语》考之,谓丘明自夫子前人,作《春秋内外传》者乃左氏,非丘明也。"以《论语》来论证《左传》非左丘明所作。托名王安石的《左氏解》,"证左氏非丘明者十一事"(《四库全书总目》之《春秋左传正义》提要),"专辨左氏为六国时人,其明验十有一事。题王安石撰,实非也"(陈振孙《直斋书录解题》卷三经部春秋类《左氏解》提要),无论其是否出于依托,要可见此乃宋人的流行看法。朱熹也说:"《左传》是后来人做。为见陈氏有齐,所以言'八世之后,莫之与京';见三家分晋,所以言'公侯子孙,必复其始'。"又说:"《左传》自是左姓人作","左氏必不解是丘明",因为丘明"如圣人所称,煞是正直底人;如《左传》之文,自有纵横意思",又因为"秦始有腊祭,而《左氏》谓'虞不腊矣',是秦时文字分明"。又说:"或云左氏是楚左史倚相之后,故载楚事较详。"(均见《朱子语类》卷八三"春秋·纲领")"或问:左氏果丘明否?曰:左氏叙至韩魏赵杀智伯事,去孔子六七十年,决非丘明。"(《朱子语类》卷八三"春秋·经")从史事、预言、文辞和语言等方面否定左丘明作《左传》说。陈振孙认为:"(《春秋左氏传》)自昔相传以为左丘明撰……故疑非孔子所称左丘明,别是一人为史官者。"(陈振孙《直斋书录解题》卷三经部春秋类《春秋左氏传》提要)黄震认为:"考其岁月,《春秋传》以谥载赵襄子,已非出于孔子所称之丘明。"(《黄氏日抄》卷五二《读杂史》二"《国语》"条)旧题郑樵撰《六经奥论》亦举史事、官制、制度、文辞等八事,以证左氏为六国时楚人,而非《论语》中之左丘明(卷四《左氏非丘明辨》)。元代学者亦多从唐宋人之说,如程端学云:"二传(《左氏传》、《外传》)或谓楚左史倚相后者,近是;谓左丘明者,非也。"(《春秋本义》卷首《春秋传名氏》)

唐宋人此说,后不见容于清人,并出现修正之说(详下文;唯崔述《洙泗考信余录》卷三云:"《左传》终于智伯之亡,系以悼公之谥,上距孔子之卒已数十年,而所称书法不合经意者,亦往往有之,必非亲炙于孔子者明甚,不得以《论语》之左丘明当之也。"尚取唐宋人之说);但在现代,却得不少学者赞同,大有复振之势。不过,现代学者所持论据大抵更为科学合理,同时也扬弃了以前那种藉此来贬低《左传》的态度。其中持此说之较力者为杨伯峻,其《春秋左传注前言》云:

> 无论左丘明的姓氏如何,无论左丘明是孔丘以前人或同时人,但《左传》作者不可能是《论语》中的左丘明……不但不是《论语》的左丘明,也没有另一位左丘明(有一说如此),因为《汉书·古今人表》以及其他任何史料都没有提到第二位左丘明……《左传》采取很多原始资料……《左传》作者安排改写这些史料,有始有终,从惠公生隐公和桓公至智伯之灭,首尾毕具,风格一致。其人可能受孔丘影响,但是儒家别派。《韩非子·显学篇》说:"故孔、墨之后,儒分为八,墨离为三。"孔丘不讲"怪、力、乱、神",《左传》作者至少没有排斥"怪、力、乱、神",所以我认为是儒家别派。他的改编史料,正和司马光写《资治通鉴》一样……《左传》作者虽然取材也多,但仅二百五十五年,全书除《春秋经》外,不过十八万字左右。纵使当时写作条件艰难,也不如司马光有皇帝支持,公家供给,而未始不可以一人成书。①

---

① 杨伯峻《春秋左传注》,北京,中华书局,1981年,《前言》第34—36页。

其说以为《左传》系一人一时之作，但不取左丘明所作说；又认为作者虽非圣人之党，却并不因此减低《左传》的价值。所说似较为融通。

四、《左传》的作者三：左丘明及子孙或门弟子递作说——吴起为作者之一说

因为《左传》记事止于鲁哀公二十七年（前468），比《春秋》记事截止期迟了十三或十一年，又因为《左传》此后还有前453年智伯被灭等事，更迟于孔子去世（前479）后甚久，还因为其他许许多多扞格难通之处，所以唐宋间出现了《左传》非左丘明所作说，否定了孔子同时代人左丘明的著作权。不过，相信汉人之说、尤其是推重《左传》同为儒家经典的学者（如姚鼐《惜抱轩文集》卷三《左传补注序》云，"彼儒者亲承孔子学"；汪中《述学》内篇二《左氏春秋释疑》云："《左氏春秋》，典策之遗，本乎周公；笔削之意，依乎孔子。圣人之道，莫备于周公、孔子；明周公、孔子之道，莫若《左氏春秋》。学者其何疑焉。"皆是此意），却不愿意接受唐宋人的看法，排除左丘明与《左传》的关系。但唐宋人所提出的史事先后等等证据又不容忽视，于是遂有左丘明及子孙或门弟子递作《左传》说出现，以对作者年代与史事年代之矛盾作一调停。

持此说者以清以后人为多。不过，唐代的啖助，宋末的家铉翁，已开启先河。啖助说已见前引；家铉翁的《春秋集传详说·纲领》云：

左氏者，愚意其世为史官。与圣人同时者丘明也，其后为《春秋》作《传》者，丘明之子孙或其门弟子。

受时代学术空气的影响,啖助、家铉翁也无法认同左丘明作《左传》说,但他们又不忍心让《左传》与左丘明完全脱离关系,所以提出了《左传》作者为"丘明之子孙或其门弟子"的调停说法。

啖助、家铉翁以后,元代的赵汸又提出"续作说"(实祖述其师黄泽说),其《春秋师说》卷上《论三传得失》云:

> 故窃独妄意从杜元凯之说,以为左氏是当时史官,笃信圣人者,虽识见常不及,然圣贤大分亦多如此。左氏是史官曾及孔氏之门者。古人是竹书简帙重大,其成此传,是阅多少文字,非史官,不能得如此之详,非及孔氏之门,则信圣人不能如此之笃……公羊氏五世传《春秋》,若然,则左氏是史官,又当是世史,其末年传文,亦当是子孙所续,故通谓之《左氏传》,理或当然。

此说既巧妙地弥缝了左丘明年代与史事年代间的矛盾,又恢复了左丘明作为《左传》作者的身份,为后来清代的许多学者所接受。

清代学者从赵汸那儿接过了"续作说",进一步把它改造成为"递作说",既把主要著作权归还给了左丘明,又让左丘明放弃一小部分著作权,以恢复汉魏人的旧说,又超越唐宋人的新说。如清初顾炎武即认为:"《左氏》之书,成之者非一人,录之者非一世。""《左氏传》,采列国之史而作者也……其不出于一人明矣。"(《日知录》卷四"春秋阙疑之书"条)姚鼐则更是凿凿其言,其《左传补注序》云:

> 《左氏》之书,非出一人所成。自左氏丘明作《传》以授曾申,申传吴起,起传其子期,期传楚人铎椒,椒传赵人虞卿,虞卿传荀卿:盖后人屡有附益,其为丘明说《经》之旧及为后所益者,今不知孰为多寡矣。余考其书,于魏氏事造饰尤甚,窃以为吴起为之者盖尤多……彼儒者亲承孔子学,以

授其徒,言亦约耳,乌知后人增饰若是之多也哉!

其中《左传》的传授谱系并非姚鼐的发明,而是承自唐代陆德明的《经典释文序录》的;陆德明则又是承自汉代刘向的《别录》的(杜预《春秋左氏经传集解序》孔颖达正义引。唐代赵匡尝以此传授谱系为伪作妄记,语见陆淳《春秋集传纂例》卷一《赵氏损益义第五》;宋代叶梦得亦承赵匡之说而极言其妄,语见《春秋考》卷三《统论》)。只不过姚鼐把传授的谱系改换成了"递作"的谱系,以此来解决左丘明年代与《左传》史事年代间的矛盾,立说不可谓不巧妙。

此说在清代较为流行,所持者不仅为姚鼐。如俞正燮《癸巳类稿》卷二《左丘明作左传论》,也一边驳斥唐宋人之说,一边以"递作说"调停之:

> 后人因疑《左传》至悼四年,《国语》事远出孔子后,疑丘明之年。不悟传书附益,古多有之;丘明可续《经》,曾申、吴起何不可续《传》?

又如《四库全书总目》之《春秋左传正义》提要,明书"周左丘明传",并以"递作说"补充之:

> 《经》止获麟,而弟子续至孔子卒;《传》载智伯之亡,殆亦后人所续。《史记·司马相如传》中有扬雄之语,不能执是一事,指司马迁为后汉人也。则载及智伯之说,不足疑也。今仍定为左丘明作,以祛众惑。

盖《左传》早已被定为儒家经典,其地位在清代更为稳固,维护左丘明的著作权,维护其与孔子的关系,也就是维护《左传》的地位。这正如唐宋人之否定左丘明的著作权,其背后也潜藏有贬低《左传》的动机一样。

不过至近代以后,"递作说"的此种动机渐被淡化,而探寻递作者的作用,尤其是吴起的作用,占了上风。如章太炎早期作《春秋左传读》,便受姚鼐、俞正燮等说的启发,进一步落实吴起与《左传》的关系,并找出了地理方面的证据(不过,章氏只认为吴起传《左传》之学,不认为他递作《左传》,此是其不同于姚鼐等人之处):

> 《韩非·外储说右上》曰:"吴起,卫左氏中人也。"左氏者,卫邑名。《内储说上》曰:"卫嗣君之时,有胥靡逃之魏,因为襄王之后治病。卫嗣君闻之,使人请以五十金买之。五反而魏王不予,乃以左氏易之。"注:"左氏,都邑名也。"《左氏春秋》者,固以左公名,或亦因吴起传其学,故名曰《左氏春秋》。(卷一《隐公篇》"丘明"条)

现代学者中承袭此说、兼收并蓄且踵事增华者,有郭沫若(见其《述吴起》)[1]、童书业(见其《春秋左传考证后记》、《春秋左传作者推测》[2])等人,他们都认为《左传》非一人一代所为,而吴起所起之作用最著。朱东润则虽不确认吴起所作说,但较为同情此说,认为《左传》是"战国初期魏人的作品"(见其《左传选前言》[3])。随着吴起分量的加重,由清人主倡的"递作说",渐渐地背离了清人的初衷,反而向否定左丘明所作说方向发展,与唐宋人之说有点殊途同归了。

五、《左传》的作者四:刘歆割裂《国语》伪造《左传》说

在汉代的今古文经学之争中,刘歆曾竭力为《左传》说话,想

---

[1] 收入《青铜时代》,北京,人民出版社,1954年。
[2] 均收入《春秋左传研究》,上海,上海人民出版社,1980年。
[3] 收入《中国文学论集》,第190页。

要将《左传》立于学官,但是遭到了《公羊传》和《穀梁传》两家的反对。反对的潜在动机是维护既得利益,但表面理由是"《左氏》不传《春秋》"——即《左传》不是《春秋》的解释本,与《春秋》没有什么关系。这一争论后来随着《左传》地位的确立而消解。但是即使在唐宋时期,学者们也仍有不少轻视《左传》的。上述第二说否定左丘明的著作权,其潜在动机即是为了贬低《左传》其书。他们上承汉代今文学派的观点,又下启晚清今文学派的新说。后来到了晚清以后,今文学派学者又重燃战火,要从根本上否定《左传》这部书。其代表人物是刘逢禄、廖平、康有为、崔适等人,其后疑古学派的钱玄同等人又继之。这派的观点虽然在《左传》学史上出现较晚,且不占主流,但影响却很大,波及面也甚广。

此说之较早提出者为刘逢禄,其《左氏春秋考证》认为,《左传》本名为《左氏春秋》,如《晏子春秋》、《吕氏春秋》,是一部独立的史学著作,体例与《国语》相似。后来刘歆为倡古文经学,而对之多所附益改窜,又以之为《春秋》解释本之一。至东汉以后以讹传讹,而被改称为《春秋左氏传》,遂迷失其原始面貌和性质。再经杜预将之与《春秋》合并,遂由大国转而为附庸。

廖平经学数变,早期著《今古学考》,曾从刘逢禄之说;复认为"《左传》晚出","全祖《国语》"(宋代叶适《习学记言序目》卷十二《国语》"总论"条云:"《左氏》虽有全用《国语》文字者,然所采次仅十一而已。至《齐语》不复用,《吴》、《越语》则采用绝少,盖徒空文,非事实也。《左氏》合诸国记载成一家之言,工拙烦简自应若此,惜他书不存,无以遍观也。"或为廖平之启发者)。

康有为《新学伪经考》继承刘逢禄、廖平(早期)的观点,而又变本加厉。刘逢禄怀疑《左传》的原始性质,怀疑刘歆多所附益窜乱,廖平(早期)认为《左传》全祖《国语》,但尚不怀疑其是左氏所作,而左氏为先秦六国时人;康有为则认为左丘明实作《国语》,未作《左传》,《左传》乃是刘歆从《国语》中分出之"伪书",以与《公羊传》和《穀梁传》相抗衡,所谓"《左传》从《国语》分出,又何疑焉"(《史记经说足证伪经考第二》"《太史公自序》"条)是也。

崔适《史记探源》、《春秋复始》接受康有为之说,而以各种证据证明之。如《史记探源》卷一《序证》"春秋古文"条云:"刘歆破散《国语》,并自造诞妄之辞与释经之语,编入《春秋》逐年之下,托之出自中秘书,命曰《春秋古文》,亦曰《春秋左氏传》。"且举四证,并说:"此皆刘歆所改窜,故公孙禄劾其'颠倒五经,毁师法',班固曰'歆治《左氏传》,其《春秋》意已乖'也。"

现代疑古学派的钱玄同,曾师从崔适诸人,也继承了康有为一派的观点,且进一步加以论证。其《左氏春秋考证书后》、《重论经今古文学问题》等文,①都反复论证了《左传》从《国语》"瓜分"出来的痕迹,提供了二书本是一书的"强有力的证据"。

由于今文学派之说乃出于特殊的政治目的,而疑古学派的推测方法又过于大胆,所以现代学者大都难以接受《左传》出于《国语》的说法,也就是刘歆伪造《左传》的说法;但对于刘歆的附益改窜《左传》说,则接受者并不鲜见。比如郭沫若主张吴起作《左传》说,同时也承认"本来《春秋左氏传》是刘歆割裂古史搀杂己见而伪托的"(见其《述吴起》)②;又如朱东润并不同意《左传》出于《国语》之说,但也认为"刘氏的割裂窜乱,是公认的事实",而且同意从《左氏春秋》到《春秋左氏传》的易名(改变性质),也是经刘歆之手完成的(见其《左传选前言》③)。与此同时,有一

---

① 均载《古史辨》第五册上编,北平,朴社,1935年,下句引文见第68页。
② 收入《青铜时代》,第226页。
③ 收入《中国文学论集》,第194页。

个变化,恐怕却有违刘逢禄等人的初衷,即今文学派为重申"《左氏》不传《春秋》",而提出《左传》原名应为《左氏春秋》,其意本是为了贬低《左传》;但到了重视《左传》甚于《春秋》的现代学者那里,"不传《春秋》"的《左氏春秋》之名,反而成了证明《左传》原为独立大国的证据(参见朱东润《左传选前言》)。这又是学术史上常见的一个反讽佳例。

六、《左传》成书的时代

此问题与《左传》的作者问题密切相关。因为倘从《左传》为左丘明(《论语》中提及者)所作说,则《左传》的成书时代自应在孔子时,最晚也就稍后于孔子,也就是春秋之末;倘认为《左传》为战国时人所作,则"左氏"必不可能为左丘明(《论语》中提及者)。不过即使不考虑《左传》的作者问题,关于《左传》的成书时代,也还是有春秋末说与战国初说两种。

提倡左丘明所作说或递作说者自不待言,也有人从文风上论证《左传》应作于春秋末。如元代赵汸《春秋师说》卷上《论三传得失》即认为:

> 《左氏》乃是春秋时文字。或以为战国时文字者,非也。今考其文,自成一家,真春秋时文体。战国文字粗豪,贾谊、司马迁尚有余习,而《公羊》、《穀梁》则正是战国时文字耳。《左氏》固是后出,然文字丰润,颇带华艳,汉初亦所不尚,至刘歆始好之,其列于学官最后。大抵其文字近《礼记》,而最繁富耳……若以为左氏是战国时人,则文字全无战国意思。如战国书战伐之类,皆大与《左传》不同;如所谓"拔某城"、"下某邑"、"大破之"、"即急击"等字,皆《左传》所无;如"将军"字,亦只后来方一见,盖此时将军之称方著耳。

清代崔述亦从此说,其《洙泗考信余录》卷三认为:

> 战国之文恣横,而《左传》文平易简直,颇近《论语》及《戴记》之《曲礼》、《檀弓》诸篇,绝不类战国时文,何况于秦?襄、昭之际,文词繁芜,远过文、宣以前;而定、哀间反略,率多有事无词,哀公之末,事亦不备,此必定、哀之时纪载之书行于世者尚少故尔。然则作书之时,上距定、哀未远,亦不得以为战国后人也。

是皆从文风上认定《左传》作于春秋末期。

但同样是从文风方面着眼,不少学者却又认为,《左传》已是战国之文。如啖助认为,《左传》中杂有纵横家文(陆淳《春秋集传纂例》卷一《三传得失议第二》引)。朱熹认为:"《左传》之文,自有纵横意思……是秦时文字分明。"(《朱子语类》卷八三"春秋·纲领")旧题郑樵撰《六经奥论》主张"左氏乃六国人","《左氏》序吕相绝秦,声子说齐,其为雄辨徂诈,真游说之士捭阖之辞"(卷四《左氏非丘明辨》)。见仁见智,颇有出入。

除了文风以外,其他方面的情况显示,似以战国初说较为有力。宋代叶梦得、朱熹、陈振孙、托名郑樵者等人,已依据史事之先后、预言之验否、制度之沿革等,论证《左传》为战国时作品。瑞典汉学家高本汉从语言学入手,证明《左传》为战国初中期作品。其《左传真伪考》[①],先以《左传》与《论语》、《孟子》比较,证明《左传》非鲁人所作。然后,又以《左传》与《书经》、《诗经》、《礼记》、《大戴礼》、《庄子》、《国语》等书比较,观其文法上之同异,结果在周、秦和汉初书内,无与《左传》文法组织完全相同者,最接近者为《国语》。又与前三四世纪之书如《庄子》、《吕氏春秋》、

---

① 收入《左传真伪考及其他》,陆侃如译,上海,商务印书馆,1936年。

《战国策》、《荀子》、《韩非子》比较,以《左传》与此种前3世纪之文言大不同,可断定此书为前468年至前300年中间所作。卫聚贤《跋左传真伪考》则认为:"《左传》最迟(早)的一年是西元前四二五年,最早(迟)是西元前四〇三年;比高氏所断定的……缩短了一百四十六年。"①若此则亦为战国初期,时间则较为"精确"。胡适《左传真伪考的提要与批评》则根据"作者亲见三家分晋,与田和代齐",而认为"此书著作的年代又当移后,至早当在前四〇三年三晋为诸侯之后,或竟在(前)三八六年田和为诸侯之后",②以卫氏之说为失诸太前。童书业则根据生产技术、生产关系、政治制度、文化形态等"皆基本符合春秋时之情况,必有春秋史料之根据",推断"至少原作者离开春秋时代尚不远"(《春秋左传考证后记》);又根据《左传》"所为预言亦多应验于春秋末至战国前期",推断"本书当即在战国前期大体写定"(《春秋左传作者推测》),③虽未能缩小成书年代的时间范围,但所用方法则较为新颖。杨伯峻的《春秋左传注前言》,则主要沿用以《左传》中的预言是否灵验来测定《左传》成书年代的方法,枚举了几项"不灵验"的预言,考证了其所牵涉到的年代,然后得出了《左传》约成书于前403年至前386年之间的结论:

> 由于上文的论证,足以推测《左传》成书在公元前四〇三年魏斯为侯之后,周安王十三年(公元前)三八六年以前。离鲁哀公末年约六十多年到八十年。和崔述的论断相较,相距不远,只是具体得多。④

---

① 载高本汉《左传真伪考及其他》,陆侃如译,第125页。
② 载高本汉《左传真伪考及其他》,陆侃如译,第120页。
③ 二文均收入《春秋左传研究》,第287页,第352页。
④ 杨伯峻《春秋左传注》,《前言》第43页。

以上各家之说大致相同，唯具体时间则有粗密。倘此说可以成立，则《左传》不得为孔子同时代人左丘明所作，自不待言；但是否一定即与此时代相符的吴起所作，则也不能确证；惟一可知者为战国初期之作。①

七、《左传》在战国时的流传

《左传》在战国初期出现以后，以其准确的记事和生动的叙述，即获得了广大"士"阶层的欢迎，并以各种形式在社会上流传开来。有以之作历史教本的，有以之作军事教材的，有以之作故事读物的，有以之作治乱龟鉴的，有以之作卜筮案例的……有频繁征引之者，有节略抄撮之者……不一而足。到当时为止的历史上，这种形式的历史书，以《左传》为第一部。中国文字早熟，无需"史诗"，当时亦无"戏剧"或"小说"，中国人对"故事"的兴趣，从此书中初次得到巨大满足，所以它之成为"畅销书"，自属当然之事。

司马迁的《史记·十二诸侯年表序》，提到了两种《左传》的节略本：

> 铎椒为楚威王傅，为王不能尽观《春秋》，采取成败，卒四十章，为《铎氏微》。赵孝成王时，其相虞卿上采《春秋》，下观近势，亦著八篇，为《虞氏春秋》。

其中"《春秋》"实指《左传》。《铎氏微》与《虞氏春秋》，当为两种形式的《左传》节略本（后者尚有《左传》以后的内容），以供君主

---

① 也有认为是汉初张苍所作的，见洪业《春秋经传引得序》，收入《洪业论学集》，第 276—280 页。

或士大夫学习历史之用。而据汉代刘向的《别录》(杜预《春秋左氏经传集解序》孔颖达正义引)说,这两种节略本之间还有渊源关系:

> 铎椒作《抄撮》八卷,授虞卿;虞卿作《抄撮》九卷,授荀卿。

铎椒是楚威王时代人,约生活于前4世纪下半叶;虞卿比荀子早一辈,约生活于前3世纪上半叶。他们抄撮《左传》并代代相传,说明那时人是很喜欢《左传》的。①

除此之外,战国时出现的许多著作,如《庄子》、《荀子》、《韩非子》、《吕氏春秋》,以及《战国策》中的文章、李斯的文章等,大都对《左传》多有征引(见刘师培《左盦集》卷二《左氏不传春秋辨》、《周季诸子述左传考》)。这同样表明了战国人对于《左传》的喜爱。

八、《左传》在汉代的流传

先秦的很多典籍都毁于秦火或秦末大乱,不过《左传》受影响却似乎较小,这可能还得归功于人们对它的喜爱。从战国到秦汉,《左传》的流传似乎一直未曾中断。唐代陆德明《经典释文序录》描述其传授谱系云:

> 左丘明作《传》以授曾申,申传卫人吴起,起传其子期,期传楚人铎椒,椒传赵人虞卿,卿传同郡荀卿(名况),况传

---

① 《汉书·艺文志》著录《左氏微》二篇、《铎氏微》三篇、《张氏微》十篇、《虞氏微传》二篇,盖皆《左传》的节略本或抄撮本。唯《铎氏微》三篇与《抄撮》八卷之关系,《虞氏微传》二篇与《虞氏春秋》八篇、《抄撮》九卷之关系,尚不完全清楚。姑猜测其有关。

武威张苍,苍传洛阳贾谊,谊传至其孙嘉,嘉传赵人贯公,贯公传其少子长卿,长卿传京兆尹张敞及侍御史张禹。禹数为御史大夫萧望之言《左氏》,望之善之,荐禹,征待诏,未及问,会病死。禹传尹更始,更始传其子咸及翟方进、胡常。常授黎阳贾护,护授苍梧陈钦。《汉书·儒林传》云:"汉兴,北平侯张苍及梁太傅贾谊、京兆尹张敞、太中大夫刘公子皆修《春秋左氏传》。始,刘歆从尹咸及翟方进受《左氏》,由是言《左氏》者本之贾护、刘歆。"(毅平按:张苍以下传授谱系乃一本《汉书·儒林传》,应可信。)

这是一个相当完整的传授谱系,其中没有中断和缺失之处,学者称之为"民间传读本"系统。正因如此,所以汉代人对《左传》征引不断,与战国时期没有什么不同。杨伯峻《春秋左传注前言》云:

> 至于西汉,引用《左传》者不胜数,刘师培《左盦集》有《左氏学行于西汉考》,可惜引用并不完备。吴承仕《经典释文序录疏证》说:"盖当高帝之时,故汉廷谟诰,皆引其(《左传》)文。"可见《左传》自成书后一直有诵读引用者。
>
> 至于西汉,从汉高祖《赐韩王信书》用《左传》哀十六年语以至《淮南子》、贾谊《新书》,文帝作诏书(见《史记·文帝纪》二年),武帝制令(见《史记·三王世家》并《索隐》),司马迁作《史记》,征引《左传》更多。其后哀帝封册(见《汉书·王嘉传》)以至刘向作《说苑》、《新序》、《列女传》,都用《左传》故事。①

除了"民间传读本"以外,在西汉初的古籍"大发现"中,与《尚

---

① 杨伯峻《春秋左传注》,《前言》第51页,第39页。

书》和《逸礼》一起,还出现过一种"孔壁藏古文本"《左传》,构成了《左传》在汉代的另一个传授系统。刘歆《移让太常博士书》云:

> 及鲁恭王坏孔子宅,欲以为官,而得古文于坏壁之中,《逸礼》有三十九,《书》十六篇(天汉之后,孔安国献之,遭巫蛊仓卒之难,未及施行),及《春秋左氏》(丘明所修),皆古文旧书,多者二十余通,臧于秘府,伏而未发。(毅平按:读法据张心澂《伪书通考》[1]和杨伯峻《春秋左传注前言》[2]之说,而标点略有改动;文中括号内亦为原文。)

王充《论衡·案书篇》亦云:

> 《春秋左氏传》者,盖出孔子壁中。孝武皇帝时,鲁共王坏孔子教授堂以为官,得《佚春秋》三十篇,《左氏传》也。

此"孔壁藏古文本"《左传》后入藏皇家书库,如司马迁等学者都曾加以利用。《史记·吴太伯世家》云:"余读《春秋》古文,乃知中国之虞与荆蛮、句吴兄弟也。"表明司马迁曾利用过此"孔壁藏古文本"《左传》。杨伯峻《春秋左传注前言》云:

> 到刘向、刘歆整理古书时,在中秘书(意即皇家图书馆)发现这书,更加重视。刘向作《说苑》、《新序》和《列女传》,采用很多《左传》故事和文字,足为坚强的证据。刘歆尤其爱好《左传》,在《移让太常博士书》中可以看出。刘向父子和一家喜爱《左传》,见于马总《意林》所引桓谭《新论》:"刘子政、子骏,子骏兄弟子伯玉,俱是通人,尤重《左氏》,教授子孙,下至妇女,无不读诵。"王充《论衡·案书篇》也说:"刘子政玩弄《左氏》,童仆妻子皆呻吟之。"子政是向之字,子骏

---

[1] 上海,商务印书馆,1939年,第410页。
[2] 杨伯峻《春秋左传注》,《前言》第49页。

> 是歆之字。足见父子和其全家都熟读《左传》。自然,孔壁中的《左传》是用作者当时文字,所谓"古文"写的。刘氏全家要诵读它,不能不改写为汉代通行的隶书。这是《左传》孔壁本的下落……刘歆一方面得到孔壁本《左传》,又从尹咸和翟方进学习民间私传本《左传》,甚至两本并没有什么歧异,于是两种本子合为一了。①

可见刘氏父子于此本《左传》用力尤深,且汉代《左传》流传的两大系统,至他们手里遂合二而一,由此开启了《左传》流传的新局面。

然而,后出的《公羊传》和《穀梁传》在汉代都"立于学官",即成为官方所认可的学术门类,但是早出的《左传》却始终未能得到此种待遇,始终处于民间学术的境地,虽然代有学者(如刘歆、韩钦、陈元、贾逵等)为之而争,但始终没有什么结果(除了王莽当政的短时期以外)。

九、杜预《春秋左氏经传集解》的出现

在战国秦汉之间,《左传》与《春秋》是"传"自"传","经"自"经",各自单独流传的(但也有不同意见,见本文开头脚注)。后来到了西晋时,出了一个大学者杜预,对《春秋》和《左传》下了很大功夫,集此前各家注解之大成,著成了《春秋左氏经传集解》一书,成了《春秋》和《左传》流传史上的里程碑。在《春秋左氏经传集解》里,他首次将《春秋》与《左传》合在一起,"分《经》之年与《传》之年相附,比其义类,各随而解之"(《春秋左氏经传集解

---

① 杨伯峻《春秋左传注》,《前言》第50—52页。

序》),完成了《左传》流传史上的一大变革。我们今天所看到的《左传》,便是经杜预之手,与《春秋》合在一起的。《春秋左氏经传集解》为历代学者所重视,唐代修《五经正义》收入了此书,由孔颖达为之正义,成为此后通行的标准读本,进一步扩大了其影响。

不过,《春秋左氏经传集解》在扩大《左传》影响的同时,也在一定程度上改变了《左传》的原始面目。唐代权德舆即曾担心:"《左氏》有无《经》之《传》,杜氏又错《传》分《经》,诚多艳富,虑失根本。"(《权载之文集》卷四十《明经策问七道》)宋代刘安世因此建议:"读《左氏》者,当《经》自为《经》,《传》自为《传》,不可合而为一也,然后通矣。"(马永卿编《元城语录》卷中引)明末罗喻义也主张:"《左氏》原自为一书,后人分割附《经》……宜还其旧。"(朱彝尊《经义考》卷一六九引)朱东润《左传选前言》也说:

> 有一点必须提出的,就是我们对于《左传》全书或某篇全篇的结构,是无法给以全面的估计的。从原来的《左氏春秋》进而为刘歆的《春秋左氏传》,再进而为杜预的《春秋经传集解》,中间经过两次的转手。刘氏的割裂窜乱,是公认的事实;杜预自己说,曾经"分《经》之年与《传》之年相附",可见他也曾加以变动。经过两次转手以后,我们是无法看到原来结构的。马骕的《左传事纬》可算是一种《左氏春秋》还原的工作,但是这只是一种企图,不同的人会有不同的尝试,而每次尝试的结果,都不可能是完美的。①

刘歆是否"割裂窜乱"了《左传》,那是另外一个问题;但杜预的"分《经》之年与《传》之年相附",改变了《左传》的原始面目,则是

---

① 收入《中国文学论集》,第194页。

毋庸置疑的。这样造成的结果，是使上下文语气不连贯，或叙事有穿插断裂处，这是杜预此举所必然引致的结果。与马骕的《左传事纬》一样，今天的许多《左传》选本，都试图恢复《左传》的原貌，但是否成功就很难说了。当我们研读《左传》时，了解其上述变化过程，应该是非常重要的。

《国语》的作者与时代

一、《国语》的性质

中国古代有"左史记言,右史记事"(班固《汉书·艺文志》)的史官制度。《尚书》可以说是上古时代"记言"的产物,而《国语》则可以说是《尚书》的继承者,是《尚书》以后时代"记言"的产物。《四库全书总目》卷五一史部杂史类《国语》提要说,《国语》"实古左史之遗",可谓切中肯綮。它与"记事"的《春秋》、《左传》等一起,构成了同时代"记言"和"记事"的双翼。而且,与《尚书》的依王朝"记言"不同,《国语》是依诸侯国"记言"的,所以又成了中国的第一部"国别史",与主要记载诸侯国史事的《春秋》、《左传》等一起,彰显了中央史统散落于诸侯国的历史变迁的轨迹。

《国语》的内容涉及周、鲁、齐、晋、郑、楚、吴、越八国(周其时虽为中央王朝,但实已与诸侯国无大异),记事时间则上起周穆王,下至鲁悼公(约前1000年至前440年),时代上接《尚书》之后半,而下与《春秋》、《左传》相当。① 《国语》以记载各诸侯国有关史事的重要言论为主(其书名本身即昭示了这一性质),但也

---

① 宋代真德秀云:"上五事(征犬戎、监谤、专利、不藉千亩、立少),皆周宣王以前文章,不见于《书》,而幸见于《国语》,有志学古者其深味之。"(《文章正宗》卷四《仲山父谏立少》按语)

不是没有有关史事本身的详细记载。与《春秋》、《左传》的首尾条贯不同,《国语》并不是一部系统完整的历史著作,其中除《周语》所述历史事件较为连贯外,其余各国语只是重点记载了个别历史事件。这一特点倒是与《尚书》比较接近。各国史事的详略多寡也相去悬殊:其中《晋语》九卷,几占全书二十一卷之半;《周语》三卷;《鲁语》、《楚语》、《越语》各二卷;《齐语》、《郑语》、《吴语》各一卷。这种现象,恐怕与作者的身份、其所掌握的史料、其对史料的取舍等都有关系,但真正的原因我们已无从知晓。在这中间,《越语》、《吴语》集中描写了吴越争霸的历史,其篇幅、布局、完整性与戏剧性,都远过于此前史书中的任何一个片断,堪称中国史学中"纪事本末体"的发轫者,也可以说是中国文学中"史诗"式叙事文学的先驱和杰构,对后世的战争小说等也有着重要的影响。

不过,对于这样一部重要的史学与文学著作,关于其作者及确切的写作年代,我们同样已不甚了了。历史上曾有过各种说法,这里试作一简单的介绍。

二、左丘明作《国语》说——《左传》、《国语》同出一人说

此说的大致内容是:左丘明在作《左传》之余,利用剩下的零余史料,写成了《国语》,以补《左传》之不尽,并共同"辅佐"《春秋》。故《左传》又称"春秋内传",《国语》又称"春秋外传"。

现知此说之最早提出者,同样是司马迁(可能承自贾谊)。其《报任安书》、《史记·太史公自序》皆云:"左丘失明,厥有《国语》。"其《史记·十二诸侯年表序》云:"鲁君子左丘明惧弟子人人异端,各安其意,失其真,故因孔子史记(《春秋》)具论其语,成

《左氏春秋》(《左传》)。"可见他认为《左传》和《国语》都是左丘明一人所作。

至西汉后期的刘歆,则首创"内、外传"之说,即认为《左传》是"春秋内传",《国语》是"春秋外传"。《汉书·韦贤传》末附刘歆说云:"礼,去事有杀,故《春秋外传》曰:'日祭,月祀,时享,岁贡,终王。'"所引《春秋外传》语见《国语·周语上》。是为称《国语》为"春秋外传"之始见者(《四库全书总目》之《国语》提要称"《汉书·律历志》始称'春秋外传'",实误)。

至东汉前期的班固,则除认同司马迁之说及刘歆之称外,还落实了《左传》与《国语》的关系,其《汉书·司马迁传赞》云:"孔子因鲁史记而作《春秋》,而左丘明论辑其本事以为之《传》,又纂异同为《国语》。"是认为先有《左传》,后有《国语》;《左传》为主,《国语》为辅。《汉书·艺文志》著录二书,作者均作鲁太史左丘明。此外,其《汉书·律历志》引《国语》,都称"春秋外传"。

班固同时代的王充,也持有与班固相似的看法,其《论衡·案书篇》云:"《国语》,《左氏》之外传也。《左氏》传《经》,辞语尚略,故复选录《国语》之辞以实。"可见这是汉代人的流行看法。

此后,三国两晋间,王肃、虞翻、唐固、韦昭、孔晁等人注《国语》,都径以"春秋外传"名之(见《隋书·经籍志》)。韦昭在其《国语解叙》中,对此说作了进一步阐释:

> 昔孔子发愤于旧史,垂法于素王,左丘明因圣言以摅意,托王义以流藻,其渊原深大,沉懿雅丽,可谓命世之才,博物善作者也。其明识高远,雅思未尽,故复采录前世穆王以来,下讫鲁悼、智伯之诛,邦国成败,嘉言善语,阴阳律吕,天时人事逆顺之数,以为《国语》。其文不主于经,故号曰"外传",所以包罗天地,探测祸福,发起幽微,章表善恶者,

昭然甚明,实与经艺并陈,非特诸子之伦也。①

《左传·僖公十一年》孔颖达正义引孔晁说亦曰:

> 左丘明集其典雅令辞与经相发明者以为《春秋传》,其高论善言别为《国语》。凡《左传》、《国语》有事同而辞异者,以其详于《左传》而略于《国语》,详于《国语》而略于《左传》。

至唐代,刘知幾《史通·内篇·六家》之说亦同:

> 《国语》家者,其先亦出于左丘明。既为《春秋内传》,又稽其逸文,纂其别说,分周、鲁、齐、晋、郑、楚、吴、越八国事,起自周穆王,终于鲁悼公,别为《春秋外传国语》,合为二十一篇。其文以方《内传》,或重出而小异。然自古名儒贾逵、王肃、虞翻、韦曜之徒,并申以注释,治其章句。此亦六经之流,三传之亚也。

宋代学者亦多从此说。如刘恕《资治通鉴外纪序》认为:"《国语》亦左丘明所著,载《内传》遗事。"宋庠《国语补音原序》附和孔晁之说云:

> 其书并出丘明,自魏晋以后,书录所题,皆曰《春秋外传国语》。是则《左传》为内,《国语》为外,二书相辅,以成大业,凡事详于内者略于外,备于外者简于内。先儒孔晁亦以为然。

朱熹认为(《朱子语类》卷八三"春秋·纲领"):

> 《国语》与《左传》似出一手,然《国语》使人厌看。如齐、

---

① 刘熙《释名》卷六《释典艺》云:"《国语》……又曰《外传》,《春秋》以鲁为内,以诸国为外,外国所传之事也。"是关于"内传"、"外传"的另一种理解。

楚、吴、越诸处又精采;如纪周、鲁自是无可说,将虚文敷衍;如说藉田等处,令人厌看。左氏必不解是丘明……如《左传》之文,自有纵横意思。

虽然他感到《国语》和《左传》文风有差异,但还是认为二书"似出一手",只是他并不认为这"一手"是左丘明。这是一个变例。晁公武《郡斋读书志》卷三经部春秋类《春秋外传国语》提要则认为:

陆淳(毅平按:应为赵匡)谓:"(《国语》)与《左传》文体不伦,定非一人所为。"盖未必然。范宁云:"《左氏》艳而富。"韩愈云:"《左氏》浮夸。"今观此书,信乎其富艳且浮夸也,非左氏而谁?

从文风上也认定二书皆左丘明一人所为。陈造《江湖长翁集》卷三一《题国语》认为:

左丘明传纪诸国事既备矣,复为《国语》。二书之事,大同小异者多,或疑之。盖传在先秦古书,六经之亚也,纪史以释经,文婉而丽。《国语》要是传体。而其文壮,其事奇,毕萃于此,学者表表读之乃可。

明人也大都认为《左传》、《国语》皆左丘明所作。如朱彝尊《经义考》卷二百九引黄省曾说云:"昔左氏罗集国史实书以传《春秋》,其释丽之余,溢为《外传》。"引王维桢说云:"《左传》尊圣人之《经》者,而《国语》羽翼之。《春秋》素王,丘明素臣,千古不易之论也。"引王世贞说云:"昔孔子因鲁史以作《经》,而左氏翼《经》以立《传》,复作《外传》,以补所未备。"几乎是众口一词。

直到清代,学者尚多赞同这一看法。《四库全书总目》之《国

语》提要的说法,是这方面的代表:

> 《国语》出自何人,说者不一。然终以汉人所说为近古。所记之事,与《左传》俱迄智伯之亡,时代亦复相合。中有与《左传》未符者,犹《新序》、《说苑》同出刘向,而时复牴牾。盖古人著书,各据所见之旧文,疑以存疑,不似后人轻改也。

章太炎《春秋左氏疑义答问》卷一则认为,《国语》为左丘明晚年失明后所作,故《史记》关于二书写作背景的说法有所不同:

> 《国语》之成,更在耄期。故韦昭言:"雅思未尽,复为《国语》。"太史公于左氏成《春秋》不言失明,于其成《国语》则谓在失明后,是作书次第之可知者。

此外,此说在宋代曾出现一变体,即颠倒《左传》、《国语》出现的顺序,认为《国语》出现于《左传》之前,是左丘明为传《春秋》、采集列国之史而编成的史料长编,且左丘明是其编者而非撰者。首创此说者为司马光之父,司马光《温国文正公文集》卷六八《述国语》云:

> 先儒多怪左丘明既传《春秋》,又作《国语》,为之说者多矣,皆未通也。先君以为,丘明将传《春秋》,乃先采集列国之史,国别分之,取其菁英者为《春秋传》;而先所采集列国,因序事过详,不若《春秋传》之简直精明、浑厚遒峻也。又多驳杂不粹之文,诚由列国之史学有薄厚,才有浅深,不能醇一故也。不然,丘明作此复重之书何为邪?

马端临《文献通考》卷一八三引李焘说全袭之:

> 昔左丘明将传《春秋》,乃先采集列国之史,国别为语;旋猎其英华,作《春秋传》;而先所采集之语,草稿具存,时人共传习之,号曰《国语》,殆非丘明本志也。故其辞多枝叶,

不若内传之简直峻健,甚者驳杂不类,如出他手。盖由当时列国之史材有厚薄,学有浅深,故不能醇一耳。不然,丘明特为此重复之书何邪?先儒或谓《春秋传》先成,《国语》继作,误矣!惟本朝司马温公父子能识之。

盖是说虽亦认为二书文风不同(此为后世否定二书出于同一人说根据之一),但习于二书出于一人说,又不满于传统说法之牵强,故特创此写作顺序相反之新说,以调停文风上之矛盾耳。此说实受启发于唐代的赵匡,陆淳《春秋集传纂例》卷一《赵氏损益义第五》引其说云:

> 盖左氏广集诸国之史以释《春秋》,传成之后,盖其家子弟及门人见嘉谋事迹多不入《传》,或有虽入《传》而复不同,故各随国编之,而成此书,以广异闻尔。

惟赵匡认为二书非出一人之手,宋人认为二书同出一人之手。后来清代的赵翼也赞同宋人之说,《陔余丛考》卷二"《国语》非左丘明所撰"条云:

> 今以其书考之,乃是左氏采以作传之底本耳。古者列国皆有史官,记载时事。左氏作《春秋传》时,必博取各国之史以备考核。其于《春秋》事相涉者,既采以作传矣,其不相涉及,虽相涉而采取不尽,且本书自成片段者,则不忍竟弃,因删节而并存之,故其书与《左传》多有不画一者……可知《国语》本列国史书原文,左氏特料简而存之,非手撰也。魏晋之人以其多与《左传》相通,遂以为左氏所作耳。

此说虽认为《国语》非左丘明所"撰",但认为是其所"编",因而仍出其手,故与下述《左传》、《国语》非出一人说不同。此说或亦启清末疑古之先声(即康有为一派认为《左传》出于《国语》,乃刘歆所伪造之说)。惟姚际恒《古今伪书考》"《国语》条"引李焘上述之说后云:"此虽近是,然终属臆测耳。"

三、《左传》、《国语》非出一人说

不过从晋代开始,便有不少学者对《左传》、《国语》同出一人(左丘明)说提出了疑问。姚际恒《古今伪书考》"《国语》"条云:"傅玄、刘炫、啖助、陆淳,皆以为与《左氏》文体不伦。"《左传·哀公十三年》孔颖达正义引傅玄说云:"《国语》非丘明所作。凡有共说一事而二文不同,必《国语》虚而《左传》实。其言相反,不可强合也。"《左传·襄公二十六年》孔颖达正义云:"刘炫以为《国语》非丘明所作,为有此类往往与《左传》不同故也。"唐代陆淳《春秋集传纂例》卷一《赵氏损益义第五》引赵匡说云:"且《左传》、《国语》文体不伦,序事又多乖剌,定非一人所为也。"(此条晁公武《郡斋读书志》之《春秋外传国语》提要、朱彝尊《经义考》卷二百九等均误引作陆淳本人语)从文体上对《左传》、《国语》出于一人说提出了疑问。

宋代叶适《习学记言序目》卷十二《国语》"总论"条则认为,《左传》虽曾参考过《国语》,但二书却并非成于一人之手,而是本不相干的两种东西:

> 以《国语》、《左氏》二书参校,《左氏》虽有全用《国语》文字者,然所采次仅十一而已。至《齐语》不复用,《吴》、《越语》则采用绝少,盖徒空文,非事实也。《左氏》合诸国记载成一家之言,工拙烦简自应若此,惜他书不存,无以遍观也。而汉魏相传,乃以《左氏》、《国语》一人所为,《左氏》雅志未尽,故别著《外传》。余人为此语不足怪,若贾谊、司马迁、刘向不加订正,乃异事尔。

叶适关于《左传》曾参考过《国语》的说法，成为后来晚清今文学派和现代疑古学派"《左传》出于《国语》"说的先声，这是另外一回事；但他对于汉人的批评，则是相当明确的。又，王应麟《困学纪闻》卷六引叶梦得说，兼从姓氏不同论之："古有左氏、左丘氏，太史公称'左丘失明，厥有《国语》'，今《春秋传》作左氏，而《国语》为左丘氏，则不得为一家；文体亦自不同。其非一家书，明甚。"黄震《黄氏日抄》卷五二《读杂史》二"《国语》"条，则以史事时代不合，证《国语》亦非左丘明所作："今《国语》避汉讳，谓鲁庄严公，又果左丘明之作否耶？"

宋代的陈振孙（包括叶梦得）、清代的崔述等人，则都祖述唐代赵匡的观点，认为《国语》与《左传》文体不类，故非出一人之手。陈振孙《直斋书录解题》卷三经部春秋类《国语》提要云："今考二书虽相出入，而事辞或多异同，文体亦不类，意必非出一人之手也……唐啖助亦尝辨之。"崔述《洙泗考信余录》卷三则云："《左传》之文，年月井井，事多实录；而《国语》荒唐诬妄，自相矛盾者甚多。《左传》纪事简洁，措词亦多体要；而《国语》文词支蔓，冗弱无骨，断不出于一人之手明甚……黑白迥殊，云泥远隔，而世以为一人所作，亦已异矣。"

清代的阎若璩，则从地理学角度，疑心二书非出一人之手。其《尚书古文疏证》卷六上第八五条云：

> 地理之学，为从来作书与注书者所难。予尝谓作《国语》之人便不如左氏，何况其他？或者怪其说，予曰：《左氏》昭十一年传："楚子城陈、蔡、不羹。"杜注云："襄城县东南有不羹城，定陵西北有不羹亭。"十二年传："今我大城陈、蔡、不羹。对曰：是四国者，专足畏也。"杜注云："四国：陈、蔡、二不羹。"予考之《汉地理志》，颍川郡有东不羹，在定陵，有西不羹，在襄城，恰列为二，杜氏之言盖是也。作《国

语》者不通地理,认不羹为一,谓之城三国;规杜过者亦不通地理,谓四乃三之讹……以知左氏之作,杜氏之注,皆精于地理如此。或曰:《国语》与《左氏》竟出二人手乎?予曰:先儒以其叙事互异,疑非一人。予亦偶因不羹事,颇有取其说云。

其所谓"疑非一人"的"先儒",盖即上述唐宋诸学者也。姚鼐《惜抱轩文集》卷五《辨郑语》,则以左丘明君子,不取造饰之词,来否定《国语》亦为左丘明所撰:

> 太史公曰:"左丘失明,厥有《国语》。"吾谓不然……造饰之词,忘其时之不合,以丘明君子,必不取也。

至现代学者,则转从史事记载疏密等,来鉴定《左传》与《国语》非出一人之手。杨伯峻《春秋左传注前言》云:

> 《左传》虽然在旧的分类中列为经书,《国语》却列为杂史。若从两书体例分类,《左传》应属于编年史,《国语》应属于国别史。其不同于其他国别史的,一是言多事少;二是各国史实互相间很不相称……不但《郑语》内容与《左传》无关,即郑国大政治家、外交家子产,《郑语》亦无所记载,难道《左传》作者竟对郑事,不别"纂异同"么?

> 《左传》很少记载越事,可能《左传》作者离越国很远,看不到越国史料。今存《越语》上下二卷,都叙越王勾践和范蠡、大夫种谋报吴仇事。二篇文风又大不相同。《越语下》专叙范蠡,又多排体韵文。越灭吴,据《左传》,在哀公二十二年。《史记·六国年表》与《左传》同。而据《越语》下,越灭吴在鲁哀十年(依王引之《经义述闻》说),相差十二年。《左传》作者既把越灭吴事详尽地编纂于《国语》中,为何不用其灭吴年代?更为何连大夫种(或文种)、范蠡一字不提?

《周语》有三卷,自周穆王征犬戎至苌弘被杀。苌弘被杀在鲁哀公三年。其他关于春秋时期史事,几乎都不合于《左传》。尤其是《齐语》一卷,完全叙齐桓公事,也和《左传》不相同。而《鲁语》二卷,《晋语》九卷,偏偏又多和《左传》重复。只是《左传》言简意赅,《国语》啰苏芜秽,使人读他产生厌倦。《左传》作者为什么既不去其重复,又不采其异闻,使自己的两种著作起互相配合的作用呢?①

洪业《春秋经传引得序》则有取于宋代叶适之说,论证"《左传》著者不仅以《国语》为其重要史料,抑且其行文之法,亦多受《国语》之影响者也。"②

四、《国语》亦非出一人说

　　清代崔述的《洙泗考信余录》卷三,根据《国语》各篇文风的差异,指出《国语》亦非出自一人之手:

　　　　且《国语》周、鲁多平衍,晋、楚多尖颖,吴、越多恣放,即《国语》亦非一人之所为也。

而早在唐代,赵匡即提出过类似的观点,不过他认为《国语》是出于"左氏"(非汉人所谓"左丘明")门人弟子之手。陆淳《春秋集传纂例》卷一《赵氏损益义第五》引其说云:

　　　　盖左氏广集诸国之史以释《春秋》,传成之后,盖其家子弟及门人见嘉谋事迹多不入《传》,或有虽入《传》而复不同,故各随国编之,而成此书,以广异闻尔。

---

① 杨伯峻《春秋左传注》,北京,中华书局,1981年,《前言》第46—47页。
② 收入《洪业论学集》,北京,中华书局,1981年,第273—274页。

赵匡不认为"左氏"是《论语》中提到的"左丘明",又看到了《国语》与《左传》之间的同异,所以有此弥缝腾挪的猜测之说。而其说遂认为《国语》亦出自多人之手,盖亦因感觉到《国语》各篇之间的文风差异欤?近人郭沫若力主吴起等递作《左传》说,从而又力主《国语》为左史、吴起等多人所作说,其《述吴起》云:

> 左史既"能读《三坟》、《五典》、《八索》、《九丘》",读者说也,自当能纂述《国语》。但所谓"《国语》"不必为左史一人所作,其所作者或仅限于《楚语》,所谓"《梼杌》"之一部分。其书必早已传入于北方,故孔子称之。吴起去魏奔楚而任要职,必已早通其国史;既为儒者而曾仕于鲁,当亦曾读鲁之"《春秋》";为卫人而久仕于魏,则晋之"《乘》"亦当为所娴习;然则所谓"《左氏春秋》"或"《左氏国语》"者,可能是吴起就各国史乘加以纂集而成。(参取姚姬传、章太炎说。)吴起乃卫左氏人,以其乡邑为名,故其书冠以"左氏"。后人因有"左氏",故以左丘明当之,而传授系统中又不能忘情于吴起,怕就是因为这样的原故吧。①

虽然所猜测的作者与赵匡不同,但认为《国语》非出一人之手则无异。卫聚贤《国语的研究》也认为:"《国语》全部八国二十一篇,系六个人在六个时间辑录而成的。"②杨伯峻《春秋左传注前言》也引崔述之说,而赞同"其实《国语》也不是一人之笔"。③

---

① 收入《青铜时代》,北京,人民出版社,1954年,第228页。
② 收入《古史研究》第一集,上海,商务印书馆,1931年,第164页。
③ 杨伯峻《春秋左传注》,《前言》第46页。

五、《国语》的作者与时代

从以上所述来看,历来关于《国语》的作者,有左丘明、"左氏"门人弟子、左史倚相及吴起等各种说法,但其说大抵皆止于想象猜测;从作者数量来说,则又有单数和复数之说,要之亦难以遽下定论。倘仅就《国语》本文来看的话,则其作者似应是战国前期人,姓名今已不详;无论其人数为单数抑为复数,但可以肯定他(或他们)皆利用了各国的史料档案;相应地,《国语》似应成书于战国前期,与《左传》约略同时代。钱玄同《重论经今古文学问题》曾引瑞典汉学家高本汉《左传真伪考》的总结论云:

> 在周秦和汉初书内,没有一种有和《左传》完全相同的文法组织的。最接近的是《国语》,此外便没有第二部书在文法上和《左传》这么相近的了。①

钱玄同引此以证明其"《左传》由《国语》篡改而成"的疑古学说,不过却也正好证明了《国语》与《左传》的产生时代大致相同。不过是否同样成书于前五四世纪之交,则也无从加以肯定或证明。卫聚贤《国语的研究》对作者、作地及作期却有较明确的说法。如关于作期,他认为"系六个人在六个时间辑录而成的",时间跨度为自前431年至前314年后:

> 总结以上研究作期的结果:(一)《周语》、《楚语》系西元前四三一年,一个人的作品。(二)《齐语》、《吴语》系西

---

① 载《古史辨》第五册上编,北平,朴社,1935年,第68页。原文见高本汉《左传真伪考及其他》,陆侃如译,上海,商务印书馆,1936年,第91页。

元前四三一年后三八四年前,一个人的作品。(三)《鲁语》、《晋语》系西元前三八四年后三三六年前,一个人的作品。(四)《越语上》系西元前三八四年后更后一个人的作品。(五)《郑语》系西元前三一四(年)以后,一个人的作品。(六)《越语下》系西元前三一四年后更后,一个人的作品。《国语》全部八国二十一篇,系六个人在六个时间辑录而成的。

关于作地,他认为全部是楚国的产品:

> 总结以上研究(作地)的结果:(一)《国语》记载吴越事较《左传》详确,证明它是距吴越近的地方的作品。(二)《国语》记载袒护楚国,证明它是与楚国有关系的人作品。(三)《国语》多用楚国言,证明它是楚国的作品。(四)彼时有学者见到它,说它是楚国的产品。

关于作者,他认为乃左丘明子孙递作。他假定左丘明原为齐人,后其子徙居楚,为左史倚相,倚相子左人郢为孔门弟子,亦居楚,始作《国语》:

> 《史记·太史公自序》:"……左丘失明,厥有《国语》……"据此是左丘明受过非法的重刑,而"遂其志之思",乃为"发愤之所为作";按《史记》起于司马谈而成于司马迁,《汉书》起于班彪而成于班固,是《国语》之作,其意当起于左丘明而成于其子孙了。

> 《楚语》、《周语》既是左人郢作的,《吴语》、《齐语》当是左人郢的儿子作的,《鲁语》、《晋语》当是左人郢孙子作的,《越语上》当是左人郢曾孙作的,《郑语》当是左人郢玄孙作的,《越语下》当是更在其后作的,由左人郢于西元前四三一

年作《楚语》、《周语》起,至左人郢玄孙于西元前三一四年后作《郑语》止,共计一百一十七年。

总结以上研究作者的结果:(一)《楚语》、《周语》为左人郢于西元前四三一年作品。(二)《吴语》、《齐语》为左人郢的儿子于西元前四〇〇年作品。(三)《鲁语》、《晋语》为左人郢的孙子于西元前三七〇年作品。(四)《越语上》为左人郢曾孙于西元前三四〇年作品。(五)《郑语》为左人郢的玄孙于西元前三一〇年作品。(六)《越语下》为《国语》一派人于西元前三一〇年后作品。《国语》全书系左丘明子孙的作品。①

其说较为明确,但猜测成分较多,后来亦未见有同其说者。此外,也有认为是楚汉之际所作的,如洪业《春秋经传引得序》云:

今就《国语》全书而观,既多不避秦讳,亦全无改避汉讳之痕迹;则其成书之时,或在六国之末、秦未统一天下前二十余年之间,或秦既失天下后,楚、汉之际数年间,均可也。衡此二者之间,窃疑后者较为近是……且今《国语》所收集之言论,多不似就列国史记而抄录者,疑其多出于星历、卜筮、儒、法、纵横诸家之书。岂其仅得秦火之余,而搜检于其间者欤?②

无论如何,要在几乎二千多年后,来探讨《国语》的作者和时代等问题,毕竟是甚为困难的。

---

① 收入《古史研究》第一集,第164页,第175页,第180页,第182页,第182—183页。
② 收入《洪业论学集》,第275—276页。但宋代黄震曾认为《国语》避汉讳,见上引《黄氏日抄》卷五二《读杂史》二"《国语》"条:"今《国语》避汉讳,谓鲁庄严公,又果左丘明之作否耶?"

六、《国语》的早期流传与韦昭《国语解》的出现

《国语》出现以后,因其与《春秋》关系较远,又不如《左传》首尾条贯,故其流行程度不及《左传》,也与今古文经学之争无关,颇有点史书中隐逸之士的味道。但喜好之者亦络绎不绝,自汉初贾谊、司马迁起,代不乏人,虽不热闹,亦自成气候。至汉末三国时,吴中人士,或因其中《吴语》、《越语》特异之故,研习之者尤夥。吴国学者韦昭遂集其大成,成《国语解》,成为后来流传之《国语》的标准文本与基本注释本(宋代黄震曾说,《国语》"其文宏衍精洁,韦昭注文亦简切称之",见《黄氏日抄》卷五二《读杂史》二《国语》"条)。其《国语解叙》述及此段流传情形道:

> 遭秦之乱,幽而复光,贾生、史迁颇综述焉。及刘光禄于汉成世始更考校,是正疑谬。至于章帝,郑大司农为之训注,解疑释滞,昭晰可观;至于细碎,有所阙略。侍中贾君敷而衍之,其所发明,大义略举,为已憭矣;然于文间,时有遗忘。建安、黄武之间,故侍御史会稽虞君、尚书仆射丹阳唐君皆英才硕儒,洽闻之士也,采摭所见,因贾为主而损益之,观其辞义,信多善者;然所理释,犹有异同。昭以末学,浅闻寡闻,阶数君之成训,思事义之是非,愚心颇有所觉。今诸家并行,是非相贸,虽聪明疏达识机之士知所去就,然浅闻初学犹或未能袪过。切不自料,复为之解,因贾君之精实,采虞、唐之信善,亦以所觉,增润补缀。参之以《五经》,检之以《内传》,以《世本》考其流,以《尔雅》齐其训,去非要,存事实,凡所发正,三百七事。又诸家纷错,载述为烦,是以时有所见,庶几颇近事情,裁有补益,犹恐人之多言,未详其故,

欲世览者必察之也。

遗憾的是,也许由于受了"春秋内传"、"春秋外传"之说的影响,人们对《国语》历来不如对《左传》重视,大抵把它视为《左传》的附庸,所以自韦昭《国语解》以后,肯在《国语》上下功夫者不多;在后来的中国史学编纂史上,《国语》的影响也远不及《左传》(虽然其或许对纪事本末体的出现有所启发裨益)。

《战国策》的作者与时代

一、《战国策》的性质

从中国古代"记言"与"记事"双轨并行的史学传统来看,《战国策》仍然可以归入"记言"的一侧,大致上可以说是《尚书》与《国语》的后继者。不过,如果说《尚书》主要记载了天子之言,《国语》主要记载了诸侯之言,那么,《战国策》则主要记载了战国策士之言——从记载对象的社会等级来看,可以明显地看出一个向下的趋势。这是中国古代史学的一个"大趋势"。同时,从这些史书本身的属性来看,如果说早期的《尚书》还是完全的官方史书的话,如果说《国语》还是主要利用官方记录的史官著作的话,则《战国策》已是主要依据战国策士的言行记录而编的史书,已具有相当浓烈的民间色彩。这也是中国古代史学的一个"大趋势"。

我们今天所看到的《战国策》,是西汉后期学者刘向所编定的,连书名也是他给起的(但已非刘向编定本原貌)。我们之所以不把它看成是一部西汉著作,是因为刘向只是起了编纂的作用,而书中的史料大抵是战国时期产生的,其中包括策士的著作和史官的记录。从现在的《战国策》来看,它按国别分为三十三篇,为东周一、西周一、秦五、齐六、楚四、赵四、魏四、韩三、燕三、宋卫一、中山一,分类与《国语》有相似之处。其中史事的年代大致上接《春秋》,下迄楚汉之起。全书没有系统完整的体例,大都是相互独立的单篇记载。因而,虽然同样是"史书",但《战国策》却有其特异性。张心澂《伪书通考》的《战国策》条说得很确切:

> 此书自刘向谓"其事继《春秋》以后,迄楚汉之起",《汉志》因之列入《春秋》类,致后世皆视其为史。但此书兼记事记言,而言多于事,实乃以言为主;言因事而发,故不能不及事。记言乃《尚书》之体,国别有类《国语》,复以一事为一章,乃远承《尚书》,近仿《国语》,而下开纪事本末之滥觞者也。惟是此书所记,不能尽括战国时事,而记事均无年月,自不能继春秋接秦汉,而为战国史。其所记者,皆策略;其书之目的固在此。故晁公武以之入子部纵横家(《郡斋读书志》),盖实为记"权变术"之专书也。①

从《战国策》的形成史来看,它应有其每一篇的原始作者,有作为其前身的早期结集本及结集人,然后才有了刘向的编辑整理。不过对于上述前两项,后人也是众说纷纭,已不甚了然了。本文综合学者们的各种研究,在此试作一番清理和介绍。

二、《战国策》的原始作者

《战国策》主要是战国策士言论及行事的记录的汇编,当初的记录者便应是其原始作者。不过这些记录者的身份也许比较复杂,不会像记天子或诸侯之言的"左史"那般单一,其中至少应该包括这样一些人:一是各诸侯国的史官们,二是策士们本人,三是他们的门客弟子。郑杰文的《战国策文新论》云:

---

① 张心澂《伪书通考》,上海,商务印书馆,1939年,第543页。

我国是个重视历史的国家,有所谓"君举必书"的传统。战国时期,各诸侯国亦设史官来记录君臣朝会等场合中的言语行事……这些职掌"君举必书"的诸侯国史官们,在策士向君王进言、与君王论争、或应对君王垂问时,将策士们的言辞记录下来。于是,那些"面陈说辞"便以书面形式被保存了下来……另外,那些大纵横策士们外出游说时,不但要筹措资金,治理行装,而且多有门客、弟子随行……这些门客、门人在随从主人外出游说时,对主人之说辞悉心录记,以便学习揣摩……而今《战国策》中多章内有"张子"之称、"苏子"之称、"范子"之称,先秦人称"子",多指老师或有德行之先生,故有理由相信这些篇章多为张仪、苏秦或范雎的门客、弟子所记。

他又将策士的说辞分为二类,一是面陈说辞,二是书奏说辞。"就今本《战国策》看,绝大部分篇章属面陈说辞,书奏说辞仅十数篇"。而这些书奏说辞,"自产生起,便以书面形式存在……作者在制作这些说辞时,时间从容,可认真研究,仔细推敲,反复修改直至自己满意为止"。[①]可见这些书奏说辞的作者应是策士本人,或加上他们的秘书班子。这些书奏说辞进奏以后,便为主书史官所收藏归档,从而得以保存下来,成为《战国策》内容之一部分。而面陈说辞虽有事先准备,但大抵仍须见机行事,临场发挥,因此其记录者如上所述应为史官或门客弟子,这占了《战国策》内容的大部分。刘向在整理时曾碰到过不少内容重复的史料,或许便是由于诸侯的史官或策士的门客弟子各有所记之故。

---

① 郑杰文《战国策文新论》,济南,山东人民出版社,1998年,第88—90页,第87页。

三、战国策士言行记录的授受传播

这些战国策士的言行记录产生以后,马上便通过各种不同的渠道流传开来。纵横家在战国时是一门"显学",并相应地发展出一套授受系统。很多纵横先生以传授策士言行为业,而想要出人头地的士子便会聚其门下,以成功的策士言行为教材榜样,学习怎样去打动诸侯,赢得利禄。这是战国策士言行记录得以保存、流传的社会基础和时代原因。张心澂《伪书通考》的《战国策》条云:

> 战国时游士往往以布衣取卿相,故游说之风盛。学者负笈远游,或从师或游说。当时为游说所必习者,有数科……其最主要之学科,为"权变术",乃游说士设策之方法,及得志后应付一切事变之用。此本为实用之学,自不能离开事实,而凭空为学理之研究。未来事实,亦无从预想而预定权变之方;故惟据以往权变之事,举隅反三,为随时临机应变之所本。神而明之,存乎其人。故战国时各游说士所经过之事及其言辞设策,皆为最宝贵之资料也。集聚之,斯成为"权变术",而为教者与学者之所用矣……游说之士,学此"权变术",亦必有授者。此授者,固亦不必即为游士,或亦有退休之人,或有专业此者,如仪秦学于鬼谷也。主父偃习长短纵横术,亦当有授此……经秦火及秦统一后,此术无用而式微;及楚汉起,亦随诸侯而复活。汉定天下后,犹煽其余烈,致有淮阴淮南之叛。嗣后亦无所施其技矣。①

---

① 张心澂《伪书通考》,第 543—544 页。

可以想见，在这种时代和社会氛围中，战国策士的言行记录，应该是相当"热门"的"畅销"作品；同时，这也为后来的结集整理，提供了一个坚实的前提条件。

四、《战国策》之前的结集整理书和结集整理者

有了战国策士言行记录的流行，便相应地产生了结集整理之的需求。刘向的《校战国策书录》云：

> 所校中战国策书，中书余卷，错乱相糅莒；又有国别者八，篇少不足……中书本号，或曰《国策》，或曰《国事》，或曰《短长》，或曰《事语》，或曰《长书》，或曰《脩书》。

其中所提到的《国策》、《国事》、《短长》、《事语》、《长书》、《脩书》等，便是《战国策》之前有关战国策士言行记录的结集整理书。1973年在长沙马王堆西汉墓中出土的二十七篇记录战国策士言行的帛书，也是这类结集整理书中的一种。据学者们推测，战国秦时出现的这类结集整理书，应远不止于以上所述的这几种。

那么，这类有关战国策士言行记录的结集整理书，又是由什么人所结集整理的呢？关于这一点，历来有各种不同的说法。大别而言，有"蒯通一人说"与"包括蒯通在内多人说"两种。持前说，即一人说者，前有清牟庭相的《雪泥书屋杂志》卷二《战国策》"条：

> 《史记·田儋列传》曰："蒯通善为长短说，论战国之权变，为八十一首。"《汉书·蒯通传》亦曰："通论战国时说士权变，亦自序其说，凡八十一首，号曰《隽永》。"《史记·淮阴侯列传》载蒯通以相人说韩信，而《索隐》以为《汉书》及《战

国策》皆有此文,是则唐时《战国策》尚有蒯通说信之说,唐以后人始删去之也。《战国策》而有蒯通之说,疑即《通传》所谓"论战国权变,亦自序其说"者也。其书号曰《隽永》,与中书本号《长书》、《脩书》者亦相似,"脩"、"长"皆"永"之义也。《史记》名为《长短说》,亦即中书本号或曰《短长》者是也。以此言之,《战国策》即蒯通所作八十一首明甚。刘向校中书余卷,错乱相糅,因除去四十八首,为三十三篇耳。

后有罗根泽的《战国策作于蒯通考》、《战国策作于蒯通考补正》。前文云:

> 考《史记·田儋列传》:"蒯通者,善为长短说,论战国权变为八十一首。"《汉志》纵横家虽有《蒯子》,然仅五篇,固非《史记》所云,疑为通说韩信等之言。《汉志》纵横家所列,多作者说时君时人之书。所谓"八十一首"者,史明言"论战国权变",则必为论述战国权变之书,与《战国策》性质全同。又言"通善为长短说",而《战国策》亦曰《短长》,曰《长书》,或曰《脩书》,脩通修,义亦训长。然则《战国策》盖即蒯通所论述者也?①

后文则又将结论修订为:"一、作始者为蒯通。二、增补并重编者为刘向。"②此外,金德建等也赞同此说。

持后说,即多人说者,前有《四库全书总目》卷五一史部杂事类《战国策注》提要:

> 《战国策》当为史类,更无疑义。且"子"之为名,本以称人,因以称其所著。必为一家之言,乃当此目。《战国策》乃

---

① 载《古史辨》第四册上编,北平,朴社,1933年,第231页。
② 载《古史辨》第四册下编,北平,朴社,1933年,第698页。

刘向裒合诸记并为一编,作者既非一人,又均不得其主名,所谓"子"者安指乎?

而现代学者渐多其人。张心澂《伪书通考》的《战国策》条,力驳罗根泽的说法,认为《战国策》实非一人一时所作:

> 凡授此术(权变术)者,皆以往事授之,所授者集成教本,或教者所撰,或学者所记,或一人综其所得而润色之,或转相传授增益修整之,或彼此传抄。授者学者传抄者既不一其人,则所流传之本,亦不止一种,而名称亦不一。①

此后,潘辰的《试论"战国策"的作者问题》(载1956年12月16日《光明日报》之《文学遗产》第135期)、郑良树的《战国策研究》(台北,台湾学生书局,1982年)、张正男的《战国策初探》(台北,台湾商务印书馆,1984年)等,皆认为《战国策》之前的各种结集整理书应由不同的人担任,而非蒯通一人所为。其后郑杰文也说:

> 刘向校书之前,有诸多战国策文的结集流传是无疑的。而这诸多结集的编辑者非为一人,更是毫无疑问……刘向所见战国策文结集的重复,亦说明它们非为一人编成……若其为一人编定,则不会如此重复。这些重复,正说明《战国策》来源于不同的结集……蒯通喜长短术,好纵横游说,理当整理前代战国策文以揣摩仿效,当有结集;秦零陵守信,或为马王堆出土之纵横家帛书集的编辑人,或为收藏人;而鬼谷先生教授张仪、苏秦等人以纵横学、史举教甘茂等人以纵横术,还有张仪教授门人等,皆当编有前代纵横谈说之策文以

---

① 张心澂《伪书通考》,第544页。

为教材,他们亦应是战国策文集的编辑人。①

二说相较,似以后说较通达可信。不过当初在刘向结集整理时,也许就已经不知各原始结集整理本的编者,我们现在也不过仅能大致猜测想象而已。

五、《战国策》在汉代的编定

《战国策》之前的这些结集整理本,大抵应出现在战国秦时,最迟不晚于汉初。秦汉之交,大量的古代书籍,先是毁于秦火,后又毁于项羽之火。而战国策士言行记录的各种结集整理本,当亦在这两场大火中蒙受了巨大的损失,不过还是有不少通过各种渠道幸存了下来。司马迁著《史记》时,尚能在皇家书库见到许多;刘向整理古文献时,虽说已少于司马迁所见,但仍有不少此类书保存着。

汉初的诸侯分封制度,经汉武帝时的厉行中央集权,早已一蹶不振,非复汉初气象。纵横之士失去了生存地盘,也早已风流云散。曾经热门一时的策士言行记录,也终于在皇家书库里沉寂了下来,成为既往历史的断简残编,于是也就成了古籍整理的对象。汉成帝河平三年(前26),刘向领命整理皇家书库中的藏书,其中也包括了这一大批战国遗文。刘向费了不少功夫,终于把它们整理出一个头绪来,形成为一直流传到今天的《战国策》。其具体做法是:

刘向所见,既有分国记事的"国别者",又有"错乱相糅莒"的"中书余卷"。他选用了"国别者"为底本,而将各"国

---

① 郑杰文《战国策文新论》,第98—100页。

别者"之纪事"略以时次之",然后将"中书余卷""分别不以序者以相辅",即按其考定的时序补入已时序化了的"国别者"中,然后"除复重",整理出33卷。他认为此书所记是"战国时游士辅所用之国为之策谋",故书名"宜为《战国策》"。自此,那些分散、重复的战国策文诸集,便被编定为可供皇帝阅读的定本《战国策》。①

刘向编定《战国策》后,东汉三国时,延笃、高诱曾为之作注(延笃注已亡佚,高诱注也残阙不全)。但因其非"正统"史书,故此后下功夫者不多。或许也因同样的原因,在漫长的流传过程中,《战国策》散佚严重。宋代学者曾巩、孙朴、姚宏、鲍彪,元代学者吴师道等,曾续作校订、校注,其校定本便为其通行面貌(已非刘向编定本原貌)。现代学者重又重视此书,对此书作深入研究者不少。随着地下遗文的出现,又增添了辅助材料。其佚文的搜集,也取得了不少进展。

---

① 郑杰文《战国策文新论》,第106—107页。

先秦秦汉文献中所见的
商业与商人

上、先　秦

一

生活于先秦时期行将结束时的荀子，在其《荀子·王制篇》中，曾这样欣叹于当时中国经济生活的丰饶裕足：

> 北海则有走马、吠犬焉，然而中国得而畜使之；南海则有羽翮、齿革、曾青、丹干焉，然而中国得而财之；东海则有紫、紶、鱼、盐焉，然而中国得而衣食之；西海则有皮革、文旄焉，然而中国得而用之。故泽人足乎木，山人足乎鱼。农夫不斫削、不陶冶而足械用，工贾不耕田而足菽粟。故虎豹为猛矣，而君子剥而用之。故天之所覆，地之所载，莫不尽其美，致其用，上以饰贤良，下以养百姓而安乐之。夫是之为大神。《诗》曰："天作高山，大王荒之。彼作矣，文王康之。"此之谓也。

荀子所欣叹的当时中国经济生活的丰饶裕足，其实并不是"大王"或者"文王"创造的奇迹，而是先秦时期发达的商业所带来的硕果，是无数商人用汗水浇出的花朵。

二

在当时各国各都市的市场,的确是万方物汇,应有尽有,什么都能买到,什么都有出售。《礼记·王制》(参《孔子家语·刑政》)中,列有这样一张禁止在市场上出售之物的清单:

> 有圭璧金璋,不粥于市;
>
> 命服命车,不粥于市;
>
> 宗庙之器,不粥于市;
>
> 牺牲,不粥于市;
>
> 戎器,不粥于市;
>
> 用器不中度,不粥于市;
>
> 兵车不中度,不粥于市;
>
> 布帛精粗不中数,幅广狭不中量,不粥于市;
>
> 奸色乱正色,不粥于市;
>
> 锦文珠玉成器,不粥于市;
>
> 衣服饮食,不粥于市;
>
> 五谷不时,果实未孰,不粥于市;
>
> 木不中伐,不粥于市;
>
> 禽兽鱼鳖不中杀,不粥于市。

这张清单从一个侧面证明了当时市场上商品种类之繁多,以至于需要这样一张清单来加以管理;同时,也许正是因为甚至连上述物品也能在市场上买到,所以才出现了这样一张清单来加以禁止吧?在市场上所出售的种类繁多的商品,当然都是商人从各地辛勤贩运而来的。

《易经》中约作于战国时的《系辞下传》,曾描述了当时市场贸易的情景:

> 日中为市,致天下之民,聚天下之货,交易而退,各得其所。

这种"日中为市"的贸易方式,在中国一直延续了几千年。在唐代,一个名叫李远的文人,曾写过一篇《日中为市赋》(《全唐文》卷七六五),描绘了唐代市场贸易的情景;直到现在,在偏僻的农村地区,仍是这样进行贸易的。从《易经》的记载可以想象,先秦时期的市场贸易是多么繁荣:摊位上的商品是多么丰富,商人们的身姿是多么活跃,顾客们的表情是多么兴奋!

所以,难怪当时的政治家们是那么的重视市场,因为市场的盛衰反映着社会的治乱,影响着民生的充乏。《管子·乘马》中之"士农工商"条云:

> 聚者有市,无市则民乏。

又,"务市事"条云:

> 市者,货之准也。是故百货贱则百利不得,百利不得则百事治,百事治则百用节矣。是故事者生于虑,成于务,失于傲。不虑则不生,不务则不成,不傲则不失。故曰:市者可以知治乱,可以知多寡,而不能为多寡,为之有道。

也正因为市场是如此的重要,所以在先秦时期的政治制度中,相当重视对于市场的管理。一般认为成书于战国时的《周礼》中,不管其是对实际的描述还是对理想的追述,记载了很多与市场管理有关的职官,把市场管理作为一件大事来看待。其中记载,"天官冢宰"下"大宰"的职责是:

> 以九职任万民……六曰商贾,阜通货贿。
>
> 以九赋敛财贿……七曰关市之赋。

"天官冢宰"下"内宰"的职责是:

> 凡建国,佐后立市,设其次,置其叙,正其肆,陈其货贿,出其度量淳制。

"地官司徒"下"闾师"的职责是:

> 任商以市事,贡货贿。

而"地官司徒"下的"司市"等,则更是管理市场的专门官职,会同"质人"、"廛人"、"胥师"、"贾师"、"司虣"、"司稽"、"胥"、"肆长"、"泉府"、"司门"、"司关"等各级官吏,全面负责对于市场各个方面的管理。正如《孟子·公孙丑下》所说的:

> 古之为市也,以其所有,易其所无者,有司者治之耳。

这表明了当时政府对于市场管理的重视(不过当然同时也反映了商人自治权的不足,正如《荀子·解蔽篇》所说的:"贾精于市,而不可以为市师。"这是先秦时期商业的特点)。

先秦时期政府之所以重视对于市场的管理,盖也是因为市场税收一向是政府的重要财源。《韩诗外传》卷六载晋平公之语云:

> 吾食客门左千人,门右千人。朝食不足,夕收市赋;暮食不足,朝收市赋。

可见君主的养客开销,要从市场税收中解决。《尉缭子·武议》云:

> 夫出不足战,入不足守者,治之以市,市者所以给战守也。万乘无千乘之助,必有百乘之市。

> 夫市也者,百货之官也……夫提天下之节制而无百货之官,无谓其能战也。

可见准备战争的军费开销,亦要从市场税收中解决。但市场税收过重则抑制商业的繁荣,所以很多先秦人都主张政府应轻"关市之征"。

而一年之中的仲秋之月,又似乎特别与市场贸易有关。《礼记·月令》(参《吕氏春秋·仲秋纪》、《淮南子·时则训》)提到:

> 是月(仲秋之月)也,易关市,来商旅,纳货贿,以便民事,四方来集,远乡皆至,则财不匮,上无乏用,百事乃遂。

想来大概是因为仲秋之月农事差毕,新收获的农副产品已可上市,而农民们也稍有空闲去市场之故吧?本来先秦时期就有亦农亦商的风习,所以《尚书·酒诰》才将两件事联系起来说:

> 妹土嗣尔股肱,纯其艺黍稷,奔走事厥考厥长。肇牵车牛,远服贾用,孝养厥父母。

孔氏传云:"农功既毕,始牵车牛,载其所有,求易所无,远行贾卖,用其所得珍异,孝养其父母。"想来即使在"专业"的商人阶层出现之后,这种亦农亦商的现象亦会继续存在吧?

三

先秦时期市场的发展,也促进了城市的发展;反之,先秦时期城市的发展,也促进了市场的发展。"城市"、"城市",本来即"城"离不开"市","市"也离不开"城"。先秦时期是中国城市急速发展的时期,据《战国策·赵策三》说:

> 且古者(战国以前),四海之内,分为万国。城虽大,无过三百丈者;人虽众,无过三千家者。

然而到了战国时,形势却顿改旧观:

> 今取古之为万国者,分以为战国七……今千丈之城、万

家之邑相望也。

其间除了政治和军事的因素之外,显然也是和当时市场的发展分不开的。当时,周之洛阳、秦之咸阳、赵之邯郸、魏之大梁、郑韩之新郑、韩之阳翟、齐之临淄、楚之郢、燕之蓟、宋之定陶、卫之濮阳等,都是非常繁华的城市,人口亦达相当规模。《战国策·齐策一》载苏秦语,是描述当时临淄盛况的著名文字:

> 临淄之中七万户,臣窃度之,下户三男子,三七二十一万,不待发于远县,而临淄之卒,固已二十一万矣。临淄甚富而实,其民无不吹竽,鼓瑟,击筑,弹琴,斗鸡,走犬,六博,蹋鞠者。临淄之途,车毂击,人肩摩,连衽成帷,举袂成幕,挥汗成雨。家敦而富,志高而扬。①

其语出于策士之口,不免有夸张成分,然要非捕风捉影。其中间部分所描写的临淄的消费生活,便显然是以发达的市场贸易为背景的。而后来东汉初的桓谭,追缅战国时楚都郢的盛景,也用了与苏秦相似的口气。《北堂书钞》卷一二九引《新论》云:

> 楚之郢都,②车毂击,人肩摩,市路相排突,号为朝衣鲜而暮衣弊。

"市路"便正是市场中之道路,可见其熙熙攘攘之繁华景象。现代考古和地下发掘也证明,当时的城市的确规模巨大。而在那些规模巨大的城市中,除了君主的宫室之外,市场也占了相当的

---

① 此段文字似本于《晏子春秋·内篇·杂下》(参《说苑·奉使》)的"临淄三百闾,张袂成阴,挥汗成雨,比肩继踵而在",且更变本而加厉之。"三百闾",《太平御览》卷七七九引作"三万户"。可见临淄春秋时已有三万户,战国时则增至七万户(西汉时更增至十万户)。

② 《四库全书》本《北堂书钞》"郢都"原作"鄂都",此据严可均《全后汉文》所引者改。

比重。①先秦时期城市规模的扩大,也为市场规模的扩大创造了条件,为商人们的活动提供了更广阔的舞台。

连结那些繁华的城市的,是四通八达的水陆路交通网,而在这网上活动的蜘蛛便是商人。1957年,在古代楚国境内的安徽寿县,出土了四件"鄂君启节",它制于楚怀王六年(前323),是楚怀王发给鄂君启的水陆运输通行凭证。上面不仅记载了当时鄂君启的商船队的庞大规模(约有五十艘),而且还记载了其商船队所经过的广大范围:"水程四路分布地区包括今湖北、湖南二省的极大部分,河南、安徽各一部分,还碰到广西一只角,范围极为广大。"②从先秦典籍中我们也可看到,先秦时期的商人大都从事"跨国"贸易:郑商西市于周(《左传·僖公三十三年》),南市于楚,北市于晋,东市于齐(《左传·成公三年》);楚商卖珠于郑(《韩非子·外储说左上》);卫商往来于赵(《战国策·秦策五》);宋商贩帽于越(《庄子·逍遥游》);齐商远贾于南阳(《史记·管婴列传》司马贞《索隐》引《吕氏春秋》佚文);等等。这引起了当时人"商人之四方"(《墨子·贵义》)、"千里而不远"(《管子·禁藏》)之类的感叹。而易名为"陶朱公"的范蠡,之所以选择宋之定陶作为经商根据地,乃是因为"以为此天下之中,交易有无之路通,为生可以致富矣"(《史记·越王句践世家》),亦即是因为定陶处于交通枢纽位置,便于前往周边各国经商贸易。③

---

① 参见杨宽《中国古代都城制度史研究》,上海,上海古籍出版社,1993年,第65—109页。
② 谭其骧《鄂君启节铭文释地》,载《中华文史论丛》第2辑,1962年11月。
③ 陈正祥《中国文化地理》第六篇《长城和大运河》认为,从前486年至前482年,吴国相继开掘了接通江、淮的邗沟,接通济、泗的深沟。"因为泗水下游注入淮河,淮河接连邗沟,于是由吴国坐船,可以直(转下页)

东周王朝所在地的洛阳一带,大概也因为处于天下之中,四出交易比较便捷的缘故,所以自先秦时期起就多出商人,当地人多以经商为本务。《史记·苏秦列传》云:

> 苏秦者,东周洛阳人也……出游数岁,大困而归。兄弟嫂妹妻妾窃皆笑之,曰:"周人之俗,治产业,力工商,逐什二以为务。今子释本而事口舌,困,不亦宜乎!"

《史记·游侠列传》亦云:

> 周人以商贾为资。

《汉书·地理志》亦云:

> 周人之失,巧伪趋利,贵财贱义,高富下贫,憙为商贾,不好仕宦。

"天下言治生祖白圭"(《史记·货殖列传》),商人之祖白圭便是周人。

四

先秦时期的商人不仅在数量上,而且在财力上,都已达到了相当规模。《管子·轻重甲》(参《管子·国蓄》)云:

> 万乘之国,必有万金之贾;千乘之国,必有千金之贾;百乘之国,必有百金之贾。

(接上页)达中原。这两段运河把江、淮和河、济联系起来,成为战国时代南北交通的干线……后来越王句践击败了吴王夫差,大功臣范蠡引退,改名换姓,行走江湖;以陶为据点而经商,结果发了大财。推想起来,他的经商念头和发财,应该和这条新开的运河有关。"(北京,三联书店,1983年,第172页)

可见其时商人财力与国家规模成正比例关系。我们看先秦时期见于史籍的几个著名商人中,范蠡是"十九年之中三致千金……遂至巨万"(《史记·货殖列传》),子贡、吕不韦都是"家累千金"(《史记·仲尼弟子列传》、《吕不韦列传》),都起码是"千金之贾"。

商人有了雄厚的财力,势力与君主分庭抗礼,俨然成为国中之另一君主。《管子·轻重甲》云:

> 今君之籍取以正,万物之贾轻去其分,皆入于商贾,此中一国而二君二王也。

一般的商人,固然可以趁卖官鬻爵之时,买到一定的官爵,而改善其社会地位,正如《韩非子·五蠹》所说的:

> 今世近习之请行则官爵可买,官爵可买则商工不卑也矣。

而那些势力掀天的大商人,则更是可以影响一国甚至"天下"的形势。《史记·货殖列传》记载,越王句践用计然求富之策,

> 修之十年,国富,厚赂战士,士赴矢石,如渴得饮,遂报强吴,观兵中国,称号"五霸"。

> 计然之策七,越用其五而得意。

这是商人(或商术)影响及于越国政治的。《史记·货殖列传》又载,魏文侯时白圭以经商富国,

> 白圭,周人也。当魏文侯时,李克务尽地力,而白圭乐观时变,故人弃我取,人取我与……盖天下言治生祖白圭。[①]

[①] 《论衡·命禄篇》云:"白圭、子贡,转货致富,积累金玉。"对白圭的经商之事说得比较明确,可作为《史记》上述记载的旁证。《史记·货殖列传》司马贞《索隐述赞》云:"白圭富国,计然强兵。"明谓白圭以经商所富者为国。

这是商人影响及于魏国政治的。《史记·货殖列传》又载,孔子弟子子贡经商有方,

> 子赣既学于仲尼,退而仕于卫,废著鬻财于曹鲁之间,七十子之徒,赐最为饶益……子贡结驷连骑,束帛之币以聘享诸侯,所至,国君无不分庭与之抗礼。夫使孔子名布扬于天下者,子贡先后之也。①

这是商人影响及于孔学传播的。

而超越所有这些商人之上,堪称先秦商人之总代表的,则是那个大名鼎鼎的吕不韦。他通过"立国家之主"这一"投资"行为,不仅为自己赢得了无数"利润",而且也影响了中国历史的进程。《史记·吕不韦列传》记载:

> 吕不韦者,阳翟大贾人也。往来贩贱卖贵,家累千金……吕不韦贾邯郸,见(子楚)而怜之,曰:"此奇货可居。"……吕不韦乃以五百金与子楚,为进用,结宾客;而复以五百金买奇物玩好,自奉而西游秦,求见华阳夫人姊,而皆以其物献华阳夫人……安国君及夫人因厚馈遗子楚,而请吕不韦傅之,子楚以此名誉益盛于诸侯……太子子楚代立,是为庄襄王……庄襄王元年,以吕不韦为丞相,封为文信侯,食河南洛阳十万户。庄襄王即位三年,薨。太子政立为王,尊吕不韦为相国,号称"仲父"……不韦家僮万人。

---

① 《史记·仲尼弟子列传》云:"子贡好废举,与时转货赀。"说得比较简略。又,据《韩诗外传》卷八云:"夫子路,卞之野人也,子贡,卫之贾人也,皆学问于孔子,遂为天下显士。诸侯闻之,莫不尊敬,卿大夫闻之,莫不亲爱,学之故也。"则子贡乃出身商人而后又学于孔子者,与《史记·货殖列传》所载其先学后商之经历正好相反。又,二书对子贡"学"与"贾"的偏爱也正好相反。

裴骃《集解》注"此奇货可居"一语云:"以子楚方财货也。"可谓一语中的,将吕不韦的商人本质,以及他在此事上的投机心理,揭示无余。《史记·司马相如列传》称蜀临邛巨商卓王孙"家僮八百人",《史记·货殖列传》称卓王孙祖先卓氏"富至僮千人",皆尚不及或只及吕不韦家僮数的十分之一;而且吕不韦封侯拜相,尊为相国,号称仲父,政治地位在一人之下,万人之上,远非任何纯粹经商的商人可及;其"食河南洛阳十万户",倘考虑到河南洛阳即周故地,处天下之中,多富商大贾,则其中商税油水可想而知,吕不韦又成众商之王矣!吕不韦将商术用于政治,的确做成功了一次空前绝后的大买卖。从秦庄襄王即位的前249年,到他被秦王政逼而自杀的前235年,吕不韦足足享受了十余年的荣华富贵,独领了十余年的秦国风骚!不仅如此,吕不韦所居为"奇货"的,正是秦始皇的父亲;而那个后来统一了中国的秦始皇,也可以说是吕不韦的私生子;而即使不说私生子这一层,子楚的代立亦为秦始皇上台创造了条件;则吕不韦这次"弃商从政"的投机,又对整个战国形势,乃至对整个中国历史,皆产生了莫大影响!"能量"这般巨大的商人,不惟在先秦历史上,抑且在整个中国历史上,都可以说是难得一见、绝无仅有的。反之,战国时天下激荡,吕不韦以一介商人,乃能如苏、张等舌辩之士,操纵立国君之事,自己也跻身于统治阶层,则又可见当时商人活动之相对自由,其所处的社会环境之相对宽松。

五

商人有了雄厚的财力,便不仅希望在政治上,而且希望在文化上,也取得自己的发言权。此事古今皆然,先秦时期已不例外。吕不韦主持编撰《吕氏春秋》,便可以说是一个典型的例子。《史记·吕不韦列传》记载:

> 当是时,魏有信陵君,楚有春申君,赵有平原君,齐有孟尝君,皆下士喜宾客以相倾。吕不韦以秦之强,羞不如,亦招致士,厚遇之,至食客三千人。是时诸侯多辩士,如荀卿之徒,著书布天下,吕不韦乃使其客人人著所闻,集论以为八览、六论、十二纪,二十余万言。以为备天地万物古今之事,号曰《吕氏春秋》。布咸阳市门,悬千金其上,延诸侯游士宾客有能增损一字者予千金。

养士的战国四君子,著书的荀卿之徒,不是贵族,便是士人;而欲追逐于他们之间,与他们一比高下的吕不韦,却是商人出身。在吕不韦的养士和著书行为中,既有商人的自卑感,亦有商人的不服气,更有商人的好胜心。而那"悬千金"以挑战天下辩士之举,则更非吕不韦这样的大贾人莫能心裁独出——当初其挑战"政界",用的是此"千金"(五百金加五百金);而今其挑战"文坛",用的同样是此"千金"!

除了吕不韦以外,以经济思想和商业思想著称的《管子》一书,其中阐发这些思想的主人公管仲,当初其实也是商人出身。《战国策·秦策五》云:"管仲,其鄙人之贾人也。"《史记·管婴列传》司马贞《索隐》引《吕氏春秋》佚文云:"管仲与鲍叔同贾南阳。"《史记·管婴列传》引管仲自述亦云:"吾始困时,尝与鲍叔贾。"大概正是因了这样的经历,所以管仲当政以后,以善于理财著称,助成了齐桓公的霸业;在《管子》一书中,也处处表现出对于商业及商人情况的了解,在先秦诸子中显得独具一格。这是商人出身者影响及于文化之又一事例。

六

《尚书·禹贡》和《周礼·夏官司马·职方氏》,是对于先秦时期(主要是战国时期)各地经济、交通和贡物情况的综述,也即是当时中国商业活动状况之大略。所谓各地的贡物,可以看作是各地的特产。它们通过四通八达的交通网络,被贩卖和运送到京师及各地。最终就出现了《荀子·王制篇》所欣叹的那种局面,中国人民都能过上丰饶裕足的生活。而在这当中作出主要贡献的,正是先秦时期的商人们。在《尚书·禹贡》和《周礼·夏官司马·职方氏》所描绘的巨幅画面上,我们不难看出商人们那到处奔波的忙碌身影。

下、秦　汉

七

在春秋战国几百年的分裂割据战乱,以及昙花一现的秦王朝的暴政之后,汉朝的建立初次开创了一个持续的统一局面,为中国人民带来了和平与安定的生活,也为商业的发展和商人的活跃创造了更好的条件。这正如《史记·货殖列传》所说的:

> 汉兴,海内为一,开关梁,弛山泽之禁,是以富商大贾周流天下,交易之物莫不通,得其所欲。

又如《史记·淮南衡山列传》载伍被对淮南王语所说的:

> 重装富贾,周流天下,道无不通,故交易之道行。

这是因为,随着大一统局面的出现,原先横亘在各国之间的壁垒关卡,现在自然而然地消失了;原先分割为一块块的市场,现已整合成为一个统一的大市场;原先各自为政的货币及度量衡制度,现在已经全部获得了统一。于是那些原先要不断叩关问路的商人们,现在只要随心所欲地前行即是了。对于商人们来说,这是一个全新的环境,也是一次空前的良机。而汉代的商人们,便抓住了这样的良机,利用了这样的环境,开创了汉代商业的繁荣局面，自身也获得了长足的发展。①

八

　　那些在先秦时期即已成为各国经济中心的城市，如周之洛阳、赵之邯郸、齐之临淄、燕之蓟、宋之陶（定陶）、韩之阳翟、楚之江陵（故郢都）等，在汉代转而担负起了各地区经济枢纽的作用，继续保持了其繁荣局面和发展势头。如临淄，在战国时已有七万户，至西汉时更增至十万户。《史记·齐悼惠王世家》引主父偃语称："齐临菑十万户，市租千金，人众殷富，巨于长安。"与此同时，随着汉代政治、经济版图的变动，在各交通要冲或地方中枢上，又崛起了一批新兴城市，如吴越的吴，楚的寿春及合肥，西蜀的成都，南阳的宛，南越的番禺，中原的睢阳等，它们都成了各地的经济中心。其中如吴，本是春秋时吴国的都城，后为战国时楚春申君的封地，②入汉后成为吴王濞的国都，经过长期的开拓经营，又以地当三江五湖要冲，遂成长为汉代的一大都会。又如寿春，原为楚后期都城，入汉后成为淮南王安的国都，也得到了很大的发展。又如宛，在先汉时期即为大城，《史记·高祖本纪》载沛公围宛城，宛人陈恢对沛公说："宛，大郡之都也，连城数十，人民众，蓄积多。"这大概也是"秦末世，迁不轨之民于南阳"（《史记·货殖列传》）的结果，而到了汉代，以"西通武关、郧关，东南受汉、江、淮"（同上），而成长为一大都会。此外如成都和番禺，则都是随着汉代疆域的拓展和势力的扩张，而加入到重要城市的行列

---

① 《后汉书·马援传》云："伏波类西域贾胡，到一处辄止，以是失利。"可见汉代海外贸易也很发达，多有"西域贾胡"来华经商，以致《马援传》有此风趣一比也。

② 司马迁尚及见春申君留下的宫殿，《史记·春申君列传》云："吾适楚，观春申君故城，宫室盛矣哉！"

中来的。桓宽的《盐铁论》中,曾多次提及汉代城市的繁荣,以及这种繁荣与其地理位置、经济地位等之关系。如《力耕》云:

> 自京师东西南北,历山川,经郡国,诸殷富大都,无非街衢五通,商贾之所臻,万物之所殖者。

又如《通有》云:

> 燕之涿、蓟,赵之邯郸,魏之温、轵,韩之荥阳,齐之临淄,楚之宛丘,郑之阳翟,三川之二周,富冠海内,皆为天下名都……居五诸侯之衢,跨街冲之路也。

而驾临于所有这些城市之上的,是西汉的首都长安和东汉的首都洛阳。长安是当时世界上最大的城市,据说比同时的罗马城要大三倍。《续汉书·郡国志一》刘昭注补引《汉旧仪》云:"长安城方六十三里,经纬各长十五里,十二城门,九百七十三顷。"其面积约有三十六平方公里。而据现代学者考证,这还只不过是其内城部分;在内城的北面和东北面,还存在着广大的郭区。当时长安大规模的商业贸易区和居民住宅区,便都分布在这个郭区。① 而在长安的东南至西北,则还分布着七个皇陵,即霸陵、杜陵、长陵、安陵、阳陵、茂陵、平陵。当初在建设这些陵邑时,曾迁入各地的贵族豪富。② 这些陵邑拱卫在长安周围,形成

---

① 杨宽《中国古代都城制度史研究》,第119页。
② 其事见于史籍记载者略举如下。《史记·货殖列传》云:"徙豪杰诸侯强族于京师。"《汉书·地理志》云:"汉兴,立都长安,徙齐诸田,楚昭、屈、景及诸功臣家于长陵。后世世徙吏二千石、高訾富人及豪杰并兼之家于诸陵。盖亦以强干弱支,非独为奉山园也。"《汉书·武帝纪》元朔二年(前127)云:"徙郡国豪杰及訾三百万以上于茂陵。"《昭帝纪》始元四年(前83)云:"徙三辅富人云陵,赐钱,户十万。"《宣帝纪》本始元年(前73)云:"募郡国吏民訾百万以上徙平陵。"《成帝纪》鸿嘉二年(前19)云:"徙郡国豪杰訾五百万以上五千户于昌陵。"

了一个个"卫星城市",构成了今天所谓的"大首都圈",从而更扩大了"大长安"的总体规模。当时的长安,"四方辐凑并至而会"(《史记·货殖列传》),不仅是全国的政治中心,而且还是名副其实的经济中心。那张遍布全国的巨大的商业网络,便最终汇集到长安这个总枢纽上。

洛阳规模虽不及长安,但仍是当时世界上最繁华的城市之一。它原是东周的故都,因位居"天下之中",四出交易便利,而在战国秦汉间迅速地发展起来,成为一个新兴的商业城市,至东汉则被定为国都,成为东汉的政治中心和经济中心。它的内城虽只有约十平方公里,不到长安的三分之一,但是在其东西南三面的城外,则分布着广大的商业贸易区和居民住宅区,城郭面积合计约有近五十平方公里。洛阳城西有"金市",东郭有"马市",南郭有"南市",此即著名的洛阳"三市"。而东汉初光武帝时开凿的阳渠,不仅便利了洛阳东郭的水上交通,而且成为四方运输贡赋到京师的要道,①使洛阳作为东汉经济中心的地位更为稳固。

九

以西都长安和东都洛阳为中心,以各大商业城市为枢纽,汉代的商业网络伸向四方,遍布全国。在这张四通八达的商业网络上,以上述各大商业都市为主,很多地区都富于经商传统,特多擅于经商之民,成为网络上闪亮的光点。

如长安所在的关中,有悠久的经商传统,至汉代而臻于极盛。《史记·货殖列传》云:

---

① 杨宽《中国古代都城制度史研究》,第149—150页。

及秦文、德、缪居雍,隙陇蜀之货物而多贾。献公徙栎邑,栎邑北却戎翟,东通三晋,亦多大贾。孝、昭治咸阳,因以汉都,长安诸陵,四方辐凑并至而会,地小人众,故其民益玩巧而事末也。

《汉书·地理志》亦云,关中"富人则商贾为利"。可见关中在历史上即富于经商传统,在汉代更因定都长安而"发扬光大"。尤其是汉王朝为实行"强干弱支"政策,徙各地贵族豪富于诸陵,其中特多富商大贾。如《史记·货殖列传》中提到的"关中富商大贾,大抵尽诸田","诸田"即为从齐国迁来的田氏后裔。这些富商大贾迁入关中后,当然更刺激了关中商业的繁荣。

位于"天下之中"的洛阳一带,是另一个富于经商传统的地区。《史记·货殖列传》云:

洛阳东贾齐、鲁,南贾梁、楚……洛阳街居在齐、秦、楚、赵之中,贫人学事富家,相矜以久贾,数过邑不入门,设任此等。

《史记·游侠列传》亦云:"周人以商贾为资。"《汉书·地理志》亦云:"周人之失,巧伪趋利,贵财贱义,高富下贫,憙为商贾,不好仕宦。"盖自先秦时期起已是如此,至汉代而经商之风益炽,竟至形成"数过邑不入门"的风俗,颇类于当初大禹因治水而数过门不入的壮举。

自"秦末世,迁不轨之民于南阳"以后,南阳一带的居民便多以经商为业。《汉书·地理志》云:

秦既灭韩,徙天下不轨之民于南阳,故其俗夸奢,上气力,好商贾渔猎,藏匿难制御也……南阳好商贾。

《史记·货殖列传》亦云:"俗杂好事,业多贾。"盖所谓"不轨之民",其中尽多富商大贾。他们被迁到了交通便利的南阳,自然便如鱼得水,可以大显身手了。如《史记·货殖列传》中提到的宛巨商孔氏,即迁自魏,"家致富数千金"。①

偏于东南的邹、鲁,原为孔、孟的故乡,有着悠久的文教传统。但是到了天下趋利的时代,便也不得不弃义言利了。而且也许因了矫枉过正的关系,所以反而比一向善贾的周人更形热衷。《史记·货殖列传》云:

> 而邹、鲁……及其衰,好贾趋利,甚于周人……邹、鲁以其(巨商邴氏)故多去文学而趋利者。

《汉书·地理志》亦云,鲁地"今去圣久远……趋商贾"。《盐铁论·力耕》云:"宛、周、齐、鲁,商遍天下。"其中除了"周"、"齐"以外,乃是汉代新兴的,其中也包括"鲁",可见确有后来居上的气势。②

此外,善于经商的,还有杨、平阳、温、轵、陈及中山等地。《史记·货殖列传》云:

> 杨、平阳西贾秦、翟,北贾种、代。

> 温、轵西贾上党,北贾赵、中山。

> 陈在楚、夏之交,通渔盐之货,其民多贾。

---

① 汉初的张释之可能亦出身于南阳的富商家庭,而后入赀为官。《汉书·张释之传》云:"张释之字季,南阳堵阳人也。与兄仲同居,以赀为骑郎(如淳曰:"《汉注》,赀五百万得为常侍郎")。事文帝,十年不得调,亡所知名。释之曰:'久宦减仲之产,不遂。'欲免归。"又,东汉开国功臣之一、光武帝妹夫李通,亦出身于南阳宛之商贾家庭,"世以货殖著姓"(《后汉书·李通传》)。
② 《史记·货殖列传》云:"子赣既学于仲尼,退而仕于卫,废著鬻财于曹、鲁之间,七十子之徒,赐最为饶益。"盖鲁地虽为圣人故乡,却又早有圣人弟子经商成功,故世盛则学圣人,世衰则学圣人弟子,理有必然矣。

三河、宛、陈亦然,加以商贾。

《盐铁论·通有》云:

> 赵、中山带大河,纂四通神衢,当天下之蹊,商贾错于路,诸侯交于道。然民淫好末,侈靡而不务本。

这些地方之富于商贾,大都也是因了交通便利之故。

把以上所有这些地区联系起来,便可以看出一张巨大的商业网络的模型,以及上面特富活力的枢纽部分的光点。正是来自这些地区的商人们,给这张巨大的商业网络注入了活力,使这张巨大的商业网络保持了通畅。

在当时的中国,大概只有尚未开化的南方地区,才不产商人,没有这样的光点,正如《史记·货殖列传》所说的:

> 楚、越之地……不待贾而足……是故江、淮以南,无冻饿之人,亦无千金之家。

不过勤奋的中原地区的商人们,已经先于拓荒的农民们,开始向这一地区进军了。《汉书·地理志》云:

> (粤)处近海,多犀、象、毒冒、珠玑、银、铜、果、布之凑,中国往商贾者多取富焉。

《史记·货殖列传》、《司马相如列传》中提到的临邛巨商卓氏和程郑,便都是通过这种南方贸易而致富的。

十

汉代商人队伍的阵容甚为壮大。西汉时期的情况,主要见于《史记·货殖列传》,《汉书·货殖传》则有所补充。《史记·货殖列传》云:

若至力农畜、工虞、商贾，为权利以成富，大者倾郡，中者倾县，下者倾乡里者，不可胜数。

这些"成富"者中，商人应占主要部分。这些"倾郡"、"倾县"，"倾乡里"者，还只不过是些中小商人，《货殖列传》未能一一记载；《货殖列传》所记载的，是"其章章尤异者"，亦即是倾动天下的大商人，其中有：

蜀临邛巨商卓氏。"即铁山鼓铸，运筹策，倾滇蜀之民，富至僮千人。田池射猎之乐，拟于人君。"卓文君之父卓王孙，即卓氏中之一人。

蜀临邛巨商程郑。"亦冶铸，贾椎髻之民，富埒卓氏。"

南阳宛巨商孔氏。"大鼓铸，规陂池，连车骑，游诸侯，因通商贾之利，有游闲公子之赐与名。然其赢得过当，愈于纤啬，家致富数千金。故南阳行贾尽法孔氏之雍容。"其经商手法颇为别致。

鲁曹巨商邴氏。"以铁冶起，富至巨万……贳贷行贾遍郡国。"其成功影响及于邹、鲁民风，"以其故多去文学而趋利者"。

齐巨商刀闲。其经商诀窍是利用"人材优势"，即使用齐俗所不喜的奴隶，尤其是聪明能干的奴隶，"使之逐渔盐商贾之利……终得其力，起富数千万"。

周巨商师史。"转毂以百数，贾郡国，无所不至。"具周商特有的久贾过门不入的敬业精神，"故师史能致七千万"。

关中宣曲巨商任氏。其成富在善于"人弃我取"。"秦之败也，豪杰皆争取金玉，而任氏独窖仓粟。楚汉相距荥阳也，民不得耕种，米石至万，而豪杰金玉尽归任氏，任氏以此起富。"后来经营农业亦是如此，"富者数世"。

关中巨商无盐氏。以敢于冒险发战争财致富。"吴楚七国兵起时，长安中列侯封君行从军旅，赍贷子钱，子钱家以为侯邑国在关东，关东成败未决，莫敢与。唯无盐氏出捐千金贷，其息什之。三月,吴楚平。一岁之中,则无盐氏之息什倍,用此富埒关中。"

关中巨商田氏。田啬、田兰,皆"富商大贾"。

关中韦家巨商栗氏,安陵巨商杜氏,杜巨商杜氏,"亦巨万"。

从以上各巨商的地域分布来看,与上文所云特富经商传统的地域较为一致,而尤以居于关中者为多,与关中的天下商业中心地位相符。这些巨商中的好多家,大抵是工商并营,尤以兼事冶铁业者为多,如临邛卓氏、程郑,宛孔氏,曹邴氏等,皆是如此,故其经营规模特别巨大。①这些巨商中的好多家,都是"迁虏"出身。如临邛卓氏之先为赵人,用铁冶富,秦破赵,迁赵富人于蜀,卓氏亦在其列;程郑之先为山东人,盖即齐人,以"迁虏"身份,被迁往蜀;宛孔氏之先为梁人,用铁冶为业,秦伐魏,迁孔氏南阳。由此可见,秦代的迁各国富人的政策,虽然给那些富人带来了不幸,却促进了若干新兴地区商业的发展,并有利于新的经济枢纽的形成。

《史记·货殖列传》所记载的,只是到司马迁时为止的巨商大贾;对于西汉后期的巨商大贾,《汉书·货殖传》作了补充记载,其中有:

成都巨商罗裒。"程、卓既衰,至成、哀间,成都罗裒訾至巨万。"他是一个高利贷商人,又是一个盐商。"初,裒贾京师,随身数十百万,为平陵石氏持钱。其人强力。石氏訾次如、苴,亲信,厚资遣之,令往来巴蜀,数年间致千余万。裒举其半赂遗曲阳、定陵侯,依其权力,赊贷郡国,人莫敢负。擅盐井之地,期年所得

---

① 《盐铁论·复古》引大夫之语云:"往者豪强大家得管山海之利,采铁石鼓铸,煮盐,一家聚众或至千余人,大抵尽收放流人民也。"卓氏之"僮千人",盖即这种情况。但在汉武帝实行盐铁国营政策以后,这些兼事冶铁业的巨商受打击较大,故上引大夫语有"往者"之说。

自倍,遂殖其货。"可见其亦善于"官商勾结",利用政治权力做护身符。

临淄巨商姓伟。"刀闲既衰,至成、哀间,临淄姓伟訾五千万。"

洛阳巨商张长叔、薛子仲。"师史既衰,至成、哀、王莽时,洛阳张长叔、薛子仲訾亦十千万。"

关中巨商樊嘉等。"前富者既衰,自元、成讫王莽,京师富人杜陵樊嘉,茂陵挚网,平陵如氏、苴氏,长安丹王君房,豉樊少翁、王孙大卿,为天下高訾。樊嘉五千万,其余皆巨万矣。"

以上这些巨商的分布地域,也主要是在传统的善贾之地,而尤以关中地区为多,可见西汉的商业版图,始终保持了其一贯性。所谓"丹王君房"、"豉樊少翁",盖以其主要经营品种得名,可见当时已有类似"专卖商"的巨商。而《史记·货殖列传》所记载各巨商,至西汉后期已纷纷衰落,为新兴巨商所取代,则又透露出当时商战激烈之消息,没有人能永远保持其优势(当然,"前富者"中的一部分,"衰"于汉武帝时期的盐铁国营政策或"算缗"、"告缗"政策亦不无可能)。可惜的是,主要靠了《史记·货殖列传》和《汉书·货殖传》,我们得以了解西汉巨商的情况;而自《后汉书》以后,正史中再也不见《货殖传》了,所以对于东汉巨商的情况,我们已很难了解了。

十一

汉代商人的经营范围,大抵是非常广泛的,从日常生活用品,到生产、交通工具,到金钱和奴婢,几乎无所不具。从《史记·货殖列传》的下述记载中,我们可见其经营品种和规模之一斑:[①]

[①] 分类及名目参考徐杰舜《汉民族发展史》,成都,四川人民出版社,1992年,第387—388页,但有所调整和订正。

酒　　商："酤一岁千酿。"
酱　　商："醯酱千瓨,浆千甔。"
肉　　商："屠牛羊彘千皮。"
粮食商："贩谷粜千钟。"①
薪炭商："薪稿千车。"
船　　商："船长千丈。"
竹木商："木千章,竹竿万个。"
车　　商："轺车百乘,牛车千辆。"②
漆器商："木器髹者千枚。"
铜器商："铜器千钧。"
铁器商："素木铁器若卮茜千石。"③
牲畜商："马蹄躈千,牛千足,羊彘千双。"
劳力商："僮手指千。"
矿物商："筋角丹沙千斤。"④
布帛商："帛絮细布千钧。"
绸缎商："文采千匹。"
皮革商："榻布皮革千石。"
生漆商："漆千斗。"
调料商："糵曲盐豉千荅。"⑤
鱼　　商："鲐鮆千斤,鲰千石,鲍千钧。"⑥

---

① 宣曲巨商任氏即从事粮食买卖。
② 周巨商师史便有"转毂以百数"。
③ 临邛巨商卓氏、程郑,宛巨商孔氏,曹巨商邴氏等,即皆从事铁器买卖。
④ "丹王君房"即专门从事丹沙买卖。
⑤ 齐巨商刀闲、成都巨商罗裒等,即皆从事盐买卖;"豉樊少翁"即专门从事豉买卖。
⑥ 齐巨商刀闲亦从事渔业及鱼买卖。

干果商:"枣栗千石者三之。"

毛皮商:"狐貂裘千皮,羔羊裘千石。"

毡席商:"旃席千具。"

蔬菜商:"果菜千钟。"

钱　商:"子贷金钱千贯。"①

而这还不过是一个资金百万级的中等商人一年中在"通邑大都"里的买卖量,资金巨万的大商人的买卖量则远不止此。

十二

不过,汉代商人的法律和政治地位却不高。像前代及后代的统治者一样,汉代统治者亦对商人取歧视政策。汉高祖即甚不喜商人,开国伊始,便下令"贾人不得衣丝乘车,重租税以困辱之"(《史记·平准书》)。②汉高祖去世后,对商人的歧视政策虽有所缓解,但仍规定商人及其子孙不得仕宦为吏。"孝惠、高后时,为天下初定,复弛商贾之律,然市井之子孙亦不得仕宦为吏。"(《史记·平准书》)③此后,汉景帝时曾下诏:"贾人不得乘

---

① 曹巨商邴氏、关中巨商无盐氏、成都巨商罗裒、平陵巨商石氏等,即皆从事高利贷生意。
② 据《史记·平准书》记载,汉兴时费用匮乏,"而不轨逐利之民,蓄积余业以稽市物,物踊腾粜,米至石万钱,马一匹则百金"。投机商人乘机大发战争财,故引起汉高祖的不满。又,据《后汉书·来歙传》载来歙上书云:"昔赵之将帅多贾人,高帝悬之以重赏。"李贤注云:"高帝十年,陈豨反于赵、代,其将多贾人,帝多以金购,豨将皆降。"叛军之将帅多为贾人,盖亦不能不引起汉高祖对商人的反感。故其对商人的歧视政策中,可能还隐含有个人的某种报复心理。
③ 所谓"市井之子孙",实指商人及其后代,因其时商人多在市籍(当然市籍外的商人也有),其市籍又是世代相传的。所以《汉书·贡禹传》载贡禹上疏云:"孝文皇帝时,贵廉絜,贱贪污,贾人、赘婿及吏坐赃者皆禁锢不得为吏。"《后汉书·桓谭传》载桓谭上疏云:"夫理国（转下页）

马车。"(《后汉书·舆服志上》)汉哀帝令有司条奏:"贾人皆不得名田、为吏,犯者以律论。"(《汉书·哀帝纪》)皆重申了汉初的禁令。这些禁令实际上被执行得怎样且不去管它,但它们至少说明了汉统治者对于商人的歧视政策是一贯的。①

又,汉初有所谓的"七科谪"制度,即有事时谪发戍卒的先后顺序。据《汉书·武帝纪》颜师古注引张晏说,"七科谪"的先后顺序是:"吏有罪一,亡命二,赘婿三,贾人四,故有市籍五,父母有市籍六,大父母有市籍七。"② 也就是说,其时商人的地位仅高于赘婿、流亡之人和有罪之吏,而在被谪发的七种人中独占了四种,且要一直受歧视到祖父辈曾为商人者!由此也可见商人的法律地位之低下。

而西汉时对商人打击最大的,则是汉武帝时一度实行的"算缗"和"告缗"政策。这一政策的目的在于榨取和剥夺商人的财产,而具体执行这一政策的张汤、杜周、田延年、杨可等一帮酷吏,又舞文弄法以承上旨,对商人横加迫害,"于是商贾中家以上大率破,民偷甘食好衣,不事畜藏之产业"(《史记·平准书》)。汉代蓬勃发展的商业和商人势力,因这次打击而一度大伤元气。

(接上页)之道,举本业而抑末利,是以先人二业,锢商贾不得宦为吏。"皆径以商人落实之。
① 汉统治者歧视商人的政策在文化上的代言人,便是董仲舒。在《春秋繁露·度制》中,他强调了服饰制度与社会等级密切相关的理论。在《服制》中,他提出了"百工商贾,不敢服狐貉"的主张,这一主张虽然不过是重申了《管子·立政》"服制"条的"百工商贾,不得服长鬈貂"的说法,但是考虑到其被重新提出时的时代背景,则不能不认为其有与汉统治者歧视商人的政策相配合的用意。
② 《汉书·晁错传》载晁错语,说明秦代谪发戍卒的顺序云:"先发吏有谪及赘婿、贾人,后以尝有市籍者,又以大父母、父母尝有市籍者。"汉制除增加了一个"亡命"外,其余全同于秦制,是亦可谓"汉承秦制"之一例。

十三

然而,社会各阶层的实际社会势力,除了受制于法律上的规定以外,还往往取决于各自所拥有的经济力量。虽然汉代统治者对商人一贯取歧视政策,但是汉代商人的实际社会势力,却与汉代统治者所规定的不同,而是至少远高出于农民之上的。这正如《汉书·食货志》引晁错说上语所说的:

> 今法律贱商人,商人已富贵矣;尊农夫,农夫已贫贱矣。故俗之所贵,主之所贱也;吏之所卑,法之所尊也。上下相反,好恶乖迕。

这种商人的实际社会势力与法律规定相左的现象,可以说并不仅存在于汉代,而是存在于整个中国历史上;不过由于汉代明确颁布了歧视商人的政策,所以这一现象就更显得反差强烈了。

那么,汉代商人的实际社会势力又如何呢?简单地一言以蔽之,那就是如上文引晁错语所说的"俗之所贵"!还在汉初文帝的时代,即贡禹所谓"贵廉絜,贱贪污"的时代,即各方面一切尚简的时代,富商大贾们便已经以奢侈相尚,过起了连帝、后也相形见绌的丰裕生活了。《汉书·贾谊传》载贾谊上疏云:

> 今民卖僮者,为之绣衣丝履偏诸缘,内之闲中,是古天子后服,所以庙而不宴者也,而庶人得以衣婢妾;白縠之表,薄纨之里,緁以偏诸,美者黼绣,是古天子之服,今富人大贾嘉会召客者以被墙。古者以奉一帝一后而节适,今庶人屋壁得为帝服,倡优下贱得为后饰。

富商大贾利用其经济力量,不仅能够过上奢侈的生活,而且还能对政治施加影响。《汉书·食货志》引晁错说上语云:

> 而商贾大者积贮倍息,小者坐列贩卖,操其奇赢,日游都市,乘上之急,所卖必倍。故其男不耕耘,女不蚕织,衣必文采,食必粱肉,亡农夫之苦,有仟伯之得。因此富厚,交通王侯,力过吏势,以利相倾;千里游敖,冠盖相望,乘坚策肥,履丝曳缟。①

到了汉武帝时代,由于汉武帝的穷兵黩武政策,政府财政发生困难,而商人则乘机大发战争财,其财力和势力都越来越大,使得王侯也不得不仰给于商人,不得不倒过来向商人赔小心。《史记·平准书》云:

> 于是县官大空。而富商大贾或蹛财役贫,转毂百数,废居居邑,封君皆低首仰给。冶铸煮盐,财或累万金,而不佐国家之急,黎民重困。

关于"封君皆低首仰给"一语,《汉书·食货志》颜师古注云:

> 时公主、列侯虽有国邑而无余财,其朝夕所须皆俯首而取给于富商大贾,后方以邑入偿之。

此情此景,不由得让人联想起巴尔扎克小说中所写到的那些没落的贵族与暴发的商人。

进入了东汉,那些高利贷商人役使中家子弟如臣仆奴婢,坐而收取厚利如王侯贵族。《后汉书·桓谭传》载桓谭上疏云:

> 今富商大贾,多放钱货,中家子弟,为之保役,趋走与臣仆等勤,收税与封君比入,是以众人慕效,不耕而食,至乃多

---

① 《后汉书·方术·公沙穆传》载:"有富人王仲,致产千金。谓穆曰:'方今之世,以货自通,吾奉百万与子为资,何如?'"虽说是东汉的例子,但正是商人"因此富厚,交通王侯"之一例。

通侈靡，以淫耳目。

这里说的是东汉初的高利贷商人。所谓"收税"，即指收取放贷的利息，李贤注云："收税谓举钱输息利也。《东观记》曰：'中家子为之保役，受计上疏，趋走俯伏，譬若臣仆，坐而分利也。'"这自是汉武帝时情况的一个逻辑发展。

到了东汉中期，受商人奢侈之风的影响，全社会都刮起了奢侈之风。崔寔《政论》云：

> 今使列肆卖侈功，商贾鬻僭服，百工作淫器，民见可欲，不能不买。贾人之列，户蹈僭侈矣。故王政一倾，普天率土，莫不奢僭者，非家至人告，乃时势趋之使然。

《后汉书·和帝纪》载，永元十一年(99)，针对"商贾小民，或忘法禁，奇巧靡货，流积公行"的现象，曾特下禁逾僭诏，由此亦可见奢侈之风之烈。但从崔寔的话来看，这样的诏书亦是无用之物罢了，终不能敌"普天率土"之"时势"。

到了东汉后期，庄园经济兴起，商人充当了重要角色。《后汉书·仲长统传》引《昌言·损益篇》云：

> 井田之变，豪人货殖，馆舍布于州郡，田亩连于方国。身无半通青纶之命，而窃三辰龙章之服；不为编户一伍之长，而有千室名邑之役。荣乐过于封君，埶力侔于守令。财赂自营，犯法不坐。刺客死士，为之投命。

其中所说的"豪人"，不一定仅指大商人，而是也可能包括大庄园主，但是肯定也包括大商人，因为"货殖"一词，一般多特指经商或工商兼营。由仲长统所言，可见其势力与财力之一斑，令人联想起司马迁的"素封"之说。也许可以说，终汉之世，商人的社会势力都很盛，也许至汉末而臻于顶点。

十四

汉代商人的社会势力,主要表现在经济生活和消费生活这两个领域;但是在有些时候,因了某种机缘,它也能影响及于政治领域。比如汉武帝时期,由于"县官大空",急需商人的财富以充国帑,所以不得不大开卖官鬻爵之门,商人因而得以以财买官。《盐铁论·除狭》引贤良语云:"今吏道壅而不选,富者以财贾官。"便指出了这一现象。①当时尤为引人注目的是起用商人理财,其中最著名的有桑弘羊等人。《史记·平准书》云:

> 于是以东郭咸阳、孔仅为大农丞,领盐铁事;桑弘羊以计算用事,侍中。咸阳,齐之大煮盐,孔仅,南阳大冶,皆致生累千金,故郑当时进言之。弘羊,洛阳贾人子,以心计,年十三侍中。故三人言利事析秋豪矣。

而他们当道以后,又起用了更多的商人。《史记·平准书》云:

> 使孔仅、东郭咸阳乘传举行天下盐铁,作官府,除故盐铁家富者为吏。吏道益杂,不选,而多贾人矣。②

这都是利用商人的特长,来为汉统治者的敛财服务;而桑弘羊等所设计的均输法和平准法,也正是让政府本身来做商人之事。

---

① 《汉书·贡禹传》载贡禹上疏中,痛陈了对于当时"亡义而有财者显于世","行虽犬彘,家富势足,目指气使,是为贤耳","何以孝弟为?财多而光荣"等社会现象的不满,缅怀了汉文帝时禁锢商贾不得为吏的历史,不过从中也可感受到当时商人的社会势力之盛,以及从汉初至汉中期商人势力的变迁。

② "当时所置盐铁官,计盐官凡二十七郡,为官三十有六。铁官凡四十郡,为官四十有八。"(马非百《盐铁论简注》,北京,中华书局,1984年,第2页)从《史记·平准书》来看,其官大抵以盐铁商人充任之。

所以一旦商人参与政治,则政治亦自会染上商人色彩。后来卜式批评这种做法道:"县官当食租衣税而已,今弘羊令吏坐市列肆,贩物求利。"其吏或原本即为商人出身者,现不过是换种方式从事其老本行而已。

在王莽时,也曾效汉武帝时的故伎,起用富商大贾为政府求利。《汉书·食货志》云:

> 羲和置命士督五均六斡,郡有数人,皆用富贾。洛阳薛子仲、张长叔、临菑姓伟等,乘传求利,交错天下。因与郡县通奸,多张空簿,府臧不实,百姓俞病。

据《汉书·货殖传》,薛子仲等人都是资产巨万的大商人;起用他们,盖亦是因为他们精通敛财的窍门。不过由以上例子亦可看出,汉代商人对政治的影响,尚主要偏重于财经领域,而未能及于政治全般。

十五

正因为汉代商人的生活较为优裕,所以社会上弃农为商现象始终不绝。西汉初的情况已是如此。《汉书·贡禹传》载贡禹上疏云:

> 商贾求利,东西南北各用智巧,好衣美食,岁有十二之利,而不出租税;农夫父子暴露中野,不避寒暑,捽屮杷土,手足胼胝,已奉谷租,又出稿税,乡部私求,不可胜供。故民弃本逐末,耕者不能半。

这里对农民弃农为商的原因说得很清楚,即是因为经商比务农容易致富。其实司马迁在《史记·货殖列传》中已说得很明确:"夫用贫求富,农不如工,工不如商。'刺绣文不如倚市门',此言末业贫者之资也。"只不过对此现象的态度各不相同罢了。东汉时的情况亦是如此。崔寔《政论》云：

> 且世奢服僭，则无用之器贵，本务之业贱矣。农桑勤而利薄，工商逸而入厚。故农夫辍耒而雕镂，工女投杼而刺绣，躬耕者少，末作者众。(《全后汉文》卷四六)

又，王符《潜夫论·浮侈》云：

> 今举世舍农耕，趋商贾，牛马车舆，填塞道路，游手为巧，充盈都邑，治本者少，浮食者众。"商邑翼翼，四方是极。"今察洛阳，浮末者什于农夫，虚伪游手者什于浮末……天下百郡千县，市邑万数，类皆如此。

王符的说法也许不免有夸张的成分，但大抵总是因为有那样的世风才那样说的。①这可以说是汉代才出现的新现象，在先秦时

---

① 此风所向披靡，影响所及，已不限于农民，也及于士大夫。如西汉的杨恽，是司马迁的外孙。《汉书·杨恽传》载："恽既失爵位，家居治产业，起室宅，以财自娱。"所谓"治产业"，即经商之意。同传载其《报孙会宗书》云："恽幸有余禄，方籴贱贩贵，逐什一之利，此贾竖之事，污辱之处，恽亲行之。"可谓得其外公之遗教(即《报孙会宗书》亦令人联想到其外公的《报任少卿书》)。又如上述在《政论》中指出弃农为商现象的崔寔，自己也在生活发生困难时一度经商。《后汉书·崔寔传》载："初，寔父卒，剽卖田宅，起冢茔，立碑颂。葬讫，资产竭尽，因穷困，以酤酿贩鬻为业。时人多以此讥之，寔终不改。亦取足而已，不致盈余。"大概他也因此而真正了解了社会上的弃农为商现象。而流风所及，亦波及宫廷。如《说苑·指武》载："孝昭皇帝时，北军监御史为奸，穿北门垣以为贾区。"胡建指责之云："今北军监御史，公穿军垣，以求贾利，买卖以与士市。"这堪称是"军商"了，开唐代"宫市"之先河。而最异色的事例，则是汉灵帝的好商贾之事。《后汉书·灵帝纪》载："帝作列肆于后宫，使诸采女贩卖，更相盗窃争斗。帝着商估服，饮宴为乐。"又《五行志一》载："灵帝数游戏于西园中，令后宫采女为客舍主人，身为商贾服。行至舍，采女下酒食，因共饮食，以为戏乐。"看来正是因为举世皆争为商贾，灵帝也受了世风的影响和诱惑，所 (转下页)

期则虽然亦会存在,但程度一定不会如此之甚的。

十六

综上所述,与先秦时期相比,汉代的商业有了更大的发展,汉代的商人势力更为增强。虽然他们的法律和政治地位不高,在一般社会意识中也仍受到歧视,但是凭借了他们的经济力量,他们不仅大都能过上较好的生活(尤其是相对于农民而言),而且还能对社会和世风发生相当程度的影响,受到其他社会阶层的私底下的羡慕。他们在政治方面的影响虽然薄弱,但是也总是或隐或显地存在。在官方钦定的、由班固负责编纂的《白虎通义》中,竟然破天荒地出现了"商贾"一节,对商人作了定义和界说,①大概可以说是其政治方面影响的一个象征性事例吧?

(接上页)以才宁可做商人而不要做帝王,宁可住客舍而不要住妃房,宁可做买卖而不要理政事。韩婴《韩诗外传》卷四云:"天子不言多少,诸侯不言利害,大夫不言得丧,士不言通财货,不贾于道。故驷马之家,不恃鸡豚之息;伐冰之家,不图牛羊之入;千乘之君,不通货财;冢卿不修币施;大夫不为场圃;委积之臣,不贪市井之利。"这种儒家的"不与民争利"的传统理想,在"商品经济的大潮"下亦受到了冲击。

① 《白虎通义·商贾》云:"商贾,何谓也? 商之为言商也。商其远近,度其有亡,通四方之物,故谓之商也。贾之为言固也。固其有用之物,以待民来,以求其利者也。行曰商,止曰贾。《易》曰:'先王以至日闭关,商旅不行,后不省方。'《论语》曰:'沽之哉,沽之哉,我待价者也。'即如是,《尚书》曰'肇牵车牛,远服贾用'何? 言远行可知也。方言'钦厥父母',欲留供养之也。"又,市井生活的发达,亦使《风俗义义》中出现了如下说明文字:"俗说市井者,言至市有所鬻卖,当于井上先濯,乃到市也。谨案《春秋井田记》:……井田之义……五日通财货。因井为市,交易而退,故称市井也。"(《后汉书·循吏·刘宠传》李贤注引)

《阳羡书生》：古典文学的现代性

现代人往往抱有一种常见的误解，那就是古典文学离我们很遥远。这种误解确实情有可原，因为古典文学上包裹了层层叠叠的迷彩外衣，随着时间的推移而变得越来越难以辨识。尤其是古典文学中常用的典故，对于当时人来说可能是流行的常识，但时过境迁之后，就成了后来人难以逾越的障碍。

但是，透过那些典故或迷彩外衣，我们仍可以看到古典文学的人性意蕴。正是这种人性意蕴，让现代人能够与之发生共鸣，使古典文学仍然具有现代性。

一、故　事

这是出现于南朝梁代的一篇文言小说《阳羡书生》，作者吴均（469—520），该小说收入其小说集《续齐谐记》（《庄子·逍遥游》："齐谐者，志怪者也。"）。该小说出现的背景是佛教在中国广泛传播，佛经故事刺激了中国文人的想象力，使中国小说开始在"志怪"的名义下，从历来承担叙事功能的史书中独立出来，并在唐代以此虚构技巧转而"志人"，在"传奇"的名义下使小说成为独立的文体。《阳羡书生》就是在这过程中冒出的一朵浪花，从它身上可以看出中国古典小说的成长。下面我们就来看一下这篇小说。[①]

---

① 本文所引，据李剑国《唐前志怪小说辑释》（修订本），上海，（转下页）

> 阳羡许彦，于绥安山行。遇一书生，年十七八（男一），卧路侧，云脚痛，求寄鹅笼中。彦以为戏言。书生便入笼，笼亦不更广，书生亦不更小；宛然与双鹅并坐，鹅亦不惊。彦负笼而去，都不觉重。

书生进了小小的鹅笼，可这鹅笼也不变大，书生也不变小，这个比例似乎难以想象。可以想见，这种描写对当时的读者来说会是多么的新鲜、刺激，挑战着他们的想象力。即使受过科幻文艺熏陶的现代人，恐怕也会对这种描写感到吃惊。"鹅幻"后来甚至成为中国戏法（魔术）的代名词。① 从"都不觉重"来看，这书生没有重量，在古代的志怪小说中，这意味着他可能是神仙，或者是鬼怪。不过小说于此并未明言，这增添了故事的神秘感。

> 前行，息树下。书生乃出笼，谓彦曰："欲为君薄设。"彦曰："善。"乃口中吐出一铜奁子，奁子中具诸肴馔，海陆珍羞，方丈盈前。其器皿皆铜物。气味香旨，世所罕见。
>
> 酒数行，谓彦曰："向将一妇人自随，今欲暂邀之。"彦曰："善。"又于口中吐一女子（一吐），年可十五六（女一），衣

(接上页)上海古籍出版社，2011年，其所据为《续修四库全书》影印明刊陆采《虞初志》本。段成式《酉阳杂俎》续集卷四"贬误"部引《续齐谐记》、《太平广记》卷二八四"阳羡书生"引《续齐谐记》，文字或小有不同，但内容并无大异。引文括号中"男一"、"女一"、"一吐"、"一吞"等说明文字均为笔者所加，下同不赘。又，明自好子编《剪灯丛话》卷五收题唐郑还古撰《阳羡书生传》，实吴均之作，见李剑国《唐五代志怪传奇叙录》（增订本），北京，中华书局，2017年，第1732页。又，清代袁栋《鹅笼书生》杂剧亦演此故事，有乾隆间刻本和嘉庆间刻本，题目云"寄鹅笼书生戏设"，正名云"看铜盘许彦惊心"，见傅惜华《清代杂剧全目》，北京，人民文学出版社，1981年，第164—165页。

① 《鹅幻汇编》，又称《戏法图说》、《中外（西）戏法图说》，清末唐再丰著，现存最早的魔术书，"鹅幻"一词即典出《阳羡书生》。

服绮丽,容貌殊绝,共坐宴。

口吐佳肴,已经像是变戏法了;口吐活人,就更是匪夷所思了。而二者连写,似乎又是对"食色"、"饮食男女"的某种暗示。又,古代十五六岁的女孩子就已经称为"妇人"了,而现在三十多岁的妇人却还在自称"女孩子"。

> 俄而书生醉卧。此女谓彦曰:"虽与书生结要,而实怀怨。向亦窃得一男子同行,书生既眠,暂唤之,君幸勿言。"彦曰:"善。"女子于口中吐出一男子(二吐),年可二十三四(男二),亦颖悟可爱,乃与彦叙寒温,挥觞共饮。
>
> 书生卧欲觉,女子口吐一锦行障遮书生,书生乃留女子共卧。
>
> 男子谓彦曰:"此女子虽有心,情亦不甚。向复窃得一女人同行,今欲暂见之,愿君勿泄。"彦曰:"善。"男子又于口中吐一妇人(三吐),年可二十许(女二),共酌,戏谈甚久。
>
> 闻书生动声,男子曰:"二人眠已觉。"因取所吐女人,还内口中(一吞)。
>
> 须臾,书生处女乃出,谓彦曰:"书生欲起。"乃吞向男子(二吞),独对彦坐。
>
> 然后书生起,谓彦曰:"暂眠遂久,君独坐,当悒悒邪?日又晚,当与君别。"遂吞其女子(三吞)。诸器皿悉内口中。

故事越出越奇,越来越诡异,不仅可以吞吐活人,而且还能连环吞吐:男一吐出女一,女一吐出男二,男二吐出女二……男二吞入女二,女一吞入男二,男一吞入女一……这似乎是一个连环故事,可以无限制地吞吐下去。现在流行的"穿越"小说,会有如此奇异的想象力吗?书生一觉睡得太久,从中午一直睡到晚上,起来问许彦是否"悒悒"——许彦怎么会"悒悒"呢,中间发生了这么多诡异的事情!

> 留大铜盘,可二尺广,与彦别曰:"无以藉君,与君相忆也。"
>
> 彦大元中为兰台令史,以盘饷侍中张散。散看其铭题,云是永平三年作。

"大元"即"太元",是东晋孝武帝的年号,从376年至396年;"永平"是汉明帝年号,从58年至75年,"永平三年"是60年。[①] 故事发生的年代,上距铜盘制作的年代,已有三百多年了;下距吴均写作的年代,也有一百来年了。那个铜盘把时间串了起来,其传承脉络很是"清楚":制作者⋯→书生→许彦→张散[②]⋯→吴均(作者像是实际见过并很了解这个铜盘似的)。铜盘穿越了虚构与现实的障壁,先从现实走进了虚构,又从虚构返回了现实。

[①] 张静二《"壶中人"故事的演化——从幻术说起》(载法鼓山中华佛学研究所编《佛学与文学:佛教文学与艺术学研讨会论文集(文学部分)》,台北,法鼓文化,1998年,2001年,第329—376页)说,"其结尾处指出该篇写在(北魏宣武帝)永平三年(510);写作时间是否可以就此定谳,也难遽断",又说,"时间由'昔'改成'太元十二年',再改成'永平三年'"。恐怕他是将铜盘的铭题误解为小说的作年,又把汉明帝的"永平"年号误解为北魏宣武帝的"永平"年号了吧。但试想一下,东晋与北魏互为敌国,东晋的人怎么可能使用北魏的年号呢?这不是"通敌"之罪吗?况且正如下文所云,这个铜盘在小说中起证物的作用,与鹅笼的幻化功能完全不同,所以作者怎么可能让它往后"穿越",以致不仅不能增加故事的真实性,反而减弱了苦心经营的可信度呢?因此我认为,铜盘制作年代只能是汉明帝永平三年(60),而不可能是北魏宣武帝永平三年(510)。又,历来传说佛教是在汉明帝永平年间传入中国的,如《牟子理惑论》的《汉明帝感梦求法》,所以铜盘上"永平三年作"的题铭也不会是偶然,暗示了此故事与佛经故事的关系。详见下文。

[②] 《晋书》中查无此人,应该也是虚构人物。

这是浮舟上的刻痕,梦留下的实物,古代小说里常用的道具,现代"穿越"作品也常用之。①

二、源　流

诚如清代章学诚(1738—1801)《校雠通义》卷一《藏书第九》引宋代郑樵(1104—1162)语所云:"性命之书,往往出于道藏;小说之书,往往出于释藏。"②《阳羡书生》确实源自佛经故事。唐代段成式(?—863)最早指出了这一点,其《酉阳杂俎》续集卷四"贬误"部引释氏《譬喻经》的"昔梵志作术,吐出一壶,中有女,与屏处作家室。梵志少息,女复作术,吐出一壶,中有男子,复与共卧。梵志觉,次第互吞之,拄杖而去"后云:"余以为吴均尝览此事,讶其说,以为至怪也。"

---

① 在汤姆·克鲁斯和妮可·基德曼主演的影片《大开眼戒》(*Eyes Wide Shut*, 1999)里,女主角梦见了男主角亲历的性派对场面且参与其中;而男主角不知忘在哪里的那个假面具,最后竟赫然出现在了他卧床的枕上。前者颇似白行简《三梦记》里的第二个梦(《三梦记》记载了三个"异于常"之梦:"或彼梦有所往而此遇之者,或此有所为而彼梦之者,或两相通梦者。"),后者则类《阳羡书生》里最后出现的这个铜盘。"弗洛伊德也特别注意到,令人恐怖的效果经常是在幻想和现实之间的区别突然被抹去的那个瞬间出现的,比如说,当此前一直被以为是幻想的东西突然在现实中出现或者一个象征物突然接过了被象征事物的属性的时候。"(霍拉斯·恩格道尔《风格与幸福》,万之译,上海,复旦大学出版社,2017年,第158—159页)
② 王重民《校雠通义通解》依据郑樵《校雠略·求书之道有八论》"凡性命道德之书可以求之道家,小学文字之书可以求之释氏"语,判断"此说为章学诚所本",而改此句之"小说"为"小学"(上海,上海古籍出版社,2009年,第42—43页)。毅平按:王氏所说诚是,然郑樵之意虽本指"小学",章学诚之意或即指"小说",我们这里姑且将错就错,因指"小说"其意也不错也。

段成式所引释氏《譬喻经》故事，即旧署吴康僧会(？—280)译①的《旧杂譬喻经》卷上《王赦宫中喻》，其中述梵志作术吐壶，壶中有女子，女子复作术吐壶，壶中有男子故事，②应为《阳羡书生》之所本。

  昔有国王，持妇女急。正夫人谓太子："我为汝母，生不见国中，欲一出。汝可白王。"如是至三。太子白王，王则听。太子自为御车出。群臣于道路奉迎为拜。夫人出其手开帐，令人得见之。太子见女人而如是，便诈腹痛而还。夫人言："我无相甚矣！"

  太子自念："我母尚如此，何况余乎？"夜便委国去，入山中游观。

  时道旁有树，下有好泉水。太子上树，逢见梵志（男一）独行来，入水池浴。出饭食，作术，吐出一壶（一吐），壶中有女人（女一），与于屏处作家室，梵志遂得卧。女人则复作术，吐出一壶（二吐），壶中有年少男子（男二），复与共卧。已，便吞壶（一吞）。须臾，梵志起，复内妇着壶中，吞之（二吞）。已，作杖而去。

  太子归国，白王，请道人及诸臣下，持作三人食，着一边。梵志既至，言："我独自耳。"太子曰："道人当出妇共食。"道人不得止，出妇。太子谓妇："当出男子共食。"如是至三，不得止，出男子共食。已，便去。

---

① 也有人认为此经失译，即非三国吴康僧会译。但不管怎么说，一般都认为此经是译经史上东晋以前的"古译"，即鸠摩罗什之前的译本，或经抄本。所以就时代而言，此经即非康僧会所译，也当距康僧会不远。
② 本文所引，据孙昌武、李赓扬《杂譬喻经译注（四种）》，北京，中华书局，2008年，其所据为新编《中华大藏经》影印《高丽藏》本。《大正藏》本、《法苑珠林》卷九二引等文字略同。

王问太子:"汝何因知之?"答曰:"我母欲观国中,我为御车,母出手令人见之。我念女人能多欲,便诈腹痛还。入山,见是道人藏妇腹中,当有奸。如是,女人奸不可绝。愿大王赦宫中,自在行来。"王则敕后宫中,其欲行者,从志也。

师曰:"天下不可信,女人也。"

可以看到,《王赦宫中喻》故事发生的地点是印度,主角是太子与梵志(道人①);其中已具备男女依次吞吐(以壶为容器)这一基本情节;吞吐的次数则是各两次,依次是男一吐壶一、壶一出女一,女一吐壶二、壶二出男二,壶二纳男二、女一吞壶二,壶一纳女一、男一吞壶一;有关的人物一共是三个;女一、男二均出入于壶中,人物不更小,壶不更大;②由此引发的教训是"天下不可信,女人也"。

然而在《阳羡书生》百来年前,有晋末荀氏《灵鬼志》的《外国道人》故事(四五世纪之交),③先受《王赦宫中喻》的影响:

---

① 此盖以道教名称施诸佛教僧侣,正如陈寅恪所云:"盖佛教初入中国,名词翻译,不得不依托较为近似之老庄,以期易解。"(见其《大乘义章书后》,收入《金明馆丛稿二编》,上海,上海古籍出版社,1980年,第163页)

② 鲁迅《中国小说史略》第五篇《六朝之鬼神志怪书(上)》云:"而此一事,则复有他经为本,如《观佛三昧海经》(卷一)说观佛苦行时白毫毛相云,'天见毛内有百亿光,其光微妙,不可具宣。于其光中,现化菩萨,皆修苦行,如此不异。菩萨不小,毛亦不大。'当又为梵志吐壶相之渊源矣。"(收入《鲁迅全集》第九卷,北京,人民文学出版社,1981年,第50页)钱钟书也以为"此固释典常谈",枚举了许多释典之例(见《管锥编》,北京,中华书局,1979年,第二册,第765页)。

③ 本文所引,据李剑国《唐前志怪小说辑释》(修订本),其所据为中华书局周叔迦等校注本《法苑珠林》卷六一引《灵鬼志》,以《太平御览》卷三五九引《荀氏灵鬼志》、卷七三七引《灵鬼志》等参校。又,关于《灵鬼志》的写作年代,张静二同上文认为:"尽管故事起首处载有(东晋孝武帝)'太元十二年'(383)等字样,但我们只知道这则故事写在晋朝(265—420),确切的年代无从掌握。"可故事中既然都有"太元(转下页)

太元十二年,有道人(男一)外国来,能吞刀吐火,吐珠玉金银。自说其所受术,师白衣,非沙门也。尝行,见一人担担,上有小笼子,可受升余,语担人云:"吾步行疲极,欲暂寄君担上。"担人甚怪之,虑是狂人,便语云:"自可尔耳——君欲何许自厝耶?"其答云:"若见许,正欲入笼子中。"笼不便,担人愈怪其奇:"君能入笼中,便是神人也。"下担,入笼中,笼不更大,其亦不更小,担之亦不觉重于先。

既行数十里,树下住食。担人呼共食,云:"我自有食。"不肯出,止住笼中,出饮食器物罗列,肴膳丰赡亦办,反呼担人食。未半,语担人:"我欲与妇共食。"即复口出一女子(一吐),年二十许(女一),衣裳容貌甚美,二人便共食。食欲竟,其夫便卧。妇语担人:"我有外夫,欲来共食,夫觉,君勿道之。"妇便口中出一年少丈夫(二吐,男二),共食。笼中便有三人,宽急之事亦复不异。有顷,其夫动,如欲觉,其妇便以外夫内口中(一吞)。夫起,语担人曰:"可去。"即以妇内口中(二吞),次及食器物。

相较《王赦宫中喻》,《外国道人》保留了发生在路旁树下、男女依次吞吐、一共三个人物的基本情节,同时也作了若干的变化与改动。《王赦宫中喻》采用印度太子的旁观者视角讲故事,《外国道人》改用"外国道人"(应是从《王赦宫中喻》中的"道人"而来,以中国立场而加上"外国"定语①)的主角视角讲故事;印度

(接上页)十二年"等字样了,已经可以把写作年代范围缩小到东晋末期或稍后了,怎么反而使之往前一百多年,模糊到了265年西晋之初呢?还是李剑国所说较为恰当:"荀氏,不详何人。'外国道人'事在东晋孝武帝太元十二年(387),疑此书作于东晋末期安帝之时。"(东晋安帝397至418年在位。)

① 有人见"道人"而望文生义,以为《外国道人》已经道教化,这是不知佛教初入中国,多取用道教之名之故,上文注释引陈寅恪说已具言。

《阳羡书生》：古典文学的现代性　429

太子变成了中国担人，故事地点也改换到了中国，时间则明确为东晋孝武帝太元十二年（387），从《王赦宫中喻》的纯外国，开始了中国化的过程；其主题仍是"天下不可信，女人也"，但已弱化，不作明言；外国道人神通更为广大，既能"吞刀吐火，吐珠玉金银"，也能吞吐肴膳丰赡的饮食器物（这个细节非常具有中国特色）；增加了对于女一衣裳容貌的描写；又省去了两只壶，①从人

---

① 从佛经故事接收神奇的"壶"的，应是费长房与卖药翁的故事。葛洪（283—343）《神仙传》之《壶公》，范晔（398—445）《后汉书》（约424—约445）之《方术列传下》，皆载有此故事，以文字简洁故，这里且引后者："费长房者，汝南人也，曾为市掾。市中有老翁卖药，悬一壶于肆头，及市罢，辄跳入壶中，市人莫之见。唯长房于楼上睹之，异焉，因往再拜奉酒脯。翁知长房之意其神也，谓之曰：'子明日可更来。'长房旦日复诣翁，翁乃与俱入壶中，唯见玉堂严丽，旨酒甘肴盈衍其中，共饮毕而出。翁约不听与人言之。"后世遂以"悬壶济世"指代行医，而以"壶中天地"、"壶中日月"象征神仙世界。葛洪《神仙传》或稍后于《旧杂譬喻经》之汉译，范晔《后汉书》或稍后于荀氏《灵鬼志》，而前二者所载费长房与卖药翁故事，弃吞吐之术而仅取一壶，表现佛经故事影响之另一面——甚或因神仙家先接收了此壶，致使小说家不得已用笼代之？张静二同上文云："而刘向《列仙传》一书所收的七十一人中，卖药行医者只有安期先生、瑕丘仲与玄俗等三人；不过，悬壶济世的典故乃因壶公而起。尽管王充认为'壶公悬壶不可信'，但这则如真似幻的故事传播相当广远：不但正史上再三载述，也成为文人墨客写作之资。依此看来，'跳壶故事'本身源于东汉（25—220）。只是何时开始流传，无法确知。若从东汉算起，则其流传早于'吐壶故事'；而若从《神仙传》问世后起算，则时间较晚。二者孰先孰后，殊难遽断。"张氏所谓"王充认为'壶公悬壶不可信'"，是其"'跳壶故事'本身源于东汉"说唯一的证据（所谓"这则如真似幻的故事传播相当广远：不但正史上再三载述，也成为文人墨客写作之资"，其实都是后来之事，即葛洪《神仙传》出现以后之事），该引文出处标注为"（汉）王充撰、刘盼遂集解，《论衡集解·附录》（北京：古籍出版社，1957年），页1338"，然检视该书，实乃刘盼遂引清人熊伯龙《无何集》卷之首"读《论衡》法"语，而非王充《论衡》语。熊伯龙以为，"读《论衡》有直读、横读二法"："何谓横读法？世间虚妄之说，不能尽辟，凡读《论衡》者，触类旁通可也。"　（转下页）

口中直接吐出人来,减少了读者的理解难度(原先以壶为容器确实有点累赘);同时,作为壶的替代,甚或是变形,增加了一只小笼,让道人进入笼中,来表演他的奇术,并反复强调笼人比例的奇特,"笼不更大,其亦不更小,担之亦不觉重于先","笼中便有三人,宽急之事,亦复不异",这种奇术靠原先的壶是很难表演的(类似"暗箱操作"),而换成笼则可以让读者直观地看到(所谓"公开透明");增加了担人与道人就此的对话,暗示了其对中国读者的冲击力。总之,可以看到小说的趣味增加了,而教训的意味则减少了。

三、新　变

相较《王赦宫中喻》和《外国道人》,《阳羡书生》进一步中国

(接上页)试就十事推之……以类而推,莫可穷究。此横读法也。直推则就其文而读之,横推则在乎人之自思……知此,可与读《论衡》矣。"其"横推"之"十事"中,即有"知围棋之虚,即知壶公悬壶不可信也;知悬壶之妄,即知螺壳美女不可信也",都是熊伯龙"横推"的例子,而非《论衡》原有之记载。张氏以清人熊伯龙语为东汉王充语,以证"'跳壶故事'本身源于东汉",无奈其不可乎!又,传为曹丕(187—226)或张华(232—300)所作之《列异传》中,已载费长房神异三事,但未见有壶公出现。即使现有《列异传》佚文不足征,然该书中提到魏末甘露年间(256—259)事,则成书年代自应在西晋或更后,已有条件接受佛经故事的影响。然则不管怎么说,仅就现有史料而论,壶公故事既然始见于《神仙传》(《抱朴子内篇·论仙》也提到过壶公),则理应从《神仙传》问世后算起,神奇的"壶"应来自佛经故事。又,宋张君房《云笈七签》(1027—1029)卷二八"二十八治部"之"下品八治"之"第一云台山治"引《云台治中录》云:"施存,鲁人,夫子弟子。学大丹之道,三百年十炼不成,唯得变化之术。后遇张申为云台治官,常悬一壶如五升器大,变化为天地,中有日月如世间,夜宿其内,自号壶天,人谓曰壶公,因之得道在治中。"此壶公故事应继葛洪《神仙传》而起。

化了：地点明确定为阳羡、绥安①；时间同样是东晋孝武帝太元年间②；无名担人变为官人许彦，外国道人变为中国书生③；佛教色彩变为儒教色彩；道具小笼变为鹅笼（让人想起王羲之的爱鹅传说，他与许彦几乎是同时代人）。④ 只有从旁观者许彦的视角讲故事，可以说是回到了《王敖宫中喻》，但这一改变似乎别有意图。

《外国道人》新增的一些有趣细节，比如求寄笼中、笼人比例、变出佳肴、女子美貌等，为《阳羡书生》所承袭，而后者的描写则更为细腻了。如书生进了鹅笼，"宛然与双鹅并坐，鹅亦不

---

① 阳羡，今江苏省宜兴市，属无锡市。绥安，在阳羡西南。两地均距作者吴均家乡吴兴故鄣（今浙江省安吉县）不远，吴均可能比较熟悉该地区，故取以为故事发生的舞台。张静二同上文说："《阳羡书生》中并无'壶'的意象出现。不过，阳羡（今江苏省宜兴县南）特以制壶闻名遐迩；清花鸟画家吴梅鼎祖籍阳羡，就曾指出当地磁壶'价埒金玉'，'为四方好事收藏殆尽'。如此说来，故事以阳羡为发生地点，似乎不无巧合。"宜兴紫砂壶源起于明代正德年间（1506—1521），以此附会千年前的《阳羡书生》故事，难见巧合，实属荒唐。况且，既然"《阳羡书生》中并无'壶'的意象出现"，则又何必无中生有，扯到"阳羡特以制壶闻名遐迩"上去呢？
② 《太平广记》卷二八四引《阳羡书生》，"阳羡"前有"东晋"二字，结尾又提到"彦大元中为兰台令史"，说明作者心目中所设定的故事发生时间，或就是《外国道人》的"太元十二年（387）"。
③ 鲁迅《中国小说史略》第五篇《六朝之鬼神志怪书（上）》云："然此类思想，并非中国所故有……魏晋以来，渐译释典，天竺故事亦流传世间，文人喜其颖异，于有意或无意中用之，遂蜕化为国有，如晋人荀氏作《灵鬼志》亦记道人入笼子中事，尚云来自外国，至吴均记，乃为中国之书生。"（《鲁迅全集》第九卷，第49—50页）
④ 《外国道人》省去了"壶"，《阳羡书生》也省去了。盖"壶"已进入神仙传说，吴均也知道这一点，其《遥赠周承诗》云："伯鱼留蜀郡，长房还葛陂。"提到了费长房之事，亦即提到壶公之事。葛洪《神仙传》姑且不说，吴均注过范晔《后汉书》，应该熟悉《方术列传》，其中就有壶公故事，以及那只神奇的壶。

惊",加写了鹅们的反应(鹅本来易惊,不惊则异常①),既是题中应有之义,也让故事有趣不少,让人佩服作者的细心。《王敦宫中喻》只作"出饮食",《外国道人》加写为"器物罗列,肴膳丰赡",至《阳羡书生》则更是夸张为"海陆珍羞,方丈盈前","气味香旨,世所罕见",凸显了中国人爱美食的特点,流露了鲜明的中国特色;尤其是还点出"其器皿皆铜物"(当时是比较贵重的食器吧),既加深了读者对美食的印象,也为最后那只铜盘埋下了伏笔。女一背叛男一,吐出男二,男二背叛女一,吐出女二,原先吐了也就吐了,现在解释了情由:"虽与书生结要,而实怀怨。""此女子虽有心,情亦不甚。"让读者减轻了对背叛者的反感,觉得他们这么做也是情有可原,为小说主题的重要改变做了铺垫;况且对于女一、男二的外貌神情都有正面描写,足以增添读者对他们的同情心和印象分。此外还有让人捏了把汗的惊险情节:"书生卧欲觉,女子口吐一锦行障遮书生。"说明小说作者很会吊读者的胃口。笼人比例虽承自《外国道人》,但外国道人不出笼,中国书生出笼了,其好处是现场感、参与感更强了,且避免了《外国道人》里的重复描写,即"笼中便有三人,宽急之事亦复不异",而使读者得以全神贯注于人物的吞吐,这是为小说主题的重要改变服务的。②

---

① 武田雅哉便惊讶道:"书生入笼的时候,如果真是鹅的话,本来应依从其本性,因受惊而嘎嘎乱叫,可它们竟然全没脾气!"(见其《桃源乡の机械学》,代后记,东京,作品社,1995年,第340页)
② 由于《外国道人》几乎不为人所知,所以主要是通过《阳羡书生》,"笼不更大,人不更小"的空间幻境,在后来的中国文学中影响深远。钱钟书《管锥编》云:"《广记》卷四〇〇《侯遹》(出《玄怪录》):'尽取通妓妾十余人,投之书笈,亦不觉笈中之窄';《琅嬛记》卷下引《贾子说林》记一人与邻女有情,无缘得近,忽'梦乘一玄驹入壁隙中,隙不加广,身与驹亦不减小,遂至女前';皆径师鹅笼遗意。"(第二册,第766页)明清的白话小说里也有类似的描写,明末罗懋登的《西洋记》第八十(转下页)

《王赦宫中喻》中的男女都没有年纪；到了《外国道人》，男一还是没有年纪，但女一是"二十许"，男二是"年少丈夫"，有了大致的年纪；到了《阳羡书生》，更是每个人物都有了明确的年纪，而且还错落有致，各不相同：男一"十七八"，女一"十五六"，男二"二十三四"，女二"二十许"。喜欢在小说中引入明确的时间标志，明白介绍出场人物的年纪，这是中国小说的一个明显特征，来自于中国的史传传统，尤其是编年体史书，如《春秋》、《左传》及正史中的本纪等的影响。①《阳羡书生》得风气之先，在这方面很典型也很中国。②

（接上页）五回《黄凤仙卖弄仙术　阿丹国贡献方物》写黄凤仙在阿丹国卖弄仙术："黄凤仙来得忙，看见有一个花瓷器瓶儿在地上，一勋斗就刺到瓶儿里面去了。早已有个番子眼快，看见走在瓶里，就吆喝道：'在这里，在这里！'……黄凤仙也就拿出个主意来说道：'我满挨着坐在这里，凭他怎么样儿来。'……国王道：'此事怪哉！一个人怎么进得瓶儿里面去？'……番王叫声道：'瓶里大哥，你出来罢。'道犹未了，一声响，一个黄凤仙跳将出来。"现代阿根廷小说家博尔赫斯(1899—1986)的《阿莱夫》盖取此意，"阿莱夫"是一个小圆球，"直径大约为两三厘米，但宇宙空间都包罗其中，体积没有按比例缩小"。博尔赫斯在该书《后记》(1949)中自述："我认为在《扎伊尔》和《阿莱夫》里可以看到威尔斯1899年写的短篇小说《水晶蛋》的某些影响。"则也许威尔斯(1866—1946)的《水晶蛋》也取此意？又，虽说承认如上文注释引鲁迅、钱钟书等所说的，这种空间幻境乃是来自于佛经故事的影响，但武田雅哉还是认为，轻松地沉浸于这种超出情理之外的、完全违背常识的、只能以语言来构造而绝无影像化可能的空间游戏(空间幻境)，乃是中国人的时空思维及故事叙述的鲜明特点；同时又认为，《阳羡书生》只不过是语言的舞蹈，要从中读出人性或讽刺精神，乃是犯傻之举(《桃源乡の机械学》，序，第8—10页)。窃以为其前说可爱而后说可商。

① 参见拙文《小说中的时间标志》，原载2016年4月3日《新民晚报》"国学论谭"版(笔名"胡言")，后收入拙著《今月集：国学与杂学随笔》，上海，上海文化出版社，2018年。
② 当然，《外国道人》开宗明义的"太元十二年"，以及女一、男二的大致年纪，已开启先河。

《王赦宫中喻》中的太子只是旁观者,没有参与梵志的活动;《外国道人》里的担人既是旁观者,又是参与者;《阳羡书生》继承了《外国道人》,许彦也既是旁观者,又是参与者。不过相较《外国道人》里担人的啰嗦,看起来好像只会说一个"善"字的许彦(整个故事里他一共只说了四个"善"字),其实反而留给读者以更多的想象(就像中国画的讲究"留白"手法,中国文章的追求"言外之意")。① 而且,担人只是惊讶于道人的入笼,而许彦则是呼应着人物的吞吐,可见《阳羡书生》立意重心之所在,已从笼人比例转向了人物关系。其实作者正是通过许彦的眼光,观察并推动着故事情节的发展,却无意对人物言行作出道德评判。相对于愤世嫉俗的印度太子,大惊小怪的中国担人,许彦的态度明显宽容中立。对于当事人的保密要求,他也做到了守口如瓶。他似乎是在表示:"知道了又怎样?不知道又怎样?这就是生活!"②而这同时也正反映了作者的倾向性,也为小说主题的重要改变做了铺垫。

此外,许彦竟然还有了官职——"大元中为兰台令史";他不仅做了书生的证人,自己也添了一个证人,即"侍中张散"。两个实实在在的官人,他们传承下来的故事,不由读者不信以为真。况且他们手上还有那只大铜盘,其传承脉络清楚,先由书生送给许彦,后由许彦送给张散,作者又宛如亲眼目睹(尺寸明确,上有题铭)。那可是最有力的证物,为《王赦宫中喻》、《外国道人》所

---

① 武田雅哉质问许彦道:"你怎么就不吃惊呢?你怎么这么平静呢?"(《桃源乡の机械学》,代后记,第340页)其实吃惊只是正常反应,不吃惊才更加意味深长,可以让读者产生无穷联想,而这也正是《阳羡书生》超越《外国道人》的地方。
② 杨绛的小说《洗澡》里,姚宓看上的可爱的男主人公名叫许彦成,他也像是一个学术名利场的旁观者,我愿意相信他与许彦或许有亲缘关系。所

无，绝非画蛇添足的闲笔。人证、物证俱全，故事的真实性，还有谁敢怀疑呢？

就像这样，具体的人名、地名、时间、年龄，以及言之凿凿的讲述者、见证者，加上最后那只尺寸明确、上有题铭的铜盘，使此小说带上了中国史传的实证色彩。① 佛经故事丰富的想象力与中国史传的实证色彩相结合，催生了《阳羡书生》这样的文言小说，中国古典小说由此正式登上了文学史的舞台。

但以上这些都算不上什么，如果与下面这一点相比。《阳羡书生》最为重要的新变，也可以说是革命性的改变，是增加了女二这"第四个人"！即让女一口中吐出的男二，又偷偷地吐出女二来！由此小说主题全变了，从"天下不可信，女人也"，变为揭示男女间的互不信任，更进一步地，揭示人际关系的不可靠性，人类存在的不安定性。② 这样，不仅故事更为诡异离奇，主题更为复杂多歧，而且也具有了现代意义。作者推陈出新，点石成

---

① 吴均好学有俊才，文学为沈约、柳恽等激赏，有《与朱元思书》等名文；文体清拔有古气，时人谓为"吴均体"，好事者或学之；更擅史学，著《齐春秋》三十卷、《庙记》十卷、《十二州记》十六卷、《钱塘先贤传》五卷、《通史》本纪和世家部分等，注范晔《后汉书》九十卷；此外还有《续文释》五卷，文集二十卷。见《梁书·文学上·吴均传》。可见《阳羡书生》的史传手法、实证色彩实其来有自。

② 如林田慎之助认为："这个故事里充满了奇妙的冷静的恶意。看起来相爱相伴的一对男女，心底里却都潜藏着恶魔，背叛的恶意遂被设定为男女关系的主题。由此看来，佛经故事的焦点只是戒女色，志怪故事的主题则明确转到对人一般的内在的恶意的认识上来。"(《魏晋六朝の志怪小説にみえる女性像》，收入《中国文学の底に流れるもの》，东京，创文社，1992年，第294页)此外，论者还有所谓"连锁单恋"、"鹅笼境地"、"链式占有"、"'对'的思考"等不同说法，其实内在意思都差不多。2017年4月16日我在巴黎高等师范学校讲解此文时，法国听众认同这颇近于萨特"他人就是地狱"的观点，并为尤瑟纳尔没有注意到《阳羡书生》而感到遗憾。

金,增加了"第四个人",这是《阳羡书生》的最大亮点,也是中国小说从佛经故事独立的象征,更是其永不过时的现代性的来源。

段成式《酉阳杂俎》续集卷四"贬误"部引《阳羡书生》,是现知最早指出该小说与佛经故事关系的,但他未能看出人数有三个或四个之别,以及这种区别的革命性意义。不仅如此,其所引该小说本身,也仅至"二吐"、"男二"而止,而没有"三吐"、"女二"情节,亦即并未出现"第四个人",以致显不出小说结构的创新,而陈因于此前的佛经故事。段成式之所以有意省略或无意忽略了"第四个人",很可能是嫌吐来吐去情节过于"重复",却也正说明他于"第四个人"并无感觉。后来,如清代蒋超伯《南漘楛语》卷六《梵志》引佛经故事云:"即吴均记鹅笼书生之蓝本也。"一直到鲁迅、钱钟书等现代学者,好像大都只关心《阳羡书生》的蓝本,却并未注意到"第四个人"的出现,也没能看出这一改变的革命性意义。①

---

① 裴普贤较早注意到"三吐"、"女二"的出现,但只是说其"格外使故事显得诡异而富丽"(见其《中印文学研究》,台北,台湾商务印书馆,1968年,1976年,第186页),而并未深入探讨其意义。驹田信二较早注意到了人数的"三"与"四"之别,并从"对"(阴阳)的思考的角度去解读。他说,井原西鹤的《诸国咄》中的《金锅留存》(《残るものとて金の锅》),是对《阳羡书生》的"翻案"(模拟)之作,其中老人吐出少女,少女吐出少年,而《阳羡书生》则是书生吐出女子,女子吐出男子,男子又吐出女子,人数有"三"与"四"之别。井原西鹤到"三"为止,而《阳羡书生》则多了一人,这就是"四"。"四"暗示着无限反复,而非结束,与"三"有着巨大的差异。这种无限反复乃是"对"的思考的体现,让人感到人心中存在着别人看不见的阴影,进而联想到人际关系的不确定性,人类存在的不安定性,这就是《阳羡书生》吸引现代读者的地方。存在着"对"的思考的中国文学,在写善人的时候,不会割舍善人的善里内包的恶,在写恶人的时候,也不会丢弃恶人的恶里内藏的善。也正因此,《金锅留存》只是一个奇异的故事,此外就什么都没有了;而《阳羡书生》则除了奇异的故事外,还有什么东西吸引着现代(转下页)

即使是后世的模拟之作,于此似乎也未达一间。①另外,男女间的互不信任,人际关系的不可靠性,要揭示这些主题,至"第四个人"已经足够,不需要第五个乃至更多的人了。② 所以,《阳羡书生》的四个角色,三吐三吞,乃是恰到好处,适可而止,体现了作者吴均的匠心,而绝非简单地模仿佛经故事。③

(接上页)读者,会留在现代读者的心底(见其《中国古典文学と日本文学——その相违について》,原载《国文学》1966年5月号,原题为《中国文学と日本近代文学》,后收入《对の思想:中国文学と日本文学》,东京,劲草书房,1969,第320—334页)。

① 钱钟书《管锥编》云:"又按鹅笼书生所吐女子'实怀外心',因吐一男子,而此男子'心亦不尽',别吐一女;其事实为宋、明嘲谑语之所滥觞。罗晔《醉翁谈录》丙集卷二《耆卿讥张生恋妓》言曹国舅化为丹,吞入何仙姑腹,何又化丹,为吕洞宾所吞,汉钟离因笑语蓝采和:'你道洞宾肚里有仙姑,你不知仙姑肚里更有一人!'冯犹龙《广笑府》卷六《防人二心》袭之。易吐人为吞人,即前论卷二五六《平曾》则所谓'反仿'也。"(第二册,第766—767页)也仅至"二吞"、"男二"而止,而没有"三吞"、"女二"情节,亦即并未出现"第四个人"。

② 这也就是驹田信二同上文说的,"四"暗示着无限反复,"对"(阴阳)的思考,故不需要"五"及更多。如钱钟书《管锥编》所举法国一小名家,"作诗叹风爱花,花爱蝴蝶,蝴蝶爱蔚蓝天,蔚蓝天爱星,星爱大海,大海爱崖石,作浪频吻之,而石漠然无动"(第二册,第767页),"连锁单恋"至于六层,则纯粹是文字游戏了。

③ 驹田信二同上文既高度评价了《阳羡书生》,却又认为它还不是有意识的创作,即还不是文学意义上的小说,吴均只是"笔录者"而非"作者",只是把耳闻的奇异故事笔录下来,却无意于下功夫把它写得有趣,也没有意识到故事隐含的深意,由此而抒发某种独特的感怀。这显然是自相矛盾的看法,无视于吴均不露声色的创造,尤其是增加了别处皆无的"第四个人"。这恐怕与驹田信二对中国小说的看法有关,在其另一文《中国の"小说"概念》(收入同上书,第296—319页)里,他认为中国小说实始于唐传奇,六朝"志怪"还谈不上是小说(《世说新语》则完全不提)。虽然总体上来说有道理(尤其是不把《世说新语》看作是小说),但难免有矫枉过正之嫌,尤其是对于《阳羡书生》来说。

四、余　波

顺便介绍一下,这个故事并未到《阳羡书生》结束,它还继续影响了朝鲜半岛和日本,在那里导出了异形变奏的故事。新罗的《竹筒美女》故事云:

> 金庾信自西州还京,路有异客先行,头上有非常气。息于树下,庾信亦伴寝。客伺绝行人,探怀间,出一竹筒,拂之,二美女从竹筒出,共坐语。还入筒中,藏怀间,起行。庾信追询之,言语温雅,同行入京。庾信与客携至南山,松下设寝,二美女亦出参。客曰:'我在西海,娶女于东海,与妻归宁父母。'已而风云冥暗,忽失不见。(《新罗殊异传》)①

故事结构因循痕迹明显:金庾信既是旁观者,又是参与者,约同于许彦;异客是作法之人,约同于书生;邂逅既在路上,休息也在树下;美女出于竹筒,正如出于书生口中,而竹筒又暗示了鹅笼(皆竹制也)。不过不同之处也有不少:异客"头上有非常气",让读者预作心理准备,不要受其后作法惊吓;作法者不睡觉,旁观者睡觉(假寐);只有一出一入,为单层结构;然一出二女,为此前故事所无;未涉及竹筒与美女的大小比例问题。又有意思暧昧不明者:"南山松下设寝,二美女亦出参"——所"参"者为异客一人,还是异客与金庾信二人? 其故事主题也不同于既往,应该是男人的白日梦,类所谓"齐人之福"者。类似题材的作品,其同时代有崔致远的《双女坟记》(一男二女),后来朝鲜时期又有金力重的《九云梦》(一男八女)。

---

① 权文海(1534—1591)《大东韵府群玉》卷九引。

《阳羡书生》：古典文学的现代性　　439

日本的《竹取物语》故事云：

> 从前有一个伐竹的老公公。他常到山中去伐竹，拿来制成竹篮、竹笼等器物，卖给别人，以为生计。他的姓名叫做赞岐造麻吕。有一天，他照例去伐竹，看见有一枝竹，竿子上发光。他觉得奇怪，走近一看，竹筒中有光射出。再走近去仔细看看，原来有一个约三寸长的可爱的小人，住在里头。于是老公公说："你住在我天天看见的竹子里，当然是我的孩子了。"就把这孩子托在手中，带回家去。老公公把这孩子交给老婆婆抚养。孩子长得非常美丽，可是身体十分细小，只得把她养在篮子里……孩子在养育中一天天长大起来，正像笋变成竹一样，三个月之后，已经变成一个姑娘。于是给她梳髻，给她穿裙子。①

这应该是另一类型的故事了，其中只有一个情节与新罗的《竹筒美女》有关，那就是可爱的小人乃出身于竹筒中（后来养在篮子里，也间接与竹有关）。但竹筒中小人的尺寸明确标为"约三寸长"，以便与竹筒的容量相配合，则似乎是以合理化的计算，来消解佛经故事以来的空间幻境；②同时，不可思议的是，仅仅三个月她就被养大了，这似乎又背离了合理化的计算（也许是作者联想到了竹子生长迅速的特点）。这显然是一种"以时间换空间"的叙事策略，也就是说，以时间的变形来置换空间的幻境。也许

---

① 收入《落洼物语》，丰子恺译，北京，人民文学出版社，1984年，第3页。
② 此种合理化"努力"也见于他国文学，如钱钟书《管锥编》云："弥尔敦诗写地狱大会，无央数庞然巨魔奔赴咸集，室不加广而魔体缩小，遂廓然尽容；其神通才等《广记》卷二八六《胡媚儿》（出《河东记》）所云以万钱入瓶中小如粟粒、马驴入瓶中如蝇大、诸车入瓶中如行蚁，远输佛法之不可思议矣。"（第二册，第766页）

对于日本读者来说,时间变形要比空间幻境相对容易接受。①这样,从佛经故事到《竹取物语》,经过一再的流传和反复的变异,原先的样子几乎已经完全看不出了,而转化成一个毫不相干的故事,不仔细辨认根本看不出其间的联系。②

后来江户时代小说家井原西鹤(1642—1693)的《金锅留存》③,是对《阳羡书生》的"翻案"(模拟)之作。但正如驹田信二所指出的,《金锅留存》只到二吐、二吞就结束了,与《阳羡书生》有"三"与"四"之别;它模拟了中国小说的情节,却忽略了中国小说的神髓。④

五、诠 释

《阳羡书生》故事结构简单,所用文言也浅显,现代的读者只要受过基本的文言文训练,读起来应该都不觉得费力。那么,这个发生在(或不如说出现于)一千六百年前、写作于一千五百年前的故事,经历了漫长岁月的冲刷,还能触动我们的心灵吗?还能给我们以启示吗?

在复旦大学的"中国文学传统"课上,当我给同学们讲述这

---

① 这与前述武田雅哉认为空间幻境乃是中国人时空思维及故事叙述的鲜明特点的看法正好可以"互文"。
② 日本僧空海(774—835)曾留学唐朝(804—806),但在入唐前即已知费长房、壶公故事,在其早期著作《三教指归》(791 或 797)中曾提到过,说明费长房、壶公故事早已传入日本;但是否也影响过《竹取物语》,这个就说不清楚了。千余年后,川端康成的小说《古都》的开头,也提到了"壶中天地"的掌故,说明壶公故事在日本影响深远。
③ 收入《西鹤诸国ばなし》(《诸国咄》),富士昭雄、井上敏幸、佐竹昭广校注《新日本古典文学大系》本,东京,岩波书店,1991 年。
④ 参见其《中国古典文学と日本文学——その相违について》。

个故事时,反响热烈。我问大家,它为什么要用这种结构呢？为什么写得如此诡异呢？其中二男二女的年龄都不一样,作者如此安排是否别有深意呢？同学们发言踊跃,意见五花八门,下面姑举一二。

甲：我认为这是为了让文章比较曲折,用不同点来给读者增加记忆……就有点像俄罗斯套娃,大的里面套一个小的,里面还有更小的,这样就有层次感,使文章错落有致……

乙：我觉得这反映了不同年龄阶段,人的不同的心理。比如说男一是十七八岁,这个年龄段的男生,也就是高中生,对爱情比较专一,头脑很简单,就认准了一个对象,不会想到对方会欺骗自己;接着是女一,十五六岁,是初中生,这个年龄段的女孩子的心理特点,主要就是：花痴（全场爆笑）,所以希望找一个比较老成的男性,但也没有想到对方并不喜欢自己;男二是研究生,二十三四岁,接触世界多,心理也更加成熟,可能喜欢找一个略小一点,但是比较成熟的女生,这就是女二,二十岁的本科生……（全场笑翻）

丙：我觉得作者这篇作品想表达的是一种人与物的区别的观念,这里谁吐出谁象征着占有关系。物品是可以随便被占有的,比如说前面吐出的铜盆子是可以随便地任由他掌控的;但是人就不同了,人是很复杂的,虽然表面上可以占有他,但是很难确保他不背叛你……

丁：我认为这些年龄包含着时空错乱的观念。可以看到,最后的那个盆子是很久以前的了,可见时空确实很凌乱,因此年龄的错乱也就不足为奇了……

戊：我觉得可能是随着年龄的不同,受蒙骗的程度也不一样。男一和女一的年龄较小,所以受蒙骗的程度更深;男二和女二年龄大些,所以没有受到蒙骗。这应该是和年龄有关的……

男一是唯一一个不知道其中玄机的人，他也是最幸福的一个，被蒙骗最深的人也是最幸福的……

己：就关注女一的话，她以为自己骗过了男一，却不知道自己也被欺骗了。这就有些像前脚打狼，后脚又来虎……

庚：这很像佛教。你以为你所依靠的东西都是靠得住的，但是到头来，他们其实都是靠不住的。所以身外之物、身边之人都是不可靠的。这就像佛教的哲理一样……

辛：我认为这其实是作者在写自己的回忆录……比如说现在的作者就是这个许彦，他通过第三人称视角来观察自己的一生……男一就是他较小的时候，喜欢活泼的小女孩，以为对方会对自己专一，结果却发现错了，对方喜欢年龄更大的男人……当他到了二十三四岁的时候，他有了自己的家庭，但是也变得三心二意，会去骗骗小女生……

……

下课的铃声响了，同学们意犹未尽。显而易见，如果有足够的时间，大家还想讨论下去。但即使讨论下去，也不可能达成共识，更不会有"标准答案"。在后来于同济大学举行的讲座上，同学们同样见解各异，争论不休。

而大家之所以见解各异，争论不休，就是因为故事里出现了"第四个人"，使得小说的主题变得复杂多歧，也因此与现代人的生活有了关联。试想，如果它还停留在佛经故事的阶段，主题仍是"天下不可信，女人也"，则大家除了赞成或反对以外，还能有其他更多的联想或解读吗？

六、启　示

当一篇古典文学作品可以被现代人兴趣盎然地阅读时，可以被现代人喋喋不休地讨论时,可以被现代人无穷无尽地诠释时,它就是有生命的,它就是活色生香的,它就是属于当下的。它离我们并不遥远,依然触动着我们的心灵,给我们以新鲜的刺激,让我们体认文学的力量。它直指人心深处,揭示人性的隐秘。

而没有"标准答案",则正是文学的本质。一千个读者就有一千个哈姆雷特。文学不同于任何其他学问的地方,正在于每个读者可以有每个读者的理解。一花一世界,每个人都是独一无二的;文学针对个人,呼应着人的独一无二性。文学永远是个人之学。因此,只要人类尚未灭绝,文学就不会死亡。

在文学的这种本质方面,古典文学与现代文学没有什么不同,因为人性的本质古今并无不同。这是古典文学仍具有现代性的原因,也是现代人仍需要古典文学的理由。

风景的变迁

——4 至 19 世纪中国古文中的自然

> 你站在桥上看风景,
> 看风景的人在楼上看你。
> 明月装饰了你的窗子,
> 你装饰了别人的梦。
>
> ——卞之琳《断章》

风景都是主观的,只是我们不注意。文学艺术中一切的风景,无不带上了作者的眼光;作者的眼光,又无不受制于他所属的时代;而时代又一直是在变的,所以风景也就一直在变。这样,我们看风景,其实也就是在看看风景的人,他们跟明月一起装饰了我们的梦;我们看风景,既是在看万象的演化,也是在看时光的流转……

拙译日本汉学家小尾郊一(1913—2004)的名著《中国文学中所表现的自然与自然观》(《中国文学に现われた自然と自然观——中世文学を中心として》)①告诉我们中国文学中的风景是如何发现和表现的,本文则拟进一步探讨中国文学中的风景是如何变迁和演化的。② 如果说拙著《诗歌:智慧的水

---

① 东京,岩波书店,1962 年;中译本,邵毅平译,上海,上海古籍出版社,1989 年,2014 年。
② 拙文《从日内瓦到贡布雷——法国文学中的风景描写》(载《书城》2019 年 2 月号)可以提供一个参照。

珠》①之《自然观的智慧》章侧重于中国古诗,那么本文将侧重于中国古文(偶尔旁涉古典小说),并希望由此可与拙著拙译形成"互文"效应。

一、宏大风景中的渺小个人

春天。法国布列塔尼大区的首府雷恩。在雷恩第二大学的教室里,我正给中文系诸生讲解着李白(701—761)的《春夜宴从弟桃花园序》:

夫天地者,万物之逆旅也;光阴者,百代之过客也。而浮生若梦,为欢几何? 古人秉烛夜游,良有以也。况阳春召我以烟景,大块假我以文章。会桃花之芳园,序天伦之乐事。群季俊秀,皆为惠连;吾人咏歌,独惭康乐。幽赏未已,高谈转清。开琼筵以坐花,飞羽觞而醉月。不有佳作,何伸雅怀? 如诗不成,罚依金谷酒数。(《李太白全集》卷二七)

文章不长,才百把字,读读讲讲,讲讲读读,很快就教完了。照例问有什么问题,一同学奋然举手:"老师,不过是春天的一次普通聚会而已,也不是什么了不起的大事,李白干嘛要从天地万物、光阴百代说起,说得那么隆重那么热闹呢? 这也未免太小题大做了吧?"大家面面相觑,神色犹豫,显然都有同样的疑惑。

问题问得突然,也问得尖锐。在中国乃至日本、韩国的大学课堂上,我不记得有人问过同样的问题。我敏感地意识到,这肯定又是一个涉及中国文化特征的问题,深入下去当有别样的收

---

① 杭州,浙江人民出版社,1991年;台北,国际村文库书店,1993年;上海,复旦大学出版社,2008年。

获,不能仅以"发端数语,已见潇洒风尘之外"(《古文观止》卷七)之类泛泛之语来应付。

这种写聚会先从风景写起的做法,或者换句话说,把人物放在风景中来表现的做法,再换句话说,以宏大风景来反衬渺小个人的做法,其实并不是从李白开始的,而是始于六朝,始于东晋王羲之(303—379)的《兰亭集序》(353)。这也可以说是六朝隋唐文学中风景描写的一个基本特点。① 那也是一次在春天的自然中举行的聚会,美丽的风景让人联想到了天地万物,联想到了古往今来:

> 此地有崇山峻岭,茂林修竹,又有清流激湍,映带左右,引以为流觞曲水,列坐其次,虽无丝竹管弦之盛,一觞一咏,亦足以畅叙幽情。是日也,天朗气清,惠风和畅,仰观宇宙之大,俯察品类之盛,所以游目骋怀,足以极视听之娱,信可乐也……每览昔人兴感之由,若合一契,未尝不临文嗟悼,不能喻之于怀。固知一死生为虚诞,齐彭殇为妄作。后之视今,亦犹今之视昔,悲夫!(《晋书·王羲之传》)

风景之宏大美丽,使人觉得自己渺小;风景之亘古如斯,使人觉

---

① 中国文学中的风景描写始于六朝,关于其产生的原因及背景,前人已作过比较深入的探讨。"自古名山大泽,秩祀所先,但以表望封圻,未闻品题名胜。逮典午(晋)而后,游迹始盛。六朝文士,无不托兴登临。史册所载,若谢灵运《居名山志》、《游名山志》之类,撰述日繁。"(《四库全书总目》卷七一史部地理类《徐霞客游记》提要)"盖晋室既东,江北之地,尽为诸胡所割据,北方汉族,不能安其故居,才智之士,相率而南。此辈既从难地来客斯邦,又受南方所盛行之老庄思想之浸淫,群趋于爱自由爱自然之风尚,而江南人物俊秀,山水清幽,自然美又足以激动其雅兴,于是对景生情,多有能罗丘壑于胸中,生烟云于笔底者。"(郑昶《中国画学全史》,上海,中华书局,1929年,第45页)由此孕育出了以风景为主角的山水诗文和山水画。本文所论宏大风景与渺小个人的关系,实以"风景的发现"为背景和前提。

得生命短暂;于是风景的"可乐"就变成了"可悲",这就是《兰亭集序》的主旨之所在。① 所以后来明代袁宏道(1568—1610)的《兰亭记》,便把《兰亭集序》的这一主旨揭示了出来:

> 古今文士爱念光景,未尝不感叹于死生之际。故或登高临水,悲陵谷之不长;花晨月夕,嗟露电之易逝。虽当快心适志之时,常若有一段隐忧埋伏胸中,世间功名富贵举不足以消其牢骚不平之气。(《解脱集》之三)

而初唐王勃(647—675)的《滕王阁序》(全题是《秋日登洪府滕王阁饯别序》)只用了一句话,便概括了这种宏大风景与渺小个人的对比,以及心境从"可乐"至"可悲"的推移:

> 天高地迥,觉宇宙之无穷;兴尽悲来,识盈虚之有数。(《王子安集》卷八)

"天高地迥"让人觉察到了个人的渺小,"宇宙之无穷"让人体会到了"盈虚之有数",②所以风景引发的心理反应是"兴尽悲来",接下来顺理成章的便是李白的"及时行乐"了。如果把风景之"可乐"与"可悲"相比权衡,我们甚至不知道何者为得何者为失。

类似的宏大风景与渺小个人的对比,以及心境从"可乐"至"可悲"的推移,也出现在宋代苏轼(1037—1101)的《赤壁赋》中:

---

① 清陈衍评柳宗元《至小丘西小石潭记》云:"而前言'心乐',中言潭中鱼'与游者相乐',后言'凄神寒骨',理似相反,然乐而生悲,游者常情,大而汾水,小而兰亭,此物此志也。"(《石遗室论文》四)也看到了这一现象,但未涉及背后的原因。

② 清蒋坦《秋灯琐忆》记其某次出游云:"晚渡钱江,飓风大作,隔岸越山皆低鬟敛眉,郁郁作相对状。因忆子安《滕王阁序》云:'天高地迥,觉宇宙之无穷;兴尽悲来,识盈虚之有数。'殊觉此身茫茫,不知当置何所。"便是反映此种感受之一例。

> 客曰:"……况吾与子渔樵于江渚之上,侣鱼虾而友麋鹿,驾一叶之扁舟,举匏樽以相属。寄蜉蝣于天地,渺沧海之一粟。哀吾生之须臾,羡长江之无穷。挟飞仙以遨游,抱明月而长终。知不可乎骤得,托遗响于悲风。"

但是作为苏轼作品乃至宋代文学的特色之一,便是用哲学的达观来消解悲伤的情感,所以接下来就是一段著名的"变"与"不变"之论:

> 苏子曰:"客亦知夫水与月乎?逝者如斯,而未尝往也;盈虚者如彼,而卒莫消长也。盖将自其变者而观之,则天地曾不能以一瞬;自其不变者而观之,则物与我皆无尽也,而又何羡乎……"(《苏轼文集》卷一)

宏大风景与渺小个人的对比被苏轼轻轻消抹,但对比的消抹仍以对比的存在为前提。至此,这个问题似乎已经发挥得题无剩义了,中国文学对风景的表现期待着新变。

朝鲜时期小说家金万重(1637—1692)的《九云梦》(约1688)的最后一回,写功成名就的杨少游与八美人凭栏远眺,发了一通苏轼《赤壁赋》中"客"式的感叹,[①]最后他终于大梦初醒,

---

① "俄而菊秋佳节已迫矣,菊花绽萼,茱萸垂实,正当登高之时也。翠微宫西畔有高台,登临则八百里秦川如掌样见也,丞相最爱其台。是日,与两夫人、六娘子登其上,头插一枝黄菊,以赏秋景,相对畅饮。而已返照倒射于昆明,云影低垂于广野,秋色灿烂,如展活画。丞相手把玉箫,自吹一曲,其声呜呜咽咽,如怨如诉,如泣如思,若荆卿渡易水,与高渐离击筑相和;伯王在帐中,与虞美人唱歌怨别。诸美人悲思盈襟,惨怛不乐。两夫人问曰:'丞相早成功名,久享富贵,一世所美,近古所罕。当此佳辰,风景正美,菊英泛觞,玉人满座,此亦人生之乐事,而箫声甚哀,使人堪涕。今日之箫声,非旧日之闻,何也?'丞相乃投玉箫,徒倚栏头,举手指明月而言曰:'北望则平郊四广,颓岭独立,夕照残影,明灭于荒草之间者,即秦始皇阿房宫也;西望则悲风悄林,(转下页)

回归真身。可见对于风景与个人的关系,朝鲜文人也具有相似的看法。金万重的同时代人,日本江户时代俳句家松尾芭蕉(1644—1694)的《奥之细道》(《奥の细道》,1689),以"日月者百代之过客,逝水之年亦旅人也"(月日は百代の过客にして、行かふ年も又旅人也)开头,即来自李白《春夜宴从弟桃花园序》的开头。推而广之,"国学家"本居宣长(1730—1801)倡导的"物之哀"(もののあわれ)论,其实也无非就是对这种宏大风景与渺小个人之关系的日式解读。①

(接上页)暮云幂山者,汉武帝茂陵也;东望则粉墙缭绕于青山,朱甍隐映于碧空,且有明月自来自去,玉栏干头,更无人倚者,即玄宗皇帝与太真同游之华清宫也。噫!此三君皆千古英雄,以四海为户庭,以亿兆为臣妾,雄豪意气,轩轾宇宙,直欲挽三光而阅千岁矣,而今安在哉?少游以河东一布衣,恩承圣主,位致将相,且与诸娘子相遇,厚意深情,至老益密,非前生未了之缘,必不及于是也。男女以缘而会,缘尽而散,乃天理之常也。吾辈一归之后,高台自颓,曲池且堙,今日歌殿舞榭,便作衰草寒烟,必有樵童牧儿,悲歌暗叹,往来而相谓曰:"此乃杨丞相与诸娘子所游之处。大丞相富贵风流,诸娘子玉容花态,已寂寞矣。"人生到此,则岂不如一瞬之顷乎?'"(《杨丞相登高望远 真上人返本还元》,据癸亥本)

① 而在井原西鹤(1642—1693)的浮世草子《日本永代藏》(1688)里,李白的"天地万物"、"光阴百代",则被剥离了其与风景、人生的关系,而被用来作为宣扬"町人"(市民阶层)价值观的理由:"一生的唯一大事,就在营生度日。士农工商自不待言,甚至出家的和尚、庙祝神官,也无不须听从节俭大明神的点化,积攒金银。这乃是生身父母之外的衣食父母。人生一世,若说长么,今日不知明日事;虑其短么,则朝夕都足惊心。所以,有道是:'天地者,万物之逆旅;光阴者,百代的过客。'浮生只是一场梦幻,一霎时的一缕云烟,一死之后还有什么呢?金银简直不如瓦砾,黄泉路上没有它的用处。可是,虽这么说,留将下来,毕竟是有益于儿孙。仔细想来,世上不拘什么愿望,其中仗凭金银的威光而不能如愿以偿的,普天之下只有生老病死几件事,除此而外,再无其他,所以说,可宝贵的再没有胜得过金银的了。"(《日本致富宝鉴》卷一之一《初午转来好运气》,收入《井原西鹤选集》,钱稻孙译,上海,上海书店出版社,2011年,第3—4页)

值得注意的是,上述这些作品中提到的聚会,大都是在自然环境中举行的,而不是在室内举行的。如果聚会只是在室内举行,比如说欧洲人喜欢的沙龙,那当然不会有什么风景,人就是聚会场所的一切,从而也就不会联想到天地万物;但中国文人所写的那些聚会,恰恰都是在自然环境中举行的,所以他们首先直面的便是风景,首先联想到的就是天地万物。

有了这样的风景与个人的关系,那么也就不难理解,从东晋开始产生、隋唐开始兴盛的中国山水画,为何总是让风景布满整个画面,而把人物都画得很小很小,成为风景中隐约的点缀,乃至初看之下竟难以找到。① 与此形成鲜明对比的是,在十七八世纪以前的欧洲古典绘画中,人物永远是画面的主角和中心,风景至多只是背景或陪衬。有人不满于观众忽略了蒙娜丽莎背后的风景,可这不是一个容易理解的"误读"吗?大家的注意力都集中于美人微笑的大脸,谁还会去注意其背后朦胧的风景呢?对比中西古典绘画,可以分明看出风景与个人关系的不同。②

可以作为参照的是,在法国文学中,"风景的发现"始于 18

---

① 正如林语堂《苏东坡传》(宋碧云译)所云:"《赤壁赋》短短几百个字就道出了人在宇宙中的渺小……人类在浩瀚宇宙中的渺小,表现得正如国画中的山水画。我们只看到一点点风景的细节,隐在水天的空白内,两个小人影在月夜闪亮的河上泛舟。从此,读者就迷失在那片气氛里。"(卷三《老练》第十六章《赤壁赋》)"一切绘画都是一种哲学思想不自觉的反应。国画不知不觉表现出天人合一、宇宙生命一统、人类只是渺小过客的观念。"(卷三《老练》第二十章《绘画艺术》)
② 其实,中国画最初也以人物画为主,山水则只是人物画的背景。山水从人物画的背景独立出来,据说是在顾恺之手里完成的,真正称得上是山水画的作品,乃是晋室东迁以后才出现的:"惟当时所谓山水画者,多为人物画之背景,独恺之所作,乃能从人物画之背景更进一步,故有我国山水画祖之称焉。"(郑昶《中国画学全史》,第 46 页)后来在欧洲,风景也从人物画中独立了出来,但其时间则要比中国晚了很多。

世纪的卢梭(1712—1778)。"'自然'这个口号要按它的原义去理解。第一次在英国以外的小说中表现出对大自然的真正感情,以此取代谈情说爱的客厅和花园。"①在卢梭的书信体小说《新爱洛漪丝》(1761)里,出现了对于美丽的自然风光的描写。这一切皆起因于卢梭的故乡日内瓦,那阿尔卑斯山和日内瓦湖的美景,"对自然的热爱从这里一直传遍整个欧洲"②。"他(卢梭)使我们饱览瑞士和萨瓦地区的景色,使文坛充满一种清新的气息……正如圣勃夫所说,卢梭是第一个使我国文学充满青翠的绿意的作家。"③

西方抒情诗走向风景的脚步也与此合拍。作为单独被注意到感受到的整体的风景,直到18世纪的抒情诗中才开始出现,至19世纪的浪漫主义诗歌而蔚成风气。比如在法国诗人拉马丁(1790—1869)的《沉思集》(1820)中(诸如《孤独》、《幽谷》、《湖》、《秋》等),风景就扮演了极为重要的角色。

紧随着法国文学中风景描写的出现,法国绘画中也开始出现了风景画,风景从人物画的背景独立出来,成为整个画面的主角,人物则退而为配角或点缀。巴比松画派、印象派、后印象派等,都是卢梭的传人。④

---

① 勃兰兑斯《十九世纪文学主流》第一分册《流亡文学》,张道真译,北京,人民文学出版社,1980年,第18页。
② 勃兰兑斯《十九世纪文学主流》第一分册《流亡文学》,张道真译,第20页。
③ 《安德烈·莫洛亚为一九四九年法国勃达斯版〈忏悔录〉写的序言》,远方译,卢梭《忏悔录》附录,北京,人民文学出版社,1992年,第624页。
④ 这个过程虽然比中国要晚,但跟中国的情况其实很像。中国山水画的独立和发展过程,也与山水诗的独立和发展同步:"这和山水诗的独立过程完全相同。也就是说,山水诗的发展过程与山水画的发展过程当然是同步共轨的。正如山水诗在晋宋之间萌芽、成长,经过六朝,不久变成了写景诗,而在唐代开花一样,山水画也是在唐代开花的。"(小尾郊一《中国文学中所表现的自然与自然观》,邵毅平译,上海,(转下页)

而伴随着"风景的发现"而出现的,则是对于感情的细腻而感伤的描写,以及感情与风景的通感连觉,这成了后来风靡一时的浪漫主义的源头。夏多布里昂(1768—1848)是法国浪漫主义文学的先驱,其作品中洋溢着浓重的感伤情绪,而这与"风景的发现"有着极为密切的关系。"夏多布里昂写景时对男女主人公情绪的考虑要(比卢梭)多得多。在内心感情的波涛汹涌时,外界也有猛烈的风暴;人物和自然环境浑为一体,人物的感情和情绪渗透到景物中去,这在 18 世纪文学中是从来没有过的。"①其中的道理与中国文学有相通之处。

反之,如果硬要把"浪漫主义"的帽子戴到中国文学的头上,那么最恰当的头颅其实就是本文前面提及的那些作品,它们把渺小的个人置于宏大的风景面前,从而体会到了难以排遣的绝望和忧伤。就此意义而言,中国文学中的"浪漫主义"比欧洲文学中的早了何止千年!

(接上页)上海古籍出版社,1989 年,第 345—346 页,2014 年,第 292 页)就法国近代绘画与文学的关系而言,我们也可以看到完全相似的现象,套用圣勃夫(1804—1869)的话来说,是卢梭使法国绘画充满青翠的绿意的。

① 勃兰兑斯《十九世纪文学主流》第一分册《流亡文学》,张道真译,第 20 页。早在楚辞《九歌》的《山鬼》里,即已出现了这种表现手法:"采三秀兮于山间,石磊磊兮葛蔓蔓。怨公子兮怅忘归,君思我兮不得闲。山中人兮芳杜若,饮石泉兮荫松柏,君思我兮然疑作。雷填填兮雨冥冥,猨啾啾兮狖夜鸣。风飒飒兮木萧萧,思公子兮徒离忧。"章培恒先生解释说:"在她觉得'君'仍在'思我'只是无闲暇来看望自己时,她所置身于其中的自然景色相当可爱;在她对'君'的是否'思我'已有怀疑时,其由'饮石泉兮荫松柏'的行动所体现出来的自然景色已趋于清寂;在她意识到她对'公子'——'君'的思念已毫无意义时,自然景色也就变为黑暗而恐怖了。所以,作品所写的这一类自然景色,实象征着作品主人公的心境以及与之相联系的处境。"(《中国文学史新著》增订本第二版,上海,复旦大学出版社,2011 年,第 114 页)

二、"化外"风景的征服与臣服

以王羲之的《兰亭集序》为嚆矢,六朝隋唐文学中的风景描写,经常表现宏大风景中的渺小个人,从而引发了中国式的"浪漫主义"。而进入唐代以后,伴随着唐帝国的征服与扩张,也作为"盛唐气象"的文学标志,对"化外"风景的"征服"意识,开始进入唐代文学的风景描写中,为风景描写的传统增添了新的内容,展示了全然不同以往的新的风貌。在这方面,柳宗元(773—819)的"永州八记"可以说是一个典型代表。

因永贞革新运动的失败,柳宗元左迁永州(今湖南省永州市)司马。这是他生平第一次离开长安,离开文明的中心地区,来到文明的边缘地区,亦即当时人眼中的"化外"之地("永州八记"即称永州为"夷"、"夷狄"[①])。在永州十年,他寄情于奇山异

[①] 有不少人认为,《游黄溪记》之入手:"北之晋,西适豳,东极吴,南至楚越之交,其间名山水而州者以百数,永最善;环永之治百里,北至于浯溪,西至于湘之源,南至于泷泉,东至于黄溪东屯,其间名山水而村者以百数,黄溪最善。"乃摹拟《史记·西南夷列传》之开头:"西南夷君长以什数,夜郎最大;其西靡莫之属以什数,滇最大;自滇以北君长以什数,邛都最大。"(《汉书·西南夷传》之开头略同)如宋吴子良《荆溪林下偶谈》卷一"韩柳文法祖《史记》"条云:"子厚《游黄溪记》云……句法亦祖《史记·西南夷传》。"王应麟《困学纪闻》卷十七"评文"云:"《游黄溪记》仿太史公《西南夷传》。"宋咸淳廖氏世彩堂本《河东先生集》卷二九《游黄溪记》评语云:"公文势本此(《史记·西南夷传》)。"清陈衍《石遗室论文》四云:"文有显然模拟,颇见其用之恰当者……此虽模拟显然,然小变化之,各见其布置之法也。"林纾《韩柳文研究法》之《柳文研究法》云:"人手摹《汉书·西南夷传》,'永最善'、'黄溪最善',简括入古。"(只有何焯有点煞风景,其《义门读书记》卷三六《河东集》中)指摘《游黄溪记》:"发端既涉模拟,又未必果然也,删此而直以'黄溪距永州治七十里'起,何如?"不过孙琮《山晓阁选唐大家柳柳州(转下页)

水，一连写了九篇游记，依次是《始得西山宴游记》、《钴𬭎潭记》、《钴𬭎潭西小丘记》、《至小丘西小石潭记》、《袁家渴记》、《石渠记》、《石涧记》、《小石城山记》(以上一般称为"永州八记")，以及《游黄溪记》(均《柳河东集》卷二九)，成为唐代文学中风景描写的名篇。

一般读者学者注目于"永州八记"的，是它如何表现了柳宗元的思想情怀，它的风景描写是如何的出色……但是我们却发现了一些别样的东西，那就是柳宗元对"化外"风景的强势心态，其中充满了象征"盛唐气象"的"征服"意识。

"永州八记"对"化外"风景的表现，大致由以下三部曲组成：发现、整顿、接受。

柳宗元在永州陆续发现了西山，西山西边的钴𬭎潭，钴𬭎潭西边的小丘，小丘西边的小石潭，以及袁家渴、石渠、石涧、小石城山等八处"幽丽奇处"(《袁家渴记》)，它们大都具有不同于"化

(接上页)全集》卷三《游黄溪记》文末评语意见又有不同："一起，先从幽晋吴楚四面写来，抬出永州；次从永州名胜四面写来，抬出黄溪。便见得黄溪不独甲出一个永州，早已甲出于天下，地位最占得高。")高步瀛《唐宋文举要》甲编卷四"柳子厚"之《袁家渴记》引吴汝纶评语还认为，《袁家渴记》之入手"由冉溪西南水行十里，山水之可取者五，莫若钴𬭎潭；由溪口而西陆行，可取者八九，莫若西山；由朝阳岩东南水行至芜江，可取者三，莫若袁家渴；皆永中幽丽奇处也"，"此与游黄溪起法，皆模《史记·西南夷传》"。果如此说，则柳宗元在写《游黄溪记》、《袁家渴记》乃至其他各记时，心中当横亘有《史记·西南夷列传》(或《汉书·西南夷传》)的影子，而这也同时表明了他视永州为"夷狄"的态度。又窃以为，《袁家渴记》之入手采用"择优并置法"，果然是摹拟《史记·西南夷列传》或《汉书·西南夷传》的，但《游黄溪记》之入手却采用"层层聚焦法"，实摹托名宋玉的《登徒子好色赋》的"天下之佳人莫若楚国，楚国之丽者莫若臣里，臣里之美者莫若臣东家之子"，而非摹《史记·西南夷列传》或《汉书·西南夷传》也。前贤皆体认有偏，千虑一失，未达一间也。又，后来欧阳修《醉翁亭记》之入手也采用此法，详见下节。

内"风景的"怪特"特征。"其石之突怒偃蹇,负土而出,争为奇状者,殆不可数。其嵚然相累而下者,若牛马之饮于溪;其冲然角列而上者,若熊罴之登于山。"(《钴鉧潭西小丘记》)"潭中鱼可百许头,皆若空游无所依,日光下澈,影布石上,佁然不动,俶尔远逝,往来翕忽,似与游者相乐。"(《至小丘西小石潭记》)①这些极具特色的风景描写,既归功于柳宗元的别具慧眼和生花妙笔,也

---

① "空游"这一表现,据明代杨慎《丹铅余录》卷一(《丹铅总录》卷十八"鱼若乘空"条、《升庵集》卷五三"空游"条同)说,乃出典于北魏郦道元《水经注》的"绿水平潭,清洁澄深,俯视游鱼,类若乘空矣"(卷二二洧水"又东南过长社县北"条;又,卷三七夷水"东入于江"条"其水虚映,俯视游鱼,如乘空也"表现相同);而据小尾郊一《中国文学中所表现的自然与自然观》说(1989年,第290页,2014年,第244页),《水经注》的这一表现,又来自于东晋袁山松《宜都山川记》的"大江清浊分流,其水十丈见底,视鱼游如乘空,浅处多五色石"(《太平御览》卷六十)。毅平按:梁吴均《与朱元思书》的"水皆漂碧,千丈见底,游鱼细石,直视无碍"(《艺文类聚》卷七),也是相仿的表现。又,即在袁山松、郦道元、吴均与柳宗元之间,还有唐苏颋《兴庆池应制》的"山光积翠遥相逼,水态含青近若空",王维《纳凉》的"涟漪涵白沙,素鲔如游空",都采用了类似"若空"、"游空"的表现(见钱钟书《管锥编》,北京,中华书局,1979年,第四册,第1457页)可见柳文其来有自。然而后人每误以为柳宗元所独创,如汪曾祺《写景》云:"写景实不易……柳宗元《至小丘西小石潭记》……这写的是鱼,实际上写的是水。鱼之游动如此,则水之清澈可知。这种借鱼写水的手法,为后来许多诗文所效法,而首创者实为柳宗元。"(原载1994年8月15日《新民晚报》"夜光杯",重刊于2016年9月9日《新民晚报》"夜光杯"创刊七十周年纪念特刊,此据后者)毅平按:柳宗元的确有所发挥,实在"日光下澈"以下,而不在"空游无所依"。正如林纾所云:"写溪中鱼'百许头,空游若无所依',不是写鱼,是写日光。日光未下澈,鱼在树阴蔓条之下,如何能见? 其'佁然不动,俶尔远游,往来翕忽'之状,一经日光所澈,了然俱见。'澈'字即照及潭底意,见底即似不能见水,所谓'空游无依'者,皆潭水受日所致。一小小题目,至于穷形尽相,物无遁情,体物直到精微地步矣。"(《韩柳文研究法》之《柳文研究法》)又,这在袁山松、郦道元当时,也同样可以说是"化外"的风景。

归因于"化外"风景的"怪特"特征——后者却常常被人们所忽略了。①

然而"化外"的风景,"化外"之人却未必有眼光去发现,反而有待于来自中原的"化内"之人。作者所喜欢的水潭,原主人却视为包袱(《钴鉧潭记》);原主人眼中的"弃地",却是作者心中的宝贝(《钴鉧潭西小丘记》)。这是因为来自中原的"化内"之人,熟悉更"高级"的"化内"风景,能透过"化外"风景的"怪特"表象,看到其潜在的"归化"后的价值。

同时,正因为"化外"风景"怪特",与"化内"风景还有距离,所以无法照原样来接受。"坐潭上,四面竹树环合,寂寥无人,凄神寒骨,悄怆幽邃。以其境过清,不可久居,乃记之而去。"(《至小丘西小石潭记》)②这就必须以"化内"风景为模范,仿照"化内"风景来整顿之。"遂命仆人过湘江,缘染溪,斫榛莽,焚茅茷,穷山之高而止。"(《始得西山宴游记》)"则崇其台,延其槛,行其泉于高者而坠之潭,有声潈然。"(《钴鉧潭记》)"即更取器用,铲刈秽草,伐去恶木,烈火而焚之。嘉木立,美竹露,奇石显。"(《钴鉧潭西小丘记》)"揽去翳朽,决疏土石,既崇而焚,既酾而盈。"(《石渠记》)"揭跣而往,折竹箭,扫陈叶,排腐木。"(《石涧记》)"永州八记"中多有类似描写,可见整顿过程必不可少。

经过整顿以后的"化外"风景才是可以接受的,因为它们已

---

① 明代的茅坤因曾亲历岭南,故难得地注意到了这一点:"子厚所谪永州、柳州,大较五岭以南,多名山削壁、清泉怪石,而子厚适以文章之俊杰客兹土者久之,愚窃谓公与山川两相遭:非子厚之困且久,不能以搜岩穴之奇;非岩穴之怪且幽,亦无以发子厚之文。予间过粤中,恣情山水间,始信子厚非予欺。"(《唐宋八大家文钞》卷二三《柳州文钞》七)

② 明蒋之翘辑注《唐柳河东集》卷二九此文"记之而去"句下注云:"荒寒之景如画,读之飒飒。""荒寒"一词用得准确到位。

经"归化"为"化内"风景了。如整顿以后的西山："然后知是山之特立,不与培塿为类……然后知吾向之未始游,游于是乎始。"(《始得西山宴游记》)整顿以后的钴鉧潭："尤与中秋观月为宜,于以见天之高,气之迥。"(《钴鉧潭记》)整顿以后的钴鉧潭西小丘："由其中以望,则山之高,云之浮,溪之流,鸟兽之遨游,举熙熙然回巧献技,以效兹丘之下。枕席而卧,则清泠之状与目谋,瀯瀯之声与耳谋,悠然而虚者与神谋,渊然而静者与心谋。"(《钴鉧潭西小丘记》)整顿以后的石渠："逾石得石泓小潭,渠之美于是始穷也。"(《石渠记》)在"永州八记"中,未经整顿而可以接受的风景,只有袁家渴、小石城山等不多几处,因为它们本来就比较接近"化内"风景。

经过整顿以后的"化外"风景,不仅可以接受,而且可以"估价",因为它们已经"归化"为"化内"风景,进入了"化内"风景的价值序列;对此,"化外"风景本身也会为之感到庆幸,因为终于有幸出于幽谷迁于乔木了。"噫!以兹丘之胜,致之沣、镐、鄠、杜,则贵游之士争买者,日增千金而愈不可得;今弃是州也,农夫渔父过而陋之,贾四百,连岁不能售。而我与深源、克己独喜得之,是其果有遭乎!书于石,所以贺兹丘之遭也。"(《钴鉧潭西小丘记》)

既然进入了"化内"风景的价值序列,那么,对于左迁"化外"之地的失意者来说,它们就像"化内"文明的"化外"飞地,代表了来自"化内"文明的问候和慰藉。"孰使予乐居夷而忘故土者,非兹潭也欤?"(《钴鉧潭记》)"又怪其不为之中州,而列是夷狄,更千百年不得一售其伎,是故劳而无用……或曰:'以慰夫贤而辱于此者。'"(《小石城山记》)而"归化"了的"化外"风景,也有赖于作者而得以传世。"永之人未尝游焉,余得之,不敢专也,出而传於世。"(《袁家渴记》)"惜其未始有传焉者,故累记其所属,遗之其人，书之其阳，俾后好事者求之得以易。"(《石渠记》)这是作者与风景的双赢。①

左迁永州十年后，柳宗元又谪刺柳州(今广西区柳州市)，又有游记两篇，记柳州的风景，即《柳州东亭记》、《柳州山水近治可游者记》(均《柳河东集》卷二九)，其中前者同样有发现、整顿、接受这三部曲。②

宋代的邵博曾敏锐地注意到，柳宗元在别的场合，如在《与李翰林建书》中，曾对永州的游历发表过与"永州八记"截然不同的看法："永州于楚为最南，状与越相类。仆闷即出游，游复多恐：涉野则有蝮虺大蜂，仰空视地，寸步劳倦；近水则畏射工沙虱，含怒窃发，中人形影，动成疮痏。"(《柳河东集》卷三十)邵博纳闷道："子厚前所记黄溪、西山、钴𬭸潭、袁家渴，果可乐乎？何言之不同也？"(《邵氏闻见后录》卷十四)其实对于此问，柳宗元

---

① 明刘基云："桐江之显，以子陵；彭泽之著，以元亮；黄溪、西山，无柳子为之刺史(毅平按：柳宗元在永州为司马，在柳州始为刺史，刘基误栽)，吾知其泯没而无闻矣。抑山水之有助于人乎？将人有助于山水也？"(《太师诚意伯刘文成公集》卷七《若上人文集序》)茅坤云："而且恨永、柳以外，其他胜概尤多，与永、柳相颉颃，且有过之者，而卒无传焉。抑可见天地内不特遗才而不得试，当并有名山绝壑而不得自炫其奇于骚人墨客之文者，可胜道哉！"(《唐宋八大家文钞》卷二三《柳州文钞》七)看来他们都同意柳宗元的自得之语。

② 在柳宗元之前，元结(719—772)任道州刺史时所作《右溪记》云："道州城西百余步有小溪，南流数十步，合营溪。水抵两岸，悉皆怪石，欹嵌盘屈，不可名状；清流触石，洄悬激注；休木异竹，垂阴相荫。此溪若在山野，则宜逸民退士之所游处；在人间，可为都邑之胜境，静者之林亭；而置州已来，无人赏爱；徘徊溪上，为之怅然。乃疏凿芜秽，俾为亭宇，植松与桂，兼之香草，以裨形胜。为溪在州右，遂命之曰右溪，刻铭石上，彰示来者。"(《元次山集》卷九)道州在今道县西，位于湘桂交界处，比永州还要偏远。《右溪记》的写法、议论，以及"疏凿芜秽"云云的做法，似已开"永州八记"、"柳州二记"等的先河。

自己早有回答,《与李翰林建书》接着云:"时到幽树好石,暂得一笑,已复不乐。何者?譬如囚拘圜土,一遇和景,负墙搔摩,伸展支体,当此之时,亦以为适。然顾地窥天,不过寻丈,终不得出,岂复能久为舒畅哉?"他竟把在永州的游历比作大牢里的放风——他可真是住过大牢的!① 更值得注意的是,《与李翰林建书》与"永州八记"的前四记作于同时,亦即都作于元和四年(809),那是他来到永州以后的第四年。这比什么都有力地说明,对于柳宗元来说,永州的风景乃是"化外"的风景,充满了种种的恐惧和不测。所以我以为,柳宗元是用他的"永州八记",来克服自己对于永州的恐惧。而这,同时也是一种多重的"征服"——中州对于永州的"征服","化内"对于"化外"的征服,风景对于悲伤的"征服",艺术对于生活的"征服"……

这种对待"化外"风景的"征服"意识,其实是从强盛的唐代才开始出现的,而罕见于早先的魏晋南北朝时代。在魏晋南北朝时代,因北方大地战乱频仍,大批中原人渡江南下,来到原先的文明边缘地区。但无论是流寓南方的中原人,还是留在北方的中原人,都并不把南方看作是"化外"之地,也不把南方风景看作是"化外"风景。比如《世说新语·言语》记载,"过江诸人"每遇美日出游,虽觉得有"山河之异",却又认为"风景不殊",明显不以江南为"化外"之地。又如谢灵运(385—433)热爱故乡始宁的山水,"修营别业,傍山带江,尽幽居之美……凿山浚湖,功役

---

① 陆梦龙评《始得西山宴游记》云:"子厚居永州,亦尽快意。"(《柳子厚集选》卷三)何得之皮相也!高步瀛评《与李翰林建书》云:"蝮虺大蜂,射工沙虱等,虽属实物,而意含比况,若果尽如此,则永州诸游记乌能作哉?"(《唐宋文举要》甲编卷四"柳子厚")似嫌穿凿过度。徐幼铮评《钴𬭁潭记》云:"结语哀怨之音,反用一'乐'字托出,在诸记中,尤令人泪随声下。"(《唐宋文举要》甲编卷四"柳子厚"引)可谓得其隐微。

无已,寻山陟岭,必造幽峻,岩嶂千重,莫不备尽……尝自始宁南山伐木开径,直至临海"(《宋书·谢灵运传》),虽有种种的经营作为,却全出于对山水的热爱。这种热爱的文学表现,便是著名的《山居赋》,而其中并无"征服"意识。再如在吴均(469—520)与朋友的书信中,南方的风景被描写得如此美妙,绝无半点"化外"的味道。① 即使从未到过南方的郦道元(？—527),也照样在《水经注》里,靠着文献资料及想象力,写下了三峡风景的千古绝唱。② 南朝人陈伯之叛降北朝,领兵与南朝军队对抗,南朝文人丘迟(464—508)修书劝降,陈伯之听到③"暮春三月,江南草

---

① 如其《与朱元思书》云:"风烟俱净,天山共色。从流飘荡,任意东西。自富阳至桐庐一百许里,奇山异水,天下独绝。水皆漂碧,千丈见底,游鱼细石,直视无碍。急湍甚箭,猛浪若奔。夹峰高山,皆生寒树,负势竞上,互相轩邈,争高直指,千百成峰。泉水激石,泠泠作响;好鸟相鸣,嘤嘤成韵。蝉则千转不穷,猿则百叫无绝。鸢飞戾天者,望峰息心;经纶世务者,窥谷忘反。横柯上蔽,在昼犹昏;疏条交映,有时见日。"(《艺文类聚》卷七)又其《与施从事书》、《与顾章书》等中,也有类似的美丽的风景描写。
② 《水经注》一向被认为是"永州八记"的榜样。如孙琮《山晓阁选唐大家柳柳州全集》卷三《至小丘西小石潭记》文末引卢文子(元昌)语云:"公小记,大略得力于《水经注》。"又如乾隆云:"郦道元《水经注》、史家地理志之流也。宗元'永州八记'虽非一时所成,而若断若续,令读者如陆务观诗所云'山重水复疑无路,柳暗花明又一村'也,绝似《水经注》文字,读者宜合而观之。"(《御选唐宋文醇》卷十六)再如小尾郊一《中国文学中所表现的自然与自然观》云:"作为山水游记,《水经注》采取移动性的叙述方式,其山水描写则用四字句来修饰,并加之以淡淡的客观性的描写。这些特色,全都为后来的柳宗元所蹈袭。"(1989年,第282页,2014年,第237页)各家有关"永州八记"的评语,也多有指出其学《水经注》之处者。但《水经注》里却并无对南方风景的"征服"意识,这一点是与"永州八记"完全不同的。
③ 据《梁书·陈伯之传》,陈伯之实不识字:"伯之不识书……得文牒辞讼,惟作大诺而已;有事,典签传口语。"钱钟书《管锥编》特为揭出此点,对于历来之传说提出异议:"则迟文藻徒佳,虽宝非用,(转下页)

长,杂花生树,群莺乱飞",顿觉乡愁难耐,潸然泪下,遂决意率部南归,江南的风景成了诱降的利器。以上种种,都是因为文化正统到了南方,所以南方的风景虽然"怪特",却不可能被视作"化外",文人也不会想到要去"征服"。这与唐代文人的心态是截然不同的。

而宋代以后的写景文,虽多受柳宗元《永州八记》的影响,尤其是所谓"移步换景"的手法,但其中也很难看到盛唐式的"征服"意识。比如苏舜钦(1008—1048)的《沧浪亭记》(《苏舜卿集》卷十三),写他革职闲居苏州期间,爱城中一"弃地","以钱四万得之"——其"发现"风景的过程和文章写法,全似于柳宗元的《永州八记》;而后他"构亭北碕,号沧浪焉"——出乎我们的意料,对"弃地"的所有"改造"仅此"构亭"一事而已,看不到其他关于"整顿"的描写,而接着便是无条件的"接受"了。

只有在与周边地区的交往中,对"化外"风景的征服意识,一如在柳宗元的场合那样,还是会流露在文人的笔端。如1756年出使琉球的周煌(1714—1785),在其《琉球国志略》卷八《胜迹》中写道:"胜迹者,地以人传,人以事传。穷海之滨,足迹罕至,虽有奇岩幽壑极瑰尤诡异之观,孰从而传？琉球之有胜迹,则自得通中国始也。其地环山紫海,波涛之所荡激,清淑之所钟毓,自宜高高下下,时出胜概,譬犹披沙拣金,岂曰无得而况？""化外"风景的发现,有待于来自"化内"的眼光——这与柳宗元简直是一个口

(接上页)不啻明珠投暗,明眸卖瞽,伯之初不能解。想使者致《书》将命,另传口语,方得诱动伯之,'拥众归'梁;专恃迟《书》,必难奏效,迟于斯意,属稿前亦已夙知。论古之士勿识史书有默尔不言处(les silences de l'histoire),须会心文外;见此篇历世传诵,即谓其当时策勋,尽信书真不如无《书》耳。"(第四册,第1452—1453页)使者是否"另传口语",后人已不得而知;但书信是可以念的,文盲之于书信,自可以耳闻口授,此乃生活常识,钱氏似求之过深。

气。在柳宗元的场合,是埋没于永州的胜迹,要得到长安来人的赏鉴,始得以扬名天下;而在周煌的场合,则是"琉球之有胜迹,则自得通中国始",也有待于中华来的"天使",始得以发扬光大。

而换一种立场,换一种心态,换一种价值观,则"化外"风景不惟不需要"征服",反而会成为无条件"臣服"的对象(此时"化外"、"化内"关系已经逆转)。比如,现代文学中经常出现的欧美风景的描写,就每每是"臣服"式而非"征服"式的。如徐志摩(1897—1931)笔下的康桥:"那年的秋季我一个人回到康桥,整整有一学年,那时我才有机会接近真正的康桥生活,同时我也慢慢的'发见'了康桥。我不曾知道过更大的愉快……啊,那些清晨,那些黄昏,我一个人发痴似的在康桥!……康桥的灵性全在一条河上;康河,我敢说,是全世界最秀丽的一条水……一别二年多了,康桥,谁知我这思乡的隐忧?"(《我所知道的康桥》)康桥风景诚然秀丽,但作者的"思乡"之说却不免夸张。大概因为他"反认他乡是故乡",把"他乡"看作"化内",反把"故乡"看作"化外"了吧?所以一"发现"异乡的风景,自己马上就无条件"臣服"了。这也难怪,就在同一篇文章里,他自己也承认:"说实话,我连我的本乡都没有什么了解。"而他的"本乡"海宁,原本也是江南佳丽地啊!

又如琼瑶(1938—)笔下的普罗旺斯:"紫菱:云帆,我晕车啊!云帆:怎么会晕车呢,这只是马车啊?是不是中暑了?有没有发烧?紫菱:我不是那种晕车。我是坐着这样的马车,走在这样的林荫大道上,我开心得晕了!陶醉得晕了!享受得晕了!所以,我就晕车了!其实,自从我来到普罗旺斯,我就一路晕!进了梦园,我就晕!有了珠帘的新房,我晕!看到古堡,我晕!看到薰衣草花田,我晕!看到山城,我还是晕!反正,我就是晕!"(《又见一帘幽梦》,2007)普罗旺斯的风景也许的确很美,但初次见到就这样地"一路晕",机关枪扫射似的一连"十三晕",不得不说还是"臣服"心态所致吧?

或如郁达夫(1896—1945)那样,即使写中国本土的风景,也要夹用洋文来表现:"只有这枣子,柿子,葡萄,成熟到八九分的七八月之交,是北国的清秋的佳日,是一年之中最好也没有的Golden Days。"(《故都的秋》)还记得在日本的大学课堂上,每读到最后一句,诸生便窃笑不已,有勇敢的学生便会问:"好好的中文里干嘛夹英文呀?好奇怪呀?他为什么要这样写呢?"①是的,他为什么要这样写呢?大约是这么一写,中国本土的风景,便可以纳入以洋文所象征的欧美风景的价值序列,从而证明其确实是有价值而值得赞美的了吧?这就像当年唐帝国强盛时,柳宗元要以中州的价值标准来定位永州山水的价值一样。②

---

① 其实郁达夫还算好的,毕竟他留的是东洋,夹不了多少洋文(按照约定俗成,日文不算"洋文",没有夹的资格);而像徐志摩那样,曾留学西洋的,那个文章,不夹杂洋文,似乎就不能成文:"谁知一到英国才知道事情变样了:一为他在战时主张和平,二为他离婚,罗素叫康桥给除名了,他原来是 Trinity College 的 fellow,这来他的 fellowship 也给取消了。他回英国后就在伦敦住下,夫妻两人卖文章过日子。"(《我所知道的康桥》)此风披靡,荼毒至今,如董桥式的散文,网络上的"人人体"、"做人要 easy"之类,大都是这种"混血杂种"。又,其实日本现代作家也未能免俗,如岛崎藤村(1872—1943)的《千曲川旅情》(《千曲川のスケッチ》,1912)里,就不乏这样的例子:"(农民)看上去,无边无际那般 Open、质朴和简单。"(《农民的生活》)"Unseen Whiteness——用这句话形容那深邃的天空是再好不过的了。""(她们)真是一对 Naive、可爱、令人见了不由发笑的伙伴。"(《沿着千曲川》)只是日本学生未必知道罢了。(引文见陈德文中译本,北京,新星出版社,2012 年,第 81 页,第 118 页,第 119 页。)

② 反之,在欧美的文艺作品中,东洋的风景却往往是"征服"的对象。如索菲亚·科波拉导演的《迷失东京》(*Lost in Translation*,2003),对于来自美国的一对男女主角来说,繁华的东京是百无聊赖的"监狱",他们心心念念的是怎样"越狱",其心态与现代的东洋文人正好相反,与当年的柳宗元却颇有相通之处。

不过,从对"化外"风景的"征服"意识,到对"西洋景"的"臣服"心态,其间还是有一个变化过程的。中国自近代打开国门以后,随着使臣的频繁出访,欧美风景开始出现在他们的文章里。如1876年随郭嵩焘(1818—1891)出使英国的黎庶昌(1837—1897)的《卜来敦记》(1880),1890年出使英国的薛福成(1838—1894)的《白雷登海口避暑记》(1893),都描写了英国海滨避暑胜地布赖顿(Brighton,即黎庶昌的"卜来敦",薛福成的"白雷登")的海滨风景,其中虽有喜爱赞美,却似尚无"臣服"心态。如前者云:"卜来敦者,英国之海滨,欧洲胜境也……方其风日晴和,天水相际,邦人士女,联袂嬉游,衣裙杂袭,都丽如云。时或一二小艇掉漾于空碧之中,而豪华巨家则又鲜车怒马并辔争驰,以相遨放。迨夫暮色苍然,灯火灿列,音乐作于水上,与风潮相吞吐,夷犹要眇,飘飘乎有遗世之意矣。余至伦敦之次月,富绅阿什伯里导往游焉,即叹为绝特殊胜,自是屡游不厌。再逾年而之他邦,多涉名迹,而卜来敦未尝一日去诸怀,其移人若此。"(《拙尊园丛稿》卷五余编之内)后者云:"余初来此,神气洒然,如鸟脱樊笼而翔云霄之表。所居高楼,俯瞰海漘,夜卧人静,洪涛訇䃔,震耳荡胸,涤我尘虑。少焉风止日出,波澜不惊。西望辽夐,想象亚墨利加大洲,如在云烟杳霭中,未尝不觉宇宙之奇宽也……偶睇窗外,海景奇丽,皜曜万里,恍睹金碧世界,盖日将西匿,倒景入海也。无何,暝色已至,秉烛朗诵杜子美诗十余首,以畅余气。"(《庸庵海外文编》卷四)——最后几句尤其具有心态自信的象征意义。当然,虽距周煌不过百多年,但面对更"高级"的西洋风景,"征服"意识早已是荡然无存了。此时尚为中国文人看"西洋景"的"正常"阶段,可惜只是一个过渡阶段,不久即为现代文学中的"臣服"心态所取代了。

对"化外"风景的态度是"征服"还是"臣服",取决于立场、心态和价值观,取决于对内外文明关系的看法,其实归根结底,也取决于作者所处时代国力的强弱。

可是,既不"征服"也不"臣服"的风景,才是真正的风景吧?

三、风景背后的士大夫情怀

六朝隋唐文学中经常表现的宏大风景与渺小个人的对比,进入宋代以后,为苏轼用哲学的达观(如《赤壁赋》的"变"与"不变"之说)所消解,从此以后成为或不再成为"老生常谈";唐代文学中由柳宗元的"永州八记"所代表的对"化外"风景的"征服"意识,也随着宋代的偏安退守而难再出现(如苏舜卿的《沧浪亭记》),而只是残留在对中国周边地区风景的眼光中;而随着士大夫以天下为己任的社会责任感的增强,古文运动以来"文以载道"的道统文学观的兴盛,在宋代文学的风景描写中出现了一种新的内容,那就是风景背后所常常蕴含的士大夫情怀。这给中国文学风景描写的传统增添了新的特色。

在这方面,宋代风景描写的一些名文,如范仲淹的《岳阳楼记》,欧阳修的《醉翁亭记》、《丰乐亭记》,王禹偁的《黄州新建小竹楼记》等,都可以作为有代表性的例子。

先看范仲淹(989—1052)的《岳阳楼记》。起首交代作文原由,是"庆历四年春,滕子京谪守巴陵郡。越明年,政通人和,百废具兴。乃重修岳阳楼,增其旧制,刻唐贤今人诗赋于其上,属予作文以记之",便已经点明了修楼与"政绩"的关系。随后,用"予观夫巴陵胜状,在洞庭一湖:衔远山,吞长江,浩浩汤汤,横无际涯,朝晖夕阴,气象万千。此则岳阳楼之大观也,前人之述备矣",一笔带过了通常可能有的风景描写的老套,而以"然则北通巫峡,南极潇湘,迁客骚人,多会于此,览物之情,得无异乎",

引出了风景所引发的"迁客骚人"（士大夫）的不同心态，同时也是两大段著名的风景描写：

> 若夫霪雨霏霏，连月不开，阴风怒号，浊浪排空，日星隐耀，山岳潜形，商旅不行，樯倾楫摧，薄暮冥冥，虎啸猿啼。登斯楼也，则有去国怀乡，忧谗畏讥，满目萧然，感极而悲者矣。
>
> 至若春和景明，波澜不惊，上下天光，一碧万顷，沙鸥翔集，锦鳞游泳，岸芷汀兰，郁郁青青；而或长烟一空，皓月千里，浮光跃金，静影沉璧，渔歌互答，此乐何极！登斯楼也，则有心旷神怡，宠辱偕忘，把酒临风，其喜洋洋者矣。

其中所描写的已不再是"客观"的风景，而是带上了士大夫心理投影的风景，以及他们在不同风景面前的心理变化。而作者的点题之笔尤在最后一段：

> 嗟夫！予尝求古仁人之心，或异二者之为，何哉？不以物喜，不以己悲。居庙堂之高，则忧其民；处江湖之远，则忧其君。是进亦忧，退亦忧。然则何时而乐耶？其必曰"先天下之忧而忧，后天下之乐而乐"乎？噫，微斯人，吾谁与归！（《范文正集》卷七）

"上写悲喜二段，只是欲起'古仁人'一段正意。"（《古文观止》卷九）在作为士大夫之榜样的"古仁人之心"面前，风景已经完全成为不重要的东西，而对"天下"的社会责任感才是压倒一切的存在，风景描写于是退而为"载道"的手段。①

---

① 陈师道《后山诗话》云："范文正公为《岳阳楼记》，用对语说时景，世以为奇。尹师鲁（洙）读之曰：'《传奇》体尔！'《传奇》，唐裴铏所著小说也。"高步瀛《唐宋文举要》甲编卷六"范希文"之《岳阳楼记》（转下页）

再看欧阳修(1007—1072)的《醉翁亭记》。劈头第一句"环滁皆山也"即为写景名句,接着的几句也是很不错的写景:"其西南诸峰,林壑尤美。望之蔚然而深秀者,琅琊也。山行六七里,渐闻水声潺潺而泻出于两峰之间者,让泉也。峰回路转,有亭翼然临于泉上者,醉翁亭也。"①但风景写着写着,就引出了一个名叫"醉翁"的太守,其实也就是作者自己:"作亭者谁?山之僧智仙也。名之者谁?太守自谓也。太守与客来饮于此,饮少辄醉,而年又最高,故自号曰醉翁也。醉翁之意不在酒,在乎山水之间也。山水之乐,得之心而寓之酒也。"这已经颇具象征性地暗示了,风景始终只是表面上的主角,真正的主角则是风景中的士大夫,或者说风景背后的士大夫情怀。接着的一段同样是以自然风景描写为铺垫,而最终落实到人文风景乃至作者自己身上:

> 若夫日出而林霏开,云归而岩穴暝,晦明变化者,山间之朝暮也。野芳发而幽香,佳木秀而繁阴,风霜高洁,水落而石出者,山间之四时也。朝而往,暮而归,四时之景不同,而乐亦无穷也。至于负者歌于途,行者休于树,前者呼,后者应,伛偻提携,往来而不绝者,滁人游也。临溪而渔,溪深而鱼

(接上页)云:"二段稍近俗艳,故师鲁讥为《传奇》体也。""此文坊本多选之,其中二段写情景处,殊失古泽,故或以为俳。然先天下而忧,后天下而乐,实为千古名言,故姚选(毅平按:姚鼐《古文辞类纂》)不取,而《杂钞》(毅平按:曾国藩《经史百家杂钞》)录入也。"可见大家都明白作者的旨意所在,甚或以"世以为奇"的两大段风景描写为"俳",为"《传奇》体"(《传奇》体多用俳句),而表示不屑。此外,也有人认为其是"赋体",或意谓其如托名宋玉之《风赋》,以两大段并举,分状"大王之雄风"和"庶人之雌风",写法有类似处耳。

① 《醉翁亭记》的这个开头,也采用了"层层聚焦法",明显模仿柳宗元的《游黄溪记》,由此可见柳宗元风景描写手法的影响;但在写作意图上,欧阳修却完全不同于柳宗元,具有强烈的士大夫情怀,却并无对于风景的征服意识。

肥；酿泉为酒，泉香而酒冽；山肴野蔌，杂然而前陈者，太守宴也。宴酣之乐，非丝非竹，射者中，弈者胜，觥筹交错，起坐而喧哗者，众宾欢也。苍颜白发，颓然乎其间者，太守醉也。

那么，为何风景描写最后总是落实到作者自己，也就是那个做"太守"的士大夫身上呢，文章的最末一段才说出了此中真意：

已而夕阳在山，人影散乱，太守归而宾客从也。树林阴翳，鸣声上下，游人去而禽鸟乐也。然而禽鸟知山林之乐，而不知人之乐；人知从太守游而乐，而不知太守之乐其乐也。醉能同其乐，醒能述以文者，太守也。太守谓谁？庐陵欧阳修也。（《居士集》卷三九）

真相大白，原来一切的好风景，从自然风景到人文风景，说明的都是作者的"政绩"，即善于治理地方。所以，醉翁之意不在酒，也不在山水之间，而是在乎"政绩"也！"从前许多铺张，俱有归束。""句句是记山水，却句句是记亭，句句是记太守。"（《古文观止》卷十）其间的关系，后来明代的文徵明（1470—1559）以王羲之兰亭会为例，说得比较透彻："其（王羲之）于为郡，尽心焉尔矣。兰亭之会，殆其政成之暇欤？昔人谓信乎则人和，人和故政多暇。余于右军兰亭之游，有以知当时郡人之和也。"（《文徵明集》卷十九《重修兰亭记》）——其实六朝的王羲之未必有这个意思，而可能是受过宋人影响的文徵明的附会。① 于是，《醉翁亭记》与《岳阳楼记》一样，以风景描写为

---

① 比如元末明初宋濂的《桃花涧修禊诗序》就认为，兰亭之集崇尚清虚，并不可取："他若晋人兰亭之集，多尚清虚，亦无取焉。"（《文宪集》卷六）——他大概倒是希望兰亭之集有文徵明所说的那个意思的。但不管是文徵明还是宋濂，他们的评价标准其实都是一样的：凡写"政绩"、表现士大夫情怀的就"政治正确"，凡不写"政绩"、不表现士大夫情怀的就"政治不正确"。这都是受了宋人的影响。

"载道"的手段,最终表现的则是士大夫情怀。① 如果说两篇文章有什么不同之处,无非是《醉翁亭记》更自恋一些而已。

宋代的风景描写中的这种新变,与唐代作一对比就更为分明了。欧阳修的《丰乐亭记》的开头,很像柳宗元的"永州八记",也是先写如何发现滁州郊外的风景,如何"疏泉凿石,辟地以为亭"(但没有"永州八记"中常常隐含的"征服"意识);但接着就与柳氏分道扬镳了——柳宗元是悠然独赏,欧阳修是与民同乐:"与滁人往游其间","日与滁人仰而望山,俯而听泉,掇幽芳而荫乔木,风霜冰雪,刻露清秀,四时之景,无不可爱";最终则归结到自己的"政绩",以及皇上的"恩德":"幸其民乐其岁物之丰成,而喜与予游也。因为本其山川,道其风俗之美,使民知所以安此丰年之乐者,幸生无事之时也。夫宣上恩德,以与民共乐,刺史之事也。遂书以名其亭焉。"(《居士集》卷三九)写得比《醉翁亭记》直白多了,正可与《醉翁亭记》对看。后人看出了其与"永州八记"的联系与区别:"作记游文,却归到大宋功德休养生息所致,立言何等阔大……较之柳州诸记,是为过之。"(《古文观止》卷十)——但到底是"过之"还是"不及",这却是个见仁见智的问题了。如果再联想到以上二记与"永州八记"同样都作于贬所,则欧阳修与柳宗元的不同心态就更为分明了。②

---

① 赵彦卫《云麓漫钞》卷三云:"欧阳文忠公《醉翁亭记》,体《公羊》、《穀梁》解《春秋》。"看来,《醉翁亭记》的"载道"及写法,果然是有今文经学的影子的。又,"与民同乐"乃是士大夫情怀的"标配",《孟子·梁惠王上》云:"孟子见梁惠王。王立于沼上,顾鸿雁麋鹿,曰:'贤者亦乐此乎?'孟子对曰:'贤者而后乐此,不贤者虽有此,不乐也……古之人与民偕乐,故能乐也。'"
② 欧阳修《丰乐亭记》这种"作记游文,却归到大宋功德休养生息所致,立言何等阔大"的写法,对后来的文人影响深远,详见下文论宋濂《阅江楼记》以下部分。

士大夫的情怀,不仅表现为"达则兼善天下",也表现为"穷则独善其身"。如果说《醉翁亭记》、《丰乐亭记》表现的是前者,王禹偁(954—1001)的《黄州新建小竹楼记》表现的便是后者。其中描写了"山光"、"江濑"之类"幽阒辽夐,不可具状"的优美风景,但重点尤在于表现身处逆境的士大夫的"独善其身"心态:

> 子城西北隅,雉堞圮毁,榛莽荒秽。因作小楼二间,与月波楼通。远吞山光,平挹江濑,幽阒辽夐,不可具状。夏宜急雨,有瀑布声;冬宜密雪,有碎玉声;宜鼓琴,琴调虚畅;宜咏诗,诗韵清绝;宜围棋,子声丁丁然;宜投壶,矢声铮铮然:皆竹楼之所助也。公退之暇,被鹤氅衣,戴华阳巾,手执《周易》一卷,焚香默坐,销遣世虑。江山之外,第见风帆沙鸟、烟云竹树而已。待其酒力醒,茶烟歇,送夕阳,迎素月,亦谪居之胜概也。彼齐云、落星,高则高矣,井幹、丽谯,华则华矣,止于贮妓女,藏歌舞,非骚人之事,吾所不取。(《小畜集》卷十七)

即使身处逆境之中,也能不以迁谪为患,而是不改初衷,坚持操守,玩诗书,赏风景,等待着东山再起的机会。这同样是一种士大夫情怀,隐含在优美的风景描写背后。①

---

① 黄庭坚《书王元之〈竹楼记〉后》云:"或传王荆公称《竹楼记》胜欧阳公《醉翁亭记》,或曰此非荆公之言也。某以谓荆公出此言未失也。荆公评文章,常先体制而后文之工拙。盖尝观苏子瞻《醉白堂记》,戏曰:'文词虽极工,然不是《醉白堂记》,乃是《韩白优劣论》耳!'以此考之,优《竹楼记》而劣《醉翁亭记》,是荆公之言不疑也。"(《豫章黄先生文集》卷二六)朱弁《曲洧旧闻》卷三云:"《醉翁亭记》初成,天下莫不传诵,家至户到,当时为之纸贵。宋子京得其本,读之数过,曰:'只目为《醉翁亭赋》有何不可?'"可能王安石与宋祁是一个意思。然此皆就"记"之文体体例立论,以为《醉翁亭记》不像"记"而更像"赋",不如《黄州新建小竹楼记》名正言顺,而无关二文之内容优劣,文辞工拙,也无关其中同具的士大夫情怀。

苏舜卿的《沧浪亭记》,虽无唐人式的"征服"意识,却也有宋人式的士大夫情怀:"予时榜小舟,幅巾以往。至则洒然忘其归,箕而浩歌,踞而仰啸,野老不至,鱼鸟共乐。形骸既适,则神不烦;观听无邪,则道以明。返思向之汩汩荣辱之场,日与锱铢利害相磨戛,隔此真趣,不亦鄙哉。"这与《黄州新建小竹楼记》的意思是一样的。

不限于风景描写的话,宋代其他自然题材的文章中,也常常蕴含有士大夫情怀。比如周敦颐(1017—1073)的《爱莲说》云:

> 水陆草木之花,可爱者甚蕃。晋陶渊明独爱菊;自李唐来,世人盛爱牡丹;予独爱莲之出淤泥而不染,濯清涟而不妖,中通外直,不蔓不枝,香远益清,亭亭静植,可远观而不可亵玩焉。予谓菊,花之隐逸者也;牡丹,花之富贵者也;莲,花之君子者也。噫!菊之爱,陶后鲜有闻;莲之爱,同予者何人;牡丹之爱,宜乎众矣。(《周元公集》卷二)

以"莲"象征"君子"(士大夫),而区别于六朝象征"隐逸"的"菊",唐代象征"富贵"的"牡丹",便是士大夫情怀的形象表达,也是"唐宋转型论"的绝妙象征。[1] 可注意者,在周敦颐的《爱莲说》

---

[1] 周敦颐之后,这几种花卉的象征意义基本固定。然而也有故逆其意者,如明末清初归庄(1613—1673)特爱牡丹,百看不厌,其《看牡丹诗自序》自述每年寻看几十家牡丹之"狂且癖",且曰:"客曰:周濂溪谓:'牡丹,花之富贵者也。'以子之贫贱,毋乃不宜?余曰:吾贫则无儋石矣,而性慷慨,喜豪放,无贫之气;贱为韦布辈,而轻世肆志,不事王侯,无贱之骨。安在与花不宜?"(《归庄集》卷三)又其《东行寻牡丹舟中作》诗云:"乱离时逐繁华事,贫贱人看富贵花。"(《归庄集》卷一《看花杂咏》)钱谦益(1582—1664)《读归玄恭看花二记》特拈出此二句,以为"可括纪游数十纸矣"(《有学集》卷四九)。盖归庄之寻看牡丹,乃别有深意存焉,以为惟有身处乱离之世,始知繁华富贵为难能可贵,故一反周敦颐之意,不顾所谓士大夫情怀,而重新肯定"富贵"的牡丹;而同处乱离之世的钱谦益,于归庄之意则心有戚戚焉。

之前,中国文学中的"莲"意象,如乐府民歌《江南》里的,梁元帝的《采莲赋》里的,一向仅与男女之情有关(朱自清的《荷塘月色》是对之的远绍)。① 又可注意者,正如李纲的《莲花赋》序所云:"释氏以莲花喻性,盖以其植根淤泥而能不染,发生清净,殊妙香色,非他草木之华可比,故以为喻。"(《梁溪集》卷一)周敦颐有可能是受了佛典的影响,②援释入儒,转以之喻士大夫情怀,赋予"莲"以新的象征意义。再可注意者,周敦颐的这一看法,在宋代并不孤立,如李纲的《莲花赋》亦云:"言观其本,生于淤泥;言观其末,出于清漪。处污秽而不染,体清净而不移。至理圆成,孰能知之?"说明宋人很认同"莲"意象的这一转变。这种转变也一直影响及于今天。

　　说起来,像《岳阳楼记》这样的文章,是最早感动了我的古文之一,其中出色的风景描写,更是曾让我神往不已,初读时的鲜烈印象,至今还历历在目。这也就说明,具有士大夫情怀的风景,虽然成了"载道"的手段,但只要出诸真情实感,又能拿捏得恰到好处,也照样可以写得出色,具有感动人心的力量。而就《醉翁亭记》《丰乐亭记》而言,日常生活中果能遇到如是好官,也自然是一方百姓乃至风景之幸(想想有多少"煞风景"的"父母官"吧)。正是这种作为"载道"手段的风景,因为带上了士大夫情怀的投影,反而具备了一种前所未有的独特魅力,成为中国文学中风景描写的新的特色,也是宋代文学对于风景描写的新的贡献。

　　但是,这种风景描写的局限也是极为明显的。如果一味沉湎于"载道"的风景描写,不惟可能在拙劣的作者手里走向虚假,

---

① 参见拙文《〈江南〉:四面八方的征服》,载 2015 年 7 月 12 日《新民晚报》"国学论谭"版。
② 参见郭预衡《中国散文史》,中册,上海,上海古籍出版社,1993 年,第 532 页。

也无助于风景描写本身的进步。比如到了此类文章的"巅峰"之作、元末明初宋濂(1310—1381)的《阅江楼记》里,风景就完全退化为载道说理的工具、"皇恩浩荡"的证明了:

> 金陵为帝王之州,自六朝迄于南唐,类皆偏据一方,无以应山川之王气。逮我皇帝定鼎于兹,始足以当之。由是声教所暨,罔间朔南,存神穆清,与道同体,虽一豫一游,亦思为天下后世法。
>
> 京城之西北有狮子山,自卢龙蜿蜒而来,长江如虹贯,蟠绕其下。上以其地雄胜,诏建楼于巅,与民同游观之乐,遂锡嘉名为"阅江"云。
>
> 登览之顷,万象森列,千载之秘,一旦轩露,岂非天造地设,以俟大一统之君,而开千万世之伟观者欤?当风日清美,法驾幸临,升其崇椒,凭栏遥瞩,必悠然而动遐思:
>
> 见江汉之朝宗,诸侯之述职,城池之高深,关阨之严固,必曰:此朕沐风栉雨、战胜攻取之所致也。中夏之广,益思有以保之。
>
> 见波涛之浩荡,风帆之下上,蕃舶接迹而来庭,蛮琛联肩而入贡,必曰:此朕德绥威服、覃及外内之所及也。四夷之远,益思所以柔之。
>
> 见两岸之间,四郊之上,耕人有炙肤皲足之烦,农女有捋桑行馌之勤,必曰:此朕拔诸水火、而登于衽席者也。万方之民,益思有以安之。①

---

① 宋濂这种"见"景"思""政治正确"的表现手法,应是受了王禹偁《待漏院记》的影响:"待漏之际,相君其有思乎? 其或兆民未安,思所泰之;四夷未附,思所来之;兵革未息,何以弭之;田畴多芜,何以辟之;贤人在野,我将进之;佞臣立朝,我将斥之……"(《小畜集》卷十六)也可比较其稍前欧阳玄(约1273—1357)的《听雨堂记》:"人生俯仰(转下页)

触类而推，不一而足。臣知斯楼之建，皇上所以发舒精神，因物兴感，无不寓其致治之思，奚止阅夫长江而已哉。（《宋学士文集》卷二十《銮坡集》卷十，即《翰苑后集》）

作者先是对皇上规颂了一番，又复述了一遍《黄州新建小竹楼记》的"齐云"、"落星"（以及陈后主"临春"、"结绮"二阁）之说，然后对臣民提出了要记得"果谁之力"的感恩的要求："逢掖之士，有登斯楼而阅斯江者，当思帝德如天，荡荡难名，与神禹疏凿之功同一罔极，忠君报上之心其有不油然而兴者耶？"而浩瀚长江的美丽风景，则全然不在其视野之内："他若留连光景之辞，皆略而不陈，惧亵也。"这种"风景不知何处去，唯剩皇恩空悠悠"的官样文章，上追《丰乐亭记》而又变本加厉之，乃是"奉旨撰记"的"台阁体"的必然结果。① 我不免揣测，无论皇上还是臣民，读了这样的文章，大概是大煞风景，兴致全无，打死也不愿"登斯楼而阅斯江"了吧？② 后来明清始终未建阅江楼，形成了有记无楼的奇

　　（接上页）穿壤间，耳目之所触，心志之由生。士君子仕而慕君，则见日而思长安；出仕而思亲，则见云飞而思亲舍；索居而思朋友，则见明月而思故人；兄弟友爱，一旦而远别，则听夜雨而思同气。"（《圭斋文集》卷六）都要求见景生情必须"政治正确"，也就是宋濂所谓的"羽仪斯文，黼黻治具"（《文宪集》卷七《欧阳文公文集序》）。
① 其实宋人已经不爱多写风景，而是侧重于抒发议论，如上文提到的《岳阳楼记》等即是这样，他如曾巩、王安石等人之文也都是这样，参见郭预衡《中国散文史》，中册，第475—476页，第489—490页。
② 同样是面对长江，百余年前，法国作家谢阁兰（1878—1919）来到中国，从重庆出发，沿长江东下，经三峡到达宜昌，为长江的宏伟壮阔所震撼，作《一条大江》(Un grand fleuve, 1910, 1912)，具体而微地刻画了江水的种种姿态，如何吞噬一切与其交汇的大小河流，又如何突破重重障碍一往无前，以为人之个性张扬当如是，胸怀博大深沉当如是，生命力旺盛亦当如是……（参见邵南《土地与江河：谢阁兰作品中生命力与理想人生的象征》，载《淡江外语论丛》第26期，2015年12月号，台湾新北，淡江大学外国语文学院发行）谢阁兰的长江与宋濂（转下页）

异局面，直到现代才依据此记兴建，不知是否与上述原因有关？

要求面对风景时生"感恩"之心的，《阅江楼记》并非孤立的例子，其《春日赏海棠花诗序》也是这种调调："李格非《书洛阳名园记后》谓园圃之兴废为天下盛衰之候，其故何由？忆昔烽火之际，冒雨风，窜匿岩穴，闻人步履声，心怔忡若春，花草红青，何处无之，有目不顾暇，欲求浊醪一卮，以浇渴吻，尚可得邪？今者衣冠雍容，倡酬于俎豆间，花虽不解言，亦散影婆娑，若相与为娱乐者，不知何自而致之。亦曰圣天子在上，廓清四海，化呻吟为讴歌，所以有斯乐尔。帝力所被，如天开日明，万物熙熙，皆有春意，其视昔日之事为何如？世道之盛，其兆已见，苟不能诗则止，能则乌可已也。"（《宋学士文集》卷四四《芝园集》卷四）此前金代赵秉文（1159—1232）的《磁州石桥记》也已是这个调调："而是桥也，盖经始于世宗龙飞辽东之初，而断手于圣上凤集鼓山之年……非圣人先天格灵，昭太平之应，大雄遗身及物，宏利涉之缘，其何以臻兹？"（张金吾《金文最》卷十三）后来明代"台阁体"诸文人的类似文章，如杨士奇（1365—1444）的《龙潭十景序》："我国家龙兴，削平僭乱，以安天下，而然后天下之人皆得休养生息，以乐于泰和之世，而实始定鼎乎是。则于今瞻望桥陵于钟山五云之表，而仰惟神功圣德如天地之盛大，岂独余与用文者之不忘，凡天下之人孰能一日而忘也？则余于序此诗，安得不推其大而不能忘者言之哉？"（《东里文集》卷八）杨荣（1371—1440）的《题北京八景卷后》："不惟知天下山川形胜之重，而又有以知八景所在如目亲睹，有若予辈之菲薄，叨承国家眷遇之厚，乐其职于优游，得以咏歌帝都之胜于无穷者，皆上赐也。然则观于是

（接上页）的长江果真是同一条江吗？此所以本文开宗明义断言风景都是主观的也。

者,岂无感发兴起以自奋于明时者哉?"(《文敏集》卷十五)李东阳(1447—1516)的《京都十景诗序》:"若夫圣君贤相,盛德大业,所以植国家,阜民物,著之典谟,勒之金石,轶汉唐宋,以拟三代之盛,尤有不可阙者,某将于今日之诗卜之也。"(《怀麓堂集》卷二二)也几乎全都是这个调调。[①] 凡此皆可见欧阳修《丰乐亭记》的影响之大,几成为"台阁体"写风景的必备套路,而宋濂尤在其中起了推波助澜的作用。

所谓"游人去而禽鸟乐也"(欧阳修《醉翁亭记》),所谓"欣欣此生意,自尔为佳节","草木有本心,何求美人折"(张九龄《感遇》),都说明真正的风景其实并不依赖于"载道"而存在。

四、飞入寻常百姓家的风景

进入近世(明清)以后,中国最大的社会、文化变化,就是市民阶层登上了历史舞台,在文化上、文学中发出了自己的声音。反映在风景描写方面,就是士大夫情怀相对消退,而风景开始具有了平民性,风景飞入了寻常百姓家。换句话说,平民也成了风景欣赏的主体,而不再仅仅是士大夫的专利;寻常百姓家也成了风景描写的对象,而不再仅仅是"经典"的非同寻常的风景。这给中国文学中的风景描写增添了新的内容,也成为近世文学中风景描写的新的特色。

归有光(1506—1571)的《项脊轩志》是近世散文的代表作之

[①] "他们(明代台阁体文人)不会真正地为自然景色所感动,也不会写出真正的自然景色之美……自然景色的欣赏是人与自然的交融,但他们想的是如何与政治需要联系,就没有任何交融可言。"(章培恒讲授、曾庆雨整理《明代文学与哲学二之上》,载《薪火学刊》第四卷,上海,复旦大学出版社,2017年,第6—7页)

一,其中对于"项脊轩"的描写非常具有象征意味:

> 项脊轩,旧南阁子也。室仅方丈,可容一人居。百年老屋,尘泥渗漉,雨泽下注,每移案,顾视无可置者。又北向,不能得日,日过午已昏。余稍为修葺,使不上漏。前辟四窗,垣墙周庭,以当南日,日影反照,室始洞然。又杂植兰桂竹木于庭,旧时栏楯,亦遂增胜。借书满架,偃仰啸歌,冥然兀坐,万籁有声。而庭阶寂寂,小鸟时来啄食,人至不去。三五之夜,明月半墙,桂影斑驳,风移影动,珊珊可爱。

"项脊轩"是什么东西?一间平民小破屋而已!但作者一边拼命描写它的简陋,一边却又竭力赋予它以美感,遂使读者产生了一种错觉,以为这是极可羡慕的雅居,恨不得自己也能拥有一间。文章最后写其妻妹们的好奇,追问"闻姊家有阁子,且何为阁子也",便是典型的读者反应(我年少时也曾如此反应)。

那么,究竟是什么,让一间平民小破屋具有如此魅力呢?其实就是小破屋主人的精神状态,他怀抱着由此出发可以出人头地的梦想,这也是当时市民子弟普遍具有的心态(当时的科举给市民子弟提供了机会,从而使他们的梦想有实现的可能):

> 项脊生曰:蜀清守丹穴,利甲天下,其后秦皇帝筑女怀清台;刘玄德与曹操争天下,诸葛孔明起陇中。方二人之昧昧于一隅也,世何足以知之?余区区处败屋中,方扬眉瞬目,谓有奇景,人知之者,其谓与坎井之蛙何异?(《震川先生集》卷十七)

这最后一段实乃全文的点睛之笔。归有光写《项脊轩志》时年方十七岁(三十岁以后又补写了一段),他以自己的"区区处败屋中",比附古代二名人未出世时的"昧昧于一隅",表示自己怀抱着宏图大志,心里充满着希望和憧憬,故全不以小破屋为陋,反而"谓有奇景"。所谓"然予居于此,多可喜,亦多可悲"者,"可喜"即指此事也("可悲"则指先妣、大母等事)。他后来也一再说:"余少不自量,有用世之志。"(《震川先生集》卷二《沈次谷先生诗序》)"余少时有志于古豪杰之士,常欲黾勉以立一世之功。"(《震川先生集》卷十三《碧岩戴翁七十寿序》)"余少时有狂简之志,思得遭明时,兴尧舜周孔之道,尝鄙管晏不足为。"(《震川先生集》卷十七《梦鼎堂记》)"项脊生曰"云云,也正是此意。① 也正因为有了此意,所以才能"处败屋"而"谓有奇景",或者说能以"败屋"为"奇景"。也就是说,正是这种梦想之光,照进了平民的小破屋,使之成为新的风景,映入了市民文人眼帘,进入了近世散文之中,从而带来了风景描写的新变;而在过去的"经典"风景里,"项脊轩"这样的平民小破屋,原本是入不了文人士大夫法眼的。②

而且,同样是强调居室之"败",传为唐代刘禹锡(772—842)之作的《陋室铭》(《全唐文》卷六八〇),宋代王禹偁的《黄州新建小竹楼记》等,都或隐或显地具有士大夫情怀,与《项脊轩志》的平民意识对比分明。如刘禹锡的"陋室"的风景,以"苔痕上阶绿,草色入帘青"为特色,看来好像很平民化,但"陋室"的客人,却是"谈笑有鸿儒,往来无白丁","陋室"的同类,也是"南阳诸葛

---

① 其《示徐生书》云:"世学之卑,志在科举为第一事。天下豪杰,方扬眉瞬目,群然求止于是。"(《震川先生集》卷七)也同样用了"扬眉瞬目"一语,以表现世人对于科举的热衷态度,可以帮助我们理解"项脊生曰"的含义。
② 顺便说一句,现在有些语文课本选入了《项脊轩志》,却删去了"项脊生曰"这段,使全文失去了归依和灵魂,实在是无知愚昧之举。参见拙文《"项脊生曰"删不得》,原载 2017 年 2 月 5 日《新民晚报》"国学论谭"版,后收入拙著《今月集:国学与杂学随笔》,上海,上海文化出版社,2018 年。

庐，西蜀子云亭"，故其"陋室"既非平民百姓的小破屋，其风景也非平民百姓家的日常风景。又如王禹偁的竹楼的风景，是"远吞山光，平挹江濑，幽阒辽夐，不可具状"，是"江山之外，第见风帆沙鸟，烟云竹树而已"，所谓"骚人之事"，"亦谪居之胜概也"，而绝非平民百姓家所能仿佛的。

《项脊轩志》这种以"败屋"为"奇景"的意识，这种飞入寻常百姓家的风景，这种具有了平民性的风景，不仅出现在近世的散文里，也出现在近世的小说中。比如在吴敬梓（1701—1754）的《儒林外史》里，也可以看到"败屋"的"奇景"。

> 当下请在一间草屋内，是杨执中修葺的一个小小的书屋：面着一方小天井，有几树梅花，这几日天暖，开了两三枝；书房内满壁诗画，中间一副笺纸联，上写道："嗅窗前寒梅数点，且任我俯仰以嬉；攀月中仙桂一枝，久让人婆娑而舞。"两公子看了，不胜叹息，此身飘飘如游仙境……谈到起更时候，一庭月色，照满书窗，梅花一枝枝如画在上面相似，两公子留连不忍相别。（第十一回《鲁小姐制义难新郎　杨司训相府荐贤士》）

这是穷名士杨执中家里的"败屋"风景，与其穷得揭不开锅形成了鲜明对比，而与归有光的《项脊轩志》有异曲同工之妙。同时，在《儒林外史》中，也能看到朴素的乡村风景：

> 不觉两个多月，天气渐暖。周进吃过午饭，开了后门出来，河沿上望望。虽是乡村地方，河边却也有几树桃花柳树，红红绿绿，间杂好看。看了一回，只见濛濛的细雨下将起来。周进见下雨，转入门内，望着雨下在河里，烟笼远树，景致更妙。（第二回《王孝廉村学识同科　周蒙师暮年登上第》）

这是老举子周进眼里的春天的乡村风景，与其垂老无成的人生恰成强烈对照,也与士大夫式的"经典"风景迥然有别。在蒲松龄(1640—1715)的《聊斋志异》里,也时常可见类似的乡村风景描写:

> 遥望谷底,丛花乱树中,隐隐有小里落。下山入村,见舍宇无多,皆茅屋,而意甚修雅。北向一家,门前皆丝柳,墙内桃杏尤繁,间以修竹,野鸟格磔其中。(《婴宁》)

> 一夜,梦至江村,过数门,见一家柴扉南向,门内疏竹为篱,意是亭园,径入。有夜合一株,红丝满树……过数武,苇笆光洁。又入之,见北舍三楹,双扉阖焉。南有小舍,红蕉蔽窗。(《王桂庵》)

类似这样的朴素的乡村风景,很少见于此前的散文里,而大量出现在近世散文中。又如李流芳(1575—1629)的《江南卧游册题词·横塘》:

> 去胥门九里,有村曰横塘,山夷水旷,溪桥映带村落间,颇不乏致。予每过此,觉城市渐远,湖山可亲,意思豁然,风日亦为清朗。即同游者,未喻此乐也。(《檀园集》卷十一)

横塘是江南是处可见的普通村庄,其风景就是普通的乡村景致,与周进等人眼中的并无二致;但要能发现这样的乡村风景,同样需要一种平民性的眼光(其"同游者"便欠缺这种眼光)。现代游人对于周庄、同里的热衷,便起源于这种近世文人的眼光。

李渔(1611—1680)《闲情偶寄》的写菜花,运用这种平民性眼光臻于极致:

> 菜为至贱之物,又非众花之等伦,乃《草本》、《藤本》中反有缺遗,而独取此花殿后,无乃贱群芳而轻花事乎? 曰:

> 不然。菜果至贱之物，花亦卑卑不数之花；无如积至贱至卑者而至盈千盈万，则贱者贵而卑者尊矣。"民为贵，社稷次之，君为轻"者，非民之果贵，民之至多至盛为可贵也。园圃种植之花，自数朵以至数十百朵而止矣，有至盈阡溢陌、令人一望无际者哉？曰：无之。无则当推菜花为盛矣。一气初盈，万花齐发，青畦白壤，悉变黄金，不诚洋洋大观也哉？当是时也，呼朋拉友，散步花塍，香风导酒客寻帘，锦蝶与游人争路，郊畦之乐，什伯园亭，惟菜花之开，是其候也。(《种植部·菜》)

他写别人所不屑的菜花，又从菜花引申到民为贵，①又说郊畦之乐什伯园亭，在在都象征着风景的变迁：乡村寻常植物成了风景，风景从而具有了平民性，平民则成了风景的主人。

谢肇淛(1567—1624)的《五杂组》中，写了一个手艺高超的民间艺人，以"贱佣"而"染指"风景，却胜于纨绔子十倍，具有浓郁的象征意味：

> 吾闽穷民有以淘沙为业者，每得小石有峰峦岩穴者，悉置庭中。久之，甃土为池，叠蛎房为山，置石其上，作武夷九曲之势，三十六峰森列相向，而书晦翁《棹歌》于上，字如蝇头，池如杯碗，山如笔架，水环其中，蚬蛳为之舟，琢瓦为之桥，殊肖也。余谓仙人在云中，下视武夷，不过如此。以一贱佣，乃能匠心经营，以娱耳目若此，其胸中丘壑，不当胜纨绔子十倍耶？(卷三)

---

① 此前宋代范成大的《四时田园杂兴》也写过"飞入菜花无处寻"，但只是把菜花视为"田园"的象征性植物之一，而并没有赋予它以李渔式的民本观念。这也是近世文人与宋代文人的根本差异。又，李渔的写菜花与周敦颐的写莲，也形成了审美眼光的鲜明对比。

"武夷九曲"作为"近世士人的精神桃源",曾经是多么"高大上"的风景,现在却出现在淘沙穷民贱佣的手下,而转换成了具有平民性的风景,平民也成了创造风景的主体。要说"武夷文化形象在近世的传布"①,这个"微景"同样是其中的重要环节。

具有平民性的节假日风景,那种全民出游的盛况,以及对之的欣赏和肯定,也开始出现在近世文人的笔下。当然,在近世之前,类似的描写也不是全然没有,但一则十分罕见,二则未必会受到欣赏和肯定。比如欧阳修的《洛阳牡丹记》,写了洛阳全民好牡丹的风俗,即是这方面的一个早期例子:

> 洛阳之俗,大抵好花。春时,城中无贵贱,皆插花,虽负担者亦然。花开时,士庶竞为游遨,往往于古寺废宅有池台处,为市井,张幄帟,笙歌之声相闻,最盛于月陂堤、张家园、棠棣坊、长寿寺东街与郭令宅,至花落乃罢。(《居士集》外集卷二二)

其中罕见地没有表现士大夫情怀(类似周敦颐《爱莲说》中所表现的),而是充满了对于市井文化的迷恋(尤其是对照唐宋人的批评态度来看,比如白居易《秦中吟·买花》所讥刺的"一丛深色花,十户中人赋",周敦颐《爱莲说》所不屑的"自李唐来,世人盛爱牡丹","牡丹之爱,宜乎众矣"等),在欧阳修全部作品中显得非常另类(所以才收入外集吧),为美国汉学家艾朗诺敏锐地捕捉到。② 不过,此类描写虽开启了近世文人类似描写的先河,也

---

① 关于朱熹"武夷九曲"在近世东亚的传播与影响,可参看查屏球《近世士人的精神桃源——由退溪诗画论看武夷文化形象在近世的传布》一文,收入拙编《东亚汉诗文交流唱酬研究》,上海,中西书局,2015年。
② 参见其《美的焦虑:北宋士大夫的审美思想与追求》第三章《牡丹的诱惑:有关植物的写作以及花卉的美》,杜斐然等译,上海,上海古籍出版社,2013年。

显示了欧阳修精神世界的多样性，但在其全部作品中毕竟属于凤毛麟角，也仅局限于其初涉官场的年轻时期——他十年后写《洛阳牡丹图》诗（《居士集》卷二）时，对牡丹热的态度便已经有所改变，又回到表现士大夫情怀的立场上去了。

其后，南宋末文天祥（1236—1283）的《衡州上元记》（1274），不厌其烦地写了上元夜衡州百姓出游的风景，上承欧阳修而变本加厉之，又下启袁宏道等的类似描写：

> 是晚，予从城南竟城东，夹道观者如堵，入州，从者殆不得行。既就席，左右楹及阶，阶及门，骈肩累足，解解如鱼头，其声如风雨潮汐，咫尺音吐不相辨……及献酬，州民为百戏之舞，击鼓吹笛，烂斑而前，或蒙俱焉，极其俚野以为乐。游者益自外至，不可复次序。妇女有老而秃者，有羸无齿者，有伛偻而相携者，冠者，髽者，有盛涂泽者，有无饰者，有携儿者，有负在手者，有任在肩者，或哺乳者，有睡者，有睡且苏者，有啼者，有啼不止者，有为儿弁髦者，有为总角者；有解后叙契阔者，有自相笑语者，有甲笑乙者，有倾堂笑者，有无所睹随人笑者；跛者，倚者，走者，趋者，相牵者，相扶擎者，以力相拒触者；有醉者，有勌者，咳者，唾者，嚏者，欠伸者，汗且扇者；有正簪珥者，有整冠者，有理裳结袜者；有履阈者，有倚屏者，有攀槛者，有执烛跂惟恐堕者；有酒半去者，有方来者，有至席彻者；儿童有各随其亲且长者，有无所随而自至者；立者，半坐于地者，有半坐杌下者；有环客主者，有坐复立者，有立复坐者。视妇女之数，多寡相当。盖自数月之孩，以至七八十之老，靡不有焉。其望于燕坐之门外，趑趄而不及近者，又不知其几千计也。当是时，舞者如傩之奔，狂之呼，不知其亵也；观者如立通都大衢，与俳优上下，不知其肆也。（《文山先生全集》卷九）

洋洋洒洒,津津乐道,最终却落实到了"国家忠厚积累,于民力爱养有素","使时和岁丰,日星明稬,举海内得以安其生而乐其时,衡与赐焉,维天子之功,臣等何力之有",仍不失宋人常有的士大夫情怀,而与近世文人拉开了距离。① 尤其具有讽刺意味的是,此时距离南宋灭亡已经不远了!

描写平民性的节假日风景,刻画全民出游的盛况,且对之持欣赏和肯定的态度,实始于袁宏道等近世文人。如袁宏道(1568—1610)之前记苏州风俗的名作,宋代有范成大(1126—1193)的《吴郡志》,明代有王鏊(1450—1524)等的《姑苏志》,但都没有涉及苏州的两大节日——六月廿四日荷花荡、中秋日虎丘。袁宏道对此提出质疑道:"余观二公所志,皆岁时常态,吴俗最重六月廿四日荷花荡、中秋日虎丘,而皆不书,何也?"(《锦帆集》之二《岁时纪异》)其实都是因为它们主要是平民的节日,那些场面的主体也主要是平民,未必入得文人士大夫的法眼。袁宏道则敏感到了其中的平民生活之美,写下了两篇描写这类平民性节假日风景的名篇,即《荷花荡》和《虎丘》。《荷花荡》写道:

> 荷花荡在葑门外,每年六月廿四日,游人最盛。画舫云集,渔刀小艇,雇觅一空。远方游客至有持数万钱,无所得舟,蚁旋岸上者。舟中丽人,皆时妆淡服,摩肩簇舄,汗透重纱如雨。其男女之杂,灿烂之景,不可名状。大约露帷则千花竞笑,举袂则乱云出峡,挥扇则星流月映,闻歌则雷辊涛趋。苏人游冶之盛,至是日极矣。(《锦帆集》之二)

不仅描写了全民出游的盛况,欣赏和肯定之意也溢于言表。"人

---

① 此外,在绘画领域,南宋张择端的《清明上河图》,追摹北宋时的汴京景物,也表现了类似的市民趣味。

潮涌动,男女混杂,摩肩接踵,汗流浃背,士大夫碰到这样的场面,恐怕要吓得退避三舍。袁宏道却从中看到生活热烈之美,并将其变为富有诗意的艺术美。"①《虎丘》写道:

> 虎丘去城可七八里,其山无高岩邃壑,独以近城故,箫鼓楼船,无日无之。凡月之夜,花之晨,雪之夕,游人往来,纷错如织。而中秋为尤胜。每至是日,倾城阖户,连臂而至,衣冠士女,下迨蔀屋,莫不靓妆丽服,重茵累席,置酒交衢间。从千人石上至山门,栉比如鳞,檀板丘积,樽罍云泻,远而望之,如雁落平沙,霞铺江上,雷辊电霍,无得而状。

"雁落平沙,霞铺江上",如此富于诗意的表现,以前只会出现在"经典"的风景里,现在却是用在了平民身上,用以形容他们的野餐。接下来写平民斗歌(当时昆曲新兴,每年中秋之夜,在虎丘的千人石上,会有赛曲大会),从千百人到数十人,又到三四辈,最后仅剩一夫,技压群众,进入高潮。写到这里,如果是在宋代士大夫的笔下,那当然就是自己"政绩"的体现了,不免会添些

---

① 马美信编选《晚明小品精粹》,上海,复旦大学出版社,1997年,第257页。可比较王思任(1574—1646)的《游满井记》:"游人自中贵外贵以下,巾者帽者,担者负者,席草而坐者,引颈勾肩、履相错者,语言嘈杂、卖饮食者,邀呵好火烧、好酒、好大饭、好果子,贵有贵供,贱有贱鬻,势者近,弱者远,霍家奴驱逐忒焰。有父子对酌、夫妇劝酬者;有高髻云鬟、觅鞋寻珥者;又有醉骂泼怒、生事祸人、而厥天陪乞者。传闻昔年有妇即此坐蓐、各老妪解褡以帷者,万目睒睒,一握为笑。而予所目击,则有软不压驴、厥天扶掖而去者;又有脚子抽登复堕、仰天丑露者;更有喇唬恣横、强取人衣物,或狎人妻女;又有从傍不平,斗殴血流,折伤致死者。一国狂惑。予与张友买酹苇盖之下,看尽把戏乃还。"(《谑庵文饭小品》卷三)可见作者对于这种平民出游场景并不欣赏,而这是当时一般士大夫所常有的心态,由此更显出袁宏道的平民趣味的可贵。

"乐其乐"的情怀,但袁宏道却笔锋一转,"煞风景"起来:

> 吏吴两载,登虎丘者六。最后与江进之、方子公同登,迟月生公石上。歌者闻令来,皆避匿去。余因谓进之曰:"甚矣,乌纱之横,皂隶之俗哉!他日去官,有不听曲此石上者,如月!"今余幸得解官称"吴客"矣,虎丘之月,不知尚识余言否耶?(《锦帆集》之二)

也就是说,虎丘虽不是平民的"败屋",而是传统的风景名胜,但是在袁宏道的眼里,它同样属于平民,具有平民性,而自己作为官吏,却是"煞风景"的。他的最大愿望,就是去官以后,以平民身份,来这里听平民斗歌!好吧,风景背后的士大夫情怀,就这样被他轻易解构掉了!

稍后明末清初的张岱(1597—1689),实在喜欢袁宏道的上述二文,乃模拟之作《葑门荷宕》(《陶庵梦忆》卷一)、《虎丘中秋夜》(《陶庵梦忆》卷五)。前者暗暗抄撮《荷花荡》"画舫云集"以下数句,又直接引用"其男女之杂"以下数句,几将《荷花荡》全篇化入己文之中;后者除了没有最后一段,内容也几乎亦步亦趋,连"雁落平沙,霞铺江上"也照搬不误,说明袁宏道文中的平民趣味引发了张岱的强烈共鸣。① 崇祯七年(1634)闰八月,张岱家甚至仿虎丘故事,聚众赏月唱歌(《陶庵梦忆》卷七《闰中秋》)。

不仅是模拟之作,张岱《陶庵梦忆》里的许多文章,都津津乐道于平民出游的盛况,把风景的平民性大加发挥,却并不夹杂有士大夫情怀。如卷六《绍兴灯景》、卷八《龙山放灯》等,写绍兴上元放灯赏灯习俗;卷一《越俗扫墓》、卷五《扬州清明》等,写绍兴、

---

① 当然,张岱作为戏曲行家,其对昆曲赛曲的描写,要比袁宏道更为到位。参见马美信编选《晚明小品精粹》,第340页。

扬州清明扫墓踏青习俗；卷四《秦淮河房》、卷五《金山竞渡》等，写端午秦淮灯船、金山龙舟竞渡习俗；卷七《西湖七月半》等，写杭州中元游湖赏月习俗；都是这样的一些作品。① 在此仅举卷七《西湖香市》为例：

> 西湖香市，起于花朝，尽于端午……此时春暖，桃柳明媚，鼓吹清和，岸无留船，寓无留客，肆无留酿，袁石公所谓'山色如娥，花光如颊，波纹如绫，温风如酒'，已画出西湖三月。而此以香客杂来，光景又别。士女闲都，不胜其村妆野妇之乔画；芳兰芗泽，不胜其合香芫荽之薰蒸；丝竹管弦，不胜其摇鼓喝笙之聒帐；鼎彝光怪，不胜其泥人竹马之行情；宋元名画，不胜其湖景佛图之纸贵。如逃如逐，如奔如追，撩扑不开，牵挽不住，数百十万男男女女老老少少，日簇拥于寺之前后左右者，凡四阅月方罢，恐大江以东断无此二地矣。

同样还是吴敬梓的《儒林外史》，里面有段描写，历来被看作是讽刺艺术的佳例，但如果换了平民性视角来看，正是平民也成了创造风景的主体，风景开始具有了平民性的绝妙写照，我们且以之来结束本文：

> 坐了半日，日色已经西斜，只见两个挑粪桶的，挑了两担空桶，歇在山上。这一个拍那一个肩头道："兄弟，今日的货已经卖完了，我和你到永宁泉吃一壶水，回来再到雨花台看看落照！"杜慎卿笑道："真乃菜佣酒保都有六朝烟水气，

---

① 而与袁宏道不同的是，由于张岱经历了改朝换代，所以这种平民性的风景，这种全民出游的盛况，成为了随风而逝的乡愁，增添了浓郁的感伤意味，亦即其所谓"南宋张择端作《清明上河图》，追摹汴京景物，有西方美人之思；而余目盱盱，能无梦想"（《扬州清明》）者是也。

一点也不差!"(第二九回《诸葛佑僧寮遇友　杜慎卿江郡纳姬》)

面对杜慎卿们的嘲笑,"菜佣酒保"、"挑粪桶的"完全可以理直气壮地给予一个阿Q式的回答:"雨花台落照,酸秀才看得,我们看不得?"

由此出发,推而广之,今日风靡中国的大众旅游之风,[①]也就起源于这一青蘋之末吧? 这自是顺理成章的事情了!

[①] 据媒体报道,2016年"十一"国庆长假期间,中国日均出游人次超过一亿。

《震川先生集》编刊始末

余自昔爱读震川先生之文,既而有意探求其文流传之经过,始知其文集刊刻之历经坎坷,殆有类于今日所谓"出版难"者。而其中原因,既关乎归有光一己文名之升降,子孙财力之有无,亦涉及时代风气之变迁,文学观念之震荡,正所谓"文章关气运,岂复一家事"(归庄《当道明府及远近士大夫助刻先太仆文集敬赋五章奉谢用文章千古事为韵》,《震川先生集》①附录、《归庄集》②卷一),乃有不可就事论事者也。管见所及,前贤时彦,似尚无论及此事者。今仅就所见史料,稍加排缵论次,以见其事之始末,并质诸同好方家。

一

明人文集,多生前随作随编。归有光(字熙甫,号震川,1507—1571③)生前,据今所知,曾自编《都水稿》四卷,裒集在工部试政时所作应酬文稿。《震川先生集》卷二《都水稿序》云:

余在都水,散堂后,即还寓舍。稍欲闭门读书,顾人事

---

① 上海,上海古籍出版社,1981年。
② 上海,上海古籍出版社,1984年。
③ 毅平按:归有光生于正德元年丙寅(1506)十二月二十四日,西历当1507年1月6日,故其生年西历虽当标为1507年,然其年岁当从丙寅年(1506)算起,享年应为六十六岁。

> 往还不暇,尝恐遂至汩没。会得长兴令,忻然有山水之思。临行,检所为文稿,以尘垒丛沓之中,率尔酬应,多有可丑,顾又有不忍弃者。先是,宫傅司空公命曾郎中取去一卷,今辑为四卷,其为人持去不存者尚多。名之曰《都水稿》,以识一时所从事云。

归有光于嘉靖乙丑(1565)及第后,入工部试政。同年某月,选为长兴令。《都水稿》即编于南下前。其内容盖即今《震川先生集》卷十诸序。时归有光六十岁。此外,归有光还曾自编《安亭稿》、《邢州稿》等,见昆山本归子祜识语。

归有光门人王子敬令福建建宁时,曾刊刻归有光之文,时间约在《都水稿》编集前后。归庄《书先太仆全集后》(《震川先生集》附录、《归庄集》卷四,以下简称"归庄归集书后")云:

> 先太仆府君文集凡三刻矣。始,府君之门人王子敬为令闽之建宁,刻于闽中。文既不多,流传亦少。

此即"闽本",为复古堂所刻,故又称"复古堂本",仅上下两卷。归庄《〈震川文集〉凡例五则》(《震川先生集》卷首、《归庄集》卷十)云:

> 此集旧尝三刻。复古堂本止分上下卷,不备可知。

此本流传不广。归有光从孙起先顺治庚子(1660)跋归有光集(《震川先生集》卷首,以下简称"归起先归集跋")云:

> 先太仆震川公集,最初闽中有刻……闽本地远不传。

归庄与归起先均言闽本流传不广,恐是事实。钱谦益深爱归有光文,且与编定归有光文集之役,然其《列朝诗集小传》之归有光小传,及《新刊震川先生文集序》(《震川先生集》卷首,以下简称"钱谦益归集序"),皆未谈到此闽中复古堂刻本;王崇简《重刻震川先生全集序》(《震川先生集》卷首,以下简称"王崇简归集序")

谈到其父所藏归集二种中,亦无闽刻本;徐乾学《重刻震川先生全集序》(《震川先生集》卷首,以下简称"徐乾学归集序")亦未谈及闽本。则闽本之流传诚希矣。

归有光卒后不久,其长子子宁(字伯景)、仲子子祜(字仲敉),辑乃父遗文三百五十余篇,分为三十二卷,于万历元年(1573)由书商翁良瑜刻于昆山,是即"昆山本"。归起先归集跋云:

> 既而公子伯景、仲敉刻于昆山。

王崇简归集序云:

> 先大夫旧藏两集……三十二卷,先生之嗣君子祜、子宁所刻也。

不过,昆山本窜乱严重。钱谦益《列朝诗集小传》之归有光小传云:

> 熙甫殁,其子子宁辑其遗文,妄加改窜。贾人童氏梦熙甫趣之曰:"亟成之! 少稽缓,涂乙尽矣!"刻既成,贾人为文祭熙甫,具言所梦,今载集后。(毅平按:贾人"童氏"似应作"翁氏",盖即书商翁良瑜也。)

盖贾人或稍具文采,不满子宁之逞臆涂乙,而又无从直言,故托梦为言欤? 归庄对昆山本亦极为不满,其归集书后云:

> 先伯祖某刻于昆山,其人不知文而自用,擅自去取,止刻三百五十余篇,又妄加删改。府君见梦于梓人,梓人以为言,乃止。故今书、序二体中,往往有与藏本异者。

又其《凡例五则》云:

> 昆山本则以从祖之好自用,凡篇首作文之由往往删去,篇中遂无照应。而擅改者尤多。

然归庄诋伯祖而不及叔祖,盖以伯祖为主其事者,追究"始作俑者"之责欤?《四库全书总目》卷一七八集部别集类存目《震川文集初本》提要亦云:

> 是编为其子子祜、子宁所辑,前有万历三年(1575)周诗序,所谓昆山本者是也。其中漏略尚多,故其曾孙庄又裒辑为四十卷,而有光之文始全。相传子宁改窜父书,有光见梦于贾人童姓。其事虽不足信,而字句之讹舛,诚有如庄所指摘者。末载《行述》一篇,子祜所作。又《序略》一篇,子宁所作也。(毅平按:贾人本翁姓,此说"贾人童姓"者,盖沿袭《列朝诗集》、《列朝诗集小传》之误也。)

是亦确认"字句之讹舛,诚有如庄所指摘者"矣。

此昆山本之板片后有佚失,为此曾引发归氏家族矛盾。归庄《与某叔祖》(《归庄集》卷五)云:

> 先太仆文集,乃当年先祖与伯祖、叔祖出公费命坊间刻者,非一房子孙所得而私也。向为文若先叔欲印,因留其处。岂意后来竟将刻板质于戈氏书坊,得银十六两,仲和(孜)叔祖经手,人皆知之,以至先祖文集不得流通者三十年。迩年闻戈氏将板推于周载璜之子作会银,周复推还扶风,则已失去板十余块。去年从坊间买一部,遂失三十余页,烦人抄写三日,方得成一全部。今四方之士及宦于吴中者,无不欲得太仆集,无以应之。既有缺页,遂难印行,是祖宗文集因扶风一人而不得流通也。若质板在文若先叔在时在扶风,今日尚宜补刻印行,以干父之蛊;况扶风自言,事在先叔去世之后,则质板坊间,鬻祖宗以为利,乃是扶风所为。今及早补完刻板,犹可赎前愆……乞叔祖以大义责之,正言谕之,速补刻凑完,以便印行。今幸所失不过十余块,板费

亦不多；若使再失数十百块，亦不容不补刻也。即日有虞山之行，便当入郡买纸，为印书计。幸语扶风，勿视为缓局，使将来啧有烦言也。

从此文来看，归庄之祖子骏（字叔永，号浑庵，1554—1632）似亦曾与昆山本刊刻之事。

昆山本后，翌年(1574)，又有"常熟本"，为归有光从弟道传（字泰岩）所刻，收归文三百五十余篇，分为二十卷，所收文多与昆山本错出。归庄归集书后云：

其后，宗人道传又刻于虞山，篇数与昆山本相埒，文则昆山本所无者百有余篇，然颇多错误。

又，其《凡例五则》云：

常熟本篇数略少，而昆刻所无者殆半。

归起先归集跋云：

先伯祖泰岩刻于常熟……昆山、常熟本互有异同。

王崇简归集序云：

先大夫旧藏两集……二十卷者，乃先生从弟道传所刻。

然此刻亦不善，讹误甚多。归庄《凡例五则》云：

常熟本则以宗人之少读书，凡用经史彼所不晓者，非删则改。

常熟本曾重刻。王崇简归集序云：

余曩曾与其裔孙雪庵同事礼部，雪庵以重刻道传集相贻。

此"道传集"，当指道传所刻之常熟本，而非指道传自己之文集。

时间则当在明末或清初。

二

归庄与钱谦益编定《震川先生集》之前,海内所流传之归有光文集,即上述闽本、昆山本、常熟本三种。闽本流传不广,昆山本、常熟本皆不善。钱谦益《题归太仆文集》(《初学集》卷八三)云:

> 归熙甫先生文集,昆山、常熟皆有刻,刻本亦皆不能备。而《送陈自然北上序》、《送盖邦式序》则宋人马子才之作,亦误载焉。

王崇简归集序云:

> 有无参互,或疑有杂讹于其间。

徐乾学归集序云:

> 初,太仆集一刻于吾昆山,一刻于常熟。二本不无异同,亦多纰缪。

归庄《与徐原一公肃》(《归庄集》卷五)云:

> 先太仆文集,往年虽屡刻,皆非全本,又多讹谬。

归庄《凡例五则》云:

> 他书刻本之误,不过字画略差,或偶脱一二字耳。惟此书旧刻之误,不可胜举。约有四端:有因声音近似者,有因草稿模糊者,有因叶数颠倒者,有因妄加删改者……凡此,皆因失于校订,以致传写之讹。至于妄加删改,则昆山、常熟之本为尤甚焉(毅平按:最后一句从《归庄集》卷十《震川

文集凡例五则》补入"则昆山常熟之本"七字)。

且二本所收文合计约五百篇,遗者尚多。王崇简归集序云:

> 且闻于钱牧斋宗伯云,先生遗文尚多。

归庄《凡例五则》云:

> 未刻藏本,又二百余首。

归起先归集跋云:

> 昆山、常熟本互有异同。然公之遗编剩简,尚余十之八九。

归起先语不免夸大,然二本所遗确多。

以是之故,归有光孙昌世(字文休,号假庵,1574—1645)收集、考较归有光遗文,共得八百余首,欲合而锓之,未果。归庄归集书后云:

> 诸刻既未备,又非善本,先君子常恫于怀。取所藏原本,考较是正。又虑有缺遗,命庄假馆虞山,从先师钱牧斋宗伯借藏本,录其所无者,合得八百余首,箧而藏之。语庄兄弟曰:"汝曾祖文章,可继唐宋八家,顾不尽流传于世。吾欲以诸刻本与未刻者合而锓之,今穷老无力,他日汝辈事也。"庄谨志之不敢忘。

钱谦益也曾谈到过此事,其《题归太仆文集》云:

> 余与熙甫之孙昌世互相搜访,得其遗文若干篇,较椠本多十之五,而误者芟去焉,于是熙甫一家之文章粲然矣。

又其归集序云:

> 往余笃好震川先生之文,与先生之孙昌世访求遗集,参

> 读是正,始有成编。昌世子庄游于吾门,谓余少知其先学,抠衣咨请,岁必再三至。

归起先归集跋云:

> 牧斋先生与公之孙文休旁求广采,得公藏本,几倍于刻本。先生手自校勘,珍如秘书。无何,绛云之灾,尽毁于火。赖文休副本存,余从玄恭得而录之。

此为明亡前夕事。不久昌世捐馆,庄两兄亦殉难(此皆1645年事),庄家室破散,孤穷困踣,合锓之事遂不果行。而钱氏正本毁于绛云之火,仅昌世所录副本存。

三

顺治庚子(1660),归庄(字尔礼,又字玄恭,号恒轩,1613—1673)谋刻归有光文集事于族叔起先(字裔兴,号雪庵,?—1664),起先从庄得昌世副本录之,委托钱谦益董理。钱谦益排缵选定,厘为正集三十卷,别集十卷,共四十卷,除尺牍、古今诗外,共收文五百九十六篇。其余洮汰之文计三百余篇,约占总数四分之一,收入余集,不分卷,藏于家。钱谦益为之作序,即《新刊震川先生文集序》,并定凡例。归庄归集书后云(其《凡例五则》所说同):

> 尝谋之虞山族叔比部君裔兴,比部慨然任其事,因以府君全集质之牧斋先生。先生先是已序府君之文,载《初学集》中;至是,更加排缵,选定四十卷,自尺牍古今诗之外,计五百九十六篇,重作一序,并定凡例。

其中"先生先是已序府君之文,载《初学集》中"之序,即上文所引《题归太仆文集》,作于崇祯癸未(1643)仲夏;而"重作一序"之

序,则作于顺治庚子(1660)五月。钱谦益归集序云:

> 既而(归庄)与其从叔比部君谋重锓先生全集,而比部君以雠勘之役属余。余老而归佛,旧学芜废,辍禅诵之功,紬绎累日,条次其篇目,洮汰其繁芿,排缵整齐,都为一集。

其所定凡例云:

> 荒村僻远,伏承亲枉玉趾,命校雠《震川先生文集》,不敢以荒落为辞。寻绎旧学,排缵累日,乃告成事。应酬文字,间有率意冗长者,僭以臆见洮汰四分之一。披金拣沙,务求完美……右编次《震川先生文集》三十卷,别集十卷。余集不分卷,约三百余篇。

归起先归集跋云:

> 念文章显晦有数,恐遂湮没无闻,为请于先生,求寿诸梓。而先生以刻本位置多讹,意象尚隔,乃为合并而次第之,得正集三十卷,别集十卷。余集存之家塾,未能悉出也。

徐乾学归集序云:

> 玄恭惧久而失传也,乃取家藏抄本,与钱宗伯较雠次第之,编定四十卷。然后讹者以订,缺者以完,好古者得以取正焉。

为校雠事,归庄还曾致书故旧,乞借所藏归集未刻本,以与手头所有者对校。《与侯研德》(《归庄集》卷五)云:

> 向所恳先太仆未刻集,定已检出,万乞借一较对,因近日虞山一同宗将谋付梓,以抄本多讹字,弟处本复多阙,故专待此本一较耳。较毕,弟不即还九初,仍当觅便送架上。兄虽多冗,万乞夺忙为寻出,或令兄或静兄,便舟皆可附耳。

又,《震川先生集》卷十一《送吴县令张侯序》末,有归庄识语云:

> 此文得之汪计部茗文藏本。

归庄曾多方乞借他人藏本以校归集,初不限于侯研德、汪琬二家也。

此整理本曾付梓,然仅刻三十余篇,而归起先卒,钱谦益亦卒(是皆为1664年事)。归庄归集书后云:

> 比部已梓三十余篇,会病卒。

归起先卒后,似又刻至二十卷而止。王崇简归集序云:

> 既而余年友刑部公裔兴之子孝仪公车来都下,惠以裔兴新刻之集。览其跋语,乃偕先生孙文休与其子玄公编辑,为牧斋先生所次第,正集三十卷,别集十卷,余集存之家塾。而是集乃止二十卷,或尚未尽刻,未可谓全集也。

此时,归集已甚难觅。归庄归集书后云:

> 亡友南昌王于一尝语庄曰:"吾在江西,欲观君家太仆文,遍求不可得。"前年,黄州顾赤方亦言:"楚中士大夫多知震川先生之名,而无繇见其文集。"江、楚去吴中仅二千余里,已不能流传到彼,则远者可知矣。

归庄既无力付梓,乃将整理本供人借抄,冀多留副本于世。其归集书后云:

> 既力不能付梓,且多留副本于世,及人有借抄者与之,仍刻期见还,此亦不得已之思也。

同时,又应邑人之请,重刻归有光论策,以聊胜于无。归庄《重刻先太仆府君论策跋》(《归庄集》卷四)云:

至于应试论策，特其绪余，昔年刻文集时，置之不录。既而以其便于后学，乃别刻单行。然镂版粗恶，岁久复多损坏。兹以时尚论策，同邑朱、陆诸君子谋重梓之，问序于府君之曾孙庄，庄则何敢……近日牧斋先生重选定府君文集四十卷，论策皆收入各一卷，诚以府君之论策不同于世人之为也。诸君子之重刻以便后学，甚盛心也，而府君之文章亦稍流通于世。嗟夫，安得此四十卷者一旦尽付之梓，以公之天下乎？近世刻文集者汗牛充栋，或未必可以传后；以府君之文章，而力不能使之流传，是庄之罪也夫！

此文作于康熙甲辰（1664），其中拳拳不忘者，乃全集之刊刻。其归集书后亦云：

若合镂以流传，不知当在何时。

此文作于康熙丁未（1667）四月既望，继董理之役又已七年矣。翌年（1668）正月，归庄有《跋石刻先太仆秦国公石记》（《归庄集》卷四），于归有光全集未能刊刻再三致意：

嗟夫，府君捐馆且百年，人固不能如石之寿，而府君之遗集藏于家者犹多，不能尽如此记之勒诸贞石，流传人间，吾于是又不胜其悲叹也！

是年五月，归庄以吴梅村之介，渡江至海陵，访季沧苇振宜，谋刻太仆集。归庄《吴梅村先生六十寿序》（《归庄集》卷三）云：

府君文集，尚多藏本，后人力不能付梓，先生悼其不尽传于世，致书海陵季侍御，欲其镂版流传。

季氏先答应，后又食言，对归庄亦前恭后倨，归庄与之决裂而去。其《与季沧苇侍御书》（《归庄集》卷五）言此事经纬甚详。或在此前后，归庄又求助于"既翁"。其《与既翁》（《归庄集》卷五）云：

> 刻先集事，承许作札与孟娄县，感何可言！求于清暇即预为之，恐濒行多尊冗耳。

由此可见归庄到处求人之窘状。

四

又二年，为康熙庚戌（1670），董正位令昆山。行前，王崇简嘱其访归有光遗文于归庄，以汇刻成全集。王崇简归集序云：

> 董黄洲正位令昆山，乃属其访求先生遗文于玄公，遍汇诸刻，勒成全集……黄洲唯唯而别。

董正位《归震川先生全集序》（《震川先生集》卷首，以下简称"董正位归集序"）云：

> 自承乏昆山，敬哉王夫子以重梓先生集为嘱。

董正位至任之翌年（1671）正月，归庄出整理本谋刻于董正位。此整理本，为归庄在钱谦益定本基础上又作修订者。归庄归集书后云：

> 庄于是考较加详。

其《凡例五则》云，凡旧刻之误，

> 今皆据家藏抄本正之。其抄本亦误者，则考古书、据文义以正之。较勘数四，颇为精详。间有疑者，阙之。

董正位归集序云：

> 玄公又以旧刻多乌焉鱼鲁之讹，勘订累年，悉已是正，较之旧本，顿尔改观，诚快事也。

体例也有所变动。归玠《凡例五则》按语(《震川先生集》卷首)云：

> 集中选定编次之法，大约因钱宗伯而不无稍异。

如关于"选定"，归庄《凡例五则》云：

> 今大率从其选本。但未刻中之不收者，已刻中之被汰者，庄以为尚有遗珠，又自以己意增入十有余首。今自尺牍二卷、诗一卷之外，总计文六百有五首，悉付诸梓人。其外二百余首，则依钱宗伯名为余集，而藏于家。

其他之变动约有四端，为编次、正误、删重、履历等，兹不复赘述。今《震川先生集》中，尚附有归庄识语八十余处。从其识语来看，归庄之考较归集，并不专主一本，也不仅据抄本，而是参互观之，择善而从。故有从抄本者，有从昆山本者，有从常熟本者，有从复古堂本者，有从其他藏本者，也有综合各本者，等等。其经营之苦心，诚如其《再答汪苕文》(《归庄集》卷五)所云：

> 夫先太仆集，昔年为先从祖删改坏乱，仆日夜痛心疾首，思欲重刻，故校勘是正，颇费苦心。岂遂无万一之误？然已不遗余力矣！

董正位得此整理本，遂与远近士大夫捐薪助刻。董正位归集序云：

> 会从先生之曾孙庄玄公氏得其未刻遗集……玄公因出钱宗伯选本，汇萃已刻、未刻，总计四十卷，欲授之梓人，而贫无力，谋之于余。余遂首捐俸为刻数卷，同寅吴无锡伯成、赵嘉定雪嵊及远近士大夫闻风继之，协助成事。

"已刻"盖指前此归起先时所刻之二十卷，"未刻"盖指前此编定而未及刊刻者。王崇简归集序云：

> 黄洲乃能识余言,从玄公谋,集已刻、未刻,合牧斋定本,汇为四十卷;而一时士大夫宦其地者间助剞劂之资,遂居然为先生全书。

其具体协助者及卷数,据归庄《与徐原一公肃》云：

> 今合已刻、未刻本,编定四十卷,久当付梓,而弟方苦室如悬磬,日夜痛心疾首,以不能表章先世为愧。去年承邑侯董父母屈己下交,因慨然愿助刻五卷;而邻县父母如吴无锡、赵嘉定,皆捐囊协助;同邑荐绅,则切庵首创,元仗继之;境外则颢亭、补念、对岩、公勇诸君,一时鼓舞,遂得十之七八,而刻成者亦已及半矣。每卷之末,即以勘订借重姓名。

其中也有答应而食言者：

> 对老向许助刻二卷,弟遂以勘订毕者授之。既出门之后,已属画饼。弟已寄书与索原稿。

此外,"今尚有七八卷无所属",为此归庄写上信,求助于徐氏兄弟。

眼看归集刊刻进展顺利,归庄欣喜之余,作《当道明府及远近士大夫助刻先太仆文集敬赋五章奉谢用文章千古事为韵》,历数此事之坎坷,并志纪念与庆贺：

> 在昔盛明世,天未丧斯文。笃生我太仆,著作迥轶群。
> 一时七才子,标榜皆渊云。其魁卒推服,卓哉绍前闻。
> 太仆绝代文,诚继韩欧阳。越今百余载,弥觉光焰长。
> 所恨前人谬,删改不成章。犹赖元本存,小子椟而藏。
> 先子于是书,蒐辑已有年。更赖钱宗伯,汇选加重编。
> 卷帙计四十,叶数逾一千。校勘空劳心,无力使流传。

邑宰董仁侯，无锡吴明府，捐俸锓遗文，表章我曾祖。
诸公因继之，翕然相鼓舞。盛事慰九原，高义足千古。
文章关气运，岂复一家事。兹集得流传，后学受其赐。
先泽幸不湮，小子差自慰。顾藉他人力，寻思终内愧。

康熙癸丑(1673)，归庄又请董正位、王崇简二人作序。董序作于是年仲春，王序作于是年仲夏。

然而，是年仲秋(八月二十一日)，归庄溘然去世，未及见全书之刻成。临终，惟以完成归集刊刻事属侄玠(字安蜀，1641—?)，此外一无所及。归圣脉《玄恭兄行略》(赵经达《归玄恭先生年谱》引，《归庄集》附录一)云：

公自知不起，属侄安蜀善成太仆集，以公诸世，此外一无所系念也。

与此形成对照的是，归庄于自己的文集，则因无力(精力与财力)顾及，遂听之散佚而不顾。赵允怀《归玄恭文钞序》(《归庄集》附录四)云：

即其生平节衣缩食，丐募四方，刻其先太仆公遗集，仅而得就，必无余赀自刻其文。

平步青《归玄恭文钞序》(《归庄集》附录四)亦云：

所著《悬弓集》三十卷，无力刊行。

故其所著《悬弓集》三十卷、《恒轩文集》十二卷、《恒轩诗集》十二卷等，不久皆散佚不存。

归庄去世后，徐乾学及归玠续成归集刊刻之事。归玠《震川先生集》识语(赵经达《归玄恭先生年谱》引)云：

是集之刻，始于辛亥(1671)春王，迄癸丑(1673)仲秋，

> 全集已刻十之七,不幸先叔恒轩府君中道捐馆,玠室同悬罄,无以卒业。赖董夫子复倡助鸠工,而俾克告成。

徐乾学归集序云:

> 其曾孙玄恭负盛才,既穷且老,日抱其遗书而号于同人,酿金而刻之。垂竣身没,不见其成。

> 归子玄恭刻其曾大父太仆公集,未就若干卷而卒。余偕诸君子及其从子安蜀续成之,计四十卷。

徐序作于康熙乙卯(1675)春三月,盖即《震川先生集》刻成之时,距归庄卒已有二年。可见此刻前后费时约四年余。上距归有光去世,已百有四年;距《都水稿》之编,已百有十年。这个本子,就是后来《四部丛刊》据以影印的康熙刻本,为目前归有光集最善之本。后来归集之各种刻本,如嘉庆丙辰(1796)玉钥堂刻《震川先生大全集》等,莫不出于此本。1981年上海古籍出版社出版之校点本《震川先生集》,亦以据此本影印的《四部丛刊》本为底本,并对校以嘉庆丙辰玉钥堂本,成为现今通行之归集本子。

《大全集》为归朝煦所刻,又收入《外集》八卷、《余集》八卷、《文章体则》、《评点〈史记〉例意》等,为刻本中收录归文最多者。板清道光间尚存,归氏后人以之予虞山张大镛,见张大镛《归玄恭文钞序》(《归庄集》附录四)。其时《归玄恭文钞》镂板,与《大全集》同时开印。后《归玄恭文钞》板毁于兵,《大全集》板或亦毁于同时欤?

五

这次的归集刊刻过程中,还发生了一个小插曲。归庄为归集考较事,与汪琬发生了争论。在清初诸文人中,汪琬以重视归

有光文著称,但对归庄的考较有不同看法。赵经达《归玄恭先生年谱》云:

> 先生取而校正之,改金梭为金梭,阁下为阁下,合何氏先茔碑文二篇为一篇。此三者,钝翁闻而以为非,贻书相诮,渐至诟厉,可见当时意气之盛。盖先生素傲谩,不肯屈人下;而钝翁恃势骄人,亦有非是者焉。

今《归庄集》卷五有《答汪苕文民部书》、《再答汪苕文》、《与周汉绍》等书信,都与此次争论有关。二人所争之事,"改金梭为金梭"出于归集卷四《书张贞女死事》,改"阁下为阁下"出于卷六《上徐阁老书》,"合何氏先茔碑文二篇为一篇"出于卷二四《何氏先茔碑》。则争论发生时,归集至少已刻至二十四卷以后(即全四十卷中十分之六左右)。归庄之《再答汪苕文》自言作于"二月八日",而不言其年。参合归庄作于康熙壬子(1672)之《与徐原一公肃》"而刻成者亦已及半矣"语,归玢《震川先生集》识语"迄癸丑(1673)仲秋,全集已刻十之七"语等观之,争论似应发生于康熙癸丑(1673)年初(赵经达《归玄恭先生年谱》系此事于康熙辛亥1671年下,疑误)。而是年八月二十一日,归庄即溘然去世,不知是否与此次争论有关?

除以上三条外,二人之意见分歧尚多,主要是由于对归集版本之认识不同。大致而言,归庄虽不主一本,但较信家藏抄本,而不大信昆山本、常熟本等旧刻;汪琬则较信昆山本、常熟本等旧刻,而不大信归氏家藏抄本,以及据此校勘之归庄"新本",自然亦不信归庄之"考较"。汪琬《归诗考异序》(《尧峰文钞》卷二五)云:

> 又窃意其家所藏者,或未必果出于先生之笔授;而其校雠此钞本之人,亦未必亲事先生而习见其读书为文者也。

此虽可谓"釜底抽薪"之说,然归庄固未尝专信家藏抄本也;而于昆山本、常熟本等旧刻之缺陷,汪琬之认识则似稍嫌不足。

在归集无一善本流传的情况下,归庄所用的考较方法实无可厚非;其所改本文大都有根有据,意改者仅"梭"之一字而已。诚如其《再答汪苕文》所云:

> 来书谓涂抹太仆之文……今执事反以校勘是正为涂抹耶?新刻未完,执事尚未尽见。仆于此书,改本文者颇多……仆皆依据国史古书,遂改本文。此虽起太仆于九原,必不罪其擅改;执事若见之,亦不以为涂抹矣。今执事之所诋为涂抹者,仅四十卷中之一篇,一篇中之一字耳。然仆虽改此字,而仍注明于下,则未始无传疑之意。今执事因此一字,遂目之为涂抹,如此深文巧诋,能使人服乎……新刻指日告成,刻成之后,试与旧刻相较而观,是非优劣,当世学士大夫自有公论。

其实,即"金梭"、"金梳"之争,"楚则失矣,而齐亦未为得也",据后出之《补刊震川先生集》所收《续书张烈妇事》,实则应作"金钗"。仅"合何氏先茔碑文二篇为一篇",归庄之做法似稍欠妥而已。

此后,汪琬为坚持己见,"谓欲别作一书以相訾謷"(《再答汪苕文》),此即《归文全集考异》(后又改名为《归文辨诬录》)。此书以昆山本为主,仍寓尊昆山本之意。其《归诗考异序》云:

> 予撰先生全集考异,盖以昆山本为之主,而悉附他本异同于其下……全集考异,卷帙颇夥,不能遽镌版以行世,而其大指则已见于此云。

归庄亲家抄录此书以遗归庄,归庄又作《归文考异驳》一一驳斥。后经双方亲友劝说,二人均未将书付梓(见归庄《与周汉绍》),故二书今皆不传。

此外,汪琬还作《归诗考异》,仍以昆山本为主,而于新刻多所指斥。其序云:

> 至于先生之诗,惟昆山本刻入外集,新本刻入别集,而复古堂本、常熟本举皆无之,故予所考者止于新本而已。间尝窃怪旧刻诸诗往往有出入。孙愐《广韵》及吴才老韵者最为古雅,而新本多从近世所行俗韵,不知何以异同如此……于是诸家之本纷纭错出,而后生浅学读先生之诗若文者几莫知所适从矣。昔朱子序《韩文考异》曰:"姑考诸本之同异,而兼存之,以待览者之自择"云云。予故私淑朱子之例,亦不免有所疏通证明,而自顾其学识之陋劣,终未敢悻悻然自骋其臆而妄加笔削于其间也。览者详之。

此书之撰,或已在归庄身后,故未见归庄有驳书,而此书遂收入《钝翁类稿》矣。(又,汪琬似进而为归诗作笺注,《四库全书总目》卷一七二集部别集类《震川文集》提要云:"有光诗格殊不见长,汪琬乃为作笺注,王士禛颇以为讥。今未见传本,殆当时众论不与,即格不行欤?")

归庄《凡例五则》云:

> 讹谬既正,似可不言。但以旧刻行世已久,恐观者见其参差,反致疑于新刻,不得不明言其故,非敢暴前人之短也。

恐怕也是有感而发,既有与汪琬争论之前因,又惧后人误信汪琬之后果。后来,果有类似之议论出现,《昆新两县续补合志》引《鸡窗丛话》(《归庄集》补辑)云:

> (归庄)颇怪僻自用,尝改窜震川文,钝翁屡作书辨之,几成仇隙。

此则耳食者之以讹传讹矣。又,《四库全书总目》之《震川文集》提要云:

> 然考汪琬《尧峰文集》有与庄书二篇,又反覆论其改窜之非,至著为《归文辩诬》以攻之,是庄所辑亦未为尽善。然旧本文多漏略,得庄掇拾散佚,差为完备,既别无善本,姑从而录之。

则归庄、汪琬之争遗响未息也。

平心而论,汪琬亦爱归文者,所见也不无是处。倘能平心静气,以理服人,则归庄或能采其合理之处,使归集新刻更臻完善,则争论也未尝非佳事也。然其不出于此,而务以意气相争,期以权势压人,致使两败俱伤,又无补于归集,是诚憾事也。

六

归有光一生数奇,文集编刊也好事多磨,生前身后虽有几种问世,但皆不能惬人心意。清康熙乙卯(1675)刻成的《震川先生集》,堪称是第一部较完善的归集,然上距归有光去世已有百年之遥。其间之种种不可思议,诚如归庄归集书后所云:

> 府君之文,一时虽压于异趋而盛名者,至于今未及百年,而世无不推崇之,比于欧、曾,方之昔贤,不为不幸矣。然……未有世皆知尊仰,而文反不流传如府君者也。

为刊刻较为完善之归集,归家贤子孙前仆后继,至曾孙一代始有所成,其间经过之曲折,事情之坎坷,有足令人感叹者。

尝试论之,归家子孙的贫困固然是要因之一,但实亦涉及归有光之"名声形成史"。今人也许难以理解,现今赫赫有名的归有光,生前却一直郁郁不得志。功名是到六十岁始获一第,而做官不多几年即去世;文名则"压于异趋而盛名者",在当时的文坛上虽有力挽狂澜之功,却无呼风唤雨之势。故一生落寞可想而知。钱谦益《列朝诗集小传》之归有光小传云:

> 当是时,王弇州踵二李之后主盟文坛,声华烜赫,奔走四海。熙甫一老举子,独抱遗经于荒江虚市之间,树牙颊相楛柱不少下。

王锡爵《明太仆寺寺丞归公墓志铭》(《震川先生集》附录)云:

> 其后八上春官不第。盖天下方相率为浮游泛滥之词,靡靡同风,而熙甫深探古人之微言奥旨,发为义理之文,洸洋自恣,小儒不能识也。

今人于此多体会其不同流俗之精神,但其实也反映了其境遇之落寞。以一介没有社会地位的"老举子",怎能跟文坛上的"旗帜"们相抗衡呢?尽管当时也不乏追随者,如王世贞《归太仆赞(有序)》(《震川先生集》附录)云:

> 自其为诸生,则已有名,及门之屦恒满。

王锡爵《明太仆寺寺丞归公墓志铭》云:

> 于是读书谈道于嘉定之安亭江上,四方来学者常数十百人。

张大复《刻归太仆先生举业全书序》(《梅花草堂集》卷一)云:

> 而今之海陬遐壤,冠带之所至止,苟具灵性者,诵法太仆,递相传写,如日月焉,朝夕见而心喜。

钱谦益《列朝诗集小传》之归有光小传重复王锡爵上文后云:

> 海内称"震川先生",不以名氏。

但其名声既偏重于江南一隅,古文名声也常为时文所掩(如董正位归集序所云,"余自少知诵法震川先生之制举业,长而得读其古文辞"),自无法与"旗帜"们相提并论。钱谦益《列朝诗集小传》之童珮小传云:

> (童珮)尝游昆山,执经于归太仆。岁暮往锡山寓舍,太仆为赠序,道其依依问学之意……子鸣师归太仆,得其指授。王元美为子鸣作传,详叙其生平师友,不及太仆;伯毂之志亦然。太仆之问学非时贤所知,亦可见矣!

归有光生前境遇之落寞,由此逸事亦可见一斑。

归有光生前,奖掖之者虽陆续有其人,如王锡爵《明太仆寺寺丞归公墓志铭》云:

> 邑有吴纯甫先生,见熙甫所为文,大惊,以为当世士无及此者,繇是名动四方……岁庚子(1540),茶陵张文毅公考士,得其文,谓为贾、董再生……自喜得一国士……岁乙丑(1565),四明余文敏公当分试礼闱,予为言熙甫之文意度波澜所以然者。后余公得其文,示同事,无不叹服。既见熙甫姓名,相贺得人。

又,钱谦益《列朝诗集小传》之归有光小传云:

> 嘉靖末,山阴诸状元大绶官翰学,置酒招乡人徐渭文长。入夜,良久乃至。学士问曰:"何迟也?"文长曰:"顷避雨士人家,见壁间悬归有光文,今之欧阳子也。回翔雒诵,不能舍去,是以迟耳。"学士命隶卷其轴以来,张灯快读,相对叹赏,至于达旦。四明余翰编分试礼闱,学士为具言熙甫之文意度波澜所以然者,熙甫果得隽。熙甫重生平知己,每叙张文隐事,辄为流涕,岂未有以文长此事闻于熙甫者乎?

但皆只能称作"知音"或"伯乐"（其人或传闻异词），并不足以造成全社会性的影响。在这种情况下，对归集的社会性需求也就有限了。归集的几种不完全的明刻本，便是在这样的背景下出现的。王崇简归集序云：

> 震川先生文集流传海内百有余年，识文艺者皆知珍藏之……嗟呼！先生之文自殁时即流传至今……非若昌黎之文历久远遇永叔而始显也。

都是仅就几种明刻本而言的，对归集并没有更高的要求。

归有光身后，也并没有马上摆脱落寞的命运。"七子"之后是公安派、竟陵派，晚明文坛"你方唱罢我登场"，而归有光文则仍然处于潮流之外。所以，归有光文"不尽流传于世"（归庄归集书后载其父昌世语庄兄弟语），也就是可以理解的了。

归有光声名的鹊起，是明末启祯年间的事，而钱谦益为一大功臣。钱谦益不满于明中叶以后的文坛潮流，试图来一番"拨乱反正"。他于明代文人罕有首肯者，而归有光为其中之例外。他本人受惠于归文良多，又对归文推崇备至，并利用文坛祭酒的有利地位，大力宣传归有光，使天下人皆知归文。归庄《吴梅村先生六十寿序》云：

> 顾府君晚达位卑，压于同时之有盛名者，不甚章显。虞山极力推尊，以为三百年第一人，于是天下仰之如日月之在天。后进缀文之士不为歧途所惑，虞山之力为多。

又，其《祭钱牧斋先生文》（《归庄集》卷八）亦云：

> 先生于一代首推先太仆公。太仆之文，初为同时盛名者所压，而不大显，先生极力表章，忽然云雾廓清，白日当空。

吴炎《归玄恭古文序》(《归庄集》附录四)云：

> 又数十年，而虞山牧斋氏操衡文柄不下弇州，其于三百年间能文之家，虑无不抉摘其得失而钩剔其瑕颣，独以弇州之推太仆为然，海内之传述其说而颇俎豆太仆者无异词。

王崇简归集序云：

> 王文肃公称引于当年，钱牧斋、吴梅村诸前辈昌明于后。

其中实以钱谦益之功之力最巨（吴伟业的主张则又有所不同）。而据钱谦益的自述，其之所以会注意到归有光文，乃是因为受了嘉定诸文人的影响。钱谦益归集序云：

> 余少壮汩没俗学，中年从嘉定二三宿儒游，邮传先生之讲论，幡然易辙，稍知向方，先生实导其先路；启祯之交，海内望祀先生，如五纬在天，芒寒色正，其端亦自余发之。

这里指出了其接受归有光影响的路径，是归有光→嘉定文人学子→钱谦益。归庄《侯研德文集序》(《归庄集》卷三)也指出了同样的事实：

> 然嘉定之文派故宗太仆，而虞山钱宗伯则太仆之功臣也。

可见归有光生前在安亭江上的讲学，至此时始结出正果。所以归庄归集书后所云"世无不推崇之"，王崇简归集序所云"识文艺者皆知珍藏之"，恐怕都是这个时候才有的事，也不能不归功于钱谦益的作用。而正是在这种情况下，钱谦益与归昌世一起，开始编定归有光全集。可惜恰逢明亡之祸，钱氏有绛云之火，归昌世又去世，归集刊刻再次蹉跎。

入清以后,钱谦益以"贰臣"风光不再(归庄《吴梅村先生六十寿序》云:"虞山殁,肉未寒,小夫琐才辄以平生纤芥之嫌妄加訾议,而时彦亦多惑之。"),文风也因变朝又一次异趋,归有光不过是前朝一老举子,其子孙也大都处于贫困中。这些因素合在一起,导致了归集付梓好事多磨。若不是归庄苦心经营,好事者热心襄助,则《震川先生集》仍将是"出版无日"。

清中叶以后,桐城派散文风靡一时,各大家皆称上法归有光,如姚莹《从祖惜抱先生行状》(《东溟文集》卷六)云:"自康熙朝,方望溪侍郎以文章称海内,上接震川,为文章正轨;刘海峰继之益振,天下无异词矣;(姚惜抱)先生亲问法于海峰,海峰赠序盛许之。"姚鼐《与王铁夫书》(《惜抱轩文集后集》卷三)云:"故文章之境莫佳于平淡,措语遣意有若自然生成者,此熙甫所以为文家之正传。"归有光文始真正开始影响"散文界",《震川先生集》也始真正开始受到重视(归集康熙刻本出而桐城派兴,归集覆刻本玉钥堂本又出现于桐城派臻于鼎盛的18世纪末,这些恐怕都不是偶然的)。对归文评价的变迁,从《四库全书总目》之《震川文集》提要中已可见一斑:"自明季以来,学者知由韩柳欧苏沿洄以溯秦汉者,有光实有力焉,不但以制艺雄一代也。"一直到今天,归有光文在文学史上已获定评。回顾此番过程,让人不免感慨良多,其中况味,诚有如徐乾学归集序所云者:

> 此予之叹夫文之难如此,其传之难又如此,后之读者宜如何其爱惜之也!

陈济生与《天启崇祯两朝遗诗》

引 言

顺治十年(1653)至顺治十二年(1655)间,明遗民陈济生(字皇士,号定斋,1618—1664)有采诗之役,至顺治十六年(1659),成《天启崇祯两朝遗诗》(以下简称《遗诗》)初集八卷、续集若干卷。然刊刻未终,济生旋卒。书成若干年后,以其中有违禁语,两次为人告讦:一在康熙五年(1666),出首者姜元衡;一在次年(1667),出首者沈天甫。时济生已卒,而济生为顾炎武姊婿,故炎武独罹其祸,此康熙七年(1668)春事。于是此书"遂干厉禁,流传绝少,藏书家罕有著录及之者"(陈乃乾《启祯两朝遗诗考》)。

至20世纪初,上海南洋中学校长王培孙植善得残本四册于古书流通处(王本);1919年秋,陶兰泉湘又得残本十册于北京(陶本)。1920年,陈乃乾以此两本互勘抄补,著其篇第,得一较善之本,复撰《启祯两朝遗诗考》作考证介绍,世人始知天壤间尚有此书。此外,缪荃孙曾见一本初集八卷,首尾全(陈本)。1958年,中华书局上海编辑所(今上海古籍出版社之前身)主要据陈乃乾校本为底本,用上海图书馆藏常熟赵氏旧山楼藏本抽调大部分抄补之叶(两本均为抄补者,择其善者),影印出版,于是三百年不见之秘籍,人人得一睹为快。

然济生之书,自问世以来三百年间,以知之者少,故论之者亦鲜（余所知者仅陈乃乾文及缪荃孙《艺风堂文漫存》卷三《陈皇士太仆启祯两朝遗诗录跋》文两种），更遑论考其人。缪荃孙之跋，唯略述此书两次为人告讦事，而不及其余。陈乃乾之《启祯两朝遗诗考》，唯考此书之获得始末、版本款式、目录序跋、遭禁首尾，而于济生之生平、交游、思想，则语焉不详。

今可见为济生立传之最早者，为曹溶《明人小传》，其次则为朱彝尊《明诗综》及所附《静志居诗话》。后来道光间徐鼒考究南明史事，作《小腆纪传》，光绪间陈田辑《明诗纪事》，均有济生小传，但皆沿袭曹、朱之旧，无甚新材料补充，故史料价值不高。孙静庵《明遗民录》，又全同于《小腆纪传》。

其实，《遗诗》诸小传中，济生每自诉生平、交游及思想，倘仔细钩索，实能考见其生平之大概；而其立身行事之立场，对晚明政局之批评，亦皆迥然若鉴。陈乃乾文引王植善说并云："培孙则谓诗无足取，传或与史书相证明，而足资参考……小传一百七十余篇，皆记其及身所见，与往还交谊之情，与后人得之传闻掇拾而成者不同。"此之谓也。惜前贤尚未有事及此者，即陈乃乾文于此亦似不甚措意。此则本文之所为作也。

此外，关于此书之选刻、宗旨、体例，除卷首《凡例》外，《遗诗》诸小传中亦每自言及，本文于此亦稍加勾勒，以见济生辑《遗诗》之初衷，并补陈乃乾文之未备。

至于《遗诗》前与钱谦益（1582—1664）《列朝诗集》、后与朱彝尊（1629—1709）《明诗综》等之关系（《遗诗》从存心立意至体例版式、小传写法，皆一仿《列朝诗集》；朱彝尊撰《明诗综》，明末部分曾参考此书，但不采遗民诗；卓尔康撰《明遗民诗》，但取史实，而遗其精华），则本文暂不涉及，且俟他日余暇。

文中引文未注明者，均出此书诸小传；引文后特添注此书影印本页码，以便有意者覆按深究。至于旁采其他文献，则照例注明出处。

一、济生之生平

甲、济生之生卒。

陈瑚《确庵文稿》卷三下《李灌溪侍御家定斋太仆百龄合寿诗》云："同是孤臣旋白头，江东人物旧风流。楷模天下思元礼，文范吾家重太丘。后甲先庚齐得戊（自注：灌溪戊戌，定斋戊午），一时偕隐足千秋。他年好记遗民传，瓜落青门两故侯。"是灌溪（名模）生于戊戌（1598），济生生于戊午（1618）。此诗作于丁酉（1657），时灌溪六十岁，济生四十岁，两人合计百岁。

葛芝《卧龙山人集》卷九《陈定斋自述唱和诗序》云："仆与定斋子生同齿也，所居地不百里而近，又同乡也……今年，定斋子方四十。"则济生与葛芝同岁。葛芝《容膝居杂录·自叙》云："岁在丁巳（1677），余年六十矣，编辑成书，分为六卷，命之曰《容膝居杂录》。"则葛芝应生于戊午（1618），济生亦当生于同年。赵经达《归玄恭先生年谱》"永历七年（1653）癸巳"条《与葛瑞五书》案云："瑞五生于万历戊午，少先生五岁。"[①]归庄生于万历癸丑（1613），正长葛芝（字瑞五）五岁。

《遗诗》卷八林云凤《百龄合倡赠陈太仆皇士》（选三首）其一云："君生在午年才立，我降维寅境屡迁。"（第1091页）据上引陈瑚诗、葛芝文，则此诗所谓"午"，盖即指戊午（1618）。林云凤生于戊寅（1578），长济生四十岁。此诗作于丁亥（1647），时林云凤七十岁，济生三十岁，两人合计百岁。

---

① 《归庄集》附录一，上海，上海古籍出版社，1984年。

尤侗《西堂杂组》二集卷八《祭陈皇士文》云："呜呼，君年四十有七，胡然逝者如斯。上有七旬老母，下有三岁孤儿。小妇娥眉惨淡，诸昆燕羽差池。"同治《苏州府志》卷八七陈济生传（据乾隆旧志）云："卒年四十七，门人私谥节孝先生。"则济生应卒于甲辰（1664）。

张慧剑《明清江苏文人年表》定济生生于 1618 年，卒于 1664 年。①

乙、济生之籍贯。

《小腆纪传》卷五六陈济生传、《明遗民录》卷三六陈济生传，均作华亭人，误。《明人小传》之陈济生小传、《明诗综》卷六六陈仁锡小传、卷七十陈济生小传、《遗诗》附归庄撰陈仁锡小传、《明诗纪事》辛签卷三三陈济生小传，均作苏州长洲（今苏州）人，是。《遗诗》卷首《自序》、《凡例》等，济生亦自称"长洲"人。

丙、济生之家庭。

济生原配顾氏，为顾同应三女，炎武三姊。顾同应小传云：

> 济生自五六岁时，每闻昆山顾先生来，先君子必呼生出侍坐，先生略为指示文字。其时小，未有所识，然知顾先生天下之贤君子也。天启丙寅（1626）先生没。先生之长子退篆以荫补国子生，受业于先君子之门。崇祯癸酉（1633）顺天中式。又一年（1634）先君子见背。又二年（1636）济生乃得为先生子婿，因稍读先生之遗诗古文。又六年（1642）而退篆复逝。上下三十余年，存亡盛衰之感已不可言。（第1981页）

---

① 上海，上海古籍出版社，1986 年。巧合的是，陈济生与柳如是生卒同年。

以是知济生 19 岁娶顾氏，而顾氏既为炎武姊，炎武生于 1613 年，则顾氏至少长济生六岁。顾氏未曾生育，1664 年或稍前，先于济生卒。

济生妾胡氏，为人和顺，遗孤树葵，赖之抚养成人。乾隆《江南通志》卷一八二载胡氏事迹云：

> 太仆寺寺丞陈济生妾胡氏，长洲人。济宦京邸，随嫡顾孺人侍养太淑人于家，以和顺得其欢心。济没后，遗孤树葵仅周岁，氏备尝艰辛，抚养成立。年八十六而终。

尤侗《西堂杂组》二集卷八《祭陈皇士文》所云"小妇娥眉惨淡"，盖即指胡氏；"下有三岁孤儿"，盖即指树葵。则乾隆《江南通志》所谓"济没后，遗孤树葵仅周岁"，"周岁"或为"三岁"之讹？实则"三岁"亦为约数，树葵生于辛丑（1661），济生卒于甲辰（1664），其时树葵应为四岁。

何焯《义门先生集》卷四《与友人书》云：

> 所问学徒陈生格者，其祖（济生）为顾亭林先生姊婿，字皇士，曾为太仆丞，于遗老中亦颇有声。东海兄弟（济生姨表弟徐乾学等）小时倚以自通于诸先达，既贵，则皇士谢世，陈生之父（树葵）为诸生，虽文采不耀，然未尝乞灵于东海以博科第，亦不失为佳子弟也。

是树葵之成立如此，济生之有孙又如此。

丁、早年事迹。

济生自幼识顾同应，顾同应小传云：

> 济生自五六岁时，每闻昆山顾先生来，先君子必呼生出侍坐，先生略为指示文字。其时小，未有所识，然知顾先生

天下之贤君子也。(第1981页)

济生年少时识吴有涯,吴有涯小传云:

> 予少识公,秀眉竦肩,美风仪,为文好深湛之思。(第1987页)

济生曾受业于刘宗周,刘宗周小传云:

> 济生尝受业先生门,每见,必以道义相勖。(第1882页)

1630年左右,济生始为诸生,赵士喆小传云:

> 济生自始列诸生,即闻齐六郡有山左大社,皆一时贤豪,而赵君伯濬寔为之倡,山东学者推为祭酒。今且二十余年,而伯濬守道不回以死,余闻而悲之。(第2017页)

赵士喆卒于乙未(1655)春,上推二十余年,则1630年左右,济生始为诸生也。济生在学时,曾见知于周凤翔,周凤翔小传云:

> 公奖厉人才,纲维名教。方为少司成时,济生在雍,以积分受知。(第1809页)

济生之制义,尝见赏于凌义渠,时济生访之于太仓,凌义渠小传云:

> 济生昔见公于太仓,公选课士制义一编,缪承奖许。(第1805页)

济生应试时,尝访李孙宸于南京,李孙宸小传云:

> 先生在南京时,先文庄尝命济生于应试时以通家后学进谒,得拜先生床下。济生时尚幼,未敢云吟风弄月之怀。至今想象遗风,为之三叹云。(第1893—1894页)

是应为济生父在世时事,即1634年前事。在吴门,尝屡奉教于

父执傅冠,傅冠小传云:

> 济生在……吴门,屡奉教于公云。(第1910页)

济生父卒(1634)后,张国维抚吴,张为仁锡同榜,于济生家独多恤抚,张国维小传云:

> 公与先文庄同榜,公抚吴时,先文庄初见背,蕺诸孤。藉公之德,至于今不忘。(第1916页)

戊、济生之入仕。

济生父仁锡卒于崇祯甲戌(1634),时起南祭酒,未任而卒。丙子(1636)以讲筵旧劳赐祭葬,而赠荫则龁于权相(时大学士为温体仁、钱士升、张至发、林釬、黄士俊、孔贞运、贺逢圣等人,不知阻者何人)。直至癸未(1643)冬,周延儒为首辅,济生伏阙上书,部覆得旨,始得赠仁锡詹事府詹事,荫一子入监,读书南京,赐谥文庄,官济生太仆寺主簿,署寺丞事(见《遗诗》末附归庄撰陈仁锡小传)。时上距仁锡去世已近十年,而下距李自成攻入北京仅数月。自此济生遂为明朝官吏。明亡后济生仕南都,选刻《遗诗》,著《忠义录》,以兴复明室、表彰忠烈为己任,不能说与明亡前此次"皇恩浩荡"无关。

己、在京事迹。

济生癸未(1643)冬前后在京之活动,济生自己尚有零星记述。王家彦小传云:

> 公与先文庄同籍,济生在京邸,识之于蒋阁学寓。听其言论,风节凛然,卒能殉国难云。(第1796页)

是济生尝与王家彦议论往还。孟兆祥、孟章明父子小传云:

> 及公为通政(1643)，济生在京师，得陪末坐。公父子皆长髭髯，丰采岳岳。语次，勉济生以《孟子》"孳孳为善"之论，耿耿不忘于心。（第1797页）

是济生曾与孟兆祥、孟章明父子来往。凌义渠小传云：

> 济生……后见公于都门，论学日夕不倦。（第1805页）

是济生在京曾与凌义渠往复论学。申佳胤小传云：

> 记癸未之冬，公遣祀昭陵，济生得一奉话言。（第1816页）

是济生尝会见申佳胤。金铉小传云：

> 济生在京邸，每见公，辄谈及理学，且多劝戒，被服造次，居然儒者。（第1823页）

是济生与金铉尝多次晤谈。梁应泽小传云：

> 癸未，济生伏阙时，每从（梁以枘、梁以樟、梁以桂）伯仲讲论理学。（第1872页）

是济生尝与梁以枘伯仲讲论理学。傅冠小传云：

> 济生在京师……屡奉教于公云。（第1910页）

是济生曾屡奉教于父执傅冠。张国维小传云：

> 是时济生以请恤在都，每相慰问。（第1916页）

是济生曾屡受张国维慰问。以上皆为济生当日在京之踪迹也。

庚、甲申之变时行迹。

济生在京，直至次年(1644)三月。三·一九之变，济生尚在京，同人多自杀殉明者，济生常往哭之。吴麟徵小传云：

> 济生时在京,闻报往哭,则公已在殡矣。(第 1801—1802 页)

周凤翔小传云:

> 国变时,济生适在都,往拜哭之,不知涕之横集也。(第 1809 页)

此后大顺军兵临北京城下,济生仓皇出京,一路南还。许直小传云:

> 济生与羊君辅同出京。(第 1827 页)

辛、著《再生纪略》。

济生南还后,抚今思昔,痛明之灭亡,幸己之得脱,遂著《再生纪略》。谢国桢《增订晚明史籍考》云:"是书述其赴都恰遇甲申之变,踉跄归里,故曰再生,文为日记体。"[①]《小腆纪传》卷五六陈济生传云:"北都陷,南还,著《再生记》。顾仓卒,传闻不尽实也。"书末自记有"回思入都之日,以迄于今,不满一载"之语,可知为甲申当年所作。《再生纪略》有《昭代丛书》本、《赐砚堂丛书》本、《长恩阁丛书》本、《甲申纪事》本、《丛刻三种》本等,《(乾隆)钦定日下旧闻考》卷一三七朱彝尊原按中,曾提到"陈济生《再生纪略》"有"王之心"事迹。

壬、南都事迹。

一般史籍均述济生甲申经乱归田,而济生实与弘光政权有过关系。华允诚小传云:

---

① 上海,上海古籍出版社,1981 年,第 350 页。

> 甲申冬,公在验封,济生以先朝赠荫,见公于南都,其复疏多公力焉。(第1922页)

明吏部验封司管官籍,华允诚时为南都弘光政权之吏部验封司员外郎,署选司事。济生南归,闻弘光政权立,自然拥护。"先朝"二字,即示承认弘光为崇祯之合法继承者之意;而与吏部验封司官员之接触,亦说明济生以为自己理当归弘光朝领导,具体做法就是通过验封司,恢复自己原先太仆寺之职。尤侗《西堂杂组》二集卷八《祭陈皇士文》云:"曾上疏于北阙,薄游宦于南畿。数马囧伯之署,杖节临安之祠。"第二句以下所说的,就是为弘光朝做事,其事皆与太仆寺有关。了解济生与弘光朝之关系,即可理解《遗诗》小传中对于弘光朝之议论。又有可注意者,为济生与姜曰广之关系。姜曰广小传云:

> 公自南京致政,济生送公静海寺,尚以性命之学相戒勉。(第1902页)

姜曰广为东林党人,甲申某月致仕,实为东林势力之一大挫折,而两派消长之势自此渐显。在两派争斗中,济生之态度相当鲜明。左懋第小传云:

> 南渡之初,济生见公留都,言及大行之变,几不欲生。公之至性,非人可及也。(第1942页)

左懋第亦为东林党重要人物,仕于弘光政权。于此可见,济生在南都与东林人物接触频仍,十分活跃。凡此皆足证济生南渡后并未即归田,而是曾参与弘光政权之各种活动。

癸、归田事迹。

次年(1645),清兵下江南,弘光帝及牧斋诸大臣降清。其时

济生或已归、或始归田里,遂隐居不仕,以明遗民自居。然济生归田后,非默无表示,而仍与明遗民接触频繁。张可大小传云:

> 可度改名二严,年六十余矣,过吴门,为余言兴亡生死之故,未尝不涕沾膺也。(第1786页)

姜垓小传云:

> 司副(熊开元)自戍籍起,浒陟九卿。今削发为僧,来吴门;而给事(姜垓)亦从真州来省其弟。追论家国,相对痛哭。(第1958页)

《遗诗》卷首姜垓(沙门智光)序云:

> 当时以不见文庄为恨,晚乃交其令嗣皇士,投分金石,讨论坟典。

与济生所说盖同一事。侯恪小传云:

> 公之子方岳,字仲衡,能诗文,亦节概奇士,近过吴门……(第2034页)

读以上记载,济生晚年之心态、行迹可知。

济生尝见顾咸正于邓尉,顾咸正小传云:

> 端木与邌篆同举于乡,晚又与宁人游。其自秦中归,济生亦一见之邓尉,赋诗饮酒,豪气深情,至今犹在眉睫。今为记其大略存之,其详则有宁人所为状及玄恭撰二子传在。(第1990页)

顾咸正曾官延安府推官,以家居潜谋兴复,事泄被收而死。其任延安府推官,在崇祯末年,故济生与其相见,亦应在崇祯末其解任后(参《归庄集》卷七《两顾君大鸿仲熊传》)。

庚寅(1650),济生与众遗民结"惊隐诗社"。诗社存续了十余年,后以庄氏史案株连,同社有罹难者,社集遂辍。

癸巳(1653)前后,济生曾发起"同善会"(互助会),归庄为作《同善会约序》(《归庄集》卷三),其中述其事经纬云:

> 十年前,吾邑亦行之,会乱而止。去年复续行之,郡城无闻焉。宜吾友皇士之恻然于心,而与诸君子率先为之……夫事莫大乎与人为善,若皇士诸君子之为此约也,固仁人君子之为也。

"乱"应指甲申、乙酉之变,则"复行之"当为癸巳前后事。

甲午(1654)秋,刘永锡卒,济生与其葬仪。刘永锡小传云:

> 先是,吴之御史李公模巡视北畿,君师事之。御史隐居学道,时与君往来。至是,率其弟子徐晟、陈三岛之徒,为经纪丧事,而济生与焉。乃卜地虎丘山塘,夫人及贞女皆附葬,吴中贤士大夫来会者数百人。同人皆以君为志虽未遂,节则已全,盖歌章属和不绝云。(第2002—2003页)

刘永锡之葬仪,不啻一次怀明活动。所谓"志虽未遂,节则已全",不啻济生之自我写照。陈三岛字鹤客,亦长洲人,后尝为《遗诗》作序,自称"宗盟弟"。

此外,薛寀、方以智等南明著名人物,亦曾与济生暗通款曲。薛寀小传云:

> 而堆山年未五十,即丁国变,遁迹山中,兵至搜匿者几不免。乃归五牧,即家为庵,居然一老沙门矣。故为之叙其家传。洎余书成,堆山亦序之。(第1858页)

惟今本《遗诗》卷首八序中,不知为何无薛寀之作。(归庄亦言及薛寀有序,《归庄集》卷十《随笔二十四则》第十八则云:"苏州陈太仆皇士,尝选《启祯两朝遗诗》,自名公卿以至处士皆有之,卷帙甚多。作序者六人:吴相国麓友、姜给谏如农、薛开封谐孟、王玠右、叶圣墅及余也。"然未提到陈三岛和尹民兴之序,可能为后来加入者。)方以智小传云:

> 自遭国难后,披缁入山。尝受业先文庄,与济生交甚厚。近寄所为梧州自祭文及诗歌,并凄壮可风。(第1860页)

时方以智正在永历政权中,是济生同情永历政权,并与之有间接关系也。

赵巘过吴门,济生见之。赵尔圻小传云:

> 济生与其叔氏仪部巘善,巘过吴门,为济生具言其家世甚悉,且曰:"死者已矣,然必传!"(第2031页)

死者盖皆死于明末之难,生者托济生以《遗诗》传之,欲俾死者英名不泯云耳。

乙未(1655)中秋十三夜,济生有虎丘之游,同游者梁以樟(公狄),道遇归庄。《归庄集》卷三《梁公狄秋怀诗序》云:

> 乙未中秋十三夜,余偶偕同侣登虎丘……有两人继上,则梁君公狄、陈君皇士也……为镌之板而往来邮致者,皇士也。

戊戌(1658),济生又有洞庭西山之游,同游者施谞(又王)、沈石臣、某上人,又道遇归庄。诸人皆有诗作,合刻,属归庄序之。《归庄集》卷三《合刻游洞庭诗序》云:

> 余至东山者数矣,今秋始发兴游西山。闻陈皇士、施又王先入山,余至,则二子已遍历两山,先一日归矣……出山晤二子,则山游诸新咏烂然盈几,各出以相质,则余口占之

句不能及二子之工……皇士以为三人游虽有后先,风景稍异,而丘壑则同,诗仍宜合刻,属余序之。余因自述其游历之概。若二子山游之兴会景物,余不得而知也,然其诗具在,览者当自得之。同二子游者,为沈石臣、某上人。

子、选刻《天启崇祯两朝遗诗》、著《忠义录》。

济生选刻《天启崇祯两朝遗诗》事详后。又著《忠义录》(或名《忠节录》)。全祖望《鲒埼亭集》卷十二《亭林先生神道表》曾提及此事。《明诗综》卷七十陈济生小传附《静志居诗话》云:"皇士经乱归田,缉《启祯两朝遗诗》。又命工传写明三百年来忠臣义士象,装以为册,可称好事矣。惜其诗镂板未终,而象亦为蠹鱼所蚀,览观者惜焉。"不知此册是否即《忠义录》? 又,刘理顺小传云:"生尝历考宋元以来以状元及第死事者,于宋得三人……于元得三人……而本朝乃五人焉……此亦科名人物之盛轶于前代者也。"(第1811—1812页)不知此是否即《忠义录》内容之一? 谢国桢《增订晚明史籍考》云:"是此《忠义录》与《启祯诗选》为康熙间一大狱也。"①或说《忠义录》即《遗诗》,为告讦者所伪造。

丑、济生之佚诗。

《明诗综》卷七十载济生《秋山和贯休韵》诗(又见《御选宋金元明四朝诗·御选明诗》卷一一三)云:

> 秋来只是入山宜,坐到泉声幽咽时。清泪欲零谁许见,峰头惟有老猿知。

《明诗纪事》辛签卷三三载济生《游仙诗》云:

---

① 谢国桢《增订晚明史籍考》,第818页。

枕上庐山枕下江,经年高卧碧淙淙。黄羊叱起成千队,青鸟飞来更一双。仿佛真仙能送酒,玲珑玉女解开窗。只嫌李白多豪气,一点雄心未肯降。

此二首为济生之佚诗。济生无文集流传,诗文散见于各处,此姑举二例示意。

寅、济生之身体外貌。

张世伟《张异度先生自广斋集》卷十三《大司成明卿陈公小传》云:"(陈仁锡)子四人,济生其长,恢廓酷肖其父。"是济生长相酷似乃父。尤侗《西堂杂组》二集卷八《祭陈皇士文》云:"相君体直方大,伟然丰下于思。"是济生身体胖大。归庄《合刻游洞庭诗序》云:"闻山僧言,皇士登陟最便捷,同游及从者竭蹶不能追,往往后数百步;又日行三四十里不倦。皇士体素充肥,不知其济胜之具乃如此,又余之所不及也。"是济生虽身体胖大,却体力充沛,善于登山。

二、济生之交游

甲、济生之交游中,独多父执辈。济生每以怀念之笔触,状其与乃父之过从。

如孟兆祥:

公与先文庄同榜进士,先君尝序其《梦觉言》曰:"肖形廉而敬,慈而毅,取士必端。"(第1797页)

如吴麟徵:

公与先文庄同籍,皆出李宗伯小湾之门,相与最深。

(第1801页)

如梁以枏、梁以樟、梁以桂伯仲：

> 而以枏经济自任，与先文庄交厚；以樟领乡荐第一，中庚辰(1640)进士；先大父与中丞公同榜。（第1872页）

而济生得与其伯仲讲论理学。如姜曰广，后济生受其劝勉：

> 先文庄自未第前即为公所知。后以同馆，相得最深。（第1902页）

如文震孟：

> 丁卯(1627)，先文庄以孙文豸事诬搆削籍，辞并及公，初拟逮，以贵池救，仅得削夺，而谣诼者犹未已，必欲杀吴门三太史。三太史者，公与姚公及先文庄也。会烈皇登极(1628)，逆珰诛，起公翰林院侍读，寻与姚公及先文庄皆入宫坊……先文庄以是年(1634)拜南司成命而卒。（第1907页）

如傅冠：

> 先文庄与公同及第相善，后与公同时简用，为南北祭酒。先君赍志以没，又三年而公遂得宣麻。济生在京师、吴门，屡奉教于公云。壬戌(1622)大魁三人，文文肃以甲午(1594)、傅公以丙午(1606)、先公以丁酉(1597)举人。三公皆老于公车之士，而其后并能不负科名，以文章节行见于世，亦大略相同。（第1910页）

如徐石麒：

> 公与先文庄同门。公为冢宰时，覆先君恤荫，其时虽已有先帝成命，公以先君旧讲臣，欲更加恩，而为执政所持不可。先君同门死节者，公与海盐吴忠节公及王少宰锡衮，盖

三人云。(第1913页)

如祁彪佳:

> 公与先文庄公同籍,素以道义相许;又其先夷度公承燡令长洲时,与先大父往来甚善;故济生知公行履为详。(第1919页)

如华允诚:

> 先文庄与公同籍。(第1922页)

如黄宗昌:

> 公与先文庄同年,尝疏荐先君,谓学贯天人,可当启沃之任。今公之大节如此。(第1923页)

如徐汧:

> 公少就学于兄养淳,养淳为先文庄妹婿,因得见公文,奇之曰:"吾里中乃有汤若士。"后公在翰林,每向人述先文庄言,有知己之感云。(第1935页)

如冒梦龄:

> 尝与先文庄谈国家事,慷慨奋迅,泪下不能止。(第1938页)

如陈星枢:

> 先文庄于宗谱中每器重之,得同乡举,最为交善。(第1973页)

有为其父视为师者,如钱一本:

> 于经学无所不究……先文庄独叹服之,如桓谭之于杨

子云,所以中乡举后且二十年,特北面称弟子。先生亦自喜如尧夫之得欧阳棐也……先生没后,先文庄为作木主,题曰"如在",昕夕致敬礼,亦大异乎世之为师弟者矣。(第1847—1848页)

如李孙宸,后济生尝从问学:

而先文庄尤受知于先生,先生批先文庄卷曰:"此子异日当成一大史,学驾班、扬之上。"(第1893页)

有出于其父门下者,如方以智:

尝受业先文庄,与济生交甚厚。(第1860页)

如左懋第:

中崇祯辛未(1631)进士,出先文庄之门……始先文庄分考礼闱,焚香告天,祈得一二真才,以副圣明侧席之意,而公与会稽章大理正宸,与先君子谊最深。今公死,大理遁荒,即此见气类之相感有不诬者。公在韩城,闻先文庄卒,特遣苍头二千余里持文来奠,情词哀恻。(第1942页)

如张西铭:

是时张西铭执经于先文庄,交满天下。(第2027页)

乙、父执辈友人之子弟,大都与济生有通家之谊,故其友人中独多此辈,且不乏一代名士。

李应升子逊之与济生交好:

余与逊之交,知其能读父书,被服儒雅,盖不坠风流云。(第1726页)

济生与薛堆山寀关系密切:

> 济生自小即读方山先生之书。及闻太仆、光州两公行事,心向往之。及与堆山往还,益知其家学渊源为不可及。(第1858页)

如范国禄,乃范凤翼子,范凤翼"与先文庄丁酉(1597)乡试同榜"(第1878页),范国禄本人与济生交善:

> 令嗣秋墅名国禄,亦工诗文,海内多称之,与余交善。(第1878页)

如丁明登子雄飞:

> 济生于公为年家子,与公之长君雄飞善,因得闻公之大略。(第1897—1898页)

> 丁君雄飞为余言,公生平最好书。(第1895页)

张国维与济生父善,其子世鹏与济生交厚:

> 公次子世鹏,能文章,负才气,于济生交尤厚云。(第1916页)

如黄宗昌子坦:

> 而其长君坦字朗生,与余同有蒐讨斯文之志……朗生又为余言。(第1923页)

如冒襄,乃冒梦龄之子,冒梦龄与济生父交好:

> 与济生为世交,每邮筒往复,亹亹不下数千言。盖冒氏之家学远矣。(第1938页)

如顾炎武:

> 而(遐篆)年未四十以没,先生之家亦遂式微矣。今遗诗具在,余与遐篆之弟宁人辑而刻之。遐篆名绲,宁人名

绛,出嗣其叔父仲逢,其人亦好学多闻,余所论著,多取正云。(第1982页)

如张致中子弨:

> 性符子弨,字力臣,少年有文,与余交。(第2013页)

如侯恪子方岳:

> 公之子方岳,字仲衡,能诗文,亦节概奇士,近过吴门……(第2034页)

如曹豀子伟谟:

> 次典与余有素,故稍为论次如此。(第2040页)

丙、又有子侄辈友人。

如朱集璜子用纯:

> 朱君子用纯,卓确有声誉,变后,绝制举,读史,工诗词,予甥徐生每为予道之。(第2019页)

如陈闻政子帆:

> 遗孤帆,安贫力学,苦不能自立以葬其亲,余尝与同善诸子勉为之赙,以稍毕其志。(第1983页)

三、济生之思想

甲、重理学。

济生特推重理学之人,于此辈皆特地揭出,大力表彰。顾绍芬小传云:

> 试辄下第,遂弃举子业,专意性命之学,以王龙溪、卢近溪二先生为师宗。(第1977页)

顾所受小传云:

> 是时士方溺于文辞,而先生独以理学为己任,师同郡管东溟先生。(第2005页)

其于多士中独推重黄淳耀、陈子龙二人,而以道学、理学故,于二人中又尤重黄淳耀其人,黄淳耀小传云:

> 然卧子之人与文皆以才气胜,公则以道胜,又卧子所不及也。(第1960页)

乙、轻科举。

明人对科举大抵既热中又轻视,唐寅、归有光、袁宏道等皆如此。济生因生逢明末之乱世,又遭亡国之大劫,故对科举之看法自又深刻于承平之士大夫。顾梦麟小传云:

> 自国家以经义取士,成弘之间,其文始行于代,以明理为主。而一篇之中,首尾正反虚实,莫不有法。正嘉以降,小变其格,然不出绳墨之外。二百年之间,千篇一律,所谓"书同文"者也。(第1985页)

"书同文"三字,可谓竭尽嘲讽之能事。隆庆、万历以降,程文变化迅猛,袁宏道尝有言,座主不识举子文章。明末常熟有杨彝,太仓有顾梦麟,皆工于时文:

> 于是子常(杨彝)独传先民之学,思以一人之力易天下,中年乃得麟士(顾梦麟),考试疏通,上自东京先儒训故,下逮雒闽诸书,无不究极其说,四方之士,赴其家执经受业者数百人,可谓盛矣——然皆不获一第。(第1985页)

"然皆不获一第"云云,于杨、顾诸人之徒劳,科举制度之无理,嘲讽可谓刻深。杨彝子杨静,一反乃父所为,深得济生赞赏:

> 而其言绝不同于子常,其自序云:"小年为父师所督,强作时文。已而误列诸生,不得不以塞责。然有名师大儒教余工制义以博科第者,多不乐闻;而教余为人者,明弘古今,而不必人知,识通时要,而不必世用,辄忻然听之忘倦。且边鄙日蹙,国势日危,社稷已为虚器,而儒生犹持此干禄之文,日取而吟哦之,至于时政兵谋,一切不省。一旦贼人渡河,士无选锋,城无坚堵,将与造化者游于无何有之乡,君父且不可得,而况名与富贵乎!"定夫(杨静)死之三年,乃当甲申(1644),卒——如其言云。(第1986页)

杨静头脑清醒,目光犀利,所论深得济生之心;然其言一一应验,济生不幸亲眼目睹,其痛又将何如!反观杨彝之时文名声,乃成一强烈讽刺耳。

丙、文学观。

济生之文学观无甚特色,似为明末流行之复古主义修正派,该派以黄淳耀、陈子龙诸人为代表。顾绍芾小传云:

> 天才骏发,下笔数千言,贯穿《左氏》《史记》,出入诸子,旁通金丹、释氏之学。其诗豪宕深稳,不入时人蹊径,七言歌行仿佛太白;其文亦磊落可诵。(第1975页)

论诗尚清洒,厌秾重,如周凤翔小传云:

> 公诗清洒,无馆阁秾重之习。(第1809页)

四、《遗诗》之选刻

甲、成书之时间。

据济生《遗诗》卷首《凡例》自言：

是选始于癸巳(1653)，成于乙未(1655)。

是《遗诗》之选刻在1653—1655年之间，而成书于1655年。但济生《自序》又云：

己亥(1659)夏，予所论定《两朝遗诗》告成，而序之曰……

是《遗诗》应成书于1659年。关于《遗诗》之成书时间，《自序》与《凡例》之说显相凿枘，此间矛盾当如何理解？

或曰，《凡例》所云乃"选定"时间，《自序》所云乃"刻成"时间，盖选役虽已于1653—1655年间定夺，而刻事则迟至1659年始告竣工。然《凡例》中分明曰"诗到随选随刻"，则济生本来即"选"、"刻"并举，同时进行，未尝有时间之错落先后也。

又或曰，《凡例》应草于选刻之前，非如此选刻事无从措手；《自序》则应成于书成之后，以便对选刻事作一总结。因此《凡例》所云时间，为事先估计时间，或至少是开工后预定竣工时间；《自序》所云时间，则为实际完成时间。然何以《凡例》、《自序》皆言之凿凿？是亦为可疑耳。

又或曰，《凡例》所云，乃"共得八卷"之"初集"刻成时间；在"初集"刻成之后，又有"续集"之选刻；《自序》所云，为包括"续集"二卷在内之刻成时间。盖当初起草《凡例》时，只有八卷之选刻计划；八卷刻成之后，《凡例》亦刻成定稿；后应《凡例》之请，又陆续有来稿,于是依"随选随刻"之例,有"续集"之选刻,迟至1659年,始有《自序》之作。然《自序》只云《启祯遗诗》,并未言及"初集"、"续集",故此说亦仅猜测耳。

不过,《遗诗》成书时间虽有以上疑问,但其选刻应在1653—1659年间,则应无问题。

乙、选刻之方法。

据济生《凡例》自言,《遗诗》之选刻,乃

> 诸君子人各一集,集系一传。

> 今就箧中所存,先付剞劂。

> 诗到随选随刻。有始仅见数首,或数十首,收之稍宽;及得全集,觉前多滥,既已刻成,遂不复削。

是其选刻之方法,一是"人各一集"。今观《遗诗》,各人之诗,不论多寡,皆自为起讫,此即"人各一集"之义。是乃"活页"式刻法。故全书无版心,无页码,以方便随时调整。

二是"诗到随选随刻"。陈函煇小传云:

> 今未得公全集,先取其为令及里居诗刻之。(第1952页)

此即"今就箧中所存,先付剞劂"、"有始仅见数首,或数十首,收之稍宽"之例。《遗诗》所收资料之下限,断于济生选刻之当时。如《遗诗》中有卒于顺治十年至十二年间而收入者。刘永锡小传云:

> 疾剧,犹大呼烈皇帝者三,遂卒,时甲午(1654)秋也。(第2001页)

盖济生于剩和尚死后,收集其遗诗,选而刻之。吴宗汉(振兰)小传云：

> 甲午(1654)冬病剧……遂卒,年四十一。(第2024页)

是吴宗汉卒于顺治十一年冬,济生盖于本年末或明年初得其死讯而录其诗。以上两人皆卒于济生选刻《遗诗》期间,而小传中已能及时反映新情况,是可见济生"诗到随选随刻"之例。

三是随时抽调增补。虽依《凡例》之说,已刻成而又得全集者,"既已刻成,遂不复削",然并不妨碍抽调增补。故不同版本间内容有多寡,以此也。中华书局上海编辑所《出版说明》云：

> 上海图书馆本有部分刻板与历文藏本不同,系当时刻板有抽调之故,兹选用较完善之叶,并记其异同如下：
>
> 卷二宋文玉诗多《三十当盛年》、《仕隐有令德》、《日日复日日》、《七夕萤火篇》、《春早》、《萝石左舅氏成进士》、《自遣》、《闺思》、《竹枝词》、《寄衣曲》十篇。
>
> 卷二张观甫诗"□□张可大",□□作"江宁"。
>
> 卷三许元博诗《剃发》篇："万死不降□□志",□□作"从我"。
>
> 卷五瞿起田诗多《初六日示别山》二首。
>
> 卷六张玉笴诗多《出都喜雨》以下十三篇。
>
> 卷六袁湛思诗多最后《寄别友人》一首。
>
> 卷八冯杜陵诗多《严陵滩》、《哭通家侯仲子文中茂才》二首。
>
> 卷九多韩如琰诗二叶(第一叶缺,以白叶代)。
>
> 卷九孙克咸诗多《吊长安》以下九篇。

此可见济生选刻时尽可能抽调增补、使此书更臻完善之例。此乃"活页"式刻法之好处,但缺点是易于阙失。

四是"集系一传"。小传亦各人自为起讫,是乃"集系一传"之义。然为方便于"随选随刻",小传乃单独另刻,不与诗合,是为另一套"活页"。两套"活页",可分可合,分则各自成书,合则诗传合一。如此,得诗待传者,或得传待诗者,可互不影响。今书中多此二者,即以此也。又,小传另编,题为《天启崇祯两朝遗诗小传》,稍后钱陆灿辑《列朝诗集小传》,或效其例。小传无目录,或为未定之稿,或为流传阙失也。

小传多倩人代作,前则有归庄,后则有他人。《归庄集》卷四《书或人所作袁应泰传后》云:"向者陈太仆欲为启祯两朝诸名臣作小传,多属余笔;后乃复倩他友。"如《归庄集》卷七《吴忠节公传》,即为代济生所作者。又如济生书中之袁应泰小传,为他人所作,"盛称其死节,因增刊,与前诸传并行于世",致使归庄特撰文声明非己作,"恐览者误以为余作,不可以不辩"(《书或人所作袁应泰传后》)。

今本(影印本)此书之排法,诗归诗,传归传,或许是因为互缺者太多,故分别排反而更好。

丙、选刻之过程。

济生盖先拟出目录,而后"按图索骥"。访求结果,或有诗传俱得者,或有得诗待传者,或有得传待诗者,或有诗传俱不得者。据陈乃乾文调查:"每卷之前有目录,存诗不及目录之半。亦有有诗无传者,有传无诗者。""目录凡六百九十一人,内诗传俱全者一百人,有诗无传者一百八十六人,有传无诗者八十四人,诗传俱阙者三百二十一人。"陈乃乾之统计疏失甚多,然由此亦可看出,济生盖先拟出目录,而后一一访求。若访求未及,则只能付诸阙如,以是有上述现象。

同时,目录本身,亦当随时修订增删。据陈乃乾文调查,目录之外,有诗无传者二十一人,有传无诗者四人,盖亦由此也。

除访求未及外,亦或有其他因素,如刊刻未终,造成上述现象。朱彝尊《明诗综》卷七十陈济生小传附《静志居诗话》云:"皇士经乱归田,辑《启祯两朝遗诗》……惜其诗镂板未终……览观者惜焉。""镂板未终"究何所指?指续集仅刻成二卷?抑指初集亦未刻全?是皆不可知。若是前者,则续集原应有二卷以上,济生选役已终,惟刊刻未果,如陈乃乾文所云,"而续集不知尽若干卷也";若是后者,如今本有目而诗传俱阙者过半,或连初集亦实为刊刻未全之本,遑论续集乎?至于"镂板未终"、刊刻未全之原因,则或为济生访求不易,或为访求虽终,而刊刻未能毕役,济生已去世。是亦不可知矣。

也正因此,朱氏所说"镂板未终"之含义,与他选本全部选定而未能刻全者异,实包含如下意思:或存目而访求不得(或诗不得,或传不得,或诗传俱不得),或访得而不及选,或选定而未及刻,或已刻而尚有阙。是故此书之为半成品也,不唯全书为半成品,且各人之集亦为半成品。又,诗传本身有待修订处亦触处皆是。

此外,亦不排除流传阙失之可能,见下"己"节。

选事还曾得到归庄帮助。癸巳(1653),归庄至吴门,尝为济生选诗,赵经达《归玄恭先生年谱》引其《与陆道威书》云:"至郡,而皇士兄欲选近代名公诗,遂以相委,留萚溪僧舍下榻,今一月余矣。""近代名公诗"盖即《遗诗》也。

丁、集数与卷数。

《凡例》与《自序》中皆无"初集"、"续集"之说,然而封面却分明题作"天启崇祯两朝遗诗初集",是又何故?可能之解释是,在按原计划选刻之后,又陆续有诗稿寄到,故全书刻成之后,在封面上加"初集"二字,以便替"续集"预留地步。

"初集"本应为八卷(《凡例》云"共得八卷"),但今影印本至少有十卷,那么后面二卷应是"续集"。"凡例言共得八卷,与陈本适合。然陶本于八卷之后又有卷九卷十两卷,首行下注曰'续集',是则八卷为初集,而续集不知尽若干卷也。"(陈乃乾文)然今本卷九首行下无此注,仅卷十下有此注。卷十目录为刻本,卷九目录为手写,或为抄补时遗漏。

各卷内容,依《凡例》所云:

> 第一卷天启间死珰祸者;二卷崇祯甲申死难暨在任在籍先后死者;三四卷乙酉以后殉节者。事迹虽异,忠义则同。第或传闻有漏,岁月未详,期共厘正,以佐不逮。第五六卷,先达理学经济品节文章暨天启忤珰逮黜者,悉遵科次成编;七八卷自启祯来高士名贤,知交气谊,或简存旧帙,或征求秘册,大都未经传播,即吉光片羽,亟愿表章。

然各卷诗歌数量相差悬殊,一二卷最少,三至六卷较多,七八卷最多。究其原因,或为与作者同时代者搜求较易,故收诗较多;而前时代者则访求较难,故收诗较少。也正因此,济生特于《凡例》中征稿:

> 三大事诸公,多四方之产。河山阻绝,重以兵戈,搜访有心,邮筒莫致。或仅尝寸脔,或未见一斑。今就箧中所存,先付剞劂。尚期海内同人,共怀彝好,各出秘藏,以光风雅。

戊、访求之辛苦。

为选刻《遗诗》,济生到处访求,除本人外,多得自子弟乡人友生处,《遗诗》中多此类记载。如魏大中、魏学洢诗:

> 忠节公(魏大中)所著有《藏密斋集》,孝烈(魏学洢)有

《茅檐集》，同里钱阁学皆为之序。余与孝烈之子柟交，因得悉读之。（第1721页）

周宗建诗：

公文集若干卷，未刻，近从公子廷祚得诗稿，录仅数首。（第1732页）

孟兆祥、孟章明父子为济生父子友：

今辑其诗刻之。（第1797页）

周凤翔诗：

集尚未梓，兹所录者，得之公子玉忠所寄抄本云。（第1809页）

申佳胤诗：

近从公婿路光禄太平得公诗。（第1816页）

陈良谟诗：

余从李都谏清得其诗录之。（第1821页）

方以智诗：

近寄所为梧州自祭文及诗歌，并凄壮可风。（第1860页）

张延登诗：

公子万选、万斛，皆能世其学，从得公诗刻之。（第1866页）

祁彪佳诗：

公二子，理孙字奕庆，班孙字奕喜，皆有文誉，余数从图公像，并得其年谱、遗诗，为录而传之。（第1919页）

丘瑜诗：

> 长子之敦，今寓吴中，仅从故箧简得诗数十首，余为选而传之。（第1928页）

路振飞诗：

> 济生从公长子中书舍人泽博得而读之。（第1931页）

钱元悫诗：

> 余从其子价人得所次行略为删著之。（第1934页）

徐汧诗：

> 济生从公次子柯处得公诗读之。（第1936页）

左懋第诗：

> 公旧所遗诗凡不多，得自公同乡姜给谏垛，今录而梓之。（第1942页）

钱肃乐诗：

> 公生平不多作诗，从其弟肃图得数首录之。（第1954页）

盛王赞诗：

> 今没，其子祖禀录诗一二，以存其人云。（第1956页）

吴有涯诗：

> 今从令嗣旦得其遗诗读之，盖《晞发集》之流焉。（第1987页）

刘振诗：

> 所存有《指掌集》三十卷，近从次君云得之。（第2010页）

侯恪诗：

> 公之子方岳……近过吴门，为余言公所著诗且三四十卷，壬午（1642）流贼陷归德，河复决，方岳于兵火之余，水患之后，收集散亡，得二十卷。余受而读之，知姚、郑诸君子之所称非阿好也。今录若干首。（第2034页）

有时则索而不得，如周顺昌诗：

> 公子茂兰兄弟，皆忠义自矢，能不坠家声。余与索公遗集，云尝被难时，讹传抄没，遂举箧藏尽付诸火。兹仅于鹿忠节所刻《寄怀诗》并案头所存，录数首以志景仰。（第1724页）

姜应麟诗：

> 所著诗文若干卷，藏于家，未得竟读。兹从其冢孙晋珪仅得四首，而先生之生平亦可以概见云。（第1850页）

刘宗周诗：

> 顷从其子汋索遗诗，汋遵遗命，不以示人，仅从其门人恽日初获见所辑行略及奏疏人谱诸书。（第1882页）

是皆为最终尚有所获者，此外，尚有最终一无所获者。今所附各卷目录，实有诗者不及其半，观此可知矣。济生尝于《凡例》征稿：

> 海内秘本遗编，或属家珍，或存友箧，望悉赐邮寄，补入成书。

拳拳之心可见。

己、今本（影印本）《遗诗》。

今本（影印本）《遗诗》，实为不全之本，或换言之，乃为拼凑之本。其中有抄补之页（如目录），不一定为原貌；因没有版心页码，故缺页多不可知，诗传俱可能阙失。诸人所得，多寡不一，皆非全本，是可证也。

> 王本首页题曰"启祯两朝遗诗初集"，次序，次凡例，次诗。陶本首页及凡例均佚，而别有小传两册。
>
> 康熙五年姜元衡出首之书，共一百二十余页，有传无诗，亦无序目。康熙六年沈天甫出首之书，序目诗传共三百一十六页。今所见诸本页数皆不止此。王本（仅四册），序六页，凡例二页，诗三百八十九页，共三百九十七页。陶本（有十册），序二十一页，传一百四十六页，诗七百八十三页，共九百五十页。陈本共四百三十二页……后人所得，多寡不一也。
>
> 当时所刻，疑不止此。（陈乃乾文）

究其原因，盖"遂干厉禁，流传绝少"（陈乃乾文），皆流传阙失故也。欲知《遗诗》之原貌，实有待全帙之发现。

五、《遗诗》之宗旨

济生《凡例》云：

> 以观近代，有三大事：乙丑、丙寅之际罹逆奄祸以死者一也，崇祯时殉国者又一也，乙酉以还洁身死者又一也。凡此诸公，皆两间正气，一代伟人，特首录之；至数十年间，或理学绍古，或经济匡时，或正色立朝，直言忤主，孤忠大节，易地皆然，故次录之；他如磊落之才，未登仕籍，文章之士，沦弃山林，羽仪所存，知交多有，则以是终焉。

是为济生选刻《遗诗》之宗旨，其中主要者为如下几点。

甲、表彰忠孝节义。

济生《凡例》云：

> 是选以人为重，人以节义为主……衡量之间，宁严不滥，事缘实著，人以类从。

魏大中、魏学洢小传云：

> 今各录其诗若干首，以表忠孝之大节云。（第1721页）

金毓峒小传云：

> 公所著诗文，多藏于家，今裒集其关系忠节者录若干首。（第1950页）

刘会昌小传云：

> 嗟乎，君以孝廉居乡，倡义而死，视世之建牙连城弃封疆偷活者何如也！君之死，名多不彰，故为之采诗而志其概如此。（第1997页）

乙、表彰理学。

高攀龙小传云：

> 录之以见理学家之诗章异于骚人者如此。（第1716页）

为此，有时不惜打破体例，破格录入。顾宪成小传云：

> 余是选以启祯为名，率皆卒于天启以后者。公兄弟皆万历中卒，以创兴理学为一代所宗，故特录焉。（第1845页）

钱一本小传云：

> 济生于是集以启祯名，凡卒于万历中者皆不载。兹以

理学之宗,师门之谊,特录之。(第1848页)

丙、表彰文才。

赵士喆小传云:

> 余闻之友人至自东莱者,言赵氏世有奇才,南方之学者未能或之先也。今读其书,果然。将次第梓之,以传于后。(第2018页)

丁、保存遗文。

顾同应小传云:

> 而遗文零落,亦仅有存者。悼风韵之不传,念斯文之有自,得不为之抚卷而垂涕乎!是篇之所为录也……而(退篆)年未四十以没,先生之家亦遂式微矣。今遗诗具在,余与退篆之弟宁人辑而刻之。(第1981—1982页)

六、《遗诗》之体例

甲、体例悉仿《列朝诗集》。

济生《凡例》云:

> 明诗选本,不下数家,近日钱宗伯《列朝诗》出,已具大观。

所谓"近日"云云,毛晋汲古阁刊刻之《列朝诗集》,于顺治九年(1652)竣事,济生采诗之役即始于翌年。济生之心中,实以牧斋《列朝诗集》为榜样,而图以己选殿其后,且补其所未备。虽被讥为"选辑芜杂,不逮《列朝诗集》远甚"(陈乃乾语),然其存心则与牧斋有契合处。此外,书之版式大小,书末小传之写法,甚至随编随刻、随刻随改的方法,也悉仿《列朝诗集》。

乙、与《列朝诗集》错见。

济生《凡例》云:

> 至如程孟阳、李长蘅,诗固作手,人亦高流,因钱宗伯收之已备,重复则无取,补遗又不必。

归昌世小传云:

> (其诗)钱宗伯多选入《列朝诗》,今所录者皆藏稿云。(第1972页)

亦有录自《列朝诗集》者。如范景文诗:

> 未见全集,箧得《冰餐堂草》及《列朝诗》选本,录若干首。(第1788页)

丙、只录卒于天启后者。

济生《凡例》云:

> 兹于世远者概不复及。惟通籍在万历以还,捐馆在天启以后,上自先文庄师友一辈,以至不佞济生交与之间,数十年中,约略具载。至于当世,人文蔚兴,嗣刻奇赏,兹不混入。

然亦有破例者。顾宪成小传云:

> 余是选以启祯为名,率皆卒于天启以后者。公兄弟皆万历中卒,以创兴理学为一代所宗,故特录焉。(第1845页)

钱一本小传云:

> 济生于是集以启祯名,凡卒于万历中者皆不载。兹以理学之宗,师门之谊,特录之。(第1848页)

丁、不采当世闻人。

济生《凡例》云：

> 若云间之董、陈，竟陵之钟、谭，近世竟宗之，人诵其篇，家有其集，亦无俟余之采录也。凡有阙遗，多如此例。

戊、以诗存人，人重于诗。

济生《凡例》云：

> 是选以人为重，人以节义为主……衡量之间，宁严不滥，事缘实著，人以类从。

> 有本不工诗，偶得一二，欲存其人，不计工拙，当分别观之。

黄淳耀小传云：

> 余于是选，率以人重，诗不甚工者亦录。（第1960页）

杨涟小传云：

> 嗣续征诸公诗集，附载首卷。要之忠烈公亦不以诗名，录一二以存其人云尔。（第1718页）

缪昌期小传云：

> 张孝廉世伟曰："西谿尝自谓不识韵语，余与之言平仄，始能操笔。"盖诗非公所长，亦不多作，仅得赴槛车后数章，余读而悲之，因录焉。（第1728页）

张国维小传云：

> 公不以诗名，遭乱后，遗文多佚不存，而独述公之生平大节如此。（第1916页）

有不作诗者，亦竟附录之。王羲如小传云：

> 王生文止有《训学》十余条,不作诗,余特附之黄御史传,以仿太史公书王蠋之义焉。(第1924页)

然人诗俱佳者,则所采尤多。同上云：

> 若夫人则壁立千仞,诗复压倒一世,在近日独推公与家卧子,故余收二公诗独多。(第1960页)

又如马世奇：

> 甲申诸公之以诗名者,公为最,故录之特备。(第1808页)

己、详叙事迹。

王三善小传云：

> 吾故于公事独详序之,以附李翰传张中丞之义焉。(第1749页)

庚、附见以存其人。

济生《凡例》云：

> 同时诸君子有有文无诗者,悉于他传中附见,以志景仰。

如杨永言：

> 余闻之昆山杨明府云："杨公名永言,亦昆明人,起兵守城,不克而亡为僧,其人笃实有守。"所言当不妄。(第1822页)

又如南居业：

> 以未得其详,故附书之。(第1784页)

辛、排列顺序,有以科名连次故而提前者。

如余煌、刘同升二人：

二公死皆崇祯以后，以科名故，连次书之。(第1812页)

壬、有同官而并传者。

如赵士宽、钱祚征、唐启泰三人：

三公皆被人，皆官中州，因并传之。(第1774页)

癸、有父子别传者。

如刘一相子鸿训：

子鸿训自有传。(第2000页)

子、小传之材源。

济生《凡例》云：

诸君子人各一集，集系一传。或取之奏疏语录，或取之丰碑行状。所采录者止生平大节，其行谊细微，生卒年月，不无阙略，尚图搜辑，续所未备。

结　语

陈乃乾等文之作，距今已八十余年；即《遗诗》之影印出版，亦有四十余年。此期间《遗诗》既未获重印，论其事者亦鲜见。济生及《遗诗》之冷落寂寞，乃一如往昔至此，是诚可叹也。余尝有意于晚明文史，读济生《遗诗》，想见其时其人，不免长叹息也。今聊发陈箧，梳理笔记，恒钉成文，求正方家，并以慰济生诸人之孤魂，且祈愿《遗诗》之传诸久远。

《豆棚闲话》：中国古典小说中的框架结构

引 言

"框架结构"①是小说诸多叙事结构中的一种，其特征是将原本各不相干的短篇故事，纳入到一个统一的"框架"中去，这个"框架"一般是一个"大故事"，在这个"大故事"的进展过程中，短篇故事被"大故事"中的人物一一讲出。显而易见，"框架结构"有点像是一个镜框，将短篇故事之相片一一镶嵌其中，形成一个具有统一感的整体，而避免了一般短篇故事集易有的散漫无序之感。从各个短篇故事的角度来看，这自然仍是一部短篇故事集；但是从那个作为"框架"的"大故事"的角度来看，它又有点像是一部长篇故事了。② 因而也可以说，"框架结构"位于短篇故事和长篇故事的结合部，是架通短篇故事和长篇故事的桥梁。

---

① 亦有人称为"框形结构"、"连串插入式结构"、"连环体"等。
② The Canterbury Tales 的中文译名，译者原译为"坎特伯雷故事集"，但后来又将之改为"坎特伯雷故事"，其理由据译者说，"这本书虽然可分为二十几个短篇，但是整个作品又具有内在的有机联系，和一般的短篇小说集是不同的"，故删去了"集"字（方重《坎特伯雷故事译本序》，载乔叟《坎特伯雷故事》，方重译，上海，上海译文出版社，1993年，卷首第 18—19 页）。新旧译名的差异，其实正反映了译者对于该书中短篇故事和"大故事"比重的理解的不同。

"框架结构"的长处或许正在这种地方:"大故事"和短篇故事套得好的话,常会令读者感到兴味津津。不过一般来说,"框架结构"主要是一种短篇故事集的组织方式,其重心大抵仍在各个短篇故事上,而不在那个作为"框架"的"大故事"上。

在世界文学史上,"框架结构"曾经是一种较为常见的叙事结构,在东西各国的文学作品中都可发现它的踪迹。古印度大概是"框架结构"的始源地。古印度的各种故事集,如《五卷书》(Pañcatantra)、《故事海》(Kathāsaritsāgara)、《本生经》(Jātaka)、《僵尸鬼故事二十五则》(Vetālapahcavimsatika)、《宝座故事三十二则》(Dvātriṃśat Puttalikā)、《鹦鹉故事七十则》(Śukasaptati)等,都使用了"大故事"套"小故事"的"框架结构"。[1] 约成书于1世纪的《五卷书》后来西传波斯,约于570年被译成巴列维文(中古波斯文),其中的"框架结构"大概影响了波斯文学。其时的印度—波斯故事集《一千个故事》,从后来受其影响的阿拉伯故事集《一千零一夜》(又名《天方夜谭》)来推测,盖亦是采用"框架结构"的。此后,《五卷书》和《一千个故事》分别于8世纪和9世纪,从巴列维文译成阿拉伯文,[2] 其中的

---

[1] 《五卷书》的主干故事,是一位婆罗门老师采用讲故事的方式,在六个月内把"修身处世的统治论"教给三个王子;《故事海》以伏填王父子的故事为主干,插入许多中小故事;《僵尸鬼故事二十五则》写一个国王搬运一具死尸的故事,他每搬一次死尸,死尸便给他讲一个故事;《宝座故事三十二则》讲波阇王坐上已故健国王的宝座时,宝座上的三十二尊女性雕像依次讲了三十二个故事;《鹦鹉故事七十则》写丈夫离家外出时,一鹦鹉讲故事给其妻听,一连讲了七十夜;《本生经》里大故事也套小故事。参见黄宝生《古印度故事的框架结构》,载《外国文学研究集刊》第8辑,1984年,第205—216页。

[2] 前者即著名的《卡里来和笛木乃》,由伊本·穆格发(724—759)译。该书于10世纪时,又从阿拉伯文译回达里波斯文(即近代波斯文,8世纪末以后使用)。

"框架结构"开始对阿拉伯文学产生影响,据认为主要取材于《一千个故事》的阿拉伯故事集《一千零一夜》,便也采用了"框架结构"。① 8世纪以后逐渐形成的《一千零一夜》等阿拉伯文学作品,后来又于12至13世纪(1096—1291)由东征的十字军带往欧洲,其中的"框架结构"遂影响了欧洲文学。意大利的薄伽丘(Giovanni Boccaccio,1313—1375),先是在牧歌《亚美托的女神们》(Ninfale d'Ameto,1341—1342)中采用了"框架结构",而后又在《十日谈》(Il Decameron,1348—1353)中将"框架结构"作了创造性的运用。② 此后,那些受《十日谈》影响而产生的模拟之作,如法国的玛格利特·德·那伐尔(Marguerite de Navarre,1492—1549)的《七日谈》(L'Heptaméron,约1545—1549),以及意大利的蒋巴地斯达·巴西来(Giambattista Basile,1566或1575—1632)的《五日谈》(Pentamerone)——原名《故事中的故事或孩童的消遣》(Lo cunto de li cunti overo lo trattenemiento de peccerille),也都采用了《十日谈》式的"框架结构"。与此同时,即使那些非模拟之作,如英国的乔叟(Geoffrey Chaucer,约1340—1400)的《坎特伯雷故事集》(The Canterbury Tales,1387—1400),也受《十日谈》的影响而采用了

---

① 黎巴嫩的阿拉伯文学史家汉纳·法胡里认为,《一千零一夜》中混合了两种风格,"其中有故事彼此相联的印度风格,有故事互相独立的阿拉伯风格",即认为"框架结构"来源于印度文学的影响。参见其《阿拉伯文学史》,郅傅浩译,北京,人民文学出版社,1990年,第443—444页。
② 一般认为,《一千零一夜》等古东方故事集是《十日谈》的重要材源之一。我们看《十日谈》第一天故事第五和第七天故事第六,分别来源于《一千零一夜》中《国王太子和将相妃嫔的故事》中第一个大臣所讲的《宰相夫人的故事》和第四个大臣所讲的《侍卫和泼妇的故事》,便可明白此说不虚。

"框架结构"。① 1704 年至 1712 年间,《一千零一夜》从法文译成英文,英国人直接看到了其"框架结构"。1725 年,法国的托马-西蒙·格莱特(Thomas-Simon Guellette,1683—1766)的《达官冯皇的奇遇:中国故事集》(*Les Aventures merveilleuses du mandarin Fum-Hoam, contes chinois*,1723)译成英文(*Chinese tales: or, the wonderful adventures of the Mandarine Fum-Hoam*),该故事集也是采用"框架结构"的,冯皇在四十六个晚上讲了二十几个故事。后来,哥尔斯密(Oliver Goldsmith)的《世界公民——中国哲学家从伦敦写给他的东方朋友的信札》(*Letters from a citizen of the world to his friends in the East*,1760—1761 年连载,1764 年单行),可能受《达官冯皇的奇遇:中国故事集》英译本的启发,用框架故事串起了近一百二十封信。"这个'框架故事'虽不免陈腐老套,却有它的用处。一百二十封左右的信,全靠这框架组成一个

---

① 乔叟自 1372 年 12 月至 1373 年 5 月首次旅行意大利,到过热那亚和佛罗伦萨,其时薄伽丘正在佛罗伦萨(其《十日谈》也早已完成),不知那时两人是否曾见过面? 不过乔叟熟悉薄伽丘的作品则是肯定的。《坎特伯雷故事集》中,《管家的故事》源于《十日谈》第九天故事第六,《学者的故事》源于第十天故事第十,《商人的故事》源于第七天故事第九,《自由农的故事》源于第十天故事第五,《船手的故事》源于第八天故事第一,可见乔叟深受《十日谈》的影响。此外,《武士的故事》源于薄伽丘的长篇宫闱式史诗《苔塞伊达》(*Teseide*,1339),《僧士的故事》中有一段故事乔叟自以为取自薄伽丘的《名人遭厄记》。凡此,均可见乔叟所受薄伽丘的影响之深。正如英国波斯奈特(1855—1927)的《比较文学》(1886)一书所说:"在我国文学前进的每一个阶段,评论家事实上不得不或多或少地把目光投向本国海岸以外的远方。他是否陪伴乔叟去朝圣并且倾听香客们的故事? 南国的芳香洋溢在塔巴德客栈的四周,并且飘荡在通往坎特伯雷的道路上,使他思慕向往着但丁以及佩特拉克和卜伽丘的意大利。"(波斯奈特《比较法和文学》,周纯译,收入干永昌等编《比较文学研究译文集》,上海,上海译文出版社,1985 年,第 377 页)

整体。同时又可借廉恩奇的儿子的经历,参加些不同的材料,使读者不觉单调。况'框架故事'是从布卡奇渥、乔叟以来文学上一个沿用的体格,又是东方故事所采取的方式,哥氏自然落得利用。"① 该书许多故事、童话、寓言、记事、史料,大都取材于 1736 年节译、1742 年全译成英文的法国杜哈德(Jean-Baptiste du Halde)的《中国通志》(*Description de la Chine*;英文全译本名 *General History of China*)。此后,在德国,豪夫(Wilhelm Hauff, 1802—1827)的《童话年鉴》(*Märchen-Almanach auf das Jahr 1826*、*1827*、*1828*),则博采《一千零一夜》等各家之长。② 在法国,巴尔扎克的《都兰趣话》(*Contes drolatiques*),原题《趣话百篇》,是一部《十日谈》式的短篇故事集。原计划写一百篇,十篇一组,共分十卷,结果只完成了三卷三十篇(1832、1833、1837),以及一些断章残篇。它虽然没有明确采用"框架结构",但故事的流传地都设定在都兰,隐然还是有一个框架在后面的。而且巴尔扎克特别提到,自己的榜样就是那伐尔王后、薄伽丘、拉伯雷等人,而这些人都写过采用"框架结构"的故事集。由此可见,"框架结构"是一种始源于古印度而影响及于全世界的叙事结构。③

---

① 方重《十八世纪的英国文学与中国》,收入《英国诗文研究集》,长沙,商务印书馆,1939 年,第 31 页。毅平按:"布卡奇渥"今通译"薄伽丘"。

② 《童话年鉴》里谈到了《一千零一夜》故事的"纯粹性",亦即其不像童话而像小说的性质:"这种纯粹的故事在谢赫拉萨德动人的小说,即人们所谓的《一千零一夜》里也有。哈伦·阿里-拉希德国王及其宰相的大多数故事都属于这种性质。它们乔装出巡,目睹了各式各样极其怪异的事件,而事情的结局却完全自然合理。尽管如此你们仍得承认,这些故事并非《一千零一夜》里最次的部分。"(威廉·豪夫《小矮子穆克——豪夫童话全集》,杨武能译,桂林,广西师范大学出版社,2003 年,第 128 页。)说明《一千零一夜》对豪夫的影响很深。

③ 甚至现代小说也有采用"框架结构"的,如曾获 1974 年诺贝尔文学奖的瑞典作家约翰逊(Eyvind Johnson, 1900—1976),在其代表(转下页)

不过在中国文学史上,虽说也可以看到古印度文化,尤其是佛教文化的深刻影响,但是古印度故事集的"框架结构"的影响,却似乎不容易见到。季羡林认为,隋王度的《古镜记》(《太平广记》卷二三〇,题曰《王度》,出《异闻集》),"以一面古镜为骨干,中间插入了许多小故事",可能受过古印度"框架结构"故事集的影响。① 不过我们觉得,《古镜记》其实只是一篇关于古镜"奇迹"的流水账式的故事,而并未采用大故事套小故事的"框架结构",说它采用了"框架结构"未免牵强。直至17世纪中叶以前,无论是文言小说集抑或是短篇白话小说集,均难见到采用"框架结构"的。究其原因,恐怕与《五卷书》等古印度故事集长期未有完整的中文译本有关。正如季羡林所说的:

> 在过去将近两千年的时间内,我们虽然翻译了大量的印度书籍,但几乎都是佛典。中印两国的佛教僧徒,在翻译书籍方面,有极大的局限性。所谓外道的著作,他们是不大译的。在中国浩如烟海的翻译书籍中,只有极少的几本有关医学、天文学、数学的著作。连最有名的印度两大史诗《摩呵婆罗多》和《罗摩衍那》都没有译过来,更不用说《五卷书》了。②

直至1959年,才分别出版了自阿拉伯文(《卡里来和笛木乃》)和梵文原文译出的《五卷书》全译本。因此,虽说古印度的一些故事,包括《五卷书》中的,早已通过佛典或其他渠道传入了中国,

---

(接上页)作自传体长篇小说《乌洛夫的故事》四部曲(1934—1937)中,采用了长篇小说中插入独立故事的叙事方式。例如第二部《这里有你的生活》(1935)中,插入了著名的《约翰娜的故事》等。
① 参见季羡林《五卷书译本再版后记》,收入《中印文化关系史论文集》,北京,三联书店,1982年,第448—449页。
② 季羡林《五卷书译文序》,收入《中印文化关系史论文集》,第427页。

并影响了中国文学,但是只有完整的故事集才具有的"框架结构",却并未能传入中国,从而也就未能影响中国文学。我们猜想,这大概就是中国故事集中"框架结构"不发达的原因。①

然而到了17世纪中叶,正当短篇白话小说集的编集臻于鼎盛之时,却昙花一现般地出现了一部采用"框架结构"的话本小说集,那就是明末清初小说家艾衲居士的《豆棚闲话》。

> 《豆棚闲话》在话本小说中别具一格……尤其别开生面的是每则均以在豆棚中说闲话开始,然后回到豆棚作为结束;又往往从有关豆的谈话内容生发开去,引出一个个耐人寻味的故事,谈今论古,纵横挥发。这种体制在话本小说中是绝无仅有的,它颇有些类似西方小说《一千零一夜》和《十日谈》的写法。②

所谓"这种体制",其实就是"框架结构"。令人惊异的是,这部采用"框架结构"的话本小说集,虽然在整个中国古典小说史上"昙花一现",③但是其运用"框架结构"的技巧却已达到了相当成熟

---

① 这一点可参照《十日谈》影响的情况。由于安东尼·维拉德在编辑《十日谈》译本时,删去了《十日谈》的"框架",所以直至1545年《十日谈》带"框架"的译本出现时止,法国人所读到的《十日谈》都是无"框架"的,因此之故,15世纪法国出现的无名氏的《新十日谈》(原名《一百新故事》,1456—1461),虽模仿《十日谈》,却也无"框架"。参见耿晓谕译《新十日谈》译后记,天津,百花文艺出版社,1994年,第465页。
② 《豆棚闲话出版说明》,载《豆棚闲话》卷首,上海,上海古籍出版社,1983年,第1页。
③ 藏族历史上一直流传有"尸语故事",现在搜集到的手抄本和木刻本中尚保存有三十五个故事,其中也使用了大故事套小故事的"框架结构"。而且据藏族史籍《柱下遗教》、《西藏王统记》、《贤者喜宴》、《青史》等记载,"尸语故事"流行于西藏地区始于2世纪时,从时间先后和内容样式等来考虑,"尸语故事"恐怕是来源于古印度的"僵尸鬼故事"等的,不一定是藏族自己的创作。关于"尸语故事"的情况,(转下页)

的境地。然则古印度故事集的"框架结构"以前既始终未曾传入中国,那么为何《豆棚闲话》会突然用起了"框架结构"?且一下子达到了相当成熟的境地?是艾衲居士通过某种途径接触到了"框架结构"?还是他福至心灵自我作古"发明"了这种体制?在连艾衲居士的"真身"都难以确认的今天,这些问题恐怕是永远无法解答的谜了。

不过,既然《豆棚闲话》打破了在"框架结构"方面中国故事集的"零"的记录,既然它在运用"框架结构"方面达到了相当成熟的境地,则我们自然有兴趣想了解,它在运用"框架结构"方面有何特点?其与其他文学中的"框架结构"有何异同?这些特点和异同又说明了什么?其采用"框架结构"在中国古典小说史上有何意义?对于诸如此类的问题,笔者孤陋寡闻,除了美国汉学家韩南(Patrick Hanan)曾有过一个简略的论述外,[1]尚未见有其他学者作过仔细探讨,因此不揣浅陋,强作解人,以求教于中外之同道方家。

(接上页)参见田继周等《少数民族与中华文化》,上海,上海人民出版社,1996年,第355—357页。又,藏族民间故事集《说不完的故事》(王尧编译,西宁,青海人民出版社,1962年,青海民族出版社,1980年),收有二十个互相关联的故事,也采用了"框架结构"。但是它原系印度故事集改编而成,不能代表中国故事集的一般情况。而且,"在中国民间故事集中,这种样式并未占据重要地位,产生广泛影响"。参见刘守华《〈一千零一夜〉与中国民间故事》,载张隆溪、温儒敏选编《比较文学论文集》,北京,北京大学出版社,1984年,第271页。此外,有人认为唐传奇里已有"框架结构"的故事,如白行简的《三梦记》、李公佐的《南柯太守传》,但这似乎是混淆了单篇故事与故事集的区别;又有人认为李渔的《十二楼》用"楼"来建构系列小说,显示了对于故事集整体结构的重视,但《十二楼》毕竟还不是"框架结构"的故事集。

[1] 参见韩南《中国白话小说史》第九章"艾衲"第一节"框架",尹慧珉译,杭州,浙江古籍出版社,1989年,第192—195页。

一、"框架结构"的类型

"框架结构"依其层次的多寡,可分为"复式框架结构"与"单式框架结构"这两类。《豆棚闲话》采用的则是后者,即"单式框架结构"。

"框架结构"的始源地是古印度,古印度故事集的"框架结构"多是复式的。所谓"复式"的意思是,故事集的层次不止"框架"与短篇故事两层,而是"框架"中还有"框架",或者说"大故事"套"中故事","中故事"套"小故事",层次比较繁复。我们试以季羡林对于《五卷书》结构的介绍为例,来看一下"复式框架结构"的具体情形:

> 《五卷书》最惹人注意的是整部书的结构,德国学者称之为"连串插入式"(Einschachtelung)。意思就是,全书有一个总故事,贯穿全书。每一卷各有一个骨干故事,贯穿全卷,这好像是一个大树干。然后把许多大故事一一插进来,这好像是大树干上的粗枝。这些大故事中又套上许多中、小故事,这好像是大树粗枝上的细枝条。就这样,大故事套中故事,中故事又套小故事,错综复杂,镶嵌穿插,形成了一个像迷楼似的结构。从大处看是浑然一体。从小处看,稍不留意,就容易失掉故事的线索……这种"连串插入式"并不是《五卷书》的发明,在印度可以说是古已有之的。无论是婆罗门教的经典,还是佛教的经典,都常常使用这种形式。夸大一点说,这可以说是印度人非常喜爱的一种形式。①

---

① 季羡林《五卷书译本再版后记》,收入《中印文化关系史论文集》,第446—447页。

从"框架结构"的角度来看,所谓"连串插入式",其实也就是"大框架"套"小框架",或者说"框架"中还有"框架",也就是本文所说的"复式框架结构"。像《五卷书》的场合,其故事的层次,多可至五六层,少也有三四层。

正如阿拉伯文学史家所指出的,《一千零一夜》中,既有"故事彼此相联的印度风格",也有"故事互相独立的阿拉伯风格",①所以《一千零一夜》的"框架结构"也一边仍具有"复式"的特点,一边又具有了简单化的趋势。在《商人和魔鬼的故事》、《渔翁的故事》、《脚夫和巴格达三个女人的故事》、《驼背的故事》、《叔尔康、臧吾·马康昆仲和鲁谟宗、孔马康叔侄的故事》中,大故事套中故事,中故事又套小故事,故事层次可多至三四层(尚不计全书的"总框架"),从这个方面来看,可以说《一千零一夜》采用的是古印度式的"复式框架结构"。不过与此同时,在《一千零一夜》中,还有不少新增入的"互相独立"的阿拉伯故事,它们被直接置入全书的"大框架"中,而不再具有繁复的"框架"套"框架"的结构,从这个方面来说,又可以说《一千零一夜》采用的是不完全的"复式框架结构"。正是从这里,我们可以看出"框架结构"朝简单化"变异"的趋势,以及古印度风格与阿拉伯风格的交替。

"框架结构"的这种朝简单化变异的趋势,至《十日谈》而结出了最初的丰硕果实。《十日谈》的"框架结构"一扫古印度式的繁复,把原先的多层关系简化为单层关系:"框架"与短篇故事。也就是说,全书只有一个总的"框架",所有的短篇故事都直接隶属于这个"框架"。我们把这称为"单式框架结构"。虽说薄伽丘在使"框架结构"简单化方面作出了创造性贡献,但是这种新的

---

① 参见本书第 554 页注①。

"单式框架结构"其实也并非全然是空穴来风。《一千零一夜》中类似于《辛伯达航海旅行的故事》这样的作品,单独来看宛是"单式框架结构"的佳例。我们猜想它是《十日谈》的先驱,薄伽丘也许曾受到过它的启发。比起"复式框架结构"来,"单式框架结构"具有简单明了的优点,更易让读者把握全书的脉络,享受到阅读的乐趣,因此自《十日谈》以后,为西方故事集所普遍接受,成为经典式的"框架结构"。

《豆棚闲话》的"框架结构",是西方式的"单式框架结构",而非古印度式的"复式框架结构"。《豆棚闲话》所收十二则故事(准确地说应是十二"套"故事,因为按话本小说的惯例,每一则"正话"故事之前,往往还有若干个"入话"故事;而在《豆棚闲话》的场合,有时甚至有两个"正话"故事,有时"正话"故事与"入话"故事界限不清),皆直接隶属于全书的"框架"。而即使每一则故事中包含了"入话"和"正话"故事,那也只是同一层次的关系,并不是故事中的故事,丝毫没有增加层次的数量。因此,虽然《豆棚闲话》中的短篇故事不像西方故事集中的那样"单纯",即一个故事就是一个故事,没有"入话"之类的"附件",但《豆棚闲话》却没有古印度故事集的那种繁复性和烦琐性,仍然具有易于把握全书脉络的可读性。从这一特点来看,《豆棚闲话》的"框架结构"似乎并非是受古印度故事集影响的产物。与此同时,正如我们刚刚指出的,《豆棚闲话》虽说也采用了"单式框架结构",但是其"框架"中所镶嵌的短篇故事,却并不像西方故事集中的那样"单纯",而是中国传统话本小说所特有的"成套"式的,这一点又使其区别于西方故事集的"单式框架结构",而具有了比较明显的中国特色。从这一特点来看,《豆棚闲话》的"框架结构"似乎也并非是受西方故事集影响的产物。

二、"框架"中的场所

在采用"框架结构"的故事集中，选择一个什么样的"场所"作为"框架故事"展开的舞台，这可以说不仅受到作者个人趣味爱好的制约，而且也取决于作者所处文化背景的影响。《豆棚闲话》之所以选择"豆棚"作为"框架故事"展开的舞台，正是因为受中国特殊的文化背景的影响所致。

《五卷书》总"框架故事"发生的场所，是古印度南方的某个王国，这是因为《五卷书》的编撰目的，是为了给统治者提供治国良方，是一部古印度的"资治通鉴"（当然不是"以史为鉴"，而是以童话和寓言为鉴），这与古印度小国林立、互相攻伐的背景有关。[①]《一千零一夜》总"框架故事"发生的场所，是阿拉伯国王的后宫，这显然又与阿拉伯特殊的风习有关了。[②]《十日谈》的"框架故事"发生的场所，是佛罗伦萨城外小山上的一幢别墅，虽然其时佛罗伦萨正因瘟疫流行而沦为地狱，但是这一场所仍令人联想到其时意大利城邦的蓬勃兴起，佛罗伦萨已成为具有自治权的重要城邦之一。《坎特伯雷故事集》的"框架故事"发生的场所，是通往坎特伯雷圣地的大道，这不仅是每年4月英格兰朝圣者的必由之路，也是乔叟本人于1387年亲自走过的地方，这一场所提醒人们注意其时英国人浓厚的宗教意识。《童话年鉴》的"框架故事"发生的场所，是广袤的阿拉伯沙漠、埃及的亚历山大城、德国

---

① 《五卷书》各卷"框架故事"发生的场所，主要是森林、大树和海边等自然场所，这与这些故事大抵是以动物为主角的寓言和童话有关。
② 《一千零一夜》中各骨干"框架故事"发生的场所，除了国王的宫廷以外，多为繁华的城市、喧闹的市场、商人的豪宅，这大概与古阿拉伯的重商风习有关。

的施佩萨特森林,有着近代以来殖民化浪潮的国际背景。总之,几乎所有"框架故事"的发生场所的选择,都不是偶然的和随意的,而是蕴含有特定的文化意绪的。

《豆棚闲话》中的那架"豆棚"也是这样。该书第十则故事开头云:

> 还有一件妙处,天下瓜茄小菜,有宜南不宜北的,有宜东不宜西的。惟扁豆这种,天下俱有。

这似乎是通过强调"扁豆"这种蔬菜在中国境内的"普遍性",来暗示选择"豆棚"作为"框架故事"发生场所的"充要性"?因为如果你选择另外一种"宜南不宜北"或"宜东不宜西"的蔬菜,也许就不容易让"北人"或"西人"认同吧?在这毫不起眼的短短一语中,也许就已流露了作者那潜藏着的"天下"意识。而所谓的"天下"意识,至少对于《豆棚闲话》的作者来说,也就意味着关于"中国特性"的意识。因此,他所选来作为"框架故事"发生场所的"豆棚",自然也就带上了某种"中国特色"。

不过,所谓的"宜南不宜北"和"宜东不宜西"的说法,除了透露了作者的"天下"意识以外,似乎也同时流露了作者的"地方"意识。也就是说,作者的意识在照顾到"北"和"西"的同时,其出发点仍是在"南"和"东"方面的。从书中传达的各种信息推测,作者应是江南人,可能是杭州人(绝不会是苏州人,因为书中讽刺了苏州人和苏州扁豆)。① 他之选择"豆棚"作为"框架故事"

---

① 上海古籍出版社《豆棚闲话出版说明》云:"艾衲居士,生平不详。杭州西湖旧名明圣湖,又今杭州慈圣院有吕公池,宋乾道年间,有高僧能取池水咒之以施,病者取饮立愈,号圣水池。如果艾衲居士所题圣水即指此,那么他可能是杭州人……胡士莹在《话本小说概论·清人编刊的拟话本集叙录》中说此书'或云为范希哲作'。范希哲,清初钱塘人,与李渔友善,作有传奇八种,所题均用化名。他的生活时代、(转下页)

的发生场所,除了是出于"中国特性"的意识以外,也是出于一种关于"江南特性"的意识。作者对这一意识比较"自觉",所以在第一则故事的开头,便开宗明义地作了说明:

> 江南地土洼下,虽属卑湿,一交四月,便值黄霉节气。五月六月,就是三伏炎天。酷日当空,无论行道之人,汗流浃背,头额焦枯;即在家住的,也吼得气喘,无处存着。上等除了富室大家,凉亭水阁,摇扇乘凉,安闲自在;次等便是山僧野叟,散发披襟,逍遥于长松荫树之下,方可过得。那些中等小家,无计布摆,只得二月中旬,觅得几株羊眼豆秧,种在屋前屋后闲空地边,或拿几株木头,几根竹竿,搭个棚子,搓些草索,周围结彩的相似,不半月间,那豆藤在地上长将起来,弯弯曲曲,依傍竹木,随着棚子,牵缠满了,却比造的凉亭,反透气凉快。那些人家,或老或少,或男或女,或拿根凳子,或掇张椅子,或铺条凉席,随高逐低,坐在下面,摇着扇子,乘着风凉。乡老们有说朝报的,有说新闻的,有说故事的。

所谓"江南特性",也就是江南所特有的气候,那"黄霉节气"与"三伏炎天";也就是江南民众对付江南气候的独特智慧,即搭"豆棚"来消暑乘凉;也就是江南民众利用"豆棚"的巧思,即在"豆棚"下闲话三千。正是因了作者关于"江南特性"的意识,所以他所选来作为"框架故事"发生场所的"豆棚",便也自然具有了"江南特色"。

(接上页)籍贯、喜用化名的习惯,均与《豆棚闲话》的作者类似,惜无实据,难下定论。"韩南则认为艾衲居士不是范希哲,而是王梦吉,或至少是王梦吉的友人。当然,王梦吉亦是杭州人。见其《中国白话小说史》,尹慧珉译,第191页,第225页。

然而,在炎热的江南夏天里,利用"豆棚"来消暑乘凉和闲话三千的,却又并不是江南所有的社会阶层,而是仅限于"中等小家"的普通市民,也就是第二则故事中所说的,"有在市上做生意回来的,有在田地上做工闲空的",以及经常外出处馆的教书先生等。他们原本就是中国近世通俗文学的基本听众和读者,也是中国近世市民文人所要服务的主要对象。《豆棚闲话》的作者之所以选择"豆棚"作为"框架故事"的发生场所,似乎也是由于意识到了这批与"豆棚"有关的普通市民的存在。他的市民听众或读者离不开"豆棚",而他的"豆棚"也离不开市民听众或读者。这样,因了作者身上的"市民意识",作为"框架故事"发生场所的"豆棚",便也自然具有了某种"市民性"和"近世色彩"。

其实,"豆棚"与中国近世市民文学的联系,并不始于艾衲居士。钱谦益《列朝诗集小传》的陈员胤小传,便记载过一个市民诗人喜爱"豆棚"的事迹:

> 员胤字叔嗣,江宁人。性温雅,行止如孤云野鹤,见人有惊异状;久之,坐谭甚洽。家贫,庭中种扁豆,豆花盛开,坐起其中,烹茗焚香,孤吟不辍,即以"豆花"名其斋。

这位布衣诗人也是江南人,也因家贫而种扁豆,也喜在豆棚下"坐起",并以豆棚为其书斋,凡此,似均可与《豆棚闲话》中的上述叙述相发明。① 虽然他的兴趣偏爱于豆花的鉴赏功能,而并非如艾衲居士的偏爱于豆棚的消暑功能,但这正如诗与散文的差别,只是五十步与百步的关系而已。再说,其时也有喜欢"以

---

① 明代还有一个苏州的市民文人也喜爱豆棚。曹臣《舌华录》卷三"冷语"云:"张灵嗜酒傲物。或造之者,张方坐豆棚下,举杯自酬,目不少顾。其人含怒去,复过唐伯虎,道张所为,且怪之。伯虎笑曰:'汝讥我!'"唐寅盖也是张灵家豆棚下的常客吧?

诗为文"的诗人,专门用诗来吟咏豆棚的消暑功能,甚至著了吟咏豆棚的诗集,那就是艾衲居士的同乡先辈诗人徐菊潭。《豆棚闲话》卷首楔子介绍道:

> 吾乡先辈诗人徐菊潭,有《豆棚吟》一册,其所咏古风律绝诸篇,俱宇宙古今奇情快事,久矣脍炙人口。惜乎人遐世远,湮没无传。至今高人韵士,每到秋风豆熟之际,诵其一二联句,令人神往。

其诗之一云:

> 闲着西边一草堂,热天无地可乘凉。池塘六月由来浅,林木三年未得长。栽得豆苗堪作荫,胜于亭榭又生香。晚风约有溪南叟,剧对蝉声话夕阳。

此诗宛如《豆棚闲话》上引段落的诗歌化,或更准确地说,《豆棚闲话》上引段落宛如此诗的散文化。艾衲居士引徐菊潭事与诗以弁《豆棚闲话》卷首,显示其自认与中国近世市民文学中"豆棚传统"的继承关系;而他接着所说的下面这句话,又显示出其自觉地将"豆棚传统"从诗歌领域引入散文领域的意识:

> 余不嗜作诗,乃检遗事可堪解颐者,偶列数则,以补豆棚之意。

因此之故,可以说作为"框架故事"发生场所的"豆棚",因了作者对于市民文学传统的自觉,而又具有了某种"市民文学色彩"。

话再说回来,那"豆棚"下的闲话三千,宛如茶肆中的"摆龙门阵",本身也是极富"中国特色",极符"中国国情"的。中国通俗文学的皇皇巨著,如《三国演义》和《水浒传》,其成书前都曾有过漫长的口头流传阶段,而其口头流传阶段的"萍末之风",又未必不是起源于这类"豆棚"之下、茶肆之中的。因此大胆假设起来,中国故事集不用"框架结构"则已,倘一定要用"框架结构",则其场所非设于"豆棚"、茶肆之类地方不可,而断不会设于宫廷、别墅或朝圣道上的。艾衲居士偶尔采用"框架结构"即出手不凡,选择"豆棚"作为"框架故事"的发生场所,于国情、风土、时代、文化均暗合无间,不能不让人为之叹服不已。

三、"框架"中的时间

"框架结构"可以是静态的,也可以是动态的。所谓"静态的",是指"框架"本身只起"范围"作用,每个置于"框架"中的短篇故事都是被以重复的、机械的方式引出的;所谓"动态的",是指"框架"除了引出各短篇故事的功能外,本身也像一个完整的故事那样,有开始,有发展,有终结。毫无疑问,比起"静态的框架"来,"动态的框架"当然更有趣(自然,"静态的"和"动态的"也是相对而言的,二者之间并没有截然分明的疆界)。我们看《五卷书》时,五个骨干故事中那些动物和人物的遭遇和纠葛无疑也引起了我们的好奇;看《一千零一夜》时,山鲁佐德、商人、渔翁和脚夫之类人物的命运无疑也引起了我们的悬念;看《十日谈》时,十个青年男女每日不同的生活无疑也引起了我们的兴趣;看《坎特伯雷故事集》时,三十几位朝圣客的吵闹的旅途无疑也引起了我们的注意;看《童话年鉴》时,各色旅人萍水相逢的诡异遭遇无疑也引起了我们的紧张。相反地,像《僵尸鬼故事二十五则》、《宝座故事三十二则》、《鹦鹉故事七十则》那样的"框架",则不免会给人以单调沉闷之感。

《豆棚闲话》的"框架"本身,并不构成一个真正的"故事",这是它不同于其他西方故事集的地方,也显然是它的不利之处之一。不过艾衲居士很聪明,虽然他未能构造一个情节生动的"框架故事",但是他却仍能使"框架"保持了"动态"。其方法就是除了经常点明节令时间以外,还经常描写"豆棚"本身的生长变化,从而使"框架"显得不沉闷不单调,达致了与构造情节生动的"框架故事"相似的效果。

第一则故事的开头,写了"豆棚"的始搭,算是"框架"的起点:

> 那些中等小家,无计布摆,只得二月中旬,觅得几株羊眼豆秧,种在屋前屋后闲空地边,或拿几株木头,几根竹竿,搭个棚子,搓些草索,周围结彩的相似,不半月间,那豆藤在地上长将起来,弯弯曲曲,依傍竹木,随着棚子,牵缠满了,却比造的凉亭,反透气凉快。

第二则故事的开头,写了"豆棚"的初长:

> 昨日新搭的豆棚,虽有些根苗枝叶长将起来,那豆藤还未延得满,棚上尚有许多空处,日色晒将下来,就如说故事的,说到要紧中央,尚未说完,剩了许多空隙,终不爽快。

其中把"豆棚"生长比作说故事,暗示了"框架"与短篇故事的关联性,表明了作者对于"豆棚"的象征性的自觉。第三则故事的开头,写了"豆棚"的骤长:

> 自那日风雨忽来,凝阴不散,落落停停,约有旬日之余,才见青天爽朗。那个种豆的人家,即便走到棚下一看,却见豆藤骤长,枝叶蓬松。细细将苗头一一理直,都顺着绳子,听他向上而去。叶下有许多虿虫,也一一搜剔殆尽。

第四则故事的开头,写了"豆棚"的锄草等事,暗示了"豆棚"的日益繁茂。第五则故事的开头,写了"忽然一阵风来,那些豆花香气,扑人眉宇,直沁肌骨",暗示了豆花已开。第六则故事的开头,写了"只见棚上豆花开遍,中间却有几枝,结成蓓蓓蕾蕾相似许多豆荚",表明豆子已开始结实。第七则故事的开头,写到了主人煮豆子请讲故事人之事,表示豆子已基本成熟。第八则故事的开头,写主人"采了许多豆荚,到市上换了果品,打点在棚下,请那说书的吃",益见得豆子已完全成熟,可以上市出卖了。第九则故事的开头,写时已入秋,已到豆子收成留种时节:

> 只有扁豆一种,交到秋时,西风发起,那豆花越觉开得热闹;结的豆荚,俱鼓钉相似,圆湛起来,却与四五月间结的瘪扁无肉者,大不相同。俗语云:"天上起了西北风,羊眼豆儿嫁老公。"也不过说他交秋时豆荚饱满,渐渐到那收成结实,留个种子,明年又好发生。

第十则故事的开头,写了豆子的药用价值,暗示了扁豆收获以后的时节。第十一则故事的开头,又写了豆子与年成的关系:

> 这种豆一边开花,一边结实。此时初秋天气,雨水调匀,只看豆棚花盛,就是丰熟之年。可见这个豆棚,也是关系着年岁的一件景物。

像是对一年间"豆棚"的生长作了一个总结。第十二则故事的末尾,又写了推倒"豆棚"之事:

> 今时当秋杪,霜气逼人,豆梗亦将槁也……不觉膀子靠去,柱脚一松,连棚带柱,一齐倒下。大家笑了一阵。主人拆去竹木竿子,抱蔓而归。

整个故事集,从搭"豆棚"写到推倒"豆棚",象征了"框架"的搭起与完成。而"豆棚"的节节变化,则象征了"框架"本身的生长发展过程。这一切合在一起,就导出了"框架"的"动态性"效果。

让人事的变化顺应自然的变化,或在自然的变化中看出人事的变化，这原本就是中国人的自然观的特征。《豆棚闲话》的"框架"的"动态性"，不是建立在故事情节的进展上，而是建立在"豆棚"这一自然意象的生长上，这也可以说正是中国式的自然观的表现，其中也可以看出浓郁的"中国特色"，而与《五卷书》、《一千零一夜》、《十日谈》、《坎特伯雷故事集》、《童话年鉴》形成了对照。

四、"框架"中的人物

"框架结构"故事集中最常见的"框架故事"，往往是由两个以上的人所组成的人群，分成"讲故事者"和"听故事者"，在一个特定的场合连续地讲和听故事。这些"讲故事者"和"听故事者"形象塑造得成功与否，将直接影响到"框架故事"乃至故事集的成败，所以作者们常对此付予相当的注意，其趋势可以说是越后出者越甚。不过，在"框架"中人物形象的塑造方面，《豆棚闲话》与其他东西方故事集具有明显的不同。

从"框架"中人物形象塑造的角度来看，一般故事集的情况可以分为两种。一种是较为"实"的，即人物一般有名有姓，有时甚至还有血有肉，一如一切"标准"的故事那样。当然，从仅仅有名有姓的"实"，到有血有肉的"实"，其间相差不可以道里计，这就全看作者们各自的神通了。从古印度的各种故事集，到《一千零一夜》，到《十日谈》，到《坎特伯雷故事集》，到《童话年鉴》，绝大部分的故事集，其"框架"中的人物都是"实"的，有的还足以让人留下较深印象。如《一千零一夜》里的山鲁佐德、辛伯达；如《十日谈》里的那十个青年男女，尤其是那个老爱别出心裁的第奥纽；如《坎特伯雷故事集》里那一大帮朝圣客，尤其是其中的磨坊主、巴斯妇、赦罪僧、客店老板；如《童话年鉴》里的沙漠之王强盗奥尔巴赞、亚历山大城总督巴里·巴努、勇敢的年轻金匠费里克斯……都会给读者留下若干深浅不等的印象,在各故事集中各成一个独立的人物系列。这种较为"实"的人物形象,与"框架故事"的情节性有关。也就是说,"框架故事"的情节越是生动,其中的人物形象大抵也就越是充实。当然,这句话也可以倒过来说。

另一种则是比较"虚"的,即人物大都面目模糊,甚至连姓名都不必出现,更不要说是有血有肉了。用一般的批评标准来看,他们甚至很难称得上是"人物形象",而更像是一些"群众场面"中的"背景人物"。《豆棚闲话》的"框架"中的人物,基本上就是这样的。我们看,第一、第二则故事的讲述者,是一个"老成人",后来他曾一度离开"豆棚",待他重回"豆棚"讲第十一则故事时,我们才知道他是一个训蒙教授,"年齿高大,闻得当年历过许多兵荒离乱之苦","许久在馆未回,这日乘着风凉,回家探望",作者对他的介绍仅止于此。第一则"入话"故事的讲述者,是另一个"老成人",这回却是一个"已及五旬年纪,宁可做个鳏夫,不敢娶个婆子"的贩药材商人。第三、第四则故事的讲述者,也是一个"幼年不曾读书"的商人。第五、第九则故事的讲述者是"在下",不知其为何人,只知其"向在京师住了几年"。第六、第七则故事的讲述者是一个"少年"。第八则故事的讲述者则是另一个"少年","半斯不文,略略像些模样",他的一番自我介绍,要算是"框架"人物介绍中最生动的了:

> 在下虽是这个模样,人道是宦门子弟,胸中毕竟有些学问,其实从小性子养骄,睁着两只亮光光眼睛,却是一个瞎字不识。日常间人淘里,挨着身子,听人说些评话,即使学得几句,只好向不在行的面前胡言乱道、潦草压俗而已,今日若要我上场,说那整段的书,万万不敢……昨日房下叫我

检个日子,却把历日颠倒拿了,被人笑话。若今日说出些没头脱柄的故事,被侧边尖酸朋友,嗅嗅鼻头,眨眨眼睛,做鬼脸,捉别字,笑个不了,下遭连这个清凉所在,坐也坐不成了。

这个"圆活波澜得紧"的"话柄",即使放在《坎特伯雷故事集》的人物介绍中,也毫不逊色了。可惜这个会得自嘲的少年,也仍然是个"无名鼠辈"。而且从《豆棚闲话》全书来看,这样的人物介绍也绝无仅有,并不能改变作者懒于描写"框架"人物的基本事实。然后第十则故事的讲述者,是"内一人",即"豆棚"下人群中之一人。第十二则故事的讲述者,是从城里下来的"陈斋长"——所有"框架"人物中,只有他一人是个例外,不仅有名有姓,而且还有介绍:

此老乃城中住的一位斋长,姓陈名刚,字无欲,别号叫做陈无鬼。为人性气刚方,议论偏拗。年纪五十余岁,胸中无书不读。听他翻覆讲论天地间道理,口如悬河一般,滔滔不竭,通国之人辩驳不过。

不仅如此,还提到过他的穿着:"穿了一件道袍,戴上一顶方巾。"这在《豆棚闲话》中也是仅见的。我们猜想,这个例外,大概和他是"豆棚"下的"外来人"有关。因为只有"外来人",才需要介绍其姓甚名谁,才需要知道其是何等人物,也才会注意到其穿着打扮(上面那段介绍文字,正是"豆棚"下"座内一个人","看见这人挨进棚来",对另一人的"附耳低言")。因此之故,这个例外也同样不能改变作者懒于描写"框架"人物的基本事实。此外,"听故事者"的形象就更为模糊了,他们不过是"有几个少年朋友,同着几个老成的人,也坐在豆棚之下",不过是"那少年"、"那些后生"、"那老成人"、"又有一个老成人"、"又有个老者"、"又有一个"、"众后生"、"众少年"、"有一人"、"众人"、"内中一人"、"这些人"、"内一人"、"座内一个人",等等,全是无名无姓的泛指或虚指。此外,既非"讲故事者"又非"听故事者"的,还有一个特殊人物,那就是"豆棚主人"——这架"豆棚"的拥有者。他只出现在第六、第七、第八和第十二则故事中,而且也是无名无姓地泛称"主人"、"豆棚主人"、"主人翁"而已,并没有对于他的明确介绍。他在"框架"中的所有事迹,只是煮豆或者用豆荚换果品请讲故事者吃,以及众人推倒"豆棚"后他"抱蔓而归"而已。凡此俱可见,作者无意于明确描写"框架"中的人物,而是只愿意对他们作泛写或虚写;似乎只关心他们引出正文故事的功能,而不关心他们的形象本身。

作者之所以这么做,并非因为他缺少描写"框架"中人物的才能。我们看第八则故事中对于"讲故事者"的表现,便已经"偶尔露峥嵘"地显示了作者这方面的才能。我们认为作者是有意这么处理的,他是故意让这些"框架"中人物虚化的。我们在上面(第三部分)已经讲过,《豆棚闲话》的"框架"本身,并不构成一个真正的"故事"。因为它没有什么生动的情节,也就没有必要把"框架"中的人物写"实"。这是其一。作者在构筑全书的"框架"时,并无意将重点置于一个情节生动的故事上,而是着力将重点置于"豆棚"这一自然意象上,为此他就有必要将"框架"中的人物虚化,以与"框架"总体上的"自然性"相配。这是其二。最后,"框架"中人物的泛写或虚写,也完全符合"中国特色"的"闲话"的要求。因为"中国特色"的"闲话"(方言俗称"摆龙门阵"),原本就是这样重"结果"而不重"过程"的。聚在"豆棚"下或"茶肆"中的人员,其构成也许每天每时都在变动,但总有人在讲着什么或听着什么;彼此也许已熟悉得不必拘泥于礼节,却确实从来没有互通过姓名;听了那么多的新闻、流言、故事、高论,回头想想却也实在记不得什么什么是谁谁说的……莫非《豆棚闲话》的作者故意放弃了表现"框架"中人物的特权,却换来了真正"中国特色"的"闲话"的总体效果?

由此看来,关于"框架"中人物形象的塑造,《豆棚闲话》与西方故事集像是两股道上跑的车,是不能用同一种标准来衡量的。

五、"框架"的趣味性

对采用"框架结构"的故事集来说,"框架"本身是否有趣好玩,是一个不亚于正文故事的重要课题。这是因为,如果"框架"本身有趣好玩的话,会吸引读者去读正文故事;反之,如果"框架"本身索然无味的话,则正文故事再有意思,读者也已经被挡在"框架"之外了。

从古印度故事集,到《一千零一夜》,到《十日谈》,到《坎特伯雷故事集》,到《童话年鉴》,可以看到对于"框架"的经营一直在朝有趣性方面发展。古印度故事集的"框架"一般来说比较复杂烦琐,正如上文曾经指出过的,这与它们大都采用"复式框架结构"有关。《一千零一夜》的"框架"有时比较沉闷啰嗦,有时比较简洁明快。不过虽然简洁明快如《辛伯达航海旅行的故事》,那中间几天的"框架"描写也有重复单调之嫌。《十日谈》的"框架"似曾受过《辛伯达航海旅行的故事》的影响。辛伯达七次航海旅行的故事共讲述了七天,而《十日谈》的故事则要讲述十天,每一天要写出不同的花样来更不容易。作者显然为此煞费苦心,他让十个青年男女轮流做"国王"或"女王",每一天让他们按不同的顺序讲故事,有时还让他们换换讲故事的场所(如草坪、喷泉边、女儿谷等),有时则让他们互相斗斗嘴,调调情;每一个新"国王"或"女王"当选以后,他或者写写他们的性格外貌,或者写写他们的"施政纲领"。不过虽然作者如此煞费苦心,但那每天基本雷同的作息内容,还是难免会令读者感到疲倦乏味。在西方故事集中,"框架"比较有趣的是《坎特伯雷故事集》。书中有趣的故事不少,但每次掩卷而思,印象最鲜明的,还是其"框架"部分。其实,《坎特伯雷故事集》的"框架"远不如《十日谈》"完美",总体上有始无终,中间则缺胳膊少腿。这大概与它是一部未完成之作有关。① 不过尽管如此,它的"框架"成就还是很高。秘诀在于"框架"中有许多小插曲:喝醉了酒说胡话,彼此斗嘴攻讦,和事佬劝架,没事寻开心,发牢骚,说怪话……凡是旅途上常见的那一套,在其"框架"中都有,这就难怪会让读者兴味津津了。"这类插曲很自然地增强了全部作品的戏剧性,是一般'框架故事'所未曾有过的文艺手法。"② 这可以说是乔叟对于"框架结构"的创造性发展。英国文学史家历来认为乔叟是"英国诗歌之父",也是英国文学史上对人物作写实描写的创始人。《坎特伯雷故事集》中"框架"的趣味性,便来源于他对人物作写实描写的努力。而到了《童话年鉴》,"框架"本身被写成了充满悬念的故事,并与"框架"中的某个故事融为一体,"框架"的趣味性登峰造极。"它十分讲究情节的安排和谋篇布局。对故事套故事的'框形结构'这一源于《十日谈》的传统手法,更是用得纯熟自然,且多有发展创新。十分值得我们玩味和借鉴的是,在豪夫童话中,这

---

① 据此书"总引"中载故事会"主持人"客店老板说:"你们每位在去坎特伯雷的路上要讲两个故事,作为长程中的消遣,回来时再讲两个。"朝圣客出发时有约三十人(后来路上又加入二人),则作者原来的计划,至少也要写一百二十个左右短篇故事(正好超过《十日谈》);可现在却只有二十四个故事,只及原计划的五分之一,故显然是一部未完成之作。
② 方重《坎特伯雷故事译本序》,载乔叟《坎特伯雷故事》,方重译,卷首第13页。

种讲故事的'框子',不只起着交代背景和营造气氛的作用,本身也常常就是一个引人入胜的故事,而且不少时候与包含其中的小故事交织、融和在一起,使情节更加起伏跌宕、紧张曲折,往往叫人一直要读到整个故事的结尾才悬念顿消、恍然大悟。"①

虽说同样采用"单式框架结构",但是比起四平八稳的《十日谈》来,《豆棚闲话》的"框架"更接近《坎特伯雷故事集》(但未到《童话年鉴》的程度)。"框架"有时候比正文故事更有趣,这同样是《豆棚闲话》的特点。《豆棚闲话》"框架"中的时间,以"豆棚"的自然生长为准,并不精确到一天或一刻,从而避免了《十日谈》式的重复单调。虽然《豆棚闲话》并没有像《坎特伯雷故事集》那样,构筑起一个情节生动的"框架故事",也没有对人物作写实性描写,但是它的"框架"照样富于趣味性。此无它,乃是因为《豆棚闲话》的作者同样重视在"框架"中加入许多小插曲也。

《豆棚闲话》"框架"的"闲话"色彩很浓,所以"框架"中的小插曲大抵与此有关。一些比较有趣的小插曲,大抵发生在听众身上。因为他们急于听到好故事,同时也喜欢插科打诨。众所周知,在中国人"闲话"的场合,听众总是最活跃的部分。那些以少年人为主的听众,对于听故事有着强烈的爱好。他们听了什么故事,就要回去搬弄,还要形诸梦境:

> 再说那些后生,自昨日听得许多妒话在肚里,到家灯下纷纷的又向家人父子重说一遍。有的道是说评话造出来的,未肯真信;也有信道古来有这样狠妒的妇人;也有半信半疑的,尚要处处问人,各自穷究。弄得几个后生心窝潭里,梦寐之中,颠颠倒倒,只等天亮,就要往豆棚下,听说古

---

① 杨武能《威廉·豪夫和德国艺术童话》,载威廉·豪夫《小矮子穆克——豪夫童话全集》,杨武能译,卷首第3页。

话。(第二则)

　　昨日老者说到没头人还会织席,死的人还会杀人,听见的越发称道奇怪之极。回去睡在床上,也还梦见许多败阵伤亡,张牙舞爪,弄棒拖枪,追赶将来,没处躲闪。醒来虽则心里怦怦惊恐,那听说话的念头,却又比往日要紧些。(第十二则)

作者对听众心理甚为了解,所以他评论道:"此是豆棚下的人情,大率如此。"(第十二则)这帮好奇心极强的听众,为了听到有趣的故事,真是想尽了办法,做足了表情。会说"古话"的"老成人",有时难免要摆个架子:"这段书长着哩。你们须烹几大壶极好的松萝芥片,上细的龙井芽茶,再添上几大盘精致细料的点心,才与你们说哩。"听众们便赶快迎合,一口答应,同时又将信将疑,唯恐上当:"不难不难,都是有的,只要说得真实。不要骗了点心茶吃,随口说些谎话,哄弄我们。我们虽是年幼,不曾读书,也要质证他人,方肯信哩。"听了以后果然满意,于是便大拍"老者"马屁,以期明日再听:"老丈明日倘再肯赐教,千万早临,晚生们当备壶酒相候,不似今日草草一茶已也。"(第一则)第二天果然"备了酒肴",要听老者"说好些话"(第二则)。可是后来老者有事不能来,他们在失望之余,又马上说起了怪话:"此老胸中却也有限,想是没得说了,趁着天阴下雨,今日未必来也。"(第三则)后来此老回来,他们为了听"乱离苦楚",又马上虚心上门请求,还把其他人此期间讲故事的业绩一笔抹杀,以讨老者的欢心:"老伯多时不在,觉得棚下甚是寂寞,虽有众人说些故事,也不过博古通今的常话。"(第十一则)他们对故事的要求是"真实",可实在无人说故事时,便"谎话"也要听了:"不管前朝后代,真的假的,只要说个热闹好听便了。""正经说过书的一个不在",

他们便"赶鸭子上架",指定一个"半斯不文,略略像些模样"的少年,硬要人家讲点什么:"看来今日别无人了,却要借重尊兄,任意说一回故事,点缀点缀。"那少年为推辞不惜自出洋相,却竟被赞誉为"圆活波澜得紧",结果还果真被逼"上架"成功(第八则)。不得已退而求其次时,虽然对说者热情鼓励有加,却不自知拟之失伦,牛头不对马嘴,露出了轻视别人的真意:"也不必拘,只要肚里有的便说。如当日苏东坡学士无事在家,逢人便要问些新闻,说些鬼话。也知是人说的谎话,他也当着谎话听人。不过养得自家心境灵变,其实不在人的说话也。"——竟把自己比作苏东坡,把对方比作说谎者了!① 故事听了尚觉入耳,于是赶紧捧场:"今日这位朋友说这故事,更比寻常好听。不意豆棚之下,却又添了一位谈今说古、大有意思人也。"(第三则)讲故事者开个玩笑,说自己的故事是"费些许本钱的",他们便唯恐向自己收钱,认真地生起气来:"我们豆棚之下说些故事,提起银子就陋相了。"以后弄清是个玩笑,便连连道歉:"尊兄说得是,尊兄说得是。"(第四则)豆棚主人好心,"采了许多豆荚,到市上换了果品,打点在棚下,请那说书的吃。那知这些人都是乡愚气质,听见请吃东西,恐怕轮流还席,大半一哄走了"。可是,却仍有"十余人大堆坐正那里",大概正是那帮"铁杆"听众吧?

诸如此类作者对于听众心理的把握,对于他们想方设法听故事的言行的描写,构成了"框架"中一个个生动的小插曲,使"框架"全体显得有趣起来。虽然此类小插曲的功能与《坎特伯雷故事集》中的不同,即并不是用来刻画"框架"中人物的性格,

---

① 所以下一则中,那个讲故事者回敬了听众一番:"今日在下不说古的,倒说一回现在的。说过了,也好等列位就近访问,始知小弟之言,不似那苏东坡'姑妄言之,姑妄听之'一类话也。"(第四则)

并由此来推动"框架故事"情节的发展的,但是它们却同样是为自身所在的"框架"服务的,并从总体上有助于营造"框架"的"闲话"氛围。我们想,爱说闲话、听闲话、读闲话、写闲话的中国人,大概是能领会此类小插曲的妙处的吧?

六、"框架"与正文的衔接(上)

无论"框架"写得多么有趣,对于正文故事来说,它总是第二性的存在。①因为"框架"的主要功能,便在于把各短篇故事组织起来,使之成为一个具有统一感的整体。因此对于"框架"来说,如何与正文故事巧妙衔接,实在是一个基本的任务。

"框架"与正文故事衔接的一个重要方面,是讲故事者与所讲故事的关系问题。也就是说,如果所讲故事的体裁、内容和风格等,与讲故事者的身份、性格和教养等比较配合的话,则可以认为"框架"与正文故事的衔接比较理想;反之,则可以认为比较牵强。正是从这种地方,可以看出作者的心智与能力。不过,由于采用"框架结构"的故事集大都是先有故事再配"框架"的,所以要做到完全的配合无间恐怕是过于挑剔的要求。一般情况下,作者能注意到这个问题,大致上作一些安排,不致过于牵强附会,就应该说是很不错的了。

《豆棚闲话》采用的是"单式框架结构",因此,我们先来看看同样采用"单式框架结构"的西方故事集的情况。在《十日谈》的场合,那讲故事的十个青年男女,除了性别差异以外,彼此都比较相像,尽管作者作了介绍,但读者还是不容易区别他们。他们

---

① 也许《童话年鉴》是个例外,因为它的"框架"也是精彩的故事,重要性不亚于正文故事。

各自所讲的故事,即使互换亦无甚关系。也许作者比较注意让每一天的故事主题统一,所以就不得不牺牲了故事之间及人物之间的差异性。不过在有一种情况下,我们还是可以看出作者安排的匠心,即对于那些比较大胆的色情故事,他总是安排男青年们来讲述它们(个别的例外也不是没有,如第八天故事第八),而让女青年们听了以后作出害羞的反应。显然他考虑到了男女之间的性别差异,特意作了这样的安排。

而在《坎特伯雷故事集》的场合,"我们特别注意到故事内容与讲故事的人物是有意识地联系起来的,因此人物类型的多样化也就带动了故事类型的多样化,不同社会阶层人物所讲故事的类型也就各有不同"。①不唯故事的类型各有不同,而且故事的内容、观点和风格等,也大抵依讲故事者的身份而各不相同,彼此之间大抵不能互换。有时候,如《律师的故事》,故事内容与讲故事者不能相配,作者便耍个小小手腕,让律师声称该故事是从一商人处听来的,于是便避免了不相配合的麻烦。当然,受过现代小说熏陶的现代读者,总能从这里那里找出漏洞,证明其"框架"与正文故事仍有龃龉;但从传统的采用"框架结构"的故事集的角度来看,在"框架"与正文故事的配合方面,的确没有其他作品能比它做得更好的了。②

《豆棚闲话》的情况可能介乎上述二者之间。《豆棚闲话》的"框架"人物里没有女人,所以作者不必顾及人物的性别差异;其中讲故事者的身份只有寥寥几种(训蒙教授、商人、官宦

---

① 方重《坎特伯雷故事译本序》,载乔叟《坎特伯雷故事》,方重译,卷首第14页。
② 《童话年鉴》的情况可能有些特别,它的"框架"与正文故事往往是打通的,所以在"框架"与正文故事的配合方面,它已另辟蹊径,非传统形式所能牢笼。

子弟、老学究,以及身份不明者),而不像《坎特伯雷故事集》那样三教九流都有;并且,人物的身份也已被作者尽量地作了淡化,不仔细分辨还不容易知道谁是做什么的,所以作者也不必过多考虑人物身份的差异(当然,作者也不是全然不加考虑的,比如第十二则故事的内容是谈天说地,其讲述者自非老学究莫属;又如第三、第四则故事中都有经商的内容,则其讲述者自然应该是一个商人;而且第四则故事的末尾提到:"你道这段说话,不是游戏学得来的,也费些须本钱的了。"众人道:"我们豆棚之下说些故事,提起银子就陋相了。"看来也不是闲笔,而是贴切商人身份的)。对于《豆棚闲话》的作者来说,主要的差异似乎来自于人物的"年龄",即所谓的"老成人"和"少年人"之别。也就是说,在考虑"框架"与正文故事的衔接时,在安排讲故事者与所讲故事的配合时,作者所主要关心的是人物的年龄差异:"老成人"应讲述适于"老成人"身份的故事,"少年人"则应讲述适于"少年人"身份的故事。这大概也是一种绝对"中国式"的构想了。

我们看,第一、第二、第十一则故事是"老成人"讲述的。第一则故事的主旨是女人善妒论,那是因为少年人不信"最毒妇人心"这种说法,世故历练的"老成人"讲来说服之的。第二则故事的主旨是女人祸水论,也是"老成人"说来警告少年人的。第十一则故事的主旨是状兵荒乱离之苦,说来让少年人知道眼下承平生活之不易的。显而易见,这三个故事的内容都符合"老成人"的身份,讲故事者与所讲故事配合无间。与此相对,第六、第七、第八则故事都是"少年人"讲述的。第六则故事的主旨是揭露大和尚的真面目,其内容和语气都比较痛快激烈,颇符合讲述者的"少年人"身份,为此还受到听众"仁兄嘴尖舌快,太说得刻毒"的批评。第七则故事的主旨是做伯夷、叔齐故事的翻案文章，似也颇符合年轻人爱标新立异的心理。第八则故事的主旨是讽刺世道人心，但其讲述者却是一个"官宦之弟"，二者间似不大相称，或许作者有点疏忽了？

看来，《豆棚闲话》"框架"与正文故事的衔接，讲故事者与所讲故事的配合，走的似乎是另外一条路子，既不同于《十日谈》，也不同于《坎特伯雷故事集》，而是较为"中国式"的。重视讲故事者的年龄，便是其典型表现之一。另一种表现是，由于作者故意"虚化"了"框架"中的人物，并对讲故事者的身份作了"淡化"处理，因此讲故事者与所讲故事之间的关系，也就不像其他故事集中的那般引人注意了。在《豆棚闲话》中，二者的衔接显得水波不兴，平滑自然，这大概也是"框架"人物"虚化"所带来的又一个好处。

七、"框架"与正文的衔接（中）

所谓"框架"与正文故事的衔接，除了讲故事者与所讲故事之间的配合之外，还有一个如何引出讲故事者和正文故事的问题。

在一般的西方故事集里，大都规定好了谁讲故事，谁来安排讲故事者出场，以及他们出场的先后顺序。比如在《十日谈》的场合，十个青年男女约好每人每天各讲一个故事，每人各充任一天"国王"或"女王"，由他们来决定当天讲故事者的先后顺序。所以届时只要"国王"或"女王"下令，或者自己觉得已轮到了自己，讲故事者便会粉墨登场。在《坎特伯雷故事集》的场合，规定每一个朝圣者都必须讲故事，而客店老板则是他们的组织者、仲裁者和评论者。他或者抽签，或者指定，或者用"追认"的办法，来决定接着该谁讲故事了。有时也有人故意捣乱，抢着讲故事，则仅平添了"框架故事"的趣味性，并不打乱"框架"本身的安排。只有在《童话年鉴》的场合，旅人们相约以讲故事打发时间，因为人数不多，所以讲故事者的出场顺序比较随意，出场形式也多种多样，显得较为特别。

《豆棚闲话》与一般的西方故事集不同。其"框架"的核心是一座"豆棚"，人们在"豆棚"下"闲话"，没有主持其事者，也没有"规定动作"，一切都是即兴式的，一切都要随机应变。于是，怎样引出讲故事者和正文故事，对于《豆棚闲话》的作者来说，便是一个必须特别费神对付的问题了。《豆棚闲话》的作者很聪明，他使用了各种巧妙的方法，来引出讲故事者和正文故事，不但很好地完成了"框架"与正文的衔接。而且还使其衔接方式显得变化多端，比一般的西方故事集更为丰富多彩。他所使用的方法，大致有以下几种。

一是"虚心求教式"。亦即喜欢听故事的听众（主要是"少年人"），热情邀请见多识广者（主要是"老成人"）讲故事，通过这种方式，来引出讲故事者和正文故事。如第一则故事，写几个少年朋友，同着几个老成人，在"豆棚"下闲坐看书，围绕书中的观点，双方展开了争论，"那少年听见两个老成人说得勉勉节节，就拱着手说道：'请教，请教。'"于是便引出了正文故事。又如第十一则故事，写众人在"豆棚"下议论："如今豆棚下连日说的，都是太平无事的闲话，却见世界承平久了，那些后生小子，却不晓得乱离兵火之苦。今日还请前日说书的老者来，要他将当日受那乱离苦楚从头说一遍，也令这些后生小子手里练习些技艺，心上经识些智着，万一时年不熟，转到荒乱时，也还有些巴拦，有些担架。"请来老者在"豆棚"下坐定，于是便引出了正文故事。

二是"自告奋勇式"。亦即在围坐于"豆棚"下的人群中，有人不经众人的推戴或指定，而自愿讲述故事，通过这种方式，来引出讲故事者和正文故事。如第三则故事,写前日讲故事的老者未来,众人正在扫兴之际,内中却有一人道:"我昨日在一舍亲处听得一个故事,倒也好听。"众人一致赞成,于是便引出了正文故事。又如第六则故事,写豆荚初成,主人道:"待我采他下来,先煮熟了,今日有人说得好故事的,就请他吃。"中间走出一个少年,自告奋勇道:"今日待我坐在椅上,说个世情中有最不服人的一段话头,叫列位听了,猛然想着,也要痛恨起来。"于是便引出了正文故事。

三是"事先预约式"。亦即讲故事者故事讲得好,听众约他次日再讲,通过这种方式,来引出讲故事者和正文故事。如第二则故事,写众人因昨日已跟讲故事的老者约定,今日再请他到"豆棚"下来讲故事,所以早早便在"豆棚"下坐好等他,后来老者果然来了,并且爽快践约,于是便引出了正文故事。又如第七则故事,写一少年昨日故事讲得尽情痛快,主人煮豆请他,约次日再来说些故事,另备点心奉请,那后生次日果然早早坐在棚下,于是便引出了正文故事。

四是"赶鸭上架式"。亦即座中无人能讲或愿讲故事,众人便指定一人,鼓动他出来讲故事,通过这种方式,来引出讲故事者和正文故事。如第八则故事,因为正经说故事的一个不在,于是众人便"赶鸭子上架",硬指派一少年"点缀点缀",于是便引出了正文故事。

五是"引蛇出洞式"。亦即本来不相干的人,受"豆棚"下情形的吸引,来"豆棚"下"闲话"一番,通过这种方式,来引出讲故事者和正文故事。如第十二则故事,写"豆棚"下说故事的名声传得远了,传到城里一位老学究的耳里,引动他也来到"豆棚"之下,与众人议论了一番,于是便引出了正文故事。

六是"话本传统式"。亦即像传统话本小说一样,直接以说书人的口吻,对"豆棚"下的听众讲故事,通过这种方式,来引出讲故事者和正文故事。这种方式也可以说是"不引之引",因为前面并没有关于"框架"的描写,也没有对于讲故事者的介绍文字,而只是利用了传统话本小说的特点:一开始即针对假想的听众讲故事。稍稍不同的只是正文故事讲完之后,还写到了听众的听讲反应,显示了"框架"的依然存在,从而不同于一般的话本小说。第五则和第九则故事,都采用了这种方法。

七是"议论引发式"。亦即众人坐在"豆棚"之下,闲聊关于"豆棚"的话题,聊着聊着就聊出了一个故事,通过这种方式,来引出讲故事者和正文故事。如第四则故事,先写一人在"豆棚"下感叹:"今日大家闲聚在豆棚之下,也就不可把种豆的事等闲看过。"内中一人上前拱手道:"昨者尊兄说来的大有意思,今又说起这般论头,也就不同了,请竟其说。"于是便引出了正文故事。又如第十则故事,写众人在"豆棚"下闲聊扁豆的品种,一人提出问题:为何只有苏州的扁豆不好?抑且只生在苏州地方?内一人认为是由于苏州风气浇薄,所以扁豆才会淡而无味。众人听了,知道话里有因,"毕竟有几件异乎常情、出人意想之事,向我们一一指说",于是便引出了正文故事(从关于"豆棚"的话题转向正文故事的,不仅限于这两个故事,而是还有很多,详见下文;不过以上这两个故事,不仅由关于"豆棚"的话题引出了正文故事,而且还引出了讲故事者,是以与下文的情况稍有区别)。

综上所述,在《豆棚闲话》短短十二则故事中,作者竟使用了不下于七种方法,来巧妙地引出讲故事者和正文故事,其技巧远过于《十日谈》和《坎特伯雷故事集》,而与《童话年鉴》比较接近。那么,为什么作者会这么做呢?我们猜想,这还是由"框架"的"闲话"性质所决定的。因为是"闲话",所以就不可能有组织者,就不可能有人来指定讲故事者,而只能采取一些随机应变的办法。这种讲故事者和正文故事引出方式的不同,也许正反映了中西文化的某种本质差异,是很值得我们深思的。

八、"框架"与正文的衔接(下)

在"框架"与正文故事的衔接方面,除了以上两个方面的衔接以外,《豆棚闲话》还有一种独特的衔接方式,为西方故事集中所未见,那就是"往往从有关豆的谈话内容生发开去,引出一个个耐人寻味的故事,谈今论古,纵横挥发"①。这种衔接方式的出现,是由"豆棚"这个"框架"的性质所决定的。这座"豆棚",不仅为人们提供了"闲话"的场所,而且也为人们提供了"闲话"的"话柄"。坐在"豆棚"底下的人们,本来就很容易谈起它,从它引出许多议论。然而,作者有意用关于"豆棚"的话题来作为连接"框架"与正文故事的桥梁,则也正反映了他的匠心与巧思。

比如第四则故事,时令正当豆子须锄草之际,一人就发起了议论,从种豆须日日起早而时时锄草,谈到养子亦应不断施教,"今日大家闲聚在豆棚之下,也就不可把种豆的事等闲看过",这就引向了一个与孩子的教育有关的故事。第五则故事,一人议论说,坐在豆棚之下,豆花香气沁人,心中一丝不挂,尽享闲适滋味,但是,"莫把'闲'字看得错了,唯是闲的时节,良心发现出来,一言恳切,最能感动",这就引向了正文的孝子故事。第七则故事,昨日一少年讲故事,豆棚主人煮新豆请他,所以今日听众对他说:"昨日主人翁煮豆请你,何不今日把煮豆的故事说一个我们听听?"这就引向了曹丕、曹植兄弟的故事,然后又从"兄弟"二字,引向了伯夷、叔齐的故事,其过渡顺序盖是"豆棚"→"煮

---

① 参见本书第558页注②。

豆"→"煮豆故事"（曹氏兄弟故事）→"兄弟故事"（伯夷、叔齐故事）。第九则故事，时令正当秋风起，豆荚成熟，讲故事者从豆荚成熟想到天气渐冷，又从天气渐冷想到"没处摆布"者也许会起无赖之想，不良之心，这就引向了一个犯罪故事。第十则故事，时令正逢收获扁豆时节，于是一人从扁豆各品种的比较，说到苏州扁豆的淡而无味，说到苏州民风的一团虚哗，这就引向了一个关于苏州人无赖行径的故事。第十一则故事，一人议论豆棚盛衰与年成好坏相关，后生小子享尽世界承平之福，却不晓得乱离兵火之苦，所以建议请一个老者来，说说当日经历的那些苦楚，让后生小子们受受教育，这就引向了正文的那个乱离故事。

以上这几则故事的特点，便都是由关于"豆棚"的议论开始，然后话锋一转，引向正文故事的。其中第五和第九则还可以说是"自说自话"，即自己在讲故事时把话题从"豆棚"引向正文故事（或者也可以把第五和第九则看作是"传统式"的，只是在故事的最后照顾到了全书的"框架"）。这种"框架"与正文故事的衔接方式，同样是由"框架"的"闲话"性质所决定的，同时也反过来有助于"框架"的"闲话"性质的实现。在《十日谈》和《坎特伯雷故事集》中，这种衔接方式是看不到的。这是《豆棚闲话》所独有的衔接方式。

反之也可以认为，作者在安排正文故事的先后顺序时，恐怕也考虑到了其与"框架"的相配问题。换言之，作者大概根据节令与"豆棚"的自然变化，来安排他认为是主旨与此有关的正文故事，使人事的变化顺应自然的变化，或从自然的变化中看出人事的变化（参本文第三部分）。这方面比较明显的例子有第四、第七和第十二则故事。第四则故事的主旨是孩子的教育问题，作者有意把它安排在豆子需要锄草之时。第七则故事有一个关于曹植七步诗的入话，作者有意把它安排在豆子成熟、主人煮豆请客之时,"偶因豆棚之下,正及煮豆之时,就把豆的故事,说到弟兄身上"。第十二则故事讲陈斋长论地谈天,具有总结性质,作者有意把它安排在全书最后,让它成为"豆棚"拉倒之原因(其实即使无此故事,"豆棚"本来亦应拉倒了)。即从这些例子亦可看出,作者是如何煞费苦心来衔接"框架"与正文故事的,而这种巧妙的衔接方法在西方故事集中同样是看不到的。

结　语

以上,我们探讨了《豆棚闲话》的"框架结构"的特点,其与其他故事集的"框架结构"的异同,以及产生这些特点和异同的大致原因。我们看到,《豆棚闲话》的"框架结构",比较富有"中国特色",也比较适合"中国国情",尽管只是"昙花一现",却也达到了相当的水准,丝毫不逊色于其国外的"同行"。

不过我们最后还想要提出的问题是,如果说在《豆棚闲话》以前,由于未能受到古印度或其他外国故事集的影响,中国未能产生采用"框架结构"的故事集的话,那么当具有独创性的《豆棚闲话》出现之后,为什么中国也没有出现对于它的模仿之作,或至少是对其"框架结构"的模仿之作呢?而从古印度到波斯到阿拉伯到欧洲,这种模仿却是形成了一条跨时空之链的。

问题的答案恐怕还在于《豆棚闲话》自身。任何能够引起别人模仿的作品,总是具有某种"经典性"的。无论是《五卷书》还是《一千零一夜》,是《十日谈》还是《坎特伯雷故事集》、《童话年鉴》,它们都是自己时空中的"经典",同时其强力影响又皆穿透时空,而"框架结构"的传播,则正是藉其"经典性"之光。而对于中国短篇白话小说的传统来说,《豆棚闲话》却远非"经典"之作。我们尽管一再称道其"框架结构"的独创性,以及其在运用"框架结构"方面所取得的成就,但是对于其中的绝大部分正文故事,我们却不敢恭维。除了善作翻案文章以外,它们的艺术水准平平。这样,由于它缺乏引人模仿所必不可少的"经典性",所以即使它独创性地采用了"框架结构",也势必不能对整个潮流发生什么影响,不能对推广"框架结构"作出什么贡献。这自然不免让人深感遗憾。① 中国短篇白话小说中的"经典"之作是《三言二拍》,如果冯梦龙或凌濛初能够采用"框架结构"的话,则后来的情况也许就会有所不同。

不过即使这样,我们仍钦佩艾衲居士敢于创新的勇气,并感谢他送给了我们这样一座有趣的"豆棚"。我们谨用这篇"强作解人"的拙文,来表达我们的钦佩和感激之意于万一。

---

① 清康熙年间,出现过一部戏曲集《三幻集》(其稿本今存北京图书馆),其中一部分名为《豆棚闲戏》,演根据《豆棚闲话》改编的介子推、西施及伯夷、叔齐等三个故事,据说演出时要求在戏台上搭一个豆棚。参见韩南《中国白话小说史》,尹慧珉译,第192页,第225页。《豆棚闲话》在清代的影响似仅限于此戏曲方面。

《坎特伯雷故事集》中铜马故事的东方来源

引 言

But, O, sad virgin, that thy power
... Call up him that left halftold
The story of Cambuscan bold,
Of Camball, and of Algarsife,
And who had Canace to wife,
That own'd the virtuous ring and glass,
And of the wondrous horse of brass
On which the Tartar king did ride ...

忧郁的贞女啊,我愿你能
……唤起那讲故事的诗人
他没讲完勇敢的成吉思汗、
成巴尔、阿尔加西夫的故事,
还有谁娶了肯纳茜做妻子,
(她有神奇的戒指和镜子),
以及什么样的黄铜的神马
(那曾是鞑靼国王的坐骑)……

这是英国17世纪诗人弥尔顿(John Milton,1608—1674)的诗篇《幽思的人》(Il Penseroso,1632)中的诗句。其中"讲故事的诗人"指的是英国诗歌之父乔叟(Geoffrey Chaucer,约1340—1400);成吉思汗(Cambuscan)、成巴尔(Camball)、阿尔加西夫(Algarsife)和肯纳茜(Canace),都是乔叟的名著《坎特伯雷故事集》(The Canterbury Tales,约1387—1400)中《侍从的故事》(The Squire's Tale)里的人物;①"戒指"(ring)、"镜子"(glass)、"黄铜的神马"(wondrous horse of brass),则都是故事中由阿拉伯和印度的君王派人送给成吉思汗(鞑靼国王)的礼物。《侍从的故事》是一个未完成的故事,所以,弥尔顿在他的诗中幻想让"忧郁的贞女"去"唤起"乔叟,让他把《侍从的故事》讲完。在弥尔顿之前,英国16世纪诗人斯宾塞(Edmund Spenser,1552—1599)曾尝试将此故事续完,即《仙后》(The Faerie Queene,1589,1596)第四卷第三章。斯宾塞之后,约翰·莱恩(John Lane)也续写了此故事,于1614至1615年获准出版,但直到1887年才由乔叟学会第一次印刷。②弥尔顿当然看不到莱恩的续作,但应该能看到斯宾塞的续作,而他仍然要起乔叟于地下讲完此故事,或许说明他对斯宾塞的续作并不满意。③"英国自乔叟以来,在文坛上所引起最大兴趣的一篇《坎

---

① 本文引用《坎特伯雷故事集》中译文均据方重译本(上海,上海译文出版社,1993年),故弥尔顿诗中人名亦相应采用该译本译法。
② 见本森(Larry D. Benson)编《河边版乔叟全集》(The Riverside Chaucer,Boston,Houghton Mifflin Company,1987年第三版)所收《坎特伯雷故事集》的《侍从的故事》之介绍。但此前鲁滨逊(F. N. Robinson)编《乔叟全集》(The Works of Geoffrey Chaucer,伦敦,牛津大学出版社,1957年第二版,1966年第一次印刷)又说该续作初印于1888年。不知孰是?也许是第三版对第二版的说法作了修正?
③ 斯宾塞写《仙后》有他自己的用意,整部作品有很强的象征意(转下页)

特伯雷故事》就是这个未完的传奇。"①

　　也许,正如人们无法替维纳斯安上那付断臂、替《红楼梦》写出符合曹雪芹原意的后四十回一样,人们也永远无法解开《侍从的故事》的结构和内容之谜;但是,根据其残存部分所提供的某些线索,对其可能有的结构和内容提出某种推测,则还是有可能的。

　　而其线索之一,便是其可能有的东方来源。②如故事中提到

（接上页)味。第四卷第三章只是从《侍从的故事》里借用了两个人名,即"Cambell"和"Canacee"兄妹,内容与原来的故事毫不相干,属于"借尸还魂"类型,难怪弥尔顿会径直无视过去。
① 乔叟《坎特伯雷故事》,方重译,第 203 页,译者注①。
② 关于这一点,方重认为:"关于故事中的东方色彩,乔叟大都取自《马可波罗游记》,可参读该书英译本卷二第十四章。"(方重译《坎特伯雷故事》,第 203 页译者注②)。方重的说法可能来自斯基特(Skeet),见鲁滨逊编《乔叟全集》第 717 页,但该编者并不同意斯基特的看法。范存忠的看法也与方重相反:"我们谈中国和英国的文化关系,可以从乔叟时期(1340—1400)谈起。乔叟写作坎特伯雷故事的时候,马可波罗那部有名的中国游记已在欧洲到处传诵了。乔叟的《侍从的故事》(The Squire's Tale)提到成吉思汗,不是没有原因的……但是必须指出,这里除了几个人名而外,东方的事物是不多的。故事的轮廓很像《高文爵士和绿衣武士》,那个骑马来到鞑靼可汗面前的武士就好像那个骑马来到亚瑟王圆桌前面的绿衣武士。故事里描绘武士的几个字眼如'年轻、活泼、坚强、善战',以及他带来的几样法宝,都是欧洲中世纪传奇文学中常用和常见的东西,并没有多少东方特色。很可能,乔叟听到过一些关于东方的传说,而在创作《侍从的故事》的时候,并没有参考马可波罗的中国游记。"(《中国文化在启蒙时期的英国》,上海,上海外语教育出版社,1991 年,第 1—2 页)。他自注此说所据为曼利(J. M. Manly)《马可波罗与〈侍从的故事〉》,载《美国近代语文学会会刊》(PMLA)第 11 卷,1896 年,第 349—362 页。但没有参考过马可波罗的中国游记,不等于没有别的东方来源。这几样宝物的确可以是欧洲中世纪传奇文学里常见的东西,但是欧洲中世纪传奇文学本身也深受东方文学的影响。一个骑士突然闯到一个宫廷宴会里来,这个情节也是欧洲中世纪传奇文学中常见的,《侍从的故事》有"骑士爱情"(courtly love)的特点,完全可以说乔叟只是信手拈来了一个常见的结构,却不能用故事结构(转下页)

的四件宝物,是来自"阿拉伯和印度的君王",送给成吉思汗及其女儿的。在某种意义上,可以认为宝物的来源也就是故事的来源。尤其是那匹"黄铜的神马",更是与阿拉伯的"乌木马",以及印度的"金翅鸟"、中国的"木鸟"("木鹊"、"木鸢"、"木鹤"、"木鹄"、"木雕"、"木鹅"、"木鸡")和"木马",有密切的关系。因而,铜马故事的来源也应该在东方。

本文欲按以下顺序循序探讨:首先是《侍从的故事》中的"铜马"与《一千零一夜》里的"乌木马"的相似性问题;其次是根据《一千零一夜》里的《乌木马的故事》,顺便提出我对《侍从的故事》中的铜马故事可能有的结构和内容的看法;接着继续往东追溯铜马故事及铜马的东方来源,将联系从西方一直链接到东方的波斯、印度与中国。

一

《侍从的故事》在《坎特伯雷故事集》中排第十一,由朝圣者中的武士之子、年轻的侍从所讲。这是一篇多部故事,应由四个小故事组成;但现在我们所能看到的,却只有两部,分别是一个故事引子和一个尚未讲完的小故事。

从结构上来看,第一部应是整个故事的引子,其梗概是:

(接上页)的非东方特色来否定故事情节的东方特色。长久以来欧美学界都认为,此故事虽不太可能来自于《马可波罗游记》(因为正如曼利所指出的那样,14 世纪时该书在英国还难得一见),但确实有很多可能性更大的东方来源。如鲁滨逊编《乔叟全集》所收《坎特伯雷故事集》的《侍从的故事》之介绍提到,克劳斯顿(W. A. Clouston)的《〈侍从的故事〉中的奇幻因素》(*Magical Elements in the Squire's Tale*,乔叟学会,1889 年)指出,其所搜罗的与此故事中的奇幻因素有关的佐证材料主要来自于东方文学。

在鞑靼国中萨雷① 地方曾有一个国王,称兵攻打俄罗斯,名叫成吉思汗(Cambyuscan)。他和王后爱尔菲达(Elpheta)生有两个儿子、一个女儿。长子叫阿尔加西夫(Algarsyf),幼子叫成巴尔(Cambalo),女儿最小,叫肯纳茜(Canacee)。成吉思汗在位的第二十年,在萨雷城中宣告,他的诞辰为每年三月十五日。生日那天,他开设华筵,进行庆祝。在上过第三道菜后,忽然从大厅的门里进来一个武士,他骑着一匹黄铜战马(steede of bras,即弥尔顿诗中提到的"黄铜的神马"),手中拿着一面宽大的玻璃镜(brood mirour of glas,即弥尔顿诗中提到的"镜子"),大拇指上带着一只金戒指(ryng of gold,即弥尔顿诗中提到的"戒指"),身旁挂着一把不带鞘的剑(naked swerd,弥尔顿诗中未提到)。他向国王和王后致敬,说自己是由阿拉伯和印度的君王派来向成吉思汗祝贺生日、赠送宝物的使者。然后他一一介绍了四件宝物的用途,它们使国王和公侯们惊奇不已。国王把那把不带鞘的剑和那面玻璃镜收了起来,把那只金戒指送给了女儿肯纳茜。故事第一部至此结束。

接着的第二部,讲的是肯纳茜戴着那只能使她听懂鸟语的神奇的金戒指,救活了一只因失恋而寻死的苍鹰的故事(故事尚未讲完)。《侍从的故事》完成的只有这两部。弥尔顿想要知道的,斯宾塞和莱恩试图续完的,就是此后将要发生的事。

对于此后将要发生的事,第二部末尾有一段话,提供了一些重要的线索:

现在我暂时放开肯纳茜,由她去看护苍鹰;也暂且不提

---

① 乔叟《坎特伯雷故事》,方重译,第 203 页,译者注②:"萨雷是当时鞑靼帝国(即中国元朝)西部的首都,位于伏尔加河畔,在十三四世纪时是欧洲头等华丽的城市。"

她的戒指,且候着一天苍鹰和她的情郎重圆,那时再来讲到雄鹰是如何痛改前非,正如古书所载,原来还是王子成巴鲁出面调停的结果。我要先讲一下许多战事,以及一些闻所未闻的奇迹。我将叙述成吉思汗如何攻克城池;再讲到阿尔加西夫如何与希渥朵拉结婚;他如何多次冒着危险,全靠那铜马得力;最后讲到成巴鲁在竞技场上为了肯纳茜同两个兄弟决战,才获得了肯纳茜。讲完这些之后,我才能回到苍鹰的事上来。①

由此可见,《侍从的故事》应是由四个小故事组成的:一个是肯纳茜救护苍鹰以及苍鹰所讲的故事(上述第二部即其开头部分),一个是成吉思汗攻克城池的故事,一个是阿尔加西夫与希渥朵拉结婚的故事,一个是成巴鲁娶肯纳茜的故事。这四个小故事,盖各与武士送来的一件宝物有关。故事中明确提到的,是阿尔加西夫故事与铜马有关,苍鹰故事与金戒指有关。没有明确提到但可以推测的,则是成吉思汗故事与剑有关,因为它"能戳穿厚如橡树的盔甲;受伤的人再也无法治愈,除非你饶恕他,在他伤处用剑的平面拍击;就是说,只有在原伤上用原剑平面重拍,那伤口才可合拢",大概在成吉思汗攻克城池时发挥过巨大作用。成巴鲁与肯纳茜的婚姻,则恐怕与玻璃镜有关,因为尽管玻璃镜的作用之一是"能显示袭击你国境或个人的任何敌人,简言之,它能为你分清敌友",但它的作用主要是"如有漂亮的女子将她的心交给了一个情郎,她能看见他的行动,他若有异心,就

---

① 乔叟《坎特伯雷故事》,方重译,第213页,译者注①:"成巴鲁既为肯纳茜的哥哥,当然不能和她结婚,但她的哥哥似乎叫成巴尔,所以可能不是一个人;但'他同两个兄弟决战',这句话也令人不解,曾引起许多学者的讨论。"

能看见他如何变心,如何求取新欢,以及他的一切诡计,镜中显得十分清楚,任何事也遮掩不了",而且武士是受托将它与金戒指一起送给肯纳茜的,所以,它肯定与肯纳茜的恋爱故事有关。这四个小故事应是相对独立而又各有联系的,它们各自与一件宝物结合在一起,构成了整个《侍从的故事》。从四件宝物的不同用途,它们与各个小故事的关系,以及第二部末的提示中,我们能够大致推测《侍从的故事》后面未完成部分的内容和整个故事的结构。

二

在"阿拉伯和印度的君王"送给成吉思汗的四件宝物中,我们特别感兴趣的是那匹铜马。那匹铜马外形像一匹真马:

> 这匹像日光一样照耀的铜马屹立院中……马身高大而宽长,配合得匀称,显出健壮的身材,有似伦巴底种;和一匹真马无异,那眼睛转动敏捷,好似亚浦利亚的骏马一样。人人都认为这匹马从头到尾没有丝毫缺陷,无论天工人力都无法予以增减。

但神奇的是它能够飞行:

> 这匹马能由你的意愿,在一天一夜之中,不论风晴雨雪,到处驰骋,决不伤人;你若愿同鹰一般高入云端,你尽可安然乘骑,即使睡着休息,也无妨碍,到了你所愿去之处,在转瞬间又可回来。造马的人熟谙其中巧妙;在他的创造过程中曾等待过许多星象的运转,他懂得许多魔幻的秘诀。

如果不知道其奥妙,任你怎样,都休想动它分毫:

的确,全不虚传,铜马站在地上像胶着的一般,再也动不了。无论用绞车或滑轮去拖,一动也不动;无人能猜透其中奥秘,这也是情理中事。

但通过神秘的机关和口令,它能被操纵自如:

武士拿起马缰,只见那马颠步舞动起来,他说道:"国王,不用絮说,只须在乘骑时把马耳中一只针转动……你应告诉它你愿去何国何地,到了之后,告诉它从空中降落,转动另一只针,全部机巧只在这一点,它自能服从你的意愿,安然停住。那时,即使全世界人要逼它移动,也不会挪动一步。或者你要它离你自去,只消转动这只针,它就立刻不知去向,谁也看不见,而回来时,不论是昼是夜,只要你一声吩咐……你何时要骑即何时可骑,并无任何麻烦。"

可以想象,这匹铜马出现在成吉思汗的宫廷中,会引起怎样的轰动:

他们看见铜马无不惊奇,自从奇马攻进特罗亚曾引起一度惊羡以来,还没有见过同样的事。

大家都惊异着想看它如何行动,尤其是一匹铜质的马。

他们对于铜马来历的猜测饶有意思,显示出他们缺乏这方面的知识准备:

他们想它一定是仙国的产品。众人议论纷纷,像蜂群一样,言人人殊,有多少头脑就有多少想法,他们背诵着古诗,说是像神话中的飞马,可用两翼腾空;或如古书所载希腊人击败特罗亚人时所用的大木马。有一个人说:"我心中有些害怕了,也许有战士们躲藏在内,阴谋着攻打我们这座城池。最好小心为是。"另一人低声向他的同伴道:"他胡说,我看这好像是魔术所形成,是在热闹场所演出的把戏。"
他们如是喋喋不休,各自推测,恰如无知之人,对于他无法
了解的事物,超出他的认识能力,因而只得胡思乱想起来。

在西方文学的传统中,所谓神奇的马,主要有两种,一种是古希腊神话中带翅的飞马,一种是特洛伊木马(不能飞),这两种马,是西方人所稔知的;但是,他们现在所见到的这匹铜马,却与它们迥然不同——不带翅却能飞,为他们闻所未闻,见所未见。所以,故事里成吉思汗宫廷中的人们(实际上可以看作是乔叟时代的英国人)在百思不得其解之余,只能认定它是"仙国的产品"。这就暗示我们:这匹铜马不是西方文学传统中所固有的,而是来自于遥远的"仙国"——也就是阿拉伯和印度的君王所在的东方。

三

在阿拉伯故事集《一千零一夜》里,有一篇《乌木马的故事》,其中的"乌木马",与"铜马"有异曲同工之妙。我们猜想,它应该就是铜马的"前身",也就是铜马所自来的原型。①

《乌木马的故事》的梗概是这样的:②

相传古代有一个非常有权势的波斯国王,膝下有一男三女。

---

① 鲁滨逊编《乔叟全集》所收《坎特伯雷故事集》的《侍从的故事》之介绍,参考约·鲍尔特(I. Bolte)和尤·波利夫卡(J. Polivka)编的《格林兄弟故事索引》第二卷(*Anmerkungen zu den Kinder-und Hausmärchen der Gebrüder Grimm*,Ⅱ,Leipzig,1915 年),认为阿尔加西夫与希渥朵拉的小故事似与《一千零一夜》中的《乌木马的故事》为同一类型。
② 本文引用《一千零一夜》中译文均据纳训译本,北京,人民文学出版社,1982—1984 年。

有一天，国王照例坐在宝座上治理国事，突然有三个哲人进宫来求见。他们一个手中拿着金乌鸦，一个手中拿着铜喇叭，一个手中抬着乌木马，要求把它们献给国王。这是三件各有特殊功用的宝物，三个哲人分别说明了它们的用途。经国王亲自试验后，金乌鸦和铜喇叭的用途得到了确认，国王按照它们各自主人的要求，把两个公主分别许配给了两个哲人。乌木马的主人也要求同样的赏赐，太子自告奋勇去试验。他骑上了乌木马，在哲人的指点下，让乌木马飞了起来。结果一飞飞到了萨乃奥五国，太子邂逅了美丽的公主。他请求萨乃奥五国王把公主嫁给他，并表示愿意为此跟国王的四万大军比武。但是第二天在众目睽睽之下，他却驾着乌木马逃之夭夭，飞回了波斯。但回到波斯以后，太子想念公主不已，于是又驾着乌木马，再次飞到萨乃奥五国。太子找到了公主，公主因思念太子，已卧床不起。太子带上公主，驾起乌木马，双双飞回波斯。不过他们没有直接回京城，而是降落在城外的御花园里，因为太子想要先禀告国王，然后举行隆重的欢迎仪式。然而等太子从京城回到御花园，公主却已不见了踪影，乌木马也不翼而飞。原来，那个造马的哲人正好在此，因为国王没有践约把公主许配给他，所以他怀恨在心，正伺机报复。他发现公主在此，便骗公主，说带她去见太子，一起骑上乌木马，一直飞到了希腊某地才降落。恰值希腊国王在此地打猎，把哲人、公主和乌木马都逮住了。公主在希腊国王面前控告哲人，希腊国王把哲人监禁了起来，把公主和乌木马带回了宫中，公主因思念太子而病倒。公主失踪以后，太子四处寻找，最后来到希腊。他听说了乌木马的事，于是设法见到国王，骗国王说能治百病。国王让他给公主看病，他趁此机会和公主约好逃跑。他骗国王把乌木马抬到郊外，在那儿他和公主骑上乌木马扬长遁去。他们回到波斯后，举行了婚礼，过起了幸福生活，直至白发千古。

乌木马可以说是故事中的主要道具,让我们来看一下它的具体情况。它是用象牙和乌木制造的,分量比较轻,可以用手来搬动,收藏或安置很容易;它形状灵活,结构精巧,精致美好,雄壮可爱;"它能带着骑它的人飞向他要去的地方",且可以随意降落在平地或屋顶上;操纵它的机关是一些钉子和枢纽,不得要领便无法使它飞起来:

> 得了国王的许可,太子一跃骑上乌木马,摇动着两脚,马儿却站着一动也不动。他嚷道:"哲人!你夸口说马儿能带着骑它的人飞跑,可是它怎么一动也不动呀?"
>
> 哲人听了太子质问,迅速走过去,指着马身上一颗突出的钉子给他看,说道:"捏着它吧。"太子伸手一捏钉子,马儿便震动起来,带着他向上飞腾,继续不停地升到高空,一直高到看不见地面……
>
> 他转着眼睛仔细观察马身,看来看去,终于发现马肩下左右各突出公鸡头似的一颗枢纽。他暗自想到:"除了这两个突出的枢纽外,没有其他别的东西。"于是伸手捏住右面的枢纽,只见马儿飞得更高更快,便立刻撒手。接着试验左面的枢纽,出乎意料之外,才捏住枢纽,马儿飞行的速度便逐渐减低,慢慢向下降落,致使他的生命有了保障。

乌木马能够飞起来的奥秘,在于"开动了升腾的枢纽,马儿便震动蹦跳起来,一会儿,腹中充满空气,便向上升腾,一直飞入云霄",即利用了空气的浮力。在不明究竟的人眼里,它充满了神奇色彩,被认为是魔术师的造物。故事最后,"国王爱子心切,为了避免发生其他意外,毁了乌木马,断绝后患",看来他也认定"奇器乃不祥之物"。

四

　　显而易见,铜马和乌木马是非常相似的:它们都不是真马,而是人造的马,但都非常逼真,让人倍感神奇;它们的制造者都是奇人,铜马的制造者是一个"懂得许多魔幻的秘诀"的人,乌木马的制造者是一个"聪明能干的哲人学士"——在阿拉伯,哲人学士也是懂得星象和魔幻的秘诀的人;它们都由别人献给国王,国王都在大厅里接受它们;它们都能高飞,且速度极快;它们都有一些机关,或供人起动它们,在铜马是须另外保管的马缰,在乌木马是一颗突出的钉子;或供人操纵它们飞行,在铜马是耳朵里的两只针,在乌木马是肩下的两只枢纽,都是一只管升腾,一只管下降;不知道机关,便都不能起动或操纵它们……

　　当然,它们也有不同之处:铜马的奉献者来自遥远的东方,他是使者而非制造者,乌木马的奉献者来自本国,他同时也是制造者;它们的材质不同,铜马或如弥尔顿所说,是用"黄铜"做的,乌木马则是用象牙和乌木做的;因材质不同,分量也就不同,所以乌木马抬得动,铜马抬不动;乌木马因此很容易安置和收藏,铜马则可通过转动一只针,而使它自动离去;乌木马的内部是空心的,飞腾时充满了空气,铜马则未见有此特征;骑手能在铜马背上睡觉而不摔下来,乌木马则没有这种本事,若两个人骑还要用带子紧紧地绑起来;铜马的眼睛会转动,乌木马则不能;铜马通晓人语,可以用口令操纵,乌木马则不懂人语,纯靠机关操纵;铜马能随主人的意愿消失或出现,乌木马则要靠人来搬动;铜马既能高飞,又能骑着走,堪称空陆两用马,乌木马却只能高飞,不能骑行,类似"直升飞机"……

凡此种种不同之处，除了部分是由于材质不同而造成的外，大都是因为铜马的"进化"程度更高，比乌木马更为先进，因而本事自然就更大。这种种的不同和进化之处，并不影响它们本质上的相似性，而是可以理解为乌木马从阿拉伯飞到英国的路上所发生的变异。当然其中也应有乔叟本人的加工，也许正是他把乌木马变成了铜马。总之，我们从英国铜马的身上，分明可以看出阿拉伯乌木马的影子。

除了铜马与乌木马的相似性以外，两个故事的结构和内容也很相似。比如，铜马与乌木马都是由别人献给国王的，而国王都是在大厅里接受它们的；尽管宝物不同，献赠的人数也不一样，但"国王接受献宝"这一开场都是一样的；向国王献赠的宝物都不止一件，而是都有多件，它们被分赠给国王的几个孩子；这些献给国王及其孩子的宝物，特别是其中的马，后来都曾发挥过巨大的作用，成为故事的主要道具和线索。然而，这一切都还是次要的，最重要的相似之处是，铜马与乌木马都是能上天的神马，故事中的两个青年王子都是靠它找到了自己的爱人。

铜马和乌木马既是如此的相似，铜马的作用也与乌木马完全相同，铜马故事的主题又是"再讲到阿尔加西夫如何与希渥朵拉结婚；他如何多次冒着危险，全靠那铜马得力"，与《乌木马的故事》的"波斯王子骑着木马克服重重困难去追求公主"的主题完全相同，则我们自然有理由相信，铜马故事的原型就是《乌木马的故事》，乔叟是根据《乌木马的故事》来写铜马故事的。

在从《乌木马的故事》到铜马故事的变异过程中，骑着会飞的神马寻找爱人的主题，自会有细节各不相同的表达；但在铜马故事失传的情况下，按照《乌木马的故事》的情节，来推想铜马故事的原貌，虽说是不得已之举，但却是切实可行的，相信虽不中亦不远。我不知道尝试将此故事续完的斯宾塞和莱恩，当初是否知道有《乌木马的故事》这么一个阿拉伯故事，知道可以从那里去寻找铜马故事的原型；如果今天还有英国人想步斯宾塞和莱恩的后尘，再度续写《侍从的故事》，我愿意把《乌木马的故事》推荐给他。

五

我们推测铜马故事的原型就是《乌木马的故事》，那么，这是可能的吗？我们认为这是可能的。

《坎特伯雷故事集》里的许多故事都是有来历的，作者或翻译，或改写，把它们熔铸在这部书中。据方重中译本注可知，《武士的故事》是以薄伽丘（Giovanni Boccaccio，1313—1375）的长篇宫闱式史诗《苔塞伊达》（Teseide，1339）为原型改写的；《律师的故事》是中古时代通行的传奇式故事，取材于作者之前半个世纪一个英法传记作家的作品；《学者的故事》的蓝本可能是民间相传的一篇童谣式记载，它曾由彼特拉克（Francesco Petrarca，1304—1374）从意大利文译为拉丁文（也有可能源出于薄伽丘的《十日谈》）；《女修道士的故事》取材于"中世纪流传各国的一种民间传说"；《梅利比的故事》"是作者乔叟的一篇散文译作，原文是法文，而法文原作又是依照十三世纪一个意大利法官用拉丁文所写《训子篇》而作"；《僧士的故事》中，"乌格林诺伯爵的故事取自但丁的《神曲·地狱篇》第三十三节，是十三世纪意大利比萨的一段史迹，乔叟自己却认为这些事迹乃取自薄伽丘的《名人遭厄记》"；《女尼的教士的故事》"其最初的来源是伊索寓言中公鸡和狐狸的故事，乔叟可能得自最受称颂的长篇禽兽史诗《狐狸雷纳先生》",等等。①

尤其值得注意的是,《坎特伯雷故事集》与《十日谈》(Il Decameron,1348—1353)有密切关系。乔叟相当熟悉薄伽丘的《十日谈》,《坎特伯雷故事集》中,有许多篇故事源出于《十日谈》。如《管家的故事》源出于《十日谈》第九天故事第六,《学者的故事》源出于《十日谈》第十天故事第十,《商人的故事》源出于《十日谈》第七天故事第九,《自由农的故事》自称取材于古代不列颠人的弹唱,实则源出于《十日谈》第十天故事第五,《船手的故事》源出于《十日谈》第八天故事第一,等等。此外,《坎特伯雷故事集》之采用"框架结构",恐怕也是受了《十日谈》的影响。②凡此俱可见乔叟受《十日谈》的影响之深。

与此同时,《十日谈》又与《一千零一夜》有密切关系,一般认为,《一千零一夜》等古东方故事集是《十日谈》的重要材源之一。我们看《十日谈》第一天故事第五和第七天故事第六,分别来源于《一千零一夜》中《国王太子和将相妃嫔的故事》中第一个大臣所讲的《宰相夫人的故事》和第四个大臣所讲的《侍卫和泼妇的故事》,便可明白此说不虚。此外,《十日谈》之采用"框架结构",恐怕也是受了《一千零一夜》的影响。③我们有理由认为,通过《十日谈》的中介,《坎特伯雷故事集》也应间接地受到了《一千零一夜》的影响。

此外,更有直接的证据表明,《坎特伯雷故事集》也曾直接地受到过《一千零一夜》的影响,其中有直接取材于《一千零一夜》的故事,那就是《伙食经理的故事》。该故事讲一个嫉妒心很重

---

① 参见方重译《坎特伯雷故事》译者注中有关各故事的说明,见第22页、第92页、第159页、第259页、第271页、第309页、第326页。
② 参见本书所收拙文《〈豆棚闲话〉:中国古典小说中的框架结构》。
③ 参见本书所收拙文《〈豆棚闲话〉:中国古典小说中的框架结构》。

的丈夫用一只饶舌的乌鸦监视妻子，可最后聪明的妻子却巧妙地让丈夫杀死了这只乌鸦。该故事与《一千零一夜》里《国王太子和将相妃嫔的故事》中第一个大臣所讲的《商人夫妇的故事》内容完全一样。《十日谈》第一天故事第五取材于《一千零一夜》中《国王太子和将相妃嫔的故事》中第一个大臣所讲的《宰相夫人的故事》，却未取材紧接其后的《商人夫妇的故事》，可见这是《坎特伯雷故事集》直接从《一千零一夜》中取材的。

既然《坎特伯雷故事集》直接间接地受到过《一千零一夜》的影响，既然《伙食经理的故事》是直接取材于《一千零一夜》的，则《侍从的故事》里的铜马故事，自然也有可能取材于《乌木马的故事》。考虑到《坎特伯雷故事集》乃是一部包容各时代、各地区故事的"故事集"，则其中会有来源于阿拉伯的故事，也就是不难理解的了。

以《一千零一夜》为结晶的阿拉伯故事，在10至14世纪前后，盛传于亚、欧、非三大洲的交会处，并向四方辐射，影响了世界各国的文学。十字军的屡次东征，成吉思汗的西征，都曾将东方的物质和精神文明带入西方，其中也包括阿拉伯的故事，如《一千零一夜》之类。《乌木马的故事》大概也是在这时候传入欧洲、传入英国的。《侍从的故事》里的主人公是成吉思汗（及其儿女），地点是鞑靼帝国（中国元朝）西部首都萨雷（伏尔加河畔），他正向西"称兵攻打俄罗斯"，使者及宝物来自阿拉伯与印度，这都暗示了这个故事的东方来源。印度、阿拉伯→鞑靼帝国（中国元朝）西部首都萨雷（伏尔加河畔）→俄罗斯→英国，这大概正是当时东方文明影响西方的途径，也是木马故事由东到西的路线。

当然，《侍从的故事》与《乌木马的故事》并不完全相同。毋宁说，《乌木马的故事》只是《侍从的故事》的部分原型，亦即是其中铜马故事的原型。至于其他部分的原型，则应该有别的来源，并同样有可能来源于东方。如果我们能够找到另外三件宝物的来源,以及另外三个小故事的来源,那么加上《乌木马的故事》,我们就能重构《侍从的故事》。

受《乌木马的故事》影响的,其实并不仅限于《侍从的故事》中的铜马故事,中国维吾尔族中流传的民间故事《木马》,内容情节与《乌木马的故事》几乎完全一样,学者们认为是脱胎于《乌木马的故事》的,这是因为维吾尔族的民间文学深受阿拉伯伊斯兰文化的影响。① 另外,蒙古族中流传的有关马头琴起源的传说中,有一匹来自西方(阿尔泰地区)公主(女神/龙女)的长着翅膀会飞的神马,歌手那木吉拉夜夜骑着它与公主(女神/龙女)相会。② 从神马的来历、功能及故事的内容等来看,估计又是受维吾尔族《木马》故事影响的产物(只有"翅膀"是新的变异)。

六

但是,收有《乌木马的故事》的阿拉伯故事集《一千零一夜》,还远不是铜马故事东方来源的东端终点。

《乌木马的故事》中有一点值得注意,那就是故事发生的场所,并不是在阿拉伯,而是在波斯,主人公是波斯太子,乌木马是献给波斯国王的。这说明了什么呢? 我们认为,这暗示了这个

---

① 《木马》,达吾提·欧络格来伊讲述,新疆文联整理,收入维吾尔民间故事集《一棵石榴树的国王》,北京,作家出版社,1956 年。参见刘守华《"木鸟"——一个影响深远的民间科学幻想故事》,载《民间文学》1981 年第 5 期,第 90—99 页;又见刘守华《〈一千零一夜〉与中国民间故事》,载张隆溪、温儒敏选编《比较文学论文集》,北京,北京大学出版社,1984 年,第 261—272 页。
② 参见陈岗龙、张玉安等著《东方民间文学概论》第四册,北京,昆仑出版社,2006 年,第 368—370 页。

故事原本可能是波斯故事,后来才被收入《一千零一夜》,从而被视为阿拉伯故事的。

《一千零一夜》的形成史足以支持这种设想。在《一千零一夜》出现之前,波斯已有一部故事集,那就是《一千个故事》。它是用巴列维文(中古波斯文)写就的,于9世纪被译成阿拉伯文。阿拉伯文学史家普遍认为,《一千零一夜》主要取材于《一千个故事》。也就是说,在《一千零一夜》里包含了许多波斯故事。《乌木马的故事》原来可能在《一千个故事》里,然后才进入了《一千零一夜》。那么,铜马故事的东方来源,就不止是阿拉伯故事集《一千零一夜》,而应是波斯故事集《一千个故事》。因而,在阿拉伯故事之前,还应有一个环节,那就是波斯故事。

同样,波斯故事集《一千个故事》也还不是铜马故事东方来源的东端终点,因为《一千个故事》也不是一部纯粹的波斯故事集,而是受到印度故事集《五卷书》(Pañcatantra)影响的产物。《五卷书》曾西传波斯,约于570年被译成巴列维文。《一千个故事》受其影响,收入了许多印度故事。与《乌木马的故事》有关的,是《五卷书》第一卷第八个故事中的《金翅鸟》故事(原无故事名,现故事名为后人所加),它可能是《乌木马的故事》的印度原型。

《金翅鸟》故事的梗概是这样的:①

在瞿吒地区有一座城市,那里住着两个朋友,一个是织工,一个是车匠。有一次,他们在城里游玩,看见了国王的女儿,织工立刻坠入了情网,却又无计可施。为了帮助织工朋友,车匠造了一只机器金翅鸟,让织工骑着它飞入后宫,冒充神灵,与公主

---

① 本文引用《五卷书》中译文均据季羡林译本,北京,人民文学出版社,1959年。

幽会。后来,有外敌入侵,织工借神灵之力,打败了外敌,享受了胜利的光荣,同公主在一起享尽了一切荣华富贵。

与《乌木马的故事》相比,几个关键的情节都很相似。如男主人公也是凭借木鸟飞入王宫,得到了美丽的公主的爱情;也有外敌入侵、与外敌交战的情节;最后也是"有情人终成眷属"的大团圆结局。当然,与《乌木马的故事》相比,《金翅鸟》故事的情节没有那么曲折,描写没有那么细致,结构没有那么复杂。

《金翅鸟》故事中的金翅鸟,是"一只用木头制成的、用各种各样的颜色涂抹得花花绿绿的、用一片木楔推动着自己能够飞的、新拼凑成的机器金翅鸟……你骑上去,转动那一个木头楔子,你愿意到什么地方去,它就会飞到什么地方去。你在什么地方把这个楔子拔出来,这一架机器就停在什么地方"。显然,除了"鸟"与"马"的区别以外,金翅鸟与乌木马其实很像,都是用木头制作的,并且都用机关来操纵。

如上所述,《金翅鸟》故事亦是一个浪漫的爱情故事,其情节与《乌木马的故事》相类;金翅鸟所具有的神奇功能,亦与乌木马相似(虽然形态上有"鸟"与"马"的区别)。这种相类与相似,可能都是因为《金翅鸟》故事是《乌木马的故事》的原型(或是原型之一)。

而与《乌木马的故事》相类,其实也就是与铜马故事相类;与乌木马相似,其实也就是与铜马相似。这样,铜马故事的东方来源,就应再追溯到印度的《金翅鸟》故事。因而,在波斯故事之前,应再加上一个环节,那就是印度故事。

受《金翅鸟》故事影响的,其实不限于《乌木马的故事》,中国藏族中流传的民间故事《金翅鸟》、《六弟兄》、《六个义兄弟的旅行》等,内容情节与《金翅鸟》几乎完全一样,学者们认为是脱胎于《金翅鸟》的,这是因为藏族的民间文学曾深受印度佛教文化的影响。①

七

不过,铜马故事东方来源的东端终点,似乎还可以往东追溯。人造的会飞的"木鸟"或"木马",以及与之有关的故事,不仅出现在印度,也出现在中国。据刘守华及季羡林的介绍,在中国的古籍中,也留下了关于这种"木鸟"("木鸢"、"木鹤")的记载和传说;在中国的这里那里,还流传有关于这种"木鸟"(或"木马")的民间故事。前者如《鲁般作木鸢》(唐段成式《酉阳杂俎》续集卷四引唐张鷟《朝野佥载》。原无标题,现标题为后人所加。《太平广记》卷二二五"伎巧"一引《酉阳杂俎》作《鲁般》):

> 鲁般者,肃州敦煌人,莫详年代,巧侔造化。于凉州造浮图,作木鸢,每击楔三下,乘之以归。无何,其妻有妊,父母诘之,妻具说其故。父后伺得鸢,击楔十余下,乘之遂至吴会。吴人以为妖,遂杀之。般又为木鸢乘之,遂获父尸。怨吴人杀其父,于肃州城南作一木仙人,举手指东南,吴地大旱三年。卜曰:"般所为也。"赍物具千数谢之,般为断一手,其日吴中大雨。国初,土人尚祈祷其木仙。

又如《襄阳老叟》(《太平广记》卷二八七"幻术"四引唐李隐《潇湘记》):

---

① 《金翅鸟》,流传于西藏林芝县,昂旺卓玛讲述,张西申译,收入《藏族民间故事选》,上海,上海文艺出版社,1980年;《说不完的故事》的第一个故事《六弟兄》,朝群译,载《西藏文艺》1980年第1期;《六个义兄弟的旅行》,萧崇素搜集整理,收入藏族民间故事集《奴隶与龙女》,北京,中国少年儿童出版社,1957年。这三篇藏族故事是同一作品的异文,均源出于藏族民间故事集《说不完的故事》中的第一个故事。参见刘守华《"木鸟"——一个影响深远的民间科学幻想故事》。

唐并华者,襄阳鼓刀之徒也。尝因游春,醉卧汉水滨。有一老叟叱起,谓曰:"观君之貌,不是徒博耳。我有一斧与君,君但持此造作,必巧妙通神。他日慎勿以女子为累!"华因拜受之。华得此斧后,造飞物即飞,造行物即行;至于上栋下宇,危楼高阁,固不烦余刃。后因游安陆间,止一富人王枚家。枚知华机巧,乃请华临水造一独柱亭。工毕,枚尽出家人以观之。枚有一女,已丧夫而还家,容色殊丽,罕有比伦。既见,深慕之。其夜乃逾垣窃入女之室。其女甚惊,华谓女曰:"不从,我必杀汝!"女荏苒同心焉。其后每至夜,窃入女室中。他日,枚潜知之,即厚以赂遗华。华察其意,谓枚曰:"我寄君之家,受君之惠已多矣,而复厚赂我。我异日无以为答,我有一巧妙之事,当作一物以奉君。"枚曰:"何物也?我无用,必不敢留。"华曰:"我能作木鹤,令飞之。或有急,但乘其鹤,即千里之外也。"枚既尝闻,因许之。华即出斧斤,以木造成飞鹤一双,唯未成其目。枚怪问之,华曰:"必须君斋戒,始成之,能飞;若不斋戒,必不飞尔。"枚遂斋戒。其夜,华盗其女,俱乘鹤而归襄阳。至曙,枚失女,求之不获。因潜行入襄阳,以事告州牧。州牧密令搜求,果擒华。州牧怒,杖杀之。所乘鹤亦不能自飞。

后者如至今还流传于河北的《木鸟》故事,流传于秭归的《木马的故事》等。[①]从时间上考虑,后者似源出于前者。如流传于河北

---

① 《木鸟》,甄茂枢搜集整理,载《民间文学》1980 年第 5 期;《木马的故事》,梅云归搜集整理,载秭归县文化馆 1980 年 12 月编印的《秭归民间故事》。参见刘守华《"木鸟"——一个影响深远的民间科学幻想故事》。

的《木鸟》故事,"情节和《鲁般作木鸢》完全一样……显然脱胎于《鲁般作木鸢》"①。当然,也有可能互相影响,互为源流。

无论是前者还是后者,其中都出现了人造的会飞的"木鸟"("木鸢"、"木鹤")或"木马",其所具有的神奇功能,亦与金翅鸟、乌木马、铜马等相仿;只是故事内容略有差异,并不都是浪漫的爱情故事。

比如,试将《鲁般作木鸢》、《襄阳老叟》与印度的《金翅鸟》故事比较,可以看到它们有很多相似之处。如其中都有一只机器鸟,都是木制的,都由木工制作(车匠也可以说是木工),都用木楔来操纵(《襄阳老叟》中虽未明言,但想必亦应如是),骑着它都能想去哪里就去哪里,故事的主题都与"幽会"有关(鲁般与妻相会而父母不知,也类似于"幽会"),等等。当然,不同之处也有不少。如金翅鸟上涂有花花绿绿的颜色(木鸢和木鹤上没说有),《金翅鸟》故事情节更为曲折生动,《金翅鸟》故事更具浪漫色彩,《金翅鸟》故事以大团圆结尾,等等。

那么,《鲁般作木鸢》、《襄阳老叟》又是什么时候出现的呢?据刘守华的意见,它们应形成于隋代,甚至更早。先看《鲁般作木鸢》:

> 唐人笔下的《鲁般作木鸢》,不单纯是作为口头故事流传,还和某些民间习俗关联着。"国初,土人尚祈祷其木仙。"既然唐初民间还保留着祈祷与木鸟故事有关的出于鲁班之手的木仙人的习俗,这种习俗的形成时间显然早得多;再联系到故事里说鲁班是在凉州造浮图(佛塔)的匠人,这类佛教工程,在北朝盛极一时,隋代仍在继续。故事的形成

---

① 参见刘守华《"木鸟"——一个影响深远的民间科学幻想故事》。

时间很可能在隋代甚至更早。

而《襄阳老叟》呢？"大体上是同一时期出现的"：

> 那位赠神斧的老汉没有姓名，实际上是中原地区的鲁班。我们可以把这个故事作为《鲁般作木鸢》的姊妹篇来看待。①

然而，此故事开头明明说"唐并华者"，可见已为唐代故事，应迟于《鲁般作木鸢》。又，《鲁般作木鸢》故事最后又云：

> 六国时，公输般亦为木鸢以窥宋城。

显然，故事记载者认为，鲁般与公输般是两个人，不仅不同时代，不同地域，而且不同故事。这是民间故事常会有的"张冠李戴"。不过由此正好说明，《鲁般作木鸢》应是一个"近代"故事，与"六国时……"的"古代"故事不同。这个"近代"，便应是"隋代甚至更早"，但不应早于先秦秦汉。

至于中国和印度的木鸟故事孰先孰后，则大致存在着两种意见。一种是季羡林的意见，认为二者"出自同源"，实则是中国故事源出于印度故事：

> 《五卷书》第一卷第八个故事讲的是一个织工装成了毗搜纽的样子，骑着木头制成的金翅鸟飞到王宫里去，跟公主幽会。同样一个故事，用另外一种形式，也出现在中国的《太平广记》二八七里……故事虽然改变了一些，但是《五卷书》故事里所有的基本东西，这里都有。很可能是出自同源。②

---

① 参见刘守华《"木鸟"——一个影响深远的民间科学幻想故事》。
② 季羡林《五卷书译本序》，载《五卷书》中译本卷首，第 16—17 页；后又收入《中印文化关系史论文集》，北京，三联书店，1982 年，第 429—430 页。

另一种是刘守华的意见,认为印度故事源出于中国故事。他以《墨子·鲁问》、《论衡·儒增篇》、张鹭《朝野佥载》、《太平广记》卷二八四引《异苑》、伪托梁任昉著《述异记》、《古今图书集成·考工典》引《文士传》等为例,说明中国早就有了会飞的木鸟,从而中国故事应早于印度故事:

> 我却以为印度的这个故事源于中国的鲁班故事。主要理由是:鲁班造木鸟的故事在中国源远流长,不仅在唐代已构成生动完整的情节,而且在唐以前直至公元前的战国时期,就有许多记载……从鲁班造木鸟的故事深深扎根于我国民间的情况来看,它不可能是从印度和波斯传入的……故事是说鲁班是肃州敦煌人,是在那一带从事佛教建筑工程的一位巧匠,敦煌是古代由中国通往西域各国的"丝绸之路"的要冲。这个细节给我们提供了一条重要线索。关于鲁班造木鸟的故事,大概就是在唐代中国同印度、波斯之间频繁的文化交流中,由"丝绸之路"传到印度和波斯的。经过当地人们的加工改造,又以新的面貌,随着宗教文化,再分别传入我国的藏族、傣族和维吾尔族中间来,演变成现在的样子。①

八

的确,中国自古以来便流传有许多有关木鸟或木马的传说,我对此曾作过较为广泛的调查,找到了许多饶有意思的史料。这里再加上季羡林、刘守华等人提供的史料,我们尝试作一个综

---

① 参见刘守华《"木鸟"——一个影响深远的民间科学幻想故事》;同样的看法又见其《〈一千零一夜〉与中国民间故事》。

合性的介绍。

最早的记载出现于春秋战国时期。如《墨子·鲁问》载：

> 公输子削竹木以为鹊,成而飞之,三日不下,公输子自以为至巧。子墨子谓公输子曰:"子之为鹊也,不如匠之为车辖。须臾刘三寸之木,而任五十石之重。故所为功,利于人谓之巧,不利于人谓之拙。"

《墨子》不重文采,多记实事,此记亦当属实。这是鲁班作木鹊的最早记录,也是中国关于木鸟的最早记载。①

后人多相信此事。如东汉人王充(27—约97)质疑一切,却相信"木鸢"("木鹊")能飞。其《论衡·乱龙篇》云：

> 鲁般、墨子刻木为鸢,蜚之三日而不集,为之巧也。

其《儒增篇》对"飞之三日而不集"百般质疑,但对木鸢能飞则信而不疑：

---

① 在这里,墨子是批评鲁班的这一行为的,不过,在后来的流传过程中,却误传为墨子作木鸢,或鲁班、墨子同作木鸢。前者如《韩非子·外储说左上》："墨子为木鸢,三年而成,蜚一日而败。弟子曰:'先生之巧,至能使木鸢飞。'墨子曰:'吾不如为车輗者巧也,用咫尺之木,不费一朝之事,而引三十石之任致远,力多,久于岁数。今我为鸢,三年成,蜚一日而败。'惠子闻之曰:'墨子大巧,巧为輗,拙为鸢。'"《列子·汤问篇》"墨翟之飞鸢"晋张湛注："墨子作木鸢,飞三日不集。"《抱朴子·应嘲篇》："墨子刻木鸡以戾天,不如三寸之车辖。"《文选·长笛赋》李善注："按墨子削竹以为鹊,鹊三日不行。"后者如《淮南子·齐俗训》："鲁般、墨子以木为鸢,而飞之三日不集,而不可使为工也。"《论衡·乱龙篇》："鲁般、墨子刻木为鸢,蜚之三日而不集,为之巧也。"《论衡·儒增篇》："儒书称鲁般、墨子之巧,刻木为鸢,飞之三日而不集。"其中又有"木鹊"、"木鸢"、"木鸡"等等不同。参见孙诒让《墨子间诂》卷十三《鲁问第四十九》。至《渊鉴类函》卷四二六引《淮南子》,则又作"木鹅"："鲁般、墨子以木为鹅,而飞三日(不)集,而不可使为工也。"

> 儒书称鲁般、墨子之巧,刻木为鸢,飞之三日而不集。夫言其以木为鸢飞之,可也;言其三日不集,增之也。夫刻木为鸢,以象鸢形,安能飞而不集乎?既能飞翔,安能至于三日?如审有机关,一飞遂翔,不可复下,则当言遂飞,不当言三日。犹世传言曰:"鲁般巧,亡其母也。"言巧工为母作木车马、木人御者,机关备具,载母其上,一驱不还,遂失其母。如木鸢机关备具,与木车马等,则遂飞不集;机关为须臾间,不能远过三日,则木车等亦宜三日止于道路,无为径去以失其母。二者必失实者矣。

盖王充认为能飞实有其事,而"飞三日"则较为夸张;对木鸢之工作原理,王充似尤感兴趣。

其实,与王充同处东汉而稍后的大科学家张衡(78—139),已再一次成功地试制成了木鸟。《后汉书·张衡传》载其文《应间》云:

> 有间余者曰:"……参轮可使自转,木雕犹能独飞,己垂翅而还故栖,盍亦调其机而铦诸?"

李贤注曰:"间者言衡作三轮、木雕,尚能飞、转,己乃垂翅故栖,何不调其机关使利而高飞邪?"意思是有人讽刺张衡巧于造物,而拙于仕宦,亦即下文"应之曰"的"子睹木雕独飞,愍我垂翅故栖"之意。从中可见张衡确曾制作过形状像老鹰的木鸟,且可以用机关来操纵其高飞。后来,《太平广记》卷七五二引《文士传》云:

> 张衡尝作木鸟,假以羽翮,腹中施机,能飞数里。

指的大概就是这件事情。明欧大任《竹西十一子赋别序》(明贺复征编《文章辨体汇选》卷三五六)中的"运精期木雕之自飞",用的大概就是这个典故。"很可能张衡就是按照过去关于鲁班削竹木为鹊的传说进行这种试验的。既然鲁班的传说能引起王充的注意,'善机巧'的张衡加以试验是不足为奇的。"①

六朝时也流传有这类传说。如南朝宋刘敬叔(约390—470)《异苑》云:

> 魏安釐王观翔雕而乐之,曰:"寡人得如雕之飞,视天下如芥也。"吴客有隐游者闻之,作木雕而献之王。王曰:"此有形无用者也。夫作无用之器,世之奸民也。"召隐游,欲加刑焉。隐游曰:"臣闻大王之好飞也,故敢献雕,安知大王之恶此也。可谓知有用之雕鸟,未悟无用之雕鸟也。今臣请为大王翔之。"乃取而骑焉,遂翻然飞去,莫知所之。②

吴客隐游盖亦鲁般、张衡一类能工巧匠,也能制作形状像老鹰的木鸟。可惜没看清对象,马屁拍到马脚上,不仅没得到奖赏,反而差点受刑。好在他脑筋转得快,急中生智,随机应变,脱离了险境。最后他骑木雕逃脱的情节,与后来的《襄阳老叟》故事已很像了。

北朝则流传有会飞的"木马"传说。北齐魏收(505—572)《魏书》(554)卷五二《段承根传》云:

> 段承根,武威姑臧人,自云汉太尉颎九世孙也。父晖,字长祚,身长八尺余,师事欧阳汤,汤甚器爱之。有一童子,

---

① 参见刘守华《"木鸟"——一个影响深远的民间科学幻想故事》。
② 唐宋间各种类书及笔记,如《艺文类聚》卷九十"鸟"部上"鹤"条引《异苑》、《太平广记》卷二八四"幻术"一"客隐游"条引《异苑》、《太平御览》卷九一六"羽族部"三"鹄"条引五代蜀杜光庭《录异记》等,都引到了这个故事。惟文辞稍有出入,多无"臣闻大王之好飞也,故敢献雕,安知大王之恶此也"之语;又,"雕"或作"鹄"。

与晖同志。后二年,童子辞归,从晖请马。晖戏作木马与之。童子甚悦,谢晖曰:"吾太山府君子,奉敕游学,今将欲归。烦子厚赠,无以报德。子后位至常伯,封侯。非报也,且以为好。"言终,乘木马腾空而去。

此木马不过是"戏作",能否飞并未言明;太山府君子"乘木马腾空而去",不知是此木马本来就能飞,还是太山府君子有神力能使之飞?但不管怎么说,6世纪时的中国,已有会飞"木马"的传说。①

唐宋时这类传说也很多。除了上文提到的《鲁般作木鸢》、《襄阳老叟》等以外,还有两个相关的传说。一个是六国时公输

---

① 除了这里的木马,以及下文道教传说中的木马以外,在古代文献里,还可以看见另外几种木马。《南史》卷五《齐本纪下第五》云:"(齐东昏侯)始欲骑马,未习其事,俞灵韵为作木马,人在其中,行动进退,随意所适,其后遂为善骑。"此木马似是"机关马","人在其中",类似于开汽车,但大概不能飞。《太平广记》卷三三八"鬼"二三"高励"条引《广异记》云:"高励者,崔士光之丈人也。夏日,在其庄前桑下,看人家打麦。见一人从东走马来,至励再拜,云:'请治马足。'励云:'我非马医,焉得疗马?'其人笑云:'但为胶黏即得。'励初不解其言。其人乃告曰:'我非人,是鬼耳。此马是木马,君但洋胶黏之,便济行程。'励乃取胶煮烂,出至马所,以见变是木马,病在前足,因为黏之。送胶还舍,及出,见人已在马边,马甚骏。还谢励讫,便上马而去。"此马乃鬼之坐骑,本为木质,而能变马形,不言能飞,但要亦有神通。托名晋陶潜之六朝故书《搜神后记》卷三(《太平广记》卷三二二"鬼"七"远学诸生"条引《续搜神记》、唐释道世《法苑珠林》卷一一六引《续搜神记》略同)云:"宋时有诸生远学。其父母燃火夜作,儿忽至前,叹息曰:'今我但魂尔,非复生人。'父母问之,儿曰:'此月初病,以今日某时亡。今在琅邪任子成家,明日当殓,来迎父母。'父母曰:'去此千里,虽复颠倒,那得及汝?'儿曰:'外有车乘,但乘之,自得至矣。'父母从之,上车若睡。比鸡鸣,已至所在。视其驾乘,但柴车木马。遂与主人相见,临儿悲哀。问其疾消息,如言。"(他本"柴车"或作"魂车")此木马夜行千里,不飞不能至,但未明言耳。

般为木鸢以窥宋城的传说。如《鲁般作木鸢》故事最后又云：

> 六国时，公输般亦为木鸢以窥宋城。

这里并未明言该木鸢是否能载人，不能载人又如何个"窥"法。而唐余知古《渚宫旧事》（一名《渚宫故事》）卷二则言之稍详：

> （公输般）又尝为木鸢，乘之以窥宋城。

明言是通过"乘之"来实现"窥"的。这个传说应源出于《墨子·鲁问》的记载，并与《墨子·公输》的记载有关，而为唐宋间人所改造和乐道。①

另一个是鲁班刻木鹤可飞数百里的传说。如梁任昉（实为唐宋间人所作）《述异记》卷下云：

> 天姥山南峰，昔鲁班刻木为鹤，一飞七百里，后放于北山西峰上。汉武帝使人往取之，遂飞上南峰。往往天将雨，则翼翅动摇，若将飞奋。

南宋初朱胜非《绀珠集》卷九"木鹤"条云：

> 鲁般刻木鹤，可飞数百里。

此条可能出于《述异记》，或与《述异记》同源。此"木鹤"与《襄阳老叟》中的"木鹤"应为同种，盖同属"枚既尝闻"之物。不过，此"木鹤"不仅能飞，还能预知天气，功能又多了一种。这个传说恐怕也是"近代"之物，流传于六朝隋唐宋之间。

中国古代的道教传说中，与"飞升"理想相应的，有各种飞行物，其中也有木鹤、木马等。先看木鹤。晚唐罗隐《广陵妖乱志》

---

① 《骈字类编》卷一九九引《鸿书》（时代不详）亦云："六国时有公输班，为木鸢以窥宋城。"又，明万历时人陈翰臣有《木鸢集》五卷（见《福建通志》卷六八），盖用此典故。

云:"于道院庭,刻木为鹤,大如小驷,羁辔中设机椊,人或逼之,奋然飞动。"此木鹤造于"道院",用于"妖乱",是皆与道教有干系。又,南唐徐铉《稽神录》卷五"金精山木鹤"条云:

> 处州处化县金精山,昔长沙王吴芮时女张丽英飞升之所,道馆在焉。岩高数百尺,有二木鹤,二女仙乘之,铁锁悬于岩下。非路道所至,不知其所从。其二鹤嘴随四时而转,初不差焉。顺义道中百胜军小将陈师粲者,能卷簟为井,跃而出入。尝与乡里女子遇于岩下,求娶焉。女子曰:"君能射中此鹤,姻即成。"师粲一发而中,臂即无力。归而病卧如梦,梦见二女道士绕床而行舞,过辄以手拂师粲之目,数四而去,竟致失明而卒。所射之鹤,自尔不复转,其一犹转如故。辛酉岁,其女子犹在。师粲之子孙,至今犹为军士。

此木鹤虽未明言能飞,但女仙乘之,不能飞怎行?明初洪武时人王时保有《游金精山》诗(见《江西通志》卷一五一),其中说:"会当同跨木鹤飞,万里扶摇上天去。"虽然也不过是想象之词,要之亦为题中应有之义。此木鹤不用时,便以"铁锁"锁之,盖因其为飞物,恐其自行飞去,或为凡人窃去也。而必"悬于岩下",则以凡人难及,而女仙易取也。"其二鹤嘴随四时而转",则与鲁般所作木仙人之神手同义,亦与能预报天气之木鹤同巧,皆显示其有神力而非凡物。无知小将逞能,随意破坏鹤嘴,有损女仙坐骑形象,自然该受严惩。道教中本有"王子晋驾鹤归来"之传说,此二女仙之坐骑木鹤,盖仿王子晋之坐骑仙鹤,又以木质示等而下之?

木马也是仙人的坐骑。南唐沈汾《续仙传》卷下(宋罗愿《新安志》卷八、明程敏政《新安文献志》卷一百上记载相似而简略)云:

>随行数里,忽见草舍两间,甚新洁,有床席小铛,然火煎汤,俨若书生所居,而无人。通修命师道入坐于木马上,通修自坐于白石鹿上……(通修)言讫,乃发遣师道回。俄不见通修。已在都木坑外,到清虚观矣。

此木马未言能飞,但乘之之人,忽"已在都木坑外,到清虚观矣",不可能不能飞。这也是道家所用的神木马。①

中国有关木鸟的传说,似乎也东传到了日本。唐苏鹗《杜阳杂编》卷中,记载了一个"倭国人"做木鸟的事迹:

>飞龙卫士韩志和,本倭国人也。善雕木作鸾、鹤、鸦、鹊之状,饮啄动静,与真无异。以关捩置于腹内,发之则凌云奋飞,可高三尺,至一二百步外,方始却下。

这个"倭国人"技艺了得,能做各种会飞的木鸟,如木鸾、木鹤、木鸦、木鹊;而《太平广记》所引,则更言"可高百尺"。但在此记载中,尚无与木鸟有关的故事。而井泽长秀《广益俗说辨》卷十三,则记载了一个与木鸟有关的故事:

>从前有一位飞驿工,他想到中国去,就做了一只木鸢。他骑上木鸢,飞过筑前这个地方时,他的一个仇人用箭射

---

① 此外,还有关于两款"飞车"的传说。第一款出现于4世纪上半叶,晋葛洪《抱朴子内篇·杂应》云:"或用枣心木为飞车,以牛革结环剑以引其机,或存念作五蛇六龙三牛交罡而乘之,上升四十里,名为太清,太清之中,其气甚刚,能胜人也。"即用螺旋桨让飞车上升,到四十里高度的太清,再依赖空气浮力飞行。这可能是世界上首款直升机。另一款出现于千余年后,元末明初周致中《异域志》卷下"奇肱国"条云:"其国西去玉门关一万里。其人一臂,性至巧,能作飞车,乘风远行。汤王时,西风久作,车至豫州,汤使人藏其车,不以示民。后十年,东风大作,乃令仍乘其车以还。"其飞行动力依赖风力,类似一种挂帆的飞船。这也可能是世界上首款飞艇。

他，但只射下了木鸢的一片羽毛。羽毛落下的地方，被叫做"羽形"（hakata），后来又易字为"博多"（日语发音与'羽形'相同）。飞驒工骑着木鸢去了中国，在中国娶了妻子。

井泽长秀认为，此故事源于中国的鲁班故事；他还认为，能做各种会飞木鸟的韩致和，也是一个"飞驒工"——"飞驒工"就是日本的鲁班。①

九

如上所述，中国古代的木鸟（或木马）传说，始见于春秋战国时期，有源远流长的传统；而从《襄阳老叟》中的"枚既尝闻"来看，能飞的木鸟对于当时人来说，是普遍听说过的"基本常识"，而不是什么少见多怪的东西。由此也可见中国木鸟传说的历史之悠久，流传之广泛。

以上史料所涉及的木制飞行器，主要为飞禽，如"木鸟"、"木鹊"、"木鸢"、"木鹤"、"木鹄"、"木雕"、"木鹅"、"木鸡"等（鸟类品种常常可以互换，古人于此不是特别讲究）；走兽只有一种，即"木马"。也就是说，以飞禽为主，以走兽为辅。

不过，所有以上这些记载和传说，其中虽然都有会飞的木鸟或木马，但却还不是以之为道具的完整故事，尤其还不是神奇的浪漫故事。它们与《鲁般作木鸢》、《襄阳老叟》尚有距离，更不用提《金翅鸟》、《乌木马的故事》等了。

当然，它们的存在，已为后来一些以木鸟等为道具的完整故事，如《鲁般作木鸢》、《襄阳老叟》的出现，创造了条件。而《鲁般

---

① 日本之例参见蔡毅《韩致和其人其事》，收入《日本汉诗论考》，北京，中华书局，2007年，第21页。

作木鸢》、《襄阳老叟》,则应是上述木鸟传说的一个发展。"看来它与上述鲁班制作'一飞七百里'的木鹤,引起汉武帝注意的这类故事有着直接联系,是它的丰富和发展。"①

光从木鸟传说的时间先后来说,我们也许可以同意刘守华的看法,认为中国的木鸟传说可能影响了印度故事;但与此同时,在从木鸟传说到完整故事的变化过程中,是否像季羡林设想的那样,中国故事也曾受过印度故事的影响呢?现在看来还不能完全排除这种可能性。

或许我们可以提出一种折中的意见,即印度故事与中国故事也许曾互相影响。说得具体一点,即中国的木鸟传说有可能影响了印度故事,而印度故事的曲折情节又有可能反过来影响了中国故事(鲁班与"丝绸之路"的关系,本来也可以反过来理解)。

至于中国故事、印度故事与波斯故事、阿拉伯故事的关系,则可能存在着好几种可能性,比如,中国故事没有经过印度故事的中介,直接影响了波斯故事、阿拉伯故事;印度故事没有经过中国故事的中介,直接影响了波斯故事、阿拉伯故事;印度故事和中国故事一起,共同影响了波斯故事、阿拉伯故事;等等。

不过不管怎么说,有一点是可以肯定的,即从时间上来说,中国战国时有关木鸟的记载应该是最早的,因而应该是此后一切此类传说和故事的源头。②

---

① 参见刘守华《"木鸟"——一个影响深远的民间科学幻想故事》。
② 李约瑟的《中国科学技术史》中,列举了中国古代的二百五十多项发明,其中前5—前4世纪有"风筝",前4世纪有"驾风筝飞行",根据的就是《墨子》等的记载。作为一个科学史家,他是相信此记载的;作为一个英国人,他也像乔叟、斯宾塞和弥尔顿等人一样,对"木鸟"津津乐道。

结　语

如上所述,《侍从的故事》中的铜马故事,可以追溯到阿拉伯和波斯的《乌木马的故事》,可以追溯到印度的《金翅鸟》故事,可以追溯到中国唐代的《鲁般作木鸢》、《襄阳老叟》等故事,可以追溯到中国战国时开始出现的有关木鸟的传说……

在从古代中国到中世西方的漫长旅途上,先是木鸟变成了木马,而后是木马变成了铜马。其中有两种变化,一是"形态"的变化,一是"材质"的变化;因而有两条分界线,一是在"鸟"与"马"之间,一是在"木"与"铜"之间。第一条分界线主要在东、南亚(中国、印度)与中、西亚(波斯、阿拉伯)之间(当然,中国本身两种"形态"都存在),第二条分界线主要在东方(中国、印度、波斯、阿拉伯)与西方(英国)之间。显而易见,中、西亚在"材质"上与东、南亚相连,在"形态"上与西方相连,正好处于一个中间位置,起了一个中介作用。至于两种变化的原因,或许是因为阿拉伯多产良马(中国北朝也是如此),故"鸟"变成了"马";中世英国已多用金属,故"木"变成了"铜"?

与此同时,也正是在这漫长的旅途上,随着人们的不断"添油加醋",故事本身也变得越来越生动有趣,从简单的民间传说,到神奇的浪漫传奇,到近世的爱情故事……

而且,还有学者认为,中国有关木鸟的传说传到西方以后,还可能启发了现代西方人研制飞机的灵感,"很可能对现代飞机的发明有所启发,有所推动"。[①]

"黄铜的神马"从东方飞到了西方,它象征了东西方之间的

[①] 参见刘守华《"木鸟"——一个影响深远的民间科学幻想故事》。

文化交流,传达了东方文明对西方文明的问候。如果"忧郁的贞女"能从地下唤起弥尔顿,我将很乐意告诉他,那匹"黄铜的神马"来自何方,又能够起到什么样的神奇作用。

> 忧郁的贞女啊,我愿你能
> ……唤起那幽思的诗人,
> 请你转告他,那匹黄铜的神马
> 是从中国、印度出发,
> 经过了波斯、阿拉伯,
> (可能还有意大利、俄罗斯、
> 西班牙、法兰西……)
> 最后来到了他的祖国……①

附　记

近承门下李岑君见告,欧美学界一般认为,虽然《侍从的故事》有很浓的东方特色,可以一直追溯到《一千零一夜》,但在二者之间,还存在一个法国传奇的中间环节。乔叟可能是经由两部法国传奇的中介,来接受阿拉伯的《乌木马的故事》的。

如鲁滨逊(F. N. Robinson)编《乔叟全集》(*The Works of Geoffrey Chaucer*,伦敦,牛津大学出版社,1957 年第二版,1966

---

① 1917 年 7 月的《小说月报》第 8 卷第 7 号上,刊登了林纾与陈家麟合译的《魂灵附体》,即《坎特伯雷故事集》中的《侍从的故事》。于是,鲁班的木鸟飞出去二千多年后,又以乔叟的铜马的形式飞回到了中国。

年第一次印刷)所收《坎特伯雷故事集》的《侍从的故事》之介绍指出,阿尔加西夫与希渥朵拉的小故事似与《一千零一夜》中的《乌木马的故事》为同一类型,而同类型的另一个法国传奇《克莱奥玛代斯》(Cléomadès)有可能直接影响了乔叟。本森(Larry D. Benson)编《河边版乔叟全集》(The Riverside Chaucer, Boston, Houghton Mifflin Company, 1987 年第三版)所收《坎特伯雷故事集》的《侍从的故事》之介绍指出,与乔叟故事中会飞的铜马最接近的类似物"木马",出现于 13 世纪后期的两部法国传奇中,一部是《克莱奥玛代斯》,另一部是《木马或美丽阿三传奇》(Roman du Cheval de Fust, ou de Méliacin)。就故事情节而言,有人认为乔叟之作酷似前者,但编者认为尤似后者。海伦·库柏(Helen Cooper)编《牛津版乔叟导读:坎特伯雷故事集》(Oxford Guides to Chaucer: The Canterbury Tales, 纽约,牛津大学出版社,1989 年)也指出,在已知可能与《侍从的故事》有关的东西方传奇中,《克莱奥玛代斯》、《木马或美丽阿三传奇》与之相似处最多,乔叟很可能从这两部法国传奇中自由采掇了一些元素。

《克莱奥玛代斯》大约作于 1285 年,全诗一万八千余行,作者是阿德奈斯·里·鲁埃斯(Adenès li Rois)。故事讲述,非洲的一个国王克隆巴(Crompart)来到塞维利亚,把一匹会飞的乌木马献给西班牙国王玛卡迪伽斯(Marcadigas),想要以此骗娶国王的小女儿玛丽娜(Marine)。但玛丽娜不愿意嫁给克隆巴,她的哥哥克莱奥玛代斯(Cléomadès)便靠着这匹会飞的乌木马,既拯救了玛丽娜,也替自己找到了心上人,即托斯卡纳(Toscane)的美丽公主克拉芒迪娜(Clarmondine)。最后,作者用一首藏头诗感谢法国王后玛丽(Marie)和白-安妮(Blanche-Anne),因为是她们先向他讲述了这个故事。《克莱奥玛代斯》有 1865 年布鲁塞尔首印的单行本,后又收入阿尔贝特·亨利

(Albert Henry)编的五卷本《阿德奈·勒·鲁瓦全集》(Les Œuvres d'Adenet le Roi，布鲁塞尔，1971年；日内瓦，1996年。阿德奈·勒·鲁瓦即阿德奈斯·里·鲁埃斯的现代法文译名)。

《木马或美丽阿三传奇》大约作于1285至1288年间，全诗约一万九千行，作者是亚眠的吉拉尔(Girard d'Amiens)。吉拉尔似有机会经常出入法王菲利普四世("美男子菲利普"，1285—1314在位)的宫廷，《木马或美丽阿三传奇》是应沙蒂永的高歇五世(Gaucher V de Châtillon，此人连续在几任法王治下当过陆军统帅)之请而作。故事讲述，巫师克拉玛扎尔(Clamazart)把一匹会飞的乌木马献给了亚美尼亚国王奴比安(Nubien)，国王许诺答应巫师提出的任何要求，于是巫师要求娶国王的女儿格劳里昂德(Gloriande)。但格劳里昂德并不愿意嫁给他，她的哥哥美丽阿三(Méliacin)便靠着这匹乌木马，使格劳里昂德免于嫁给巫师，并救出了自己的情人赛兰德(Célinde)。据保尔·阿比斯彻(Paul Aebischer)介绍，《木马或美丽阿三传奇》现存四种手抄本，三种在法国国家图书馆，一种在佛罗伦萨的里伽迪亚纳图书馆(Biblioteca Riccardiana di Firenze)。他根据后者，节选其中的三段，计五千余行，收入《法国文学丛书》(Textes Littéraires Français, Genève, Librairie Droz, 1974年)，以方便学界将该传奇与《克莱奥玛代斯》及《一千零一夜》中的乌木马故事作比较研究。后来又有安托瓦内特·萨莉(Antoinette Saly)编的完全本《美丽阿三或木马》(Méliacin, ou, Le Cheval de Fust，普罗旺斯-艾克斯，普罗旺斯大学，1990年)。

保尔·阿比斯彻又介绍，他所节选的三段《木马或美丽阿三传奇》，各包含了阿拉伯故事影响的一个方面。另外，他还有专文论述这两部法国传奇之间的渊源关系(Paléozoologie de l'Equus Clavileñus, in Etudes de Lettres, série II, tome 6,

Lausanne，1962，pp. 93—130)。《牛津版乔叟导读：坎特伯雷故事集》认为，这两部法国传奇都源出于13世纪后期经卡斯蒂利亚(Castilla)传入欧洲的东方神马故事。威廉·W. 吉布勒(William W. Kibler)、格罗佛·A. 金(Grover A. Zinn)、劳伦斯·厄普(Lawrence Earp)等编的《中世纪的法国：一部百科全书》(*Medieval France: An Encyclopedia*，纽约、伦敦，Garland Publishing，1995年)认为，两部法国传奇都来源于《一千零一夜》的《乌木马的故事》，牵线搭桥者是白-安妮。我们根据各种史料了解到：白-安妮又称"法兰西白"(Blanche de France，1253—1323)，大概是为了区别于其祖母"卡斯蒂利亚白"(Blanche de Castilla，1188—1252)，而她本来就是以祖母的名字命名的。她是法国卡佩王朝路易九世("圣路易"，1214—1270)十一个儿女中的第八个，1269年嫁给卡斯蒂利亚的费迪南，成了卡斯蒂利亚、莱昂(León)和加利西亚(Galicia)国王阿方索十世的儿媳。她守寡后回到法国，把《一千零一夜》等东方故事从西班牙带了过来。玛丽王后(Marie)是白-安妮的哥哥菲利普三世("大胆菲利普"，1245—1285)的第二任妻子，在1271年菲利普三世的第一任妻子去世后嫁给了他。她应该是先从守寡回娘家的小姑白-安妮那儿听说了《乌木马的故事》，然后与白-安妮一起讲述给阿德奈斯·里·鲁埃斯听的。阿德奈斯·里·鲁埃斯据此写出了《克莱奥玛代斯》，并大概因故事的来历而把故事发生地挪到了西班牙。

《牛津版乔叟导读：坎特伯雷故事集》认为，两部法国传奇的作者看来都到过英国，出入于英王爱德华一世(1272—1308在位)的宫廷，他们可能自己会把传奇带入英国；另外，供职于英国宫廷的弗洛伊生(Froissant)是乔叟的同时代人，他曾提到过《克莱奥玛代斯》，可见这部传奇可能当时已经流传于英国。此外，生活于英法百年战争时代的乔叟，曾两次赴法国作战且一度被俘，也可能在那里读到这两部传奇，并亲自把它们从法国带入英国。乔叟的祖先原是法国人，他本人又精通法文，翻译过法国寓言长诗《玫瑰传奇》(Le Roman de la Rose)，《坎特伯雷故事集》中的《梅利比的故事》(The Tale of Melibee)，也是一篇译自法文的散文故事，他接受法国传奇似顺理成章。《坎特伯雷故事集》总引第一段模仿了阿德奈斯·里·鲁埃斯的另一部传奇《大脚贝特传奇》(Li romans de Berte aus grans piés)的开头七行（后来又被现代英国诗人 T. S. 艾略特的《荒原》的开头所模仿，然后又被现代英国小说家戴维·洛奇的《小世界》的开篇所模仿①），这也暗示了乔叟可能受过《克莱奥玛代斯》的直接影响。

不过虽说存在着这两部法国传奇，而且乔叟很可能受了它们的影响，但乔叟到底是只受了它们的影响，还是同时也受了《乌木马的故事》的影响，这还是一个有待考证的问题。尤其是在故事情节上，两部法国传奇对《乌木马的故事》亦步亦趋，简直可以把它们划入同一阵营；相比之下，乔叟的改动和翻新就显得太大了。

我不谙法语，尤其是中古法语，无力继续探讨这个法国传奇的中间环节，希望有心人继续前行，完成这个法国传奇的中间环节的研究，至少也把西贤已有的研究成果介绍过来。

（感谢李岑介绍欧美的相关文献资料，邵南解读中古法语的法国传奇。）

2012 年 7 月 30 日附记

---

① 后来捷克小说家赫拉巴尔(1914—1997)又在《致杜卞卡》(1995)里，以呼唤女主角"April"（英语"四月"）的捷克语名字"Dubence"（"杜卞卡"，捷克语"四月"）的方式，向以"四月是最残忍的一个月"开头的《荒原》致意。

论古典目录学的"小说"概念的非文体性质

——兼论古今两种"小说"概念的本质区别

古典目录学向来被誉为治学的门径,对古代小说、尤其是"文言小说"的研究,我们也常常借助古典目录学来界定研究的对象和范围。但在此过程中,我们却往往发现古人所谓的"小说"与今人所谓的"小说"[①]大相径庭,难以侔合,因而对"小说"概念的界定不免有些进退失据,无所适从。这种困境,无论是在一些有关"文言小说"的研究论著中,还是在一些有关"文言小说"的书目类著作中,都几乎不可避免。怎样摆脱这种困境,成为古代小说、尤其是"文言小说"研究中一个不可回避的难题。

如果我们本着实事求是的原则,仔细考察一下我们常常引以为据的古典目录学著作,就会发现,其实从《汉书·艺文志》到

[①] 中国传统的"小说"一词实包含了两种截然不同的内容,既指古典目录学的"小说",也指唐传奇、话本小说等"小说"。今天所谓文学性的"小说"一词,则是近代从日本输入的"新名词"。日人以中国传统的"小说"一词来译从西方传入的"虚构的叙事文学"(story, novel, fiction等),如坪内逍遥的《小说神髓》(1885—1886),于是就有了今天文学性的"小说"一词,与中国传统的"小说"一词名同而实异,其内涵与唐传奇、话本小说等"小说"比较接近,而与古典目录学的"小说"完全不同。不了解这是两个不同的词,或不明白二者间的本质区别,就会造成概念的混乱。在本文中,我们称传统的"小说"概念(主要指古典目录学的"小说")为"古典目录学的小说",称今天的"小说"概念(也涵盖历史上的唐传奇、话本小说等"小说"在内)为"文学性的小说"。

《四库全书总目》，古典目录学的"小说家"始终是作为一个收容其他部类的"不入流之作"和无类可归的"驳杂之作"的"垃圾桶"而存在的；古典目录学的"小说"始终没有被赋予任何正面的具有质的规定性的定义，它与今天文学性的"小说"实在是两个难以混同的概念。我们在研究过程中必须仔细区分这两个名同实异、所指非一的"小说"概念，才能避免因概念的混乱而陷入研究的困境。

而对于这个问题，很多研究者虽已有所讨论，但尚未能彻底辩明。① 本文希望能对这个问题加以更加细致、系统的讨论，以

---

① 其实，觉察到古典目录学的"小说"与今天文学性的"小说"之间差异的研究者不在少数，但由于这两个概念外延上的交叉，往往引导着讨论这个问题的论著从起始的别异倒向结论的求同，从而最终未能彻底解决两个概念之间的混乱问题。如袁行霈《〈汉书艺文志〉小说家考辨》（载《文史》第7辑，北京，中华书局，1979年）称古典目录学的"小说"为"正统的小说观念"，认为"这同今天的小说观念相比，实在相去太远了"，主张"研究中国小说史，应当打破正统的小说观念，以符合现代小说观念的作品为主要对象"；石昌渝《"小说"界说》（载《文学遗产》1994年第1期）指出："自明代小说崛起与诗文抗衡以来，对于'小说'就有双重的定义——传统目录学的定义和小说家的定义……要弄清'小说'概念，最重要的是与传统目录学的观念划清界限……今天作为文学研究对象的所谓小说，毫无疑问应当是沿袭古代小说家的概念，如果把两种概念混为一类，势必会造成学术上混乱。"（按：石文所说的"小说家的小说"是从文学意义上着眼的，大约相当于本文所说的"文学性的小说"。）张哲俊《东亚比较文学导论》（北京，北京大学出版社，2004年）认为中国古代的"小说"概念并非一个文类概念，而是一个价值概念（见该书第七章第二节）；高小康《中国古代叙事观念与意识形态》（北京，北京大学出版社，2005年）把从班固到《四库全书总目》"排斥平话、演义等通俗叙事文学"的所谓"小说"称为"古义小说"，认为其"唯一靠得住的共同含义就是一个'小'字，即不正统、不系统、不可靠、没有重大价值和功用"，而把"罗烨以来称呼说话艺术的'小说'概念则称之为'通俗叙事小说'"（见该书第一编第一节）。这些看法无疑都是正确的。但袁文仍主张从"正统的小说观念"出发，去"认识（转下页）

期推动古代小说、尤其是"文言小说"研究的进展。

一

现在一般研究者提起"小说",总会首先指出"小说"一词初见于《庄子·外物》:"饰小说以干县令,其于大达亦远矣。"同时,有的(并不是全部)研究者也明白,这里的"小说"指的是琐屑的言谈,细小的道理,与"正说"、"大道"相对而言,与今天文学性的"小说"概念全无关系。此外,《论语·子张》中的"小道",《荀子·正名》中的"小家珍说",都是与《庄子》的"小说"意义相近的词,可以作为理解《庄子》的"小说"概念的参考。总之,诸子在论争中,皆以己说为"正说"、"大道",而贬斥异己学说为"小说"、"小道",这就是"小说"一词的来历。

"小说"一词虽然是在诸子论争中随意而偶然地产生的,但由于后来荣登了古典目录学的大雅之堂,遂与其他"小道"、"小家珍说"之类的词判然殊途,最终成为一个固定术语,而"小说家"也成为古典目录学中不可或缺的一个部类;但"小说"一词最初出现时就具有的上述这种消极含义,对于后来古典目录学所谓"小说家"的概念,具有极为重要的负面规定作用。

(接上页)中国小说的起源和特点",并认为古典目录学的"小说"是一种"文体";石文由于未能从对古典目录学著作的详细考察来立论,以致未能认清古典目录学的"小说"概念的非文体性质,从而仍把它看成是一种"独立的文体"、"独立的文系"(所以他后来主编《中国古代小说总目·文言卷》时又从自己的立场退了回去);张著在行文中仍然混杂使用两个"小说"概念,并没有彻底摆脱概念不清的嫌疑;高著虽然认识到了"古义小说"的非文体性质,但尚未从古典目录学的发展过程着眼,来对这个问题加以更为细致的考察。基于此,我们认为这个问题仍有进一步讨论的必要。

论古典目录学的"小说"概念的非文体性质 633

在古典目录学中,"小说"一词首见于班固《汉书·艺文志》(以下简称《汉志》)。《汉志》系据刘歆《七略》"删其要"而成,其所列"小说十五家"及"小叙",基本可以认定是来自于刘歆《七略》的。而与刘歆同时的桓谭,在其《新论》里也提到了"小说家"一词:"若其小说家,合丛残小语,近取譬论,以作短书,治身理家,有可观之辞。"①两处基本同时出现的"小说家"一词,对于我们认知当时所谓的"小说"概念有相互参证的意义。

《汉志》"小叙"可谓我们判断其"小说"概念最直接的资料,可惜这段话却语焉不详。它只点明了"小说家"的远源——"盖出于稗官",揭示了"小说"的来源——"街谈巷语、道听途说者",也肯定了其薄弱的存在价值——"有可观者",却"致远恐泥",但始终没有赋予"小说"以一个正面的具有质的规定性的定义。可以说,这段"小叙"对于"小说"及"小说家"的界定,尚不及桓谭所论精确明了。《汉志》认为的"小说家"是什么,只能从其所列书目来考察。

《汉志》所列诸书,梁时已仅存《青史子》一卷,该书至隋亦佚。这些书的亡佚,对后人正确判定《汉志》"小说家"的准确含义造成了很大困难。十五家中,自《封禅方说》以下六家为汉人著作,据排列次第,《黄帝说》以上应为(或伪托为)汉前著作。这些汉前著作,据班固自注,可信者唯《周考》、《青史子》、

---

① 《文选》卷三一江文通杂体诗三十首之拟《李都尉从军》诗"袖中有短书"句李善注引。关于刘歆、桓谭、班固使用"小说家"一词的关系,余嘉锡《小说家出于稗官说》有一段颇为近理的论述:"谭与刘歆同时,其书盛称子政父子,谓为通人,是必曾见《七略》,而班固尝受诏续其《琴道》一篇,固熟读《新论》者。故桓子之言,与《汉志》同条共贯,可以互相发明也。"(收入《余嘉锡论学杂著》上册,北京,中华书局,1963年,第271页)

《宋子》三种,其余皆被判定为"依托"、"后世所加"、"非古语"。在班固认为比较可信的三种中,《周考》已佚,不可考。《宋子》已佚,无可靠佚文流传。① 《青史子》今存佚文三条,即"胎教"条、"巾车教"条、"鸡祀"条,② 皆言礼,后人多质疑其何以入"小说家",③ 但观其文,却正符合桓谭所论"合丛残小语,近取譬论",有助"治身理家"的"小说"概念。

此外,被怀疑为"依托"之作的《伊尹说》也有佚文留存,《吕氏春秋·本味》所载伊尹"以至味说汤"之事,一般认为即出自《伊尹说》。④ 其余几种依托之书,研究者虽也有论,但各种典籍

---

① 马国翰《玉函山房辑佚书》辑有《宋子》一卷,共六条,俱从《庄子·天下》辑出。但《庄子·天下》仅叙述宋子言行事迹,难以证明其必然出于《宋子》。此外,《荀子》、《孟子》中也谈及宋子言行,但也难以推断其是否出于《宋子》。

② 马国翰《玉函山房辑佚书》辑有"胎教"条(辑自《大戴礼记·保傅》、贾谊《新书·胎教》,二书文字互有异同,马氏用以互校)、"巾车教"条(辑自《大戴礼记·保傅》,以贾谊《新书·胎教》校之)。丁晏《佚礼扶微》卷上也辑有两条,其中"胎教"条与马氏重复,另有"鸡祀"条(辑自《风俗通义·祀典》)。鲁迅《古小说钩沉》去其重复,辑有三条。

③ 章学诚《校雠通义》卷三《汉志诸子第十四》之三十二谓其书"不侪于小说"。丁晏《佚礼扶微》卷上也说:"其书多陈胎教杂事,故班《志》入之小说家。然素成胎教之道,书之玉版,藏之金匮,置之宗庙,以为后世戒。刘子政撰《列女传》,言妊子胎教之法。是以《青史》之书,录于《大戴》之记;设弛之礼,详于《内则》之书。盖承嗣继统,礼之大者也。孟坚不达此义,竟列诸稗官《虞初》之间,不亦慎乎!"鲁迅《中国小说史略》第三篇《〈汉书〉〈艺文志〉所载小说》亦曰:"亦不知当时何以入小说。"(收入《鲁迅全集》第九卷,北京,人民文学出版社,1981年,第28页)

④ 最早猜测《吕氏春秋·本味》与《伊尹说》有关的是宋代王应麟,其《汉艺文志考证》卷七"小说"之"《伊尹说》二十七篇"条,提到了"《吕氏春秋》:伊尹说汤以至味"(收入《二十五史补编》第二册,北京,中华书局,1955年,第1419页)。翟灏《四书考异》下编条考三十一《孟子·万章上》"伊尹以割烹要汤"条,根据《史记》应劭注(实为《史　(转下页)

中记载的黄帝、汤、务成子、鬻熊、师旷等人的言行事迹，是否即出自《汉志》"小说家"中的相关书籍，尚不易判定，①因而其书的

(接上页)记索隐》引应劭《汉书音义》之言，应劭未尝注《史记》，翟氏说误，余嘉锡已辨其非，说见《小说家出于稗官说》)、许慎《说文》中相关引文不曰出自《吕览》，而曰出自《伊尹》，推论"盖吕氏聚敛群书为书，所谓《本味篇》，乃剟自《伊尹说》中"，更推论汉人犹得见其原书，故"犹标著其原目如此"。余嘉锡、袁行霈都赞同此说，分别见于《小说家出于稗官说》、《〈汉书艺文志〉小说家考辨》。伊尹"以至味说汤"之事，尚见于多种典籍，余嘉锡《小说家出于稗官说》推论其次第曰："伊尹为庖以干汤之事，《墨子·尚贤上篇》、《孟子·万章篇》、《庄子·庚桑楚篇》、《文子·自然篇》、《楚辞·惜往日》，以及《鲁连子》《文选》卷四十七《圣主得贤臣颂》注引》皆载之，不知与《伊尹说》孰先孰后。惟《吕览》之为采自《伊尹说》，固灼然无疑。他若《韩非子·难言篇》、《史记·殷本纪》之出《吕览》后者，又不待论也。"（收入《余嘉锡论学杂著》上册，第272页）

① 黄帝、汤、务成子、鬻熊、师旷等人，或作为传说人物或作为历史人物，其事迹言行散见于多种先秦秦汉典籍，袁行霈《〈汉书艺文志〉小说家考辨》对此网罗颇力，可参看。但该文在推论这些记载是否都出于《汉志》"小说家"所著录之书方面似有疏误，恐难以为据。如他认为"《荀子·大略》、《新书·修政语上》、《史记·殷本纪》都载有成汤的话，其中有些不见于《尚书》，似应出自小说书《天乙》"，从不见于《尚书》并不能直接推断出它们必定出自《天乙》。并且，《汉志》自注已指明，《天乙》"其言非殷时，皆依托也"，那么《天乙》与上述诸书，尤其是与《荀子》成书的先后，尚值得商榷，更不宜遽然判定诸书皆引自《天乙》。其实，首倡该说的王应麟已遭余嘉锡批驳，说见余氏《小说家出于稗官说》。再如《师旷》六篇下班固自注："见《春秋》，其言浅薄，本与此同，似因托之。"鲁迅《中国小说史略》第三篇《〈汉书〉〈艺文志〉所载小说》也指出，《师旷》"在小说家者不可考，惟据本志注，知其多本《春秋》而已"（收入《鲁迅全集》第九卷，第29页）。袁氏似乎对班固自注和鲁迅推论俱未加详审，更拈出《左传》襄公十四年、十八年和昭公八年所载师旷事"是出自小说《师旷》，还是出自阴阳家《师旷》"为一问题而加以辩解。（按：师旷事不见于《春秋》经文，则班固、鲁迅所言《春秋》自应指《左传》，其所载师旷事，除袁行霈所言襄公十四年、十八年和昭公八年外，尚见于襄公二十六年、三十年。）如此种种，实为百密之疏也。

性质和特征便也难以推论。

《汉志》所录汉前"小说",据现存佚文来看,基本符合"合丛残小语,近取譬论"的"小说"概念,而所录汉人"小说"则极为驳杂。其中《百家》今存佚文三条,刘向《说苑叙录》云:"所校中书《说苑》、《杂事》,及臣向书、民间书,诬校雠,其事类众多,章句相溷,或上下谬乱,难分别次序,除去与《新序》复重者,其余者浅薄不中义理,别集以为《百家》。"①由此可知,《百家》应是刘向校书时汇集各家书中"浅薄不中义理"的片断而成。其余著作,据研究者推测,《封禅方说》、《待诏臣安成未央术》可能是有关封禅、养生的书;②《虞初周说》可能是"医巫厌祝"方面的书;③《待诏臣饶心术》可能是有关见闻、劝戒的书;④《臣寿周纪》可能记周代琐事。⑤

这些"驳杂之作"之所以入"小说家",余嘉锡认为,这些书"虽亦出于方士,而巫祝杂陈,不名一格,几于无类可归,以其为机祥小术,闾里所传,等于道听途说,故入之小说家","小说家"一类,"盖至是其途始杂,与古之小说家,如《青史子》、《宋子》者异矣"。⑥ 余氏所论有一定道理。班固在"诸子略"叙中,指明

---

① 《百家》佚文三条,分别见于《艺文类聚》、《太平御览》所引《风俗通义》佚文中。其中《艺文类聚》卷七四引一条,卷八十、卷九六引同一条,《太平御览》卷一八八、卷七五〇引同一条,卷八六九、卷九三五引同一条(与《艺文类聚》卷八十、卷九六所引同),去除重复,共得三条。
② 余嘉锡《小说家出于稗官说》,收入《余嘉锡论学杂著》上册,第276—277页。
③ 《文选》卷二张衡《西京赋》曰:"匪唯玩好,乃有祕书。小说九百,本自虞初。从容之求,寔俟寔储。"薛综注曰:"小说,医巫厌祝之术。凡有九百四十三篇,言九百,举大数也。""持此祕术,储以自随,待上所求问,皆常具也。"
④ 姚振宗《汉书艺文志条理》,收入《二十五史补编》第二册,第1639页。
⑤ 姚振宗《汉书艺文志条理》,收入《二十五史补编》第二册,第1639页。
⑥ 余嘉锡《小说家出于稗官说》,收入《余嘉锡论学杂著》上册,第278页。

"诸子十家,其可观者九家而已",对"小说家"则黜而不论。其视"小说家"为"琐说"、"小道",把它与其余九家之"正说"、"大道"判然分别的态度,不言而喻,因而把这些无类可归的"驳杂之作"归入"小说家"也是顺理成章的。

概括言之,《汉志》的"小说家"中,虽然有符合桓谭所论的"合丛残小语,近取譬论",有助"治身理家"的"小说",但占多数的却是一些其他部类的"不入流之作"(如《百家》)和无类可归的"驳杂之作"(如《封禅方说》、《虞初周说》等),具有一种"杂烩"的性质,因而我们无法从中归纳出"小说"任何正面的具有质的规定性的定义;而《汉志》"小说家"收容其他部类的"不入流之作"和无类可归的"驳杂之作"的做法,正是整个古典目录学以"小说家"为"垃圾桶"这一传统的滥觞。

二

从《汉志》发轫的以"小说家"为收容"不入流之作"和"驳杂之作"的"垃圾桶"的传统,为后来的一系列史志目录所蹈袭。《隋书·经籍志》(以下简称《隋志》)是《汉志》以后另一部重要的史志目录。《汉志》"小说家"所录诸书,至《隋志》成书时俱已亡佚,《隋志》另著录《燕丹子》等"小说"二十五部。

《隋志》"小说家"小叙延续了《汉志》的说法,认为"小说"是"街说巷语之说",但它舍弃了《汉志》的小说家"出于稗官"说,而增加了《周官》中有关"诵训"和"训方氏"职责的记载。这传达出《隋志》对《汉志》的理解,即认为"诵训"和"训方氏"大抵相当于《汉志》所谓的"稗官"。对这一理解,余嘉锡已驳其非:"诵训所掌,乃四方之古迹方言风俗,训方氏所掌,则其政治历史民情也,当为后世地理志郡国书之所自出,与小说家奚与焉。"①而从《隋志》"小说家"著录作品本身来看,与其小叙的解释也并无对应关系。因此可以认为,《隋志》小叙只是对《汉志》小叙作了一些不深考的沿袭,可存而不论。《隋志》究竟怎样看待"小说家",需要从其著录作品本身来考察。

《隋志》所录"小说家"作品,今存的有《燕丹子》、《世说》(刘义庆撰)、《世说》(刘孝标注);有佚文可见的有《杂语》、②《郭子》、《笑林》、《小说》(殷芸撰)、《水饰》③;虽无佚文,但有前人论述可据,可大致判断其性质的有《琐语》、④《古今艺术》、⑤

---

① 余嘉锡《小说家出于稗官说》,收入《余嘉锡论学杂著》上册,第 270 页。
② 《杂语》,《隋志》不著撰人,姚振宗《隋书经籍志考证》推为隋侯白撰(收入《二十五史补编》第四册,北京,中华书局,1955 年,第 5535 页),不确。黄逢元《补晋书艺文志》云:"《世说》各篇注引孙盛《杂语》,疑即盛撰。"(收入《二十五史补编》第三册,北京,中华书局,1955 年,第 3939 页)近是。孙盛《杂语》佚文除见于《世说》注,尚见于《三国志》裴注、《太平御览》、《艺文类聚》诸书,各书所引,去其重复,共存六条,皆记魏晋间名人轶事。说见宁稼雨《中国文言小说总目提要》,济南,齐鲁书社,1996 年,第 40 页。
③ 《郭子》、《笑林》、殷芸《小说》、《水饰》等四种,鲁迅《古小说钩沉》并有辑本。殷芸《小说》辑本,尚有余嘉锡《殷芸小说辑证》(收入《余嘉锡论学杂著》上册)及周楞伽《殷芸小说》(上海,上海古籍出版社,1984 年)。周书据鲁、余所辑又有增补,共得一百六十三条,最为完善。《水饰》尚有《玉函山房辑佚书》本。
④ 刘知幾《史通·内篇·杂述》将《琐语》归为杂述中之记逸事者,云:"国史之任,记事记言,视听不该,必有遗逸,于是好奇之士,补其所亡,若和峤《汲冢纪年》、葛洪《西京杂记》、顾协《琐语》、谢绰《拾遗》,此之谓逸事者也。"由此可知,《琐语》与《西京杂记》等书性质相近,因而下文将之归入轶事类。
⑤ 张彦远《历代名画记》卷三"述古之秘书珍图"条,有"《古今艺术图》五十卷,既画其形,又说其事,隋炀帝撰。"姚振宗《隋书经籍志考证》因之推论,此处小说书《古今艺术》二十卷,殆即《古今艺术图》之"但说其事而无其图者"(收入《二十五史补编》第四册,第 5538 页)。

《器准图》①。

这些书大致可以分为三类。一为谐谑类,如《笑林》。《笑苑》、《解颐》虽无佚文可见,但从书名来看大致也是这类作品。谐谑类入"小说家",正是自《隋志》始。二为轶事类,如《杂语》、《郭子》、《琐语》、刘义庆《世说》、刘孝标注《世说》、殷芸《小说》。这些书皆简略记载秦汉魏晋六朝名人轶事,而《郭子》、《世说》尤重人物清言妙语。三为图说类,如《古今艺术》、《器准图》、《水饰》②。

谐谑类和轶事类,志人记言皆以简略相尚,而图说类更是片言只语,这些作品大概皆因琐屑驳杂而入"小说家"。《燕丹子》一书,叙事连贯,情节曲折,迥异于《隋志》所著录的其他"小说"书,而颇合于今天文学性的"小说"概念。但详审其入"小说家"的原因,则很可能是该书托名先秦人物,不见于《汉志》,而反见于此时,史志撰写者对其真伪存疑,因而退入"小说家"者。《隋志》"小说家"所著录其余各书,既无佚文可见,又无相关资料可据以准确判定其性质,但可以肯定,这些书也绝不会符合今天文学性的"小说"概念。

直接以"小说"二字命名的殷芸《小说》,或许对我们认知当时人的"小说"概念有些许参考价值。据《隋志》自注,此书乃殷芸受梁武帝敕命所撰。唐刘知幾《史通·外篇·杂说中》也有类似说法,且更言明,此书所记载的乃是一些如"晋武库失火,汉高祖斩蛇剑穿屋而飞"之类的"不经"之说。清姚振宗据此推论曰:"此殆是梁武作《通史》时,事凡此不经之说,为《通史》所不取者,

---

① 《器准图》可能是有关"浑天地动欹器漏刻"的图画及说明文字(宁稼雨《中国文言小说总目提要》,第37页)。
② 《水饰》可能是隋杜宝所作《水饰图经》七十二幅图的说明文字(程毅中《古小说简目》,北京,中华书局,1981年,第17页)。

皆令殷芸别集为《小说》,是此《小说》因《通史》而作,犹《通史》之外乘也。"①据现今辑佚本来看,这种推断是正确的。尽管从我们今天的角度来看,书中有些片段很像故事,比较符合今天文学性的"小说"概念,但从其命名的本意来说,仍然不出自先秦沿袭而来的"琐说"、"小道"的范畴,其所收集的只是《通史》所不取的"不经"之说。

《隋志》"小说家"所著录的作品,没有一部可以认为符合今天文学性的"小说"概念;而另一方面,在我们看来更符合今天文学性的"小说"概念的《搜神记》、《吴越春秋》一类作品,却更多著录于史部的杂传类、杂史类。一反一正,或许已足以说明,《隋志》所谓的"小说",与今天文学性的"小说"毫不相干。

总而言之,《隋志》的"小说家"虽增益了一些志人记言之作,这些书或许具有某些共同特征,甚至具有某些文学性因素,但从其"小说家"所包含的全部作品来看,仍如《汉志》一样具有"杂烩"的性质,我们难以从中归纳出这些作品所具有的共同特征。可见,《隋志》也仍如《汉志》一样,并没有赋予"小说"以任何正面的具有质的规定性的定义,其"小说家"仍然是收容其他部类的"不入流之作"和无类可归的"驳杂之作"的"垃圾桶"。

三

《旧唐书·经籍志》(以下简称《旧唐志》)系据唐毋煚《古今书录》修成,而删其原有小叙,"史官之论述由是不可见"②。其

---

① 姚振宗《隋书经籍志考证》,收入《二十五史补编》第四册,第 5537 页。
② 鲁迅《中国小说史略》第一篇《史家对于小说之著录及论述》,收入《鲁迅全集》第九卷,第 7 页。

所著录"小说家十三部"(实有十四部),删除《隋志》所载而已经亡佚之书,新增《鬻子》(鬻熊撰)、《博物志》(张华撰)、《续世说》(刘孝标撰)、《小说》(刘义庆撰)、《释俗语》(刘霁撰)、《酒孝经》(刘炫定撰)、《启颜录》(侯白撰)等七部书。

《鬻子》系自道家类误入,可存而不论。《博物志》今存,其书山川地理,飞禽走兽,无所不记,但皆片言只语,不成体系,该书大概也是因琐屑而从《隋志》的"杂家"退入《旧唐志》的"小说家"的。《启颜录》有佚文,属于谐谑类。《续世说》、《小说》二书虽佚,但名字近似《隋志》"小说家"所载刘义庆《世说》、殷芸《小说》,性质应与之相类。《释俗语》、《酒孝经》二书已佚,性质无从判断。总体看来,《旧唐志》与《隋志》相比,其"小说家"无很大变更。

至《新唐书·艺文志》(以下简称《新唐志》),"小说家"体格顿时庞大,作品数从《旧唐志》的十三四部增至一百多部(包括著录与未著录者)。新增的作品主要有以下几类:一为志怪类,有干宝《搜神记》、刘义庆《幽明录》等;二为杂史类,有韦绚《刘公嘉话录》、高彦休《阙史》等;三为箴规类,有李恕《诫子拾遗》、狄仁杰《家范》等;四为考订类,有李涪《刊误》、李匡文《资暇》等;五为叙述典故类,有刘孝孙、房德懋《事始》、刘睿《续事始》等;六为谱录类,有陆羽《茶经》、张又新《煎茶水记》、封演《续钱谱》等。①

---

① 以上所列六类作品之入"小说家",实不始自《新唐志》,而始自成书于其前十余年的《崇文总目》。《崇文总目》"小说类"收书一百四十九部,已经基本囊括了以上所列各类"小说"书。欧阳修《文忠集》卷一二四为《崇文总目叙释》一卷,可知《崇文总目》部类之分别,经、史、子部各类"小叙"之撰述,欧阳修实主其事;而《新唐书》的纪、志、书、表,也都是在欧阳修的主持下完成的(见《宋史·欧阳修传》)。所以,《崇文总目》和《新唐志》实皆出于欧阳修之手,二者应具有一贯性。不过,《崇文总目》虽在《新唐志》之前,但考虑到今存之《崇文总目》已非全帙,且今人在论"小说"观念的发展时,多据《新唐志》以证成其说,(转下页)

新增的六类作品中,以志怪类和杂史类作品居多,这些作品在《隋志》、《旧唐志》中归属于史部杂传类、杂史类,到《新唐志》则被退入"小说家"。志怪类颇合于今天文学性的"小说"概念,而杂史类某些作品也具有文学性因素,因而有人认为,在"小说"观念(这里他们自觉不自觉地用的是今天文学性的"小说"概念)的发展上,《新唐志》"小说家"是一个质的飞跃,此时的"小说"观较以前有了很大进步。

但这种观点却似乎有点一叶障目。除志怪类和杂史类作品外(其实杂史类中也仅仅是某些作品或许含有一点文学性因素,与今天文学性的"小说"概念距离尚远),《新唐志》"小说家"所增益的其他四类作品,与今天文学性的"小说"概念相去甚远,难以混同,而这一点足以说明《新唐志》并不是从文学性的"小说"概念出发,对作品进行分门别派的(当然《新唐志》也根本不会具备文学性的"小说"概念)。①进一步考察则更会发现,在《新唐志》"小说家"中蔚为大观的志怪类和杂史类作品之所以入"小说家",并不是由于宋人的"小说"观念有了发展,而是由于宋人的史学观念有了发展,②他们再也容不得这些"子虚乌有"的"不入

(接上页)故我们也姑舍《崇文总目》而据《新唐志》立论。
① 《新唐志》无"小叙",而《崇文总目》各类前皆有"小叙",其"小说类"的"小叙"云:"《书》曰:'狂夫之言,圣人择焉。'又曰:'询于刍荛。'是小说之不可废也。古者惧下情之壅于上闻,故每岁孟春以木铎徇于路,采其风谣而观之,至于俚言巷语亦足取也。今特列而存之。"(此"小叙"实出欧阳修手,又见《文忠集》卷一二四《崇文总目叙释》)《新唐志》"小说家"罗列各书基本蹈袭《崇文总目》,其"小说"观也难免一仍《崇文总目》之旧,故而《崇文总目》"小说类"的"小叙",或可用以说明《新唐志》之"小说"观。而从中可以看出,其"小说"观其实依然袭蹈《汉志》、《隋志》之旧轨,而并没有赋予这个概念以任何新意。
② 陈寅恪先生《陈垣明季滇黔佛教考序》尝有言:"中国史学莫盛于宋。"收入《金明馆丛稿二编》,上海,上海古籍出版社,1980年,第240页。

流之作"和不成体系的"驳杂之作"混迹于史部,因而把它们统统退入了"小说家"。

杂史类作品从《新唐志》起成为"小说家"中比重最大的一个类别,这开始造成人们以"小说"为"野史"的观念。《新唐志》以前的《汉志》、《隋志》和《旧唐志》,其中的"小说家"无所不收,而又没有任何一类作品在"小说家"中占据主要地位,具有一种"杂烩"的性质,因而人们很难说清楚它们所谓的"小说"究竟是什么;而从《新唐志》始,杂史类开始在"小说家"中占据主要地位,因而人们产生了所谓的"小说"大概就是指"野史"这样一种印象。司马光《进资治通鉴表》说,自己的取材范围,"遍阅旧史,旁采小说"。姚鼐《惜抱轩文集》卷九《乾隆戊子科山东乡试策问五首》其一尝问道:"杂家小说,若《西京杂记》、《平剡录》之类,(《资治通鉴》)转有采者,何哉?"盖正是因为"小说"中包含了大量有史料价值的杂史类作品的缘故。这从一个侧面说明了当时人(尤其是史学家)心目中"小说"的性质。而"野史"其实也如同"小说"一样,是一个含有鄙夷色彩的、没有任何正面的质的规定性的概念,仅仅被用来指称那些史部所不要的作品。因而,即便是根据"野史"这个概念,我们也同样难以准确说明《新唐志》所谓的"小说"是什么,因为其实这也并不是古典目录学从正面给"小说"下的定义。

"小说"由"杂烩"向"野史"的倾斜,有一定的必然性。作为一个"崇史"的国度,中国史学的发展快于别的学科。随着史学观念的不断发展,古典目录学中的史部越来越"规整",为此就不得不越来越多地剔除那些不合"规范"的作品;而具有"垃圾桶"性质的"小说家",就不得不越来越多地收容那些从史部退下来的作品。但这无助于推进古典目录学的"小说"概念向今天文学性的"小说"概念的发展,同样也并没有把古典目录学的"小说家"从"垃圾桶"的尴尬境遇中解脱出来。

《新唐志》之后的古典目录学著作，"小说家"中继续被塞进一些"驳杂之作"。宋代两部重要的私家目录都是如此。晁公武《郡斋读书志》把《后山诗话》、《东坡诗话》等诗话类作品归入"小说类"，陈振孙《直斋书录解题》又把《铁围山丛谈》等丛谈类作品归入"小说家"。这些填塞都被后来的古典目录学著作沿袭，成为在"小说家"中占一席之地的新的门类。《宋史·艺文志》（以下简称《宋志》）在历代正史艺文志中最为驳杂，前代史志和私家目录中"小说家"作品的所有类型，在《宋志》"小说家"中几乎都可以见到，而且更把经部、子部的注释、评论类作品，如《五经评判》、《鬻子注》等，五行类、诗文总集类的一些驳杂作品，如《物类相感志》、《诗海遗珠》等，以及蔡襄的《荔枝谱》、史道硕的《八骏图》等花木谱、绘画类作品，也统统退入了"小说家"。

　　经历代史志目录和私家目录的不断填塞，古典目录学的"小说家"越来越驳杂，于是就有学者出来作总结整理。明胡应麟《少室山房笔丛》正集卷十三《九流绪论下》依据古典目录学的载录，把"小说家"分为"志怪"、"传奇"、"杂录"、"丛谈"、"辨订"、"箴规"等六种。所列六种，"志怪"、"传奇"最近于今天文学性的"小说"概念，"杂录"稍远，而后三类——"丛谈"、"辨订"、"箴规"，则与今天文学性的"小说"概念全无关系。对于"小说家"的驳杂程度，胡应麟也头疼道："小说，子书流也。然谈说理道或近于经，又有类注疏者；纪述事迹或通于史，又有类志传者……至于子类杂家，尤相入出。郑氏谓古今书家所不能分有九[①]，而不

---

① 按"九"当作"五"。郑樵《通志》卷七一《校雠略》曰："古今编书所不能分者五，一曰传记，二曰杂家，三曰小说，四曰杂史，五曰故事。凡此五类之书，足相紊乱。又如文史与诗话亦能相滥。"

知最易混淆者小说也。"可见即在胡应麟的时代,古典目录学"小说家"五花八门、无所不收的"垃圾桶"性质,已经使得学者们困惑不已。

四

到《四库全书总目》,分"小说家"为"叙述杂事"、"记录异闻"、"缀辑琐语"等三派,"校以胡应麟之所分,实止两类,前一即杂录,后二即志怪,第析叙事有条贯者为异闻,钞录细碎者为琐语而已"。① 《四库全书总目》把从前目录学著作例入"小说家"的"丛谈"、"辨订"、"箴规"三种剔除出"小说家",而改隶于杂家,从这一点来看,似乎《四库全书总目》与今人"英雄所见略同",其"小说"概念已开始接近今天文学性的"小说"概念;但它同时也剔除了今人认为最具文学性的"传奇"——不仅把它剔除出了"小说家",而且不再予以著录,这就足证四库馆臣的"小说"概念与我们今天文学性的"小说"概念仍是完全不同的。

而究其原委,《四库全书总目》所谓的"小说",主要指的是"史余"(这个概念大体相当于上文所提到的"野史",可谓是"野史"的另一种文雅的称呼)。其"小说家"的小叙里,就时时流露出"以史格文"的倾向:"中间诬谩失真、妖妄荧听者固为不少,然寓劝戒、广见闻、资考证者亦错出其中……固不必以冗杂废矣。今甄录其近雅驯者,以广见闻。惟猥鄙荒诞、徒乱耳目者则黜不载焉。"推崇"资考证",贬斥"诬谩失真",用的完全是史学的标准。其"小说家"诸书的"提要"中,也流露出同样的倾向:"足与

---

① 鲁迅《中国小说史略》第一篇《史家对于小说之著录及论述》,收入《鲁迅全集》第九卷,第9页。

史传相参",是对这类书的最高评价;而"颇涉语怪"、"不免稗官之习",则常谓书中之瑕疵。

正是出于视"小说"为"史余"的观念,《四库全书总目》"小说家类"所收容的大都是史部的"不入流之作":

  《大唐新语》:故《唐志》列之杂史类中。然其中谐谑一门,繁芜猥琐,未免自秽其书,有乖史家之体例。今退置小说家类,庶协其实。

  《四朝闻见录》:惟王士禛《居易录》谓其颇涉烦碎,不及李心传书。今核其体裁,所评良允。故心传书入史部,而此书则列小说家焉。

  《穆天子传》案语:《穆天子传》旧皆入起居注类,徒以编年纪月,叙述西游之事,体近乎起居注耳,实则恍惚无征,又非《逸周书》之比。以为古书而存之可也,以为信史而录之,则史体杂,史例破矣。今退置于小说家,义求其当,无庸以变古为嫌也。

这些书因"有乖史家之体例","以为信史而录之,则史体杂,史例破矣",所以被"退置于小说家"。其他如经部、子部之释道家,以及农家、集部之"不入流之作",也有被退入"小说家"的:

  《孝经集灵》:此书专辑《孝经》灵异之事,如赤虹化玉之类,故曰"集灵"……其言既不诘经,未可附于经解,退居小说,庶肖其真。

  《仙佛奇踪》:考释、道自古分门,其著录之书亦各分部,此编兼采二氏,不可偏属。以多荒怪之谈,姑附之小说家焉。

  《牡丹荣辱志》:此书亦品题牡丹,以姚黄为王,魏红为妃，而以诸花各分等级役属之。又一一详其宜忌，其体略如李商隐《杂纂》，非论花品，亦非种植，入之农家为不伦，今附之小说家焉。

《谐史集》：凡明以前游戏之文，悉见采录，而所录明人诸作，尤为猥杂。据其体例，当入总集，然非文章正轨，今退之小说类中，俾无溷大雅。

这些书因"未可附于经解"、"不可偏属"于释道二家、"入之农家为不伦"、"非文章正轨"等理由，而被"退居小说"。此外尚有无可归属之专题词典类（如《古今谚》、《六语》等）、别集之"妄诞"者（如《居学余情》），也统统被退入了"小说家"。"小说家"诸书"提要"说明该书因何退入"小说家"时，大抵不从正面解释该书有何"小说"之特质，而多言其因不得入某部某家而被退入"小说家"。《四库全书总目》"小说家"的"垃圾桶"性质，便因这种叙述文法而表现得尤为鲜明。①

与此同时，《四库全书总目》以"小说"为"史余"，推崇"实录"、"雅驯"、"允正"等史学原则，强调"可资考证"的史学用途，

---

① 《四库全书总目》把"小说家"当作"垃圾桶"的倾向，已经有研究者指出。如季野《开明的迂腐与困惑的固执——〈四库全书总目提要〉小说观的现代观照》（载《小说评论》1997年第4期）提到："小说仿佛成了收容所，不合史书体例的著作贬到这里，只能使小说的概念更含混，使其内容更庞杂。"苗怀明《文臣之法 学者之眼 才子之心——纪昀小说观新探》（载《江苏行政学院学报》2004年第1期）重申其意："小说一类仿佛成了一座内容庞杂的收容所，凡不合史书体例的著述纷纷被'退置'到这里。"但他们都未能从整个古典目录学的宏观背景来解释这种现象，因而未能认识到把"小说家"当作"收容所"实际上是整个古典目录学一以贯之的传统，而初不始于《四库全书总目》。而且他们都根本混淆了古今两种"小说"概念的本质区别。（又，二文内容雷同，作者或为同一人？）

因而对"虚妄"特征明显、多言男女情事的唐传奇摒弃不载,而且在其他书的提要中也时时流露出对唐传奇的鄙夷:"连篇累牍,殆如传奇"自是贬斥,"又唐人小说之末流"(小说家类存目《昨梦录》提要),则谓之末流中的末流也。同时,《四库全书总目》"小说家"中,今人认为最具文学性的"记录异闻"派(即今人所谓的"志怪"),同样不符合其收录标准,这类书之所以得以保留,多数是因为它们是前朝旧书,诸家多所援引之故。可见,《四库全书总目》保留这类书,仅仅因为它们是一批"老古董",食之虽无味,弃之却可惜,而绝非是从文学性的"小说"概念出发,来认可它们的价值的(当然四库馆臣也根本不会具备文学性的"小说"概念)。

总而言之,自《汉志》伊始的视其他部类为"正说"、"大道",而视"小说"为"琐说"、"小道"的观念,到了《四库全书总目》也并无什么改变,"小说家"仍然是收容其他部类(以史部居多)的"不入流之作"和无类可归的"驳杂之作"的"垃圾桶"。

讨论到这里,古典目录学"小说"概念的非文体性质已经基本可以明了。我们虽然未能对所有的古典目录学著作加以讨论,但基本上囊括了有代表性的、影响比较大的著作。其他未能提及的古典目录学著作,在"小说家"的载录上大体也无出其外。

五

从《汉志》、《隋志》的"杂烩"性质,到《新唐志》的偏重于"野史"性质,再到《四库全书总目》中"史余"性质的更加突出,这是我们可以大体看出的古典目录学"小说"概念的发展轨迹。但自始至终,"小说"这个概念都没有摆脱其诞生之初即带有的鄙夷色彩——琐屑、浅薄,也没有摆脱与"正说"、"正道"判然殊途的卑微地位。正是这种先天的负面规定性，阻碍了它发展成为一个具有正面的质的规定性的文体概念，而只能被动地指称一切"非正说"、"非正道"的东西。正是从这种"小说"概念出发，古典目录学中的"小说家"，只能命定地成为一个收容其他部类的"不入流之作"和无类可归的"驳杂之作"的"垃圾桶"。这个"垃圾桶"内的东西或许会与时为变，但其作为"垃圾桶"的性质却不可能改变。这也正是我们永远无法说出古典目录学的"小说"到底指什么，"小说家"究竟是怎样一个派别的原因。以这种面貌存在的古典目录学的"小说"概念，无法发展成为我们今天的文学性的"小说"概念，其间的原因也就不难理解了。而且，以这种面貌存在的古典目录学的"小说"概念，不仅无法发展成为我们今天的文学性的"小说"概念，实际上也难以发展成为任何一个具有"是什么"的正面的质的规定性的概念。

当然，我们说古典目录学的"小说"概念未曾发展成为文学性的"小说"概念，这并不意味着我们否认"小说家"中的某些作品确实含有文学性因素。只是这同样无助于证明古典目录学的"小说"与今天文学性的"小说"是同一个概念，犹如我们也在史传著作中发现了"小说"因素，但不能把史传著作等同于"小说"一样。

同样，我们指明古典目录学的"小说"概念未曾发展成为文学性的"小说"概念，也并不是说我们认为，从《汉志》到《四库全书总目》的漫长时期里，"小说"这个概念始终与文学无涉。其实，接近今天文学性"小说"概念的"小说"一词，在古典目录学以外的论述中，比如在传统的文学批评中，却时可一见。如宋代洪迈《容斋随笔》卷十五"唐诗人有名不显者"条云："大率唐人多工诗，虽小说戏剧、鬼物假托，莫不宛转有思致，不必颛门名家而后可称也。"明代胡应麟《少室山房笔丛》正集卷二十《二酉缀遗中》云："唐人小说如柳毅传书洞庭事，极鄙诞不根，文士亟当唾去，而诗人往往好用之。""至唐人乃作意好奇,假小说以寄笔端。"桃源居士《唐人小说序》云:"唐人于小说,摛词布景,有翻空造微之趣。"又引"洪容斋"语云:"唐人小说不可不熟,小小情事,凄惋欲绝。"①这些论述中所说的唐人"小说"主要指唐传奇,其评论所称道的,正是为古典目录学所不齿的唐传奇"离于史而近于文"、志人叙事曲达人情的特点。

此外,在俗文学方面,"小说"这个词也有渐趋文学性的倾向。南宋耐得翁《都城纪胜·瓦舍众伎》曰:"说话有四家,一者小说,谓之银字儿,如烟粉、灵怪、传奇……最畏小说人,盖小说者,能以一朝一代故事,顷刻间提破。"宋末吴自牧《梦粱录》卷二十"小说讲经史"条所云相同。宋末罗烨《醉翁谈录》甲集卷一《舌耕叙引·小说开辟》曰:"夫小说者,虽为末学,尤务多闻……烟粉奇传,素蕴胸次之间;风月须知,只在唇吻之上。"明代叶盛《水东日记》卷二一"小说戏文"条曰:"今书房相传,射利之徒伪为小说杂书……农工商贩,抄写绘画,家畜而人有之。痴呆女妇,尤所酷好,好事者因目为《女通鉴》,有以也。"郎瑛《七修类稿》卷二二"小说"条曰:"小说起宋仁宗,盖时太平盛久,国家闲暇,日欲进一奇怪之事以娱之,故小说'得胜头回'之后,即云'话说赵宋某年……'。"孙一奎《赤水元珠》卷六曰:"又观《六十家小说》,载一女子与一少年亦如上故事。"盖指其中的《戒指儿记》故事。田汝成《西湖游览志》卷二"湖心亭"条曰:"《六十家小说》载有西湖三怪时出迷惑游人,故压师作三塔以镇之。"②盖指其中

---

① 今本《容斋随笔》等洪迈著作中不见此言,出处不详,未必可靠。桃源居士《唐人小说》,上海,上海文艺出版社,1992年据上海扫叶山房石印本影印,第1页。
② 此据光绪廿二年(1896)丙申四月钱塘丁氏嘉惠堂重刊本,《四库全书》本、上海古籍出版社排印本等通行本中无此内容。

的《西湖三塔记》故事。谢肇淛《五杂组》卷十五《事部三》曰："小说野俚诸书，稗官所不载者，虽极幻妄无当，然亦有至理存焉。""凡为小说及杂剧戏文，须是虚实相半，方为游戏三昧之笔。亦要情景造极而止，不必问其有无也……近来作小说，稍涉怪诞，人便笑其不经……如此，则看史传足矣，何名为戏？"清初西湖钓史（丁耀亢）《续金瓶梅集序》曰："小说始于唐宋，广于元，其体不一。田夫野老能与经史并传者，大抵皆情之所留也。情生，则文附焉，不论其藻与俚也……今天下小说如林，独推三大奇书，曰《水浒》、《西游》、《金瓶梅》……"清中叶钱大昕《潜研堂文集》卷十七《正俗》曰："古有儒释道三教，自明以来又多一教，曰小说。小说演义之书，未尝自以为教也，而士大夫农工商贾无不习闻之，以至儿童妇女不识字者亦皆闻而如见之，是其教较之儒释道而更广也。"这些论述中的"小说"，都指"说话"之一种或"话本"，乃至长篇章回小说，其所着眼的这种艺术形式所具有的故事情节引人入胜、题材为人喜闻乐道等特点，正接近乃至符合今天文学性的"小说"概念。

当然，以上这些论述中的"小说"概念，在其自认为是不登大雅之堂的"琐说"、"小道"，从而刻意与诗文等主流文体保持距离方面，其实也仍然没有彻底摆脱古典目录学的"小说"概念的羁绊，而与今天文学性的"小说"概念仍有一定距离。

虽然在传统的文学批评中，在俗文学方面，"小说"一词接近乃至符合今天文学性的"小说"概念，但这却并没有对古典目录学产生什么影响，正如那些具有文学性的"小说"作品无法获得古典目录学的青睐一样。① 这两个在不同领域里出现的"小说"

---

① 明代晁瑮《晁氏宝文堂书目》子杂门著录话本小说百余种，祁承㸁《澹生堂藏书目》子部小说家类记异门著录话本小说集《六十家（转下页）

概念,实际上其内涵已经相当不同,从而具有了完全不同的性质。①而传统的文学批评和俗文学中所出现的这个"小说",才是我们今天文学性的"小说"概念的渊源。

今人论古代的"小说",其实都是想从文学性的"小说"概念出发,赋予其所讨论的材料以文学意义,却往往以古典目录学"小说家"的载录为指归,这就难免扞格难通了。现有的几部"文言小说"书目类著作,有的虽然未能明辨自己文学性"小说"概念

(接上页)小说》六十卷,即《雨窗集》、《长灯集》、《随航集》、《欹枕集》、《解闲集》、《醒梦集》各十卷,清代钱曾《也是园书目》著录话本小说十二种、通俗小说三种……但这些只是个别现象,没有普遍意义。且即使这些个别现象,也常有招致批评意见,如清人阮葵生《茶余客话》卷十六云:"《续文献通考》以《琵琶记》、《水浒传》列之《经籍志》中,虽稗官小说古人不废,然罗列不伦,何以垂后?近则钱遵王书目亦有《水浒传》,明时文华殿书目亦有《三国志通俗演义》。"

① 对于这种分化,前人已经有所觉察。郎瑛《七修类稿》卷二二"小说"条接上文后又云:"若夫近时苏刻几十家小说者,乃文章家之一体,诗话、传记之流也,又非如此之小说。"明确意识到了存在着两种完全不同的"小说"。刘廷玑《在园杂志》卷二"历朝小说"条云:"小说至今日,滥觞极矣,几与六经、史函相埒,但鄙秽不堪寓目者居多。盖小说之名虽同,而古今之别则相去天渊。"刘廷玑把"小说"的发展分为"历朝小说"、"四大奇书"、"近日之小说"(如《平山冷燕》等)。"历朝小说"指"自汉魏晋唐宋元明以来","读之可以索幽隐,考正误"等的"小说",这类小说略近于本文所说的古典目录学的"小说"概念;而"四大奇书"与"近日之小说"则近于本文所说的文学性的"小说"概念。刘廷玑虽然没有认识到"古"、"今"两种"小说"其实各有渊源,而并非前后相因的关系,但他敏锐地意识到两种"小说"的名同实异,实是过人之见。翟灏《通俗编》卷七"小说"条所云则更为明确:"《新论》:'小说家合丛残小语,近取譬喻,以作短书。'按:古凡杂说短记不本经典者,概比小道,谓之'小说',乃诸子杂家之流,非若今之秽诞言也。《辍耕录》言宋有诨词小说,乃始指今小说矣。"其"秽诞言"主要即指白话小说,接近今天的文学性小说概念,且引《水东日记》和《七修类稿》关于小说的议论为据,明确意识到了其与古典目录学"小说"概念的本质区别。可叹今人之见识尚不及诸氏也。

的出发点和以古典目录学"小说家"的载录为指归确定研究范围之间有什么牵强和不妥,但在收录标准上尚能坚守一格,专收古典目录学"小说家"所载作品;①而有的则强为弥合古典目录学的"小说"和今天文学性的"小说"两个概念之间的差异,曲为之说,则不仅存在前一类"文言小说"书目类著作所具有的牵强和不妥,而且在收录标准上也显得首鼠两端,不名一格。② 这种突出地存在于"文言小说"书目类著作中的问题,在"文言小说"的研究论著中也或多或少存在,而这都是由于混同和杂糅古典目录学的"小说"与今天文学性的"小说"两个概念所导致的。

认清古典目录学"小说家"的"垃圾桶"性质,将之与今天文学性的"小说"概念明确区分,有助于我们摆脱古典目录学的"小说"概念的掣肘,从而更好地从今天文学性的"小说"概念出发,来判断我们所面对的材料究竟是不是我们所要寻找的"小说"。名正方可言顺,我们认为,对古典目录学的"小说"和今天文学性的"小说"概念的区分和正名,对于古代小说、尤其是"文言小说"的研究来说,可谓是一项正本清源的工作,对推动其顺利开展具有极其重要的意义。

---

① 如袁行霈、侯忠义《中国文言小说书目》,北京,北京大学出版社,1981年;以及与之配套的侯忠义《中国文言小说参考资料》,北京,北京大学出版社,1985年。
② 如程毅中《古小说简目》、刘世德主编《中国古代小说百科全书》(北京,中国大百科全书出版社,1993年)、宁稼雨《中国文言小说总目提要》、石昌渝主编《中国古代小说总目·文言卷》(太原,山西教育出版社,2004年)等。

附 论

跟蒋天枢先生读书

这里，侧重谈谈我是怎么跟蒋天枢先生读书的，以见蒋先生为人治学风范的一个侧面。

1977年恢复高考，我也报考了，并侥幸考上了。说侥幸，是因为恢复高考第一年，全国有五百七十万人报考，仅录取了二十七万人，录取率不到考生的百分之五，更不到整个十一年上亿中学毕业生的千分之三。不过当时我考上的不是复旦，而是另一所有点特别的学校："文革"中，华东师范大学、上海师范学院（现上海师范大学）和上海教育学院等院校合并组建成"上海师范大学"，我当时就是以它的名义录取的。但录取以后，它们又分开了，全部恢复了原来的建制，我落到了上海教育学院。它没有本科教育，只有两年制的专科，校舍借址军工路上的上海水产学院（现上海海洋大学，当时尚未复校）；后来听说又改成了三年制，发的却是"上海师范学院"的文凭……情况真的是很混乱。但后来的事情都与我无关，我没读到毕业就离开了。仅仅读了一年以后，我报考了复旦的研究生，到复旦来跟蒋先生读书。当时的政策比较宽松，我是以"同等学力"考过来的。复旦与我有类似经历的人很多，有本科学历的都是"文革"前毕业的，我们叫他们"老大学生"。因此，我们这届研究生年龄相差很大，入学时我二十二岁，可能是年龄最小的，年龄最大的同学四十岁，比我大了整整十八岁。

我之所以选择读蒋先生的研究生，并没有什么特别的理由，可能就是一种缘分吧？当时复旦中文系的老先生们都健在，但我是从"文革沙漠"中过来的，并不了解老先生们的具体情况。不仅是复旦的老先生们，我初见蒋先生的时候，他问我："你知道的当代史学家有谁？"我说："郭沫若，范文澜，翦伯赞。"他问："你知道陈援庵先生吗？"我说："不知道。"他又问："陈寅恪先生你知道吗？"我说："也不知道。"惹得他大为生气，差点把我赶走。当时我确实什么都不知道。蒋先生的情况也是以后才了解的，报考的时候真的知道得不多。那时既没有网页的介绍，也没有任何的宣传资料，所以不是因为看重名气什么的，就是想跟一个老师好好读书。报考前，我曾征询过刘衍文先生（当时他正执教于上海教育学院）的意见，他说："只要考得上，都好！都好！"我当时之所以报考先秦两汉文学专业，是因为觉得读中国文学应该从头读起，说起来也是一个很无知的想法。

我是从1979年到1982年跟蒋先生读研的。我是"文革"后的第二届研究生，与第一届其实也就隔了半年。那个时候研究生招得少，"文革"后复旦最初三届研究生，全部学生只住了一个十号楼。从1978年恢复招收研究生，到1988年蒋先生故世，十年间他一共只收过四个研究生（仅指"文革"后有研究生学历的，他辅导过的当然很多了）。另外，我们刚开始读研的时候，学位制度还没有实行，不知道有学位这档子事。后来实行了，我们毕业时，拿到了硕士学位，算是意外的惊喜。但当时"博导"非常少（其实连这种说法也还没有），蒋先生就一直没能做成"博导"，这对蒋先生来说是非常遗憾的。我1982年研究生毕业后，留校做了蒋先生的助手，一直到1988年蒋先生去世。1990年起，我在职跟章培恒先生攻读博士学位，本来应该读到1993年，但因为我1992年去韩国任教，有一段时间没法做论文，所以就延长了一年，1994年才拿到博士学位。其实，我在职读博"动机不纯"，是冲着当时复旦福利分房，对博士有优惠政策；但等我博士读出来，那个优惠政策又取消了。这就是我在复旦中文系的学习经历。

我原先跟蒋先生读的是先秦两汉文学，后来跟章先生读元明清文学，再后来又对东亚文学关系产生了兴趣，人也到了比较文学教研室。但其实我自己的研究路子始终没有改变，改变的只是研究方向和教研室而已。国外学术界有一个说法，说基本上以十年为一个周期，学者的学术兴趣会发生转移。现在看来，我从1979年进复旦读研到现在，前后三十余年，差不多正好就是三个周期。第一个十年，做的主要是《论衡》研究；第二个十年，主要做中国文学中的商人形象研究；第三个十年，主要做东亚文学关系研究——尽管目前还没有什么像样的成果。

我们读研时也要求学第二外语，我一外是英语，二外选了日语。学了一年，觉得蛮有意思的，就继续学。毕业后留在复旦，借住在学生宿舍里，每天就跟日语专业的学生一起上课，跟了两三年。我从来没有关注过什么日语考试，学日语只是为了实际使用。后来学韩语也是这样，甚至连一天课都没上过，都是在日常生活中学的。这样就没有什么负担。蒋先生听说我学日语、跟日本学人来往什么的，总是很不以为然。我能理解蒋先生的感受，他的两个儿子都夭折于抗战期间，对日本军国主义有深仇大恨。但时代变了，不了解日本汉学则不足以知国际汉学，所以我想蒋先生最终是能理解我的选择的。

蒋先生指导研究生的方法不是讲课，而是指定一些基本的原典来读。在我们的"培养计划"上，写的不是需上什么什么课，而是需读什么什么书。文字、音韵、训诂类有《尔雅》、《说文》、《方言》、《释名》、《广韵》等，文史类有《诗经》、《楚辞》、《左传》、《国语》、《战国策》、《史记》、《汉书》、《后汉书》、《三国志》、《资治通鉴》等，诸子类有《荀子》、《墨子》、《庄子》、《韩非子》等。"指导方式"栏则写着"阅读与辅导"。我想,这也是蒋先生一个很独特的地方(其他老先生也有采用类似方法的)。跟蒋先生读书,最大的好处就是读原典,而不是从空头理论、概论之类东西出发。这也是我觉得最受益的地方。

我们隔周一次上蒋先生家里去,读书中无论遇到什么问题,都可以向他请教,由他来解答,或指示我们去找什么书。虽然他不是用上课的方式,但因为每次见面时,我们要汇报读到什么地方,发现了一些什么问题,所以就不能够偷懒(其实也不敢偷懒),所以一直比较战战兢兢。当时也不是很懂,但后来慢慢发现,从做学问的角度来说,读原典是最重要的,上课反而不是很重要。后来我越来越觉得这是一种非常好的打基础的方法,所以我现在也尝试对自己的研究生采用这种方法。我们读研的时候,因为人数很少,培养目标就是学术的、专业的人才,就是要接老先生们班的;不像现在,除了学术外,还有各种别的目标。当时学校也不要求研究生在学期间发表论文。我们的情况毋宁说正好相反,蒋先生一再关照我们,不要随便发表论文,而是要多读书,把基础夯实。当时同学间还流传一种比较极端的说法,就是不要在五十岁之前发表论文。

我们当时读古代文学,是从小学和文献学,也就是文字、音韵、训诂学,以及目录、版本、校勘学入手的。蒋先生对我们有两个基本要求,一是要我们读没有标点的古书,二是论文必须写繁体字。这不是"语言文字法"的问题,而是因为你的专业就是这个。我之所以还认得几个字,就是因为蒋先生的关系。蒋先生还有一个要求,要求我们写毛笔字,可我始终没能做到。蒋先生那时说,你不会写毛笔字,以后要后悔的。现在我果然很后悔,尤其是在出席学术会议,要用毛笔签到的时候。

跟蒋先生读书,首先要有一个好的版本。蒋先生自己的藏书上,都是用蝇头小楷做的校勘记,一丝不苟。蒋先生的字特别漂亮。他只是为了自己读书方便,而不是为了出版而校对的。还不只是一个版本的校对,而是用各种版本校对,每一种版本的校勘记,都用不同颜色的蝇头小楷写,有黑的、红的、绿的、蓝的,我都忘了一共有几种颜色了。现在蒋先生的藏书都保存在古籍所里,里面有许多他的精校本。我开始做《论衡》研究的时候,手头没有什么好的版本,就用"文革"期间上海人民出版社出的白文本,蒋先生把他的那个线装书借给我,上面有各种色笔的校勘记,我就把它们全部过录到我的白文本上。我的这个白文本虽然买来时才几毛钱,但是现在应该是"善本"了,因为上面过录了蒋先生的校勘记,以及蒋先生过录的刘盼遂先生的校勘记。这是蒋先生对研究生最基本的学术训练。虽然读原典又是要讲究文字、音韵、训诂,又是要讲究目录、版本、校勘,看起来好像很慢很没有"效率",但只有经过了这样的训练,你的研究才能靠得住。

近年来我出版《中国文学中的商人世界》、《论衡研究》(国内修订版)等书,跟出版社签约之后,一直到交稿,都各花了差不多六个月时间做一件事情,那就是把其中的每一条引文,都根据较好的版本去重新核对一遍——现在的聪明人,花六个月都可以写一部书,或者完成一个科研项目了。虽然这都是死功夫,外表是看不出来的,但内行一眼就会发现,你的材料是靠得住的,还是转引、乱引的。我在书的后面都附了引用书目,每一种书都列出了我所用的版本,因为不同的版本文字是不一样的,这样,后来的人用我的书就方便了。有关这些基本的东西,都是蒋先生教我的。

蒋先生是楚辞学大家,先是有《楚辞新注》[①],后修订增补为

---

① 《楚辞新注》为未刊稿,仅有油印本流传。

《楚辞章句校笺》①,加上《楚辞论文集》,两本不厚的著作,成立了一家之言,奠定了蒋先生在楚辞学界的地位。蒋先生曾让我抄写过《楚辞章句校笺》的部分书稿。那时没有电脑,没有复印机,得用复写纸垫着抄写(就像开手写发票),这样就可以一式多份。但一笔一画都要用力,方能"力透纸背",让下面的稿纸也显出字来。在那个过程中,我练了字(但现在已经退步了),了解了各种繁体字、异体字和古字,最重要的是熟悉了楚辞。抄过不抄过,感觉是不一样的。我想这也是蒋先生对我的训练吧?另外,在蒋先生的指导下,我曾写过一篇关于《楚辞论文集》的书评。本来也是不敢写的,因为是某刊物的约稿,征得了蒋先生的同意,原稿又经过蒋先生的"朱批",所以才敢涉笔并发表。② 不

---

① 蒋先生《楚辞章句校笺叙》云,该书"以宗叔师而又诤之",故取该名。现书名《楚辞校释》为出版社方面所改,蒋先生生前未能看到该书出版,所以自然也就无从提出异议了。
② 关于那篇书评,还有一段曲折的故事。当初,那篇书评是应《中国社会科学》之约而写的。能有机会为蒋先生的书写书评,对我来说是一件既荣幸又艰巨的事,所以我花了许多工夫反复阅读原著,仔细领会蒋先生著作的内在精神。写出初稿后又呈请蒋先生过目,蒋先生照例一丝不苟地用朱笔批改,我再根据蒋先生的批改写出二稿……这样经历了好几个回合以后,才形成了最后的定稿,而且,标题由蒋先生亲定为《试论〈楚辞论文集〉研究方法之特色》,所以该书评实也可以看作是蒋先生对自己楚辞研究工作的一个总结。书评交给该刊物后,却一直未见刊用。后来,收到了该刊物的退稿,并附有主编舒芜先生的一封信。原来,是舒芜先生对该书评有不同看法,所以自然就没法在该刊物上发表了。我怕蒋先生生气,没敢把舒芜先生的信给他看。后来,我把书评交给了《复旦学报》,发表在1987年第1期上。可惜发表时不仅内容多有改动,而且标题也被改成了《蒋天枢先生的〈楚辞论文集〉》,使先生定标题时强调"研究方法之特色"的意思不显。后来我在韩国执教期间,出版了《中国古典文学论集》(蔚山,蔚山大学校出版部,1996年,亦即本书的"初集"),其中收入了该书评的定稿,标题改为《蒋天枢先生〈楚辞论文集〉研究方法之特色》,恢复了"研究方法之特色"字样。

料，就是这篇仅有的书评，还被人用化名抄袭了去！① 蒋先生地下如有知，该会如何的生气啊！

蒋先生的治学方法对我影响很深，虽然我及不上老师的学问万一。我给复旦文基班的同学上《中国古典文学》课，一学期每周四课时的课（等于就是一学年的课），我带他们一起细读原典，只读到汉代课就结束了。后来我听说蒋先生当年上《尚书》课时，讲得非常仔细，几句话就可以讲几个星期。那是"文革"以前的事了。在这一点上，也许我无形中还是受了蒋先生的影响吧？在这方面，复旦的大环境非常宽松，给了教师自由发挥的空间，不会用"教学进度"之类的来卡你。

蒋先生是一位非常认真、严格的老师，所以学生们一般都很怕他。但我觉得蒋先生并不特别讲究"师道尊严"，对我们也从

---

① 抄袭者化名"高扬"，抄袭之文题为《论蒋天枢先生楚辞学的历史研究向度》，发表在《江汉大学学报（人文社会科学版）》1999年第1期上。抄袭之文所据为收入拙著《中国古典文学论集》（韩国版，亦即本书的"初集"）中的版本，而非《复旦学报》上的那个版本。该拙著国内没有发行，我只将其赠送给复旦大学中文系资料室等不多几处，一般人不易见到，应为该抄袭者在复旦大学中文系读博期间所经眼并抄袭。该抄袭者虽利用了一般人不易见到拙著韩国版这一点，但还是因为做贼心虚而不敢署真名（其真名已承知情者见告）。另外，《江汉大学学报》方面经我交涉后，已承认误刊抄袭之文，并向我赔礼道歉，却始终不肯在该刊物上公开披露此事，理由是担心这么做会影响该刊物的"声誉"——误刊抄袭之文不影响"声誉"，倒是公开披露此事反而会影响"声誉"？这真是奇怪的逻辑！而拒绝公开披露此事，又与为虎作伥何异？"中国有些大学对学术造假的认识存在着一个严重的误区，以为一旦有教师被发现造假，就会严重损害学校的名誉，所以就要千方百计地掩盖事情的真相，不愿做出调查、处理，甚至包庇、维护造假者。对此，我们已司空见惯。"（方舟子快评：清华大学开除造假教授之后http://www.sina.com.cn 2006年04月07日 09:24《北京科技报》）《江汉大学学报》的做法其实就是这样，虽然该抄袭者供职于武汉的另一所高校。

来没有过"礼节"方面的要求。我们敬重蒋先生,是因为敬重他的精神和学问,而不是出于"礼节"之类的考虑。我记得学生时代,经常有在老师家里喝茶、吃饭的经历,但是从来没有过送礼、请老师吃饭的事情。我第一次去蒋先生家拜年,带了个小小的水果篮,蒋先生都坚决不收的,说你们现在花爹娘的钱,我怎能收你们的东西呢?

　　蒋先生对陈寅恪先生是非常敬重的,坊间流传有许多这方面的逸事。但大家可能都忽略了,蒋先生敬重陈先生,并不只是出于一般所谓的弟子之礼,而是出于对陈先生人格、学问的深刻认识,认为陈先生是中国历史文化的托命之人。正如章培恒先生说的:"自然,蒋先生对陈先生十分敬仰,但这种敬仰首先不是由于陈先生是自己的老师,而是由于作为自己老师的陈先生是一位坚持独立人格的、忠于学术的、从而也才是真正忠于自己民族的杰出的学者。"①同时,越到后来,也越可以看出陈先生信任蒋先生,把他作为一个学术上的知己和传人。陈先生非常看重蒋先生的人品、学问,把自己的名山事业都托付给了他。即使父子、朋友、亲人,能做到这一步的都很少。他们是骨子里真正的同道者,发自内心的敬重和信任,那种关系,很像古代的知己之士,生死之交。1980年代以后,陈先生越来越"红",冒出来许多自称是陈先生高足的人;但在陈先生的最后二十年里,除了助教黄萱先生等人以外,不管外在环境多么险恶,陈先生的处境多么艰难,始终不渝地追随陈先生,在学术上襄助陈先生做事,替陈先生保存整理文稿,甚至千里迢迢、两下广州看望陈先生的,陈门中大概只有蒋先生一个! 章先生诠释陈先生《广州赠别蒋秉

---

① 蒋天枢《陈寅恪先生编年事辑(增订本)》,章培恒后记,上海,上海古籍出版社,1997年。

南》诗"不比平原十日游,独来南海吊残秋"说:"'独来'也寓意双关,不但说明蒋先生那次是一个人去的,而且也意味着除蒋先生外没有人特地到'南海'去'吊'过'残秋';倘若当时也像今天似地有很多人以攀附陈门为荣,远道求见者谅也不少,第二句就当作'亦来南海吊残秋'了。"①说的就是这个意思。

蒋先生那么敬重陈先生,但他自己的学术道路,却并不完全按照陈先生的路子,而是有自己个性的体现和独立的选择。比如说蒋先生特别喜欢楚辞,但陈先生恰恰对楚辞别有看法。1964年,蒋先生再下广州,看望陈先生。陈先生问起蒋先生目前所业,蒋先生答以楚辞。后来的谈话中,言及《资治通鉴》,陈先生就说了这么一句:"温公书不载屈原事。"陈先生是史学家,极为看重《资治通鉴》,蒋先生当然明白老师的意思,说陈先生"实以砭枢"。但蒋先生从小喜欢楚辞,虽"不敢自明其衷曲",却又始终不改初衷,在楚辞研究方面卓然成家。但反过来,从此事也可以看出,老师是多么的尊重学生,他只是把意见表达一下,不会要求你怎么样。所以,这绝不是一般人所理解的"师道尊严",而实在是一种非常高的境界,是以传承历史文化为己任的境界。在那样高的层面上,他们学生敬重老师,老师信任学生。陈先生与蒋先生的师弟关系,我觉得应该从这个角度来理解。

我们做学生的,说到底应该学习老师的精神和学风,而不是老师说什么学生听什么,具体研究什么还是要看各人的兴趣爱好。蒋先生当年跟陈先生就是这样的,蒋先生自己也从没要求过学生必须跟他一样。我除了蔡邕研究(硕士学位论文)是蒋先生命题的以外,后来做《论衡》研究等,都是我自己选择的题目,

---

① 章培恒《我跟随蒋先生读书》,载《大学》第1辑,济南,泰山出版社,1998年。

蒋先生从来不加干涉。又后来跟章先生读博，做中国文学中的商人形象研究，题目也是自己选择的，章先生也完全听之任之。我现在对自己的研究生也是这样。我觉得，具有传承历史文化的使命感，切实学习老师的精神和学风，就是对老师最好的弟子之礼。

　　章先生介绍蒋先生为人治学的风范说："蒋先生始终坚持陈寅恪先生的传统，忠于学术，对曲学阿世的行为深恶痛绝。自(19)50年代以来，他没有写过一篇趋时的学术文章，也没有参与过任何一次学术批判；在我的印象中，他甚至没有在系里、校内的学术批判会议上发过言。他的著作，无论是关于先秦的《诗经》、《楚辞》，还是关于清代的全祖望、杭世骏，都是为了发掘出真实的情况，加以描述，此外没有其他的目的。在陈寅恪研究方面同样如此。"[①]凡是从那个时代过来的学人，都会知道这是多么不容易的事情。

　　顺便介绍一下，蒋先生非常不赞成商务印书馆跟中华书局分工，以及上海商务印书馆撤销的事情。解放前，商务印书馆做了那么多有益于保存中国文化的事情，但解放后一下子就把古籍出版的业务划给了中华书局，商务印书馆的这一块业务就消失了，蒋先生觉得很是可惜。另外，以前清华是个综合性大学，有文法理工农五个学院，尤其是文科中的国学研究院，蒋先生曾在那里读过书，曾经有过辉煌的历史，解放后院系调整时，除工科外都撤消了。"文革"结束后，1982年1月，蒋先生给陈云同志写信，提出清华应恢复文科等学科，办成真正的综合性大学，又提出商务印书馆应恢复古籍出版业务。清华后来恢复文科，蒋先生是首倡者和催生者；但商务印书馆恢复古籍出版业务，则

[①] 章培恒《我跟随蒋先生读书》。

至今没有什么动静。这件事情,反映的同样是蒋先生对传承历史文化的使命感。

有人曾为蒋先生作了一本传记,[①]虽有一些细节上的错误(比如说蒋先生在长海医院去世,其实不是的,他是在华东医院去世的),但作者还是很花了一些工夫的,对了解蒋先生的生平很有参考价值。另外,作为复旦中文系百年校庆纪念事业的一环,我曾指导自己的研究生写过一篇研究蒋先生的硕士学位论文,[②]对了解蒋先生的学术道路可能也比较有帮助。

---

① 朱浩熙《蒋天枢传》,北京,作家出版社,2002年。
② 王志彦《读书不肯为人忙——蒋天枢教授传论》,收入《名师名流》,桂林,广西师范大学出版社,2005年。

章培恒先生学术因缘述略

　　2011年6月7日,章培恒先生(1934—2011)去世。二十三年前的1988年,日子仅差两天,6月9日,蒋天枢先生(1903—1988)去世。在与章先生作最后告别时,我一再想到这一"巧合",觉得似有象征意义存焉。我有幸亲炙过两位先生,总觉得他们尽管个性学问迥然不同,但内在精神上却有一贯相通之处。在章先生驾鹤西去的那个子夜,陈思和教授郑重嘱我,就章先生的学术写几句。我答应承乏。但有关章先生的学术成就,黄仁生教授的《独树一帜的文学史家——章培恒先生学术研究述评》等已有介绍,似无须重复。然则我又从何写起呢?《吕氏春秋·察今》云:"故察己则可以知人,察今则可以知古,古今一也,人与我同耳。有道之士,贵以近知远,以今知古,以所见知所不见。"那么我就借用其意思和名目,侧重谈谈章先生的学术因缘吧。

一、察　今

　　众所周知,章先生的学术成就,以《洪昇年谱》(1979)、《献疑集》(1993)、《中国文学史》(1996)、《中国文学史新著》(1998,增订本2007)等为代表,主要集中于古代文学研究领域。但其最初的学术志向,却是现代文学研究;其研究古代文学,实由现代文学入手;其古代文学研究,因此也受了影响,别具特色。

　　章先生对于现代文学的兴趣,最初来自于初中语文老师的启发:"那位先生有个观念,到现在我认为那个观念还是对的。他认为,真正能够把白话文学好的话,读文言的东西并不困难。所以我一直念到初中毕业,几乎就没有读过什么文言文……后来到了高中,才开始接触一些文言文。我高中二年级的时候,在上海中学念了一年书,上海中学当时在教育上也比较松,但它的设备很好,所以我在念高中的时候,就在它那个图书馆读《鲁迅全集》、《闻一多全集》等书,受鲁迅的影响很深。我对鲁迅的书念得还是比较熟的。"①那位先生的观念很不一般,因为一般的观念都认为,只有学好了文言文和古代文学,才能真正学好白话文和现代文学,那位先生却反其道而行之。章先生没有所谓的"家学渊源",他经常说起,在传统文化的修养方面,我们已经难以与老一辈学者比肩,因为时代变了,社会变了,再也没有那种氛围和条件了。但另一方面,章先生却以自己在古代文学研究方面的出色实践,昭示着即使由白话文和现代文学入手,进入文言文和古代文学的世界,我们也还是可以有所作为的,并且自有其不同于老一辈学者的特色。

整整过了半个多世纪,2004年,在复旦大学的一次讲演中,针对想要从事古代文学研究的同学,章先生指出了一条从现代文学入手的道路,几乎完全复制了他当年的学习经历:"我们这些研究古代文学(或准备研究古代文学)的人对于当前的文学作品先要有相当的兴趣和关心,这样以后就可以逐渐培养出文学欣赏的趣味,并了解怎样评价一部作品,然后根据这样的认识来看中国古代文学。有的同学可能觉得要研究古代文学必须很好地打基础。的确,基础必须打牢,但我说不要把这个工作看得太

---

① 章培恒、马世年《中国文学的古今演变——章培恒先生学术访谈录》,载《甘肃社会科学》2007年第1期。

困难。研究古代文学,首先要有活跃的思维能力和分析事物的能力,而这种能力在看现当代文学作品时也能获得。有了这种能力,我们再去打基础,就能事半功倍了。"[1]有同学听了讲演后兴奋地跑来对我说,他们觉得很受鼓舞,消除了古代文学遥不可及的恐惧感,年轻人永远不如老辈人的自卑感。其实不仅是他们,即使是已经与古代文学相伴多年的我,又何尝不深受启迪呢?章先生的讲演显示,他认为自己的经历与成功可以复制,尤其是对于当代具有与他相似经历、有志于古代文学研究的年轻人来说。不仅如此,他甚至认为这是现代人进入古代文学研究的惟一可行之路。我把这称为章先生的"现代立场",它贯穿于他整个的文学研究之中。

怀着对于现代文学的浓厚兴趣,章先生选择了现代文学研究,作为自己最初的学术志向。1952年院系调整,章先生从私立上海学院中文系调整进复旦大学中文系。那时,正值复旦大学中文系的辉煌时期,名师荟萃,胜流如云。在诸多影响章先生的老师中,他与贾植芳先生走得最近,他主要对现代文学感兴趣,就是受了贾先生的影响。这是继初中语文老师之后,在现代文学方面,第二个影响了章先生的老师,而且其影响既深且广。通过贾先生,章先生接触了胡风的文艺思想,也重新认识了鲁迅的现代意义。"在贾先生的熏陶下,我认真读了胡风的八本文艺论文集,我认为胡风所反对的精神奴役的创伤其实就是对人性的扭曲。所以那时就有了人性与文学发展密切关联的看法。"[2]他读鲁迅的《摩罗诗力说》,其中云:"如中国之诗,舜云言志;而

---

[1] 《中国文学的古今贯通——章培恒教授在复旦大学的演讲》,载2004年7月4日《解放日报》。
[2] 章培恒、马世年《中国文学的古今演变——章培恒先生学术访谈录》。

后贤立说,乃云持人性情,三百之旨,无邪所蔽。夫既言志矣,何持之云?强以无邪,即非人志。许自繇于鞭策羁縻之下,殆此事乎?然厥后文章,乃果辗转不逾此界……即或心应虫鸟,情感林泉,发为韵语,亦多拘于无形之囹圄,不能舒两间之真美……"这对他的触动很大:"据我那时的理解,'持人性情'就是对人性的限制、束缚,而在人性受到束缚以后,是连自然美都写不出的。"①后来,章先生将人性观念纳入中国文学史的撰写中,在《中国文学史》、《中国文学史新著》中作了出色的发挥,但其观念早在1950年代就已经形成,而且正是来自于现代文学的影响。

但是风暴突如其来,章先生被迫"转向"。1955年他卷入了胡风案件,不敢再研究现代文学了,所以就转而研究古代文学。这一转向,在学术环境相对宽松,现代文学比古代文学更热的现在,人们恐怕已经很难理解了。但我还清楚地记得,直到"文革"结束后很长一段时间,许多人(包括我自己)在选择研究方向时,还会有"敢不敢"的纠结。不过,章先生的这一被迫"转向",虽说是现代文学研究界的损失,却成了古代文学研究界的收获。

章先生后来的古代文学研究,因有关现代文学的这番经历,也由于他始终坚持现代立场,而呈现出与众不同的特色,并取得了非常突出的成就。"虽然在研究古代文学,但是因为这一个经历,我并不是所谓古代文学研究的科班出身,原来很受贾先生的影响,我一直关心现代文学,学马克思主义文学理论,也关心一些外国的文学,所以在研究古代文学的时候,就经常和原来所学的这些东西结合起来,从而使得我的研究视野较为开阔,研究的领域也比较宽……我在研究古代文学的时候,对于现代文学始

---

① 章培恒、马世年《中国文学的古今演变——章培恒先生学术访谈录》。

终饱含兴趣与热情。这种兴趣与热情反映在我对中国文学的整体思考中,便是想尽量就文学自身的发展过程做一些探索与描述。而要探索文学发展的过程,光从古代文学谈是谈不清楚的,所以需要把中国古代文学和现代文学关联起来考察……我不是科班出身,所以我常常以研究现代文学的视角去看古代文学,对于古代文学作品的看法上也就往往会有一些与大家不一样的东西,并不是特意要这样。"①"察今则可以知古",章先生认为,如果把现代文学作为古代文学发展过程的终点站,再回头考察古代文学是怎么走过来的,就会豁然开朗,不但古代文学的发展过程看得更为清楚,而且在这过程中的人性的发展也较为清楚地显现出来了。②章先生的许多影响很大的论文都是由此产生的,《中国文学史》、《中国文学史新著》也是由此展开的。"我觉得研究明清文学作品还必须与研究现代文学联系起来,要考虑它们在为现代文学开辟道路、创造条件方面做了什么。我写《写实主义成分在明清小说中的增长》和《〈红楼梦〉与中国文学的古今演变》等就是如此。在《中国文学史新著》增订本中的《近世文学·嬗变期》部分,我对这一点特别注意。"③例如,他以俞平伯的《花匠》探讨龚自珍的《病梅馆记》反对束缚扭曲人性的主题,④以向培良的小说《缥缈的梦》阐发《红楼梦》中贾宝玉梦游太虚幻境的深层含义,⑤以朱自清的《荷塘月色》引用梁元帝的《采莲赋》论

---

① 章培恒、马世年《中国文学的古今演变——章培恒先生学术访谈录》。
② 吴谷平、缪克构《教授章培恒:以"人性"修文学》,载2007年11月5日《文汇报》。
③ 章培恒、马世年《中国文学的古今演变——章培恒先生学术访谈录》。
④ 《中国文学史新著》(增订本)下册,上海,复旦大学出版社、上海文艺出版总社,2007年,第513页。
⑤ 《中国文学史新著》(增订本)下册,第431—432页;又见《中国文学的古今贯通——章培恒教授在复旦大学的演讲》。

证他们的感情共鸣及六朝文学的现代意义。①

不过现代文学仍是章先生永远的乡愁。他一直密切关注着现代文学的发展,对许多当代优秀作家如数家珍,对当代文学的动向了如指掌。他在现代文学研究方面偶试身手,就会在现代文学研究界引起震动。

章先生一生最爱乡前辈鲁迅,受鲁迅文艺思想影响至深。鲁迅研究虽非其专门,但每有论述必见胜义。《试论鲁迅关于中国古典文学的观点》(1981)、《鲁迅的前期和后期——以"人性的解放"为中心》(2001)二文,即显示了他与众不同的鲁迅解读。"在上世纪90年代,顾颉刚先生的日记出版,顾先生生前与鲁迅有宿怨,有人利用这个机会重提旧事,为之辩护而攻击鲁迅,当时学术界也有一股贬低鲁迅的思潮,似乎凡被鲁迅骂过的人都在做翻案文章,我不知道当时鲁迅研究界有没有人站出来说话,而章先生挺身而出写了长长的文章为鲁迅辩护,语词非常泼辣。"②因为章先生认为:"在中国现代文学史上,像鲁迅那样有骨气而又有识力的文学家仅此一位,我与他虽非亲非故,却不忍坐视他如此受糟蹋而默不作声。"③在《中国文学史新著》中,是处可见鲁迅文艺思想的影响,已成为该书的一大特色。

章先生还喜欢金庸等人的新派武侠小说,常以闭门读武侠小说为最好的休息。1988年,他发表《金庸武侠小说与姚雪垠的〈李自成〉》一文,在大陆学者中率先高度评价金庸的武侠小说,开启了中国大陆武侠小说研究的闸门。接着,他又以《对武

---

① 《中国文学史新著》(增订本)上册,第369页;又见章培恒、宋荣《关于中国文学研究的古今贯通——章培恒教授访谈录》,载《语文教学与研究》2004年第22期。
② 陈思和《章培恒先生》,载2011年6月11日《文汇报》。
③ 章培恒《灾枣集》序,济南,山东友谊出版社,1998年。

侠小说的再认识》(1989)、《从武侠小说的发展看大众文学的前景》(1991)、《从游侠到武侠——中国侠文化的历史考察》(1994)等文,梳理了从侠文化到武侠小说的历史演变,通过武侠小说展望大众文学的前景,认定小说的首要功能是"自娱娱人"。他在武侠小说的评论中,也坚持了一贯的现代立场:"尽管金庸的小说和古龙的小说在形式上很不一样,但是实际上它们有一个相同的地方,他们都是用现代的观念来写过去的人。他们的作品之所以能吸引人,首先是因为这些人物的感情和我们现在的感情、观念是相通的。"①虽然早就认识到自己"也不是做创作的材料",但他晚年一直有写武侠小说的愿望,据说有一部已经写到了七万字左右(待考)。一直到他病重期间,半夜难受得睡不着,只能起床看金庸的武侠小说。他无奈地告诉怕他累着、把书藏起来的学生:"其实看武侠对我来说是一件很轻松的事情,因为书上的字字句句包括情节我都能背出来了,我不需要思考,这对我来说是减轻负担。"②

  由于坚持现代立场和人性观念,章先生的文学观便十分通达,不会"食古不化"或"食洋不化"。在他看来,现代人的生活是最重要的,文学对人生的表现,对人性的洞达,自会与时俱进,人们对文学的爱好,也会跟着时代变化,所以无论古今中外,只要能与现代人的感情相通,就是好的文学:"我们现代人的感情跟古代人的感情是很不一样的,我们现在人的苦恼跟古代人的苦恼也不一样,这种差距使艺术无法用同一种形式来表现这两种人的苦恼。不要说比昆曲盛行的明末清初,就是比起上世纪五

---

① 《中国文学的古今贯通——章培恒教授在复旦大学的演讲》。
② 《关于章培恒先生的一些细节》,http://bbs.fudan.edu.cn/bbs/tcon?new=1&bid=282&f=13728&a=b,2011年6月13日。

六十年代来,我们的苦恼也与当时的不一样,这种压力不是以前的政治压力,你现在不去开会一点关系也没有,但是各式各样的压力,把人搞得很苦,这种苦恼大概很难用古代的东西来表达。所以你看现在很多年轻人喜欢西方的现代小说,因为那种内容,特别是其所体现的感情,能够跟我们现代人相通。比如说《生命中无法(不能)承受之轻》所表现的这一种痛苦的内容,不要说中国以前的文学作品无法表达,就是十九世纪二十世纪上半期的西方文学作品里也没有,当然也还是小说,但是这种小说具体的写法就跟以前的小说有差别。至于卡夫卡的小说当然也是能与现代人相通的;他在他那个时代就能这么写,真是了不起。"①章先生晚年强调中国文学古今演变,并经常参照外国文学,与其说是一种学术观念,毋宁说也是一种文学观,甚至也是一种人生观。今人论学每喜侈谈"全方位"、"多维度",其实时间维度上的"古今演变",空间维度上的"中外比较",两个维度中哪怕只做到一个,也就挺不错的了!

章先生晚年的愿望,是与门下高足一起,先写出一部《中国现代文学史纲》(这是对他早年夙愿的一个回归吧),在古代文学与现代文学有机贯通的基础上,对中国现代文学的发展过程作出新的探索,进而写出一部贯通古今的名实相符的《中国文学通史》。章先生遽归道山,后学仍须努力!

二、知 古

《朱东润自传》里的一个片段表明,学生时代的章先生,已经

---

① 《就昆曲的生存、保护及发展章培恒对话梁谷音》,载 2004 年 2 月 5 日《文汇报》。

表现出好学深思的素质,以及对古代文学的敏感:

> 我到复旦以后……一次授《诗经·采薇》……不料我按照本本讲过《采薇》以后,一位学生蓦地站起来发问。
>
> 他说:"按照讲授,'一月三捷'是打了三次胜仗,但是上文说'靡室靡家,玁狁之故。不遑启居,玁狁之故'。下文又说'岂不日戒? 玁狁孔棘','我心伤悲,莫知我哀',一点胜利的气氛也没有,那怎能说是打了三次胜仗呢?"
>
> 这位学生瘦瘦的个子,戴了深度近视眼镜,说话的时候,多少带些口吃,但是还不算口吃。说完以后,他好像是完成了项任务似的,安详地坐下去了。
>
> 问题提出来了,也提得很好,全班同学没想到会提出这样一个击中要害的问题,大家一考虑,实在没有胜利的气氛。一双双眼睛都瞪起来向着讲坛上的我。
>
> 老实讲,我觉得这个问题提得好,提得使我理解到复旦大学中文学生中还有追求真相,几句空言搪塞蒙混不过去的人。在这里授课也就不枉了。
>
> ……
>
> 提出这一问题的是章培恒。①

朱先生 1952 年 10 月调进复旦,与章先生调入复旦几乎同时。朱先生是传记文学专家,1976 年写这本自传时,"文革"还没有结束,二十多年前的课堂一幕,竟如此清晰地呈诸回忆,说明学生时代的章先生(那时应该还不到二十吧)留给他的印象委实太深了。他后来也一直关心着章先生:"后来我在系内担负行政工

---

① 朱东润《朱东润自传》,收入《朱东润传记作品全集》第四册,上海,东方出版中心,1999 年,第 368—370 页。

作的时候,曾经对他加以着重推荐,至今仍是中文系一位得力的教师。"①而章先生呢?"我本来有一本朱东润老师的自传,可是不知道借给谁了,听说人民文学出版社新出版了这本书,你能帮我买一本吗?"2010年年中,病情略微好转之后,章先生请学生买来了朱先生的自传。那本书随他在医院和家中来回往返,一直陪伴他度过了生命的最后岁月。②

　　一个细节,一本书,象征了章先生与朱先生的学脉传承,惺惺相惜。章先生自己也一再提到,在古代文学研究方面,他首先是受了朱先生的影响。朱先生对他影响最大的,就是怀疑精神,也就是独立思考,不盲从,不迷信权威。"至于我的对许多似已成为共识的看法常提出怀疑,则是受朱东润先生的影响比较多。"③朱先生对当时的许多主流见解都提出过不同看法,如否定《诗经》国风出于民间说,主张《离骚》非屈原所作,且不接受"郭院长"的批判(我还来得及亲耳聆听到),这些对章先生的古代文学研究都有影响。朱先生对"反封建"的《西厢记》中"封建观念"的分析,曾让当时自命进步的青年助教迷惑不解;④而在章先生的《中国文学史》导论中,可以看到对《水浒传》封建女性观的类似批判。章先生在《献疑集自序》中说:"我所聊以自慰的是:集中之作,都颇耗过一番心血,没有一篇是随声附和的;而且我所提出的看法,几乎都跟眼下占据主流地位的意见相左,有些则……是向被公认的见解挑战。"⑤章先生的考论大都不同众说,其怀疑精神与朱先生一脉相承;甚至"献疑集"的书名本身,

---

① 朱东润《朱东润自传》,第370页。
② 《关于章培恒先生的一些细节》。
③ 章培恒、马世年《中国文学的古今演变——章培恒先生学术访谈录》。
④ 朱东润《朱东润自传》,第403页。
⑤ 章培恒《献疑集》,长沙,岳麓书社,1993年。

也可以看作是向朱先生的致敬。不仅是怀疑精神，在文学史的观念方面，朱先生对章先生也有影响。1958年，针对当时文学史分期无视魏晋南北朝，直接从三代两汉跳到隋唐五代的做法，曾经有学生贴"大字报"提过意见，时任系主任的朱先生深表赞同。①过了将近三十年，章先生以《关于魏晋南北朝文学的评价》(1987)、《再论魏晋南北朝文学的评价问题——兼答刘世南君》(1988)等文，再次提出应该重视魏晋南北朝文学的研究。"那个时候谈的虽然只是六朝文学的评价，但是实际上牵涉到总体如何来评价古代文学的问题。"②

而在修炼古代文学的"基本功"方面，对他影响最大的则是蒋天枢先生。蒋先生是陈寅恪先生的高足，为人耿介，治学严谨。章先生在复旦大学中文系读书时，只听过蒋先生两三个星期的课，因为与另一门必修课时间冲突，刚听了开头便不得不放弃了，所以与蒋先生一直没有个别接触的机会。后来因为1955年卷入胡风案件，不敢再研究现代文学了，改而研究古代文学，从1956年秋天开始，他给蒋先生当助教。当时中文系的制度，助教都要在导师指导下念书，一面做教学辅助工作，一面选择一个方向进修。章先生的进修方向是先秦两汉文学。初次见面，蒋先生就给了他一个"当头棒喝"：

> 我第一次去先生家，是谈我的进修计划。我认为光学先秦两汉文学是学不好的，想先用五年时间把从《诗经》、《楚辞》直到《儒林外史》、《红楼梦》等名著研读一遍，再回过头来系统钻研先秦、两汉文学。我自己觉得这已算得踏实了，但先生听了我的打算却久久不语，然后很严肃地说："你

---

① 朱东润《朱东润自传》，第402—403页。
② 吴谷平、缪克构《教授章培恒：以"人性"修文学》。

这样学法,一辈子都学不出东西来。"接着谆谆地教导我:研究古代文学必须有历史和语言文字方面的基础,并具备目录、板本、校勘学方面的知识。所以,先生为我制订的前三年计划是:第一年读《说文》段注和《通鉴》,第二年读《尔雅注疏》,校点《史记》,第三年读《尔雅义疏》,校点《汉书》;同时泛览目录、板本、校勘学方面的书,从《书林清话》直到《汉书·艺文志》。先生并要我在读上述语言文字和历史方面的书时必须做笔记,但不是复述书中内容,而是谈自己的心得。笔记要按时交给先生检查。①

这就是蒋先生!蒋先生的"当头棒喝",以及为章先生制订的读书计划,改变了章先生的一生,奠定了他的学术基础,引领他进入学术殿堂。在给与章先生最大影响的三位老师中,蒋先生所起的作用主要在这个方面。"我认为我进入复旦后的第一大收获,就是从原先的眼低手低进到了眼高手低。在这方面,我首先应该感谢朱东润先生和贾植芳先生。而具体使我改变原先的手低状态的,则是蒋天枢先生。"②后来章先生在不同场合也一再提到:"在古代文学方面,我于50年代曾作过蒋天枢先生的助手。蒋先生是陈寅恪先生的忠实学生,我在他的指导下读了不少书,打下了经学、史学和语言文字学的基础。"③"如果没有(蒋)先生的这种严格而高度科学性的指导,我是跨不进中国古

---

① 蒋天枢《陈寅恪先生编年事辑》(增订本),章培恒后记,上海,上海古籍出版社,1997年。
② 章培恒《我跟随蒋先生读书》,载《大学》第1辑,济南,泰山出版社,1998年。
③ 黄理彪《如何重写文学史——访章培恒教授》,载《文史哲》1996年第3期。

代文学研究的门槛的。"①"在蒋先生指导下念书,这对我的帮助是很大的。现在回想起来,我在古代文学方面受蒋先生和朱先生的影响都很大,从蒋先生那儿学基本功,从朱先生那儿学怀疑的精神。"②扎实的实证研究,一直是章先生古代文学研究的特色,实奠基于这段读书经历。而上文的最后一句话("笔记要按时交给先生检查"),则让人想起了鲁迅的《藤野先生》。章先生也确实明确地提到了这一点,并介绍了蒋先生对自己的关心和爱护:"我认为先生之这样做,主要是出于对学生的责任感。这跟鲁迅在《藤野先生》中所记藤野先生对作为学生的鲁迅的关心、爱护有其相似之处:'小而言之,是为中国','大而言之,是为学术'。"③

但蒋先生的上述这种指导方式,即使培养出了章先生这样的优秀学者,在"文革"中却被认为是"少慢差费"的方式,属于"封资修"的范畴,蒋先生还承担着风险,被迫为此做了检讨。但检讨归检讨,"文革"后恢复招收研究生,蒋先生为我们制定的培养计划,与章先生所说的如出一辙。后来,章先生也用这种方式指导学生。"章先生的学生入门第一件事是读线装《史记》原著,为《史记》断句,标注符号。与学生研讨中,他会翻到一章让学生读,如果读不对就一直读下去,读到对为止。"④"章先生在培养学生时,也特别注重学术基本功的训练。架子搭不好,练一辈子也是无用之才。他大概是这个思路……所里新进来的研究生,不管是什么专业,一般都要先上古籍整理的课,把古籍一本本地

---

① 蒋天枢《陈寅恪先生编年事辑》(增订本),章培恒后记。
② 章培恒、马世年《中国文学的古今演变——章培恒先生学术访谈录》。
③ 蒋天枢《陈寅恪先生编年事辑》(增订本),章培恒后记。
④ 姜澎《斯人已去,斯文长存——复旦师生追忆昨天逝世的章培恒先生》,载 2011 年 6 月 8 日《文汇报》。

点校过去。"(只是他还"不敢"让学生读《说文解字》)也就难怪在学生中有这样的传言:"一个师兄便语重心长地跟我说:你读研千万不要读古籍所,太苦太累,找工作也难……即使导师是章培恒先生也不要考……入门前就听说章先生的弟子是复旦读文学的学生中最辛苦的,现在看来果然。"①薪尽火传,希望这样的传统能永远保持下去。

"古调虽自爱,今人多不弹",现在的学人多迷失于欧风美雨,已很少能如此静下心来修炼"基本功"了。在这个急功近利的时代,蒋先生、章先生的这种指导方式,仍会被讥为"少慢差费"的吧?但少了对于自家文化传统的真知灼见,我们真的能够看清欧风美雨吗?如果我们对自家文化传统都懵懂无知,又真的能够在国际学术界取得"话语权"吗?我想起了法国汉学家谢和耐的自知之明:

> 中国和日本的汉学家比他们的西方同行有很大优势……在这个领域,我们要向他们学习,而且我们不能比中日大学者做得更好,这一点是显然的事实。但是,如果说不能从小到大生活在中国的环境和语言中,接触到一个伟大文化的历史遗产,将会有很大的障碍,那么在受到希腊和拉丁文化熏陶后,再去认识和观察这个远东的世界,可能也是一个有利的条件。我们有我们观看事物的方式,我们对中国文化的理解肯定有其价值。②

---

① 卢小雅《斯人已去,斯文长存——回忆章培恒先生》,http://www.tianya.cn/publicforum/content/no16/1/203112.shtml,2011年6月8日。
② 谢和耐《中国人的智慧》,何高济译,上海,上海古籍出版社,2004年,第133页。

一个西方学者的优势,就是他的希腊罗马文化传统;反之,一个中国学者的优势,就是自己的中国文化传统。如果我们缺乏对于自家文化传统的真知灼见,就不仅不能看清欧风美雨并有所言说,也会失去我们原本拥有的让外人羡慕的优势。蒋先生、章先生所坚持的指导方式,其意义应该上升到这个高度来认识。

除了修炼"基本功"外,蒋先生的"不人云亦云",同样让章先生受益匪浅。在谈到自己观点每与众殊时,章先生提到了蒋先生的影响:"这其实也不完全是学术个性的问题。这方面恐怕受蒋天枢先生的影响比较深,因为他认为,如果没有一些新的看法,那去写文章干什么?你去写文章总应该有些新的看法了。所以也不是故意要跟大家的看法不一样,而是觉得跟大家看法一样的东西别人都已经写了,我也不必再写。"[1]这跟朱先生的怀疑精神其实也是相通的。翻看1979年蒋先生为我制订的培养计划,"科学研究和撰写论文要求"共三条,第一条便是"破除人云亦云的想法"。

有人这样看待章先生师从蒋先生的学术意义:"在复旦中文系的古代文学研究领域,还存在着一个从陈寅恪到蒋天枢再到章培恒的传统,这三位先生的学术研究,恰好组成了一个完整的古代文学研究链结。陈寅恪先生尝言'寅恪不敢观三代两汉之书,而喜谈中古以降民族文化之史',又云'上古史之范围,非寅恪所敢置词',而蒋天枢先生,恰恰以治先秦两汉文学而名世。章培恒先生传其余绪,继而在明清通俗文学上造诣不凡,开辟新宗。"[2]我以为他说得很有道理。

---

[1] 章培恒、马世年《中国文学的古今演变——章培恒先生学术访谈录》。
[2] 周言《复旦园中的章培恒先生》,http://blog.renren.com/blog/288486821/732407712,2011年6月17日。

三、知　远

在新时期海外汉学的译介方面,章先生是先行者之一。他主持翻译的日本汉学家吉川幸次郎的《中国诗史》(1986),是新时期海外汉学译介的名著之一,不仅引导了后来学者的海外汉学译介工作,也影响了章先生自己的中国文学研究。

1979年至1980年,章先生受学校派遣,赴日本神户大学任教一年。那短短的一年,不仅让日本学者对章先生的扎实学问留下了深刻的印象,也对章先生后期的学术道路产生了巨大的影响。在赴日本任教以前,他虽也曾读过一些日本汉学研究论著的中译本,但原著大都出版于二战以前,观点方法不免陈旧。直至赴日本任教以后,他才有机会读到日本战后汉学研究的最新论著,使他切感日本汉学研究的观点之新方法之优,也看到了刚经历过"文革"的国内学术研究的问题所在,萌发了系统译介日本汉学研究论著的愿望:

> 从二十世纪开始,中国古代文学研究取得了长足的进展。其根本的原因,是引进了新的观点和方法,从而使传统方法中的具有科学成分的部分——主要是乾嘉朴学——也进一步发出了光彩。倘非如此,王国维的《宋元戏曲史》和鲁迅的《中国小说史略》都不可能出现。然而,由于"左"的干扰,这种进展的势头自五十年代中、后期起就受到了挫折,至"文革"时期更全面逆转。直到党的十一届三中全会以后,这种局面才逐渐改变。而像我这样于1950年才开始进入大学学习的人,当然不可能不受到形势的影响,在学术研究上存在种种缺陷和不足;视野的狭隘更是致命的弱点。因此,当我在那时读了日本学者在战后的若干论著以后,既

多少了解了他们的汉学研究在那三十多年来的迅速的进步,开拓了眼界,也进一步看清了我们的古代文学研究在"左"的干扰下的问题所在。也正因此,在日本时我就想回国后系统地翻译一批由日本学者撰写的研究中国古代文学的论著,以作为中国同行的"他山之石"。[1]

还记得章先生曾指着书架上的《广辞苑》等日文辞书说,它们都是为翻译工作而特意在日本购置的。但在当时,"认为中国人对中国文学的研究是天下第一,外国研究者都不在话下的,却也颇不乏人",[2]所以要做这类事情,还是需要一点"吃螃蟹"的勇气的。还记得 1986 年,《中国诗史》译稿交到出版社,编辑看不懂了,来信质问:这是"中国诗史"吗?这能叫"中国诗史"吗?"中国诗史"能这样写吗?章先生的反应倒也干脆:道不同不相为谋——派我出差,千里迢迢去取回译稿!(后来出版社方面妥协,该书中译本终于问世。)

继吉川幸次郎的《中国诗史》之后,译者同仁再接再厉,又翻译了吉川幸次郎的《宋诗概说》、《元明诗概说》。此后,我翻译了小尾郊一的《中国文学中所表现的自然与自然观》,参译了王水照先生等编选的《日本学者中国词学论文集》、小野四平的《中国近代白话短篇小说研究》,李庆教授翻译了内田道夫等的《中国小说世界》,骆玉明教授等翻译了前野直彬等的《中国文学史》……1997 年,章先生在为小野四平书中译本作序时,欣慰于"当时同译此书(《中国诗史》)的朋友中,好几位仍在坚持此项工

---

[1] 小野四平《中国近代白话短篇小说研究》,施小炜、邵毅平等译,章培恒序,上海,上海古籍出版社,1997 年。
[2] 吉川幸次郎《中国诗史》,章培恒等译,章培恒译者前言,合肥,安徽文艺出版社,1986 年。

作"。2001年,《中国诗史》中译本重版前言也说:"如果说,在我们开始翻译这部著作时,我国的学界和读者对于吉川先生,对于日本和海外的中国文学研究状况还知之不多,那么,在今天,已经有了相当的变化……研究中国文学也应当面向世界,应当从人类文明的角度来重新审视中国文学,这样的看法,已经被越来越多的研究者和读者所理解和接受,我们认为这是一个很好的趋向,为此感到欣慰。"[1]章先生自己很重视这部《中国诗史》,曾一再向学界同仁及后学推介之。[2]

章先生自己的研究也与译介工作相呼应,注意汲取日本汉学研究的成果和长处。例如,章先生翻译过吉川幸次郎的《李梦阳的一个侧面——古文辞的平民性》(1982),他自己的《李梦阳与晚明文学新思潮》(1985,1986)一文,反对把李梦阳视为晚明文学新思潮的批判对象,主张把李梦阳看作晚明文学新思潮的先驱,其中可以看出吉川幸次郎文对他的启发。又如,1987年,章先生以《关于魏晋南北朝文学的评价》一文,拉开了重新评价魏晋南北朝文学的序幕;而在同年底,在为拙译《中国文学中所表现的自然与自然观》中译本所作的序中,章先生高度评价了小尾郊一这一研究的意义:

> 由于自然的描写本来是中国文学的一个重要方面,而魏晋南北朝文学与自然尤有密切的关系,这其实也在很大程度上显示了魏晋南北朝文学与其他时代文学的异同、它在文学观念与艺术手法上的革新、它在中国文学史上的重

---

[1] 吉川幸次郎《中国诗史》,章培恒等译,重版前言,上海,复旦大学出版社,2001年。
[2] 《马鸣乱弹录:章先生》,http://www.tianya.cn/publicforum/Content/no16/1/26820.shtml,2011年6月19日。

大贡献和地位。应该说,我们在这部书里所看到的关于魏晋南北朝文学的这一切,跟我们在最近三十几年来所形成的有关观念颇有距离……而且,由于从某种意义上说,魏晋南北朝文学对于中国文学传统的主流是一种特异的存在,它自唐宋以来经常受到批判。本书在引发我们关于魏晋南北朝文学的新的思考的同时,通过魏晋南北朝文学与其他时期文学的对比,在若干方面必然还可以引起我们对中国古代文学的总体的新的思考。①

其评价与他自己的研究足堪互相发明。再如,他的《走在下坡路上的文学——宋诗简论》(1989)一文认为,宋诗以表现理智、抑制感情为特色,偏离了诗以感情为本的正道,相对于六朝至唐代的文学来说,是一种走在下坡路上的文学,其中可见对于《中国诗史》中所描述的中国文学中人生观的变迁过程的反应。②而且,《中国诗史》从《诗经》、楚辞一直谈到鲁迅、巴金,其中隐含的中国诗歌古今相续的观念,也应对章先生后来提出的中国文学古今演变说有所启发。在《中国文学史新著》中,除吉川幸次郎的《中国诗史》外,还引用了诸多日本汉学家,如伊藤正文、高木正一、森濑寿三、荒井健、村上哲见、宇也直人、井上泰山、伊藤漱平、太田辰夫、小川阳一、冈晴夫、大冢秀高等人的研究成果。比如,森濑寿三对李白的《静夜思》做过版本考证,依据宋本《李太

---

① 小尾郊一《中国文学中所表现的自然与自然观》,邵毅平译,章培恒序,上海,上海古籍出版社,1989年。
② 吉川幸次郎观点参见拙文《中国文学中的人生观的变迁:从乐观到悲观到扬弃悲观恢复乐观——吉川幸次郎〈中国诗史〉简介》,原载《文学研究参考》1988年第7期;后收入拙著《中日文学关系论集》,韩国河阳,大邱晓星CATHOLIC大学校出版部,1998年;上海,上海古籍出版社,2011年;上海,中西书局,2018年。

白文集》、宋刊《乐府诗集》、洪迈《万首唐人绝句》嘉靖本（现存此书的最早刊本）等，认为此诗原初版本应为："床前看月光，疑是地上霜。举头望山月，低头思故乡。"而今天流传甚广的版本则为明代后期人所窜改。在《中国文学史新著》中，章先生采纳了这一研究成果。

《中国文学史新著》中引人注目的创意之一，是中国文学史分期的改变，即不是按照朝代的更替来分，而是按照文学本身的发展来分。其中把中国文学史分成了古代、中世、近世，这个本来是日本学者的分法，中国早期的一些文学史著作也曾采用过。但日本学者在这样分的时候，首先是从社会的发展着眼的；章先生对此作了改变，完全按文学发展来分："我想，将其用到文学史的划分上去的时候，不能够光看社会的发展。就是说，不能说中国的社会什么时候进入到近世了，中国的文学也就进入到近世了。而是应该看到其他国家近世文学的大致情况，然后再回过头来看中国什么时期的文学跟其他国家的近世文学逐渐接近，才可以确定到了近世文学。基本上就是这样的想法。所以，我将文学史分为古代、中世、近世跟近代。近代当然是现代文学的阶段，就不去管它了。反映在《新著》里就是古代、中世、近世三个阶段。"[1]其中既可以看到日本汉学的影响，也可以看到章先生的发展超越。他在《中国文学史新著》里，还具体讨论了内藤湖南、吉川幸次郎等人对中国历史、文学史分期的看法。

因为章先生懂日文，所以在海外汉学中，他与日本汉学因缘最深，受到的影响也较大。而在《中国诗史》中译本出版四分之一世纪后，《中国文学史新著》日译本第一卷于2011年出版（全

---

[1] 章培恒、马世年《中国文学的古今演变——章培恒先生学术访谈录》。

三卷于 2014 年由关西大学出版部出齐）。这实在是一件具有象征意义的事情，标志着章先生接受日本汉学影响后，现在又反过来影响日本汉学了。

四、有道之士

　　章先生的一生，也呼应着他所处的时代。"因为我念初中的时候，主要是在当时地下党的党员所办的中学，那所中学不但在政治上比较进步，这个所谓的进步，主要是宣扬那种民主自由的观念，同时也比较重视文学。"[1]所以早在 1949 年 5 月上海解放前，当他还是一个十几岁的中学生时，即已经加入了中共，是一个不折不扣的少年布尔什维克。要不是作为"杰出教授"毋须退休，他原本是可以享受"离休"待遇的。他在建国初期完成了大学学业，年方二十便做了系党支部书记，用当时的话来说是"又红又专"，也可以说是第一代"红色专家"。即使经历了"胡风事件"的挫折，他也始终没有放弃马克思主义。"文革"结束后，在所谓的"信仰危机"中，章先生逆流而上，提出要在古代文学研究中有所突破，首先应该学习马克思主义：

　　　　要有所突破，首先自然应该学习马克思主义的理论。在以前的古典文学研究中所出现的种种弊端，绝对不是马克思主义带来的，而是自称为马克思主义，但却从根本上违背、歪曲了马克思主义的理论所造成。那种理论的一个重要特点，就是它的封闭性与保守性。它死抱着几条杜撰的、与马克思主义不相容的所谓原则，顽固地拒绝、敌视一切新的东西。

---

[1]　章培恒、马世年《中国文学的古今演变——章培恒先生学术访谈录》。

殊不知马克思主义从来就是善于将自然科学、人文科学、社会科学中的一切新的发现和发明作为自己的营养的。①

所以,他的学习马克思主义,绝不是盲从一时的潮流和风尚,而是在这种学习中自由探索,显示出强烈的独立精神。他曾反复研读《神圣家族》、《德意志意识形态》、《反杜林论》、《资本论》、《路德维希·费尔巴哈和德国古典哲学的终结》等马恩经典著作,并用它们给自己的研究生上课。1980年代初,我曾在他复旦第二宿舍的家里,旁听过他给研究生上《反杜林论》课。他对马恩原著的熟读深思,让我深受启发,多有受益。陈正宏教授也提到:"章先生是老党员,特别推崇马克思主义,他认为马克思著作中充满了逻辑性,尤以《神圣家族》最好,因此他的学生都必须读这本书,从中领略逻辑之美。"②在回答别人关于"治学经验"的提问时,章先生举出的第一条就是"认真学习马克思主义,并以此作为指导思想。"③还记得那时旁听章先生给复旦中文系本科生开的晚明文学研究课,归纳晚明文学的三大主题为"好货"、"好色"、"贪生",并联系马克思主义予以分析和肯定,认为这是社会进步和文学发展的表现。对于刚经历过"文革"禁欲主义时代的我来说,这些说法显得非常的新鲜和刺激。后来看到章先生在《中国文学史》及《中国文学史新著》的导论中,如数家珍地引用《神圣家族》里的话:"关于享乐的合理性等等的唯物主义学说,同共产主义和社会主义之间有着必然的联系。""应当……使每个人都有必要的社会活动场所来显露它的重要的生命力。"

---

① 小尾郊一《中国文学中所表现的自然与自然观》,邵毅平译,章培恒序。
② 姜澎《斯人已去,斯文长存——复旦师生追忆昨天逝世的章培恒先生》。
③ 《章培恒谈读书》,载1989年8月8日《新民晚报》。

"人若没有情欲或愿望就不成其为人。""个人利益是唯一现实的利益。"①便觉得很有会心,颇想再补充一些,诸如:"追求幸福的欲望只有极微小的一部分可以靠理想的权利来满足,绝大部分却要靠物质的手段来实现。"②

　　就像这样,他从马恩原著里读出的不是空洞的教条,而是如何进行中国文学研究的独特思考。在这中间,他特别关注马克思主义对于人性的看法,这些看法后来融入了《中国文学史》、《中国文学史新著》中,使它们成为同类著作中的"石破天惊"之作。"关于这个问题(人性发展与文学演进的关系),我再补充说一下。我原来(接)受胡风他们的思想,认为人性跟文学发展有着密切的关系。后来经过反胡风等运动,觉得这种看法似乎有问题,根本的原因是,当时我并没有很好地读马克思、恩格斯的著作本身。一直等到"文革"结束以后,重新好好地读马克思主义原著,读了马克思、恩格斯的《神圣家族》等以后,我才觉得我50年代的看法,实在并不错。至于文学发展的内在动力,首先就是人性的发展,而人性的发展,则是因为社会的发展。"③章先生并不讳言,由于时代的局限,自己也走过弯路,在文学发展与人性发展的关系问题上,曾经历了一个漫长的否定之否定的过程,最终,他在马克思主义中找到了答案:"我觉得在这个问题上必须从根本上来探讨马克思的看法。马克思把共产主义社会说成是每个个人得到全面自由发展的阶段。我觉得研究评价文学史的标准,最终应该把它落实到马克思提出的共产主义社会的

---

① 马克思、恩格斯《神圣家族》,北京,人民出版社,1962年,第166页,第167页,第170页。
② 恩格斯《路德维希·费尔巴哈和德国古典哲学的终结》,收入《马克思恩格斯选集》第四卷,北京,人民出版社,1972年,第235页。
③ 章培恒、马世年《中国文学的古今演变——章培恒先生学术访谈录》。

这样一个基本原则上去,就是说人类社会应该而且必然越来越走向每个人的自由的全面的发展,这是一个总体的标准,文学的发展也应该从这样的角度去看,所以我提出了'文学的发展应该与人性的发展同步'的观念。"①

从陈寅恪先生,到蒋天枢先生,到章培恒先生,我们看到了某种一以贯之的东西,那就是"独立之精神,自由之思想"。不管它在陈先生那里表现为不宗奉马列主义,"平生为不古不今之学,思想囿于咸丰同治之世,议论近乎曾湘乡张南皮之间"②,还是在蒋先生那里表现为既无怨无悔追随陈先生,又治陈先生不以为然的楚辞之学,还是在章先生那里表现为认真研读马克思主义,治"不京不海"(章先生将出论文集名)之学。他们治学的立场、观点、范围、方法容或不同,但他们在各自的领域里坚持独立思考则并无二致。"从陈寅恪到蒋天枢再到章培恒,三位先生的特立独行,也是一以贯之的。"③易中天先生尝有言,"劝君免谈陈寅恪",意谓当代学人生存环境已变,已无学陈寅恪先生之条件,所以"顶不住"、"守不住"、"耐不住"。但我总想,当代学人的生存环境,类陈先生者少,类蒋先生、章先生者多;陈先生学不了,蒋先生、章先生还是可以学的。"作育英才,绳以道义。清介自守,粪土显贵。屡处否悔,而不易其操。"(章先生为蒋先生所撰碑文中语)蒋先生固如是,对章先生来说,也是夫子自道。我们可以学这些。

三十年前,大约是1981年上半年吧,蒋先生刚整理完陈寅

---

① 吴谷平、缪克构《教授章培恒:以"人性"修文学》。
② 陈寅恪《冯友兰中国哲学史下册审查报告》,收入《金明馆丛稿二编》,上海,上海古籍出版社,1980年,第252页。
③ 周言《复旦园中的章培恒先生》。

恪先生文集，积劳成疾，住进了华东医院，一住就是好几个月，遂临时委托章先生指导我读书。还记得那天，风和日丽，与章先生一起从蒋先生的病房里出来，走在美丽园一带的马路上。章先生问我在读什么书，我答《文选》，正读汉赋呢。章先生问有意思吗，我答没什么意思……从那以来，一晃三十年就过去了，章先生也跟随蒋先生去了。哲人云亡，明者永悼。拉拉杂杂，撰此拙文，谨以表达对章先生的缅怀之情。

合集后记

本书是我三十年来有关中国古典文学的论文汇编,分为初集和二集。

1996年,我正执教于韩国的蔚山大学校,授业之余,把自己此前十余年间发表的有关中国古典文学的十余篇论文编为《中国古典文学论集》,交由蔚山大学校出版部出版。那以后至现在的十余年间,又陆续发表了十余篇这方面的论文,一直寻思着再编个二集。现以已经出版的韩国版为初集,那以后发表的论文为二集,并以关于蒋天枢先生和章培恒先生的二文为附论,将初集、二集合集出版,而仍保留《中国古典文学论集》之书名。

我早年师从蒋天枢先生(1903—1988),治先秦秦汉文学,后来又师从章培恒先生(1934—2011),治元明清文学,因此本书所收各论文,内容大都有关先秦秦汉文学和元明清文学。现在回头来看,很多论文都显得幼稚肤浅,有的还带有明显的时代烙印,但它们大都出自真诚的思考,反映了艰苦的探索历程,对于后来者来说,也许不失为前车之鉴吧?而治中国古典文学三十年,初集、二集合在一起,所得论文却还不到三十篇,这也足证我的懒散之甚,可为一叹也!

各论文在收入本书时,均重新作了校订,又核对了一遍引文,改正了新发现的阙误,有的还增补了一些最新资料。但因为各论文的写作时间跨度长达三十年,故文章格式、注释体例等已难以做到完全统一,这也是很不得已的事情。

各论文的写作与发表情况,初集的已在《初集后记》中作了说明,二集和附论的介绍如下:

1. 论先秦历史散文的文学史意义

　　　　载《中国学研究》第 11 辑,济南,济南出版社,2008 年 6 月。

　　　　(自此以下七篇,皆 1999 年下半年至 2000 年上半年间为《中国历代文学史案·先秦卷》而作者。该书由顾易生先生任主编,我任副主编,并承担其中"历史散文编"的撰写。惜该书最终未能出版,于是 2003 年 11 月至 2004 年 1 月间,我将"历史散文编"拆分、改写为单篇论文,后分别发表于各学术刊物上。)

2. 关于先秦历史散文的评论的历史变迁

　　　　——以《左传》、《国语》和《战国策》为中心

　　　　载《中国学研究》第 7 辑,济南,济南出版社,2004 年 12 月。

3. 《尚书》的今古文问题

　　　　载《图书馆杂志》2005 年第 8 期(总第 24 卷第 172 期),2005 年 8 月。

4. "《春秋》笔法"辨释

　　　　载《图书馆杂志》2006 年第 3 期(总第 25 卷第 179 期),2006 年 3 月。

5. 《左传》的作者与时代

　　　　——从《左氏春秋》到《春秋左氏经传集解》

　　　　收入《卿云集续编——复旦大学中文系八十周年纪念论文集》(复旦大学中文系),上海,上海古籍出版

社,2005年12月;载《图书馆员:职业精神与核心能力》(《图书馆杂志理论学术年刊》),上海,上海科学技术文献出版社,2006年10月。

6. 《国语》的作者与时代

   载《图书馆杂志》2004年第4期(总第23卷第156期),2004年4月。

7. 《战国策》的作者与时代

   载《图书馆杂志》2004年第7期(总第23卷第159期),2004年7月。

8. 先秦秦汉文献中所见的商业与商人

   1997年中完稿,2003年12月、2005年8月修订。

   载《历史文献》(上海图书馆历史文献研究所)第17辑,上海,上海古籍出版社,2013年6月。

9. 《论衡》在东亚的流传及和刻本《论衡》

   2009年10月完稿。

   收入《东亚出版文化研究》Ⅲ《星月夜》,日本,2010年3月;缩略稿题为《和刻本〈论衡〉琐记》,载《历史文献》(上海图书馆历史文献研究所)第14辑,上海,上海古籍出版社,2010年6月。

10. 《震川先生集》编刊始末

    2002年12月完稿,2007年7月修订。

    载《中国学研究》第6辑,济南,济南出版社,2003年10月;修订稿,收入《归有光与嘉定四先生研究》,上海,上海古籍出版社,2007年12月。

11. 陈济生与《天启崇祯两朝遗诗》

    2002年7月完稿。

    载《历史文献》(上海图书馆历史文献研究所)第6

辑,上海,上海古籍出版社,2004年2月。

12. 《豆棚闲话》:中国古典小说中的框架结构

    1997年7月完稿,2000年初修订。

    载《中国语文学》(韩国岭南中国语文学会)第30辑,1997年12月;修订稿,载《中华文史论丛》2001年第2辑(总第66辑),上海,上海古籍出版社,2001年9月。

13. 《坎特伯雷故事集》中铜马故事的东方来源

    2002年8月完稿,2012年7月附记。

    载《中华文史论丛》2002年第2辑(总第70辑),上海,上海古籍出版社,2002年12月;收入《跨文化研究:什么是比较文学》,北京,北京大学出版社,2007年2月。

14. 论古典目录学的"小说"概念的非文体性质

    ——兼论古今两种"小说"概念的本质区别

    2006年3月完稿,与周峨合撰。

    载《复旦学报》2008年第3期,2008年5月;中国人民大学书报资料中心复印报刊资料J2《中国古代、近代文学研究》2008年第10期全文转载。

15. 跟蒋天枢先生读书

    2009年11月完稿,为复旦中文系系史而作。

    收入《复旦名师剪影》(文理卷),上海,复旦大学出版社,2013年9月,有删节。

16. 章培恒先生学术因缘述略

    2011年6月完稿。

    载《复旦学报》2011年第5期,2011年9月。

值本书出版之际,谨对于曾提供过各种帮助的梁颖先生、陈

引驰教授、王兴康社长、吴旭民编审、孙晖先生,以及周峨、李岑、吴伊琼、殷婴宁诸君,表示由衷的感谢!

邵毅平
2013 年 7 月 30 日识于复旦大学

重版后记

此次增订重版,除了必要的校订外,主要是抽去了《〈论衡〉在东亚的流传及和刻本〈论衡〉》一文(移入《论衡研究》第二版,上海,复旦大学出版社,2018年),补入了《〈阳羡书生〉:古典文学的现代性》、《风景的变迁——4至19世纪中国古文中的自然》二文。

《〈阳羡书生〉:古典文学的现代性》一文,基于笔者在复旦大学"中国文学传统"课(2005年、2007年、2009年)上的讲稿改写,其节选(第一、五、六节)曾载2010年6月20日《新民晚报》"国学论谭"版,全文载《薪火学刊》第四卷,上海,复旦大学出版社,2017年。续有增补。本书收入的是增补稿。

《风景的变迁——4至19世纪中国古文中的自然》一文,初稿四章曾分载2013年10月20日、2014年3月23日、5月18日、12月14日《新民晚报》"国学论谭"版;初稿全文以《风景的变迁——中国古文中的自然》为题,载《薪火学刊》第一卷,上海,复旦大学出版社,2014年。续有增补。本书收入的是增补稿,并改为现题。

此外,在《跟蒋天枢先生读书》一文的一条脚注里,为存历史真相,明确了一些信息。

为存原合集版旧貌,《合集后记》未作改写,增订情况在此说明。

需要特别说明的是,战后中日两国汉字简化分道扬镳,造成中日两国的简体字各自为政；日本出版物引用中文文献时，从来不会使用中国简体字，而是一律采用日本简体字；所以我一贯主张，为对等起见，中国出版物引用日文文献时，对于其中所夹用的汉字，也应一律采用中国简体字。为此，本书日文文献里夹用的汉字都采用中国简体字。此外，本书中历日期用汉字数字，西历日期用阿拉伯数字。

值本书增订重版之际，谨对于曾提供过各种帮助的余鸣鸿先生、毛承慈女史、虞桑玲女史，以及李岑、宋旭、姚成凤诸君，表示由衷的感谢！

本书自初版以来又过去了五六年，却只增加了寥寥二文，说明我的懒散是愈发其甚了。回思1979年初入蒋天枢先生门下，转眼已是四十年，却仍是毫无成绩可言，又不免黯然自伤矣！

邵毅平
2019年4月9日识于复旦大学

附录：邵毅平著译目录

一、著　书

《中国诗歌：智慧的水珠》　杭州，浙江人民出版社，1991年初版；台北，国际村文库书店，1993年初版；上海，复旦大学出版社，2008年修订版（易名为《诗歌：智慧的水珠》）。

《洞达人性的智慧》　杭州，浙江人民出版社，1992年初版；台北，国际村文库书店，1993年初版；上海，复旦大学出版社，2008年修订版（易名为《小说：洞达人性的智慧》）。

《传统中国商人的文学呈现》　深圳，海天出版社，1993年初版；上海，上海古籍出版社，2010年修订版（易名为《文学与商人：传统中国商人的文学呈现》）。

《论衡研究》　韩国蔚山，蔚山大学校出版部，1995年初版；上海，复旦大学出版社，2009年初版，2018年第二版。

《中国古典文学论集》　初集，韩国蔚山，蔚山大学校出版部，1996年初版；初集、二集合集版，上海，上海古籍出版社，2013年初版，2019年第二版。

《中日文学关系论集》　韩国河阳，大邱晓星CATHOLIC大学校出版部，1998年初版；上海，上海古籍出版社，2011年修订版；上海，中西书局，2018年重修版。

《韩国的智慧：地缘文化的命运与挑战》　台北，国际村文库书店,1996年初版;上海,上海古籍出版社,2005年修订版（易名为《朝鲜半岛：地缘环境的挑战与应战》）;上海,中西书局,2017年重修版（易名为《半岛智慧：地缘环境的挑战与应战》）。

《无穷花盛开的江山：韩国纪游》　上海,复旦大学出版社,2001年初版;上海,中西书局,2017年修订版（易名为《韩国纪行：无穷花盛开的锦绣江山》）。

《黄海余晖：中华文化在朝鲜半岛及韩国》　昆明,云南人民出版社,2003年初版;上海,中西书局,2017年修订版（易名为《青丘汉潮：中华文化的遗存与影响》）。

《中国文学中的商人世界》　上海,复旦大学出版社,2005年初版,2007年第二版,2016年第三版;韩文版：朴京男等译,首尔,소명出版,2017年初版。

《胡言词典》（笔名"胡言"）　初集,上海,上海文化出版社,2006年初版;初集、续集合集版,上海,复旦大学出版社,2013年初版。

《诗骚一百句》　上海,复旦大学出版社,2007年初版;南京,译林出版社,2018年修订版（易名为《诗骚百句》）。

《东洋的幻象：中日法文学中的中国与日本》　上海,上海锦绣文章出版社,2010年初版;北京,商务印书馆,2018年修订版（去除副标题）。

《马赛鱼汤》　上海,复旦大学出版社,2015年初版。

《东亚汉诗文交流唱酬研究》（编）　上海,中西书局,2015年初版。

《今月集：国学与杂学随笔》　上海,上海文化出版社,2018年初版。

二、译　书

吉川幸次郎《中国诗史》（合译）　合肥，安徽文艺出版社，1986年初版；上海，复旦大学出版社，2001年初版，2012年第二版。

吉川幸次郎《宋元明诗概说》（合译）　郑州，中州古籍出版社，1987年初版，1999年初印；上海，复旦大学出版社，2012年初版。

小尾郊一《中国文学中所表现的自然与自然观》　上海，上海古籍出版社，1989年初版；2014年第二版。

王水照等编选《日本学者中国词学论文集》（合译）　上海，上海古籍出版社，1991年初版。

小野四平《中国近代白话短篇小说研究》（合译）　上海，上海古籍出版社，1997年初版。

村上哲见《宋词研究（南宋篇）》（合译）　上海，上海古籍出版社，2012年初版。